Die BILD Bestseller-Bibliothek

1 Mario Puzo Der Pate
2 Marianne Fredriksson Hannas Töchter
3 Stephen King Shining
4 Stefanie Zweig Nirgendwo in Afrika
5 Ken Follett Die Nadel
6 Petra Hammesfahr Das Geheimnis der Puppe
7 M. M. Kaye Palast der Winde
8 Thomas Harris Das Schweigen der Lämmer
9 Ephraim Kishon Drehn Sie sich um, Frau Lot!
10 James Clavell Tai-Pan
11 Walter Kempowski Tadellöser & Wolff
12 Johannes Mario Simmel Niemand ist eine Insel
13 Eva Heller Beim nächsten Mann wird alles anders
14 Barbara Wood Rote Sonne, schwarzes Land
15 Agatha Christie Mord im Orientexpress
16 Siegfried Lenz So zärtlich war Suleyken
17 Michael Crichton Jurassic Park
18 Truman Capote Kaltblütig
19 Marion Zimmer Bradley Die Nebel von Avalon
20 Robert Harris Enigma
21 Doris Lessing Das fünfte Kind
22 P. D. James Wer sein Haus auf Sünden baut
23 Alexander Solschenizyn Ein Tag im Leben des Iwan Denissowitsch
24 Mary Higgins Clark Mondlicht steht dir gut
25 Benoîte Groult Salz auf unserer Haut

Große Romane – Großes Gefühl

Truman Capote

KALT-BLÜTIG

Wahrheitsgemäßer Bericht über einen mehrfachen Mord und seine Folgen

Deutsch von Kurt Heinrich Hansen

Weltbild

Originaltitel: In Cold Blood
Originalverlag: Random House, New York

Genehmigte Lizenzausgabe für
Verlagsgruppe Weltbild GmbH
Steinerne Furt 67, 86167 Augsburg 2005

Übersetzt von Kurt Heinrich Hansen

Gesetzt aus der FB Garamond
Druck und Bindung: Bercker Graphischer Betrieb GmbH,
Hooge Weg 100, 47623 Kevelaer

Gedruckt auf chlorfrei gebleichtem Papier

Printed in Germany

ISBN 3-89897-106-6

Jack Dunphy und *Harper Lee*

In Freundschaft
und Dankbarkeit

Frères humains qui après nous vivez,
N'ayez les cuers contre nous endurcis,
Car, se pitié de nous povres avez,
Dieu en aura plus tost de vous mercis.

FRANÇOIS VILLON
Ballade des pendus

Vorwort

Das Material zu diesem Buch stammt, sofern es nicht auf meinen eigenen Beobachtungen und Erfahrungen beruht, aus offiziellen Berichten oder es ist das Ergebnis von zahlreichen Interviews mit den unmittelbar beteiligten Personen, von Interviews, die sich oft über eine ziemlich lange Zeit erstreckten. Da diese »Mitarbeiter« im Text genannt werden, wäre es überflüssig, sie hier aufzuführen. Trotzdem möchte ich ihnen hier ausdrücklich danken, denn ohne ihre geduldige Mitarbeit hätte ich meine Aufgabe nicht erfüllen können. Ich muß auch darauf verzichten, all jene Bewohner der Finney County zu nennen, deren Namen nicht im Text erscheinen, und deren Hilfsbereitschaft und Freundlichkeit ich nur erwidern, nicht aber vergelten kann. Von den Personen, deren Rat und Hilfe für meine Arbeit von ganz besonderem Wert waren, nenne ich: Dr. James McCain, Rektor der Kansas State University; Mr. Logan Sanford und den Stab des Kansas Bureau of Investigation; Mr. Charles McAtee, Direktor der Kansas-State-Strafanstalten; Mr. Clifford R. Hope, Jr., dessen Hilfe in juristischen Angelegenheiten unschätzbar war, und vor allem Mr. William Shawn vom *New Yorker,* der mich zu diesem Unternehmen ermutigte und mir von Anfang bis Ende mit seinem Rat zur Seite stand.

T.C.

I

Die sie als letzte sahen

Das Städtchen Holcomb liegt auf der Weizenhochebene von West-Kansas, eine weite einsame Gegend, die selbst für die anderen Kansaner »hinter dem Mond« liegt. Das Land, gut hundert Kilometer östlich der Grenze von Colorado, hat mit seinen harten blauen Himmeln und seiner klaren Winterluft eine Atmosphäre, als wäre man hier schon im Fernen Westen, nicht mehr im Mittelwesten. Die Leute haben den hellen, nasalen Anklang von Präriefarmern in der Stimme, und die Männer, viele von ihnen, tragen enge Grenzerhosen, breitkrempige Stetson-Hüte und spitze Stiefel mit hohen Absätzen. Das Land ist so flach, daß man nach allen Seiten unheimlich weite Ausblicke hat. Pferde, Rinderherden, eine Gruppe von weißen Getreidesilos, schlank und anmutig wie griechische Tempel, sieht man schon lange, bevor man herankommt.
Holcomb selbst ist auch schon aus großer Ferne zu sehen. Nicht daß es da viel zu sehen gibt – nichts weiter als eine planlose Ansammlung von Gebäuden, durch die quer hindurch die Hauptstrecke der Santa-Fé-Eisenbahn verläuft. Ein zufällig hier angesiedelter Flecken, im Süden von dem braunen Streifen des Arkansas-Flusses begrenzt, im Norden von der Überlandstraße 50 und im Osten und Westen von Prärie und Weizenfeldern. Nach Regenfällen, oder wenn der Schnee schmilzt, verwandelt sich die dicke Staubschicht auf den unbenannten, schattenlosen, ungepflasterten Straßen in tiefen Schlamm. Am einen Ende des Städtchens steht ein altes grauverputztes Gebäude mit einer elektrischen Reklame auf dem Dach – TANZ –, aber hier wird nicht mehr getanzt, und das Schild ist seit Jahren nicht mehr erleuchtet. Nicht weit davon steht ein weiteres Gebäude mit irrelevanter Aufschrift, diesmal in abblätternden Goldbuchstaben auf einer schmutzigen Fensterscheibe – HOLCOMB Bank. Das Unternehmen ging 1933 bankrott, und die Bankräume wurden zu Wohnungen umgebaut. Das ist eins der beiden »Etagenhäuser« des Städtchens. Das andere ist ein verfallenes Haus, in dem ein Teil der örtlichen Lehrerschaft untergebracht ist und das deshalb das Lehrerhaus genannt wird. Aber die meisten Häuser von Holcomb sind einstöckige Holzdinger, mit Veranden nach vorn heraus.
Das baufällige Postamt beim Bahnhof unten wird geleitet von einer hageren Frau, die eine Reitjacke trägt, Drillichhosen und Cowboystiefel. Der Bahnhof selbst mit seiner abbröckelnden schwefelgelben Farbe bietet einen ebenso traurigen Anblick. Der Chief, der Super-Chief und der El Capitan kommen hier täglich durch, aber diese berühmten Expreßzüge halten hier

nicht. Kein Personenzug hält hier – nur gelegentlich, wenn einer Fracht für Holcomb im Packwagen hat. Weiter oben an der Landstraße stehen zwei Tankstellen, die eine betreibt außerdem ein kümmerlich ausgestattetes Lebensmittelgeschäft, die andere ein Café – Hartman's Café –, dessen Besitzerin, Mrs. Hartman, Sandwiches, Kaffee, alkoholfreie Getränke und Ersatzbier verkauft. (Holcomb ist, wie Kansas überhaupt, »trocken«.)

Und das ist eigentlich alles. Man könnte noch, und muß das wohl auch, die Holcomb-Schule erwähnen, ein stattliches Gebäude, dem man ansieht, daß die Leute hier im allgemeinen recht wohlhabend sind – ein Umstand, den sie sonst gern verbergen. Es ist dies eine moderne Zentralschule mit fähigem Lehrpersonal, die vom Kindergarten bis zur Oberstufe alle Klassen umfaßt. Ein Heer von Bussen sorgt dafür, daß die etwa dreihundertsechzig Schüler täglich von bis zu fünfundzwanzig Kilometer entfernten Orten zur Schule transportiert werden. Die Leute sind zum größten Teil Farmbesitzer, Landleute verschiedenster Abstammung – Deutsche, Iren, Norweger, Mexikaner, Japaner. Sie züchten Rinder und Schafe und bauen Weizen, Hirse, Grassaat und Zuckerrüben an. Eine Farm betreiben ist immer ein riskantes Geschäft, die Farmer in West-Kansas aber betrachten sich selbst als »geborene Spieler«, denn sie haben mit den geringen Niederschlägen (Jahresdurchschnitt fünfundvierzig Zentimeter) und bedrückenden Bewässerungsproblemen zu kämpfen. Immerhin, die letzten sieben Jahre haben sie ohne Dürre überstanden. Die Farmer der Finney County, zu der Holcomb gehört, haben ihr gutes Auskommen gehabt; nicht nur die Landwirtschaft, auch die reiche Ausbeute vorhandener Erdgasquellen hat ihnen Geld eingebracht. Die neue Schule, die bequemen Einrichtungen ihrer Häuser und die hohen, gutgefüllten Getreidesilos bezeugen das.

Bis zu einem bestimmten Tag Mitte November 1959 hatten nur wenige Amerikaner – und sogar nur wenige Kansaner – je etwas von Holcomb gehört. Ein Drama in Gestalt irgendwelcher ungewöhnlicher Ereignisse hatte hier nie stattgefunden, es war an Holcomb bislang ebenso unaufhaltsam vorbeigezogen wie das Wasser des Flusses, die Autos auf der Überlandstraße und die gelben Züge auf der Strecke nach Santa Fé. Den zweihundertsiebzig Einwohnern des Fleckens war das nur recht so, ihnen genügte es, ihr Leben zu führen, wie sie es gewohnt waren – zu arbeiten, auf die Jagd zu gehen, fernzusehen, sich gelegentlich auf Elternabenden, beim Chorsingen oder im 4-H-Club zusammenzufinden. Aber dann, in den ersten Stunden jenes Novembermorgens, es war ein Sonntag, zerrissen fremde Leute die normalen frühmorgendlichen Geräusche Holcombs – das ferne Heulen von Präriewölfen, das trockene Rascheln von Disteln an Holzplanken, das aufschrillende und verhallende Klagen von Lokomotivpfeifen. Keiner im schlafenden Holcomb hatte sie gehört – vier Gewehrschüsse, die, alles in allem, sechs Menschen das Leben kosteten. Danach aber suchten die Leute, die vorher vertrauensselig genug gewesen waren, nicht einmal ihre Haustüren voreinander zu verschließen, sie wieder und wieder in ihrer erregten Phantasie zu rekonstruieren – jene dumpf krachenden Schüsse, die jähes Mißtrauen in ihnen weckten, so daß alte Bekannte und Nachbarn sich jetzt argwöhnisch und wie Fremde belauerten.

Herbert William Clutter, Besitzer der River-Valley-Farm, war achtundvierzig Jahre alt, und, wie er erst kürzlich vom Vertrauensarzt einer Versicherungsgesellschaft erfahren hatte, in bester Verfassung. Mr. Clutter trug eine randlose Brille und war mit seinen knapp einsachtundsiebzig nur mittelgroß, aber er wirkte in seiner Erscheinung durchaus männlich. Er hatte breite Schultern, eine gesunde, jugendliche Gesichtsfarbe, und sein dunkles Haar war selbst an den Schläfen noch nicht angegraut. Sein Gesicht mit den breiten, kräftigen Kinnbacken strahlte Vertrauen aus, und seine starken weißen Zähne, mit denen er Walnüsse knacken konnte, waren noch alle intakt. Sein Gewicht war mit hundertneununddreißig Pfund noch genau dasselbe wie zu der Zeit, als er das Studium der Landwirtschaft an der Kansas State University absolviert hatte. Er war nicht so reich wie der reichste Mann von Holcomb – sein Nachbar, der Farmer Taylor Jones. Aber er war immerhin einer der angesehensten Bürger in Holcomb und auch in Garden City, der benachbarten Kreisstadt, wo er Vorsitzender der Baukommission für die kürzlich errichtete Erste Methodistenkirche gewesen war, ein Achthunderttausend-Dollar-Objekt. Er war gegenwärtig Vorsitzender der Kansas-Landwirtschafts-Konferenz, und ebenso wie bei den Agrar-Fachleuten des Mittelwestens hatte er auch bei gewissen Regierungsstellen in Washington einen guten Namen, wo er unter der Eisenhower-Regierung Mitglied der Bundeskommission für landwirtschaftliche Kredite gewesen war.
Mr. Clutter hatte schon immer gewußt, was er wollte, und das, was er sich vorgenommen hatte, auch erreicht. An seiner linken Hand trug er an dem durch einen Mähdrescher verstümmelten Ringfinger einen schlichten goldenen Ring, das nunmehr ein Vierteljahrhundert alte Symbol seiner Ehe

mit der Frau, die er hatte heiraten wollen – der Schwester eines Klassenkameraden, einem zarten, schüchternen und frommen Mädchen namens Bonnie Fox, drei Jahre jünger als er. Von ihr hatte er vier Kinder – drei Töchter und einen Sohn. Die älteste Tochter Eveanna war verheiratet und Mutter eines zehn Monate alten Jungen, sie lebte in Nord-Illinois, kam aber oft zu Besuch nach Holcomb. Sie und ihre Familie wurden in dieser Zeit gerade erwartet, denn ihre Eltern planten ein großes Thanksgiving-Treffen der Familie Clutter (die aus Deutschland stammte; der erste Clutter – oder Klotter, wie er sich damals schrieb – kam 1880 nach Amerika); über fünfzig Verwandte waren eingeladen worden, von denen einige von so weit entfernten Orten wie Palatka, Florida, anreisen mußten. Auch Beverly, die zweitälteste Tochter, lebte nicht mehr auf der River-Valley-Farm. Sie war in Kansas City, wo sie zur Krankenschwester ausgebildet wurde. Beverly war mit einem jungen Biologiestudenten verlobt, der ihrem Vater als Schwiegersohn sehr willkommen war. Die Einladungen zur Hochzeit, die in der Weihnachtswoche stattfinden sollte, waren schon gedruckt. Der Sohn Kenyon, der mit fünfzehn schon größer war als sein Vater, lebte noch bei den Eltern, ebenso wie seine um ein Jahr ältere Schwester Nancy, ganz Holcombs Liebling.

Was seine Familie betraf, so hatte Mr. Clutter nur eine ernsthafte Sorge – das Befinden seiner Frau. Sie war »nervös«, sie hatte »kleine Anfälle« – das waren die Ausdrücke, mit denen man ihren Zustand im Familienkreis wohlwollend umschrieb. Nicht daß die Wahrheit über »das Leiden der armen Bonnie« ein Geheimnis gewesen wäre; jedermann wußte, daß sie in den letzten sechs Jahren wiederholt in psychiatrischer Behandlung gewesen war. Aber selbst dieser Schatten war vor kurzem durch etwas Licht aufgehellt worden. Am vergangenen Mittwoch, als sie nach einem vierzehntägigen Aufenthalt im Wesley-Institut in Wichita, wohin sie sich gewöhnlich zur Behandlung zurückzog, nach Hause gekommen war, hatte Mrs. Clutter ihrem Mann voller Freude die kaum glaubliche Nachricht gebracht, daß die Ursache ihres Leidens nach Ansicht der Ärzte nicht im Kopf, sondern im Rückgrat zu suchen sei. Es war ein *physisches* Leiden, die Ursache eine Rückgratverkrümmung. Natürlich, sie müsse sich einer Operation unterziehen, aber danach würde sie wieder »die Alte« sein. War das die Möglichkeit – die Ängste, die Zurückgezogenheit hinter verschlossenen Türen, das in Kissen erstickte Schluchzen, all das sollte auf ein verkrümmtes Rückgrat zurückzuführen sein? Wenn dem wirklich so war, dann konnte Mr. Clutter bei dem Familientreffen in ungetrübter Freude sein Dankgebet sprechen.

Mr. Clutters Tag begann gewöhnlich um sechs Uhr dreißig. Geweckt wurde er meistens von dem Klappern der Milchkannen und dem geflüsterten Geplapper der Jungen, die sie brachten, der beiden Söhne eines Lohnarbeiters namens Vic Irsik. Heute aber blieb er noch liegen, ließ sich von Vic Irsiks Söhnen nicht stören, denn am Abend vorher, Freitag, dem 13., war es – wenn er sich dabei auch recht nett amüsiert hatte – spät geworden. Bonnie war ein bißchen »wie in alten Tagen« gewesen; als wollte sie die Genesung, die wiedergewonnene Lebenskraft, deren sie sich bald erfreuen würde, vorwegnehmen, hatte sie sich geschminkt, sich sorgfältig frisiert, ein neues Kleid angezogen und ihn zur Holcomb-Schule begleitet, wo sie einer Schüleraufführung von *Tom Sawyer* beiwohnten, bei der Nancy die Becky Thatcher spielte. Es hatte ihm Freude gemacht, die lächelnde, wenn auch ein wenig nervöse Bonnie wieder einmal auszuführen, sie mit andern plaudern zu sehen, und beide waren sie stolz auf Nancy gewesen. Sie hatte ihre Rolle sehr gut gespielt, hatte kein einziges Mal gestockt und, wie er ihr bei der Beglückwünschung hinter der Bühne sagte, »einfach wundervoll und wie eine richtige Südstaaten-Schönheit« ausgesehen. Worauf Nancy sich auch so benahm; sie machte in ihrem weiten Reifrock einen Knicks und bat ihn, noch nach Garden City fahren zu dürfen. Das State Theatre gab um elf Uhr dreißig eine Sondervorstellung, eine »Freitag-den-dreizehnten-Geisterschau«, und *alle* ihre Freundinnen gingen hin. Normalerweise hätte Mr. Clutter ihr das nicht erlaubt. Sein väterliches Wort galt, und das besagte, Nancy und auch Kenyon mußten wochentags um zehn und sonnabends um zwölf Uhr zu Hause sein. Aber durch die erfreulichen Ereignisse des Abends milde gestimmt, willigte er ein. Und Nancy war nicht vor zwei nach Hause gekommen. Er hatte sie kommen hören und sie zu sich gerufen, denn obwohl er kaum je laut wurde, in diesem Fall mußte er ihr klipp und klar etwas sagen, weniger über die späte Stunde als über den jungen Mann, der sie nach Hause gefahren hatte – ein Star der Basketball-Schulmannschaft, Bobby Rupp.

Mr. Clutter hatte nichts gegen Bobby. Seiner Ansicht nach war der Junge für sein Alter, er war siebzehn, sogar sehr zuverlässig und ein Kavalier. Nancy aber, die seit Jahren Verabredungen haben durfte, war, so hübsch und allgemein beliebt sie war, immer nur mit ihm ausgegangen, und obwohl Mr. Clutter Verständnis für die augenblickliche Tendenz der Jugend hatte, Paare zu bilden, einen »festen Freund« zu haben und »Freundschaftsringe« zu tragen, war er doch gegen diese Verbindung, besonders seit er vor einiger Zeit zufällig seine Tochter und den Jungen dabei ertappt hatte, wie sie sich küßten. Er hatte ihr daraufhin nahegelegt, sich nicht mehr so oft mit Bobby zu treffen, und ihr geraten, sich allmählich von ihm zurückzuziehen, weil das weniger schmerzlich sei als eine plötzliche spätere Trennung, zu der es, wie er ihr zu bedenken gab, doch eines Tages kommen müßte. Die Rupps waren römisch-katholisch, die Clutters Methodisten. Das war Grund genug, um alle Gedanken, die die beiden in bezug auf eine spätere Heirat haben mochten, auszuschließen. Nancy war vernünftig gewesen – sie hatte jedenfalls nicht dagegen angestritten –, und jetzt ließ sich Mr. Clutter, bevor er ihr gute Nacht sagte, das Versprechen geben, daß sie allmählich mit Bobby brechen würde.

Dieser Vorfall allerdings hatte zur Folge, daß Mr. Clutter, der sich gewöhnlich um elf Uhr zurückzog, reichlich spät ins Bett kam. Und so wachte er an diesem Morgen, am Sonnabend, dem 14. November 1959, erst nach sieben auf. Seine Frau schlief immer so lange wie möglich. Aber er brauchte, während er sich rasierte, duschte, Cordhosen, Lederjacke und Reitstiefel anzog, nicht in Sorge zu sein, daß er sie störte. Sie hatten kein gemeinsames Schlafzimmer. Seit Jahren schlief er in einem großen Zimmer im Parterre des zweistöckigen Fachwerk- und Backsteinhauses, das im ganzen vierzehn Zimmer hatte. Mrs. Clutter hatte zwar ihre Kleider in den Schränken dieses Zimmers und ihre wenigen Kosmetika und die Unmenge ihrer Medikamente in dem anschließenden, blau gekachelten Badezimmer, sie wohnte aber, und schlief dort auch, in Eveannas früherem Schlafzimmer, das wie die Zimmer von Nancy und Kenyon im zweiten Stock lag.

Das Haus – zum größten Teil mit viel praktischem Sinn und architektonischem Geschick, wenngleich ohne dekorative Ambitionen von Mr. Clutter selbst entworfen – war 1948 für vierzigtausend Dollar gebaut worden. (Der Verkaufswert war mittlerweile auf sechzigtausend Dollar gestiegen.) Das ansehnliche weiße Haus, auf einem weiten, gepflegten Rasen und am Ende einer alleenartigen, von Ulmen begrenzten Auffahrt gelegen, machte, als es fertig war, in Holcomb großen Eindruck. Es war ein Haus, auf das die Leute hinwiesen. In den Innenräumen bedeckten dicke rötlichbraune, geräuschdämpfende Teppiche mit Unterbrechungen die blanklackierten Fußböden. Im Wohnzimmer stand eine riesige Couch, deren modischer Knopfmuster-Bezug von silbrigglitzernden Metallfäden durchzogen war. Daran schloß sich eine Frühstücksnische, deren Hauptmöbel eine mit blau-weißem Plastikstoff bezogene Eckbank war. Das war die Art von Einrichtung, die Mr. und Mrs. Clutter gern hatten, wie übrigens die meisten ihrer Bekannten auch, deren Häuser im großen und ganzen ähnlich eingerichtet waren.

Außer einer Stütze, die wochentags zu ihnen kam, hatten die Clutters keine Hilfe, so daß Mr. Clutter, seit seine Frau krank war und die beiden älteren Töchter das Haus verlassen hatten, zwangsläufig kochen gelernt hatte. Er selbst oder Nancy, meistenteils allerdings Nancy, bereitete die Mahlzeiten zu. Mr. Clutter tat diese Art Hausarbeit gern und machte seine Sache ausgezeichnet. In ganz Kansas buk keine Hausfrau ein besseres Frühstücksbrot als er, und seine berühmten Kokosplätzchen fanden auf Wohltätigkeitsfesten reißenden Absatz. Dabei war er selbst kein großer Esser. Er bevorzugte, anders als die Farmer seiner Nachbarschaft, ein eher spartanisches Frühstück. So nahm er auch an diesem Morgen nur einen Apfel und ein Glas Milch zu sich. Er trank weder Kaffee noch Tee und war daran gewöhnt, den Tag ohne etwas Warmes im Magen zu beginnen. Tatsächlich verabscheute er jede Art von Stimulanzien, mochten sie noch so milde sein. Er rauchte nicht und rührte natürlich auch keinen Alkohol an. Tatsächlich hatte er ihn nie auch nur versucht, und er vermied sogar den Umgang mit Leuten, die derlei taten. Der gesellschaftliche Umkreis, in dem er sich bewegte, wurde dadurch aber nicht so stark eingeschränkt, wie man annehmen könnte, denn die Leute, mit denen er im wesentlichen verkehrte, waren alle Mitglieder der Ersten Methodistenkirche von Garden City, einer Gemeinde von siebzehnhundert Mitgliedern, die zumeist so abstinent waren, wie es sich Mr. Clutter nur wünschen konnte. Während er es sorgfältig vermied, anderen mit seinen Ansichten auf die Nerven zu fallen, und sich bemühte, sich außerhalb seines Hauses großzügig und tolerant zu geben, hielt er in der Familie und unter den Angestellten der River-Valley-Farm auf strenge Einhaltung seiner Regeln. »Trinken Sie?« war immer die erste Frage, die er einem Bewerber stellte, und selbst wenn der Mann verneinte, mußte er einen Vertrag mit der Klausel unterschreiben, daß das Arbeitsverhältnis sofort als aufgelöst zu betrachten sei, falls man Alkohol bei ihm entdeckte. Ein Freund von ihm, Mr. Lynn Russell – einer der ersten Farmer hier in der Gegend – hatte einmal zu ihm gesagt: »Ich sage dir, Herb, du hast kein Herz. Wenn du einen deiner Leute beim Trinken erwischtest, dann würdest du ihn rauswerfen. Und es wäre dir ganz egal,

was dann aus seiner Familie wird.« Das war wahrscheinlich das einzige Mal, daß an Mr. Clutter als Arbeitgeber Kritik geübt wurde. Im übrigen war er für seine Gerechtigkeit und seine Güte bekannt und dafür, daß er gute Löhne bezahlte und nicht mit Zulagen geizte. Die Leute, die für ihn arbeiteten – und das waren manchmal bis zu achtzehn –, hatten keinen Grund, sich zu beklagen.
Nachdem er das Glas Milch getrunken und seine pelzbesetzte Mütze aufgesetzt hatte, ging Mr. Clutter, seinen Apfel in der Hand, nach draußen, um nach dem Wetter zu sehen. Es war ein ideales Wetter zum Apfelessen. Der Himmel war klar, helles Sonnenlicht lag auf dem Rasen, der Ostwind raschelte in den letzten Blättern der Ulmen an der Auffahrt, ohne sie herunterzuwehen. Der Herbst belohnt West-Kansas für die Unbilden, die die übrigen Jahreszeiten mit sich bringen: für den Winter mit seinen rauhen Colorado-Winden und dem hüfthohen Schnee, in dem die Schafe ersticken; für den Schlamm und den dichten Landnebel im Frühjahr, und für den Sommer, in dem die endlosen gelbbraunen Weizenfelder, in der trockenen Glut dörren und flammen und selbst die Krähen nach winzigen Schattenflecken suchen. Wenn erst der September vorbei ist, ändert sich das Wetter, dann setzt der Nachsommer ein, der manchmal bis Weihnachten anhält. Während Mr. Clutter dieses herrliche Wetter genoß, kam sein Hund angelaufen, ein Mischling, zum Teil Collie, und gemeinsam schlenderten sie zu der Einfriedung für das Vieh, die neben einer der drei auf das Grundstück verteilten Scheunen lag.
Eine davon war ein mächtiger Wellblech-Bau, bis zum Rand voll mit Korn – Westland-Hirse –, und eine zweite Scheune barg einen dunklen, scharf riechenden Berg Hirsesaat, der einen beträchtlichen Wert hatte, gut hunderttausend Dollar. Das allein waren viertausend Prozent mehr, als Mr. Clutter im ganzen Jahr 1934 verdient hatte, als er Bonnie Fox heiratete und mit ihr aus ihrer Heimatstadt Rozel, Kansas, nach Garden City gezogen war, wo er als Assistent des Landwirtschafts-Bevollmächtigten der Finney County begonnen hatte. Tüchtig wie er war, brauchte er nur sieben Monate, bis er befördert und selbst zum Bevollmächtigten ernannt wurde. Die Jahre, in denen er diesen Posten innehatte – 1935 bis 1939 –, gehörten zu den trockensten, düstersten Jahren, die man dort seit der ersten Ansiedlung von Weißen erlebt hatte. Der junge Herb Clutter, der sich inzwischen mit den modernsten landwirtschaftlichen Methoden auskannte, war als Mittelsmann zwischen der Regierung und den verzweifelten Farmern

glänzend geeignet. Diesen Leuten kamen der Optimismus und die Kenntnisse eines jungen, umgänglichen Mannes, der offenbar etwas von seiner Sache verstand, gerade recht. Er selbst hatte damit aber noch nicht erreicht, was er wollte. Als Sohn eines Farmers hatte er von Anfang an das Ziel, selbst eine Farm zu besitzen. Und so gab er nach vier Jahren diesen Posten auf, lieh sich Geld, mit dem er Land pachtete, und legte den Grundstock für die spätere River-Valley-Farm (ein Name, der durch die Nähe des Arkansas River gerechtfertigt war, keineswegs aber durch ein Tal, denn das gab es in dieser Gegend nicht). Es war ein Unternehmen, das die Alteingesessenen, die ihn mit seinen von der Universität bezogenen Kenntnissen sowieso gern hochnahmen, mit Skepsis verfolgten: »Fein, Herb, nun zeig's uns mal. Du weißt ja immer so prima Bescheid, was andere mit ihrem Land zu machen haben. Hier pflanzt ihr das an, und da macht ihr das. Aber das sieht schon ein bißchen anders aus, wenn einem das Land selbst gehört.«

Doch sie irrten sich; er hatte von Anfang an Erfolg, teilweise weil er, in den ersten Jahren täglich bis zu achtzehn Stunden arbeitete. Rückschläge hatte er natürlich auch – zweimal ging es mit der Weizenernte schief, und in einem Winter verlor er durch einen Blizzard mehrere hundert Schafe. Aber nach zehn Jahren gehörten Mr. Clutter achthundert Morgen, und dreitausend hatte er dazu in Pacht – und das war, wie seine Kollegen zugeben mußten – »für den Anfang ganz schön«. Vom Weizen, von der Ernte an Mais- und Grassaat hing der Erfolg der Farm ab. Vieh war auch wichtig, Schafe und besonders Rinder. Einer Herde von einigen hundert Hereford-Rindern war das Zeichen der Clutter-Farm eingebrannt, was man allerdings kaum vermutet hätte, wenn man die wenigen Tiere in der Einfriedung sah, die lediglich für kranke Stiere vorgesehen war, ein paar Milchkühe, Nancys Katzen und Babe, den Liebling der Familie – ein altes fettes Arbeitspferd, dem es nichts ausmachte, mit drei oder vier Kindern auf seinem breiten Rücken querfeldein zu traben.

Mr. Clutter gab Babe das Kerngehäuse des Apfels zum Fressen und begrüßte einen Mann, der in der Einfriedung Kehricht zusammenharkte. Das war Alfred Stoecklein, der einzige Arbeiter, der auch auf der Farm wohnte. Die Stoeckleins mit ihren drei Kindern lebten in einem Haus knapp hundert Meter vom Haupthaus entfernt, sie waren im Umkreis von achthundert Meter Clutters einzige Nachbarn. Stoecklein, ein Mann mit einem langen, schmalen Gesicht und braunen Zähnen, fragte: »Haben Sie für mich heute was Besonderes zu tun? Das Baby ist nämlich krank. Ich und meine Frau waren fast die ganze Nacht auf. Ich wollte sie eigentlich zum Doktor bringen.« Mr. Clutter drückte ihm sein Mitgefühl aus und sagte, er solle den Morgen auf alle Fälle freinehmen, und wenn er oder seine Frau irgendwie helfen könnten, dann sollte er es ihnen doch sagen. Darauf ging er, der Hund vorneweg, in südlicher Richtung zu den Feldern, deren Stoppeln in der spätherbstlichen Sonne gelbbraun blinkten.

Nicht weit davon war der Fluß, an dessen Ufer ein kleiner Hain von Obstbäumen stand – Pfirsiche, Birnen, Kirschen und Äpfel. Vor fünfzig Jahren, wie man hier sagt, hätte ein Holzfäller ganze zehn Minuten gebraucht, um alle Bäume von West-Kansas zu fällen. Auch heute noch werden im allgemeinen nur Pappeln und chinesische Ulmen angepflanzt – Bäume, die, was Wasser anbelangt, genügsam sind wie Kakteen. »Drei Zentimeter mehr Regen, und dieses Land wäre ein Paradies auf Erden«, war eine Bemerkung, die Mr. Clutter oft machte. Mit dem kleinen Obstgarten am Fluß versuchte er, ob Regen oder nicht, das Stückchen Paradies, das grüne, apfelduftende Eden, das ihm vorschwebte, zu verwirklichen. Seine Frau sagte einmal: »Meinem Mann liegen diese Bäume mehr am Herzen als seine eigenen Kinder«, und alle in Holcomb erinnerten sich noch an den Tag, als ein kleines Flugzeug mit Motorschaden in die Pfirsichbäume krachte: »Herb war nicht zu halten! Der Propeller war noch nicht zum Stillstand gekommen, da hatte er dem Piloten schon eine Klage an den Hals gehängt.«

Mr. Clutter ging durch den Obstgarten und dann weiter am Fluß entlang, der hier ziemlich seicht und von kleinen Inseln durchsetzt war, Sandbänken mitten im Strom, auf denen man früher, als Bonnie noch »auf der Höhe« war, an heißen Sonntagen Picknicks veranstaltet hatte, Familiennachmittage, die man in der Erwartung anbeißender Fische verbrachte. Es kam selten vor, daß Mr. Clutter Unbefugte auf seinem Land überraschte. Es lag zweieinhalb Kilometer ab von der Landstraße und war nur auf ziemlich versteckten Wegen zu erreichen, so daß sich Fremde auch zufällig nicht so leicht dorthin verirrten. In diesem Augenblick aber tauchte plötzlich eine ganze Gruppe von ihnen auf, und Teddy, der Hund, ging wütend bellend auf sie los. Aber es war komisch mit ihm. Er war ein guter Wachhund, aufmerksam und immer bereit, Laut zu geben. Er hatte nur einen Fehler: Kaum sah er ein Gewehr, wie in diesem Fall – denn die Eindringlinge waren bewaffnet –, dann duckte er sich weg und zog den Schwanz ein. Keiner wußte warum, denn niemand kannte seine Vorgeschichte. Kenyon hatte ihn vor Jahren aufgegriffen, als er herrenlos durchs Land streunte. Die Fremden waren, wie sich herausstellte, fünf Fasanenjäger aus Oklahoma. Der November ist in Kansas die Zeit der Fasanenjagd, und dieses Ereignis zieht aus den Nachbarstaaten ganze Herden von Amateurjägern an, und während der ganzen vergangenen Woche hatten Regimenter mit schottischen Hüten die herbstliche Gegend durchstreift und mit ihren Schrotbüchsen in die auffliegenden Schwärme der wohlgenährten, kupferfarbenen Vögel geballert. Es war üblich, daß die Jäger, falls sie nicht Gäste des Landeigentümers waren, einen bestimmten Betrag bezahlten, um auf seinem Besitz jagen zu dürfen. Aber als die Leute aus Oklahoma das anboten, lächelte Mr. Clutter amüsiert. »Ich bin nicht so arm, wie ich aussehe. Machen Sie nur weiter, schießen Sie alles, was Ihnen vor die Flinte kommt«, sagte er. Er tippte an seine Mütze und ging, um sich an die Arbeit dieses Tages zu machen, der, ohne daß er es ahnte, sein letzter sein sollte.

Der junge Mann, der in einem Café mit Namen Little Jewel frühstückte, trank, ebenso wie Mr. Clutter, keinen Kaffee. Er zog Root-Bier vor, ein aus Anis, Muskatnuß und Wacholder gebrautes Getränk. Drei Tabletten Aspirin, kaltes Root-Bier und eine Kette von Pall-Mall-Zigaretten, das war es, was er sich unter einem »anständigen Happen« vorstellte. An seinem Glas nippend und rauchend, studierte er eine vor ihm auf der Theke ausgebreitete Karte – eine Philipps 66 Karte von Mexiko –, aber es fiel ihm schwer, sich zu konzentrieren, denn er wartete auf seinen Freund, und der war unpünktlich. Er sah durchs Fenster nach draußen auf die stille Kleinstadtstraße, die er gestern zum erstenmal gesehen hatte. Von Dick weit und breit keine Spur. Aber kommen würde er bestimmt, denn schließlich war der Anlaß ihres Treffens hier seine Idee. Es war sein »Ding«. Und wenn sie es gedreht hatten, dann ab nach Mexiko. Die Karte war zerfetzt, abgegriffen und weich wie ein altes Wischleder. In dem Hotelzimmer um die Ecke, in dem er wohnte, hatte er noch mehr davon. Hunderte abgegriffener Karten von allen amerikanischen Staaten, allen kanadischen Provinzen, allen Ländern Südamerikas. Denn der junge Mann war unaufhörlich dabei, Reisen zu planen, von denen er viele tatsächlich auch schon unternommen hatte: nach Alaska, nach Hawaii und Japan, nach Hongkong. Jetzt war er hier, und zwar aufgrund eines Briefes, einer Aufforderung, bei einem »Ding« mitzumachen. Und er hatte seine ganze Habe bei sich: einen Pappkoffer, eine Gitarre und zwei große Kartons mit Büchern, Landkarten, Liedern, Gedichten und alten Briefen, die zusammen zweieinhalb Zentner wogen. (Dicks Gesicht, als er die *Kartons* sah! »Mann Gottes, Perry, den Plunder schleppst du *überall* mit rum?« Und Perry hatte gesagt: »*Wieso* Plunder? Eins von den Büchern da hat mich dreißig Lappen gekostet.«) Jetzt war er also hier. In diesem Nest – in Olathe, Kansas. Komisch, wenn man sich das so überlegte; sich vorzustellen, daß man schon wieder in Kansas war, wo man doch vor knapp vier Monaten erst vor der Staatlichen Haftentlassungskommission und dann sich selbst geschworen hatte, daß man nie wieder in dieser Gegend aufkreuzen würde. Na ja, nur für kurze Zeit.

Um viele Namen auf der Karte war mit Tinte ein Kreis gezogen. COZUMEL, eine Insel vor der Küste von Yukatan, wo man, wie er in einem Herrenmagazin gelesen hatte, »die Kleider ablegen, mit einem lässigen Grinsen wie ein Radscha leben und für fünfzig Dollar im Monat alle Frauen haben konnte, die man nur wollte«! Er hatte dem Artikel noch andere ansprechende Fakten entnommen: »Cozumel bietet Schutz vor jeder Art sozialem, wirtschaftlichem und politischem Zwang. Kein Beamter *dieser* Insel würde je einer Privatperson zu nahe treten.« Und: »Jedes Jahr kommen Papageienschwärme vom Festland herüber, um hier ihre Eier zu legen.« ACAPULCO verhieß Tiefsee-Fischen, Kasinos, reiche, lebenslustige Frauen; und SIERRA MADRE bedeutete Gold, den Schatz *der Sierra Madre,* ein Film, den er achtmal gesehen hatte. (Es war Bogarts bester Film, aber der alte Bursche, der den Goldschürfer spielte, der Perry immer an seinen Vater erinnerte, war auch toll. Walter Huston. Ja, und was er Dick erzählt hatte, das stimmte: Er *kannte* sich aus mit dem Job, er hatte das von seinem Vater gelernt, der von Beruf Goldsucher gewesen war. Warum sollten sie also nicht, sie beide, sich ein paar Packpferde kaufen und ihr Glück in der Sierra Madre versuchen? Aber Dick, der praktische Dick, hatte gesagt: »Langsam, langsam, Kleiner. Ich hab das Ding auch gesehen. Geht doch alles in 'n Eimer. Fieber und die Blutsauger und so, eine verdammt trostlose Gegend das. Und als sie das Gold schließlich hatten – erinnerst dich vielleicht –, da kam der Wind und blies ihnen alles weg.«) Perry faltete die Karte zusammen. Er zahlte und stand auf. Im Sitzen hatte er groß und ziemlich bullig ausgesehen, ein kräftiger Bursche mit Schultern und Armen, massig wie bei einem Gewichtheber – Gewichtheben war tatsächlich sein Hobby. Aber von der Hüfte abwärts paßte einiges nicht zu seinen sonstigen Maßen. Seine winzigen Füße, die in flachen schwarzen Stiefeln mit Schnallen steckten, hätten ohne weiteres in die Tanzschuhe eines Mädchens gepaßt. Als er aufstand, war er nicht größer als ein zwölfjähriges Kind und sah nun plötzlich auf seinen verkümmerten Beinen, die in groteskem Mißverhältnis zu dem Erwachsenenrumpf standen, den sie trugen, nicht wie ein gutgebauter Fernfahrer aus, sondern wie ein übergewichtiger, muskelbepackter ehemaliger Jockey.

Draußen vor dem Café stellte Perry sich in die Sonne. Es war Viertel vor neun, und Dick hatte schon vor einer halben Stunde hier sein wollen. Hätte Dick ihm nicht eingehämmert, daß es in den nächsten vierundzwanzig Stunden auf jede Minute ankommen würde, dann hätte er es gar nicht bemerkt. Zeit war für ihn kein Problem, er hatte viele Methoden, sie sich zu vertreiben – in den Spiegel gucken war eine davon. Dick hatte einmal zu ihm gesagt. »Jedesmal, wenn du einen Spiegel siehst, dann verfällst du in Trance, Mensch. Als ob du da einen Walfisch oder was weis ich anglotzt. Mein Gott, wird dir das denn nie über?« Nein, das wurde ihm nicht über; er konnte sich nicht sattsehen an seinem eigenen Gesicht. Von jedem Blickwinkel aus wirkte es anders. Es war das Gesicht eines Menschen mit vielschichtigem, schwankendem Charakter, und vor dem Spiegel hatte er gelernt, seinen Ausdruck je nach Laune dutzendfach zu verändern, mal düster dreinzuschauen, mal pfiffig, und dann wieder seelenvoll. Ein Neigen des Kopfes, ein zartes Anheben der Lippen, und schon wurde aus dem verkommenen Zigeuner ein zartbesaiteter Romantiker. Seine Mutter war Cherokesin, von ihr hatte er die bräunlich-dunkle Hautfarbe, die feuchtschimmernden Augen und das volle schwarze Haar, das er mit Brillantine pflegte und in einer Art Ponyfrisur mit Koteletten trug. Das Erbteil der Mutter war offensichtlich; was er von seinem Vater hatte, einem sommersprossigen, gelbblonden Iren, war ihm nicht so deutlich anzusehen. Es war, als hätte das indianische Blut alle Spuren seiner keltischen Abstammung getilgt. Dennoch ließen die rosa Lippen und die kecke Nase etwas von dieser Abstammung erkennen, auch eine gewisse verspielte Lebhaftigkeit und ein typisch irischer Ausdruck anmaßender Selbstgefälligkeit, die immer wieder in der Cherokesen-Maske aufstiegen und sie völlig beherrschten, wenn er die Gitarre nahm und sang. Singen, und die Einbildung, es vor Zuhörern zu tun, waren ebenfalls ein ihn faszinierender Zeitvertreib. Er sah sich dabei immer in der gleichen Umgebung – in einem Nachtclub in Las Vegas, das zufällig seine Heimatstadt war. Es war ein elegant ausgestatteter

Raum mit lauter berühmten Leuten an den Tischen, die hingerissen zuhörten, wie der sensationelle neue Star seine berühmte, von Geigen begleitete Version von »I'll be seeing you« vor ihnen produzierte und als Zugabe seine neueste selbstkomponierte Ballade vortrug:

Papageien seh ich fliegen
Rot und grün, im April,
Wie Orangen, gelb und grün.
Seh sie fliegen, hör sie singen,
Papageien im April...

(Dick hatte, als er dieses Lied zum erstenmal von ihm hörte, kommentiert: »Papageien singen nicht. Reden vielleicht. Plappern. Aber singen – Nee.« Natürlich, Dick war ein reichlich praktischer Typ, nahm es allzu genau – er hatte kein Verständnis für Musik oder Poesie –, und doch waren es im Grunde gerade Dicks Genauigkeit und sein praktischer Sinn, die Perry angezogen hatten, denn im Vergleich zu ihm schien Dick dadurch so robust, so unverwundbar und »durch und durch männlich«.)
Aber so angenehm diese Las-Vegas-Träumereien waren, sie verblaßten vor anderen, phantastischen Vorstellungen, denen er nachhing. Seit seiner Kindheit, seit mehr als der Hälfte seiner einunddreißig Jahre, hatte er sich Literatur schicken lassen (»EIN VERMÖGEN DURCH TAUCHEN! Training zu Hause in Ihrer Freizeit. Wie man durch Tauchen nach versunkenen Schätzen rasch zu Geld kommt. BROSCHÜRE KOSTENLOS...«), hatte auf Anzeigen geschrieben (»VERSUNKENER SCHATZ! Authentische Karten vom Fundort! Erstaunliches Angebot...«), die seine Sehnsucht anstachelten, ein Abenteuer endlich zu verwirklichen, das er in der Phantasie wieder und wieder durchgeprobt hatte. Es war der Traum, sich durch fremde Wassertiefen hinabsinken zu lassen, einzutauchen in grünen Meeresdämmer, vorbeizugleiten an den schuppigen, wildäugigen Bewachern des weit voraus am Grund liegenden Schiffsrumpfes einer spanischen Galeone – eine versunkene Fracht von Perlen und Diamanten und Gefäßen, bis zum Rand voll Gold.
Ein Wagen hupte. Endlich – Dick.

»Meine Güte, Kenyon! Ich hab ja gehört.«
Kenyon ritt wie gewöhnlich der Teufel. Er hörte nicht auf mit seinem Gebrüll. »Nancy! Telefon!«
Barfuß, nur mit einem Pyjama bekleidet, kam Nancy die Treppe heruntergerast. Im Haus waren zwei Telefone – eins im Arbeitszimmer ihres Vaters, das andere in der Küche. Sie nahm den Hörer in der Küche ab: »Hallo? O ja, guten Morgen, Mrs. Katz.«
Und Mrs. Clarence Katz, die Frau eines Farmers, der an der Landstraße wohnte, sagte: »Ich habe deinem Vater gesagt, er solle dich nicht wecken. Ich sagte, Nancy muß doch müde sein, nach dem großartigen Theaterspiel gestern abend. Du warst wundervoll, Nancy. Die weißen Bänder in deinem Haar! Und dann die Szene, als du dachtest, Tom Sawyer wäre tot – du hattest richtig Tränen in den Augen. Das war genauso gut wie die Stücke im Fernsehen. Aber dein Vater sagte, es wäre jetzt Zeit für dich; na ja, es geht ja auch schon auf neun. Aber was ich eigentlich wollte, Liebe – weißt du, meine kleine Jolene, sie möchte so furchtbar gern einen Kirschkuchen backen, und das kannst du doch so unübertrefflich gut, du hast ja schon Preise gewonnen für deine Kuchen. Meinst du, ich könnte sie heute morgen mal zu dir schicken, und du zeigst ihr das dann?«
Normalerweise wäre Nancy gern bereit gewesen, Jolene zu zeigen, wie man ein ganzes Weihnachtsessen zubereitete. Sie betrachtete es als ihre Pflicht, den jüngeren Mädchen zu helfen, wenn sie mit solchen Fragen zu ihr kamen, auch wenn es ums Nähen, um die Musikstunden ging, oder wenn sie sich ihr, was öfter vorkam, anvertrauen wollten. Wo sie die Zeit dafür hernahm, wie eine noch nicht Siebzehnjährige eine solche Fülle von Arbeiten bewältigen konnte, das war den meisten ein Rätsel. Sie suchten es sich zu erklären, indem sie sagten: »Das Mädchen hat eben Charakter. Das hat sie vom Vater.« Tatsächlich war sie es, die das große Haus praktisch allein führte, sie war außerdem eine glänzende Schülerin und Klassensprecherin, sie gehörte zur Programmleitung des 4-H-Clubs und war Leiterin der Liga Junger Methodisten. Sie war eine gute Reiterin und spielte ausgezeichnet Klavier und Klarinette. Und außerdem gewann sie auch noch auf der jährlichen County-Ausstellung Preise im Tortenbacken, Einmachen, Handarbeiten und Blumenbinden. Und sie war auch noch fröhlich dabei, lachte gern und machte das alles ohne jede Angabe. Sicherlich hatte sie die Eigenschaft, die ihr das alles ermöglichte, von ihrem Vater, und das war ein ausgesprochenes Organisationstalent. Jede Stunde war eingeteilt, sie wußte

immer genau, was wann zu tun war und wie lange sie dazu brauchte. Und das war ihr Problem heute: der Tag war schon mehr als besetzt. Sie hatte versprochen, Roxie Lee Smith, einem jungen Mädchen aus der Nachbarschaft, bei einem Trompetensolo zu helfen, das Roxie Lee beim Schulkonzert spielen wollte. Dann hatte sie drei komplizierte Besorgungen für ihre Mutter zu erledigen und war verabredet, mit ihrem Vater zum 4-H-Club nach Garden City zu fahren. Außerdem mußte sie den Lunch fertigmachen und danach an den Brautjungfernkleidern für Beverlys Hochzeit arbeiten, die sie selbst entworfen hatte und auch selbst nähen wollte. So hatte sie einfach keine Zeit für Jolene. Es sei denn, sie sagte irgend etwas ab.

»Mrs. Katz? Wollen Sie bitte einen Augenblick am Apparat bleiben?«

Sie ging quer durchs Haus zum Arbeitszimmer ihres Vaters, das einen Außeneingang für gewöhnliche Besucher hatte, aber auch vom Vorderzimmer durch eine Schiebetür zu erreichen war. Mr. Clutter teilte es zwar gelegentlich mit dem jungen Gerald Van Vleet, der ihm bei der Leitung der Farm assistierte, es war aber im Grunde sein Privatzimmer – ein wohlgeordnetes Heiligtum. Neben sich seinen Feldstecher und umgeben von Barometern und Niederschlagskarten, saß er in diesem nußholzgetäfelten Zimmer wie ein Kapitän in seinem Kartenhaus, ein Navigationsoffizier, der das Schiff der River-Valley-Farm durch die manchmal recht unsicheren Gewässer der Jahreszeiten steuerte.

»Mach dir keine Sorgen«, antwortete er auf Nancys Frage. »Du brauchst nicht unbedingt mit zum 4-H-Club. Ich nehme dann Kenyon mit.«

Nancy nahm also den Hörer des Büro-Telefons auf und sagte zu Mrs. Katz, ja, es ist in Ordnung, Jolene kann gern kommen. »Komisch«, sagte sie, als sie auflegte, und sah sich beunruhigt im Zimmer um. Ihr Vater war dabei, Kenyon bei seinen Rechenaufgaben zu helfen, während Mr. Van Vleet an seinem Schreibtisch am Fenster saß. Er sah gut aus, wenngleich ein bißchen finster und mürrisch, weshalb Nancy ihn hinter seinem Rücken gern Heathcliff nannte. »Es riecht hier doch nach Zigaretten.«

»Wer riecht nach Zigaretten, du?« fragte Kenyon.

»Nein, du Witzbold. Du.«

Das brachte ihn zum Schweigen, denn wie Kenyon wußte, wußte sie, daß er hin und wieder heimlich rauchte – aber schließlich, Nancy tat das auch.

Mr. Clutter klatschte in die Hände. »Schluß jetzt. Das ist hier mein Arbeitszimmer.«

Als sie wieder oben war, zog sie ihre verschossene Arbeitshose und einen grünen Pullover an und band ihr drittliebstes Besitztum, eine goldene Armbanduhr, um. Noch höher schätzte sie Evinrude ein, ihre Katze, und selbst über Evinrude rangierte noch Bobbys Freundschaftsring, den sie am Daumen trug (*wenn* sie ihn trug; der geringste Wutanfall, und runter damit), denn es war ein richtiger Erwachsenenring und, selbst wenn man Heftpflaster unterlegte, zu weit für ihre anderen Finger. Nancy war ein hübsches Mädchen, schlank und jungenhaft wendig, und das Hübscheste an ihr waren ihr kurzgeschnittenes, glänzendes, kastanienbraunes Haar (hundert Bürstenstriche jeden Morgen und ebenso viele am Abend) und ihr blühender, vom vergangenen Sommer noch rosig gebräunter, leicht sommersprossiger Teint. Ihr ganzes liebenswertes Wesen aber, ihre Arglosigkeit und ihre immer hilfsbereite Freundlichkeit lagen in dem warmen, dunkel durchscheinenden Blick – wie gegen das Licht gehaltenes Bier – ihrer Augen.

»Nancy!« rief Kenyon. »Susan ist am Telefon.«

Susan Kidwell, ihre beste Freundin. Wieder ging sie zum Telefon in der Küche. »Sag mal«, sagte Susan, die jedes ihrer Telefongespräche mit diesen Worten begann. »Sag mal zunächst, wie kommst du eigentlich dazu, mit Jerry Roth zu flirten.« Jerry Roth war wie Bobby ein Star der Basketball-Schulmannschaft.

»Gestern abend? Du liebe Zeit, ich hab doch nicht geflirtet. Du meinst, weil wir Hand in Hand dasaßen? Er war während des Stücks hinter die Bühne gekommen, und ich war so nervös. Deswegen hielt er meine Hand. Um mich zu beruhigen.«

»Wie süß. Und dann?«

»Dann bin ich mit Bobby in den Gespensterfilm gegangen. Und er hat allerdings meine Hand gehalten, das durfte er ja wohl.«

»War es aufregend? Nicht Bobby, mein ich, der Film.«

»Er fand das nicht, er lachte bloß. Aber du kennst mich ja. Puuuh! – ich hab vielleicht Angst gehabt.«

»Was kaust du denn?«

»Nichts.«

»Ich weiß, deine Fingernägel«, sagte Susan und hatte recht. So sehr sich Nancy bemühte, sie konnte es sich nicht abgewöhnen, an ihren Nägeln zu knabbern und, wenn sie aufgeregt war, sie bis zum Fleisch abzukauen. »Sag mal, hast du irgendwas?«

»Nein.«

»Nancy. C'est moi...« Susan hatte Französisch als Wahlfach.
»Na ja, es handelt sich um Daddy. Er ist seit drei Wochen in einer furchtbaren Stimmung. Jedenfalls mir gegenüber. Und als ich gestern nacht nach Hause kam, fing er wieder *damit* an.«
Dieses »damit« brauchte keine weitere Erklärung. Es war ein Thema, das die beiden Mädchen ausführlich durchdiskutiert hatten und über das sie sich einig waren. Susan hatte die Sache schließlich von Nancys Standpunkt aus zusammengefaßt und gesagt: »Du liebst Bobby jetzt, und du brauchst ihn. Aber im Innersten weiß Bobby selbst, daß die Sache keine Zukunft hat. Wenn wir später nach Manhattan gehen, dann bist du in einer ganz anderen Welt, und alles sieht anders aus.« Die Kansas State University ist in Manhattan, und dort wollten die beiden Mädchen Kunst studieren und auch zusammen wohnen. »Dann wird sich alles ändern, ob du es willst oder nicht. Aber jetzt kannst du nichts ändern, solange du in Holcomb bist, mit Bobby in einer Klasse sitzt und ihn jeden Tag siehst – und es ist auch noch kein *Grund* dazu. Denn schließlich seid ihr beide glücklich miteinander. Und du wirst auch gerne daran zurückdenken, wenn ihr schließlich getrennt seid. Kannst du das deinem Vater nicht begreiflich machen?« Nein, das war ihr unmöglich. Und zwar, »weil er«, versuchte sie es Susan zu erklären, »jedesmal, wenn er mit mir spricht, mich so ansieht, als ob ich ihn einfach nicht liebte. Oder als ob ich ihn *weniger* lieb hätte. Und plötzlich bin ich unfähig, überhaupt noch etwas zu sagen. Er ist schließlich mein Vater, und ich möchte mich so verhalten, wie er es wünscht.« Darauf wußte Susan nichts zu sagen, denn es ging um Gefühle und um eine Verbindung, die sie selbst nie erlebt hatte. Sie war allein mit ihrer Mutter, die an der Holcomb-Schule Musikunterricht gab, und sie erinnerte sich kaum an ihren Vater, denn schon vor langen Jahren, sie lebten damals noch in Kalifornien, hatte Mr. Kidwell das Haus verlassen und war nie wiedergekommen.
»Außerdem«, fuhr Nancy jetzt fort, »weiß ich gar nicht so genau, ob ich der wirkliche Grund für seine schlechte Laune bin. Ich glaube, es ist etwas ganz anderes, worüber er sich ernstlich Sorgen macht.«
»Deine Mutter?«
Keine von Nancys Freundinnen hätte es gewagt, auf diesen Punkt anzuspielen. Susan aber hatte das Recht dazu. Als sie, ein feinfühliges, melancholisches und phantasievolles Kind, vor Jahren nach Holcomb gekommen war, sie war damals acht, ein Jahr jünger als Nancy, hatten die Clutters

das vaterlose kleine Mädchen so warmherzig bei sich aufgenommen, daß sie bald zur Familie gehörte. Sieben Jahre lang waren die Mädchen, beide ähnlich zart und sensibel veranlagt, unzertrennlich gewesen, jede der anderen unersetzlich. Aber dann, im vergangenen September, war Susan in die größere und angeblich bessere Schule von Garden City gekommen. Es war der übliche Weg, wenn man beabsichtigte, seine Kinder später aufs College zu schicken. Aber für Mr. Clutter, der einen solchen Abgang in seinem Lokalstolz als einen Affront gegen die hiesige Gemeinde betrachtete, war die Holcomb-Schule gut genug für seine Kinder, und so blieben sie dort. Dadurch konnten die Mädchen nicht mehr so oft zusammen sein, und Nancy entbehrte den Umgang mit Susan sehr, der gegenüber sie ganz offen und ganz »sie selbst« sein konnte.
»Ich weiß nicht. Wir freuen uns doch alle so mit Mutter – du hast ja gehört, was für gute Nachrichten sie mitgebracht hat.« Und dann zögerte Nancy plötzlich, wie um sich Mut zu machen für eine unerhörte Äußerung: »Ich weiß gar nicht, ich glaube, ich werde noch verrückt, ich kann hinkommen, wo ich will, überall riecht es hier nach Zigarettenrauch. Wenn ich ins Auto steige oder in irgendein Zimmer gehe, es ist immer so, als wäre gerade jemand dagewesen und hätte geraucht. Mutter ist es bestimmt nicht, und Kenyon kann es auch nicht sein. Kenyon würde es nicht wagen ...«
Auch irgendwelche Besucher kamen kaum in Frage, denn allen waren die Sitten des Hauses bekannt, in dem es mit voller Absicht keinen Aschenbecher gab. Susan glaubte allmählich zu begreifen, was Nancy meinte, aber es kam ihr geradezu lächerlich vor. Sie konnte es einfach nicht glauben, daß sich vielleicht Mr. Clutter selbst durch Rauchen über einen geheimen Kummer hinwegzuhelfen versuchte. Aber bevor sie fragen konnte, ob es das war, was Nancy meinte, beendete Nancy das Gespräch: »Tut mir leid, Susie. Ich muß jetzt aufhören. Mrs. Katz ist da.«

Dick fuhr eine schwarze Chevrolet-Limousine, Baujahr 1949. Als Perry einstieg, suchte er auf dem Rücksitz nach seiner Gitarre. Am Abend vorher hatte er bei einer Party vor Dicks Freunden gespielt und sie dann im Wagen vergessen. Es war eine alte Gibson-Gitarre, mit Sandpapier glattgerieben und honiggelb gewachst. Daneben lag ein anderes Instrument – ein halbautomatisches Gewehr, Kaliber .12, nagelneu, mit blauem Lauf. In das Holz des Kolbens war eine Jagdszene gebrannt, Fasanen im Flug. Eine

Taschenlampe, ein Jagdmesser, ein paar Lederhandschuhe und eine Jagdweste mit gefüllten Patronengurten vervollständigten das seltsame Stilleben.

»Die trägst du?« fragte Perry und zeigte auf die Weste.

Dick klopfte mit den Knöcheln gegen die Windschutzscheibe. »Tschuldigung, Sir. Wir waren auf der Jagd und haben uns verirrt. Könnten wir mal telefonieren ...«

»Si, señor. Yo comprendo.«

»Kleinigkeit«, sagte Dick. »Ich sag dir, damit blasen wir denen die Grütze aus die Ohren, wie nix.«

»*Aus den* Ohren«, sagte Perry. Er hatte es mit Wörterbüchern, liebte insbesondere wenig gebräuchliche Wörter, und so hatte er sich, seit sie zusammen in der Kansas-State-Strafanstalt gewesen waren, ständig bemüht, Grammatik und Vokabular seines Partners zu verbessern. Dick nahm ihm das nicht weiter übel; seinem Lehrer zu Gefallen hatte er sogar einmal eine Handvoll Gedichte verfaßt, und obwohl die Verse ziemlich obszön waren, hatte Perry, der sie immerhin sehr komisch fand, das Manuskript in der Gefängniswerkstatt in Leder binden und den Titel, *Dirty Jokes,* in Gold darauf prägen lassen ...

Dick trug einen blauen Sweater, auf dessen Rückseite in großen Buchstaben eine Reklame BOB SANDS' BODY SHOP genäht war. Sie fuhren durch die Hauptstraße von Olathe zu Bob Sands' Laden, einer Autoreparaturwerkstatt mit Garage, wo Dick seit seiner Entlassung Mitte August gearbeitet hatte. Als tüchtiger Autoschlosser verdiente er dort sechzig Dollar die Woche. Für die Arbeit, die er an diesem Morgen vorhatte, verdiente er allerdings keine Bezahlung, aber Mr. Sands, der ihm sonnabends die Werkstatt allein überließ, würde nie erfahren, daß er seinem Angestellten die Überholung seines eigenen Wagens bezahlte. Perry half ihm dabei. Sie wechselten das Öl, brachten die Kupplung in Ordnung, luden die Batterie auf, erneuerten ein Zapfenlager und montierten neue Reifen auf die Hinterräder. Lauter notwendige Reparaturen, denn in den nächsten vierundzwanzig Stunden sollte aus dem alten Chevrolet herausgeholt werden, was das Ding nur hergab.

»Weil der Alte da immer rumlungerte«, antwortete Dick auf Perrys Frage, weshalb er sich verspätet habe. »Ich wollte nicht, daß er sah, daß ich das Gewehr mitnahm. Hätte dann gleich gewußt, daß ich ihm angeschwindelt hab.«

»*Ihn.* Was hast du denn zu ihm gesagt?«
»Wie wir's abgemacht haben. Hab ihm gesagt, wir bleiben über Nacht, wollten deine Schwester besuchen in Fort Scott. Von wegen dem Geld, das sie für dich hat. Fünfzehnhundert Dollar.« Perry hatte eine Schwester, hatte sogar früher zwei gehabt, aber die eine, die noch lebte, wohnte nicht in Fort Scott, einer Stadt hundertundvierzig Kilometer von Olathe. In Wirklichkeit kannte er ihre augenblickliche Adresse gar nicht.
»War er sauer?«
»Warum?«
»Weil er mich nicht ausstehen kann«, sagte Perry mit seiner sanften, zugleich etwas gouvernantenhaften Stimme – einer Stimme, die, wenngleich weich, die Worte exakt einzeln voneinander absetzte, sie hervorstieß wie Rauchringe aus dem Mund eines Pastors. »Und deine Mutter auch nicht. Ich hab das wohl gesehen an der unbeschreiblichen Art, wie die beiden mich anguckten.«
Dick zuckte die Achseln. »Hat nichts mit dir zu tun. Nicht mit dir persönlich. Sie haben das bloß nicht gern, wenn ich mit einem aus der Anstalt zusammen bin.« Dick, zweimal verheiratet, zweimal geschieden, jetzt achtundzwanzig und Vater von drei Jungen, war unter der Bedingung entlassen worden, daß er bei seinen Eltern wohnen würde. Die Eltern, zusammen mit einem jüngeren Bruder von ihm, wohnten auf einer kleinen Farm in der Nähe von Olathe. »Mit irgend jemand, der das Bruderzeichen trägt«, fügte er hinzu und zeigte auf einen blauen Punkt, der ihm unterm linken Auge eintätowiert war. Das war das Zeichen, an dem ihn frühere Gefängnisinsassen erkennen konnten.
»Verstehe«, sagte Perry. »Ich kann ihnen das nicht verdenken. Sie sind nette Leute. Besonders deine Mutter.«
Dick nickte. Er fand das auch.
Gegen Mittag waren sie fertig. Dick betätigte den Anlasser und horchte. Er war zufrieden mit dem gleichmäßigen Geräusch des Motors. Sie hatten gute Arbeit geleistet.

Nancy und ihr Schützling, die schmächtige, dreizehnjährige Jolene Katz, waren auch mit der Arbeit zufrieden, die sie an diesem Morgen hinter sich gebracht hatten. Jolene war sogar richtig stolz. Eine lange Weile starrte sie nur den preiswürdigen Kuchen an, unter dessen knuspriger gitterförmiger Kruste die noch ofenheißen Kirschen brutzelten; dann umarmte sie

Nancy, außer sich vor Glück, und fragte: »Ehrlich, hab ich das wirklich selbst gemacht?« Nancy lachte, erwiderte die Umarmung und bestätigte es ihr – sie hatte nur ein bißchen nachgeholfen.

Jolene drängte, sie sollten doch gleich mal ein Stück probieren und den Kuchen gar nicht erst kalt werden lassen. »Komm, wir essen gleich ein Stück, und Sie auch«, sagte sie zu Mrs. Clutter, die in die Küche gekommen war. Mrs. Clutter lächelte – versuchte zu lächeln; sie hatte Kopfschmerzen – vielen Dank, sagte sie, sie habe keinen rechten Appetit. Nancy aber hatte keine Zeit; Roxie Lee Smith und ihr Trompetensolo warteten auf sie und anschließend die Aufträge ihrer Mutter; der eine betraf die Brautgeschenke, die die Mädchen von Garden City für Beverly vorbereiteten, und ein zweiter das geplante Familientreffen.

»Geh schon, Liebling, ich leiste Jolene Gesellschaft, bis ihre Mutter kommt«, sagte Mrs. Clutter und wandte sich dann mit einer Schüchternheit, die sie nicht zu überwinden vermochte, an das Kind: »Das heißt, wenn Jolene nichts dagegen hat, daß ich ihr Gesellschaft leiste.« Als junges Mädchen hatte sie einen Preis in Beredsamkeit gewonnen; das reifere Alter aber schien ihre stimmlichen Ausdrucksmöglichkeiten auf einen einzigen Ton, den der Entschuldigung, reduziert und sie in ihrem Verhalten auf einige wenige Gebärden beschränkt zu haben, die von der Furcht, Ärgernis oder Mißfallen zu erregen, verwischt schienen. »Du wirst das sicher verstehen«, sagte sie, als ihre Tochter gegangen war. »Du nimmst es Nancy doch nicht übel, daß sie gegangen ist?«

»Aber nein, wirklich nicht. Ach, ich hab sie ja so gern. Alle haben sie so gern. Niemand ist so wie Nancy. Wissen Sie, was Mrs. Stringer von ihr gesagt hat?« Mrs. Stringer war ihre Hausarbeits-Lehrerin. »Nancy Clutter«, hat sie vor der Klasse gesagt, »ist immer in Eile, aber sie hat immer Zeit. Und so gehört es sich auch für eine junge Dame.«

»Ja«, erwiderte Mrs. Clutter. »Alle meine Kinder sind sehr tüchtig. Sie brauchen mich nicht.«

Jolene war noch nie mit Nancys »seltsamer« Mutter allein gewesen, aber trotz allem, was sie über sie gehört hatte, fühlte sie sich jetzt in ihrer Gegenwart wohl, denn Mrs. Clutter, obwohl selbst alles andere als entspannt, wirkte auf andere beruhigend, wie das oft bei wehrlosen Menschen der Fall ist, einfach weil man sich nicht von ihnen bedroht fühlt. Und so erweckten Mrs. Clutters herzförmiges Missionarinnengesicht und die ätherische Hilflosigkeit ihres Blickes selbst in Jolene, einem sehr kindlichen Geschöpf,

ein fast mütterliches Mitgefühl. Aber sich vorzustellen, daß sie Nancys Mutter war ...! Ihre Tante – ja, das hätte man sich vorstellen können; eine unverheiratete Tante auf Besuch, etwas merkwürdig, aber doch nett.
»Nein, sie brauchen mich nicht«, wiederholte sie, während sie sich eine Tasse Kaffee einschenkte. Als einzige in der Familie hielt sie sich nicht daran, daß ihr Mann dieses Getränk ablehnte. Sie trank jeden Morgen zwei Tassen und nahm häufig für den Rest des Tages nichts weiter zu sich. Sie wog knapp neunzig Pfund; sie trug zwei Ringe – einen Ehering und einen mit einem kleinen, fast unscheinbaren Diamanten – die lose an ihren dünnen, knochigen Fingern saßen. Jolene schnitt ein Stück von dem Kuchen ab. »Junge«, sagte sie, als sie es verschlang. »Davon werd ich jetzt jeden Tag der Woche einen machen.«
»Nun, du hast ja genug kleine Brüder, und Jungen werden mit jeder Menge Kuchen fertig. Mein Mann und Kenyon, die können gar nicht genug davon bekommen. Anders ist es nur, wenn man ihn selbst gemacht hat – Nancy rührt kein Stück an. Und so wird es dir schließlich auch gehen. Nein, nein – was rede ich da bloß?« Mrs. Clutter nahm ihre randlose Brille ab und rieb sich die Augen. »Verzeih mir, mein Kind, du wirst sicher nie erleben, was es heißt, immer müde zu sein. Du wirst immer ein froher und glücklicher Mensch sein ...«
Jolene schwieg. Die Panik, die sie in Mrs. Clutters Stimme spürte, hatte ihre Stimmung umschlagen lassen; sie war verwirrt und hoffte, ihre Mutter würde bald kommen, um sie abzuholen. Sie hatte versprochen, um elf da zu sein.
Mrs. Clutter schien sich beruhigt zu haben, sie fragte: »Magst du so ganz kleine Sachen gern, Miniaturen?« Und sie führte Jolene ins Eßzimmer, wo sie ihr auf einem Regal lauter winzige Dinge zeigte – Scheren, Fingerhüte, Blumenkörbchen aus Glas, kleine Figuren, Gabeln und Messer. »Manche davon hab ich schon als Kind gehabt. Papa und Mama – wir alle – lebten damals die meiste Zeit des Jahres in Kalifornien, am Meer. Und da gab es einen Laden mit diesen kostbaren kleinen Dingen. Diese Täßchen zum Beispiel. Ich habe sie von meinem Vater, oh, ich habe eine sehr schöne Kindheit gehabt.« Ein kleines Tablett mit leise klirrenden Puppentäßchen zitterte auf ihrer Hand.
Als einzige Tochter eines Weizenfarmers namens Fox, als Schwester von drei älteren Brüdern, die sie innig liebten, war sie nicht gerade verwöhnt, aber doch geschont worden, so daß sie glauben mochte, das Leben sei eine

einzige Folge von angenehmen Ereignissen – Herbst in Kansas, Sommer in Kalifornien, kleine Dinge, die einem geschenkt wurden und die man verschenkte. Mit achtzehn begeisterte sie sich an einer Biographie von Florence Nightingale und meldete sich im St. Rose's Hospital in Great Bend, Kansas, an, um Krankenschwester zu werden. Aber das war nicht der Beruf, der ihr lag, und nach zwei Jahren gestand sie es ein: Die Realität eines Krankenhauses – die Szenen, die sie erlebte, die Gerüche – machte sie krank. Aber bis zum heutigen Tag bedauerte sie, daß sie den Kursus nicht beendet und ihr Diplom nicht gemacht hatte – »nur um zu beweisen«, wie sie zu einer Freundin sagte, »daß ich es auch einmal zu etwas gebracht habe«. Sie hatte statt dessen Herb, einen Studienkollegen ihres ältesten Bruders Glenn, kennengelernt und geheiratet. Da die beiden Familien kaum dreißig Kilometer voneinander entfernt wohnten, hatte sie ihn schon seit langem von Angesicht gekannt, aber die Clutters, eine einfache Farmerfamilie, hatten keinen gesellschaftlichen Verkehr mit den wohlhabenden und gebildeten Foxes. Nun, Herb sah gut aus, er war fromm, er wußte, was er wollte, er wünschte sie sich zur Frau – und sie war verliebt.

»Mein Mann ist viel auf Reisen«, sagte sie, »immer woanders. In Washington oder Chicago, in Oklahoma oder Kansas City – manchmal kommt es mir so vor, als wäre er nie zu Haus. Aber immer auf seinen Reisen denkt er daran, wie sehr ich diese kleinen Dinge liebe.« Sie öffnete einen kleinen Papierfächer. »Den hat er mir von San Francisco mitgebracht. Er hat nur einen Penny gekostet, aber ist er nicht reizend?«

Im zweiten Jahr ihrer Ehe wurde Eveanna geboren und drei Jahre darauf Beverly. Nach jeder Entbindung hatte die junge Mutter unter unerklärlichen Depressionen zu leiden gehabt. Händeringend war sie in ihrer Verzweiflung von Zimmer zu Zimmer gewandert und hatte keine Ruhe gefunden. Bis zur Geburt von Nancy vergingen weitere drei Jahre, und das war die Zeit der sonntäglichen Picknicks und der Sommerausflüge nach Colorado, die Zeit, in der sie wirklich selbst das Haus führte und der Mittelpunkt der Familie war. Aber nach den Geburten von Nancy und Kenyon setzten die Depressionen wieder ein, die nach der Geburt des Sohnes nie mehr ganz verschwunden waren. Nie war sie ganz frei von Angst und Verzweiflung, die wie eine drohende Wolke über ihr hingen. Sie hatte gelegentlich »gute Tage«, manchmal waren es sogar Wochen oder Monate, aber nie wieder war sie so wie früher – die liebenswürdige und charmante Bonnie, als die sie von ihren Freunden verehrt worden war. Sie hatte nicht mehr die Kraft, den Anforderungen zu genügen, die der Beruf und das gesellige Leben ihres vitalen Mannes an sie stellten. Er war ein Gesellschaftsmensch, ein »geborener Führer«; sie war das nicht, und so blieb ihr schließlich nichts anderes übrig, als zu resignieren. So kam es, daß sie schließlich in aller gegenseitigen Rücksicht und einander in jeder Hinsicht treu halb getrennte Wege zu gehen begannen. Er hatte mit der Öffentlichkeit und der Geschäftswelt zu tun, sie ging ihren eigenen privaten Weg, der sie in Abständen in Krankenhäuser und Kliniken führte. Aber sie hatte die Hoffnung nicht ganz aufgegeben. Sie war gläubig, und von Zeit zu Zeit fand sie sich in ihrem Glauben an Gottes Hilfe durch weltliche Zeichen und Wunder bestärkt. Sie las von einem Wundermedikament, hörte von einer neuen Therapie, oder sie fand, wie vor kurzem, Anlaß zu glauben, daß ein »eingeklemmter Nerv« an ihrer ganzen Misere schuld sei.

»Solche kleinen Dinge gehören einem wirklich«, sagte sie, während sie den Fächer zusammenfaltete. »Man braucht sie nie irgendwo zurückzulassen. Man kann sie immer in einem Kästchen mit sich nehmen.«

»Wohin denn?«

»Na ja, wo man so hinkommt. Man kann doch mal lange Zeit verreisen.«

Vor einigen Jahren war Mrs. Clutter zu einer vierzehntägigen Behandlung nach Wichita gefahren und zwei Monate geblieben. Auf Anraten eines Arztes, der meinte, daß sie durch eine solche Veränderung »ein Gefühl der Nützlichkeit und der Zugehörigkeit« wiedergewinnen könnte, hatte sie sich eine Wohnung genommen und dann auch Arbeit gefunden – als Sekretärin bei der Y.W.C.A. Ihr Mann hatte volles Verständnis gezeigt und ihr zugeredet, aber ihr hatte das alles zu gut gefallen, so gut, daß es ihr unchristlich vorkam und ihr Schuldgefühl schließlich die Heilwirkung dieses Experimentes überwog.

»Oder man kann ganz fortbleiben und nicht wieder nach Hause zurückkommen. Und dann ist es wichtig, daß man immer etwas bei sich hat, was einem wirklich gehört.«

Die Türklingel ging. Es war Jolenes Mutter.

»Auf Wiedersehen, mein Kind«, sagte Mrs. Clutter und drückte ihr den Papierfächer in die Hand. »Es ist nur eine Kleinigkeit, aber es ist hübsch.«

Nach dem Abschied der beiden war Mrs. Clutter allein im Haus. Ihr Mann war mit Kenyon nach Garden City gefahren. Gerald Van Vleet hatte an diesem Tag frei, und ihre Hilfe, die gute Mrs. Helm, der sie sich mit all ihrem Kummer anvertrauen konnte, kam sonnabends nicht. Sie könnte ebensogut ins Bett gehen – sie verließ es so selten, daß die arme Mrs. Helm jedesmal kämpfen mußte, wenn sie die Bettwäsche zweimal wöchentlich wechseln wollte.

Im ersten Stock waren vier Schlafzimmer, und ihres lag am Ende einer geräumigen Diele, in der nur eine Wiege stand, für den Fall gekauft, daß ihr Enkelsohn zu Besuch kam. Wenn man Liegen aufstellte und die Diele als Schlafraum benutzte, konnte das Haus, schätzte Mrs. Clutter, bei dem Thanksgiving-Familientreffen zwanzig Gäste aufnehmen. Die anderen würden in Motels oder bei Nachbarn wohnen müssen. Dieses Treffen der Clutters fand alljährlich statt, abwechselnd bei den einzelnen Familien. In diesem Jahr war Herb an der Reihe. Es müßte also alles hergerichtet werden, obwohl es mit den Vorbereitungen für Beverlys Hochzeit zusammenfiel. Mrs. Clutter war verzweifelt. Beides zusammen war mehr, als sie durchstehen konnte. Sie mußte Entscheidungen fällen – eine notwendige Pflicht, die ihr zuwider war; wie ein Berg stand das alles vor ihr. Während der häufigen Geschäftsreisen ihres Mannes hatte sie diese Pflicht hassen gelernt. Ständig wurden dann von ihr kurzfristige Entscheidungen über dieses und jenes auf der Farm erwartet. Es war unerträglich, eine einzige Qual. Wenn sie dabei nun einen Fehler machte? Und was war, wenn Herb das, was sie angeordnet hatte, mißbilligte? Es war schon am besten, sich im Schlafzimmer einzuschließen und zu tun, als hörte man nichts, oder, was sie auch schon getan hatte, einfach zu sagen: »Ich kann nicht. Ich weiß nicht. Bitte.«

Das Zimmer, das sie so selten verließ, war einfach und schmucklos; wäre das Bett gemacht gewesen, so hätte ein Fremder denken können, es sei unbewohnt. Ein Bett aus Eiche, ein Schreibtisch aus Nußbaum, ein Nachttisch – das war alles, dazu die Lampen, ein Fenster mit Vorhängen und ein Bild von Jesus, der auf dem Wasser wandelt. Es war, als hielte sie dieses Zimmer absichtlich so unpersönlich, indem sie ihre intimen Habseligkeiten nicht dorthin brachte, sie vielmehr mit denen ihres Mannes zusammen aufbewahrte, um damit die Tatsache, daß sie getrennt von ihm wohnte, weniger kränkend zu machen. Kleenextücher und ein Topf Vick's Vaporub waren in der einzigen benutzten Schreibtischschublade, dazu ein elektrisches Heizkissen, einige weiße Nachthemden und weiße Baumwollsocken. Diese Socken zog sie immer an, wenn sie ins Bett ging, denn sie fror immer. Aus demselben Grund hielt sie das Fenster immer geschlossen. Vor zwei Jahren, an einem heißen Sonntag im August, hatte sie hier in ihrer Zurückgezogenheit ein mehr als peinliches Erlebnis gehabt. Sie hatten Gäste an diesem Tag, Freunde, die zum Maulbeerpflücken eingeladen worden waren, darunter Wilma Kidwell, Susans Mutter. Wie jeder, der häufiger bei den Clutters zu Gast war, nahm Mrs. Kidwell es stillschweigend hin, daß die Gastgeberin selbst sich nicht zeigte. Sie war wohl, vermutete sie, entweder »nicht in der Verfassung« oder »in Wichita«. Als man schließlich aufbrach, um in den Obstgarten zu gehen, sagte Mrs. Kidwell, die in der Stadt aufgewachsen war und leicht ermüdete, sie wolle lieber im Haus bleiben. Sie blieb also allein zurück, und nach einer Weile hörte sie plötzlich ein untröstliches, herzzerreißendes Schluchzen. »Bonnie?« rief sie und lief die Treppe hinauf und durch die Diele zu ihrem Zimmer. Als sie die Tür öffnete, schlug ihr die aufgestaute Hitze aus dem Raum entgegen wie eine scheußliche Hand, die sich plötzlich auf ihren Mund preßte. Sie lief zum Fenster, um es zu öffnen. »Nein!« rief Bonnie. »Bitte nicht. Mir ist nicht heiß. Mir ist kalt. Ich friere. O Gott, o Gottogott!« Wild zuckten ihre Arme durch die. Luft. »Lieber Gott, hilf mir, daß mich niemand hier in meinem Zustand sieht.« Mrs. Kidwell setzte sich aufs Bett und nahm Bonnie, die sich in ihrer Hilflosigkeit nicht wehrte, in die Arme. »Wilma«, sagte Bonnie schließlich, »ich habe euch gehört, Wilma. Euch alle. Wie ihr miteinander geredet und gelacht habt. Und nie kann ich dabei sein. Jetzt, in meinen besten Jahren, und die Kinder – und überhaupt alles. Es dauert nicht mehr lange, dann wird auch Kenyon erwachsen sein und ein Mann, und dann wird er sich an seine eigene Mutter wie an ein Gespenst erinnern.«

Heute, am letzten Tag ihres Lebens, hängte Mrs. Clutter das Hauskleid, das sie getragen hatte, in den Schrank und zog eines ihrer langen Nachthemden und frische weiße Socken an. Bevor sie sich hinlegte, wechselte sie ihre Brille, setzte die Lesebrille auf. Sie war zwar auf eine ganze Reihe von Zeitschriften abonniert (das *Ladies' Home Journal*, *McCall's*, *Reader's Digest* und *Together*, ein Familienmagazin für Methodisten), aber keine davon lag auf ihrem Nachttisch – nur eine Bibel. Darin lag ein Lesezeichen aus moirierter Seide mit dem eingestickten Bibelwort: »Haltet die Augen offen, wachet! Denn ihr wisset nicht, wann die Zeit da ist.«

Die beiden jungen Männer hatten wenig miteinander gemein, aber das fiel ihnen nicht weiter auf, denn in manchen ihrer äußeren Neigungen und Interessen waren sie sich ziemlich ähnlich. Beide waren, zum Beispiel, wählerisch, achteten sehr auf Körperpflege und saubere Fingernägel. Nach der dreckigen Arbeit am Morgen verbrachten sie fast eine Stunde im Waschraum der Garage. Nur mit Unterhosen bekleidet, wirkte Dick ganz anders als angezogen. In Kleidern sah er aus wie ein schmächtiger dunkelblonder Jugendlicher von mittlerer Größe, hager und vielleicht mit etwas eingefallener Brust. Zog er das Hemd aus, dann zeigte sich, daß er ein ganz anderer Typ war, er wirkte dann eher wie ein Boxer der Weltergewichtsklasse. Auf der rechten Hand hatte er das tätowierte Bild einer grinsenden blauen Katze, an einer Schulter blühte eine blaue Rose. Weitere selbstentworfene und auch von ihm selbst eintätowierte Zeichnungen schmückten Arme und Oberkörper: der Kopf eines Drachen mit einem Menschenschädel im aufgerissenen Maul. Nackte Frauen mit üppigen Busen, ein Wichtelmännchen mit einer Mistgabel in der erhobenen Hand, das Wort FRIEDEN und daneben ein Strahlenkreuz, die heiligen Lichtstrahlen mit rohen Strichen hingesetzt; des weiteren zwei sentimentale Gebilde – ein Blumenstrauß mit der Widmung FÜR MAMA-DAD das eine, und das andere ein Herz zur Erinnerung an die Romanze von DICK und CAROL, die er mit neunzehn geheiratet hatte und von der er sich sechs Jahre später scheiden ließ, um sich einer anderen jungen Dame – sie war die Mutter seines jüngsten Kindes – zuzuwenden, der er die Ehe versprochen hatte. (»Ich habe drei Söhne, für die ich sorgen möchte«, hatte er in seinem Haftentlassungsantrag geschrieben. »Meine Frau ist wieder verheiratet. Ich bin zweimal verheiratet gewesen, möchte aber mit meiner zweiten Frau nichts mehr zu tun haben.«)

Aber weder Dicks Körper noch die tintenblauen Ornamente, mit denen er geschmückt war, machten einen auch nur annähernd so starken Eindruck wie sein Gesicht. Es schien aus mehreren, nicht genau passenden Teilen zusammengesetzt. Als wäre sein Kopf wie ein Apfel halbiert und dann nicht genau zusammengefügt worden. So ähnlich war es auch gewesen, denn seine etwas verrutschte Physiognomie war das Ergebnis eines Autounfalls im Jahre 1950. Sein schmales Gesicht mit den langen Kinnbacken war seitdem schief, die linke Hälfte saß etwas tiefer als die rechte. Mund und Nase waren dadurch etwas schräg und seine Augen nicht nur um einiges gegeneinander versetzt, sondern auch verschieden groß. Sein linkes, giftig schielendes Auge hatte etwas Schlangenhaftes und schien, obwohl es allein durch den Unfall bedingt war, vor einer bitteren Bösartigkeit im Grunde seines Wesens zu warnen. Aber Perry hatte zu ihm gesagt: »Das mit dem Auge macht nichts. Dafür hast du ein wundervolles Lächeln. Ein Lächeln, um das man dich beneiden kann.« Das stimmte, denn wenn Dick lächelte, schien sein Gesicht wieder ganz normal proportioniert, und man mochte hinter der bestürzenden Fassade einen »prima Kumpel« amerikanischer Prägung wahrnehmen, mit ausgewachsenem Bürstenschnitt, nicht übermäßig hell, aber verläßlich. (Tatsächlich hatte er bei einem Intelligenztest im Gefängnis die Quote 130 erreicht; der Durchschnitt liegt bei 90 bis 110, gleichviel ob es sich um Gefangene handelt oder nicht.)

Perry war auch körperbeschädigt, und die Verletzungen, die er sich bei einem Motorradunfall zuzog, waren schwerer als die von Dick. Er war ein halbes Jahr in einem Krankenhaus in Washington gewesen und hatte weitere sechs Monate an Krücken gehen müssen. Das war schon 1952 gewesen. Trotzdem hatte er in seinen zwergenhaft verkrümmten, fünffach gebrochenen und von Narben entstellten Beinen immer noch so starke Schmerzen, daß er aspirinsüchtig geworden war. Er war zwar nicht so ausgiebig tätowiert wie sein Partner, aber seine Tätowierungen waren kunstvoller. Nicht selbst beigebrachte Arbeiten eines Amateurs, sondern Meisterstücke der Kunst, von Künstlern in Honolulu und Yokohama ausgeführt. COOKIE, der Name einer Krankenschwester, die während seines Aufenthalts im Hospital besonders freundlich zu ihm gewesen war, war auf seinen rechten Bizeps tätowiert. Auf seinem linken Bizeps fauchte ein blaubepelzter Tiger mit orangegelben Augen und rotem Fang, eine züngelnde, sich um einen Dolch windende Schlange glitt an seinem Arm hinunter, und an anderen Körperteilen leuchteten Schädel, ragte ein Grabstein, blühte üppig eine Chrysantheme.

»Okay, Schöner. Steck den Kamm weg«, sagte Dick, nun wieder angezogen und zum Aufbruch bereit. Er hatte seinen Arbeitsanzug zusammengepackt und trug jetzt graue Khakihosen, ein dazu passendes Hemd und, wie Perry, knöchelhohe schwarze Stiefel. Perry, der es schwer hatte, passende Hosen für seine verkrüppelten Beine zu finden, trug unten aufgerollte Bluejeans und eine Lederjacke. Gewaschen, gekämmt und herausgeputzt wie zwei Strizzis, die sich mit ihren Mädchen treffen wollen, gingen sie zum Wagen.

Von Olathe, einem Vorort von Kansas City, bis Holcomb, das man auch als Vorort von Garden City bezeichnen könnte, sind es knapp sechshundertfünfzig Kilometer. Garden City, eine Stadt von elftausend Einwohnern, wurde bald nach dem Bürgerkrieg gegründet. Ein umherziehender Büffeljäger namens C. J. (Buffalo) Jones spielte eine große Rolle bei der Ausdehnung und Entwicklung des Ortes, in deren Verlauf aus einer bloßen Ansammlung von Hütten und Pfählen zum Anbinden der Pferde ein reiches Zentrum für Farmer und Viehzüchter wurde. Mit wilden Saloons, einem Opernhaus und dem altmodischsten Hotel zwischen Kansas City und Denver – kurz, das typische Exemplar einer Grenzerstadt, die mit dem achtzig Kilometer entfernten, berühmteren Dodge City in Konkurrenz lag. Mit Buffalo Jones, der sein Geld und dann seinen Verstand verlor (die letzten Jahre seines Lebens verbrachte er damit, auf den Straßen Reden gegen das willkürliche Niedermetzeln der Tiere zu halten, die er selbst so gewinnbringend geschlachtet hatte), schwand der Glanz der Vergangenheit dahin. Einiges erinnert noch daran; eine nicht allzu phantasievolle Reihe von Geschäftshäusern, heißt Buffalo Block, und zwischen den verschiedenen Läden und Supermärkten der Main Street steht noch als eine Art Wahrzeichen das einst glanzvolle Windsor Hotel mit seiner noch glanzvollen, hohen Halle und seiner von Spucknäpfen und eingetopften Palmen bestimmten Atmosphäre – es ist allerdings vergleichsweise wenig besucht, denn mit seinen riesigen, dunklen Zimmern und seinen widerhallenden Fluren, so sehr sie die Phantasie anregen, kann es nicht mit der Klimaanlage und den anderen Bequemlichkeiten des sauberen kleinen Hotels Warren konkurrieren und auch nicht mit dem »geheizten Schwimmbad« und den mit Fernsehapparaten ausgestatteten Zimmern des Wheat Lands Motel.

Jeder, der per Bahn oder mit dem Auto von Küste zu Küste quer durch Amerika gereist ist, wird dabei wahrscheinlich durch Garden City gekommen sein, aber es ist anzunehmen, daß die meisten Reisenden sich kaum daran erinnern werden. Garden City wird ihnen als eine weitere der vielen kleineren Städte im Mittelwesten der Vereinigten Staaten vorgekommen sein. Eine Vermutung, die naturgemäß und vielleicht auch zu Recht die Einwohner selbst nicht bestätigen würden. Sie würden vielleicht sogar dazu neigen, die Vorzüge und Annehmlichkeiten ihrer Stadt zu übertreiben. (»Wo in der Welt finden Sie freundlichere Menschen als hier, wo finden Sie bessere Luft oder klareres Trinkwasser« und: »Ich könnte in Denver dreimal soviel verdienen, aber ich habe fünf Kinder, und ich weiß keine Stadt, wo man Kinder besser aufziehen könnte als hier. Prächtige Schulen und jede Art von Sport. Wir haben hier sogar ein Junior College«, und: »Ich kam hierher, um als Jurist zu praktizieren. Vorübergehend, ich hatte nicht die Absicht, zu bleiben. Aber als ich die Chance hatte, woanders hinzuziehen, dachte ich, warum? Warum eigentlich? Gewiß, das ist hier nicht gerade New York – aber wer will schon nach New York? Gute Nachbarn, Leute, die sich umeinander kümmern, das ist es, was zählt. Schließlich haben wir hier alles, was man normalerweise braucht. Schöne Kirchen. Einen Golfplatz.«) Tatsächlich wird der Neuankömmling, wenn er sich an die Nach-Acht-Uhr-Stille der Main Street gewöhnt hat, manches finden, was ihm den Stolz der Einwohner auf ihre Stadt verständlich erscheinen läßt: eine gut geführte öffentliche Bibliothek, eine Zeitung, die sich sehen lassen kann, schattige Rasenplätze hier und da und ruhige Wohnstraßen, in denen Kinder und Tiere vor dem Verkehr sicher sind, einen großen, üppigen Park mit einem kleinen Zoo (»Besuchen Sie die Eisbären!« »Besuchen Sie Pennie, den Elefanten!«), außerdem ein großes Schwimmbad auf einem Gelände von mehreren Morgen (»Größtes Freibad der Welt!«). All diese Annehmlichkeiten und die Erde und der Wind und das ständige ferne Pfeifen der Züge verbinden sich zu dem Bild einer »Heimatstadt«, an die wahrscheinlich mit Sehnsucht zurückdenkt, wer sie verlassen hat, und die ihren Bewohnern ein Gefühl des Verwurzeltseins und der Zufriedenheit gibt.

Die Einwohner von Garden City behaupten ausnahmslos, daß es unter der Bevölkerung der Stadt keine sozialen Unterschiede gibt (»Nein, nein, so was gibt es hier nicht. Arme und Reiche, Farbige und Weiße, alle haben die gleichen Rechte. Hier ist alles so, wie es in einer richtigen Demokratie sein muß«), aber natürlich gibt es hier wie in jeder menschlichen Gemeinschaft Klassenunterschiede. Hundertsechzig Kilometer weiter westlich wäre man außerhalb des »Bibelgürtels«, jenem vom Evangelium beherrschten Streifen amerikanischen Gebietes, wo man, und wenn nur aus geschäftlichen Gründen, seine Konfession offen zur Schau tragen muß, in Finney County aber ist man noch innerhalb dieser Bibelgrenze, weshalb hier die Zugehörigkeit zur einen oder anderen Kirche von entscheidendem Einfluß auf den sozialen Status des einzelnen ist. Achtzig Prozent der Bevölkerung sind Baptisten, Methodisten oder römisch-katholisch, während die Prominenz – Geschäftsleute, Bankiers, Rechtsanwälte, Ärzte und Farmer mit großem Grundbesitz – sich vorwiegend aus Presbyterianern und Anhängern der Episkopalkirche zusammensetzt. Gelegentlich findet sich unter ihnen ein Methodist oder auch ein Demokrat, aber im großen und ganzen

sind sie rechts eingestellte Republikaner, die der Presbyterianischen oder der Episkopalkirche angehören.
Als gebildeter und erfolgreicher Mann, als prominenter Republikaner und Kirchenvorstand – wenn auch der Methodistenkirche – hatte Mr. Clutter durchaus Anspruch, zu den Patriziern der Stadt gezählt zu werden. Aber ebensowenig wie er je Mitglied des Garden-City-Country-Clubs geworden war, zeigte er Neigung, sich der regierenden Clique anzuschließen. Ganz im Gegenteil, denn ihre Art von Vergnügungen lag ihm nicht. Er hatte keinen Spaß an Kartenspielen, Golf, Cocktails oder kalten Platten, die um zehn serviert wurden. Er hatte überhaupt nichts übrig für irgendwelchen Zeitvertreib, bei dem »nichts herauskam«. Das war der Grund, weshalb Mr. Clutter, anstatt sich an diesem Sonnabend an einer Golfpartie zu beteiligen, den Vorsitz bei einem Treffen des Finney-County-4-H-Clubs führte (4 H steht für »Haupt, Herz, Hand, Harmonie«, und das Motto des Clubs lautet: »Wir lernen durch Taten.« Es ist eine nationale Organisation mit Zweigstellen in Übersee, deren Ziel es ist, der Landbevölkerung in aller Welt zu helfen, besonders den Kindern, denen man praktische Fertigkeiten und Charakter beizubringen sucht. Nancy und Kenyon waren schon seit ihrem sechsten Lebensjahr gewissenhafte Mitglieder).
Gegen Ende der Veranstaltung sagte Mr. Clutter: »Und jetzt habe ich noch etwas über eines unserer Mitglieder zu sagen.« Sein Blick ruhte auf einer kleinen, drallen Japanerin, die zwischen ihren vier kleinen, drallen Kindern saß. »Sie alle kennen Mrs. Hideo Ashida. Sie wissen, daß die Ashidas vor zwei Jahren von Colorado kamen, um sich in Holcomb als Farmer zu betätigen. Eine nette Familie, und die Leute von Holcomb sind glücklich, sie unter sich zu haben. Jeder wird Ihnen das bestätigen. Wenn jemand krank war, dann machte Mrs. Ashida sich auf und ging wer weiß wie weit über Land, um ihm eine ihrer wundervollen Suppen zu bringen. Oder es gelang ihr, Blumen anzupflanzen, wo niemand es für möglich gehalten hätte. Und Sie alle werden sich noch erinnern, wie sehr sie im letzten Jahr bei der County-Leistungsschau zum Erfolg der 4-H-Ausstellung beitrug. Und so schlage ich vor, Mrs. Ashida bei unserer Preisverteilung am nächsten Dienstag auszuzeichnen.«
Ihre Kinder zupften sie und stießen sie an; der älteste Junge rief: »He, Ma, das bist du!« Aber Mrs. Ashida schämte sich, sie rieb sich die Augen mit ihren kleinen, dicken Babyhänden und lachte. Die Farm, die ihr Mann gepachtet hatte, lag auf einem besonders windigen und einsamen Gelände,

etwa in der Mitte zwischen Garden City und Holcomb. Nach den Versammlungen fuhr Mr. Clutter die Ashidas gewöhnlich nach Hause, was er heute auch tat.

»Puh, das war ein schöner Schreck«, sagte Mrs. Ashida, während sie in Mr. Clutters Transporter über die Straße 50 fuhren. »Ich habe mich immer nur bei Ihnen zu bedanken, Herb. Vielen Dank also.« Sie hatten sich schon am zweiten Tag nach ihrer Ankunft in Finney County kennengelernt. Es war der Tag vor Allerheiligen, und Mr. Clutter hatte sie mit Kenyon besucht und ihnen Kürbisse und Flaschen mit Saft gebracht. Während des ganzen schweren ersten Jahres wurden den Ashidas Körbe voll Gemüse gebracht, das sie selbst noch nicht angepflanzt hatten, Spargel vor allem und Gurken. Und oft kam Nancy mit Babe, auf der sie die Kinder reiten ließ.

»Wissen Sie, dieses hier ist in vieler Beziehung die beste Gegend, in der wir jemals gewohnt haben. Hideo sagt das auch. Es wird uns sehr hart ankommen, hier wegzugehen. Wieder ganz von vorn anzufangen.«

»Wegzugehen?« protestierte Mr. Clutter und fuhr langsamer.

»Nun ja, Herb, die Farm, die Leute, für die wir arbeiten – Hideo meint, wir könnten es besser haben. In Nebraska zum Beispiel. Aber es ist noch nicht endgültig. Wir reden nur manchmal darüber.« Ihre warme Stimme, die immer nahe daran war, in ein Lachen überzugehen, gab dieser betrüblichen Mitteilung eine heitere Note, aber sie merkte wohl, daß Mr. Clutter darüber bekümmert war, und so wechselte sie das Thema. »Herb, ich würde gern Ihre Meinung als Mann hören«, sagte sie. »Ich und die Kinder haben gespart, wir möchten Hideo gern etwas Größeres zu Weihnachten schenken. Was er braucht, sind Zähne. Wie nun, wenn Ihre Frau Ihnen drei Goldzähne schenken würde. Fänden Sie, das wäre nicht gerade passend als Geschenk? Ich meine, den eigenen Mann ausgerechnet Weihnachten zum Zahnarzt zu schicken.«

»So was!« lachte Mr. Clutter, »Sie sind wirklich Gold wert. Wir werden Sie hier einfach festbinden. Ja, ja natürlich, Goldzähne. Schenken Sie ihm die. Wenn ich das wäre, ich würde mich sehr geschmeichelt fühlen.«

Mrs. Ashida war begeistert, denn sie wußte, daß er ihr nicht zugestimmt hätte, wenn er es nicht wirklich meinte; er war ein Gentleman. Sie hatte es nie erlebt, daß er den »Herrn« herauskehrt, irgend jemanden ausgenutzt oder ein Versprechen nicht gehalten hätte. »Aber eins müssen Sie mir versprechen, Herb«, sagte sie jetzt mutig; »Bei dem Fest am nächsten Dienstag keine Reden, bitte! Das ist nichts für mich. Sie sind da anders. Ihnen macht es nichts aus, sich hinzustellen und vor Hunderten von Leuten zu reden. Was sag ich, vor Tausenden! Sie machen das ganz lässig und überzeugen die Leute von dem, was Sie sagen. Es gibt überhaupt nichts, wovor Sie Angst hätten.« Sie spielte damit auf eine allgemein anerkannte Eigenschaft Mr. Clutters an, auf seine selbstbewußte Furchtlosigkeit, die ihn von den anderen abhob, ihm Respekt verschaffte, allerdings auch ein wenig einschüchternd wirkte. »Ich kann mir überhaupt nicht vorstellen, daß Sie jemals unsicher wären oder Angst hätten. Es kann passieren, was will, Sie werden immer einen Ausweg finden und sich zu helfen wissen.«

Am Nachmittag hatte der schwarze Chevrolet Emporia, Kansas, erreicht, eine größere Stadt, beinahe eine Großstadt, in der sich die beiden Insassen sicher fühlen durften, weshalb sie beschlossen, hier ein paar Einkäufe zu erledigen. Sie parkten in einer Nebenstraße und schlenderten umher, bis sie einen hinlänglich gut besuchten Laden gefunden hatten.
Als erstes kauften sie Gummihandschuhe für Perry, der vergessen hatte, ein paar alte Handschuhe mitzubringen.
Dann gingen sie zu einem Stand mit Damenwäsche. Nach einigem unentschiedenen Hin und Her sagte Perry: »Ich bin dafür.«
Dick war dagegen. »Was ist mit meinem Auge? Sie sind zu hell, man würde es trotzdem sehen.«
»Sagen Sie, Miss«, wandte sich Perry an eine Verkäuferin. »Haben Sie keine schwarzen Strümpfe?« Als sie verneinte, schlug er vor, es in einem anderen Laden zu versuchen. »Schwarz ist absolut sicher.«
Aber Dick hatte es sich anders überlegt. Strümpfe, ganz gleich welcher Farbe, waren unnötig, überflüssiger Kram, Geldverschwendung (»Ich habe in diese Sache schon Geld genug reingesteckt«) und außerdem, von den Leuten, mit denen sie zu tun kriegen würden, würde keiner überleben, gegen sie auszusagen. »*Keine Zeugen*«, erinnerte er Perry, zum tausendstenmal, wie ihm schien. Es fuchste ihn, wie Dick diese beiden Worte vorbrachte, als wären damit alle Probleme gelöst; es war einfach idiotisch, anzunehmen, daß es nicht auch einen Zeugen geben könnte, den sie nicht gesehen hatten. »Es kann ja auch manches Unvorhergesehene passieren«, sagte Perry, »wie so was eben läuft.« Aber Dick war anderer Ansicht, er lachte bloß jungenhaft und prahlte: »Quatsch. Schlag dir das aus dem Kopf. Da geht nichts schief.« Nein. Denn es war Dick, der das Ding ausgeheckt und alles von Anfang bis Ende lückenlos durchgeplant hatte.

Außerdem brauchten sie einen Strick. Perry studierte die vorhandenen Sorten und prüfte sie fachmännisch. Er war bei der Handelsmarine gewesen und kannte sich damit aus. Er wußte auch, wie man Knoten machte. Seine Wahl fiel auf ein weißes Nylonseil, unzerreißbar wie Draht und nicht viel dicker. Sie überlegten, wieviel Meter sie brauchten. Die Frage irritierte Dick, denn so perfekt angeblich sein Plan war, dieses Problem hatte er nicht bedacht, und er wußte keine Antwort. Er zögerte einen Moment, dann sagte er: »Wie soll ich das wissen, Mensch?«
»Ich denk, dir ist alles klar, verdammt.«
Dick überlegte. »Da ist erst mal er. Dann sie. Der Junge und das Mädchen. Und vielleicht noch die andern beiden. Aber es ist ja Samstag. Vielleicht haben sie Gäste. Rechnen wir mit acht oder vielleicht auch zwölf. *Eins* ist jedenfalls sicher, dran glauben müssen sie alle, wie sie da sind.«
»Scheinen ja ziemlich viele zu sein, die da so sicher dran glauben sollen.«
»Hab ich dir doch gesagt, Kleiner – die Grütze reicht aus, um damit eine ganze Wand zu bekleistern.«
Perry zuckte die Achseln. »Dann kaufen wir am besten die ganze Rolle.« Neunzig Meter – das reichte bestimmt für zwölf.

Kenyon hatte die Truhe selbst gezimmert, eine Aussteuertruhe aus Mahagoni, an den Rändern mit Zedernholz furniert, die er Beverly zur Hochzeit schenken wollte. Im Keller des Hauses, in der sogenannten Höhle, war er dabei, sie zu beizen. Die Höhle, ein Raum mit Zementfußboden, der sich unter dem ganzen Haus hinzog, war Kenyons Werkstatt. Sie war fast ausschließlich mit Musterbeispielen seiner Tischlerkunst möbliert (Regale, Tische, Hocker, ein Tischtennistisch) und mit Nancys Handarbeiten ausgestattet – abnehmbare Chintz-Bezüge, mit denen eine alte, brüchige Couch auf neu frisiert war, Vorhänge und Kissen mit aufgestickten Sprüchen: GLÜCKLICH? UND: MAN MUSS NICHT VERRÜCKT SEIN, UM HIER ZU WOHNEN, ABER ES HILFT. Gemeinsam hatten Kenyon und Nancy farbenverspritzend versucht, dem heillos unfreundlichen Raum eine gewisse Gemütlichkeit zu geben, was ihnen, wie sie glaubten, auch gelungen war. Beide betrachteten ihn als eine glänzende und segensreiche Errungenschaft – Nancy, weil sie hier mit ihrer »Bande« zusammen sein konnte, ohne die Mutter zu stören, und Kenyon, weil er hier allein war und hämmern und sägen und an seinen »Erfindungen« basteln konnte; als letztes hatte er einen elektrischen Brattopf konstruiert.

Daneben lag der Heizungskeller, in dem ein werkzeugübersäter Tisch mit weiteren, halbfertigen Arbeiten stand – eine Verstärkereinheit, ein ältliches Aufziehgrammophon, das er wieder in Gang bringen wollte.
Äußerlich ähnelte Kenyon weder seinem Vater noch seiner Mutter; sein kurzgeschnittenes Haar war hanfblond, er war ein Meter achtzig groß und schlaksig, dabei aber kräftig genug, hatte er doch einmal ein paar ausgewachsene Schafe drei Kilometer weit getragen, um sie vor einem Blizzard zu retten – kräftig, muskulös, aber linkisch im Gebrauch seiner Glieder, wie das bei einem hochaufgeschossenen Jungen leicht der Fall ist. Er hatte überdies schwache Augen und kam ohne seine Brille nicht aus, so daß er beim Basketball und Baseball nur die Rolle eines Statisten spielen konnte; gerade diese Mannschaftssportarten aber waren die Hauptbeschäftigung der Jungen, mit denen er hätte befreundet sein können. Er hatte nur einen engeren Freund – Bob Jones, Sohn von Taylor Jones, dessen Farm eineinhalb Kilometer westlich vom Haus der Clutters lag. Im ländlichen Kansas fangen die Jungen schon sehr früh mit dem Autofahren an; schon mit elf hatte Kenyon von seinem Vater die Erlaubnis erhalten, sich mit dem Geld, das er sich beim Schafehüten verdient hatte, einen alten Wagen mit einem Motor vom Typ A zu kaufen – den »Präriewolf«, wie Bob und er ihn nannten. Nicht weit von der River-Valley-Farm gibt es ein geheimnisvolles Gebiet, Sand Hills genannt; es ist wie ein Strand ohne Meer, und nachts schleichen dort in Horden die Prariewölfe durch die Dünen und heulen. Bei Mondschein fuhren die beiden Jungen dorthin, scheuchten sie auf und versuchten sie mit dem Wagen zu überholen, was ihnen selten gelang, denn noch der schmächtigste Präriewolf läuft fast achtzig Kilometer die Stunde, während ihr Wagen höchstens fünfundfünfzig schaffte, aber es war ein tolles, großartiges Vergnügen, wenn der Wagen über den Sandboden preschte – vor ihnen im Mondlicht die fliehenden Präriewölfe – wild klopfte einem dabei das Herz, wie Bob sagte.
Ebenso aufregend und darüber hinaus auch noch einträglich waren die Kaninchenjagden, die die beiden Jungen unternahmen: Kenyon war ein guter Schütze, sein Freund war sogar noch besser als er, und zusammen brachten sie manchmal ein halbes Hundert erlegter Kaninchen zur »Kaninchen-Fabrik« – einem Unternehmen in Garden City, das zehn Cent pro Kopf bezahlte und die Tiere dann tiefgefroren an Nerzzüchter verschickte. Aber am schönsten fand Kenyon – und Bob auch – das Wochenende, das sie gemeinsam über Nacht am Ufer des Flusses verbrachten:

Dort wanderten sie umher, jagten, schliefen in Decken gehüllt, lauschten bei Sonnenaufgang auf die Laute der Enten, bewegten sich auf Zehenspitzen auf das Geräusch zu, und dann, schöner als alles, kehrten sie stolz mit einem Dutzend erlegter Enten am Gürtel nach Hause zurück. Das alles hatte sich allerdings in letzter Zeit geändert. Sie hatten sich nicht gestritten, es war überhaupt nichts zwischen ihnen vorgefallen, außer daß Bob, der sechzehn war, jetzt »mit einem Mädchen ging«; das bedeutete für Kenyon, der ein Jahr jünger und immer noch der heranwachsende Junggeselle war, daß er nun nicht mehr mit Bob rechnen konnte. Bob sagte zu ihm: »Paß auf, wenn du ein Jahr älter bist, dann denkst du darüber anders. Ich habe früher genauso gedacht wie du. Mädchen – na und? Aber dann kommt man mal mit einer zusammen, unterhält sich mit ihr und findet das doch verdammt nett. Du wirst sehen.« Kenyon bezweifelte das. Es war ihm unbegreiflich, wie man seine Zeit mit einem Mädchen verschwenden konnte, statt sich mit Gewehren, Pferden, Werkzeugen, Maschinen zu beschäftigen oder sogar mit einem Buch. Wenn Bob keine Zeit hatte, so war er lieber allein, denn er hatte nichts von dem Temperament seines Vaters, er war eher der Sohn seiner Mutter, ein empfindsamer und zurückhaltender Junge. Er galt allgemein als Einzelgänger, aber niemand nahm ihm das übel. Es hieß einfach: »*Kenyon* – nun ja. Der lebt in seiner eigenen Welt.«

Nachdem er die Truhe gebeizt hatte, ging er nach draußen, um in dem Blumengarten seiner Mutter zu harken und Unkraut zu jäten. Der leicht verwilderte Garten, den sie sehr liebte, lag unter dem Fenster ihres Schlafzimmers. Er traf dort Paul Helm, den Mann der Haushälterin, der dabei war, die Erde mit einem Spaten zu lockern.

»Hast du den Wagen gesehen?« fragte Mr. Helm.

Ja, Kenyon hatte einen Wagen vor dem Haus gesehen, einen grauen Buick, der am Eingang zum Büro seines Vaters stand.

»Ich dachte, du wüßtest vielleicht, wer das ist.«

»Das kann eigentlich nur Mr. Johnson sein. Dad sagte, daß er ihn erwartet.«

Mr. Helm (er lebt nicht mehr, er starb im darauffolgenden März an einem Herzschlag) war Ende Fünfzig, ein düsterer, ungeselliger Mann, der aber merkwürdigerweise sehr neugierig war und immer wissen wollte, was vorging. »Welcher Johnson?«

»Der Mann von der Versicherung.«

Mr. Helm grunzte. »Dein Vater muß aber mächtig einsteigen bei denen. Der Wagen steht da jetzt ganze drei Stunden.«
Es wurde kühl, die Dämmerung kündigte sich an. Der Himmel war zwar noch tiefblau, aber die hohen Chrysanthemen-Stauden warfen schon lange Schatten. Nancys Katze tummelte sich auf den Beeten und versuchte mit den Pfoten das Band zu erwischen, mit dem Kenyon und der alte Mann die Pflanzen an den Stöcken festbanden. Plötzlich kam Nancy quer über das Feld auf der plumpen Babe angeritten. Babe hatte ihr sonnabendliches Vergnügen hinter sich, ein Bad im Fluß. Teddy war auch dabei, und alle drei tropften und glänzten sie vor Nässe.
»Du holst dir noch eine Erkältung«, sagte Mr. Helm.
Nancy lachte, sie kannte das gar nicht – krank sein. Sie sprang ab, warf sich ins Gras, griff sich die Katze, ließ sie über sich in der Luft baumeln und küßte sie auf Nase und Schnurrhaare.
Kenyon war angewidert. »Tiere auf die Schnauze küssen.«
»Du hast ja Skeeter auch immer geküßt«, erinnerte sie ihn.
»Skeeter war ein *Pferd*.« Ein schönes Pferd, ein erdbeerfarbener Hengst, den er selbst großgezogen hatte. Und wie Skeeter die Zäune nahm! »Du nimmst das Pferd zu hart ins Geschirr«, hatte ihn sein Vater gewarnt. »Eines Tages reitest du ihn noch zu Tode.« Und so war es tatsächlich gekommen. Bei einem seiner wilden Ausritte hatte Skeeters Herz ausgesetzt. Er stürzte und war tot. Kenyon trauerte immer noch um ihn, obwohl das jetzt ein Jahr her war und sein Vater, dem er leid tat, ihm ein Fohlen aus dem Wurf im nächsten Frühjahr versprochen hatte.
»Sag mal, Kenyon, glaubst du, daß Tracy sprechen kann? Bis zum Thanksgiving?« fragte Nancy. Tracy, noch kein Jahr alt, war ihr Neffe, der Sohn ihrer Lieblingsschwester Eveanna (Kenyon mochte Beverly lieber). »Stell dir bloß mal vor, wenn er plötzlich ›Tante Nancy‹ sagt. Oder ›Onkel Kenyon‹. Ich glaub, ich werd dann verrückt. Fändest du das nicht wonnig? Wie kämst du dir dann vor – als Onkel? Kenyon? Meine Güte, warum sagst du denn *gar* nichts?«
»Weil du so albern bist«, sagte er und warf ihr eine Blume zu, eine verwelkte Dahlie, die sie sich ins Haar steckte.
Mr. Helm nahm seinen Spaten auf. Die Krähen krächzten, der Sonnenuntergang war nicht mehr fern, aber sein Haus war es. Die Ulmen neben der Auffahrt hatten sich in einen dunkelnden grünen Tunnel verwandelt, und er wohnte am andern Ende dieses Tunnels, ein Kilometer entfernt.

»'n Abend«, sagte er und machte sich auf den Weg. Aber er sah noch einmal zurück. »Und das«, gab er am nächsten Tag zu Protokoll, »war das letzte, was ich von ihnen gesehen hab. Nancy führte die alte Babe zum Stall. Nichts Außergewöhnliches, wie gesagt. Wie immer.«

Wieder war der schwarze Chevrolet geparkt, diesmal vor einem katholischen Krankenhaus an der Peripherie von Emporia. Vor den ewigen Sticheleien (»Das ist dein Fehler. Immer denkst du, nur einer hat recht – Dick«) hatte Dick schließlich kapituliert. Während Perry im Wagen wartete, war er ins Krankenhaus gegangen, er wollte versuchen, ein paar schwarze Strümpfe von einer Nonne zu kaufen. Diese ziemlich unorthodoxe Methode, sich schwarze Strümpfe zu besorgen, war Perrys Idee gewesen. Nonnen, hatte er argumentiert, besaßen gewiß einen ganzen Vorrat davon. Die Sache hatte allerdings einen Haken. Nonnen und alles, was damit zusammenhing, brachten Unglück, und Perry war abergläubisch (so auch in bezug auf die Zahl 13, rotes Haar, weiße Blumen, Priester, die den Weg kreuzten, Schlangen, die einem im Traum erschienen). Doch es war nicht zu ändern. Wer zwanghaft abergläubisch ist, glaubt oft auch voller Überzeugung an das Schicksal. Das traf auf Perry zu. Er war hierhergekommen und hatte sich auf diesen Handel eingelassen, nicht weil es sein Wunsch war, sondern weil das Schicksal es so eingerichtet hatte. Er konnte das *beweisen,* wenn er das auch, jedenfalls Dick gegenüber, nicht zu tun beabsichtigte, denn dann hätte er das eigentliche und geheime Motiv seiner Rückkehr nach Kansas bekennen müssen. Er hatte damit immerhin gegen die Bedingungen verstoßen, die man ihm bei der Entlassung mitgeteilt hatte, und zwar aus Gründen, die nichts mit Dicks Brief und dem »Ding«, das er mit ihm drehen sollte, zu tun hatten. Vielmehr hatte er vor einigen Wochen erfahren, daß am Donnerstag, dem 12. November, ein anderer seiner ehemaligen Zellengenossen aus der Kansas-State-Strafanstalt in Lansing entlassen werden würde, und »mehr als alles in der Welt« wünschte er sich ein Wiedersehen mit diesem Mann, seinem »einzigen wahren Freund«, dem »tollen« Willie-Jay.
Während der ersten drei Gefängnisjahre hatte Perry Willie-Jay nur aus der Ferne beobachtet, interessiert, aber mit Vorsicht. Wenn man von den anderen für einen zünftigen Kumpel gehalten werden wollte, dann war es unklug, sich einem Mann wie Willie-Jay zu nähern. Er war der Schreiber des Kaplans, ein schlanker Ire mit vorzeitig ergrautem Haar und

grauen, melancholischen Augen. Seine Tenorstimme war der Stolz des Gefängnischors. Selbst Perry, der jede Zurschaustellung von Frömmigkeit verachtete, war »aufgewühlt«, wenn er ihn das Vaterunser singen hörte; so gläubig gesungen, bewegte ihn die getragene Hymne tief, ließ einen kleinen Zweifel in ihm aufkommen, ob seine Verachtung berechtigt sei. Eines Tages näherte er sich, von einer gewissen religiösen Neugier getrieben, Willie-Jay, der sofort reagierte und in dem verkrüppelten Body-builder mit dem verschleierten Blick und der gouvernantenhaften, rauchigen Stimme »einen Dichter« sah, »einen seltenen Menschen, der es verdiente, gerettet zu werden«. Der Ehrgeiz, »diesen Jungen Gott nahezubringen«, packte ihn. Er fand sich in seiner Hoffnung auf Erfolg bestärkt, als Perry ihm eines Tages eine Pastellzeichnung zeigte, die er gemacht hatte – ein großes, technisch gar nicht einmal unbeholfenes Porträt von Christus. Reverend James Post, Lansings protestantischer Kaplan, war so angetan davon, daß er es in seinem Büro aufhängte, wo es heute noch hängt: ein Heiland mit einem hübschen, glatten Gesicht und mit den vollen Lippen und den traurigen Augen von Willie-Jay. Es war der Höhepunkt von Perrys niemals wirklich ernsthaften geistlichen Ambitionen und ironischerweise gleichzeitig ihr Ende. Er tat seinen Christus als ein »scheinheiliges Stück Arbeit« ab, als einen Versuch, Willie-Jay »einzuwickeln«, denn nach wie vor bedeutete ihm Gott nichts. Aber sollte er das zugeben und es riskieren, den einzigen Freund zu verlieren, der ihn jemals »wirklich verstanden« hatte? (Hod, Joe, Jesse, Reisende in einer Welt, in der selten Nachnamen ausgetauscht werden, das waren bislang Perrys »Kumpels« gewesen – noch nie so einer wie Willie-Jay, der nach Perrys Meinung »überdurchschnittlich intelligent und einfühlsam wie ein gutgeschulter Psychologe« war. Wie war es möglich, daß ein so begabter Mann in Lansing gelandet war? Darüber wunderte sich Perry. Er wußte den Grund, aber er verwarf ihn als ein »Ausweichen vor dem tieferen, menschlichen Problem«. Einfacheren Gemütern leuchtete er freilich ein: der Schreiber des Kaplans, damals achtunddreißig, war ein Dieb, ein Einbrecher kleineren Kalibers, der im Laufe von zwanzig Jahren in fünf verschiedenen Staaten Gefängnisstrafen verbüßt hatte.) Perry beschloß, die Karten auf den Tisch zu legen: Es tue ihm leid, aber Himmel, Hölle, die Heiligen und die göttliche Gnade, das alles sei nichts für ihn, und wenn Willie-Jays Freundschaft auf der Hoffnung gründete, sich eines Tages mit Perry am Fuße des Kreuzes zu vereinen, dann täuschte er sich, und ihre

Freundschaft wäre eine ebensolche Heuchelei wie das Christusbild, das er gemalt hatte.
Willie-Jay zeigte wie immer Verständnis. Enttäuscht, aber nicht entmutigt, hatte er bis zum Tage von Perrys Entlassung um dessen Seele geworben. Am Abend vorher hatte er ihm einen Abschiedsbrief geschrieben, dessen letzter Absatz lautete: »Du bist ein Mann mit einer großen Leidenschaft, ein Hungernder, der nicht recht weiß, wonach es ihn hungert, ein Enttäuschter, der seine Individualität vergeblich gegen den harten Zwang der Konvention durchzusetzen sucht. Selbstverwirklichung und Selbstzerstörung sind die Extreme der Pseudowelt, in der du lebst. Du hast Kraft, aber in dieser Kraft steckt eine Schwäche, und wenn du sie nicht zu beherrschen lernst, dann wird sie sich stärker erweisen als deine Kraft und dich vernichten. Worin besteht diese Schwäche? Es ist eine *gefühlsmäßige Explosivität, die in keinem Verhältnis zum Anlaß steht.* Warum? Und warum diese unvernünftige Wut beim Anblick von anderen, die zufrieden und glücklich sind, warum diese zunehmende Menschenverachtung und der Wille, sie zu verletzen? Du hältst sie für Narren, gut, du verachtest ihre Moral, ihr Glück ist die Quelle deines Versagens und deiner Entrüstung. Aber es sind furchtbare Feinde, die du in dir trägst, und sie werden eines Tages ebenso zerstörerisch sein wie Geschosse. Ja, schlimmer noch: Ein Geschoß hat Erbarmen, es tötet sein Opfer. Dieser Bazillus aber, läßt man ihn gedeihen, tötet nicht, er bohrt sich nur ein und verwüstet. Das Opfer bleibt am Leben, noch ist in ihm Feuer, und es wird genährt durch die Scheite des Zorns und des Hasses. Ein solcher Mensch mag erfolgreich sein und Reichtümer erlangen, aber den Erfolg selbst wird er nicht erlangen, denn er ist sein eigener Feind und wird nie wirklich genießen können, was er erreicht hat.«
Perry, geschmeichelt, daß sich jemand zu einem solchen Sermon an ihn aufschwang, hatte ihn Dick zu lesen gegeben. Und Dick, der keine besondere Meinung von Willie-Jay hatte, hatte ihn als »Billy-Graham-Gejaule« bezeichnet und hinzugefügt: »Scheite des Zorns! Das sieht diesem Scheißer ähnlich.« Perry hatte natürlich nichts anderes erwartet und insgeheim sogar Dicks Reaktion begrüßt, denn die Freundschaft mit ihm, den er erst in den letzten Monaten in Lansing näher kennengelernt hatte, empfand er als Nebenerscheinung und Gegengewicht zu seiner bewundernden Verehrung für den Schreiber des Kaplans. Es mochte stimmen, daß Dick »oberflächlich« war oder sogar, wie Willie-Jay behauptete, »ein Angeber

und bis in die Knochen verdorben«. Aber Dick war eben verdammt witzig, ein gerissener Bursche und Realist, der sich kein X für ein U vormachen ließ und keine Flausen im Kopf hatte. Nein, Dick war kein Spinner. Außerdem hatte er, anders als Willie-Jay, Verständnis für Perrys exotische Ambitionen. Bereitwillig hörte er zu, ja, er fing sogar Feuer, wenn Perry ihm von seinen »garantiert vorhandenen Schätzen« am Grunde des Golfs von Mexiko und im brasilianischen Dschungel erzählte.

Nach seiner Entlassung war Perry vier Monate lang in einem alten, schepperigen 100-Dollar-Ford durch die Gegend gezuckelt, von Reno nach Las Vegas, von Billingham, Washington, bis Buhl, Idaho, und in Buhl, wo er vorübergehend einen Job als Lastwagenfahrer gefunden hatte, erreichte ihn Dicks Brief: »Freund P., kam im August raus, und als du schon weg warst, traf ich einen, du kennst ihn nicht, aber von dem hab ich ein Ding, das könnten wir beide prima drehen. Eine Kleinigkeit für uns, aber alles dran...« Perry hatte bis zu diesem Augenblick nicht geglaubt, daß er Dick oder auch Willie-Jay jemals wiedersehen würde. Aber an beide hatte er viel gedacht, besonders an Willie-Jay, der in seiner Phantasie zu einem großgewachsenen, grauhaarigen Weisen geworden war, von dessen Bild er innerlich nicht loskam. »Du bist auf dem falschen Weg«, hatte Willie-Jay einmal zu ihm gesagt. »Dir macht es verdammt nichts aus, ohne Verantwortung, ohne Glauben und ohne Freunde und menschliche Wärme zu leben.«

Auf seinen einsamen Touren hatte Perry wieder und wieder darüber nachgedacht und war zu dem Schluß gekommen, daß Willie-Jay mit seinem Urteil unrecht hatte. Es machte ihm schon was aus, aber wer hatte sich denn je darum gekümmert? Sein Vater? Na ja, bis zu einem gewissen Grad schon. Die eine oder andere Frau, mit der er zu tun gehabt hatte – aber das war »eine lange Geschichte«. Willie-Jay war im Grunde der einzige, er allein hatte seinen Wert und seine Fähigkeiten zu schätzen gewußt und erkannt, daß er nicht bloß der zu klein geratene, übermuskulöse Mischling war, er hatte ihn, abgesehen von all seinen Moralpredigten, so gesehen, wie Perry sich selbst sah – »ein außergewöhnlicher, künstlerischer Mensch, wie man ihm nicht alle Tage begegnet«. In Willie-Jay hatte er einen Halt gefunden, er hatte ihn in seiner Eitelkeit bestärkt und Verständnis gehabt für seine Sensibilität, und die Tatsache, daß er nun seit vier Monaten diese hochkarätige Wertschätzung entbehren mußte, ließ sie ihm verlockender erscheinen als alle Träume von vergrabenen Schätzen. Und so wußte er, was er zu tun hatte, als er Dicks Aufforderung erhielt und ihm klarwurde, daß die geplante Fahrt nach Kansas so ziemlich mit Willie-Jays Entlassung zusammenfiel. Er fuhr mit dem Ford nach Las Vegas, verkaufte die alte Kiste, packte seine Sammlung von Karten, alten Briefen, Manuskripten und Büchern zusammen und kaufte sich eine Fahrkarte für den Greyhound-Bus. Was dann in Kansas werden würde, das wollte er dem Schicksal überlassen. Sollte es mit Willie-Jay nicht klappen, dann konnte er Dicks Vorschlag immer noch in Betracht ziehen. Aber er hatte keine Wahl, wie sich dann herausstellte. Denn als Perry am Abend des 12. Novembers nach Kansas City kam, hatte Willie-Jay, den er nicht vorher benachrichtigen konnte, die Stadt schon verlassen, und zwar genau fünf Stunden vor Perrys Ankunft und von eben der Station, auf der Perry ankam. Das erfuhr er per Telefon von Reverend James Post, der ihn noch weiter entmutigte durch seine Weigerung, ihm Willie-Jays genaues Reiseziel zu nennen. »Er ist in den Osten gefahren«, sagte der Kaplan. »Er hat da gute Aussichten. Einen anständigen Job und eine Wohnung bei netten Leuten, die ihm helfen wollen.« Perry war »ganz schwindlig vor Ärger und Enttäuschung«, als er einhängte.

Aber was, fragte er sich als er sich einigermaßen gefaßt hatte, hatte er eigentlich von einem Wiedersehen mit Willie-Jay erwartet? Sie waren jetzt beide frei, und in dieser Freiheit hatten sie nichts mehr miteinander gemein. Zu groß waren die Gegensätze zwischen ihnen, ein »Team« konnten sie nicht bilden, jedenfalls bestimmt keines, das die Tauchabenteuer im Süden hätte bewältigen können, die er mit Dick geplant hatte. Trotzdem, hätte er Willie-Jay nicht verfehlt, hätte er nur eine Stunde mit ihm reden können, dann, das »wußte« Perry, würde er jetzt nicht hier vor dem Krankenhaus im Wagen sitzen und auf Dick warten, der die schwarzen Strümpfe bringen sollte.

Dick kehrte mit leeren Händen zurück. »Nichts zu machen«, sagte er übertrieben beiläufig, so daß Perry Verdacht schöpfte.

»Das kann doch nicht sein. Hast du überhaupt gefragt?«

»Klar hab ich gefragt.«

»Das glaub ich dir nicht. Du bist da bloß reingegangen, hast ein bißchen rumgestanden und bist abgehauen.«

»Okay, Herzchen – wie du meinst.« Dick ließ den Motor an.

Nachdem sie schweigend eine Weile gefahren waren, legte Dick Perry flüchtig die Hand aufs Knie. »Ah, gib schon zu«, sagte er. »Das war 'ne

Schnapsidee. Denen da ihre Strümpfe abschnacken, als wär's ein Kramladen. Was verdammt, hätten die von mir gedacht?«
»Vielleicht ebensogut«, sagte Perry. »Nonnen bringen bloß Unglück.«

Der in Garden City ansässige Vertreter der New Yorker Lebensversicherungsgesellschaft lächelte, als er sah, wie Mr. Clutter den Füllhalter nahm und das Scheckbuch aufschlug. Er mußte an einen Scherz denken, den er von den Leuten hier gehört hatte. »Wissen Sie, was die Leute hier über Sie sagen, Herb? Seit Haarschneiden mehr als ein Dollar kostet, schreibt Herb sogar beim Friseur einen Scheck aus.‹«
»Das stimmt«, erwiderte Mr. Clutter. Er war allgemein bekannt dafür, daß er wie die Mitglieder königlicher Häuser nie Bargeld bei sich trug. »Das ist mir lieber so, ganz gleich, um was für ein Geschäft es sich handelt. Auch wenn die Leute von der Steuer kommen und rumschnüffeln, sind eingelöste Schecks immer das Beste.«
Als er den Scheck ausgeschrieben, aber noch nicht unterzeichnet hatte, schwenkte er mit seinem Schreibtischstuhl zurück und schien zu überlegen. Bob Johnson, ein untersetzter, halbwegs kahler Mann mit ziemlich ungezwungenen Manieren, hoffte, daß seinem Klienten nicht in letzter Minute noch Zweifel kommen würden. Herb war langsam und hartnäckig beim Abschluß von Geschäften. Der Agent hatte ihn über ein Jahr bearbeitet, um ihn so weit zu bekommen. Aber es war wohl nur die feierliche Pause, die Mr. Clutter jetzt einlegte, wie Johnson das nannte – ein Phänomen, das Versicherungsvertreter aus ihrer Praxis kennen. Wer eine Lebensversicherung abschließt, ist in einer ähnlichen Gemütsverfassung wie einer, der sein Testament unterzeichnet; unwillkürlich hat er Gedanken an den Tod.
»Ja, ja«, sagte Mr. Clutter wie im Selbstgespräch. »Ich muß für vieles in meinem Leben dankbar sein – ich habe viel Schönes erlebt.« An den Nußbaumholzwänden seines Arbeitszimmers hingen sauber eingerahmt allerlei Dokumente, Meilensteine seiner Karriere, ein Diplom vom College, eine Karte der River-Valley-Farm, Medaillen für landwirtschaftliche Erfolge, eine prächtige Urkunde mit den Unterschriften von Dwight D. Eisenhower und John Foster Dulles, die seine Verdienste als Mitglied der Bundeskommission für landwirtschaftliche Kredite würdigte. »Die Kinder. Wir haben Glück gehabt mit ihnen. Man behält so etwas ja für sich; aber ich muß schon sagen, ich bin wirklich stolz auf sie. Kenyon zum Bei-

spiel. Im Augenblick hat er ja die Idee, Ingenieur oder Wissenschaftler zu werden, aber Sie können sagen, was Sie wollen, er ist im Grunde ein geborener Farmer. Wenn Gott will, wird er das alles hier eines Tages übernehmen. Haben Sie jemals Eveannas Mann kennengelernt? Don Jarchow? Er ist Tierarzt. Ich kann Ihnen gar nicht sagen, wie sehr ich den Jungen schätze. Auch Vere – Vere English, den Mann, mit dem meine Tochter Beverly verlobt ist. Eine gute Wahl. Sollte mir jemals etwas passieren, dann kann ich mich auf die beiden verlassen, das weiß ich genau; Bonnie allein – Bonnie würde das hier nicht weiterführen können ...«

Johnson, der an diese Art von Lebensbeichten gewöhnt war, wußte, daß er sich jetzt einschalten mußte. »Aber, Herb«, sagte er. »Sie sind doch noch ein *junger* Mann. Achtundvierzig. So wie Sie aussehen, und dann das Ergebnis der ärztlichen Untersuchung, danach werden wir Sie doch wahrscheinlich noch einige Wochen unter uns haben.«

Mr. Clutter richtete sich auf und nahm wieder den Füller. »Sie haben recht, ich muß schon sagen, ich fühle mich prächtig. Ich bin ja auch Optimist. Ich habe Ideen genug für die nächsten Jahre, um Produktion und Gewinn noch ein bißchen zu steigern.« Während er seine Pläne zur finanziellen Aufbesserung kurz umriß, unterzeichnete er den Scheck und schob ihn über den Tisch.

Es war zehn nach sechs, und der Agent drängte nach Hause; seine Frau würde schon mit dem Essen warten. »Es war nett, Herb.«

»Fand ich auch, Bob.«

Sie gaben sich die Hand. Dann nahm Johnson nicht ohne berechtigtes Triumphgefühl Mr. Clutters Scheck auf und verstaute ihn in seiner Brieftasche. Es war die erste Rate auf eine 40 000-Dollar-Police, nach der bei Tod durch Unfall oder andere unnatürliche Ursachen der doppelte Betrag ausbezahlt werden sollte.

»Und er geht mit mir, und er spricht mit mir,
Und er sagt mir, ich bin sein,
Und das Glück, daß wir miteinander sind,
Das haben wir ganz allein ...«

Perry hatte die Gitarre genommen und sich in eine glücklichere Stimmung gesungen. Er hatte ein Repertoire von an die zweihundert Hymnen und Balladen – von »The Old Rugged Cross« bis zu Cole Porter. Außer Gitarre

konnte er Akkordeon, Banjo und Xylophon spielen. Eine seiner theatralischen Lieblingsphantasien war die »Ein-Mann-Sinfonie«, die er unter seinem Bühnennamen Perry O'Parsons aufführte.
»Wie wär's mit 'm Cocktail?« sagte Dick.
Perry selbst war es ziemlich egal, was er zu trinken bekam, denn er war kein großer Trinker. Dick aber war in diesen Dingen eigen, er bestellte sich in Bars gewöhnlich einen Orange Blossom. Perry nahm aus dem Handschuhfach eine Halbliterflasche mit einer fertigen Mischung aus Orangensaft und Wodka. Sie tranken abwechselnd. Sie fuhren im Neunzigkilometertempo, aber obwohl es schon dämmerte, fuhr Dick noch ohne Licht. Doch die Straße war gerade, das Land war flach wie ein See, und nur selten kam ihnen ein anderer Wagen entgegen. Sie waren hier schon »hinter dem Mond« – oder jedenfalls beinahe.
»Meine Güte!« sagte Perry, als er jetzt nach draußen in die flache, sich endlos unter dem kalten, grünlichen Licht dehnende Landschaft sah, in der nur hin und wieder Lichter von einzelnen Farmhäusern aufblinkten. Er haßte sie, wie er die Ebenen von Texas, die Wüste von Nevada haßte. In weitem, kaum bewohntem Land war er schon immer von Depressionen befallen worden, eine Art Platzangst packte ihn dann. Laute, dichtbevölkerte, nach Fisch und Abfällen riechende Hafenstädte waren nach seinem Geschmack, wie Jokohama, wo er während des Korea-Krieges einen Sommer als Soldat verbracht hatte. »Meine Güte – und da haben die mir noch gesagt, ich dürfte nicht nach Kansas! Sollte meinen zarten Fuß hier nie wieder hersetzen. Als verbarrikadierten sie mir damit das Paradies. Und nun guck dir das hier mal an, die reinste Augenweide.«
Dick reichte ihm die zur Hälfte geleerte Flasche. »Den Rest bewahren wir auf«, sagte er. »Werden wir vielleicht noch brauchen.«
»Du weißt ja, wir brauchen ein Boot, Dick. Ich hab drüber nachgedacht – vielleicht können wir in Mexiko eins kaufen. Irgend so ein billiges Ding, aber widerstandsfähig. Damit könnten wir nach Japan fahren, quer über den Pazifik. Das geht – 'ne Menge Leute haben es geschafft. Ich will dich nicht bequatschen, Dick, aber Japan, das würde dir gefallen. Wunderbare Menschen, sanft und mit Manieren wie Blumen. Und so aufmerksam – die sind da nicht bloß auf deinen Zaster aus. Und die Frauen. So was hast du noch nicht erlebt ...«
»Sag das nicht«, sagte Dick, der immer noch in seine erste honigblonde Frau verliebt zu sein behauptete, obwohl sie inzwischen wieder verheiratet war.

»Und dann diese Bäder. Da war eins, das hieß Traum-Teich. Da legst du dich einfach lang, und dann kommen Mädchen, ich kann dir sagen, da bleibt dir die Luft weg. Und die waschen dich von Kopf bis Fuß.«

»Hast du mir schon mal erzählt«, sagte Dick kurz.

»Und? Darf ich nicht was zweimal sagen?«

»Später. Können wir später drüber reden. Verdammt, Mann, ich hab jetzt andres im Kopf.«

Dick stellte das Radio an; Perry drehte es wieder aus. Er kümmerte sich nicht um Dicks Protest und summte zur Gitarre:

> »Ich kam allein in den Garten, auf den Rosen war lauter Tau,
> Und die Stimme, die ich dort hörte,
> War Jesus' Stimme im Laub...«

Niedrig über dem Horizont schwebte der Vollmond.

Über seinen letzten Besuch bei den Clutters gab Bobby Rupp, bevor er sich einem Lügendetektor-Test unterzog, am Montag darauf zu Protokoll: »Es war Vollmond, und ich dachte, vielleicht hätte Nancy Lust, eine Autofahrt mit mir zu machen, zum McKinney Lake. Oder vielleicht auch nach Garden City ins Kino zu fahren. Aber als ich sie anrief – es muß etwa zehn vor sieben gewesen sein –, sagte sie, sie müsse erst ihren Vater fragen. Dann kam sie wieder ans Telefon und sagte, er habe Nein gesagt – weil wir am Abend vorher so spät nach Hause gekommen waren. Aber ich könnte doch zum Fernsehen rüberkommen, meinte sie. Ich war sehr oft bei den Clutters zum Fernsehen. Sehen Sie, vor Nancy bin ich noch nie mit einem Mädchen gegangen. Wir kannten uns schon von klein an; wir sind von Anfang an zusammen zur Schule gegangen. Solang ich denken, kann, war sie immer hübsch und allgemein beliebt; sie war schon als kleines Kind eine *Persönlichkeit*. Ich meine damit, daß sich jeder in ihrer Gesellschaft wohlfühlte. Die erste richtige Verabredung hatten wir, als wir in der achten Klasse waren. Die meisten Jungs in der Klasse wollten mit ihr zum Tanz auf der Abschlußfeier, und ich war überrascht – ich war sogar ziemlich stolz –, als sie sagte, sie würde mit mir gehen. Wir waren beide zwölf. Mein Vater lieh mir den Wagen, und ich fuhr sie zum Tanz. Je öfter ich sie sah, desto lieber mochte ich sie, und ihre Familie übrigens auch. Sie waren alle sehr nett, und ich glaube, in der ganzen Gegend gab es sonst keine solche

Familie, ich wüßte jedenfalls keine. Mr. Clutter war in mancher Beziehung vielleicht etwas streng – in Religionsdingen und so. Aber man hatte bei ihm nie das Gefühl, daß er einen ins Unrecht setzen wollte.

Wir wohnen knapp fünf Kilometer westlich von der Clutter-Farm. Ich ging den Weg immer zu Fuß hin und zurück, aber im Sommer hab ich immer gearbeitet, und im letzten Jahr hatte ich genug zusammengespart, um mir einen eigenen Wagen zu kaufen, einen 55er Ford. Ich fuhr also rüber und war kurz nach sieben da. Auf der Auffahrt zum Haus sah ich niemanden. Überhaupt niemand draußen vorm Haus. Nur Teddy, der bellte, als er mich sah. Unten im Haus war Licht – im Wohnzimmer und in Mr. Clutters Büro. Im ersten Stock war es dunkel, und ich dachte, Mrs. Clutter schliefe wohl schon, falls sie überhaupt da war. Das wußte man nie genau, und ich habe auch nie gefragt. Aber ich hatte richtig vermutet. Denn als später am Abend Kenyon auf seinem Horn üben wollte – er spielte Baritonhorn in der Schulkapelle –, sagte Nancy, er sollte das lassen, weil er sonst ihre Mutter aufwecken würde. Jedenfalls, als ich hinkam, waren sie grade fertig mit Abendessen, Nancy hatte abgedeckt und das Geschirr in die Spülmaschine gestellt, und alle drei – die beiden Kinder und Mr. Clutter – waren im Wohnzimmer. So saßen wir also da wie sonst auch – Nancy und ich auf der Couch und Mr. Clutter in seinem gepolsterten Schaukelstuhl. Er sah nur halb hin zum Fernsehen, er las ein Buch – eins von Kenyons ›Rover-Boy‹-Büchern. Einmal ging er in die Küche und kam mit zwei Äpfeln zurück. Er bot mir einen an, aber ich mochte nicht, und so aß er beide. Er hatte ganz weiße Zähne; das kommt vom Apfelessen, sagte er. Nancy – Nancy trug Bluejeans und einen grünen Pullover, glaube ich, und Socken und Hausschuhe. Sie hatte eine goldene Uhr um und trug ein Erkennungs-Armband, das ich ihr im Januar zu ihrem sechzehnten Geburtstag geschenkt hatte. Ihr Name war auf der einen Seite eingraviert, meiner auf der anderen – außerdem trug sie einen Ring, einen kleinen Silberring, den sie sich im vorigen Sommer gekauft hatte, als sie mit den Kidwells in Colorado war. Es war nicht mein Ring – *unser* Ring. Vor ein paar Wochen war sie beleidigt und sagte, sie würde den Ring für eine Weile abnehmen. Wenn ein Mädchen das tut, dann ist man in einer Probezeit. Natürlich haben wir manchmal gestritten – alle tun das, alle, die miteinander gehen. Der Grund war, daß ich auf der Hochzeit eines Freundes war, bei dem Empfang ein Bier getrunken hatte, eine Flasche Bier, und Nancy war das zu Ohren gekommen. Irgendein Klatschmaul hatte ihr erzählt, ich sei stockbesoffen gewesen. Na ja, sie war eiskalt und hat eine Woche lang kein Wort mit mir gesprochen. Aber in letzter Zeit hatte sich das wieder eingerenkt, und ich glaube, sie war so weit, daß sie unseren Ring wieder tragen wollte.

Na ja. Das erste Stück, das wir sahen, hieß ›The Man and the Challenge‹. Kanal 11. Es spielte in der Arktis. Dann sahen wir einen Western und danach ein Stück mit einem Spion – ›Five Fingers‹. Um halb zehn kam ›Mike Hammer‹. Dann die Nachrichten. Aber Kenyon gefiel das alles nicht. Hauptsächlich weil wir ihn nicht das Programm aussuchen ließen. Er kritisierte an allem herum, und Nancy sagte fortwährend, er solle den Mund halten. Sie kabbelten sich oft, aber in Wirklichkeit waren sie sehr innig miteinander – inniger als die meisten Geschwister. Ich glaube, teilweise auch, weil sie zusammen so viel allein waren, Mrs. Clutter verreist und Mr. Clutter in Washington oder irgendwo. Ich weiß, daß Nancy Kenyon sehr liebte, aber ich glaube nicht, daß sie oder überhaupt irgend jemand ihn wirklich verstand. Er war immer so abwesend. Man wußte nie, was er dachte, und ob er einen überhaupt ansah, weil er nämlich ein bißchen auswärts schielte. Manche Leute behaupteten, er wäre ein Genie, und vielleicht ist da etwas dran. Er hatte jedenfalls eine Menge gelesen. Aber, wie gesagt, er war an dem Abend unruhig, er wollte nicht fernsehen, er wollte auf seinem Horn üben, und als Nancy ihm das verbot, weiß ich noch, daß Mr. Clutter zu ihm sagte, er solle doch nach unten in den Keller gehen, wo niemand ihn hören würde. Aber auch das wollte er nicht.

Einmal oder auch zweimal, ich weiß das nicht mehr genau, ging das Telefon. Einmal, jedenfalls, ging Mr. Clutter in sein Büro und nahm den Hörer ab. Die Tür war offen – die Schiebetür zwischen Wohnzimmer und Büro –, und ich hörte, wie er ›Van‹ sagte, er sprach also mit Mr. Van Vleet. Und dann sagte er, er hätte Kopfschmerzen, aber es wäre jetzt schon besser. Dann sagte er etwas vom Montag, an dem Mr. Van Vleet wieder hier sein würde. Als er zurückkam – ja, da war ›Mike Hammer‹ grade zu Ende. Fünf Minuten Nachrichten, danach der Wetterbericht. Den hörte sich Mr. Clutter immer gespannt an. Der Wetterbericht ist eigentlich das einzige, was ihn wirklich interessierte. So wie es mir mit dem Sport geht – der dann kam. Als der Sport zu Ende war, um zehn Uhr dreißig, stand ich auf, um zu gehen. Nancy begleitete mich nach draußen. Wir redeten noch ein bißchen und verabredeten uns fürs Kino am Sonntagabend – ein Film, nach dem alle Mädchen verrückt waren, *Blue Denim*. Dann lief sie zurück ins Haus, und ich fuhr weg. Durch den Mond war es fast so hell wie am Tag, es war kalt und ein bißchen windig; eine Menge Steppenhexe wirbelte durch die Luft. Das ist alles, was ich weiß, das heißt, wenn ich jetzt zurückdenke, glaube ich, daß sich dort jemand versteckt haben muß. Hinter den Bäumen vielleicht. Irgend jemand, der darauf wartete, daß ich wegfuhr.«

Zum Abendessen machten die beiden in Great Bend Station. Perry, der nur noch fünfzehn Dollar hatte, wollte sich Root-Bier und ein Sandwich bestellen, aber Dick sagte, sie brauchten eine solide Unterlage, der Preis spiele keine Rolle, es gehe alles auf seine Rechnung. Sie bestellten zwei halb durchgebratene Steaks, geschmorte Tomaten, Pommes frites, gebackene Zwiebeln, Bohnen. Dazu Makkaroni und Maisbrei, Mayonnaisesalat, Zimtstückchen, Apfelkuchen und Eiskrem und Kaffee. Zum Abschluß suchten sie sich dann in einem Drugstore Zigarren aus; in demselben Geschäft kauften sie auch zwei große Rollen Heftpflaster.

Als der schwarze Chevrolet wieder in den Highway eingebogen war und sich durch eine unmerklich ansteigende Gegend rasch dem kälteren, harttrockenen Klima der Weizenhochebene näherte, schloß Perry die Augen und döste gesättigt im Halbschlaf vor sich hin, aus dem ihn um elf Uhr die Stimme des Nachrichtensprechers weckte. Er drehte die Scheibe herunter und kühlte sein Gesicht in der hereinströmenden eisigen Luft. Dick sagte zu ihm, sie seien jetzt in Finney County. »Wir sind schon sechzehn Kilometer hinter der Grenze«, sagte er. Sie fuhren sehr schnell. Reklameschilder, kurz vom Licht der Scheinwerfer gestreift, flammten auf, flogen vorüber: »Besuchen Sie die Eisbären«, »Burtis Motors«, »Größtes Freibad der Welt«, »Wheat Lands Motel«, und schließlich, kurz bevor die Straßenbeleuchtung begann, »Guten Tag, Leute! Willkommen in Garden City! Ein freundlicher Ort erwartet euch.«

Sie fuhren durch den Nordbezirk der Stadt. Zu dieser Stunde, es ging auf Mitternacht, war keiner mehr auf der Straße, und außer einigen einsamen, hellerleuchteten Tankstellen war alles geschlossen. Dick fuhr in eine der Tankstellen – Hurd's Philipps 66. Ein junger Mann erschien und fragte: »Volltanken?« Dick nickte, und Perry stieg aus und ging zur Toilette. Wie so oft taten ihm die Beine weh; die Schmerzen waren so heftig, als wäre der Jahre zurückliegende Unfall eben erst passiert. Er schüttelte drei Aspirintabletten aus seinem Fläschchen, zerkaute sie langsam (er mochte den Geschmack) und trank dann aus dem Wasserkran. Er setzte sich auf die

Toilette, streckte die Beine aus und rieb sie und massierte die Knie, die er kaum noch durchbiegen konnte. Dick hatte gesagt, sie wären fast schon da – »nur noch elf Kilometer«. Er zog einen Reißverschluß an seiner Lederjacke auf und holte eine Tüte hervor, in der die vorhin gekauften Gummihandschuhe waren. Sie waren klebrig, widerspenstig und ziemlich dünn, und als er sie langsam überstreifte, riß der eine ein – nicht nennenswert, nur ein kleiner Riß zwischen den Fingern, aber ihm kam das wie ein Omen vor.

Die Türklinke drehte sich, jemand rüttelte daran. Dick sagte: »Möchtest du Candy? Hier ist ein Automat.«

»Nein.«

»Bist du okay?«

»Ja, ja, alles in Ordnung.«

»Bleib man nicht die ganze Nacht.«

Dick steckte eine Münze in den Automaten, zog den Schieber heraus und nahm sich eine Tüte mit Geleebohnen. Kauend ging er zurück zum Wagen und sah zu, wie der junge Mann sich damit abmühte, die Windschutzscheibe von Kansas-Staub und angeklebten Insekten zu befreien. Der Angestellte, er hieß James Spor, war verstört. Dicks Augen und sein finsterer Gesichtsausdruck und die Tatsache, daß Perry so ungewöhnlich lange in der Toilette blieb, irritierten ihn. (Am nächsten Tag berichtete er seinem Arbeitgeber: »Gestern nacht hatten wir hier noch ein paar finstere Kunden.« Aber damals und noch lange danach kam er nicht darauf, diesen Besuch mit der Tragödie in Holcomb in Zusammenhang zu bringen.)

»Kaum was los hier, wie?« fragte Dick.

»Nee«, sagte James Spor. »Sie sind seit zwei Stunden die einzigen Kunden. Wo kommen Sie her?«

»Kansas City.«

»Zur Jagd?«

»Fahren nur durch. Auf dem Weg nach Arizona. Da haben wir einen Job als Bauarbeiter. Haben Sie 'ne Ahnung, wie weit es von hier nach Tucumcari, New Mexico, ist?«

»Weiß ich nicht. Drei Dollar und sechs Cent.« Er nahm das Geld, das Dick ihm reichte, gab das Wechselgeld heraus und sagte: »Sie entschuldigen mich, Sir? Ich hab noch zu tun, 'ne Stoßstange auf 'n Laster montieren.«

Dick wartete, aß von den Geleebohnen, ließ ungeduldig den Motor aufheulen und hupte. Sollte er sich in Perry geirrt haben? Hatte ausgerechnet

Perry vielleicht plötzlich Schiß? Als sie sich vor einem Jahr kennenlernten, hatte er Perry für einen »guten Kumpel« gehalten, wenn er auch ein bißchen »von sich selbst überzogen«, »sentimental« und zu sehr der Typ des »Träumers« war. Er hatte ihn gemocht, aber nichts weiter auf seine Freundschaft gegeben, bis ihm Perry eines Tages beschrieb, wie er »einfach zum Spaß« in Las Vegas einen Neger umgelegt hatte – mit einer Radkette totgeschlagen hatte. Der kleine Perry war dadurch in Dicks Meinung mächtig gestiegen. Dick begann mehr in ihm zu sehen und kam, ähnlich wie Willie-Jay, wenn auch aus anderen Gründen, zu der Ansicht, daß Perry ein Mann mit ungewöhnlichen und wertvollen Eigenschaften war. Es gab zu der Zeit in Lansing einige Mörder oder doch Leute, die damit angaben, Mörder oder wenigstens zum Morden bereit zu sein. Perry aber, das war Dicks Überzeugung, war eins von diesen ganz seltenen Exemplaren, ein »Mörder von Natur« – ganz normal veranlagt, aber ohne Gewissen und imstande, mit oder auch ohne Motiv völlig kaltblütig einen umzulegen. Eine solche Begabung, meinte Dick, konnte unter seiner Anleitung gewinnbringend zur Entfaltung gebracht werden. Und so hatte er sich an Perry herangemacht, ihn umworben und ihm geschmeichelt. Er hatte ihn zum Beispiel glauben gemacht, daß er an sein Gespinne von den vergrabenen Schätzen glaubte und wie er eine Neigung für Hafenstädte und Strandabenteuer hätte. Alles Sachen, für die Dick nichts übrig hatte. Er wollte im Grunde nur ein »vernünftiges Leben« führen, mit einem eigenen Geschäft, einem Haus, einem Pferd zum Reiten, einem neuen Auto und »einem Haufen von blonden Puppen«. Es war jedoch wichtig, daß Perry nicht dahinterkam, jedenfalls so lange nicht, bis er Dick mit seiner Begabung geholfen hatte, gewisse ehrgeizige Pläne in die Tat umzusetzen. Aber vielleicht war es Dick, der sich verrechnet hatte und getäuscht worden war. Wenn es so war, wenn sich herausstellte, daß Perry nichts weiter als ein »kleiner Scheißer« war – dann war es aus mit dem Job, die monatelange Arbeit des Planens reine Zeitverschwendung. Dann gab es nur noch eins – umkehren und abhauen. Aber so weit durfte es nicht kommen. Dick ging zurück zur Toilette.

Die Tür war immer noch verschlossen. Er schlug mit der Faust dagegen.

»He, Perry, was ist denn, zum Teufel!«

»Ich komm gleich.«

»Was ist denn los? Ist dir schlecht?«

Perry faßte das Waschbecken und zog sich hoch. Seine Beine zitterten, vor

Schmerz brach ihm der Schweiß aus. Er wischte sich das Gesicht mit einem Papierhandtuch ab. Er schloß die Tür auf und sagte: »Okay, gehn wir.«

Nancys Schlafzimmer war das kleinste und persönlichste Zimmer im Haus – mädchenhaft und so verspielt wie das Ballettröckchen einer Ballerina. Wände, Decke und überhaupt alles außer einer Kommode und einem Schreibtisch waren rosa, blau oder weiß. Am Kopfende des rosa und weißen Bettes saß auf hellblauen Kissen ein großer rosa-weißer Teddybär, ein Jahrmarkts-Preis, den Bobby am Schießstand gewonnen hatte. Über dem weißverkleideten Frisiertisch hing eine rosa bemalte Tafel aus Kork, an der getrocknete Gardenien, Überbleibsel einer uralten Korsage, festgesteckt waren, Valentinskärtchen, Rezepte aus der Zeitung und Fotos von ihrem kleinen Neffen, von Susan Kidwell und Bobby Rupp. Bobby in allen möglichen Stellungen – mit einem Schlagholz in der Hand, einen Basketball dribbelnd, auf einem Traktor und mit Badehose im flachen Wasser des McKinney Lake watend (tiefer wagte er sich nicht hinein, er war Nichtschwimmer). Fotos auch von Nancy und Bobby zusammen. Am liebsten mochte sie das, auf dem sie beide im sonnengefleckten Schatten beim Picknick sitzen und sich, wenn auch nicht lächelnd, so doch innig und liebevoll ansehen. Auch auf ihrem Schreibtisch standen Bilder, von Pferden und Katzen, die eingegangen, aber nicht vergessen waren, wie unlängst die »arme Boobs«, die unter höchst geheimnisvollen Umständen verendet war (wie sie vermutete, durch Gift).

Nancy ging von allen immer am spätesten ins Bett. Die Stunde um Mitternacht war, wie sie ihrer Freundin, der Hausarbeitslehrerin Mrs. Polly Stringer, erzählt hatte, die Zeit, in der sie »ganz sie selbst und hemmungslos eitel« sein konnte. Dann widmete sie sich ihrer Schönheitspflege, einem Ritual aus Gesichtsreinigung und Eincremen, wozu am Sonnabend noch eine Haarwäsche kam. An diesem Abend legte sie, nachdem sie ihr Haar getrocknet, gebürstet und in ein buntes Schleiertuch eingebunden hatte, die Sachen zurecht, die sie am nächsten Morgen beim Kirchgang tragen wollte: Nylonstrümpfe, schwarze Pumps, ein rotes Cordsamtkleid – ihr schönstes –, das sie selbst genäht hatte. Es war das Kleid, in dem sie beerdigt werden sollte.

Bevor sie ihr Gebet sprach, verzeichnete sie immer ein paar kleine Begebenheiten in ihrem Tagebuch (»Herrliches Sommerwetter. Wenn es doch immer so bliebe. Sue war hier, und wir ritten mit Babe zum Fluß. Sue spielte Flöte. Glühwürmchen«) und gelegentlich auch einen Gefühlsausbruch (»Ich liebe ihn, wirklich«). Es war ein Tagebuch für fünf Jahre, und seit vier Jahren hatte sie nun schon ihre täglichen Eintragungen gemacht, wobei sie der Glanz mancher Ereignisse (Eveannas Hochzeit, die Geburt ihres Neffen) und die Dramatik von anderen (ihr »erster *richtiger* Streit mit Bobby« – eine buchstäblich tränenbefleckte Seite) veranlaßt hatten, auf Seiten vorzugreifen, die für Künftiges bestimmt waren. Jedes Jahr benutzte sie eine andersfarbige Tinte: 1956 war grün und 1957 ein Abschnitt in Rot, im folgenden Jahr ersetzt durch ein helles Lavendel-Lila, und für das gegenwärtige Jahr, 1959, hatte sie ein würdevolles Blau gewählt. Dabei hatte sie, wie in allen Lebensäußerungen, immer wieder mit ihrer Handschrift experimentiert, sie einmal nach rechts geneigt, dann nach links herüber, einmal runde, dann steile, einmal flüchtig hingeworfene Buchstaben geschrieben und dann wieder wie gestochen – so als frage sie sich: »Ist dieses nun Nancy? Oder ist sie das? Oder das? Wer bin ich?« (Mrs. Riggs, ihre Englischlehrerin, hatte ihr einmal einen Aufsatz mit der Bemerkung zurückgegeben: »Gut. Aber warum in drei verschiedenen Handschriften geschrieben?« Worauf Nancy erwidert hatte: »Weil ich noch nicht erwachsen und noch nicht Persönlichkeit genug bin, um nur eine Handschrift zu haben.«) In den letzten Monaten hatte sie freilich in dieser Beziehung Fortschritte gemacht, und es war eine recht reif wirkende Handschrift, in der sie in ihr Tagebuch eintrug: »Jolene K. kam heute, und ich zeigte ihr, wie man Kirschkuchen macht. Mit Roxie geübt. Bobby war hier, fernsehen. Ging um elf.«

»Hier ist es, hier ist es, das muß es sein. Das da ist die Schule, da ist die Garage, jetzt müssen wir links abbiegen.« Perry kam es so vor, als gluckste Dick jubilierend einen Mambo vor sich hin. Sie bogen von der Landstraße ab, jagten durch das verlassen daliegende Holcomb und überquerten die Geleise der Santa-Fé-Bahn. »Die Bank, das muß die Bank sein, jetzt geht es nach Westen – siehst du die Bäume da? Das ist es, das muß es sein.« Das Scheinwerferlicht streifte die ulmenbestandene Auffahrt, über die der Wind Büschel von Disteln trieb. Dick schaltete die Lichter aus, bremste und hielt, bis sich seine Augen an das Mondlicht gewöhnt hatten. Langsam fuhr der Wagen wieder an.

Holcomb liegt neunzehn Kilometer östlich der Grenze, von der an eine andere Zeit gilt. Das macht einigen Ärger, denn es bedeutet, daß es morgens um sieben, im Winter sogar um acht oder später, noch dunkel ist und am Himmel, sofern es klar ist, noch Sterne stehen – wie es der Fall war, als Vic Irsiks Söhne kamen, um ihre Sonntagsarbeit zu machen. Um neun aber, als die Jungen mit ihrer Arbeit fertig waren – sie hatten dabei nichts Ungewöhnliches bemerkt –, war die Sonne aufgegangen und beschien wiederum einen idealen Tag für die Jagd auf Fasanen. Als sie das Grundstück verließen und die Auffahrt entlangtannten, winkten sie einem einfahrenden Wagen zu, und ein Mädchen winkte zurück. Es war eine Schulfreundin von Nancy Clutter – sie hieß auch Nancy, Nancy Ewalt. Sie war einziges Kind der Ewalts. Mr. Clarence Ewalt, ein Mann im mittleren Alter, der eine Zuckerrübenfarm betrieb, saß am Steuer. Mr. Ewalt selbst ging nicht zur Kirche, seine Frau auch nicht, aber er brachte sonntags immer seine Tochter zur River-Valley-Farm, von wo aus sie mit den Clutters zum methodistischen Gottesdienst nach Garden City fuhr. So sparte er »zwei Fahrten, hin und zurück, zur Stadt«. Er wartete stets, bis seine Tochter das Haus betreten hatte. Nancy, ein schick gekleidetes Mädchen mit Brille, mit einer Filmstarfigur und einem gezierten Gang, als bewegte sie sich auf den Zehenspitzen, überquerte den Rasen und klingelte an der Vordertür. Das Haus hatte vier Eingänge, und als ihr niemand auf ihr Klingeln und Klopfen antwortete, ging sie zur nächsten Tür, die zu Mr. Clutters Büro führte. Die Tür war angelehnt, sie öffnete sie etwas weiter und stellte fest, daß niemand im Zimmer war. Sie meinte, die Clutters würden es nicht gerne sehen, wenn sie »einfach so ins Haus fiele«. Sie klopfte, klingelte und ging schließlich zur Rückseite des Hauses. Dort war die Garage, und sie bemerkte, daß beide Wagen da waren: zwei Chevrolet-Limousinen. Die Clutters *mußten* also zu Hause sein. Aber als sie es auch vergebens an der dritten Tür, die zu einem »Allzweckraum« führte, und der vierten, der zur Küche, versucht hatte, kehrte sie zum Wagen zurück, und ihr Vater sagte: »Vielleicht schlafen sie noch.«

»Aber das ist doch *unmöglich*. Kannst du dir vorstellen, daß Mr. Clutter jemals die Zeit zum Kirchgang verschliefe?«

»Dann komm, wir fahren zum Lehrerhaus. Susan wird sicher Bescheid wissen.«

Das Lehrerhaus gegenüber der modern gebauten Holcomb-Schule, dessen etwa zwanzig Zimmer in Behelfswohnungen aufgeteilt und für Lehrerfamilien reserviert sind, die sich kein anderes Quartier leisten können, oder keines finden, ist ein altmodisches graues, abstoßend häßliches Gebäude.

Mrs. Kidwell und ihre Tochter allerdings hatten es fertiggebracht, sich die Pille zu versüßen und ihrer Drei-Zimmer-Wohnung im Parterre eine behagliche Atmosphäre zu geben. Es war kaum glaublich, aber abgesehen von den verschiedenen Sitzgelegenheiten enthielt das sehr kleine Wohnzimmer ein Harmonium, ein Klavier, eine Ansammlung blühender Topfpflanzen, und gewöhnlich hausten darin auch noch ein lebhafter kleiner Hund und eine große, schläfrige Katze. Susan stand an diesem Sonntagmorgen am Fenster und sah auf die Straße hinaus. Sie ist eine schlank gewachsene, zurückhaltende junge Dame mit einem blassen, ovalen Gesicht und hellen blaugrauen Augen; sie hat ungewöhnlich lange, biegsame nervös-sensible Hände. Sie war für die Kirche gekleidet und erwartete jeden Augenblick den Chevrolet der Clutters, denn auch sie fuhr sonntags morgens immer mit den Clutters zur Kirche. Statt ihrer kamen die Ewalts, um ihnen zu erzählen, was sie erlebt hatten.
Aber Susan konnte sich das alles nicht erklären und ihre Mutter auch nicht. »Wenn etwas dazwischengekommen ist«, sagte Mrs. Kidwell, »dann hätten sie bestimmt telefoniert. Ruf doch mal an, Susan. Wer weiß, vielleicht schlafen sie doch noch.«
»Und das habe ich dann getan«, sagte Susan später bei ihrer Aussage. »Ich rief an und ließ das Telefon klingeln – jedenfalls hatte ich den *Eindruck*, daß es klingelte –, mindestens eine Minute lang. Aber niemand antwortete, und so schlug Mr. Ewalt vor, zu ihnen zu fahren und sie ›aufzuwecken‹. Aber als wir hinkamen, mochte ich nicht ins Haus gehen. Ich hatte Angst, warum weiß ich nicht, denn ich dachte keinen Augenblick daran – an so etwas denkt man ganz einfach nicht. Aber die Sonne schien so hell, alles sah allzu ruhig und freundlich aus. Und dann sah ich, daß die Wagen alle da waren, sogar Kenyons alter Präriewolf. Mr. Ewalt hatte sein Arbeitszeug an, seine Stiefel waren dreckig, und er fand, das sei nicht der richtige Aufzug für einen Besuch bei den Clutters. Besonders, weil er da noch nie gewesen war. Im Haus, meine ich. Schließlich sagte Nancy, sie würde mitgehen. Wir gingen zur Küchentür, die natürlich nicht verschlossen war. Wenn irgend jemand da Türen abschloß, dann war es Mrs. Helm – von der Familie tat das keiner. Wir gingen rein, und ich sah sofort, daß die Clutters noch nicht gefrühstückt hatten; es stand kein Geschirr da, und auch auf dem Herd war nichts. Und dann sah ich Nancys Portemonnaie. Komisch, dachte ich, es lag auf dem Boden und war halb offen. Wir gingen durchs Eßzimmer und blieben an der Treppe

stehen. Nancys Zimmer ist gleich oben an der Treppe. Ich rief ihren Namen und begann die Treppe hinaufzusteigen, Nancy Ewalt kam hinter mir her. Das Geräusch unserer Schritte erschreckte mich mehr als alles andere. Es war so laut, und alles sonst war so still. Nancys Tür stand offen. Die Vorhänge waren nicht vorgezogen, und das Zimmer war voller Sonnenlicht. Ich erinnere mich nicht mehr daran, aber Nancy Ewalt sagt, daß ich schrie und schrie und schrie. Ich erinnere mich bloß noch an Nancys Teddybär, der mich anstarrte. Und an Nancy. Und wie ich davonrannte ...«

In der Zwischenzeit hatte sich Mr. Ewalt überlegt, daß er die Mädchen vielleicht doch lieber nicht allein hätte ins Haus gehen lassen sollen. Er stieg aus, um ihnen zu folgen, und in diesem Augenblick hörte er die Schreie. Ehe er das Haus erreicht hatte, rannten die Mädchen schon auf ihn zu. Seine Tochter schrie: »Sie ist tot!« und warf sich ihm in die Arme. »Es ist wahr, Daddy! Nancy ist tot!«

Susan fuhr auf sie los. »Nein, das stimmt nicht. Wie kannst du so etwas sagen. Sie hat bloß Nasenbluten. Das hat sie oft, schlimmes Nasenbluten. Das ist alles.«

»Aber da ist doch überall Blut, überall an den Wänden, hast du das denn nicht gesehen!«

»Ich wußte nicht, was ich dazu sagen sollte«, sagte Mr. Ewalt später aus. »Ich dachte, das Mädchen hat sich vielleicht verletzt. Es schien mir das richtigste, einen Krankenwagen zu rufen. Miss Kidwell – Susan sagte mir, das Telefon wäre in der Küche. Ich ging rein und fand es da auch, aber der Hörer lag neben dem Apparat, und als ich ihn aufnahm, sah ich, daß die Leitung durchgeschnitten war.«

Larry Hendricks, Englischlehrer, siebenundzwanzig Jahre alt, wohnte im Dachgeschoß des Lehrerhauses. Er wollte schreiben, aber seine Wohnung war nicht gerade ideal für einen angehenden Schriftsteller. Sie war kleiner als die der Kidwells, und außerdem teilte er sie mit seiner Frau, drei lebhaften Kindern und einem ständig laufenden Fernsehapparat. (»Es ist das einzige Mittel, die Kinder ruhig zu halten.«) Hendricks hat zwar noch nichts veröffentlicht, aber der betont männliche ehemalige Seemann aus Oklahoma, der Pfeife raucht und einen Schnurrbart trägt, sieht mit seinem wilden schwarzen Haarschopf zumindest wie ein Literat aus – tatsächlich sieht er Jugendfotos des von ihm am meisten bewunderten Schriftstellers –

Ernest Hemingways – erstaunlich ähnlich. Um sich zu seinem Lehrergehalt etwas hinzuzuverdienen, fuhr er einen der Schulbusse.
»Manchmal fahre ich hundert Kilometer am Tag«, sagte er zu einem Bekannten. »Das läßt mir nicht viel Zeit fürs Schreiben. Nur sonntags. Nun, und an *diesem* Sonntag, am 15. November, saß ich hier in der Wohnung und sah die Zeitungen durch. Die Ideen für meine Stories beziehe ich meistens aus der Zeitung, müssen Sie wissen. Also, das Fernsehen war an, und die Kinder waren ein bißchen lebhaft, aber trotzdem hörte ich die *Stimmen*. Von unten, aus Mrs. Kidwells Wohnung. Mich geht das bestimmt nichts an, dachte ich – ich bin ja noch gar nicht lange hier, bin erst nach den letzten Schulferien nach Holcomb gekommen. Aber dann kam Shirley – sie war draußen gewesen und hatte Wäsche aufgehängt – dann kam Shirley, meine Frau, reingestürzt und sagte: ›Du solltest wohl lieber runtergehn, Liebling. Die sind alle ganz durchgedreht.‹ Die beiden Mädchen – na ja, die waren wirklich durchgedreht, hysterisch.
Susan hat das nicht überwunden. Wird sie wohl nie, wenn Sie mich fragen. Und die arme Mrs. Kidwell, sie ist sowieso gesundheitlich nicht auf der Höhe. Sie ist, sagen wir, ein bißchen nervös. Sie sagte – ich hab überhaupt erst später begriffen, was sie meinte –, immerzu sagte sie: ›Oh, Bonnie, Bonnie, was ist bloß passiert. Du warst doch so glücklich, du hast mir doch erzählt, es sei jetzt alles vorüber, nie wieder würdest du krank sein.‹ So ungefähr. Sogar Mr. Ewalt – der war mit den Nerven so völlig runter, wie man sich das bei einem Mann wie ihm überhaupt vorstellen kann. Er telefonierte mit dem Büro des Sheriffs – des Garden City Sheriffs –, und er sagte ihm, daß bei den Clutters ›irgend etwas absolut nicht in Ordnung‹ sei. Der Sheriff versprach sofort zu kommen, und Mr. Ewalt sagte: ›Gut, ich fahre ihnen entgegen.‹ Shirley kam nach unten und setzte sich zu den Frauen, um sie zu beruhigen, als ob das überhaupt möglich gewesen wäre. Und ich ging mit Mr. Ewalt, fuhr mit ihm zum Highway, wo wir auf Sheriff Robinson warteten. Unterwegs erzählte er mir, was passiert war. Als er das von der durchgeschnittenen Leitung erzählte, dachte ich: Ah, jetzt aber aufgepaßt. Sich alles ganz genau merken, falls ich je später vor Gericht aussagen müßte.
Der Sheriff kam, es war, neun Uhr fünfunddreißig – ich hatte auf die Uhr gesehen. Mr. Ewalt bedeutete ihm durch Winken, er solle hinter uns herfahren, und wir fuhren zu den Clutters. Ich war noch nie da gewesen, habe es immer bloß im Vorbeifahren gesehen. Natürlich kannte ich die Familie,

Kenyon war in meiner zweiten Englisch-Klasse, und mit Nancy hatte ich Tom Sawyer einstudiert. Aber sie waren beide so nett und bescheiden. Man hätte niemals geglaubt, daß ihre Eltern reich wären und sie in einem so großen Haus wohnten – die Bäume, der Rasen, einfach alles so sauber und gepflegt. Als wir dort ankamen und der Sheriff Mr. Ewalts Bericht zu Ende gehört hatte, benachrichtigte er über Funk sein Büro und forderte Verstärkung an und einen Krankenwagen. Er sagte: »Es handelt sich um einen Unfall.« Dann gingen wir zu dritt ins Haus. Kamen in die Küche und sahen ein Damenportemonnaie auf dem Boden liegen und das Telefon mit dem durchgeschnittenen Kabel. Der Sheriff hatte eine Pistole am Gürtel, und als wir die Treppe raufgingen zu Nancys Zimmer, sah ich, wie er nach der Pistole faßte, um sie schußbereit zu haben.
Nun, es war ziemlich schlimm. Dieses hübsche Mädchen – aber kaum noch zu erkennen. Aus einer Entfernung von etwa fünf Zentimeter war sie mit einem Gewehr von hinten in den Kopf geschossen worden. Sie lag mit dem Gesicht zur Wand auf der Seite, und die Wand war ganz voll mit Blut. Sie war bis zur Schulter mit einer Bettdecke bedeckt. Sheriff Robinson schlug sie zurück, und wir sahen, daß sie einen Bademantel trug, darunter ein Pyjama, und Socken und Hausschuhe. Als wäre sie noch gar nicht im Bett gewesen, als es passierte. Ihre Hände waren auf dem Rücken zusammengebunden, und ihre Füße waren an den Knöcheln mit einer Art Gardinenkordel gefesselt. Der Sheriff fragte: ›Ist das Nancy Clutter?‹ – Er hatte sie noch nie gesehen. Und ich sagte: ›Ja. Ja, das ist Nancy.‹
Wir gingen zurück in die Diele und sahen uns um. Die Türen waren alle geschlossen. Wir machten eine auf – das war die Tür zum Badezimmer. Irgendwas stimmte da nicht. Jedenfalls kam mir das so vor, wegen des Stuhls – eine Art Wohnzimmerstuhl, der nicht in das Badezimmer gehörte. Die nächste Tür – wir waren uns alle darüber einig, daß das Kenyons Zimmer sein mußte. Allerhand Jungenskram lag herum. Und ich erkannte Kenyons Brille, sah sie auf einem Bücherregal neben dem Bett. Aber das Bett war leer, wenn es auch aussah, als wäre es benutzt worden. Dann gingen wir zur letzten Tür am Ende der Diele, und da, auf ihrem Bett, da fanden wir Mrs. Clutter. Sie war auch gefesselt. Aber anders – mit den Händen vorne, so daß es aussah, als ob sie betete. Und mit einer Hand hielt sie, *umklammerte* sie ein Taschentuch. Oder war es Kleenex? Mit dem Strick um ihre Handgelenke waren auch ihre Füße gefesselt, und von da lief der Strick zum Fußende des Bettes, wo er auch verknotet war – sehr

kompliziert, mit fachmännischen Knoten. Das muß ganz schön lange gedauert haben! Wenn man sich vorstellt, daß sie dalag und schon vor Angst fast den Verstand verlor! Sie trug einigen Schmuck, zwei Ringe – da ist der Grund, weswegen Raub meiner Ansicht nach als Motiv von Anfang an nicht in Frage kam. Sie war mit einem Morgenrock bekleidet, mit einem weißen Nachthemd und weißen Socken. Ihr Mund war mit Heftpflaster verklebt, aber sie war genau in die Schläfe geschossen worden, und die Explosion hatte mit ihrer Wucht den Streifen teilweise losgerissen. Ihre Augen waren offen, weit offen, als sähe sie den Mörder noch an. Denn sie muß ihn beobachtet haben, in die Mündung gesehen haben, als er auf sie anlegte. Keiner sagte ein Wort. Wir waren wie betäubt. Ich erinnere mich, daß der Sheriff herumsuchte, um die Patronenhülse zu finden. Aber wer immer der Täter war, er war viel zu überlegt und kaltblütig gewesen, als daß er ein solches Indiz zurückgelassen hätte.
Natürlich fragten wir uns, wo Mr. Clutter war. Und Kenyon. ›Versuchen wir's unten‹, sagte der Sheriff. Das erste Zimmer, in das wir gingen, war das Zimmer, in dem Mr. Clutter schlief. Das Bett war aufgeschlagen, und am Fußende lag eine Brieftasche mit allerhand Papieren und Zetteln, teils um sie herum, teils halb herausgezogen, als hätte jemand die Brieftasche durchwühlt und irgend etwas Bestimmtes gesucht – eine Notiz oder einen Schuldschein, was weiß ich. Daß kein Geld darin war, hatte nichts zu bedeuten. Es war Mr. Clutters Brieftasche, und er hatte nie Geld bei sich, das wußte sogar ich, obwohl ich erst seit gut zwei Monaten in Holcomb war. Ich wußte auch, daß beide, Mr. Clutter und Kenyon, ohne Brille überhaupt nichts sehen konnten. Mr. Clutters Brille aber lag auf einer Kommode. Mr. Clutter, schloß ich, konnte sie nicht da gelassen haben, und von selbst war sie sicher auch nicht dorthin gekommen. Wir schauten uns genau um, doch sonst war alles in Ordnung keine Spur von einem Kampf, keinerlei Durcheinander. Nur im Arbeitszimmer, wo der Hörer neben dem Telefon lag und die Leitung durchgeschnitten war, genau wie in der Küche. Sheriff Robinson fand in einem Schrank einige Gewehre und roch daran, um festzustellen, ob mit ihnen vor kurzem geschossen worden war. Schüttelte den Kopf und sagte dann völlig verwirrt und fast verzweifelt: ›Wo zum Teufel kann denn bloß Herb sein?‹ In diesem Augenblick hörten wir Schritte vom Keller herauf. ›Wer ist da?‹ sagte der Sheriff und faßte nach seiner Pistole. Und jemand sagte: ›Ich bin es, Wendle.‹ Es stellte sich heraus, daß es Wendle Meier war, der Untersheriff. Scheint's war er gekommen und

hatte uns nicht gesehen, war also zunächst in den Keller gegangen. Der Sheriff sagte zu ihm, und er konnte einem in seiner Verzweiflung fast leid tun: ›Wendle, ich weiß einfach nicht weiter. Oben haben wir zwei Leichen gefunden.‹ ›Hm‹, sagte der, ›unten ist noch eine.‹ So gingen wir mit ihm in den Keller, eine Art Spielzimmer, könnte man auch sagen. Es war nicht dunkel – durch die Fenster dort kam reichlich Licht. Kenyon lag in der Ecke, auf einer Couch. Der Mund war ihm mit Heftpflaster verklebt, und er war genau wie seine Mutter an Händen und Füßen gefesselt – auf ebenso komplizierte Weise lief der Strick von den Händen zu den Füßen und war schließlich an einer Armlehne der Couch verknotet. Irgendwie hat sein Anblick mich am meisten erschüttert, Kenyons Anblick, meine ich. Ich glaube, weil er noch ziemlich gut zu erkennen war. Er sah fast noch so aus, wie ich ihn kannte, obwohl er direkt ins Gesicht geschossen worden war, von vorn. Er trug ein Unterhemd und Blue Jeans und war barfuß – als hätte er sich in aller Eile angezogen, gerade das, was ihm in die Finger kam. Hinter seinem Kopf steckten einige Kissen, so als wären sie ihm untergeschoben worden, um das Zielen zu erleichtern.
Der Sheriff sagte: ›Wo führt das hin?‹ Er meinte die zweite Tür in dem Kellerraum. Er ging selbst voran, aber drinnen konnte man nicht die Hand vor Augen sehen, bis Mr. Ewalt den Lichtschalter fand. Es war der Heizungskeller und sehr warm. Die Leute hier installieren einfach einen Gaskessel und pumpen das Gas direkt aus der Erde. Kostet sie keinen Cent – das ist der Grund, weshalb die Häuser alle überheizt sind. Na ja, ich warf einen Blick auf Mr. Clutter und konnte mich kaum dazu bringen, noch mal hinzusehen. Da war so viel Blut, und das konnte nicht bloß von einem Schuß herrühren, sagte ich mir. Und ich hatte auch recht. Auf ihn war ebenso geschossen worden wie auf Kenyon – mit einem Gewehr, unmittelbar vor seinem Gesicht abgefeuert. Aber wahrscheinlich war er schon vorher tot. Oder lag wenigstens im Sterben. Denn außerdem war seine Kehle durchgeschnitten. Er trug einen gestreiften Pyjama, weiter nichts. Sein Mund war verklebt, das Heftpflaster war rund um den Kopf geklebt. Seine Füße waren auch gefesselt, seine Hände aber nicht. Oder vielleicht war es ihm, Gott weiß wie, vielleicht in Wut oder vor Schmerz, gelungen, den Strick, mit dem seine Hände gefesselt waren, zu zerreißen. Er lag ausgestreckt vor dem Heizkessel. Auf einem großen, zusammengedrückten Karton. Es sah aus, als wäre der extra dorthin gelegt worden. Ein Karton für eine Matratze. ›Guck mal hier, Wendle‹, sagte der Sheriff. Er zeigte auf

einen blutigen Fußabdruck auf dem Karton. Eine halbe Sohle mit Mustern – zwei Löcher in der Mitte wie zwei Augen. Und dann zeigte einer – war es Mr. Ewalt? – ich weiß es nicht mehr – zeigte nach oben auf etwas, das ich einfach nicht aus dem Kopf kriegen kann. Ein Gasrohr, und daran hing ein Stück von dem Seil, das der Mörder zum Fesseln benutzt hatte. Offensichtlich war Mr. Clutter mit den Händen da aufgehängt und dann runtergeschnitten worden. Aber warum? Um ihn zu foltern? Das wird man wohl nie rauskriegen. Nie rauskriegen, wer das gemacht hat und warum, und überhaupt, was in der Nacht hier in dem Haus passiert ist. Nach einer Weile kamen Leute. Die Krankenwagen und der Leichenbeschauer und der methodistische Priester, ein Fotograf von der Polizei, Leute von der Miliz und welche vom Rundfunk und von der Zeitung. Eine ganze Masse. Die meisten hatte man aus der Kirche geholt, und sie benahmen sich, als wären sie immer noch in der Kirche. Ganz leise. Sie flüsterten bloß. Sie konnten es einfach nicht glauben. Einer von der Miliz fragte mich, ob ich hier offiziell zu tun hätte, wenn nicht, sagte er, dann sollte ich lieber verschwinden. Draußen im Garten sah ich den Untersheriff mit einem Mann sprechen, mit Alfred Stoecklein, dem Lohnarbeiter. Hatte sein Haus, glaube ich, keine hundert Meter von den Clutters, und nichts als eine Scheune zwischen den beiden Häusern. Aber er sagte, er hätte keinen Laut, überhaupt nichts gehört: ›Ich weiß das alles überhaupt erst seit fünf Minuten. Da kamen die Kinder und sagten, der Sheriff wär hier. Meine Frau und ich, wir haben die Nacht keine zwei Stunden geschlafen, waren die ganze Zeit auf, unser Baby ist krank. Das einzige, was wir gehört haben, war so um halb elf, kann auch viertel vor elf gewesen sein, da hörte ich einen Wagen wegfahren und sagte zu meiner Frau: Das ist Bob Rupp.‹ Ich ging dann langsam nach Hause, und als ich etwa die Hälfte der Auffahrt entlanggegangen war, sah ich den Hund, Kenyons alten Collie, der war ganz verstört. Stand mit eingezogenem Schwanz da, bewegte sich nicht vom Fleck und bellte auch nicht. Und als ich den Hund sah, fühlte ich zum erstenmal wieder Leben in mir. Bis dahin war ich zu benommen gewesen, zu betäubt, um das Furchtbare zu fassen. Das Grauen. Die Qualen, die sie durchgemacht haben mußten. Tot alle miteinander. Eine ganze Familie. Freundliche, nette Menschen, Menschen, die ich gekannt hatte – *ermordet*. Man mußte es glauben, denn es war wirklich wahr.«

Acht Non-Stop-Züge kommen alle vierundzwanzig Stunden durch Holcomb. Zwei von ihnen nehmen Post mit und werfen Postsäcke ab – ein

Manöver, das, wie die Frau, die dafür verantwortlich ist, mit Nachdruck versichert, »nicht ganz ohne« ist. »Ja, Sir, da muß man verdammt auf Draht sein. Die Züge, die rasen hier durch, manchmal mit hundertsechzig Stundenkilometer. Schon der Windzug, der reicht, um einen glattweg umzuhauen. Und wenn dann die Postsäcke angefetzt kommen – ich kann Ihnen sagen! Das ist wie vorm Tor beim Rugby: Wumm! *Wumm*! RUMMS! Nicht daß ich mich beklage, wo denken Sie hin. Das ist ein anständiger Job, *staatliche* Arbeit, und man bleibt jung dabei.« Holcombs Postbotin, Mrs. Sadie Truitt oder Mutter Truitt, wie sie allgemein genannt wird, sieht jünger aus als sie ist, Mitte Siebzig. Eine untersetzte Frau mit ledriger Haut, die bunte Kopftücher und Cowboystiefel trägt. (»Was Besseres kann man seinen Füßen gar nicht antun, die sind wie Flaumfedern so weich.«) Mutter Truitt ist Witwe und die älteste hier in Holcomb geborene Einwohnerin. »Es gab Zeiten, da wohnte hier keiner, der nicht zu meiner Verwandtschaft gehörte. Damals hieß das hier Sherlock. Und dann eines Tages kam dieser Mann, ein Fremder, Holcomb hieß er. *Schweinezüchter* war er. Machte Geld, und dann hat er den Ort umgetauft, auf seinen Namen. Und kaum war das soweit, was tat er da? Verkaufte und ging nach Kalifornien. Aber ohne uns. Ich bin hier geboren und meine Kinder auch. Hier sind und hier bleiben wir!« Mrs. Myrtle Clare, eine ihrer Töchter, leitet das Postamt. »Aber denken Sie bloß nicht, ich hätte dadurch diesen staatlichen Job bekommen. Myrt wollte sogar überhaupt nicht, daß ich ihn übernahm. Aber es ist ein Job, auf den man bietet. Wer das niedrigste Angebot macht, kriegt ihn. Und das bin immer ich – so niedrig, daß 'ne Raupe drüber wegkriechen könnte. Ha ha! Da ärgern sich die Jungs grün drüber. Ein Haufen von ihnen würde was drum geben, Postbote zu sein, jawohl, Sir. Aber ich weiß nicht, ob denen das noch Spaß machen würde, wenn der Schnee so hoch liegt, wie der alte Mr. Primo Carnera lang ist und der Wind schneidend kalt heult und die Säcke dann angekracht kommen – hu! Rumms!« Für Mutter Truitt ist der Sonntag ein Arbeitstag wie jeder andre. Am 15. November sah sie, während sie auf den 10-Uhr-32-Zug nach dem Westen wartete, zwei Krankenwagen die Bahnstrecke überqueren und in Richtung auf die Clutter-Farm fahren. Sie war so überrascht, daß ihr etwas passierte, das noch nie vorgekommen war – sie vernachlässigte ihre Pflicht. Sie überließ die Postsäcke sich selbst – das war ein Ereignis, das sie Myrt sofort brühwarm mitteilen mußte.

Die Leute von Holcomb nennen ihre Post »das Regierungsgebäude«, eine etwas hochtrabende Bezeichnung für diesen zugigen, verkommenen Schuppen. Das Dach leckt, die Dielen sind lose, die Postkästen schließen nicht, die Glühbirnen sind kaputt, die Uhr steht. »Ja, es ist eine Schande«, gibt mit ihrer harten Stimme die einigermaßen originelle und höchst imposante Dame zu, die dieser Unordnung vorsteht. »Aber die Briefmarken kleben wenigstens. Im übrigen, mir macht's nichts aus. Hinten in meiner Wohnung fühl ich mich wohl. Da hab ich meinen Schaukelstuhl, einen hübschen kleinen Ofen, da mach ich mir meinen Kaffee und hab immer genug zu lesen.«

Mrs. Clare ist eine Berühmtheit in Finney County. Diesen Ruf verdankt sie allerdings nicht ihrer gegenwärtigen Beschäftigung, sondern ihrem ehemaligen Beruf als Wirtin eines Tanzlokals, wofür sie nach ihrem Äußeren kaum prädestiniert scheint. Sie ist hager, trägt Hosen, Wollhemden, Cowboystiefel und ist mit ihrer rötlich-braunen Haarfarbe eine unberechenbar temperamentvolle Frau von unbestimmtem Alter (»das geht nur mich was an, andere können raten«), aber bestimmt in ihren Meinungen, die sie meistens schrill und durchdringend wie ein Hahn herauskräht. Bis 1955 leitete sie zusammen mit ihrem verstorbenen Mann den Holcomb-Tanzpavillon, ein Unternehmen, das auf Grund seiner Einzigartigkeit in dieser Gegend von weither eine trinkfeste, tanzfreudige Kundschaft anzog, die ihrerseits hin und wieder das Interesse des örtlichen Sheriffs auf sich zog. »Ja, ja, hier ging es manchmal ziemlich wild zu«, sagte Mrs. Clare in Erinnerung an diese Zeiten. »Einige von diesen krummbeinigen Cowboys – kaum gibt man ihnen ein bißchen Schnaps zu trinken, da führen sie sich wie die Rothäute auf – wollen alles, was in Reichweite ist, skalpieren. Natürlich, wir haben ihnen immer bloß das gemischte Zeugs verkauft, nie die richtigen, harten Getränke. Hätten das auch dann nicht gemacht, wenn es erlaubt gewesen wäre. Mein Mann, Homer Clare, wollte davon nichts wissen, und ich auch nicht. Eines Tages – er ist auf den Tag genau vor sieben Monaten und zwölf Tagen nach einer fünfstündigen Operation in Oregon gestorben – sagte er zu mir: ›Myrt, wir haben unser ganzes Leben in der Hölle gelebt, aber sterben wollen wir im Himmel‹, und am Tag darauf schloß er das Tanzlokal. Ich habe es nie bedauert. Oh, zuerst schon, da mußte ich mich erst daran gewöhnen, keine Nachteule mehr zu sein – ich vermißte die Musik und die laute, lustige Gesellschaft. Aber jetzt, wo Homer nicht mehr lebt, bin ich froh, daß ich meine Arbeit im Regierungsgebäude habe. Setzen Sie sich doch für'n Moment. Trinken Sie eine Tasse Kaffee.«

Tatsächlich hatte sich Mrs. Clare an diesem Sonntagmorgen gerade eine frischüberbrühte Tasse Kaffee eingeschenkt, als Mutter Truitt hereinkam.
»Myrt!« sagte sie, aber mußte erst Luft holen, bevor sie weitersprechen konnte. »Myrt, zwei Krankenwagen sind eben zu den Clutters gefahren.«
»Was ist mit dem Zehn-zweiunddreißig?« sagte ihre Tochter.
»Krankenwagen. Zu den Clutters –«
»Na und? Sicher wegen Bonnie, hat wieder einen ihrer Anfälle. Was ist mit dem Zehn-zweiunddreißig?«
Mutter Truitt gab sich geschlagen; wie üblich wußte ihre Tochter Bescheid, hatte das letzte Wort. Doch dann fiel ihr etwas ein: »Aber Myrt, wenn es nur Bonnie ist, warum dann *zwei* Krankenwagen?«
Eine vernünftige Frage, wie Mrs. Clare, eine Anhängerin der Logik, die sie freilich höchst eigenwillig interpretiert, zugeben mußte. »Ich werde mal Mrs. Helm anrufen«, sagte sie, »Mabel wird wissen, was los ist.«
Das Gespräch mit Mrs. Helm dauerte einige Minuten und spannte Mutter Truitt, die nur die einsilbigen, unverbindlichen Bemerkungen ihrer Tochter hören konnte, auf die Folter. Aber schlimmer noch: als die Tochter aufgelegt hatte, dachte sie gar nicht daran, die Neugier der Alten zu befriedigen; sie trank statt dessen in Ruhe ihren Kaffee aus und ging dann zu ihrem Pult, wo sie sich daranmachte, einen Stapel Briefe mit Marken zu bekleben.
»Myrt«, sagte Mutter Truitt. »Was um Himmels willen hat Mabel *gesagt?*«
»Mich wundert das gar nicht«, sagte Mrs. Clare. »Wenn man sich überlegt, wie Herb Clutter ewig in Hetze war, wie er hier reingestürzt kam, bloß um eben seine Post rauszuholen, und nicht mal die Zeit zu einem guten Morgen oder Danke-schön-Mädchen hatte. Flatterte durch die Gegend wie ein kopfloses Küken – trat ewig irgendwelchen Clubs bei, hatte überall seine Finger drin und riß alle möglichen Jobs an sich, die vielleicht andere gern gehabt hätten. Und jetzt ist es gekommen, wie es über kurz oder lang kommen mußte. *Der* macht keinen Betrieb mehr.«
»Aber wieso, Myrt? Was ist denn mit ihm?«
Mrs. Clare erhob die Stimme. »WEIL ER TOT IST. Und Bonnie auch. Und Nancy. Und der Junge. Irgend jemand hat sie umgebracht.«
»Myrt – sag doch nicht solche Sachen! Wer hat sie umgebracht?«
Ohne ihre Frankiertätigkeit zu unterbrechen, erklärte Mrs. Clare: »Der Mann in dem Flugzeug. Den Herb verklagt hat, weil er in seinen Obstgarten krachte. Und wenn der's nicht war, dann warst du's. Oder jemand

von gegenüber. Die Nachbarn sind doch allesamt Klapperschlangen. Lauter Schufte, die einem am liebsten die Tür vor der Nase zuschlagen würden. Überall in der Welt dasselbe. Das weißt du doch.«
»Nein!« sagte Mutter Truitt und hielt sich die Ohren zu. »Was redest du da?«
»Schufte.«
»Ich habe Angst, Myrt.«
»Wovor? Wenn deine Zeit kommt, dann kommt sie. Da helfen keine Tränen.« Sie hatte bemerkt, daß ihre Mutter schon einige vergossen hatte. »Als Homer starb, da habe ich alle Angst, die ich in mir hatte, aufgebraucht, und allen Kummer auch. Wenn hier jemand umgeht und mir die Kehle durchschneiden will, dann soll er man. Was macht das schon? Das spielt vor der Ewigkeit keine Rolle. Überleg doch mal: Wenn ein Vogel alle Sandkörner Korn um Korn über den Ozean trüge und wenn er sie allesamt auf der anderen Seite hätte, dann wäre das erst der Beginn der Ewigkeit. Also höre auf zu heulen.«

Auf die furchtbare Nachricht, von der Kanzel herunter und über Telefone mitgeteilt und von Garden Citys Radiostation KIUL bekanntgegeben (»Vier Angehörige der Clutterfamilie wurden in der Sonnabendnacht oder früh am Sonntag Opfer einer unfaßbaren, unbeschreiblich grausamen Tragödie. Brutaler Mord ohne erkennbares Motiv...«), reagierten die meisten eher wie Mutter Truitt und nicht wie Mrs. Clare: Überraschung, vermischt mit Bestürztheit; ein erstes, oberflächliches Gruseln wurde rasch durch kalt aufzuckende persönliche Angst vertieft.
In Hartman's Café, in dem außer der Theke nur vier primitive Tische stehen, war nicht Platz genug für die Leute, meistens Männer, die sich hereindrängten, um über das entsetzliche Ereignis zu sprechen. Die Besitzerin, Mrs. Bess Hartman, eine hagere, ernsthafte Dame mit kurzgeschnittenem graublondem Haar und hellgrünen, herrischen Augen, ist eine Kusine der Postmeisterin Clare und ist ihr in der Offenheit der Ausdrucksweise ebenbürtig, ja, vielleicht sogar überlegen. »Einige sagen, ich bin eine alte herzlose Krähe, aber bei der Clutter-Geschichte, da blieb mir die Spucke weg«, sagte sie später zu einer Freundin. »Man braucht sich bloß mal vorzustellen, daß einer überhaupt so was fertigbringt – was mußte das für einer sein! Damals, als alle bei mir reinkamen und die wildesten Geschichten erzählten, da war mein erster Gedanke Bonnie. Natürlich, es war einfach lächerlich, aber wir

wußten ja nicht, was wirklich geschehen war, und viele dachten – na ja, vielleicht einer ihrer Anfälle. Jetzt wissen wir überhaupt nicht mehr, woran wir sind. Es muß eine Art Rache oder ein Mord aus purer Bösartigkeit gewesen sein. Und zwar von jemand, der das Haus in- und auswendig kannte. Aber gab es denn überhaupt jemand, der die Clutters haßte? Ich habe nie ein böses Wort über sie gehört, sie waren so beliebt, wie man es überhaupt nur sein kann. Und wenn *ihnen so* etwas passieren konnte, wer hier ist dann überhaupt noch sicher, frage ich Sie. Ein alter Mann, der an dem Sonntag hier saß, traf genau den springenden Punkt, den Grund, warum hier jetzt keiner mehr ruhig schlafen kann. Er sagte: ›Wir haben hier draußen doch nur eins, unsere Freunde. Weiter nichts.‹ Und irgendwie ist das das Schlimmste an der ganzen Geschichte. Wie furchtbar, wenn Nachbarn sich nicht mehr ganz trauen können! Es ist schwer, damit fertigzuwerden, aber ich bin überzeugt, wenn sie jemals herauskriegen, wer das gemacht hat, dann wird das eine noch größere Überraschung sein als die Mordtat selbst.«

Die Frau des Versicherungsagenten Bob Johnson ist eine ausgezeichnete Köchin, aber die Mahlzeit, die sie an diesem Sonntag auf den Tisch brachte, wurde nicht gegessen – wenigstens nicht, solange sie noch warm war. Denn in dem Augenblick, als ihr Mann den gebratenen Fasan tranchieren wollte, ging das Telefon. »Und das«, erinnert er sich einigermaßen bekümmert, »war das erste, was ich von dieser Geschichte in Holcomb hörte. Ich konnte es nicht glauben. Ich konnte es mir einfach nicht erlauben. Herrgott, ich hatte doch hier in meiner Brieftasche Clutters Scheck. Ein Stück Papier, achtzigtausend Dollar wert. Wenn das, was ich gehört hatte, stimmte. Aber ich dachte, es kann einfach nicht sein. Es muß ein Irrtum sein. Das gibt es doch gar nicht, daß man jemandem eine solche Police ausstellt, und wenige Stunden drauf ist er tot. Ermordet. Was Verdopplung der Versicherungssumme bedeutet. Ich wußte nicht, was ich tun sollte. Ich rief den Leiter unseres Büros in Wichita an. Erzählte ihm, ich hätte den Scheck, ihn aber noch nicht weitergegeben, und fragte ihn um seinen Rat. Ja, das war eine *heikle* Situation. Es ergab sich, daß wir *rechtlich* gesehen nicht verpflichtet waren, zu zahlen. Aber *moralisch* gesehen – das war eine andere Sache. Natürlich haben wir uns für den moralischen Standpunkt entschieden.«

Die beiden Menschen, denen diese ehrenwerte Entscheidung zugute kam – Eveanna Jarchow und ihre Schwester Beverly, Alleinerben des väterlichen Vermögens –, waren wenige Stunden nach der furchtbaren Entdeckung auf dem Weg nach Garden City. Beverly von Winfield, Kansas, wo sie ihren Bräutigam besucht hatte, und Eveanna von Mount Carroll, Illinois, wo sie wohnte. Im Laufe des Tages wurden andere Verwandte benachrichtigt, darunter Mr. Clutters Vater, seine beiden Brüder Arthur und Clarence und seine Schwester Mrs. Harry Nelson, alle in Larned, Kansas. Außerdem eine zweite Schwester, Mrs. Elaine Selsor in Palatka, Florida. Auch Bonnie Clutters Eltern, Mr. und Mrs. Arthur B. Fox, die in Pasadena, Kalifornien, leben, wurden benachrichtigt, und ihre drei Brüder – Harold in Visalia, Kalifornien, Howard in Oregon, Illinois, und Glenn in Kansas City. Alles in allem würde der größere Teil der Gäste, die zu dem Thanksgiving-Treffen der Clutters erwartet wurden, telefonisch oder telegrafisch benachrichtigt, und die meisten machten sich auch sofort zu diesem Familientreffen auf, das nun nicht an einer ächzenden Tafel, sondern am Rande eines Sammelgrabes stattfinden würde.

Wilma Kidwell im Lehrerhaus mußte sich beherrschen und alle Kraft aufbieten, um ihre Tochter zurückzuhalten, denn Susan, mit dickverschwollenen Augen und von Brechreizanfällen geschüttelt, bestand untröstlich darauf, zur Rupp-Farm gehen, die fünf Kilometer bis dorthin laufen zu müssen, um Bobby zu benachrichtigen. »Siehst du das denn nicht ein, Mutter?« sagte sie. »Wenn Bob es nun einfach *so erfährt?* Er hat sie geliebt. Beide haben wir sie geliebt. Von *mir* muß er es erfahren.«

Aber Bobby wußte es schon. Mr. Ewalt hatte auf der Rückfahrt bei der Rupp-Farm gehalten und mit seinem Freund Johnny Rupp, Vater von acht Kindern, von denen Bobby das dritte ist, beratschlagt. Zusammen gingen sie zu dem Barackenbau, neben dem eigentlichen Farmhaus, das zu klein ist, um alle Kinder zu beherbergen. Die Jungen wohnen im Nebenhaus, die Mädchen »zu Hause«. Bobby war dabei, sein Bett zu machen. Er hörte sich an, was Mr. Ewalt ihm erzählte, stellte keine Fragen und dankte ihm, daß er gekommen war. Dann ging er nach draußen in die Sonne. Die Rupp-Farm liegt auf einer Anhöhe, einem freiliegenden Plateau, von wo aus er die im Herbstlicht liegenden abgeernteten Felder der River-Valley-Farm sehen konnte – er stand dort etwa eine Stunde und sah hinüber. Es gelang keinem, ihn von dieser Szenerie loszureißen. Die Glocke läutete zum Essen, und seine Mutter rief ihn, aber er hörte nicht, bis schließlich sein Vater sagte: »Nein, laßt ihn in Ruhe.«

Larry, sein jüngerer Bruder, hörte auch nicht auf die Glocke. Hilflos um-

kreiste er Bobby, er wollte ihm helfen, obwohl man ihm gesagt hatte, er solle ihn allein lassen und »weggehen«. Später, als sein Bruder den Weg hinunter und über die Felder nach Holcomb ging, folgte Larry ihm. »He, Bobby, hör doch mal. Wenn du irgendwohin willst, dann können wir doch auch mit dem Wagen fahren.« Sein Bruder antwortete nicht. Er ging, oder lief vielmehr unbeirrt auf sein Ziel zu, aber Larry hielt mühelos Schritt. Wenn auch erst vierzehn, war er doch der größere von beiden, hatte den kräftigeren Brustkorb, die längeren Beine. Obwohl ein erfolgreicher Sportler, war Bobby nur knapp mittelgroß – von gedrungenem Körperbau, aber doch schlank, ein wohlgestalteter Junge mit offenem, freundlich-hübschem Gesicht. »He, Bobby. Hör zu. Sie lassen dich doch nicht, wenn du sie sehen willst. Es hat doch keinen Zweck.« Bobby drehte sich um und sagte: »Geh weg, geh nach Haus.« Larry blieb etwas zurück, ging aber weiter hinter ihm her. Obwohl es ein prachtvoll trockener Tag mit der herbstlichen Temperatur der Kürbiszeit war, waren die beiden Jungen in Schweiß gebadet, als sie zu der Schranke kamen, die die Polizei vor dem Eingang der River-Valley-Farm aufgerichtet hatte. Viele Freunde der Clutters und Leute von überallher aus der Finney County standen dort zusammen, aber niemand durfte das Grundstück betreten. Bald nach der Ankunft der Brüder wurde die Schranke kurz geöffnet, um vier Krankenwagen – so viele waren schließlich erforderlich, um die Opfer wegzubringen – und einen Wagen mit den Leuten des Sheriffs herauszulassen, die eben in ihrem Gespräch den Namen Bobby Rupp erwähnt hatten. Denn es war Bobby, wie er noch vor dem Abend erfahren sollte, den sie in erster Linie verdächtigten.
Vom Wohnzimmer aus sah Susan Kidwell die weiße Kolonne vorbeigleiten, sie folgte ihr mit den Augen, bis sie um die Ecke gefahren war und sich der schnellaufwirbelnde Staub der ungepflasterten Straße wieder gesenkt hatte. Sie blieb am Fenster und sah hinaus auf die Straße, auf der jetzt, gefolgt von seinem großen kleinen Bruder, unsicher und schwankend Bobby herankam. Sie ging auf die Veranda, und als er näherkam, sagte sie: »Ich hatte mir so gewünscht, daß ich es dir sagen könnte.« Bobby begann zu weinen. Larry war, gegen einen Baum gelehnt, am Rande des Lehrerhausgartens stehengeblieben. Er konnte sich nicht erinnern, Bobby jemals weinen gesehen zu haben. Er wollte es auch nicht, und so senkte er die Augen.
Weit weg, in Olathe, lag Perry in einem Hotelzimmer und schlief, die Fensterrollos waren heruntergelassen und dampften die mittägliche Sonne,

neben ihm spielte leise ein graues Kofferradio. Er lag angekleidet auf dem Bett, nur die Schuhe hatte er ausgezogen. Er war einfach so aufs Bett gefallen, mit dem Gesicht nach unten, als hätte der Schlaf ihn wie eine Waffe rücklings niedergeschlagen. Die schwarzen Stiefel mit den Silberschnallen weichten im Waschbecken, das mit warmem, schwach rosa getöntem Wasser gefüllt war.

Wenige Kilometer weiter nördlich aß Dick in der sauberen Küche eines bescheidenen Farmhauses seine Sonntagsmahlzeit. Den anderen am Tisch – seiner Mutter, dem Vater, seinem jüngeren Bruder – fiel nichts Ungewöhnliches in seinem Benehmen auf. Er war gegen Mittag gekommen,. hatte seine Mutter geküßt, einige Fragen seines Vaters über den angeblichen Übernacht-Besuch in Fort Scott beantwortet und sich wie sonst auch zum Essen an den Tisch gesetzt. Nach dem Essen gingen die drei Männer ins Wohnzimmer und nahmen vor dem Fernsehapparat Platz, um sich ein Basketballspiel anzusehen. Das Spiel hatte kaum begonnen, als sein Vater überrascht Dicks Schnarchen hörte. Nie im Leben hätte er es für möglich gehalten, daß Dick bei einem Basketballspiel einschlafen würde, bemerkte der Vater dem jüngeren Sohn gegenüber. Aber natürlich hatte er keine Ahnung, wie todmüde Dick sein mußte, wußte nicht, daß sein eingenickter Sohn unter anderem in den letzten vierundzwanzig Stunden über dreizehnhundert Kilometer gefahren war.

II

Täter unbekannt

An jenem Montag, dem 16. November 1959, lag die Weizenhochebene von West-Kansas in hellem, wie Glimmer gleißendem Sonnenlicht aus strahlendem Himmel, es war wiederum ein idealer Tag für die Fasanenjagd. An solchen Tagen hatte Andy Erhart in den vergangenen Jahren oft ganze Fasanenjagd-Nachmittage bei seinem Freund Herb Clutter auf der River-Valley-Farm verbracht, und oft war er bei diesen sportlichen Expeditionen von drei weiteren guten Freunden Herbs begleitet worden, von dem Tierarzt Dr. J. E. Dale, dem Meiereibesitzer Carl Myers und dem Geschäftsmann Everett Ogburn. Wie Erhart, der Leiter der Landwirtschaftlichen Versuchsabteilung an der Kansas State University, gehörten auch die anderen zur Prominenz von Garden City.
Auch heute hatten sich die vier Jagdfreunde versammelt, um zur Clutter-Farm zu fahren, diesmal allerdings in anderer Stimmung als sonst und mit seltsamer, nicht für die Jagd geeigneter Ausrüstung – Schrubbern und Eimern, Bürsten, einem Korb mit alten Lappen und starken Reinigungsmitteln. Sie hatten ihr ältestes Zeug angezogen. Denn sie empfanden es als ihre christliche Pflicht, einige der vierzehn Zimmer des Haupthauses der River-Valley-Farm zu reinigen, und so hatten sie sich freiwillig dazu erboten. Die Zimmer, in denen vier Angehörige der Clutter-Familie, wie es auf den Totenscheinen stand, »von einem oder mehreren unbekannten Tätern« ermordet worden waren.
Erhart und seine Freunde fuhren schweigend zur Farm. »Es hatte uns einfach die Sprache verschlagen«, bemerkte einer von ihnen später. »Es war nicht zu fassen. An einen Ort zu kommen, wo wir sonst immer so herzlich empfangen wurden.« Diesmal wurden sie von einem Beamten der Straßenpolizei empfangen. An der Schranke, die von den Behörden am Eingang der Farm errichtet worden war, stand eine Wache und winkte sie ein. Sie fuhren auf der ulmenbestandenen Auffahrt die weiteren achthundert Meter bis zum Haus. Dort erwartete sie Alfred Stoecklein, der einzige Angestellte, der auf dem Grundstück wohnte, um sie einzulassen.
Sie gingen zuerst in den Heizungskeller, wo der mit einem Pyjama bekleidete Mr. Clutter ausgestreckt auf einem großen Pappkarton gefunden worden war. Als sie dort fertig waren, gingen sie als nächstes in das Spielzimmer, in dem Kenyon erschossen worden war. Die Couch, deren Überreste Kenyon gerettet und ausgebessert, und die Nancy neu bezogen und mit spruchverzierten Kissen ausstaffiert hatte, war durch und durch blutgetränkt. Sie mußte ebenso wie der Matratzenkarton verbrannt werden.

Dazu blutige Bettücher, Matratzen, ein Bettvorleger und ein Teddybär, die sie in den Zimmern im ersten Stock, in denen Nancy und ihre Mutter in ihren Betten ermordet worden waren, zusammengesammelt hatten.

Alfred Stoecklein, für gewöhnlich ein wortkarger Mann, hatte viel zu erzählen, während er ihnen heißes Wasser brachte und ihnen auch sonst beim Saubermachen half. Er wünschte, »die Leute sollten endlich aufhören zu quatschen und zu begreifen versuchen«, wieso er und seine Frau, obwohl sie keine hundert Meter vom Haupthaus entfernt wohnten, nicht das geringste von dem brutalen Überfall gehört hatten – nicht einmal das leiseste Echo von Schüssen. »Der Sheriff und seine Leute, die haben da rumgeschnüffelt und gemacht und getan und Fingerabdrücke genommen. Das hat doch wenigstens Hand und Fuß – die wissen, wie so was sich abspielt. Wieso wir nichts gehört haben. Da ist erst mal der Wind. Der Westwind, der alle Geräusche in die andere Richtung trug. Und dann steht da zwischen diesem Haus und unserm die große Scheune. Die ist bis unters Dach voll mit Getreide und schluckt 'ne Menge Geräusche, ehe mal was bis zu uns dringt. Und dann noch eins, was sich scheint's auch noch keiner überlegt hat. Der Bursche, der das gemacht hat, muß genau *gewußt* haben, daß wir nichts hören konnten. Sonst hätte er sich ja wohl nicht getraut, mitten in der Nacht viermal mit 'nem Gewehr zu ballern. 'türlich, Sie sagen vielleicht, der Kerl war in jedem Fall verrückt. Muß er ja auch gewesen sein, um so was fertigzubringen. Aber wenn Sie mich fragen – wer das gemacht hat, der muß das Ganze vorher bis aufs i-Tüpfelchen genau überlegt haben. Der wußte Bescheid. Eins steht jedenfalls fest, ich und meine Frau, wir haben hier das letzte Mal geschlafen. Wir ziehen weg, in ein Haus an der Landstraße.«

Die Männer arbeiteten bis zur Dämmerung. Dann luden sie die Sachen auf einen Transporter und fuhren ihn gemeinsam mit Stoecklein, der am Steuer saß, tief in ein flaches Stoppelfeld im Norden der Farm. Dort stapelten sie Nancys Kissen, das Bettzeug, die Matratzen und die Couch aus dem Spielzimmer zu einer Pyramide, Stoecklein übergoß sie mit Petroleum und zündete sie an.

Von allen Anwesenden stand Andy Erhart der Clutter-Familie am nächsten. Er war ein freundlicher, warmherziger Mann, ein Wissenschaftler mit verarbeiteten Händen und sonnverbranntem Nacken, der gemeinsam mit Herb die Kansas State University besucht hatte. »Wir waren Freunde«, sagte er später, »seit dreißig Jahren«, und in diesen Jahren hatte er erlebt, wie sein Freund es vom schlechtbezahlten Bevollmächtigten der Landwirtschaftskommission zu einem der bekanntesten und angesehensten Farmer der County gebracht hatte: »Alles was Herb geschafft hat, das hat er sich verdient, und er hat es mit Gottes Hilfe geschafft. Er war ein bescheidener Mensch, aber auch stolz, und er hatte ein Recht dazu, stolz zu sein. Es war eine feine Familie, die er gegründet und durchgebracht hat. Er hat etwas aus seinem Leben gemacht.« Aber was war aus diesem Leben und dem, was er daraus gemacht hatte, geworden, mußte Erhart denken, als er jetzt den Scheiterhaufen auflodern sah. Wie war es möglich, daß so viel Mühe, so viel Anstand und redliche Strebsamkeit über Nacht in ein Nichts aufgingen, in Rauch, der aufstieg, dünner wurde, um dann von dem großen, alles aufhebenden Himmel verschluckt zu werden?

Das Kansas Bureau of Investigation, eine über den ganzen Staat verzweigte Organisation mit der Zentrale in Topeka, hat einen Stab von neunzehn erfahrenen Kriminalbeamten in seinen Diensten, die über den Staat verteilt sind und in Fällen, die über die Zuständigkeit der örtlichen Behörden hinausgehen, verfügbar sind. Beauftragter des Bureaus in Garden City und verantwortlich für einen beträchtlichen Teil von West-Kansas ist Alvin Adams Dewey, ein hagerer, gutaussehender Kansaner in der vierten Generation, siebenundvierzig Jahre alt. Es war klar, daß Earl Robinson, der Sheriff der Finney County, Al Dewey einschalten und ihn bitten mußte, den Fall Clutter zu übernehmen. Denn Dewey, der selbst von 1947 bis 1955 Sheriff der Finney County und davor Agent des F.B.I. gewesen war (von 1940 bis 1945 hatte er in New Orleans, in San Antonio, in Denver, in Miami und in San Francisco gearbeitet), war auf Grund seiner Laufbahn genau der richtige Mann selbst für einen so komplizierten Fall wie die Clutter-Morde, über deren Motiv man absolut im dunkeln tappte, einen Fall, in dem es nahezu keine Spuren gab. Außerdem ...war dies für Dewey, wie er später sagte, eine Sache, bei der er »persönlich« engagiert war. Er und seine Frau, fügte er hinzu, fühlten sich »freundschaftlich mit Herb und Bonnie verbunden«, sie trafen sich jeden Sonntag in der Kirche und besuchten sie oft, und umgekehrt. »Aber selbst wenn ich die Familie nicht gekannt und sie nicht so gern gehabt hätte«, sagte, er weiter, »würde ich ebenso denken. Denn ich habe schon einen Haufen schlimme Dinge erlebt, das kann ich wohl sagen. Aber nichts, was dem an Abscheulichkeit gleichkäme. Ganz egal, wie lange es dauert, und wenn ich mein Leben lang damit zu tun hab, ich werde herausbekommen, was in diesem Haus passiert ist, wer es gemacht hat und warum.«

Am Ende waren alles in allem achtzehn Mann hauptamtlich mit diesem Fall beschäftigt, darunter drei der fähigsten KB.I.-Agenten – Harold Nye, Roy Church und Clarence Duntz. Als diese drei nach Garden City kamen, stellte Dewey befriedigt fest, daß sie jetzt »ein starkes Team« beisammen hätten. »Wer immer der Täter ist, der kann sich auf einiges gefaßt machen«, sagte er.

Das Büro des Sheriffs ist im zweiten Stock des Gerichtsgebäudes der Finney County, eines gewöhnlichen Stein- und Zement-Baus in der Mitte eines sonst einigermaßen ansprechenden, von Bäumen bestandenen Platzes. Früher, als Garden City noch Grenzstadt war, ging es hier ziemlich turbulent zu. Heutzutage aber hat der Sheriff im großen und ganzen nicht viel Arbeit; in den drei sparsam möblierten Räumen herrscht für gewöhnlich eine friedliche Atmosphäre, und Mrs. Edna Richardson, die gastfreundliche Sekretärin, hat für die Besucher, die gern auf ein Schwätzchen ins Gericht kommen, meistens eine Tasse Kaffee bereit und Zeit genug zu »einem bißchen Geplauder«. Bis jetzt, jedenfalls, wie sie sich beklagte, »bis wir mit diesem Clutter-Fall zu tun kriegten«, der »uns all diese Fremden und die Zeitungsleute ins Haus brachte«. Tatsächlich hatte der Fall, der von Denver, bis Chicago Schlagzeilen machte, einen ansehnlichen Pressestab nach Garden City gezogen.

Am Montagmittag hielt Dewey im Büro des Sheriffs eine Pressekonferenz ab. »Ich werde hier von Fakten sprechen, nicht von Theorien«, unterrichtete er die versammelten Journalisten. »Nun, das entscheidende Faktum, das man nicht aus den Augen verlieren darf, ist die Tatsache, daß wir es hier nicht mit einem, sondern mit vier Morden zu tun haben. Und wir wissen nicht, wer von den vieren das Hauptopfer war. Das Opfer, auf das es der Täter in erster Linie abgesehen hatte. Es könnte Nancy gewesen sein oder Kenyon oder auch Vater oder Mutter. Manche sind der Ansicht, es müßte Mr. Clutter gewesen sein. Weil ihm die Kehle durchgeschnitten und er am schlimmsten zugerichtet wurde. Aber das ist Theorie und keine Tatsache. Wir kämen schon ein Stück weiter, wenn wir wüßten, in welcher Reihenfolge die Familie umkam, aber darüber kann uns der Leichenbeschauer nichts sagen. Er weiß nur, daß es irgendwann zwischen Samstag abend elf Uhr und Sonntag früh zwei Uhr passiert sein muß.« Auf sich anschließende Fragen erwiderte er: Nein, von den Frauen sei keine »geschlechtlich mißbraucht« worden. Es sei auch, soweit bis jetzt bekannt, nichts in dem Haus gestohlen worden. Ja, er halte es auch für eine »merkwürdige Koinzidenz«, daß Mr. Clutter acht Stunden vor seinem Tod eine Lebensversicherung auf vierzigtausend Dollar mit doppelter Versicherungssumme abgeschlossen hatte. Er, Dewey, sei allerdings »ganz verdammt sicher«, daß es zwischen diesem Abschluß und dem Verbrechen keinen Zusammenhang gebe. Wie sollte das auch möglich sein, wenn die beiden einzigen Menschen, denen ein finanzieller Nutzen daraus erwuchs, die beiden überlebenden Clutter-Kinder waren, die älteren Töchter Mrs. Donald Jarchow und Miss Beverly Clutter? Ja, sagte er den Reportern, er habe sehr wohl eine Meinung darüber, ob die Mordtaten von einem oder zwei Männern begangen worden seien, aber er ziehe es vor, darüber vorerst noch zu schweigen.

Tatsächlich war Dewey zu dieser Zeit noch schwankend. Er hatte zwei Meinungen – oder wie er es nannte, »zwei Konzeptionen« –, wie das Verbrechen ausgeführt worden sein könnte, das eine war die »Ein-Mann«-, das andere die »Zwei-Mann«-Theorie. Im ersten Fall war als Mörder ein Freund der Familie anzunehmen oder zumindest jemand, der das Haus und seine Bewohner nicht nur oberflächlich kannte. Jemand, der gewußt haben mußte, daß die Türen kaum je verschlossen wurden, daß Mr. Clutter allein im Parterre schlief, und daß Mrs. Clutter und die Kinder eigene Schlafzimmer im ersten Stock hatten. Dieser Mann, so versuchte Dewey zu rekonstruieren, mußte sich dem Haus zu Fuß genähert haben, und zwar wahrscheinlich gegen Mitternacht. Das Haus war um diese Zeit dunkel, die Clutters schliefen, und Teddy, der Wachhund, nun, Teddy war als gewehrscheu bekannt. Beim Anblick der Waffe, die der Eindringling bei sich trug, dürfte er sich winselnd aus dem Staub gemacht haben. Nach Betreten des Hauses hatte der Mörder sich zuerst mit den Telefonen befaßt – eins in Mr. Clutters Büro, das andere in der Küche – und war, nachdem er die Drähte durchgeschnitten hatte, in Mr. Clutters Schlafzimmer gegangen und hatte ihn geweckt. Mr. Clutter war mit vorgehaltenem Gewehr gezwungen worden, dem Eindringling in den ersten Stock zu folgen, wo sie die anderen Angehörigen der Familie weckten. Mit Heftpflaster, das der Mörder ihm aushändigte, hatte Mr. Clutter seiner Frau den Mund verkleben und sie und seine Tochter (deren Mund unbegreiflicherweise nicht verklebt war) fesseln und an ihren Betten festbinden müssen. Daraufhin waren Vater und Sohn gezwungen worden, in den Keller zu gehen, wo Mr.

Clutter Kenyons Mund verkleben und ihn an die Couch fesseln mußte. Dann wurde Mr. Clutter in den Heizungskeller geschoben, hatte einen Schlag über den Kopf bekommen und war, nachdem ihm der Mörder den Mund verklebt hatte, am Heizungsventil aufgehängt worden. Damit hatte der Mörder freie Bahn gehabt, sie einen nach dem anderen zu töten, wobei er jedesmal die ausgeworfene Geschoßhülse sorgfältig auflas. Dann hatte er alle Lichter ausgemacht und das Haus verlassen.

So hätte es sich abspielen können; möglich war es. Aber Dewey hatte seine Zweifel: »Herb, der die Gefahr sah, die tödliche Gefahr, in der seine Familie schwebte, hätte wie ein Tiger gekämpft. Und Herb war kein Schwächling, er war stark und in bester Verfassung. Kenyon auch – groß wie sein Vater, größer sogar noch und breitschultrig. Es ist schwer einzusehen, wie ein Mann, ob bewaffnet oder nicht, mit den beiden hätte fertigwerden können.« Außerdem hatte man Grund anzunehmen, daß alle vier von ein und derselben Person gefesselt worden waren: In allen vier Fällen fand sich der gleiche fachmännische Knoten.

Dewey, wie die meisten seiner Kollegen, hielt die zweite Version für wahrscheinlicher. Danach war alles im wesentlichen ähnlich vor sich gegangen, nur daß der Mörder nicht allein gewesen war, sondern einen Komplizen gehabt hatte, der ihm half, die Familie zu überwältigen und zu fesseln. Aber auch das war nichts weiter als eine Theorie, die nicht in allen Punkten stichhaltig war. Dewey fiel es zum Beispiel schwer, einzusehen, »wie zwei Personen sich im gleichen Maße in die geradezu psychopathische Wut gesteigert haben sollten, die ein solches Verbrechen erfordert«. Er erklärte: »Nehmen wir an, der Mörder war ein Bekannter der Familie, ansässig in der näheren Umgebung, nehmen wir weiter an, er war normal, ein einigermaßen normaler Mensch, der eben nur einen Tick hatte, eine ohnmächtige Wut gegen die Clutters oder gegen einen der Familie – wie sollte der einen Partner für sein Vorhaben finden, einen, der irre genug war, ihm dabei zu helfen? Da kommen wir nicht weiter. Die Wahrscheinlichkeit ist zu gering. Aber bis jetzt haben wir alles in allem überhaupt noch nichts, was einigermaßen plausibel wäre.«

Nach der Pressekonferenz zog sich Dewey in einen Raum zurück, den der Sheriff ihm zeitweilig als Büro überlassen hatte. Zwei Stühle standen darin und ein Schreibtisch. Auf dem Schreibtisch lagen die Dinge, von denen Dewey hoffte, daß er sie eines Tages als Beweismaterial vor Gericht würde verwenden können: das Heftpflaster und die Stricke, die von den Körpern

der Opfer entfernt und in Plastiktüten versiegelt worden waren (beides erschien als Indiz nicht besonders erfolgversprechend, denn es waren gewöhnliche, überall in den Staaten erhältliche Produkte), und Polizeifotos von Tatort und Opfern. Zwanzig Hochglanz-Vergrößerungen von Mr. Clutters zerschmettertem Schädel, von dem zerschossenen Gesicht seines Sohnes, von Nancys gefesselten Händen, von den erstarrten, weitoffenen Augen ihrer Mutter und so weiter. In den Tagen darauf verbrachte Dewey viele Stunden über diesen Fotografien in der Hoffnung, daß ein bedeutungsvolles Detail sichtbar werden, daß er »plötzlich irgendwas sehen« würde. »Wie bei diesen Suchbildern, bei denen es heißt: ›Wieviel Tiere sehn Sie auf diesem Bild?‹ Das ist es ziemlich genau, was ich herauszufinden suche. Die versteckten Tiere. Ich weiß, sie müssen da sein – ich sehe sie bloß noch nicht.« Tatsächlich hatte eine der Fotografien, eine Großaufnahme von Mr. Clutter auf dem Matratzenkarton, schon eine wichtige Entdeckung gebracht: Fußspuren, den verwischten Abdruck von Sohlen mit Diamantmuster. Der Film hatte registriert, was mit bloßem Auge nicht zu sehen war. Das Blitzlicht hatte die Spuren sogar mit großer Schärfe herausgeholt. Diese Spuren, zusammen mit einem anderen Fußabdruck auf demselben Karton – dem deutlichen Abdruck einer blutverschmierten »Katzenpfoten«-Halbsohle – waren die einzigen »brauchbaren Indizien«, die die Untersuchungsbeamten bisher vorzuweisen hatten. Aber sie wiesen sie nicht vor; Dewey und sein Team hatten beschlossen, diese Entdeckung vorläufig geheimzuhalten.
Unter den Gegenständen auf Deweys Schreibtisch befand sich auch Nancy Clutters Tagebuch. Er hatte es zunächst nur flüchtig durchgeblättert, machte sich jetzt aber daran, die Eintragungen, die an ihrem dreizehnten Geburtstag begannen und etwa zwei Monate vor ihrem siebzehnten endeten, Tag für Tag genau zu lesen. Es waren die harmlosen Bekenntnisse eines intelligenten Mädchens, das tierliebend war, gerne las, kochte, nähte, tanzte und ritt – eines allgemein beliebten, hübschen, jungfräulichen Mädchens, dem »Flirten« Spaß machte, das aber »einzig und allein Bobby liebte«. Dewey las die letzte Eintragung zuerst. Es waren drei Zeilen, eine oder zwei Stunden vor ihrem Tod geschrieben: »Jolene K. kam heute, und ich zeigte ihr, wie man Kirschkuchen macht. Mit Roxie geübt. Bobby war hier, fernsehen. Ging um elf.«
Der junge Rupp, der die Familie als letzter lebend gesehen hatte, war bereits eingehend verhört worden. Obwohl er einen freimütigen Bericht darüber

gegeben hatte, wie er nur »einen der üblichen Abende« bei den Clutters verbracht habe, war er zu einem zweiten Verhör bestellt worden, bei dem man mit ihm einen Detektor-Test machen wollte. Und zwar aus dem einfachen Grund, weil die Polizei vorläufig nicht bereit war, ihn von jedem Verdacht freizusprechen. Dewey selbst glaubte nicht, daß der Junge »irgend etwas damit zu tun hatte«. Immerhin war Bobby in diesem frühen Stadium der Untersuchung die einzige Person, bei der zur Not ein Tatmotiv zu finden war. Hier und da in ihrem Tagebuch spielte Nancy auf die Situation an, die ein solches Motiv denkbar scheinen lassen konnte: die Forderung ihres Vaters, mit Bobby zu brechen, sich »nicht mehr so oft mit ihm zu treffen«. Der Umstand, daß die Clutters Methodisten, die Rupps aber Katholiken waren, schloß seiner Auffassung nach jede Hoffnung aus, die die beiden in bezug auf eine künftige Heirat hegen mochten. Aber die Tagebucheintragung, über die sich Dewey am heftigsten den Kopf zerbrach, hatte mit diesem Konfessionsproblem zwischen den Rupps und den Clutters nichts zu tun. Sie betraf vielmehr eine Katze, den mysteriösen Tod von Nancys Lieblingskatze Boobs, die sie nach einer Eintragung zwei Wochen vor ihrem Tod »in der Scheune liegend« gefunden hatte, vergiftet, wie sie vermutete (ohne zu sagen warum): »Der arme Boobs. Ich begrub ihn heute an einer besonderen Stelle.« Dewey meinte, diese Eintragung könne »von großer Wichtigkeit« sein. Wenn die Katze vergiftet worden war, konnte das nicht ein kleines bösartiges Vorspiel zu den Mordtaten gewesen sein? Er beschloß, die »besondere Stelle«, an der Nancy ihren Liebling begraben hatte, ausfindig zu machen, selbst wenn er dazu das ganze riesige Gebiet der River-Valley-Farm absuchen mußte.

Während Dewey sich mit dem Tagebuch beschäftigte, waren seine wichtigsten Assistenten, die Kriminalbeamten Church, Duntz und Nye, unterwegs und sprachen, wie Duntz sagte, »mit allen, die uns irgend etwas mitzuteilen hatten«: mit den Lehrern der Holcomb-Schule, an der beide, Nancy und Kenyon, ihre jeweiligen Prüfungen mit Auszeichnung bestanden hatten; mit den Angestellten der River-Valley-Farm, (im Frühjahr und Sommer waren es manchmal bis zu achtzehn, jetzt in der Nachsaison waren es aber nur noch Gerald Van Vleet und drei Lohnarbeiter, dazu Mrs. Helm); mit Freunden der Opfer; mit ihren Nachbarn und, vor allem, mit ihren Verwandten. Etwa zwanzig von ihnen waren inzwischen von fern und nah eingetroffen, um an dem Begräbnis teilzunehmen, das am Mittwochmorgen stattfinden sollte. Harold Nye, der jüngste der K.B.I.-Gruppe, ein kleiner, temperamentvoller Mann von vierunddreißig, mit flinken, mißtrauischen Augen, scharfer Nase, scharfem Kinn und scharfem Verstand, war die Aufgabe zugefallen, die Interviews mit den Verwandten der Clutters durchzuführen, eine, wie er sagte, »verdammt heikle Aufgabe«: »Es ist unangenehm und peinlich für einen selbst«, sagte er, »und für sie natürlich auch. Wenn es um Mord geht, kann man keine Rücksicht nehmen auf persönliche Gefühle, auf ihren Schmerz und Kummer. Man kann auch vor ihrer Privatsphäre nicht haltmachen. Man muß seine Fragen stellen, und einige davon gehen unter die Haut. Es kam mir darauf an, festzustellen, ob irgendwelche Gefühlsdinge hineinspielten. Ich dachte, vielleicht spielte eine andere Frau eine Rolle dabei – eine Dreieckssituation. Schließlich muß man bedenken, Mr. Clutter war noch ziemlich jung, ein gesunder, kräftiger Mann. Seine Frau aber war halbinvalide, sie schliefen getrennt...« Aber alle Nachforschungen und Fragen führten zu keinem brauchbaren Resultat; selbst die beiden überlebenden Töchter kamen auf kein Motiv, das zu dem Verbrechen geführt haben könnte. Nye faßte das Ergebnis seiner Untersuchungen in dem Satz zusammen: »Sich vorzustellen, daß ausgerechnet die Clutters jemals ermordet werden würden, war gänzlich absurd.«

Als die drei Kriminalbeamten sich am Abend dieses Tages in Deweys Büro trafen, stellte sich heraus, daß Duntz und Church mehr Glück gehabt hatten als Nye – Bruder Nye, wie ihn die anderen nannten. (Angehörige des K.B.I. geben sich gern gegenseitig Spitznamen; so wird Duntz Old Man genannt – nicht ganz gerechtfertigt, denn er ist noch nicht fünfzig, er ist ziemlich beleibt aber leichtfüßig und hat ein breites Gesicht, das irgendwie an einen Kater erinnert, und Church, um die Sechzig, der mit seiner rosa Hautfarbe etwas lehrerhaft aussieht, aber nach Aussage seiner Kollegen »verdammt robust« und der »schnellste Schütze von Kansas« ist, wird Curly [Lockenkopf] genannt, weil er teilweise kahl ist.) Beide glaubten bei ihren Untersuchungen auf »erfolgversprechende Fährten« gestoßen zu sein.

Die Geschichte, die Duntz erzählte, betraf einen Vater und seinen Sohn, die hier John senior und John junior genannt werden sollen. Vor einigen Jahren hatte John senior mit Mr. Clutter ein Geschäft abgeschlossen; er war verärgert, weil er glaubte, dabei übervorteilt worden zu sein. Beide, John senior und sein Sohn tranken, ja John junior hatte deswegen schon öfters im Gefängnis gesessen. Eines unglücklichen Tages erschienen Vater und

Sohn, nachdem sie sich Mut angetrunken hatten, auf dem Grundstück der Clutter-Farm, »um es Herb zu geben«. Aber so weit kam es gar nicht erst, denn Mr. Clutter, der abstinent war und Betrunkene nicht ausstehen konnte, nahm ein Gewehr und zwang sie, sein Grundstück zu verlassen. Diese unfreundliche Behandlung hatten ihm die beiden nicht vergessen, und noch vor einem Monat hatte John senior zu einem Bekannten gesagt: »Immer wenn ich an den Hund denke, juckt es mir in den Fingern. Ich könnte den Kerl erdrosseln.«

Auch Church hatte einen Mann ausfindig gemacht, der Mr. Clutter ganz offen feindlich gesonnen war, einen gewissen Mr. Smith (in Wirklichkeit heißt er anders), der der Ansicht war, der Besitzer der River-Valley-Farm hätte seinen Jagdhund erschossen. Church war zu Smiths Farm gefahren und hatte dort in einer Scheune ein Seil gefunden, das mit demselben Knoten an einem Dachbalken befestigt worden war, der bei den Fesseln der vier Clutters verwendet worden war. »Einer von den beiden könnte schon in Frage kommen«, sagte Dewey. »Eine persönliche Angelegenheit – ein Ärger, von dem der Betreffende sich hinreißen ließ.«

»Wenn es nicht Raubmord war«, sagte Nye, obwohl dieses Motiv nach längerer Diskussion eigentlich schon ausgeschieden war. Es sprach zu vieles dagegen, vor allem die Tatsache, daß Mr. Clutters Abneigung gegen Bargeld weithin sprichwörtlich war; er besaß keinen Safe und trug niemals große Summen bei sich. Außerdem hätte der Mörder dann doch auch den Schmuck mitnehmen müssen, den Mrs. Clutter trug – den goldenen Ehering und einen Diamantring. Aber Nye hatte seine Zweifel: »Das Ganze sieht mir trotzdem nach Raub aus. Clutters Brieftasche zum Beispiel. Sie lag geöffnet und leer auf seinem Bett – ich glaube nicht, daß er selbst sie dahin getan hat. Und Nancys Portemonnaie. Es lag in der Küche auf dem Fußboden. Wie ist es dorthin gekommen? Und dann war im ganzen Haus kein Cent. Das heißt, ganze zwei Dollar. Wir fanden zwei Dollar in einem Umschlag auf Nancys Schreibtisch. Wir *wissen* aber, daß Clutter am Tag zuvor einen Scheck auf sechzig Dollar einlöste. Davon müßten doch mindestens fünfzig übrig gewesen sein. ›Niemand wird für fünfzig Dollar vier Menschen umbringen‹, werden Sie sagen. Oder auch: ›Gewiß, vielleicht hat der Mörder das Geld genommen – aber bloß um uns zu täuschen, um uns glauben zu machen, Raub sei das Motiv.‹ Ich weiß nicht recht.«

Als es dunkel wurde, unterbrach Dewey die Besprechung, um seine Frau Marie anzurufen und ihr zu sagen, sie solle nicht mit dem Abendessen auf ihn warten. »Ja, gut, Alvin«, sagte sie in einem Ton, der ihn etwas beunruhigte. Die Deweys, Eltern von zwei Söhnen, waren seit siebzehn Jahren verheiratet, und Marie, die aus Louisiana stammte, war früher Stenotypistin beim F.B.I. gewesen – er hatte sie während seiner Tätigkeit in New Orleans kennengelernt – und war an die Härten seines Berufes gewöhnt – das extrem späte Heimkommen oder die plötzlichen telefonischen Abrufe in entlegene Teile des Staates.

»Ist irgendwas?« sagte er.

»Nein, nichts«, erwiderte sie. »Nur, wenn du heute nacht nach Haus kommst, dann mußt du klingeln. Ich habe alle Schlösser auswechseln lassen.«

Er begriff und sagte: »Mach dir keine Sorgen, Liebling. Schließ ruhig ab und mach das Licht auf der Veranda an.«

Als er aufgehängt hatte, fragte einer seiner Kollegen: »Was ist denn los? Hat Marie Angst?«

»Zum Teufel, ja«, sagte Dewey. »Wie alle Leute jetzt.«

Nicht alle. Ganz gewiß nicht Holcombs verwitwete Postmeisterin, die unerschrockene Mrs. Myrtle Clare, die ihre Mitmenschen verächtlich als »Nervenbündel« bezeichnete, »die schlotternd vor Angst jetzt die ganze Nacht kein Auge mehr zukriegen. Mich läßt das kalt«, fügte sie hinzu, »ich schlafe nach wie vor prima. Wenn mir einer was will, dann soll er doch kommen.« (Elf Monate später nahm sie eine maskierte Bande von Gangstern beim Wort, drang in die Post ein und erleichterte sie um neunhundertfünfzig Dollar.) Aber Mrs. Clares Standpunkt wurde wie gewöhnlich nur von wenigen geteilt. »Schlösser und Riegel«, sagte der Inhaber eines Eisenwarengeschäftes in Garden City, »gehen hier weg wie warme Semmeln. Dabei ist es den Leuten egal, was für eine Marke sie kaufen, Hauptsache, die Dinger *halten.*« Einbildung ist natürlich imstande, jede Tür aufzuschließen – den Schlüssel umzudrehen und den Schrecken hereinzulassen. Fasanenjäger aus Colorado – Fremde, die noch nichts von der Tragödie wußten –, die am Dienstag im Morgengrauen über die Prarie und durch Holcomb kamen, wunderten sich über den Anblick, der sich ihnen dort bot: hellerleuchtete Fenster – nahezu alle Fenster in allen Häusern, und in den strahlendhellen Zimmern ganze Familien im vollen Zeug, die offenbar die ganze Nacht hindurch dagesessen hatten, hellwach, unruhig, lauschend. Wovor hatten sie Angst? »Es könnte sich wiederholen.« Das war, mit gewissen Abwandlungen, die Antwort, die sie gewöhnlich gaben. Eine Frau jedoch, eine Lehrerin, fügte hinzu: »Die Menschen wären nur halb so erregt, wenn es nicht gerade die Clutters gewesen wären. Wenn es jemand getroffen hätte, der weniger angesehen war, weniger gesichert durch Besitz und persönliche Unantastbarkeit. Aber gerade in dieser Familie verkörperte sich alles, was die Leute hier respektieren und schätzen, und daß ihnen das zustoßen konnte – na ja, das ist geradeso, als wenn man ihnen sagte, daß es keinen Gott im Himmel gibt. Das Leben kommt ihnen jetzt sinnlos vor. Ich glaube, die Menschen sind nicht so sehr entsetzt und verängstigt, sie sind eher zutiefst bedrückt.«

Ein weiterer Grund, der einfachste und scheußlichste, war der, daß diese friedliche Gemeinschaft von Nachbarn und alten Freunden jetzt mit der bestürzenden Erfahrung fertigwerden mußte, daß sie einander mißtrauten. Verständlicherweise glaubten sie, einer von ihnen selbst müsse der Mörder sein, und allesamt teilten sie die Meinung, die Arthur Clutter, ein Bruder des Verstorbenen, am 17. November in der Halle eines Hotels in Garden City vor Journalisten geäußert hatte: »Wenn dieser Fall geklärt ist, dann werden wir, wette ich, wissen, daß der Mann, der das getan hat, in einem Umkreis von fünfzehn Kilometer zu suchen war.«

Ungefähr sechshundertfünfzig Kilometer östlich von dem Hotel, in dem Arthur Clutter das gesagt hatte, saßen zwei junge Männer in einer Nische des Eagle Buffet, einer Gastwirtschaft in Kansas City. Der eine von ihnen – eine blaue Katze war ihm auf die rechte Hand tätowiert – hatte mehrere Sandwiches mit Hühnersalat verputzt und betrachtete jetzt die Mahlzeit seines Kameraden: eine unberührte Frikadelle und ein Glas mit Root-Bier, in dem sich drei Aspirintabletten lösten.

»Perry, Kleiner«, sagte Dirk, »du ißt das Ding ja doch nicht. Gib her.«

Perry schob ihm den Teller hin. »Herrgott! Wie soll ich mich konzentrieren, wenn du mich dauernd störst?«

»Du brauchst das doch nicht fünfzigmal zu lesen.«

Es handelte sich um einen Artikel auf der Vorderseite des Kansas City *Star* vom 17. November mit der Schlagzeile KEINE ANHALTSPUNKTE FÜR VIERFACHE MORDTAT. DER Artikel enthält eine nähere Beschreibung des am Tage zuvor gemeldeten Verbrechens und gab am Schluß eine Zusammenfassung des Tatbestandes:

Der Untersuchungsbehörde bleibt die Aufgabe, einen oder mehrere Mörder zu identifizieren, dessen (oder deren) Raffinesse im Gegensatz zu seinem (oder ihrem) Motiv offenkundig ist. Der oder die Mörder: * durchschnitten wohlüberlegt die Kabel der beiden Telefone im Haus.* Fesselten und knebelten ihre Opfer fachmännisch, ohne daß Spuren eines stattgefundenen Kampfes zu finden waren.* Sie entwendeten nichts aus dem Haus; nichts deutet darauf hin, daß sie außer Clutters Brieftasche irgend etwas eingehend durchsucht hätten. Sie schossen vier Personen in verschiedenen Teilen des Hauses nieder und nahmen in aller Ruhe die ausgeworfenen Geschoßhülsen an sich.* Sie betraten und verließen das Haus, vermutlich mit der Mordwaffe, ohne gesehen zu werden.* Sie handelten ohne erkennbares Motiv, wenn man von einem mißlungenen Raubversuch absieht, wozu die mit der Untersuchung betrauten Beamten neigen.

»›Der oder die Mörder durchschnitten‹«, sagte Perry laut lesend. »Das ist grammatikalisch nicht korrekt. ›*Durchschnitt oder durchschnitten*‹ müßte es heißen.« Er nippte an seinem aspirinversetzten Root-Bier. »Jedenfalls, ich glaube kein Wort davon. Und du doch wohl auch nicht, wenn, du ehrlich bist, Dick. Oder glaubst du etwa dies Gerede, daß sie keine Anhaltspunkte haben?«

Gestern, nach der Lektüre der Zeitung, hatte Perry dieselbe Frage gestellt, und Dick, der glaubte, das nun hinter sich zu haben (»Kapier doch. Wenn diese Cowboys den geringsten Schimmer hätten, wären die längst mit klappernden Hufen hinter uns her«), war gelangweilt, als Perry nun wieder damit anfing. Zu gelangweilt, um zu protestieren, als Perry das Thema wieder aufgriff: »Ich hab's dir ja gesagt, ich hab's in den Fingerspitzen. Ich hab den sechsten Sinn. Nur deswegen bin ich überhaupt noch am Leben. Erinnerst du dich an Willie-Jay? Er hat gesagt, ich wäre ein geborenes Medium, und er kannte sich in solchen Dingen aus, ihn interessierte das. Er hat gesagt, ich wäre in hohem Grad ›empfänglich‹. Das ist so 'ne Art eingebautes Radar – man spürt etwas kommen, bevor man es sieht. Sieht Künftiges sich abzeichnen. Nimm zum Beispiel meinen Bruder und seine Frau. Jimmy und seine Frau. Die waren ganz verrückt aufeinander, aber er war stinkeifersüchtig und machte sie damit ganz krank. Dachte immer, hinter seinem Rücken hätte sie was mit einem. Schließlich hat sie sich erschossen, und am nächsten Tag jagte sich Jimmy eine Kugel durch den

Kopf. Als es passierte – das war 1949, und ich war mit Dad oben in Alaska in der Gegend von Circle City –, da sagte ich zu Dad: ›Jimmy ist tot.‹ Und eine Woche später kriegten wir die Nachricht. So wahr ich hier sitze. Ein andermal, in Japan, arbeitete ich im Hafen beim Laden eines Schiffes. Und zwischendrin setzte ich mich hin, um mich einen Moment auszuruhen. Plötzlich hörte ich eine Stimme in mir: ›Los, spring!‹ Ich sprang wohl drei Meter zur Seite, und schon kam die Ladung runtergekracht, genau dahin, wo ich gesessen hatte, gut zwanzig Zentner. Ich könnte dir hundert solcher Beispiele geben. Ob du mir nun glaubst oder nicht. So sah ich zum Beispiel kurz vor meinem Motorradunfall das Ganze genau wie es dann passierte, sah alles genau vor mir – den Regen, die rutschige Fahrbahn und mich auf der Straße mit gebrochenen Beinen und blutig. Und genauso geht es mir jetzt. Ich hab ein Vorgefühl. Irgendwas sagt mir, daß das eine Falle ist.« Er tippte auf die Zeitung. »Ein Scheinmanöver, das Ganze.«

Dick bestellte noch eine Frikadelle. Er hatte seit Tagen einen Hunger, der überhaupt nicht zu stillen war – drei Steaks hintereinander, ein Dutzend Schokoladenriegel und ein Pfund Gummibonbons reichten nicht. Perry dagegen war gänzlich appetitlos, er lebte von Root-Bier, Aspirin und Zigaretten. »Kein Wunder, daß du spinnst«, sagte Dick zu ihm. »Ah, nun komm schon, Kleiner. Hör jetzt auf mit dem Quatsch. Wir haben das Ding prima gedreht. Eine runde Sache.«

»Alles in allem betrachtet, bin ich überrascht, dich das sagen zu hören«, meinte Perry. Der ruhige Tonfall unterstrich die Gehässigkeit seiner Antwort. Doch Dick nahm es hin, ja, er lächelte sogar – und sein Lächeln war eine geschickte Maske. Hier, sagte er damit, so ein kindliches Lächeln, darin zeigt sich doch ein sehr angenehmer Charakter, offen und liebenswert, ein Bursche, von dem sich jedermann getrost rasieren lassen kann.

»Okay«, sagte er. »Ich war vielleicht falsch informiert.«

»Halleluja.«

»Aber im ganzen war das eine runde Sache. Wir haben den Ball vom Platz weg ins Gelände geknallt. Er ist weg. Und wird wegbleiben. Es gibt keinen Anhaltspunkt.«

»Ich wüßte doch einen.«

Perry war zu weit gegangen. Er ging sogar noch weiter:

»Floyd – hieß der nicht so?« Das war ein Schlag ein bißchen unter die Gürtellinie, aber Dick hatte das verdient, sein Selbstvertrauen war wie ein Drachen, dessen Leine ein bißchen eingeholt werden mußte. Trotzdem sah

Perry mit einem gewissen Unbehagen, wie sich die Wut in Dicks verrutschter Visage sammelte: der Unterkiefer, Lippen und Kinn sackten herunter: Speichel sammelte sich in den Mundwinkeln. Na schön, wenn es zu einer Schlägerei kam, Perry konnte sich wehren. Er war zwar ein ganzes Stück kleiner als Dick und konnte sich auf seine zwergenhaften, verkrüppelten Beine nicht verlassen, aber er war schwerer, massiger, hatte Arme, mit denen er einen Bären hätte erwürgen können. Doch es darauf ankommen zu lassen, auf eine Schlägerei, und sich mit ihm zu überwerfen, war alles andere als wünschenswert. Ob er Dick nun mochte oder nicht (und er mochte ihn eigentlich, wenn er ihm früher auch besser gefallen, er mehr Achtung vor ihm gehabt hatte), es wäre unklug gewesen, sich jetzt zu trennen. In diesem Punkt waren sie sich einig, denn Dick hatte gesagt: »Wenn sie uns erwischen, dann ist es besser, sie erwischen uns *beide*. Dann können wir uns die Stange halten. Wenn sie uns mit ihrem Geständnisquatsch kommen und erzählen, du hättest gesagt und ich hätte gesagt.« Außerdem, wenn er mit Dick brach, dann war es auch aus mit den Abenteuern, an denen Perry weiterhin gelegen war und deren Verwirklichung beiden trotz ihren jüngsten Meinungsverschiedenheiten möglich schien – dem Tauchen nach versunkenen Schätzen, oder einem gemeinsamen Leben auf Inseln oder an Küsten südlich der Grenze.

»Mr. Wells!« sagte Dick und packte eine Gabel. »Es wäre die Sache wert. Wenn ich zum Beispiel wegen so 'nem Scheckding geschnappt würde, das wär die Sache wert. Nur um wieder da reinzukommen.« Die Gabel sauste herunter und bohrte sich in die Tischplatte. »Mitten ins Herz, Kleiner.«

»Warum soll er reden? Das hab ich nicht gemeint«, sagte Perry, der jetzt, wo Dicks Wut an ihm vorbei sich gegen einen anderen entladen hatte, zum Nachgeben bereit war. »Der hat viel zuviel Angst.«

»Stimmt«, sagte Dick. »Kannst dich darauf verlassen. Der hat Schiß.« Es war tatsächlich ein Wunder, wie rasch Dick die Stimmung wechseln konnte; im Handumdrehen waren alle Gemeinheit, alles grimmige Angebertum wie verflogen. Er sagte: »Wenn du mit deinem sechsten Sinn und so das mit dem Unfall so genau gewußt hast, warum hast du es dann nicht gelassen? Wenn du dich gar nicht erst auf die Karre gesetzt hättest, dann wäre das doch nicht passiert – stimmt's?«

Das hatte sich Perry auch schon überlegt. Er glaubte eine Antwort gefunden zu haben, eine einfache, wenn auch etwas nebulose Antwort: »Nein. Weil einem, wenn etwas geschehen soll, nichts weiter bleibt als die Hoffnung, daß es vielleicht *nicht* geschieht. Oder eben geschieht – je nachdem. Irgendwas kommt doch immer auf einen zu. Und selbst wenn es was Schlimmes ist, und du weißt, daß es was Schlimmes ist, was willst du machen? Man kann nicht einfach aufhören, zu leben. Es ist wie mit dem Traum, den ich von Kind an immer wieder gehabt habe. Ich träume, ich bin in Afrika. Im Dschungel. Ich bewege mich im Wald auf einen einzelnen, alleinstehenden Baum zu. Herrgott, und der stinkt, dieser Baum; mir wird ganz übel von dem Gestank. Aber er sieht herrlich aus – er hat blaue Blätter, und überall an den Zweigen hängen Diamanten. Diamanten wie Apfelsinen. Das ist der Grund, weswegen ich dorthingekommen bin – um mir eine Handvoll Diamanten zu pflücken. Aber ich weiß, in dem Moment, wo ich die Hand danach ausstrecke, fällt eine Schlange über mich her. Sie bewacht den Baum. Und dieses fette Vieh lebt da oben in den Zweigen. Ich weiß das alles schon vorher, verstehst du? Und ich weiß auch, daß ich keine Ahnung hab, wie man eine Schlange bekämpft. Aber ich sage mir, ich nehme das Risiko auf mich. Und zwar deswegen, weil mein Wunsch nach den Diamanten größer ist als meine Angst vor der Schlange. Und so fasse ich zu, ich habe den Diamanten in der Hand, ich reiße daran, und in diesem Augenblick stürzt sich die Schlange auf mich. Wir ringen miteinander, aber das Vieh ist schlüpfrig und glatt, und ich kann es nicht zu packen kriegen, es zerquetscht mich, ich höre, wie meine Beine zerknacken. Und jetzt fängt das an, wobei mir der Schweiß ausbricht, wenn ich bloß daran denke. Die Schlange fängt an, mich zu verschlingen. Die Füße zuerst. Es ist, wie wenn man in Triebsand versinkt.« Perry zögerte. Er sah, daß Dick sich mit einer Gabelzinke die Fingernägel saubermachte und nicht weiter an seinem Traum interessiert war.

»So?« sagte Dick. »Die Schlange verschlingt dich also. Und?«

»Ach was. Ist nicht weiter wichtig.« (Aber es war wichtig! Besonders das Ende. Es war eine tiefe, innere Freude für ihn. Er hatte es einmal seinem Freund Willie-Jay erzählt; er hatte ihm den mächtig herabschwebenden gelben Vogel beschrieben, »eine Art von Papagei«. Natürlich, Willie-Jay war anders – feinfühlig, »ein Heiliger«. Er hatte ihn verstanden. Aber Dick? Dick könnte womöglich lachen, und das hätte Perry nicht ertragen: Daß sich irgend jemand über den Papagei lustig machte, der ihm zum erstenmal in seinen Traum geschwebt war, als er sieben war, ein von allen gehaßtes, alle hassendes Mischlingskind in einem von Nonnen geleiteten Waisenhaus in Kalifornien – verhüllten Zuchtmeisterinnen, die ihn dafür schlugen, daß er ins Bett machte. Und nach einer dieser Züchtigungen, die er nicht vergessen konnte [»Sie weckte mich. Sie hatte eine Taschenlampe in der Hand und schlug mich damit. Wieder und wieder. Und als die Taschenlampe zerbrach, schlug sie mich im Dunkeln weiter«], war ihm der Papagei erschienen, im Schlaf, ein Vogel »größer als Jesus, gelb wie eine Sonnenblume«, ein Racheengel, der die Nonnen mit seinem Schnabel blendete, ihre Augen fraß, sie niedermetzelte, während sie »um Gnade flehten«, ihn dann sanft aufhob, ihn in seine Flügel hüllte und ihn hinwegtrug zum »Paradies«.

Im Laufe der Jahre waren es immer andere Qualen, aus denen der Vogel ihn errettete; anstelle der Nonnen traten andere auf – ältere Kinder, sein Vater, ein treuloses Mädchen, ein Sergeant, den er in der Army kennengelernt hatte –, aber der Papagei blieb, ein schwebender Rächer. So gelang es der Schlange, Wächterin des diamantentragenden Baums, nie, ihn gänzlich zu verschlingen, sondern zu guter Letzt war immer sie es, die vernichtet wurde. Und danach der herrliche Flug! Der Aufstieg zu einem Paradies, das in einer Version nichts als »ein Gefühl« war, ein Gefühl der Macht, der unangreifbaren Überlegenheit – Empfindungen, die dann in einer anderen Version auf »einen wirklich vorhandenen Ort« übertragen wurden, »wie aus einem Film. Vielleicht hatte ich es da gesehen – das alles aus einem Film erinnert, denn wo sonst hätte ich jemals einen solchen Garten gesehen haben sollen? Mit weißen Marmorstufen? Springbrunnen? Und weit drunten, wenn man hinuntergeht bis zum Ende des Gartens, sieht man den Ozean. Phantastisch! Wie bei Carmel in Kalifornien. Aber das Beste von allem ist – ein langer, ganz langer Tisch. Man kann sich nicht vorstellen, was da alles aufgehäuft ist. Austern. Truthähne. Würstchen. Früchte, aus denen man eine Million Becher Saft pressen könnte. Und man stelle sich vor – alles ist umsonst. Ich meine, ich darf das alles anfassen, ohne Angst haben zu müssen. Ich kann essen, soviel ich will, und es kostet keinen Cent. Und da weiß ich, wo ich bin.«)

»Ich bin normal«, sagte Dick. »Ich träume nur von blonden Puppen. Und da wir gerade davon sprechen, haste den von der Mutterziege schon gehört, die einen Albtraum hatte?« Das war typisch Dick. Zu jedem Thema hatte er einen unanständigen Witz parat. Aber er erzählte ihn gut, und obwohl er in mancher Beziehung prüde war, konnte Perry nicht anders, er mußte, wie immer, lachen.

Über ihre Freundschaft mit Nancy Clutter sagte Susan Kidwell: »Wir waren wie Schwestern. Jedenfalls habe ich es so empfunden, als wäre sie meine Schwester. Ich konnte, nachdem das passiert war, nicht zur Schule gehen. Erst wieder nach dem Begräbnis. Bobby Rupp ging es genauso. Eine Zeitlang waren Bobby und ich jeden Tag zusammen. Er ist ein netter Junge – er hat ein gutes Herz –, aber er hatte vorher noch nie etwas wirklich Schlimmes erlebt. jemanden zu verlieren, den man liebt. Und dann mußte er in der Stimmung, in der er war, den Test mit dem Lügendetektor über sich ergehen lassen. Nicht daß er deswegen verbittert war, es war ihm klar, daß die Polizei nur ihre Pflicht tat. Mir war schon ein paarmal, zwei- oder dreimal, Bittres widerfahren, aber ihm nicht, und so war es ein Schock, als ihm aufging, daß das Leben etwas anderes ist als ein langes Basketballspiel, so denke ich's mir jedenfalls. Wir fuhren meistens in seinem alten Ford herum. Auf der Landstraße hin und her, zum Flugplatz und zurück, oder wir fuhren zum Cree-Mee – das ist ein Drive-in –, saßen im Wagen, bestellten uns eine Cola und hörten Radio. Das Radio spielte ununterbrochen, und *wir* hatten uns im Grunde nichts zu sagen. Hin und wieder sagte Bobby, wie sehr er Nancy geliebt hätte, und daß er sich nie wieder mit Mädchen abgeben würde. Ich war sicher, Nancy hätte das bestimmt nicht gewollt, und das sagte ich ihm auch. Ich weiß noch – ich glaube, es war am Montag –, daß wir zum Fluß fuhren. Wir hielten auf der Brücke an. Man kann das Haus von da sehen – das Clutter-Haus. Und auch das Land, zum Teil – Mr. Clutters Obstgarten und dahinter die Weizenfelder. Abseits auf einem der Felder brannte ein Feuer. Man verbrannte die Sachen aus dem Haus. Wohin man sah, überall wurde man an das, was geschehen war, erinnert. An den Ufern des Flusses standen Männer und fischten mit Netzen und Stangen. Aber nicht nach Fischen. Bobby sagte, sie suchten nach den Waffen. Nach dem Messer. Dem Gewehr.

Nancy liebte den Fluß. An Sommerabenden ritten wir gemeinsam auf Nancys Babe, dem alten, dicken Grauschimmel, hinunter zum Fluß und hinein ins Wasser. Babe watete durch das flache Wasser, während wir Flöte spielten und sangen. Bis es kalt wurde. Ich muß immer daran denken, was nun aus ihr wohl wird? Aus Babe, meine ich. Kenyons Hund hat eine Dame in Garden City genommen. Sie nahm Teddy mit. Er lief weg – zurück nach Holcomb. Aber sie kam und holte ihn wieder. Evinrude, Nancys Katze, habe ich. Aber Babe? Ich nehme an, sie wird verkauft. Aber was würde Nancy dazu sagen? Sie wäre sicher wütend darüber. Am

nächsten Tag, am Tag vor der Beerdigung, saßen Bobby und ich am Bahndamm. Sahen zu, wie die Züge vorbeikamen. So richtig benommen. Wie Schafe im Schneesturm. Plötzlich fuhr Bobby hoch, wie aus einem Traum, und sagte: ›Wir sollten zu Nancy gehen. Wir sollten bei ihr sein.‹ Wir fuhren also nach Garden City – zu Philips' Begräbnisunternehmen in der Main Street. Ich glaube, Bobbys Bruder war auch dabei. Ja, ja, er war auch dabei. Ich weiß noch, daß wir ihn von der Schule abholten. Und daß er sagte, am nächsten Tag würde keine Schule sein, damit alle Kinder aus Holcomb zum Begräbnis gehen könnten. Und er erzählte uns, was seine Schulfreunde darüber dachten. Sie waren überzeugt, sagte er, daß es ›ein gedungener Mörder‹ war. Ich mochte das gar nicht hören. Dieses Geschwätz und Gerede – das war genau das, was Nancy nicht ausstehen konnte. Mich interessiert es jedenfalls nicht sonderlich, wer es getan hat. Es scheint mir so nebensächlich. Meine Freundin ist tot. Was nützt es mir, wenn ich weiß, wer sie getötet hat. Das bringt sie auch nicht zurück. Und alles andere ist unwichtig. Sie ließen uns nicht rein. Bei Philips, meine ich. Sie sagten, niemand dürfte ›die Familie sehen‹. Nur die Verwandten. Aber Bobby bestand darauf, und schließlich willigte der Begräbnisunternehmer ein – er kannte Bobby und hatte, glaube ich, Mitleid mit ihm. Er sagte, also schön, ich laß euch rein, aber behaltet es für euch. Ich wünschte, wir wären nicht reingegangen. Die vier Särge, die den kleinen blumenüberschütteten Raum fast ausfüllten, sollten vor der Beerdigung versiegelt werden – was verständlich war, denn trotz der Mühe, die sich der Begräbnisunternehmer gemacht hatte, boten die Toten einen beängstigenden Anblick. Nancy trug ihr kirschrotes Samtkleid, ihr Bruder ein helles, kariertes Hemd; die Eltern waren dezenter gekleidet, Mr. Clutter in marineblauen Flanell, seine Frau in marineblauen Krepp. Was aber den Anblick eigentlich so furchtbar machte, waren die großen Wattepolster, die die Köpfe umhüllten, geschwollene Kokons, doppelt so groß wie ein gewöhnlicher aufgeblasener Luftballon, Watte, die mit einer Glanzmasse bespritzt worden war und dadurch wie der künstliche Schnee auf Weihnachtsbäumen glitzerte.
Susan verließ den Raum sofort wieder. »Ich ging nach draußen und wartete im Wagen«, erinnerte sie sich. »Auf der anderen Straßenseite harkte ein Mann Laub zusammen. Ich sah ihm unverwandt zu. Ich wollte die Augen nicht zumachen. Denn ich dachte, wenn ich das tu, werd ich ohnmächtig. Ich sah ihm also zu, wie er das Laub zu einem Haufen zusammenharkte und dann anzündete. Sah ihm zu, ohne ihn wirklich zu

sehen. Denn ich hatte nur immer das Kleid vor Augen. Ich kannte es so gut. Ich hatte mit ihr den Stoff ausgesucht. Sie hatte es selbst entworfen und genäht. Ich weiß noch, wie aufgeregt sie war, als sie es zum erstenmal anzog. Zu einer Party. Ich sah immer nur diesen roten Samt vor mir. Und Nancy, wie sie in diesem Kleid tanzte.«

Der Kansas City *Star* brachte einen ausführlichen Bericht über das Begräbnis; Perry aber bekam die Nummer mit dem Artikel erst zwei Tage später zu sehen und las ihn auf seinem Bett im Hotelzimmer. Das heißt, er überflog ihn nur, pickte sich einige Absätze heraus: »An der Begräbnisfeier für die vier Opfer heute nahmen tausend Menschen teil, mehr als seit dem fünfjährigen Bestehen der Ersten Methodistenkirche jemals einer solchen Feier beigewohnt haben… Einige von Nancys Mitschülerinnen aus der Holcomb High School weinten, als Reverend Leonard Cowan sagte: ›Gott gibt uns Mut, Hoffnung und Liebe, auch wenn wir durch das dunkle Tal des Todes wandern. Ich bin sicher, daß er in ihren letzten Stunden mit ihnen war. Jesus Christus hat nie versprochen, daß wir Schmerz und Sorge nicht erleiden würden, aber immer hat er gesagt, daß er bei uns sein und uns helfen würde, Schmerz und Sorge zu ertragen.‹… Etwa sechshundert Personen gingen an diesem für die Jahreszeit ungewöhnlich warmen Tag zum Valley-View-Friedhof am Nordrand der Stadt. Dort beteten sie am Grab das Vaterunser. Das Gebet war, obwohl die Menge es mit flüsternden Stimmen sprach, über den ganzen Friedhof zu hören.«

Tausend Leute! Perry staunte. Er fragte sich, wieviel das Begräbnis gekostet haben mochte. Geld beherrschte seine Gedanken, wenn auch nicht mehr so ausschließlich wie am Morgen dieses Tages, den er praktisch »ohne einen Penny auf der Naht« begonnen hatte. Die Lage hatte sich inzwischen gebessert, und zwar durch Dick. Er und Dick hatten jetzt »ganz schön was« in der Tasche. Genug jedenfalls, um damit nach Mexiko zu kommen.

Dick! Aalglatt und clever, das mußte man ihm lassen. Toll, wie der so was fingerte. Wie das Ding mit dem Verkäufer im Kleiderladen in Kansas City, Missouri. Das war das Geschäft, in dem sie, wie Dick beschloß, ihren ersten Fischzug machten. Was Perry betraf, so hatte er die »Sache mit dem Scheck« noch nie versucht. Er war nervös, aber Dick sagte zu ihm: »Du brauchst weiter nichts zu tun, als bloß dastehen. Du darfst bloß nicht lachen und dich über nichts wundern, was ich sage. Für diese Dinge muß man ein Gespür haben.« Und das hatte er offenbar. Er rauschte in den

Laden und stellte Perry dem Verkäufer forsch als »Freund von mir, der heiraten will«, vor. Dann sagte er: »Ich bin sein Trauzeuge und helfe ihm dabei, die Sachen zu besorgen, die er braucht. Haha, man könnte sagen, seine haha Aussteuer.« Der Verkäufer »schluckte« das, und alsbald probierte Perry, nachdem er seine Drillichhose ausgezogen hatte, eine dunklen Anzug an, den der Verkäufer als »ideal für eine zwanglose Hochzeitsfeier« bezeichnete. Mit einem Blick auf Perrys verkorkste Figur – den übergroßen Rumpf auf den zu kurz geratenen Beinen – fügte er allerdings hinzu: »Ich fürchte, wir haben nichts, was ohne Änderung passen wird.« Oh, sagte Dick, das gehe schon klar, es sei noch Zeit genug – die Hochzeit werde erst »morgen in einer Woche« stattfinden. Danach stellten sie eine geschmacklos bunte Auswahl von Sporthosen und Jacken zusammen, die nach Dick für die Flitterwochen in Florida genau richtig wären. »Kennen Sie Eden Roc?« sagte Dick zu dem Verkäufer. »In Miami Beach? Zimmer sind schon reserviert. Ein Geschenk von ihrer Familie – zwei Wochen, vierzig Dollar den Tag. Wie finden Sie das? Ein häßlicher Zwerg wie der schnappt sich 'ne Puppe, die nicht nur 'ne Filmfigur hat, sondern auch noch Zaster, während Burschen wie Sie und ich, die nach was aussehen...« Der Verkäufer gab ihm die Rechnung. Dick langte in seine Gesäßtasche, runzelte die Stirn, schnippte mit den Fingern und sagte: »Verdammt! Ich hab meine Brieftasche vergessen.«
Was Perry so fadenscheinig vorkam, daß selbst ein »Blödling von Nigger« nicht drauf reingefallen wäre. Der Verkäufer war offenbar nicht dieser Ansicht, denn er kam mit einem Blankoscheck an, und zahlte, als Dick ihn auf achtzig Dollar über die Gesamtsumme hinaus ausschrieb, ohne weiteres die Differenz in bar aus.
Draußen sagte Dick: »Du willst also nächste Woche heiraten? Na ja, dann brauchst du auch einen Ring.« Wenig später kreuzte der betagte Chevrolet vor einem Juwelierladen – Best Jewelry – auf. Nachdem sie per Scheck einen Diamant-Verlobungsring und einen Diamant-Ehering »gekauft« hatten, fuhren sie zu einem Pfandhaus, wo sie den Schmuck versetzten. Perry tat es leid, sich davon zu trennen. Er glaubte schon halbwegs an die angebliche Braut, wenn er auch von ihr eine andere Vorstellung hatte als Dick. Sie war nicht reich, nicht schön, es war vielmehr ein nettes, gepflegtes »College-Girl« mit sanfter Stimme, auf jeden Fall ein sehr »intellektueller Typ«, kurz, die Sorte von Mädchen, die er sich immer gewünscht, aber nie gefunden hatte.

Wenn, man von Cookie absah, der Schwester, die er nach seinem Motorradunfall im Krankenhaus kennengelernt hatte. Ein prächtiges Mädchen, Cookie, und sie hatte ihn gemocht, ihn gepflegt und bemitleidet und ihn angeregt, »ernsthafte Literatur« zu lesen – *Gone with the Wind, This is My Beloved.* Sie hatten auch etwas miteinander gehabt, seltsamen, merkwürdig verstohlenen Sex, und es war von Liebe die Rede gewesen und auch von Heirat, aber dann, als seine Verletzungen geheilt waren, hatte er ihr Lebewohl gesagt und ihr, als eine Art Erklärung, ein Gedicht gegeben, das er angeblich selbst geschrieben hatte:

Es gibt Menschen, die passen nirgends hinein,
Sie kennen nicht Ruhe noch Rast;
So brechen sie ihren Nächsten das Herz
Und durchstreifen die weite Welt.
Sie streifen durch Felder und übers Meer
Und besteigen den Gipfel des Bergs;
Sie haben im Blut den Zigeunerfluch,
Und was Ruhe ist, wissen sie nicht.
Sie kämen, gingen sie geradeaus, weit,
Sie sind stark und tapfer und treu,
Aber sie haben die Dinge, wie sie sind, leid,
Und sie reizt, was fremd ist und neu.

Er hatte sie nicht wiedergesehen und auch nichts von ihr gehört; dennoch hatte er sich einige Jahre später ihren Namen auf den Arm tätowieren lassen, und als Dick ihn einmal fragte, wer »Cookie« sei, geantwortet: »Niemand. Ein Mädchen, das ich beinah geheiratet hätte.« Daß Dick verheiratet – zweimal verheiratet – gewesen war und drei Söhne hatte, darum beneidete er ihn. Eine Frau und Kinder gehörten seiner Ansicht nach »zum Leben eines Mannes«, selbst wenn sie ihn, wie in Dicks Fall »nicht glücklich machten und er ihnen auch sonst nichts Gutes verdankte«:) Für die Ringe bekamen sie hundertfünfzig Dollar. Bei Goldman, einem anderen Juwelierladen, schleppten sie eine goldene Herrenarmbanduhr ab. Als nächstes »kauften« sie in einem Elko-Fotogeschäft eine automatische Filmkamera. »Kameras sind die beste Investition«, belehrte Dick Perry. »Sind am leichtesten abzustoßen oder zu versetzen. Kameras und Fernsehapparate«. Also »kauften« sie von diesen gleich mehrere ein und machten

sich, als das erledigt war, wiederum an einige Kleidergeschäfte – Sheperd & Foster, Rothschild, Shopper's Paradise. Als die Läden gegen Abend schlossen, hatten sie Geld genug »eingenommen«, und der Wagen war voll von gutverkäuflichen, versetzbaren Waren. Beim Anblick dieser Ernte von Hemden, Feuerzeugen, teuren Geräten und billigen Manschettenknöpfen fühlte sich Perry ganz groß und prächtig – jetzt lag Mexiko vor ihnen, eine neue Chance, ein »richtiges« Leben. Aber Dick schien deprimiert. Er wollte von Perrys Lobreden nichts wissen. (»Wirklich, Dick, du warst toll. Manchmal hab' sogar ich geglaubt, was du sagtest.«) Und Perry rätselte an ihm herum; wie war es möglich, daß Dick, sonst so von sich überzeugt, jetzt, wo er allen Grund zu triumphieren hatte, plötzlich kleinlaut, wie vernagelt und traurig wirkte? Perry sagte: »Ich geb einen aus.«
Sie hielten vor einer Bar. Dick trank drei Orange Blossoms. Nach dem dritten sagte er plötzlich: »Und was wird mit meinem Vater? Oh, er ist so ein guter, anständiger Kerl. Und meine Mutter – du kennst sie ja. Was wird dann mit *ihnen*? Ich bin weg dann, in Mexiko oder sonstwo. Aber sie bleiben hier. Sie kriegen es ganz dick, wenn das mit den Schecks zum Platzen kommt. Ich kenn meinen Vater, er wird das abzahlen wollen, wie früher schon mal. Und er kann's nicht – er ist alt und krank und hat nichts.«
»Ich kann das verstehen«, sagte Perry, und er meinte es ehrlich. Er war zwar kein freundlicher Mensch, aber er war sentimental, und Dicks Zuneigung zu seinen Eltern, seine Sorge um sie, beeindruckten ihn. »Aber Mensch, Dick. Es ist doch ganz einfach«, sagte Perry. »Wir können doch das Geld für die Schecks aufbringen, wenn wir erst mal in Mexiko sind. Wenn wir da loslegen, dann kommen wir rasch zu Geld. Zu viel Geld.«
»Wie?«
»Wie?« – Was wollte Dick damit sagen? Perry war verstört. Schließlich hatten sie doch eine so reichhaltige Auswahl von abenteuerlichen Unternehmungen durchgesprochen. Goldschürfen und nach versunkenen Schätzen tauchen waren nur zwei der Pläne, die Perry voll Begeisterung vor ihm entwickelt hatte. Und das war längst nicht alles. Die Sache mit dem Boot zum Beispiel. Oft genug hatten sie über das Hochseefischerboot gesprochen, das sie kaufen wollten; sie wollten selber die Besatzung machen und es an Touristen vermieten – obwohl keiner von beiden je in einem Kanu gesessen oder einen Millionenfisch gefangen hatte. Außerdem war leicht Geld zu machen, indem man gestohlene Wagen über die Grenzen nach Südamerika fuhr (»Man verdient pro Fahrt fünfhundert Dollar«, so

etwa hatte Perry irgendwo gelesen.) Aber unter all den Entgegnungen, die er hätte vorbringen können, entschied er sich dafür, Dick an das Vermögen zu erinnern, das sie auf Cocos Island erwartete, einer kleinen Insel vor der Küste von Costa Rica. »Das ist kein Witz, Dick«, sagte Perry. »Die Sache ist authentisch. Ich habe eine Karte von der Gegend ... Ich weiß genau Bescheid. Peruanische Goldbarren und Juwelen – 1821 da vergraben. Sechzig Millionen Dollar ist der Schatz wert, heißt es. Und selbst wenn wir nicht das Ganze finden, nur einen Teil davon. He, Dick, hörst du überhaupt zu?« Bisher hatte Dick ihn noch immer ermuntert, hatte großes Interesse gezeigt, wenn er ihm von seinen Landkarten und Schätzen erzählte. Aber jetzt – und das war ihm noch nie vorher passiert – kamen ihm Zweifel. Er fragte sich, ob Dick vielleicht nur so getan, ihn an der Nase herumgeführt hatte. Aber dieser schmerzhaft bohrende Zweifel verflog sofort wieder, denn Dick sagte zwinkernd und mit einer leichten, spielerischen Handbewegung: »Kannst dich auf mich verlassen, Kleiner. Ich bin dabei. Und wenn es sonstwo ist.«

Es war drei Uhr nachts, und wieder ging das Telefon. Daß es so spät noch klingelte, war in diesem Fall nicht weiter wichtig. Al Dewey war sowieso wach und seine Frau Marie und ihre Kinder, der neunjährige Paul und der zwölfjährige Alvin Adams jr., ebenfalls. Denn wer konnte wohl in einem Haus schlafen – einem bescheidenen einstöckigen Haus –, wo nachts alle paar Minuten das Telefon klingelte? Als er aufstand, versprach Dewey seiner Frau: »Diesmal leg ich den Hörer daneben.« Aber es war ein Versprechen, das zu halten er nicht wagen konnte. Gewiß, viele der Anrufe kamen von nachrichtenjagenden Journalisten oder von sogenannten Witzbolden oder von Leuten, die ihrerseits irgendwelche Theorien aufgestellt hatten (»Al? Hören Sie, mir ist der Fall sonnenklar. Es ist Mord und Selbstmord. Zufällig weiß ich, daß Herb in finanziellen Schwierigkeiten war. Er war ziemlich am Ende. Und was tut er da? Er schließt die hohe Lebensversicherung ab, erschießt Bonnie und die Kinder und bringt sich anschließend selbst mit einer Handgranate um, mit 'ner Handgranate, die mit grobem Schrot gefüllt war«), oder von galligen, anonymen Verleumdern aus Passion (»Kennen Sie die L.s? Zugezogene. Haben keine Arbeit, aber geben große Parties. Mit Cocktails! Wo haben die das Geld dazu her? Würde mich gar nicht wundern, wenn die mit dem Fall Clutter zu tun haben«), oder von nervösen Frauen, die von den umlaufenden, vor nichts halt-

machenden Gerüchten alarmiert waren. (»Hören Sie, Alvin. Ich kenne Sie doch schon, seit Sie ein Junge waren, und ich möchte, daß Sie mir jetzt rundheraus sagen, ob es wirklich so ist. Ich habe Mr. Clutter gern gehabt und ihn geachtet. Und ich *weigere* mich, zu glauben, daß dieser Mann – ein Christ – hinter anderen Frauen her war...«)
Aber die meisten Anrufe kamen von verantwortungsbewußten Bürgern, die einen Hinweis geben und helfen wollten. (»Haben Sie schon Nancys Freundin Sue Kidwell vernommen? Ich sprach kürzlich mit ihr, und da hat sie mir etwas gesagt, das mir doch einiges zu denken gab. Sie sagte, Nancy hätte ihr bei ihrem letzten Gespräch erzählt, ihr Vater sei in einer furchtbaren Stimmung. Schon seit drei Wochen. Sie glaubte, er hätte schwere Sorgen und hätte deswegen sogar angefangen zu rauchen...«) Oder es riefen Leute von der Polizei und Sheriffs aus anderen Teilen des Staates an. (»Dies ist vielleicht was, vielleicht auch nicht. Mir hat jedenfalls ein Barkeeper hier erzählt, bei ihm hätten sich zwei Leute in einer Weise über den Fall unterhalten, als hätten sie einiges damit zu tun...«) Die meisten dieser Anrufe hatten zwar bisher nichts weiter als Mehrarbeit für die Untersuchungsbeamten gebracht, aber man mußte sie sich doch anhören, denn immerhin konnte einer darunter sein, der, wie Dewey sich ausdrückte, »plötzlich den Vorhang aufriß«.
Als Dewey jetzt den Hörer abnahm, hörte er die Stimme eines Mannes, der sagte: »Ich bin bereit, ein Geständnis abzulegen.«
»Darf ich fragen, mit wem ich spreche?« sagte Dewey.
Der Anrufer wiederholte, was er gesagt hatte, und fügte hinzu: »Ich habe es getan. Ich bin der Mörder.«
»Ah ja«, sagte Dewey. »Und Ihren Namen, bitte, und wo wohnen Sie...?«
»Nein, nein«, sagte der Mann mit von betrunkener Entrüstung schwerer Stimme, »das sage ich Ihnen nicht. Jetzt noch nicht. Erst wenn ich die Belohnung hab. Sie schicken mir die Belohnung, dann sage ich Ihnen, wer ich bin. Das ist mein letztes Wort.«
Dewey ging zurück ins Schlafzimmer. »Nein, Liebling«, sagte er, »nichts von Bedeutung. Wieder mal ein Betrunkener.«
»Was wollte er denn?«
»Ein Geständnis ablegen, vorausgesetzt, er bekommt die Belohnung.« (Eine Zeitung in Kansas, die *Hutchinson News*, hatte für eine Aussage, die zur Aufklärung des Verbrechens führte, eine Belohnung von tausend Dollar ausgesetzt.)

»Aber Alvin, du steckst dir ja schon wieder eine Zigarette an. Kannst du nicht wenigstens *versuchen* zu schlafen?«
Selbst wenn er das Telefon abgestellt hätte, er war zu nervös, um schlafen zu können – zu gereizt und niedergeschlagen. Bis jetzt hatten die »Spuren«, die er gefunden zu haben glaubte, zu nichts geführt. Immer landete er in einer Sackgasse und stand am Ende vor einer Wand. Bobby Rupp? Der Detektor-Test hatte ihn von jedem Verdacht freigesprochen. Und Mr. Smith, der Farmer, der ein Seil auf dieselbe Weise geknotet hatte wie der Mörder, auch er schied aus. Er hatte glaubwürdig nachweisen können, daß er in der Mordnacht »in Oklahoma« gewesen war. Blieben noch die Johns, Vater und Sohn, aber auch sie hatten unanfechtbare Alibis beigebracht. Selbst die Suche nach der Stelle, an der Nancy ihre Katze begraben hatte, hatte zu nichts geführt. »Alles zurück auf Null«, sagte Harold Nye zusammenfassend.
Trotzdem gab es die eine oder andere Entdeckung, die einen gewissen Erfolg versprach. Zunächst einmal hatte Mrs. Elaine Selsor, Nancys Tante, bei der Untersuchung von Nancys Kleidern vorne in einem Schuh eine goldene Armbanduhr gefunden. Dann hatte Mrs. Helm, begleitet von einem K.B.I.-Agenten, alle Zimmer der River-Valley-Farm durchsucht und war mit ihm durch das ganze Haus gegangen, in der Hoffnung, irgend etwas Verdächtiges zu finden oder das Fehlen irgendeines Gegenstandes zu bemerken. Und das führte dann auch zu einem Ergebnis, und zwar in Kenyons Zimmer. Mrs. Helm sah sich in dem Raum um, ging hierhin und dorthin, nahm Kenyons alten Baseballfanghandschuh, dann seine lehmbespritzten Arbeitsstiefel und seine in trostloser Verlassenheit daliegende Brille in die Hand. Die ganze Zeit flüsterte sie vor sich hin: »Irgendwas stimmt hier nicht, ich weiß es, ich fühle es. Aber ich weiß nicht, was es ist.« Und dann plötzlich fiel es ihr ein. »Das *Radio*! Wo ist Kenyons kleines Radio?«
Diese Entdeckungen zwangen Dewey dazu, wiederum Raub als Motiv in Betracht zu ziehen. Die Uhr war ganz gewiß nicht zufällig in Nancys Schuh geraten. Im Dunkeln auf ihrem Bett liegend, mußte sie Geräusche gehört haben – Schritte, Stimmen vielleicht –, mußte angenommen haben, Diebe seien im Haus. Und so hatte sie rasch die Uhr versteckt, ein Geschenk ihres Vaters, an dem ihr Herz hing. Das Radio, ein graues Kofferradio, Marke Zenith, war tatsächlich verschwunden. Trotzdem, Dewey konnte nicht glauben, daß die Familie wegen einer lumpigen Beute – »ein

paar Dollar und ein Radio« – umgebracht worden war. Diese Annahme hätte das Bild zerstört, das er sich inzwischen von dem Mörder oder eher den Mördern gemacht hatte. Er und seine Assistenten waren inzwischen zu der Überzeugung gekommen, daß es sich nicht um einen Mörder gehandelt haben konnte. Die ungewöhnlich kaltblütige und gerissene Durchführung der Verbrechen war Beweis genug, daß die Tat von langer Hand und höchstwahrscheinlich von zwei Personen vorbereitet worden war, von denen zumindest eine zu raffiniert war – sein *mußte* –, um eine solche Tat ohne genau bedachtes Motiv zu begehen. Außerdem war Dewey durch manche Einzelheiten zu der Überzeugung gekommen, daß wenigstens einer der Täter nicht ohne eine gewisse gefühlsmäßige Regung gegenüber den Opfern gehandelt und Mitleid mit ihnen gehabt hatte, selbst in dem Augenblick, als er sie ermordete, eine Art pervertierter Zärtlichkeit. Wie anders war es zu erklären, daß Clutter nicht auf dem nackten Fußboden, sondern auf dem Matratzenkarton lag?

Dewey zerbrach sich den Kopf, um für die Sache mit dem Karton eine einigermaßen befriedigende Erklärung zu finden. Weshalb hatten sich die Mörder die Mühe gemacht, den Karton vom hinteren Ende des Kellerraumes zu holen und ihn vor den Heizungskessel zu legen? Sie mußten beabsichtigt haben, es ihm »bequemer« zu machen, ihm eine weniger harte Liegestatt zu bereiten, als kalter Zement es sein konnte, während er dalag und zusah, wie sich das Messer näherte. Andere Details auf den Fotografien vom Tatort bestärkten Dewey in seiner Vorstellung von einem Mörder, dessen Handlungen hin und wieder von rücksichtsvollen Impulsen bestimmt waren. »Oder« – er hatte immer Schwierigkeiten, genau das auszudrücken, was er sagen wollte – »von etwas wie überflüssiger Sorgfalt. Einer weichen Regung. Die Bettdecken, zum Beispiel. Was muß das für ein Mensch, gewesen sein, der zwei Frauen fesselt, so wie Bonnie und Nancy gefesselt waren, und dann die Bettdecken über sie legt, sie sorgfältig *zudeckt,* als wollte er ihnen gute Nacht und angenehme Träume wünschen? Oder das Kissen unter Kenyons Kopf. Zuerst dachte ich, vielleicht sei es dorthingesteckt worden, damit sein Kopf leichter zu treffen wäre. Aber jetzt glaube, ich, es wurde aus demselben Grunde gemacht, aus dem der Matratzenkarton auf den Fußboden gelegt wurde – um es dem Opfer bequemer zu machen.«

Aber solche Überlegungen, so intensiv sich Dewey mit ihnen abgab, befriedigten ihn nicht und gaben ihm nicht das Gefühl, damit »irgend etwas erreicht« zu haben. Mit »Phantasietheorien« kam man der Lösung eines solchen Falles kaum näher. Er glaubte an Fakten, an »mit Schweiß erarbeitete und verbürgte« Fakten. Und die Menge der Fakten, die aufgespürt und gesichtet werden mußten, wie der Schlachtplan zu ihrer Beschaffung konnten einen schon in Schweiß bringen. – Hunderte von Leuten mußten ausfindig gemacht und »in die Zange genommen« werden, darunter alle früheren Angestellten der River-Valley-Farm, Freunde und Familien in der Umgebung und alle, mit denen Mr. Clutter jemals geschäftlich oder in anderer Weise – in größerem oder kleinerem Umfang – zu tun gehabt hatte, ein Schneckengekrieche in die Vergangenheit. »Wir dürfen nicht nachlassen«, sagte Dewey zu seinem Team, »bis wir die Clutters besser kennen, als sie sich selbst kannten. Bis wir die Brücke geschlagen haben zwischen dem, was wir am letzten Sonntagmorgen dort gefunden haben, und irgendwelchen Dingen, die sich vielleicht vor fünf Jahren ereignet haben. Darauf kommt es an, auf diesen Zusammenhang zwischen heute und gestern. Es muß einen solchen Zusammenhang geben.«

Deweys Frau döste im Halbschlaf vor sich hin. Unruhig erwachte sie, als er jetzt wieder aufstand und zum Telefon ging und sie aus dem Zimmer nebenan, in dem ihre Söhne schliefen, ein Weinen hörte, das Weinen eines kleinen Jungen. »Paul?« Paul war normalerweise nicht leicht aus der Ruhe zu bringen und auch nicht schwierig – ganz gewiß nicht quengelig. Er war tagsüber viel zu sehr damit beschäftigt, seinen Tunnel im Hintergarten zu graben, oder zu trainieren, um einmal »der schnellste Läufer von Finney County« zu werden. Aber heute beim Frühstück war er in Tränen ausgebrochen. Seine Mutter brauchte ihn nicht zu fragen, warum; sie wußte, daß der Aufruhr um ihn herum, obwohl er nur undeutlich ahnte, was vorging, ihn ängstigte – das ewig gehende Telefon, die fremden Leute an der Tür und der müde, abgehetzte Blick in den Augen seines Vaters. Sie ging hinüber, um Paul zu beruhigen. Sein drei Jahre älterer Bruder half ihr dabei. »Paul«, sagte er, »reg dich nicht auf. Morgen bring ich dir Poker bei.«

Marie fand ihren Mann in der Küche, wo er darauf wartete, daß der Kaffee durch die Maschine lief, vor sich auf dem Küchentisch ausgebreitet die Fotografien vom Tatort – schaurige Bilder, die das hübsch geblümte Wachstuch verpatzten. (Er hatte sie einmal gefragt, ob sie sich die Bilder ansehen wolle. Sie hatte es abgelehnt und gesagt: »Ich möchte Bonnie so in Erinnerung behalten, wie sie war – Bonnie und die anderen auch.«) Er sagte: »Wir sollten die Jungens vielleicht zu meiner Mutter bringen.« Seine

Mutter lebte als Witwe nicht weit entfernt in einem Haus, das ihr zu groß und zu still war; die Enkelkinder waren immer willkommen. »Ein paar Tage nur. Bis – na ja, bis ...«
»Alvin, glaubst du, wir werden jemals wieder ein normales Leben führen?« fragte Mrs. Dewey.
Das »normale Leben« sah bei ihnen so aus: Beide arbeiteten, Mrs. Dewey als Sekretärin, und sie teilten sich in die Hausarbeit, abwechselnd kochten sie und wuschen ab. (»Ich weiß, als Alvin Sheriff war, da neckten ihn immer seine Kollegen. Sagten, ›ah, sieh da! Da kommt Sheriff Dewey! Ein harter Bursche! Hat den Revolver immer bereit! Aber wenn er nach Haus kommt, dann legt er das Ding ab und bindet die Schürze um!‹«) Sie sparten damals für ein Haus, das Dewey auf einem 1951 gekauften Grundstück bauen wollte. Zweihundertvierzig Morgen, ein paar Kilometer nördlich von Garden City. Wenn schönes Wetter war, besonders wenn es heiß war und der Weizen hoch stand, fuhr er gern dorthin und übte mit seinem Revolver – schoß nach Krähen und Blechdosen –, oder er bewegte sich in der Phantasie bereits durch das Haus, das er eines Tages zu besitzen hoffte; durch den Garten, den er anlegen, und unter den Bäumen, die er pflanzen wollte. Er war fest davon überzeugt, daß das leere, schattenlose Grundstück eines Tages in eine Oase mit Eichen und Ulmen verwandelt sein würde, eine Oase, die sein eigen war: »Eines Tages. Mit Gottes Hilfe.«
Der Glaube an Gott und das Ritual, das zu diesem Glauben gehörte der sonntägliche Kirchgang, das Dankgebet vor dem Essen, das Nachtgebet vor dem Schlafengehen –, waren aus Deweys Leben nicht wegzudenken. »Ich verstehe nicht, wie sich jemand an den Tisch setzen kann, ohne das Tischgebet zu sprechen«, sagte Mrs. Dewey einmal. »Gewiß, wenn ich von der Arbeit nach Hause komme, dann bin ich müde. Aber der Kaffee steht doch immer fertig auf dem Herd, und manchmal ist auch ein Steak im Eisschrank. Die Jungens machen Feuer, um das Steak zu braten, und wir sprechen miteinander und erzählen uns, wie unser Tag verlaufen ist; und wenn dann das Abendessen fertig ist, weiß ich, daß wir guten Grund haben, glücklich und dankbar zu sein, und dann spreche ich das Dankgebet. Und ich tue es gern – nicht weil ich mich dazu gezwungen fühle.«
»Alvin, antworte mir«, sagte Mrs. Dewey jetzt. »Glaubst du, wir werden jemals wieder ein normales Leben führen?«
Er wollte ihr gerade antworten, als das Telefon ihn unterbrach.

Am Abend des 21. Novembers, es war ein Sonnabend, verließ der alte Chevrolet Kansas City. Er war überladen, selbst auf dem Dach und den hinteren Stoßstangen waren Gepäckstücke verschnürt; der Kofferraum war so vollgepackt, daß er nicht mehr schloß; auf dem Rücksitz standen übereinander zwei Fernsehapparate. Dick, der den Wagen fuhr, und Perry, die alte Gibson-Gitarre, sein liebstes Besitztum, vor sich auf dem Schoß, saßen dicht aneinandergedrängt vorn. Den Rest seiner Habe hatte Perry ebenfalls im unordentlichen Innern des Wagens verstaut – einen Pappkoffer, ein graues Kofferradio Marke Zenith, eine Gallone mit Root-Bier-Extrakt (er befürchtete, sein Lieblingsgetränk würde in Mexiko nicht zu haben sein) und zwei große Kartons mit Büchern, Manuskripten und anderen ihm teuren Erinnerungsstücken. (Dick hatte sich wie ein Irrer gehabt, als er das sah. Hatte geflucht, die Kartons mit Fußtritten traktiert und gebrüllt: »Fünfhundert Pfund von diesem Dreckskram!«)

Um Mitternacht überquerten sie die Grenze nach Oklahoma. Perry atmete, als sie jetzt endlich Kansas hinter sich hatten, erleichtert auf. Jetzt war es soweit – endlich waren sie auf ihrem Weg. Auf dem Weg, und nie wieder würden sie zurückkehren. Perry fühlte kein Bedauern; denn er ließ nichts und niemanden zurück, an dem ihm gelegen war oder der sich Gedanken darüber gemacht hätte, was aus ihm geworden sein mochte. Anders Dick. Er hatte seine drei Söhne, Mutter, Vater und seinen Bruder verlassen – Menschen, die er zu lieben behauptete, denen er aber von seinen Plänen nichts zu sagen gewagt und von denen er sich nicht verabschiedet hatte, obwohl er nicht annahm, daß er sie – in diesem Leben – je wiedersehen würde.

Das Garden City *Telegram* vom 23. November brachte auf der Gesellschaftsseite einen Artikel, der für viele Leser eine Überraschung war; die Überschrift lautete: CLUTTER ENGLISH-HOCHZEIT AM SONNABEND. Die jüngere der beiden überlebenden Clutter-Töchter hatte also den jungen Biologiestudenten Vere Edward English geheiratet, mit dem sie seit langem verlobt war. Miß Clutter war ganz in Weiß gekleidet gewesen, und die Trauung – in großem Stil (»Mrs. Leonard Cowan als Solistin und Mrs. Howard Blanchard an der Orgel«) – hatte in Garden Citys Erster Methodistenkirche stattgefunden, in der die Braut drei Tage vorher den Tod ihrer Eltern, ihres Bruders und ihrer jüngeren Schwester betrauert hatte. Aber nach dem Bericht des *Telegram* »hatten Vere und Beverly schon seit langem geplant, in der Vorweihnachtszeit zu heiraten. Die Einladungen waren gedruckt, und ihr Vater hatte die Trauung für diesen Termin bestellt. Auf Grund des unerwarteten, tragischen Ereignisses, und weil viele von weither gekommenen Verwandten anwesend waren, hatte das junge Paar beschlossen, die Trauung auf Sonnabend festzusetzen.«

Nach der Hochzeit fuhren die meisten Verwandten ab. Am Montag, dem Tag, an dem die letzten von ihnen Garden City verließen, brachte das *Telegram* auf der ersten Seite einen Brief von Mr. Howard Fox aus Oregon, Illinois, einem Bruder von Bonnie Clutter. Der Brief, mit dem er seinen Dank an die Bevölkerung für ihre Anteilnahme an dem großen, schmerzlichen Verlust der Familie ausdrückte, schloß mit einer Bitte. »Es herrscht hier allgemein Empörung«, schrieb Mr. Fox. »Ich habe mehr als einmal gehört, daß der Mörder, wenn man ihn entdeckte, am nächsten Baum aufgehängt werden solle. Ich glaube, wir sollten uns um eine andere Einstellung bemühen. Der Mord ist geschehen,»und das Geschehene wird nicht dadurch rückgängig gemacht, daß man einen weiteren Menschen tötet. Wir sollten ihm vergeben, wie Gott es von uns erwartet. Es ist nicht richtig, den Groll in unseren Herzen zu bewahren. Für den Täter wird es schwer genug sein, mit dieser Tat fertig zu werden und mit ihr weiterzuleben. Er wird nur Ruhe finden, wenn er Gott um Vergebung bittet. Wir wollen ihm nicht im Wege stehen, sondern beten, daß er seinen Frieden finden möge.«

Der Wagen war auf einem Felsvorsprung geparkt, wo Perry und Dick eine Picknickpause eingelegt hatten. Es ging auf den Mittag. Dick betrachtete die Szenerie durch ein Fernglas. Berge. Falken, die am blendend hellen Himmel kreisten. Ein staubiger Weg, der sich zu einem weißen, staubigen Dorf hinzog. Es war sein zweiter Tag in Mexiko, und soweit gefiel es ihm hier recht gut – auch das Essen. (Er war gerade dabei, einen kalten öligen Maiskuchen zu essen.) Sie hatten die Grenze am Morgen des 23. Novembers bei Laredo, Texas, überquert und ihre erste Nacht in Mexiko in einem Bordell in San Luis Potosí verbracht. Bis zu ihrem nächsten Ziel, Mexico City, hatten sie noch dreihundertzwanzig Kilometer in südlicher Richtung zu fahren.

»Weißt du, worüber ich grade nachdenke?« sagte Perry. »Ich glaube, irgendwas stimmt mit uns nicht. Ich meine, das was wir da getan haben.«

»Was getan haben?«

»Da in West-Kansas.«
Pick setzte das Fernglas ab und steckte es in ein Lederetui, ein pompöses Behältnis mit den Initialen H. W. C. Er war verärgert. Höllisch verärgert. Was, zum Teufel, quatschte Perry da? Konnte er nicht die Schnauze halten? Was sollte das? Immer wieder auf diese verdammte Geschichte zu kommen. Es war zum *Kotzen.* Schließlich waren sie sich doch einig geworden, nicht mehr darüber zu reden. Sie hatten es hinter sich, und damit basta.
»Irgendwas kann doch einfach nicht stimmen mit einem, der so was fertigbringt«, sagte Perry.
»Laß mich aus, Kleiner«, sagte Dick. »Ich bin normal.« Und Dick meinte, was er sagte. Er hielt sich für so ausgeglichen und so normal wie die meisten – hatte vielleicht ein bißchen mehr auf dem Kasten als der Durchschnitt, das war aber auch alles. Mit Perry war es etwas anderes – der hatte nach Dicks Meinung schon »irgendwie eine Macke«, um es mal harmlos auszudrücken. Im letzten Frühjahr, als sie zusammen in einer Zelle der Kansas-State-Strafanstalt saßen, hatte er so manches Ding mit ihm erlebt: Perry konnte quengelig wie ein Säugling sein, er war Bettnässer und weinte im Schlaf (»Dad, ich hab dich überall gesucht, wo warst du, Dad?«), und Dick hatte beobachtet, wie er »stundenlang dasaß, an seinem Daumen lutschte und über diesen Scheiß-Broschüren von versunkenen Schätzen hockte«. Das war die eine Seite; es gab noch andere. Der gute Perry war in mancher Hinsicht unberechenbar. Seine Wutausbrüche zum Beispiel. »Schneller als zehn besoffene Indianer« konnte er in Wut geraten. Und doch ließ er sich das nicht anmerken. »Er konnte drauf und dran sein, einem an die Kehle zu springen, aber man sah ihm das nicht an, er verriet sich mit keiner Miene«, sagte Dick einmal. Denn so sehr die Wut in ihm kochte, äußerlich blieb Perry der kühle und gelassene harte Bursche und sah einen ruhig mit seinen verträumten Augen an. Eine Zeitlang hatte Dick geglaubt, er könnte seinen Freund unter Kontrolle bekommen und ihm diese plötzlich einsetzenden Wutausbrüche, die ihn bis zur Weißglut trieben, abgewöhnen. Aber das war ein Irrtum, und danach war er in bezug auf Perry unsicher geworden, er wußte überhaupt nicht mehr, was er von ihm halten sollte – wußte nur, daß er eigentlich Angst vor ihm haben müßte, und wunderte sich, wieso er die nicht hatte.
»Hier, im Innern«, sagte Perry, »ganz tief in mir drin hätte ich nie geglaubt, daß ich zu so was fähig wäre. Zu so einem Ding.«
»Und wie war das mit dem Nigger?« sagte Dick. Schweigen. Dick merkte,

daß Perry ihn anstarrte. Vor einer Woche, in Kansas City, hatte sich Perry eine dunkle Sonnenbrille gekauft – so ein buntes Ding mit silbergelackten Rändern und Spiegelgläsern. Dick mochte die Brille nicht; er schämte sich, mit jemandem gesehen zu werden, »der so einen Flitterkram im Gesicht trägt«, hatte er zu Perry gesagt. In Wirklichkeit aber waren es die Spiegelgläser, die ihn störten; es bereitete ihm Unbehagen, Perrys Augen hinter den glitzernden Gläsern nicht sehen zu können.

»Das war bloß ein Nigger«, sagte Perry. »Das ist ganz was anderes.«

Perry brachte das so zögernd und unsicher vor, daß Dick ihn fragte: »Du hast doch das tatsächlich gemacht? Ich meine, ihn umgelegt, so wie du mir das erzählt hast?« Das war eine wichtige Frage, denn erst durch diese Geschichte war Dick darauf gekommen, daß Perry vielleicht »was los hatte«. Einen Nigger mit einer Radkette totzuschlagen, das hatte ihm imponiert, und im Grunde beruhte ihre Freundschaft auf dieser Geschichte.

»Natürlich hab ich das gemacht. Aber wie gesagt – das war bloß ein Nigger. Das ist nicht dasselbe.« Und dann sagte Perry: »Weißt du, was mir dabei nicht aus dem Kopf will? Bei dieser andern Sache? Ich kann einfach nicht glauben, daß jemand mit so einer Sache davonkommt. Ich sehe nicht, wie das möglich sein soll. Tun, was wir getan haben, und hundertprozentig davonzukommen. Das will mir nicht aus dem Kopf, und immer hab ich das Gefühl, daß plötzlich die Falle zuschnappt.«

Obwohl Dick als Kind zur Kirche gegangen war, hatte er so etwas wie einen »Glauben an Gott« nie gehabt; auch von irgendwelchen abergläubischen Vorstellungen war er nie beunruhigt worden. Er glaubte nicht, wie Perry es tat, daß ein zerbrochener Spiegel sieben Jahre Unglück bedeutet, oder daß der Neumond, durch Glas gesehen, ein übles Vorzeichen ist. Aber Perry, mit seinen scharfen, bohrenden Zweifeln, hatte Dicks einzige verwundbare Stelle getroffen. Dick wurde manchmal auch von der Frage gequält: war es möglich, daß ausgerechnet sie beide mit dieser gottverdammten Sache davonkommen würden? Unvermittelt sagte er zu Perry: »Hör auf jetzt, halt den Mund!« Dann ließ er den Motor aufheulen und fuhr im Rückwärtsgang zur Straße. Vor sich auf dem staubigen Weg sah er einen Hund in der warmen Sonne dahintrotten.

Berge. Falken, die am blendend hellen Himmel kreisten.

Als Perry Dick fragte: »Weißt du, worüber ich gerade nachdenke?« wußte er, daß er damit ein Gespräch begann, mit dem er Dick auf die Nerven gehen würde, und das er selbst lieber auch vermieden hätte. Er stimmte mit Dick überein: Warum noch weiter darüber reden? Aber er konnte manchmal einfach nicht anders, und in solchen Momenten der Schwäche überkam es ihn. Er »sah wieder alles vor sich« – die blaue Stichflamme in einem schwarzen Raum, die Glasaugen eines großen Teddybärs – er hörte Stimmen, einzelne Worte, die sich in sein Gehirn eingebohrt hatten: »Nein, nein! Oh, nein! Bitte! Nein! Nein! Nein! Nein! Bitte nicht! O bitte nicht!« Und er hörte einzelne Geräusche – einen Silberdollar, der über den Boden rollte, Schritte von Stiefeln auf Holztreppen, schweres Atmen, Geröchel, das panische Luftholen eines Mannes mit durchgeschnittener Luftröhre.

Als Perry sagte: »Ich glaube, mit uns stimmt irgendwas nicht«, gab er etwas zu, das ihm selbst »verdammt gegen den Strich« ging. Schließlich war es nicht ganz einfach, sich eingestehen zu müssen, daß irgendwas »nicht ganz richtig« war, besonders, wenn man selbst nicht schuld daran, sondern »vielleicht damit geboren worden war«. Man brauchte sich nur seine Familie anzusehen! Was da alles passiert war! Seine Mutter, Alkoholikerin, war an ihrer eigenen Kotze erstickt. Von ihren Kindern, zwei Söhnen und zwei Töchtern, hatte nur Barbara, die Jüngste, ein ordentliches Leben begonnen, hatte geheiratet und Kinder großgezogen. Fern, die andere, war in San Francisco aus einem Hotelzimmer gesprungen. (Perry hatte sich immer »einzureden versucht«, sie sei »ausgerutscht«, denn er hatte Fern geliebt. Sie war »so eine süße Person« gewesen, »künstlerisch begabt«, eine »tolle« Tänzerin, und singen konnte sie auch. »Wenn sie nur etwas Glück gehabt hätte, dann wäre aus ihr, so wie sie aussah und begabt wie sie war, bestimmt eines Tages was geworden.« Es war traurig, sich vorzustellen, daß sie auf ein Fensterbrett geklettert und fünfzehn Stock tief gefallen war.) Und dann Jimmy, der ältere Sohn – Jimmy, der seine eigene Frau eines Tages zum Selbstmord getrieben und anderntags sich selbst umgebracht hatte.

Und dann hörte er, wie Dick sagte: »Laß mich aus, Kleiner. Ich bin normal.« Zum Lachen war das. Aber laß ihn, was macht es. »Hier, im Innern«, fuhr Perry fort, »ganz tief in mir drin hätte ich nie geglaubt, daß ich zu so was fähig wäre. Zu so einem Ding.« Und sofort wurde ihm klar, daß das ein Fehler gewesen war, denn Dick würde natürlich sofort fragen: »Und wie war das mit dem Nigger?« Diese Geschichte hatte er Dick erzählt, weil er seine Freundschaft wollte, er wollte von ihm als genau der »harte, männliche Bursche respektiert« werden, für den er Dick hielt. Und so hatte er eines Tages, nachdem sie über einen Artikel in *Reader's Digest* mit der Überschrift»Sind Sie ein guter Menschenkenner?« diskutiert hatten (»Wenn Sie beim Zahnarzt im Wartezimmer sitzen oder im Bahnhof auf den Zug warten, benutzen Sie die Gelegenheit, das charakteristische Verhalten der Menschen um Sie herum zu studieren. Beobachten Sie zum Beispiel, wie sie gehen. Ein steifer Gang verrät unter Umständen Strenge und Unbeugsamkeit; ein unsicherer Gang Mangel an Entscheidungsfreudigkeit«), Dick erzählt: »Ich bin immer ein ausgezeichneter Menschenkenner gewesen, sonst wäre ich längst nicht mehr am Leben. Wenn ich zum Beispiel nicht wüßte, ob man jemand trauen kann oder nicht. Meistens nicht. Aber dir traue ich, Dick. Ich will es dir auch beweisen, indem ich mich in deine Hand gebe. Ich werde dir etwas erzählen, was ich noch keinem erzählt habe, nicht mal Willie-Jay. Eine Geschichte von einem, den ich umgelegt hab.« Perry merkte, daß Dick interessiert war, daß er gespannt zuhörte, und so erzählte er: »Es war vor ein paar Jahren im Sommer. In Vegas. Ich wohnte in einer alten Pension – war früher mal 'n flotter Puff. Aber von flott keine Rede mehr. Schon vor zehn Jahren hätten sie das Ding abreißen sollen. Aber sie warteten wohl ab, daß es von selbst zusammenfiel. Die billigsten Zimmer waren oben unterm Dach, und da wohnte ich. Und vorübergehend wohnte da auch der Nigger. Er hieß King. Wir waren ganz allein da oben – wir und eine Million Kakerlaken. King war nicht mehr der jüngste, aber er war beim Straßenbau gewesen und sonstigen Jobs, wo man immer im Freien ist – war ein kräftiger Bursche. Er trug eine Brille und las viel. Er machte nie seine Tür zu. Jedesmal, wenn ich da vorbeikam, lag er splitternackt auf seinem Bett. Er war arbeitslos und sagte, er hätte sich bei seinem letzten Job ein paar Dollar zusammengespart, und so wolle er jetzt mal im Bett bleiben und sich einen guten Tag machen mit Lesen und Sichfächeln und Biertrinken. Das Zeug, was er so las, war reiner Dreck – Comic books und Cowboy-Dreck. Er war in Ordnung. Manchmal tranken wir zusammen ein Bier, und einmal lieh er mir zehn Dollar. Ich hatte keinen Grund, ihm was zu tun. Aber eines Abends saßen wir da unterm Dach, es war so heiß, daß man nicht schlafen konnte, und da sagte ich: ›Komm, King, wir fahren ein bißchen rum.‹ Ich hatte ein altes Auto, das ich auseinandergenommen und auf neu frisiert und silbern angemalt hatte – Silver Ghost nannte ich es. Wir machten eine lange Fahrt. Weit raus in die Wüste. Da draußen war es kühl. Wir parkten und tranken noch ein paar Bier. King stieg aus, und ich ging hinter ihm her. Er hatte nicht gesehen, daß ich die Kette bei mir hatte. Eine Radkette, die immer bei mir unter dem Sitz lag. An sich hatte ich überhaupt nicht die Absicht, bis ich plötzlich zuschlug. Ich schlug ihm die Kette quer übers Gesicht. Die Brille war hinüber, und ich hörte nicht auf. Hinterher war ich vollkommen kalt. Ich hab ihn da liegenlassen und nie wieder was von der Sache gehört. Vielleicht hat ihn nie einer gefunden. Bloß die Geier.«

Manches an der Geschichte stimmte. Perry hatte tatsächlich einmal einen Neger namens King gekannt und auch in dem erwähnten Haus gewohnt. Aber wenn der Mann heute tot war, so hatte Perry nichts damit zu tun. Er hatte nie eine Hand gegen ihn erhoben. Soweit er wußte, konnte King gut immer noch irgendwo auf seinem Bett liegen, sich fächeln und Bier trinken.

»Du hast das doch tatsächlich gemacht? Ihn umgelegt, so wie du mir das erzählt hast?« fragte Dick.

Perry war nicht geschickt im Lügen, auch nicht besonders erfinderisch; aber wenn er mal ein Märchen erzählt hatte, dann blieb er gewöhnlich dabei. »Natürlich hab ich das gemacht. Aber das war bloß ein Nigger ... Das ist nicht dasselbe.« Und dann sagte er: »Weißt du, was mir bei der Sache nicht aus dem Kopf will? Ich kann einfach nicht glauben, daß jemand mit so einer Sache davonkommt.« Und er hatte den Verdacht, daß Dick es auch nicht glaubte. Denn Dick hatte wenigstens zum Teil ähnlich vage, moralische Bedenken. Daher: »Hör auf jetzt, halt den Mund!«

Sie fuhren weiter. Knapp hundert Meter vor ihnen trottete am Wegrand ein Hund. Dick steuerte auf ihn zu. Es war ein alter ausgezehrter Straßenköter, ein räudiges, klapperdürres Vieh, und als der Wagen ihn erwischte, war der Anprall kaum heftiger, als wenn es ein Vogel gewesen wäre. Aber Dick war zufrieden. »Junge!« sagte er – und er sagte das immer, wenn er einen Hund überfahren hatte, was er tat, sooft sich ihm die Gelegenheit bot. »Junge! Den haben wir zermatscht!«

Der Thanksgiving-Tag war vorbei, und die Zeit der Fasanenjagd ging zu Ende, aber das schöne Nachsommerwetter mit seinen klaren, hellen Tagen hielt an. Die letzten nicht ortsansässigen Zeitungsleute, die mittlerweile allesamt überzeugt waren, daß der Fall nie aufgeklärt werden würde, verließen die Stadt. Für die Bewohner von Finney County aber war der Fall keineswegs abgeschlossen, am wenigsten für diejenigen, die sich regelmäßig in Holcombs bevorzugtem Lokal, in Hartman's Café trafen.

»Seit die Geschichte passiert ist, haben wir hier alle Hände voll zu tun«,

sagte Mrs. Hartman und sah sich in ihrem gemütlichen Herrschaftsbereich um, wo jeder Fleck von nach Tabak riechenden, kaffeetrinkenden Farmern, Farm- und Rancharbeitern besetzt war. »Sind wie ein Haufen alter Weiber«, fügte Mrs. Hartmans Kusine, die Postmeisterin Clare, hinzu, die zufällig anwesend war. »Wenn Frühling wäre und sie auf den Feldern zu tun hätten, wäre keiner von ihnen hier. Aber der Weizen ist eingeholt, der Winter steht vor der Tür, und so sitzen sie hier rum und machen sich gegenseitig mit ihrem Gerede verrückt. Sie kennen doch Bill Brown vom *Telegram?* Haben Sie seinen Leitartikel gelesen? Den mit der Überschrift ›Auch ein Verbrechen‹? Da schreibt er: ›Es ist Zeit, daß die losen Zungen jetzt endlich zum Schweigen gebracht werden. Denn hingehen und überall Lügen in die Welt setzen, das ist auch ein Verbrechen. Aber was war anderes zu erwarten? Sehn Sie sich hier doch bloß um. Lauter Klapperschlangen. Otterngezücht. Gerüchtemacher. Oder sehen Sie was anderes? Ha! Beim Teufel nein.«
Eins der Gerüchte, die in Hartman's Café umgingen, betraf Taylor Jones, einen Farmer, dessen Grundstück an die River-Valley-Farm grenzt. Ein Gutteil von Mrs. Hartmans Gästen war der Ansicht, daß es nicht die Clutters, sondern Mr. Jones und seine Familie gewesen waren, auf die es die Mörder im Grunde abgesehen hatten. »Dann hätte die Sache schon eher Hand und Fuß«, argumentierte einer, der diesen Standpunkt vertrat. »Taylor Jones ist reicher, als Herb Clutter es je war. Angenommen, der Bursche, der das gemacht hat, war nicht von hier. Angenommen, irgend jemand hat ihn gekauft, um den Mord auszuführen, und er wußte weiter nichts als wie man an das Haus herankommt und wo ungefähr es steht. Und da kann er sich doch leicht geirrt haben, einmal falsch abgebogen und statt bei den Jones' bei den Clutters gelandet.« Die »Jones-Theorie« wurde vielfach wiederholt – insbesondere vor den Ohren der angesehenen und sehr empfindlichen Familie Jones selbst, die sich jedoch dadurch nicht in Aufregung versetzen ließ.
Eine Theke, ein paar Tische, eine Nische mit einem Grill, einem Eisschrank und einem Radio – das ist die ganze Einrichtung von Hartman's Café. »Unsere Gäste fühlen, sich hier wohl«, sagte die Besitzerin. »Bleibt ihnen auch nicht viel anderes übrig. Könnten nirgends anders hingehen, wenn sie nicht elf Kilometer in die eine Richtung oder fünfundzwanzig in die andere fahren wollen. Jedenfalls ist das hier ein friedliches Lokal, und seit Mabel hier ist, ist auch der Kaffee gut« – Mabel, das war Mrs. Helm.

»Nach dieser furchtbaren Geschichte sagte ich zu ihr: ›Mabel, Sie haben jetzt keine Arbeit mehr, vielleicht haben Sie Lust, mir ein bißchen im Café zu helfen. Ein bißchen kochen und die Gäste bedienen. Und so kam es dann auch. Es hat nur den einen Nachteil, jeder der hier reinkommt, löchert sie mit Fragen. Über das Unglück. Aber Mabel ist nicht wie meine Kusine Myrt oder ich. Sie ist scheu und zurückhaltend. Außerdem weiß sie auch nichts Besonderes. Nicht mehr als alle anderen auch.« Aber allmählich kam unter den Gästen in Hartman's Café die Meinung auf, Mabel Helm müsse doch das eine oder andere wissen und verheimliche es bloß. Und das stimmte tatsächlich. Dewey hatte sich wiederholt mit ihr unterhalten und verlangt, daß sie alles, was dabei zur Sprache kam, für sich behalten solle. Insbesondere dürfe sie nichts davon verlauten lassen, daß das Radio verschwunden war und daß man in Nancys Schuh ihre Uhr gefunden hatte. »Alle lesen die Zeitung und wissen genauso viel wie ich«, sagte deswegen Mrs. Helm zu Mrs. Archibald William Warren-Browne. »Sie wissen sogar mehr. Denn ich lese keine Zeitung.«

Mrs. Archibald William Warren-Browne war eine kräftig gebaute, stämmige Person, eine Engländerin Anfang Vierzig mit einem einigermaßen unpassenden »Feine-Leute-Akzent«, die mit den anderen Gästen in Hartman's Café nichts gemein hatte und in dieser Umgebung wie ein Pfau in einem Truthahngehege wirkte. Als sie einmal gefragt wurde, warum sie und ihr Mann ihren »Familienbesitz in Nordengland« verlassen und ihr angestammtes Heim – »eine prächtige, oh, eine herrliche alte Priorei« – mit einem alten, ganz und gar nicht prächtigen Farmhaus auf den Ebenen von West-Kansas vertauscht hatten, erklärte Mrs. Warren-Browne: »Steuern, meine Liebe, Erbschaftssteuern. Enorme, gerade zu verbrecherische Erbschaftssteuern. Das hat uns aus England vertrieben. ja, wir sind dort vor einem Jahr fortgegangen. Ohne es zu bedauern. Nicht einen Augenblick. Wir sind gerne hier. Wir finden es *herrlich*. Wenn es natürlich auch ein ganz anderes Leben ist als früher. Als wir es gewohnt waren. Mit Paris und Rom. Monte. London. Es stimmt – manchmal denke ich schon an London zurück. Aber ich entbehre es nicht eigentlich – der verrückte Verkehr und nie ein Taxi zu bekommen und dann immer darauf achten müssen, wie man gekleidet ist. Nein, wirklich nicht. Wir sind gerne hier. Sicher fragen sich einige Leute, die wissen, was für ein Leben wir früher geführt haben, fragen sich vielleicht, ob wir uns hier draußen zwischen den endlosen Weizenfeldern nicht ein *klein* wenig einsam fühlen. Wir wollten zuerst weiter nach Westen. Nach Wyoming oder Nevada – *la vraie chose*. Wir hofften, dort vielleicht Öl zu finden. Aber dann machten wir in Garden City halt, um Freunde zu besuchen – eigentlich nur Freunde von Freunden. Aber sie waren so sehr nett zu uns. Wir sollten doch bleiben, meinten sie. Und wir dachten, nun ja, warum nicht? Warum sollten wir nicht hier ein Stück Land pachten und eine Farm aufbauen? Landwirtschaft oder Viehzucht – wir haben uns bis heute noch nicht für das eine oder das andere entschieden. Dr. Austin fragte uns, ob wir es nicht vielleicht zu ruhig fänden. Nein, *ganz* und gar nicht. Tat*säch*lich habe ich noch nie solchen Lärm erlebt. Es ist lauter als bei einem Bombenangriff. *Züge* pfeifen. Prä*rie*wölfe. Ungeheuer *heulen* die ganze Nacht lang. Ein furchtbarer Spektakel. Und seit diesem Mord fällt mir das alles noch mehr auf die Nerven. Und andere Dinge auch. Unser Haus – es knackt und kracht an allen Enden! Aber, verstehen Sie, ich will mich nicht beklagen. Es ist ein sehr angenehmes Haus, mit allen Bequemlichkeiten, die dazugehören aber oh, wie es ächzt und knarrt! Und wenn nach dem Dunkelwerden der Wind einsetzt, dieser *gräßliche* Präriewind, dann hört man ein entsetzliches Stöhnen. Ich meine, wenn man ein bißchen nervös ist, dann bildet man sich unweigerlich alle möglichen albernen Dinge ein. Mein Gott! Diese arme Familie! Nein, wir haben sie nie kennengelernt. Ich habe Mr. Clutter nur einmal gesehen. Im Regierungsgebäude.«

Eines Nachmittags, Anfang Dezember, kündigten gleich zwei der Stammgäste des Cafés an, daß sie ihre Sachen packen und nicht nur Finney County, sondern den Staat verlassen würden. Der eine war ein Pächter, der für Lester McCoy arbeitete, einen angesehenen Westkansaner Landbesitzer und Geschäftsmann. Er sagte: »Ich habe darüber mit Mr. McCoy gesprochen. Habe ihm erzählt, was jetzt hier in Holcomb los ist. Daß hier kein Mensch nachts mehr ein Auge zukriegt. Meine Frau kann nicht mehr schlafen, und mich läßt sie nicht schlafen. Mir gefällt es hier gut, sagte ich zu Mr. McCoy, aber er müsse sich jetzt wohl nach einem anderen Pächter umsehen. Weil wir wegziehen, nach Ost-Colorado. Vielleicht krieg ich da wieder meine Ruhe.«

Die andere war Mrs. Hideo Ashida, die an diesem Nachmittag mit dreien ihrer vier rotbäckigen Kinder ins Café kam. Sie baute sie vor der Theke auf und sagte zu Mrs. Hartman: »Geben Sie Bruce eine Schachtel Keks. Bobby möchte ein Cola. Und du, Bonnie Jean? Ich weiß ja, wie dir zumute ist, aber komm – was möchtest du?« Bonnie Jean schüttelte den Kopf, und Mrs.

Ashida sagte: »Bonnie Jean ist traurig. Sie will hier nicht weg. Von der Schule und all ihren Freundinnen.«
»Aber, Bonnie Jean«, sagte Mrs. Hartman und lächelte dem Mädchen zu. »Darüber brauchst du doch nicht traurig zu sein. Das ist doch schön, wenn du in die Schule nach Garden City kommst. Da sind so viel nette Jungs«
»Nein«, sagte Bonnie Jean. »Sie haben falsch verstanden. Daddy zieht mit uns weg. Nach Nebraska.«
Bess Hartman sah die Mutter fragend an, als erwarte sie, daß Mrs. Ashida die Behauptung ihrer Tochter bestreite. »Es stimmt, Bess«, sagte Mrs. Ashida.
»Ich weiß nicht, was ich dazu sagen soll«, sagte Mrs. Hartman, in ihrer Stimme lagen ungehaltenes Erstaunen und auch ein wenig Verzweiflung. Die Ashidas waren in Holcomb eine allgemein beliebte Familie – sie waren immer gut aufgelegt, arbeiteten fleißig, waren gute Nachbarn und, so wenig sie hatten, immer großzügig.
»Wir haben schon öfter darüber gesprochen«, sagte Mrs. Ashida. »Hideo meint, wir könnten es anderswo besser haben.«
»Wann wollen Sie denn weg?«
»Sobald wir verkauft haben. Aber jedenfalls nicht vor Weihnachten. Weil wir noch eine Sache mit dem Zahnarzt zu regeln haben. Es handelt sich um Hideos Weihnachtsgeschenk. Ich und die Kinder, wir schenken ihm drei Goldzähne. Zu Weihnachten.«
Mrs. Hartman seufzte. »Ich weiß nicht, was ich dazu sagen soll. Nur, daß es mir wirklich leid tut, daß Sie hier wegwollen. Uns hier verlassen.« Wieder seufzte sie. »Es scheint so, als ob sich hier allmählich alle verziehen.«
»Glauben Sie nicht, daß ich gerne gehe«, sagte Mrs. Ashida. »Die Leute sind hier alle so nett zu uns wie nirgendwo sonst. Aber Hideo ist schließlich der Mann, und er sagt, wir können in Nebraska eine bessere Farm haben. Und dann will ich Ihnen noch etwas sagen, Bess.« Mrs. Ashida versuchte die Stirn zu runzeln, aber ihr weiches, rundes, glattes Gesicht ließ das nicht recht zu. »Wir haben darüber hin und her geredet. Und eines Abends schließlich, da sagte ich: ›Gut, du mußt es wissen, gehn wir.‹ Nach dem, was mit Herb und seiner Familie passiert ist, hatte ich das Gefühl, daß es nun hier irgendwie zu Ende war. Für mich, meine ich, ganz persönlich. Und so hörte ich auf, dagegen anzureden.« Sie nahm sich einen Keks aus der Schachtel von Bruce. »Habe gesagt, gut, gehn wir. Wissen Sie, ich komme einfach nicht drüber hinweg. Mir geht das nicht aus dem Kopf. Ich hatte

Herb *gern.* Wissen Sie, daß ich noch ganz zuletzt mit ihm zusammen war, kurz bevor er ermordet wurde? Ja, ja. Ich und die Kinder. Wir waren beim 4-H-Treffen in Garden City, und er fuhr uns nach Hause. Und da habe ich noch zu Herb gesagt, ich könnte mir überhaupt nicht vorstellen, daß er jemals Angst hätte. Ganz gleich in welcher Situation – er würde sich immer zu helfen wissen.« Nachdenklich knabberte sie an dem Keks, nahm einen Schluck von Bobbys Cola und sagte dann: »Komisch, Bess, wissen Sie, aber ich möchte wetten, daß er *keine* Angst gehabt hat. Ganz gleich, wie es passiert ist. Ich möchte wetten, daß er bis zum letzten Augenblick einfach nicht geglaubt hat, daß es passieren würde, einfach weil es nicht passieren konnte. Jedenfalls nicht ihm.«

Die Sonne brannte vom Himmel herab. Ein kleines Boot lag in der sanften See vor Anker. Es war die *Estrellita* mit vier Personen an Bord – Dick, Perry, einem jungen Mexikaner und Otto, einem wohlhabenden Deutschen mittleren Alters.

»Bitte, noch einmal«, sagte Otto, und Perry klimperte auf seiner Gitarre und sang mit seiner weichen, rauchigen Stimme einen Smoky Mountain Song:

»In dieser Welt, solang wir noch leben,
Sagen einige Leute das Schlimmste von uns,
Aber sind wir tot und in unseren Särgen,
Dann legen sie Lilien auf unser Grab.
Warum gibst du mir nicht Blumen, solang
ich noch lebe ...«

Nach einer Woche in Mexico City waren Dick und er nach Süden gefahren, nach Cuernavaca, Taxco, Acapulco. In Acapulco, in einer »Jukebox-Stampe« hatten sie Otto, einen jovialen Mann mit haarigen Beinen, kennengelernt. Dick hatte sich »an ihn rangemacht«. Aber der Herr, ein Hamburger Rechtsanwalt, der hier seinen Urlaub verbrachte, »hatte schon einen Freund« – einen jungen Mann aus Acapulco, der sich der Cowboy nannte. »Es stellte sich heraus, daß er vertrauenswürdig war«, sagte Perry einmal von ihm. »Ein höllisch verschlagener Bursche, gewiß, der aber sehr komisch sein konnte; hatte was los, das mußte man ihm lassen. Dick mochte ihn auch. Wir kamen prima mit ihm aus.«

Der Cowboy hatte den beiden tätowierten Touristen ein Zimmer im Haus seines Onkels besorgt, brachte Perry ein bißchen Spanisch bei und teilte mit ihnen die Annehmlichkeiten seiner Liaison mit dem Urlauber aus Hamburg, in dessen Gesellschaft und auf dessen Kosten sie aßen und tranken und sich mit Frauen amüsierten. Die Witze, die Dick erzählte, schienen Otto voll für das Geld zu entschädigen, das er ausgab. Jeden Tag mietete er die *Estrellita,* ein Hochseefischerboot, und zu viert fuhren sie die Küste ab. Der Cowboy machte den Schiffer; Otto angelte und zeichnete; Perry spießte die Köder auf die Angelhaken, döste vor sich hin, sang und fischte hin und wieder; Dick tat nichts – er stöhnte nur, beschwerte sich über das Schaukeln des Bootes, er lag mit geschlossenen Augen da, sonnentrunken und reglos wie eine Eidechse zur Mittagszeit. Perry aber sagte: »Das ist es. So sollte es immer sein.« Aber er wußte, daß es nicht ewig so gehen würde, ja, daß es schon heute enden mußte. Otto wollte am nächsten Tag nach Deutschland zurückkehren, und Perry und Dick beabsichtigten – Dick hatte darauf bestanden –, nach Mexico City zurückzufahren. »Du hast recht, Kleiner«, sagte er, als sie über die Sache sprachen. »Es ist ganz schön und nett, hier in der Sonne rumzuliegen. Aber die Piepen, halten nicht mehr lange vor. Wir können den Wagen noch verkloppen, aber was bleibt uns dann?«
Tatsächlich blieb ihnen nicht mehr viel, denn mittlerweile hatten sie den größten Teil der Sachen abgesetzt, die sie sich in Kansas City mit dem Schecktrick unter den Nagel gerissen hatten – die Kamera, die Manschettenknöpfe, die Fernsehapparate. Auch das Fernglas und das graue Kofferradio, Marke Zenith, hatten sie verkauft, und zwar an einen Polizisten in Mexico City, den Dick kennengelernt hatte. »Jetzt gibt's nur noch eins – zurück nach Mexico City, den Wagen verkaufen, und vielleicht krieg ich einen Job in einer Garage. Auf jeden Fall kommen wir da oben besser klar. Da sind die Chancen besser. Und ich muß auch sagen, ich hätte verdammt Lust, Inez mal wiederzusehen.« Inez war die Prostituierte, die Dick auf den Stufen zum Palace of Fine Arts in Mexico City angesprochen hatte (der Museumsbesuch war Teil einer Stadtrundfahrt, die Dick Perry zu Gefallen mit ihm gemacht hatte). Sie war achtzehn, und Dick hatte ihr versprochen, sie zu heiraten. Aber auch Maria, der fünfzigjährigen Witwe eines »sehr angesehenen mexikanischen Bankiers«, hatte er die Ehe versprochen. Sie hatten sich in einer Bar kennengelernt, und am nächsten Morgen hatte sie ihm den Gegenwert für sieben Dollar bezahlt. »Was

meinst du also?« sagte Dick zu Perry. »Wir verkaufen die Kiste, suchen uns einen Job. Sehen zu, daß wir ein bißchen sparen, und das Weitere wird sich finden.« Als ob Perry nicht genau wüßte, wie es dann weitergehen würde. Angenommen, sie kriegten zwei- oder dreihundert für den alten Chevrolet. Dick, wie er ihn kannte – und jetzt kannte er ihn ziemlich genau –, würde das Geld umgehend in Wodka und Weibern anlegen.
Während Perry sang, machte Otto Zeichnungen von ihm. Ziemlich ähnlich; der Zeichner brachte sogar den Ausdruck des Zwiespalts heraus, der sich eher versteckt im Gesicht seines Modells zeigte – die unselige Veranlagung, eine babyhaft amüsierte Bösartigkeit, die an eine Art von unfreundlichen Kupido denken ließ, der vergiftete Pfeile verschießt. Perry saß mit nacktem Oberkörper da (er »schämte« sich, seine Hose auszuziehen, »schämte« sich, in Badehosen zu erscheinen, weil er fürchtete, der Anblick seiner verkrüppelten Beine würde »den Leuten eklig sein«, und so war er trotz all seiner Schwärmerei für Unterwasserabenteuer und Tiefseetauchen kein einziges Mal im Wasser gewesen). Otto zeichnete auch ein paar von den Tätowierungen, mit denen die muskelbepackte Brust, die Arme und die kleinen, schwieligen, trotzdem irgendwie mädchenhaften Hände seines Modells geschmückt waren. Das Skizzenbuch, das Otto Perry zum Abschied schenkte, enthielt auch einige Zeichnungen von Dick – »Aktstudien«.
Otto steckte das Skizzenbuch weg, Perry legte die Gitarre beiseite, und der Cowboy zog den Anker hoch, warf den Motor an. Es war Zeit, zurückzufahren. Sie waren zehn Meilen weit draußen, und das Wasser begann dunkel zu werden.
Perry drängte Dick, er solle noch einmal sein Glück beim Angeln versuchen. »Vielleicht ist das unsere letzte Chance«, sagte er.
»Wieso Chance?«
»Einen großen Fisch zu angeln.«
»Herrgott, habe ich einen Kopf«, sagte Dick. »Mir ist übel.« Dick hatte oft migräneartige Kopfschmerzen. Er meinte, er hätte sich das bei seinem Autounfall geholt. »Bitte, Kleiner, sei still, ganz still.«
Wenige Sekunden später hatte Dick seine Kopfschmerzen vergessen. Er war aufgesprungen und rief aufgeregt, auch Otto und der Cowboy schrien vor Begeisterung. Perry hatte einen großen Fisch an der Angel. Einen drei Meter langen Schwertfisch, der hoch aus dem Wasser sprang, sich wie ein Regenbogen krümmte, tauchte, senkrecht in die Tiefe schoß, an der Leine

riß, hochkam, in die Luft schnellte, tauchte und wieder aus dem Wasser sprang. Es verging eine gute Stunde, bis der in Schweiß gebadete Sportsmann ihn an Deck brachte.
Am Hafen von Acapulco lungert ein alter Mann mit einer Holzkiste von Kamera herum, und als die *Estrellita* einlief, winkte Otto ihn heran und ließ sechs Fotos von Perry mit seinem Fang machen. Technisch war nicht viel los mit den Fotos, sie waren bräunlich verfärbt und streifig. Und doch waren sie auf ihre Weise bemerkenswert; und zwar durch Perrys Gesichtsausdruck, in dem sich Erfüllung und reine Glückseligkeit spiegelten, als hätte ihn, wie in seinen Träumen, endlich ein großer, gelber Vogel zum Himmel geholt.

Eines Nachmittags im Dezember war Paul Helm dabei, die Blumen und Gewächse zu beschneiden, durch die Bonnie Clutter den Anspruch auf Mitgliedschaft im Garden-City-Gartenclub erworben hatte Es war eine traurige Aufgabe, denn er wurde dadurch an einen bestimmten Nachmittag im November erinnert, als er die gleiche Arbeit gemacht hatte. Damals hatte Kenyon ihm geholfen, und es war das letzte Mal, daß er ihn und auch Nancy und überhaupt sie alle gesehen hatte. In den Wochen danach hatte es Mr. Helm schwer gehabt. Es ging ihm gesundheitlich. schlecht (schlechter als er wußte, er sollte nur noch vier Monate leben), und Sorgen bedrückten ihn. Zunächst einmal seine Stellung hier. Er glaubte nicht, daß er sie länger behalten würde. Niemand wußte Näheres, aber man sprach davon, daß »die Mädchen«, Beverly und Eveanna, beabsichtigten, das Land zu verkaufen, wenn auch, wie er von einem der Gäste in Hartman's Café gehört hatte, »niemand so leicht das Land kaufen wird, solange der Fall nicht aufgeklärt ist«. Er konnte sich nicht abfinden mit dem Gedanken, daß Fremde eines Tages »unser« Land übernehmen würden. Mr. Helm hatte etwas dagegen, und zwar um Herbs willen. Es war Land, wie er sagte, »das in der Familie bleiben sollte«. Herb hatte einmal zu ihm gesagt: »Ich hoffe, daß hier immer ein Clutter sein wird, und ein Helm ebenfalls.« Das war erst vor einem Jahr gewesen. Was sollte er bloß machen, wenn die Farm verkauft wurde? Er fühlte sich zu alt, um »irgendwo anders wieder neu anzufangen.« Er konnte nicht einfach aufhören zu arbeiten, er wollte das auch nicht. Er gehörte, wie er sagte, nicht zu der Sorte, die ihre Stiefel in die Ecke feuerte und sich an den Ofen setzte. Und doch mußte er zugeben, daß die Farm ihm jetzt unheimlich war: das abgeschlossene Haus, Nancys

Pferd, das verloren im Feld stand und auf sie zu warten schien, der Geruch von Fallobst, das unter den Apfelbäumen verfaulte, und die Stille: keine der Stimmen, die er zu hören gewohnt war – Kenyon, der Nancy ans Telefon rief, Herbs Pfeifen, sein freundliches »*Guten Morgen*, Paul«. Herb und er hatten es immer »großartig miteinander gekonnt« – zwischen ihnen war nie ein böses Wort gefallen. Warum ließen also die Leute des Sheriffs ihn nicht endlich in Ruhe, warum vernahmen sie ihn wieder und wieder? Das konnte doch nur sein, weil sie glaubten, er hätte »etwas zu verbergen«. Vielleicht hätte er nie etwas von den Mexikanern sagen sollen. Er hatte Al Dewey mitgeteilt, daß am Tage der Mordtat, am Sonnabend, dem 14. November, gegen vier Uhr zwei Mexikaner auf der River-Valley-Farm erschienen waren, der eine mit Schnurrbart, der andere pockennarbig. Mr. Helm hatte gesehen, wie sie an die Tür zum Büro geklopft hatten, Herb war herausgekommen und hatte mit ihnen auf dem Rasen gesprochen, und etwa zehn Minuten später waren die Fremden gegangen, mit ziemlich »sauren Mienen«. Mr. Helm nahm an, sie hätten nach Arbeit gefragt und wären abschlägig beschieden worden. Unglücklicherweise hatte er, obwohl er den Tagesablauf wiederholt schildern mußte, erst zwei Wochen nach der Mordtat davon gesprochen, weil ihm das, wie er Dewey erklärte, »dann erst wieder eingefallen war«. Aber Dewey und einige von seinen Leuten schienen ihm die Geschichte nicht zu glauben und anzunehmen, er hätte sie erfunden, um sie in die Irre zu führen. Sie glaubten statt dessen Bob Johnson, dem Versicherungsvertreter, der den ganzen Sonnabend nachmittag mit Mr. Clutter im Büro verhandelt hatte, und der »absolut sicher« war, daß niemand außer ihm zwischen zwei und zehn nach sechs Herb besucht hatte. Mr. Helm aber war seiner Sache ebenso sicher: Mexikaner, einer mit Schnurrbart, einer mit Pockennarben, gegen vier Uhr. Herb hätte ihnen sagen können, daß er die Wahrheit sagte, ihnen versichern können, daß er, Paul Helm, »ein redlicher Mann war, der hier auf anständige Weise sein Brot verdiente«. Aber Herb war tot.

Tot. Und Bonnie auch. Das Fenster ihres Schlafzimmers ging auf den Garten hinaus, und hin und wieder hatte Mr. Helm sie dort, besonders wenn sie »eine ihrer Depressionen« hatte, stundenlang stehen und in den Garten hinausschauen sehen, als wäre sie von dem, was sie sah, verhext. (»Als ich noch ein Mädchen war«, hatte sie einmal einer Freundin erzählt, »war ich fest davon überzeugt, daß Bäume und Blumen Wesen wie Vögel und Menschen wären. Daß sie Verstand hätten und miteinander redeten.

Und daß wir sie reden hören könnten, wenn wir uns wirklich Mühe gäben. Wenn wir nur alle Gedanken an andere Geräusche in uns auslöschten. Ganz still wären und genau hinhorchten. Manchmal glaube ich das immer noch. Aber wir können einfach nicht still genug sein ...«)

Mr. Helm dachte an Bonnie, wie sie dort oft am Fenster gestanden hatte, und sah hoch, als müsse sie auch jetzt dort stehen, wie ein Gespenst hinter der Fensterscheibe. Wäre das tatsächlich der Fall gewesen, er hätte nicht weniger bestürzt sein können, als er es jetzt war. Er sah eine Hand, die den Vorhang beiseite geschoben hatte, und Augen. »Aber«, wie er später erklärte, »die Sonne lag voll auf dieser Seite des Hauses.« Dadurch glitzerte das Fenster und verzerrte das, was hinter ihm zu sehen war. Mr. Helm hob die Hand und beschattete die Augen, dann sah er noch einmal zum Fenster und stellte fest, daß der Vorhang wieder geschlossen und niemand am Fenster zu sehen war. »Meine Augen sind nicht besonders gut, vielleicht hatten sie mir einen Streich gespielt«, sagte er, sich erinnernd. »Aber ich war verdammt sicher, daß es keine Geistererscheinung war. Ich glaube nämlich nicht an Gespenster. Wer konnte es also gewesen sein? Wer schlich da in dem Haus herum, wo außer der Polizei niemand etwas zu suchen hatte? Und wie war er da reingekommen? Alle Türen waren ja verschlossen, als hätte das Radio eine Sturmwarnung durchgegeben. Das war es, worüber ich mir den Kopf zerbrach. Aber ich würde das ja doch nicht herauskriegen, glaubte ich, jedenfalls nicht allein. Ich ließ alles stehen und liegen und ging quer über die Felder nach Holcomb. Dort angekommen, telefonierte ich sofort mit Sheriff Robinson. Erklärte ihm, daß, irgend jemand im Clutter-Haus herumspuke. Es dauerte nicht lange, da kamen sie mit ihren Wagen schon angebraust. Polizei, der Sheriff und seine Leute, die K.B.I.-Agenten, Al Dewey. In dem Augenblick, als sie den Platz abriegelten und sich von allen Seiten dem Haus näherten, öffnete sich die Vordertür.« Heraus kam ein Mann, den keiner der Anwesenden kannte – ein Mann Mitte Dreißig, mit düsterem Blick und wilden Haaren, und am Gürtel trug er eine Pistole, Kaliber .38. »Ich glaube, in diesem Moment haben alle dasselbe gedacht – das war er, das war der Mann, der sie umgebracht hatte«, fuhr Mr. Helm fort. »Er rührte sich nicht vom Fleck. Stand da und blinzelte in die Sonne. Sie nahmen ihm die Kanone weg und begannen ihn zu verhören.«

Der Name des Mannes war Adrian – Jonathan Daniel Adrian. Er war unterwegs nach New Mexico und hatte im Augenblick keine feste

Adresse. Aus welchem Grund war er in das Clutter-Haus eingebrochen, und wie überhaupt hatte er sich Eintritt verschafft? Er zeigte ihnen, wie er es gemacht hatte. (Er hatte den Deckel vom Brunnen gehoben und war durch das Rohr in den Keller gekrochen.) Warum? Na ja, er hatte von dem Fall gelesen und war neugierig geworden, wollte sich mal ansehen, wie es in dem Haus aussah. »Und dann fragte ihn jemand«, erzählte Mr. Helm, »ob er per Anhalter gekommen sei. Ob er per Anhalter nach New Mexico führe? Nein, sagte er, er hätte seinen eigenen Wagen. Er stünde weiter unten an der Auffahrt. Darauf gingen alle dorthin, um sich den Wagen anzusehen. Als sie festgestellt hatten, was sich in dem Wagen befand, sagte einer der Männer – ich glaube, es war Al Dewey –, sagte zu diesem Jonathan Daniel Adrian: ›Well, Mister, sieht so aus, als müßten wir uns ein bißchen miteinander unterhalten.‹ Denn im Inneren des Wagens hatten sie ein Gewehr Kaliber .12 gefunden. Und ein Jagdmesser.«

Ein Hotelzimmer in Mexico City. In dem Raum stand eine häßliche, moderne Kommode, mit einem lilagetönten Spiegel, und an einer Ecke des Spiegels steckte eine gedruckte Karte der Hoteldirektion mit der Aufschrift:

SU DIA TERMINA A LAS 2 P. M.
IHR AUFENTHALT ENDET UM ZWEI

Mit anderen Worten, Gäste mußten das Zimmer zur angegebenen Stunde räumen oder für einen weiteren Tag bezahlen – ein Luxus, den die gegenwärtigen Mieter nicht in Betracht zogen. Sie mußten vielmehr im Zweifel sein, ob sie den bereits fällig gewordenen Betrag aufbringen konnten. Denn alles war so gekommen, wie Perry es vorausgesehen hatte: Dick hatte den Wagen verkauft, und drei Tage später war von dem Geld, knapp zweihundert Dollar, fast nichts mehr übrig. Am vierten Tag hatte sich Dick auf die Suche nach ehrlicher Arbeit gemacht und am Abend zu Perry gesagt: »Diese Idioten! Weißt du, was die zahlen? Was die hier für *Löhne* haben? Für einen gelernten Autoschlosser? Zwei Dollar am Tag. Mexiko! Ich hab die Nase voll, Kleiner. Wir müssen abhauen hier. Zurück in die Staaten. Nein, nein, komm mir nicht wieder mit deinem Quatsch. Diamanten. *Vergrabene* Schätze. Wach endlich auf, Kleiner. Truhen mit Gold, versunkene Schiffe – is nicht. Und selbst wenn's das gäbe verdammt, du kannst ja nicht mal *schwimmen.*« Und am nächsten Tag kaufte Dick, nachdem er sich von der wohlhabenderen seiner beiden Bräute, der Bankierswitwe, Geld geliehen hatte, Busfahrkarten über San Diego bis nach Barstow, Kalifornien. »Von da«, sagte er, »gehn wir zu Fuß.«

Natürlich, Perry hätte jetzt auf eigene Faust weitermachen, in Mexiko bleiben und Dick gehen lassen können, wohin zum Teufel er wollte. Warum nicht? War er nicht schon immer ein »Einzelgänger« gewesen und ohne »wirkliche Freunde« ausgekommen (den grauhaarigen, grauäugigen, »tollen« Willie-Jay ausgenommen)? Aber er hatte Angst, sich von Dick zu trennen. Der bloße Gedanke daran »machte ihn krank«, als wäre er im Begriff, »bei hundertsechzig Kilometer die Stunde vom Zug zu springen«. Der Grund seiner Angst war, zumindest schien er das selbst zu glauben, daß er inzwischen zu der abergläubischen Überzeugung gekommen war, daß »so lange nichts passieren konnte, wie Dick und er zusammensteckten«. Und dann, die Entschiedenheit, mit der Dick ihn »wachgerüttelt« hatte, und die rücksichtslose Offenheit, mit der er mit seiner bisher zurückgehaltenen Meinung über Perrys Hoffnungen und Träume herausgerückt war – das alles hatte Perry, der sich wohl über die Verschrobenheit seiner Vorstellungen im klaren war, beeindruckt. Es hatte ihn verletzt und schockiert, ihm aber auch geschmeichelt und fast seinen Glauben an den robusten, den »durch und durch männlichen«, mit beiden Beinen auf der Erde stehenden Dick wiederhergestellt, von dem er sich einst hatte leiten und herumkommandieren lassen. Und so war Perry an diesem frostigen Dezembermorgen in Mexico City seit Sonnenaufgang dabei, seine Sachen in dem ungeheizten Hotelzimmer zusammenzusuchen und zu packen – so leise wie möglich, um nicht die anderen beiden zu stören, die in einem der beiden Betten schliefen: Dick und die jüngere seiner beiden Verlobten, Inez.

Über einen der Gegenstände, die ihm gehörten, brauchte er sich nicht länger Gedanken zu machen. An ihrem letzten Abend in Acapulco war ihm die Gibson-Gitarre gestohlen worden; in einem Café am Wasser, wo er, Otto, Dick und der Cowboy mit viel Alkohol Abschied gefeiert hatten. Und Perry war darüber verbittert. Er fand es »niedrig und richtig gemein« und meinte: »So eine Gitarre, die man Jahre gehabt hat, wie ich meine, die man gewachst und poliert hat, sich mit seiner Stimme genau darauf eingestellt, sie behandelt hat wie ein Mädchen, von dem man wirklich was hält – so was ist einem schließlich heilig.« Obwohl also die entwendete Gitarre nun kein Eigentumsproblem mehr aufwarf, traf das doch auf seine übrigen Habseligkeiten zu. Da Dick und er den Rest des Weges zu Fuß oder per Anhalter hinter sich bringen wollten, war es klar, daß sie nur ein paar Hemden und Strümpfe mitnehmen konnten. Alle anderen Kleidungsstücke mußten geschickt werden, und so hatte Perry bereits einen Pappkarton vollgepackt (zusammen mit schmutziger Wäsche zwei Paar Schuhe, das eine mit Katzenpfoten-Sohlen, das andere mit Diamantmuster) und ihn postlagernd Las Vegas, Nevada, an sich selbst adressiert.

Aber die große Frage, die ihm Kopfschmerzen bereitete, war, was er mit seinen geliebten Erinnerungsstücken machen sollte – zwei große Kartons voll mit Büchern und Landkarten, vergilbenden Briefen, Gedichten, Liedern und anderen, besonderen Souvenirs (Hosenträger und ein Gürtel aus der Haut von Klapperschlangen, die er selbst in Nevada getötet hatte; eine in Kyoto gekaufte erotische *netsuke;* ein versteinerter Zwergbaum, ebenfalls aus Japan; die Pfote eines Alaskabären). Die beste Lösung war wohl – wenigstens schien es Perry so –, die Sachen bei »Jesus« zu lassen. Der »Jesus«, an den er dachte, war Barmixer in einem Café schräg gegenüber vom Hotel und war, meinte Perry, *muy simpático,* bestimmt jemand, auf den er sich verlassen konnte, wenn er eines Tages »eine feste Adresse« hatte und ihm schrieb, er solle die Sachen schicken.

Es gab aber noch einige Dinge, die ihm zu kostbar schienen, als daß er ihren Verlust riskiert hätte, und so ging Perry, während das Paar noch schlief und der Uhrzeiger langsam auf zwei Uhr vorrückte, alte Briefe, Fotografien und Zeitungsausschnitte durch und suchte sich an Erinnerungsstücken heraus, was er mitnehmen wollte. Darunter ein schlecht getipptes Manuskript mit dem Titel »Das Leben meines Jungen«. Verfaßt war es von Perrys Vater, der es im Dezember vor einem Jahr geschrieben und an die Kansas-State-Gefängnisbehörde geschickt hatte, um damit Perrys Entlassung aus der Kansas-State-Strafanstalt zu bewirken. Perry hatte dieses Dokument wohl hundertmal und immer mit dem gleichen großen Interesse gelesen:

KINDHEIT – Bin froh, daß ich Ihnen, wie ich es sehe, Gutes und Schlechtes mitteilen kann. Ja, Perrys Geburt war *normal.* Gesund – ja. Ja, ich habe gut für ihn sorgen können, bis sich, als die Kinder im Schulalter waren, herausstellte, daß meine Frau eine schandbare Trinkerin war. Eine glückliche Veranlagung? *Ja* und *nein* – sehr ernst, vergißt es nie, wenn er ungerecht behandelt wurde. Wenn ich etwas versprochen habe, halte ich es, und das hab ich ihm beizubringen versucht. Meine Frau war da anders. Wir lebten auf dem Land. Sind alle ein Leben im Freien gewohnt. Ich habe meinen Kindern die Goldene Regel beigebracht. Leben und leben lassen, und in vielen Fällen haben meine Kinder sich gegenseitig eingestanden, wenn sie etwas falsch gemacht hatten, und immer hat der Schuldige seine Schuld auch bekannt und sich gestellt, um bestraft zu werden. Und haben versprochen, sich zu bessern, und immer bereitwillig und schnell ihre Schularbeiten gemacht, so daß sie frei hatten zum Spielen. Haben sich immer als erstes am Morgen gewaschen und sauberes Zeug angezogen, darauf hab ich sehr geachtet, und auch darauf, daß sie anderen kein Unrecht taten, und wenn ihnen von anderen Kindern Unrecht getan worden war, sorgte ich dafür, daß sie nicht mehr mit ihnen spielten. Unsere Kinder haben uns keine Sorgen gemacht, solange wir zusammen lebten. Es fing alles erst an, als meine Frau zur Stadt gehen und ein wildes Leben führen wollte und weglief. Ich ließ sie gehen und verabschiedete mich von ihr, als sie den Wagen nahm und mich verließ (das war während der Wirtschaftskrise). Die Kinder weinten alle laut. Sie fluchte bloß und sagte, sie würden eines Tages davonlaufen, um wieder zu mir zu kommen. Sie wurde ganz wild und sagte, sie würde dafür sorgen, daß die Kinder mich haßten, was ihr auch gelang, mit allen außer *Perry.* Ich liebe meine Kinder, und so machte ich mich nach ein paar Monaten auf, sie zu suchen, ich fand sie in San Francisco, ohne daß meine Frau etwas davon wußte. Ich versuchte sie in der Schule zu sehen. Meine Frau hatte zu dem Lehrer gesagt, er solle verhindern, daß ich sie zu sehen bekäme. Es gelang mir jedoch, sie beim Spielen auf dem Schulhof zu treffen, und ich war überrascht, als sie mir sagten: ›Mama hat uns gesagt, wir sollen nicht mit dir sprechen.‹ Nur *Perry* sagte das nicht. Er war anders als sie. Er umarmte mich und wollte auf der Stelle mit mir gehen. Aber ich sagte, *nein.* Aber kaum daß die Schule aus war, lief er zum Büro meines Anwalts Mr. *Rinso Turco*. Ich brachte ihn zu seiner Mutter zurück und verließ die Stadt. Perry erzählte mir später, seine Mutter hätte gesagt, er sollte anderswo unterzukommen suchen. Die Kinder konnten bei ihr tun, was sie wollten, aber mit Perry hatte sie immer Ärger. Ich wollte, daß sie die Scheidung beantragte, was sie nach einem Jahr auch tat. Ihr Trinken war der Grund, und daß sie weggelaufen war und mit einem jungen Mann zusammenlebte. Ich verweigerte die Scheidung, und ich bekam das volle Sorgerecht für die Kinder. Perry nahm ich mit mir nach Hause. Die anderen Kinder kamen in Heime, weil ich sie nicht alle in der Wohnung unterbringen konnte, und auch weil sie teilweise indianischer Abstammung waren. Ich stellte einen Antrag, und so nahm die Fürsorge sie in Obhut. Das war alles während der Wirtschaftskrise. Ich arbeitete bei der Arbeitsbehörde und bekam sehr wenig Geld. Ich hatte etwas zurückgelegt und hatte ein kleines Grundstück damals. Perry und ich lebten zusammen und kamen gut miteinander aus. Ich hatte großen Kummer, denn ich liebte meine anderen Kinder auch. *So* zog ich herum, um das alles zu vergessen. Ich verdiente das Geld für uns beide. Ich verkaufte mein Grundstück, und wir lebten in einem Wohnwagen. Perry ging so oft wie möglich zur Schule. Er hatte nicht viel für die Schule übrig. Er lernte schnell und hatte nie Streit mit den anderen Kindern, erst als er es mit *Bully Kid* zu tun kriegte. Er war neu in der Schule, ein kleiner, stämmiger Bursche, und sie versuchten ihn zu mißhandeln. Aber er ließ es sich nicht gefallen, er kämpfte für sein Recht. So habe ich meine Kinder immer erzogen. Ich habe ihnen immer gesagt, sie sollten keinen Streit anfangen. Wenn ihr es doch tut und ich erfahre es, dann bekommt ihr Prügel von mir. Aber wenn die anderen Kinder Streit anfangen, dann setzt euch zur Wehr. Einmal ging ein älterer Junge auf ihn los und schlug ihn, aber zu seiner Überraschung kriegte Perry ihn zu Boden und verprügelte ihn. Ich hatte ihm Unterricht im Ringen gegeben. Ich hatte selbst früher geboxt und gerungen. Die Schulleiterin und alle Kinder sahen bei dem Kampf zu. Die Schulleiterin mochte den älteren Jungen gern. Daß er von meinem kleinen Perry verprügelt wurde, war zuviel für sie. Danach war Perry »der große Mann« in der Schule. Wenn ein größerer, Junge auf einen kleineren losging, dann regelte er das. Sogar Big Bully hatte jetzt Angst vor Perry und mußte sich fügen. Aber die Schulleiterin war gar nicht einverstanden damit, und so beklagte sie sich bei mir, daß Perry immer Streit suche. Ich sagte ihr, ich wüßte genau Bescheid und wollte nicht, daß sich die größeren Jungen über meinen kleinen Perry hermachten. Ich fragte sie auch, warum sie es zuließ, daß dieser Bully Kid die andern Kinder verprügelte. Ich sagte zu ihr, Perry hätte ein Recht dazu, sich zu verteidigen. Perry wäre es jedenfalls nicht, der mit dem Streit anfinge, und daß ich die Sache selbst in die Hand nehmen würde. Ich sagte zu ihr, mein Sohn wäre bei allen Nachbarn und bei den Kindern der Nachbarn beliebt, und ich sagte ihr auch, ich würde Perry so bald wie möglich aus ihrer Schule nehmen und mit ihm in einen anderen Staat gehen. Das tat ich auch. Perry ist bestimmt kein Engel, er hat seine Fehler wie alle Kinder. Recht ist Recht und muß es auch bleiben. Ich stehe ihm nicht bei, wenn er unrecht tut. Er muß dann dafür büßen, dem Gesetz muß gehorcht werden, und er weiß das inzwischen auch.

JUGEND. Perry war im Zweiten Weltkrieg bei der Handelsmarine. Ich ging nach Alaska, und er kam später nach. Ich fing Pelztiere, und Perry arbeitete im ersten Winter bei der Alaska-Straßenbau-Kommission, dann bekam er für kurze Zeit Arbeit an einer Bahnstrecke. Er konnte keine Arbeit finden, die ihm Spaß gemacht hätte. Ja, er gab mir hin und wieder Geld, wenn er welches hatte. Als er im Koreakrieg war, schickte er mir monatlich dreißig Dollar. Er war von Anfang bis Ende dabei und wurde, soviel ich weiß, in Ehren entlassen, in Seattle, Wash. Er hat Talent als Mechaniker. Am liebsten würde er mit Baggern, Zugmaschinen, Treckern und schweren Lastern aller Typen zu tun haben. Soweit er Erfahrung hat, ist er darin wirklich gut. Mit Motorrädern und gewöhnlichen Autos fährt er etwas leichtfertig und zu schnell. Aber nachdem er sich bei einem Unfall beide Beine und die Hüfte gebrochen hat, weiß er, wohin die Raserei führt, und wird sich jetzt sicher in acht nehmen.

FREIZEIT – INTERESSEN. Ja, er hat ein paar Freundinnen gehabt. Aber wenn er Ärger mit ihnen hatte oder sie ihn schlecht behandelten, dann brach er mit ihnen. Soweit ich weiß, war er nie verheiratet. Er war durch meine Erfahrungen mit seiner Mutter irgendwie gewarnt. Ich bin kein Trinker, und, soweit ich weiß, hat Perry auch nicht viel für Trunkenbolde übrig. Perry hat viel von mir. Er liebt ruhige, anständige Gesellschaft, keine Stubenhocker. Genau wie ich ist er aber auch gern allein und arbeitet am liebsten für sich. Genau wie ich. Ich kenne mich mit allen möglichen Arbeiten aus und beherrsche nur wenige ganz. Mit Perry ist es dasselbe. Ich habe ihm beigebracht, wie man sein Geld als Pelztierjäger verdient, als Goldschürfer, Tischler, Holzfäller, wie man mit Pferden umgeht und so weiter. Auch Kochen hat er von mir gelernt, nicht berufsmäßig, sondern nur so für sich. Brotbacken und so weiter, Jagen, Angeln, Fallenstellen und lauter solche Sachen... Perry ist, wie gesagt, am liebsten sein eigener Boß, und wenn er Gelegenheit bekommt, etwas zu machen, an dem er Spaß hat, dann soll man ihm sagen, wie man's haben will, und ihn dranlassen, und er wird sich mit großer Energie an seine Arbeit machen. Wenn er merkt, daß der Boß seine Arbeit anerkennt, dann tut er für ihn alles. Aber man soll ihm nicht an den Wagen fahren. Man soll ihm freundlich erklären, wie

man es gemacht haben möchte. Er ist sehr empfindlich und leicht verletzt, genau wie ich. Genau wie ich hat er schon verschiedentlich die Arbeit hingeschmissen, wenn er an einen schlimmen Boß geraten war. Perry ist, wie ich, nur wenig zur Schule gegangen. Aber wir sind deswegen nicht dumm, das soll man nicht denken. Ich habe mir ebenso wie Perry alles selbst beigebracht. Im Büro arbeiten ist nichts für Perry und mich. Uns liegt jede Art Handwerk mehr, und wenn wir uns noch nicht auskennen, dann soll man es uns nur zeigen, und nach wenigen Tagen beherrschen wir unseren Job oder die Maschine. Mit Büchern haben wir nichts im Sinn. Aber praktische Arbeit begreifen wir sofort, wenn wir Spaß daran haben. Das ist einfach die Hauptsache, wir müssen die Arbeit gern tun. Aber jetzt ist er ein Krüppel und nicht mehr so jung. Perry weiß, daß er jetzt nicht mehr so leicht einen Arbeitsvertrag bekommt, Krüppel nimmt man nicht für schwere Maschinen, es sei denn, der Vermittler kennt sie persönlich gut. Er hat das inzwischen eingesehen und überlegt, wie er auf leichtere Weise seinen Unterhalt verdienen kann. Und er denkt dabei auch an ein Leben mit mir, wenn mich nicht alles täuscht. Er hat jetzt auch nichts mehr mit der Raserei im Sinn. Ich weiß das aus seinen Briefen an mich. Immer schreibt er: ›sei vorsichtig, Dad, fahre nicht Auto, wenn du müde bist; dann halt lieber an und ruh dich aus.‹ Mit denselben Worten habe ich ihm das immer gesagt. Jetzt sagt er es zu mir. Er hat aus dem Unfall gelernt.
Für Perry ist auch dies, glaube ich, eine Lehre, die er nie vergessen wird. Die Freiheit bedeutet für ihn mehr als alles, und nie wieder wird man ihn ins Gefängnis sperren müssen, das glaube ich bestimmt. Er hat sich seitdem sehr verändert, wie ich bemerkt habe. Er bedauert den Fehler sehr, den er gemacht hat. Er schämt sich auch, mit Leuten zusammenzukommen, die er kennt, und er würde ihnen nie erzählen, daß er gesessen hat. Er bat mich, seinen Freunden nicht zu sagen, wo er ist. Als er mir schrieb, daß er im Gefängnis ist, sagte ich ihm, er soll sich das eine Lehre sein lassen, und daß ich froh sei, daß es so gekommen wäre, denn es hätte ja noch schlimmer kommen können. Er hätte zum Beispiel von jemand erschossen werden können. Ich sagte, er sollte seine Zeit mit dem guten Gefühl absitzen, daß er selbst schuld daran sei. Das weißt du ja. Ich habe dich nicht dazu erzogen, anderen Leuten was zu stehlen, also brauchst du dich auch nicht darüber zu beschweren, wie hart es im Gefängnis ist. Kopf hoch und benimm dich ordentlich im Gefängnis, und er hat mir das auch versprochen. Ich hoffe, daß er sich ordentlich führt. Ich bin überzeugt, daß ihn keiner noch mal

zum Stehlen überreden wird. Er weiß, dem Gesetz muß gehorcht werden. Er liebt die Freiheit.
Ich weiß genau, wie gutherzig Perry ist, wenn man ihn ordentlich behandelt. Man braucht ihn nur schlecht zu behandeln, dann sieht er rot und schlägt um sich. Man kann ihm jede Geldsumme anvertrauen, wenn man sein Freund ist. Dann tut er genau das, was man ihm sagt, und stiehlt keinen Cent, weder von einem Freund noch von sonst wem. Bis zu diesem Fehltritt war das jedenfalls so. Und ich hoffe aufrichtig, daß er in Zukunft ehrlich sein wird. Als kleiner Junge hat er zusammen mit andern mal gestohlen. Sie brauchen Perry bloß zu fragen, ob ich ihm ein guter Vater war, und ihn zu fragen, ob seine Mutter in Frisco gut zu ihm war. Perry weiß, was gut für ihn ist. Sie haben ihm für immer eine Lehre erteilt. Er weiß, wann er im Unrecht ist. Er ist kein Dummkopf. Er weiß, das Leben ist zu kurz und zu kostbar, um hinter Gittern verbracht zu werden.

VERWANDTSCHAFT. Seine Schwester *Bobo* hat geheiratet, und ich, sein Vater, bin für Perry der einzige, der von der Familie noch existiert. Bobo und ihr Mann sorgen selbst für ihren Unterhalt. Haben ihr eigenes Haus, und ich bin gesund und aktiv genug, um für mich selbst zu sorgen. Meine Jagdhütte in Alaska habe ich vor zwei Jahren verkauft. Ich hoffe, mir im nächsten Jahr ein neues kleines Haus kaufen zu können. Ich habe Anspruch auf verschiedene Minen erworben und hoffe auf eine gute Ausbeute. Auch das Goldschürfen habe ich nicht aufgegeben.
Auch bin ich aufgefordert worden, ein Buch über die Kunst des Holzschnitzens zu schreiben und über das berühmte Trapper-Blockhaus, das ich mir mal in Alaska gebaut habe. Es war damals mein Heim, und alle Touristen, die mit dem Auto nach Anchorage fahren, kennen es, und vielleicht schreibe ich es auch, das Buch. Alles was ich habe, werde ich immer mit Perry teilen. Er wird zu essen haben, solange ich etwas habe. Bis an mein Lebensende, und wenn ich sterbe, wird meine Lebensversicherung an ihn ausgezahlt, so daß er nach seiner Entlassung ein neues Leben anfangen kann. Falls ich dann nicht mehr leben sollte.

Diese Biographie wühlte in Perry immer einen Wust von Gefühlen auf – in erster Linie Selbstmitleid, dann Liebe und Haß, anfänglich gleich stark, aber der Haß gewann meistens die Oberhand. Und die meisten Erinnerungen, die sie weckte, waren ihm unerwünscht, wenn auch nicht alle. Tatsächlich war seine Kindheit, soweit sich Perry erinnern konnte, glücklich gewesen – eine Zeit, die schön gewesen, in der er anerkannt worden war. Er war vielleicht drei und saß mit seinen Schwestern und seinem älteren Bruder auf der Haupttribüne eines Freiluft-Rodeo. Im Ring ritt eine junge, schlanke Cherokesin ein wildes Pferd, ein »bockendes Wildpferd«. Ihr gelöstes Haar flatterte vor und zurück wie bei einer Flamencotänzerin. Sie hieß Flo Buckskin und war wie ihr Mann Tex John Smith berufsmäßige Rodeoreiterin, eine »Meisterin im Wildpferdreiten«. Auf einer Rodeotournee durch den Westen hatte das hübsche Indianermädchen den gutaussehenden schlichten irischen Cowboy kennengelernt, sie hatten geheiratet, und sie hatte ihm die vier Kinder geboren, die auf der Haupttribüne saßen. (Und Perry erinnerte sich noch an viele andere Rodeo-Vorstellungen – sah seinen Vater vor sich, wie er innerhalb eines Kreises aus wirbelnden Lassos herumsprang; seine Mutter, die mit klingenden Türkis- und Silberbändern an den Armen in halsbrecherischer Geschwindigkeit Kunstritte vollführte, die ihrem jüngsten Kind den Atem nahmen und die Zuschauermenge in Städten zwischen Texas und Oregon aufspringen und klatschen machten.)

»Tex & Flo« betrieben das Rodeogeschäft, bis Perry fünf war. Das Leben, das sie führten, war kein »Honiglecken«. »Zu sechst hausten wir in dem alten Wagen«, erinnerte sich Perry, »schliefen auch darin und lebten hauptsächlich von Maisbrei, Schokolade und Kondensmilch. Die Kondensmilch, Marke Eagle Brand, hat mir die Nieren kaputtgemacht – der *Zucker* darin – dadurch bin ich zum Bettnässer geworden.« Aber alles in allem war es kein unglückliches Leben, das sie führten, besonders für den kleinen Jungen, der stolz war auf seine Eltern und ihren Mut und ihre tollkühnen Vorführungen bewunderte. Ein glücklicheres Leben jedenfalls als das, was dann kam. Denn Tex & Flo mußten beide aus gesundheitlichen Gründen das Geschäft aufgeben und siedelten sich bei Reno, Nevada, an. Sie hatten Streit miteinander, und Flo nahm ihre Zuflucht zum Whisky, und dann, als Perry sechs war, ging sie nach San Francisco und nahm ihre Kinder mit. Es war genauso, wie der alte Mann es aufgeschrieben hatte: »Ich ließ sie gehen und verabschiedete mich von ihr, als sie den Wagen nahm und mich verließ (das war während der Wirtschaftskrise). Die Kinder weinten alle laut. Sie fluchte bloß und sagte, sie würden eines Tages davonlaufen, um wieder zu mir zu kommen.« Und tatsächlich war Perry im Laufe der nächsten drei Jahre wiederholt durchgebrannt, um den Vater, den er verloren

hatte, zu suchen, denn auch seine Mutter hatte er verloren, hatte sie »verachten« gelernt. Der Alkohol hatte die Figur der einst schlanken, sehnigen Cherokesin aufgeschwemmt, ihr Gesicht entstellt, sie war »durch und durch vergiftet«, ihre Sprache bis zur Gemeinheit abgeschliffen; sie hatte ihre Selbstachtung gänzlich verloren, so daß sie sich gar nicht erst die Mühe machte, die Schauerleute und Straßenbahnschaffner nach ihren Namen zu fragen, und auch die anderen nicht, die Bedarf an dem hatten, was sie ihnen kostenlos anbot (sie bestand nur darauf, daß sie zuerst mit ihr tranken und zu den Melodien eines Aufziehgrammophons mit ihr tanzten).
Die Folge war, daß Perry, wie er sich erinnerte, »immer nur an seinen Vater dachte«. »Ich hoffte, er würde kommen und mich mitnehmen, und ich sehe ihn noch vor mir, als sei es gerade eben erst gewesen, wie er eines Tages da auf dem Schulhof stand. Es war wie beim Baseball, wenn der Ball richtig satt auf den Schläger trifft. Di Maggio. Nur daß Dad keine Miene machte, mir zu helfen. Sagte, ich solle ein guter Junge sein, und umarmte mich und ging weg. Bald danach steckte mich meine Mutter in ein katholisches Waisenhaus, wo die Schwarzen Witwen mir ständig auf den Hacken waren. Sie schlugen mich. Weil ich ins Bett machte. Das ist einer der Gründe, weswegen ich was gegen Nonnen habe. *Und* Gott. *Und* alles, was mit Religion zusammenhängt. Aber später erlebte ich, daß es Leute gibt, die noch schlimmer sind. Denn nach einigen Monaten warfen die Nonnen mich raus, und sie (seine Mutter) steckte mich woanders hin, wo es noch schlimmer war. In einen Kinderhort der Heilsarmee. Auch da haßten sie mich. Weil ich ins Bett machte. Und weil ich ein Mischling bin. Eine von den Schwestern da nannte mich ›Nigger‹ und sagte, zwischen Niggern und Indianern wäre kein Unterschied. O Gott, war das eine fürchterliche Person, der Teufel selbst! Sie ließ immer eiskaltes Wasser in eine Wanne laufen, steckte mich da rein und hielt mich so lange unter Wasser, bis ich blau war. Ich bin fast ertrunken. Aber dann kamen sie ihr drauf, der Hexe. Weil ich Lungenentzündung bekam. Ich wäre fast abgekratzt. Ich war zwei Monate im Krankenhaus. Und während der Zeit, als ich so krank war, kam Dad zurück. Als ich wieder gesund war, nahm er mich mit.«
Vater und Sohn lebten dann fast ein Jahr zusammen in dem Haus in der Nähe von Reno, und Perry ging dort zur Schule. »Bis zur dritten Klasse«, erinnerte Perry sich. »Und das war auch *alles*. Ich ging nie wieder in die Schule. Denn in jenem Sommer baute sich Dad eine Art von primitivem

Wohnwagen – das heißt, er fand ihn nicht primitiv. Mit zwei Pritschen und einer kleinen Kochstelle. Der Ofen war gut. Man konnte auf ihm alles mögliche kochen. Auch Brot backten wir uns selbst. Ich habe sogar eingemacht, süßsaure Äpfel, Apfelgelee. Sechs Jahre lang zogen wir dann jedenfalls durchs Land. Blieben nie zu lange an einem Ort. Wenn wir irgendwo etwas länger blieben, dann fingen die Leute an, Dad anzuglotzen, so zu tun, als wäre er sonderbar, und ich haßte das, ich fühlte mich gekränkt. Weil ich Dad liebte, damals. Obwohl er manchmal ziemlich grob zu mir war. Mich anbrüllte. Aber ich liebte ihn, damals. Und so war ich jedesmal froh, wenn wir wegzogen.« Nach Wyoming, Idaho, Oregon, und dann nach Alaska. In Alaska impfte Tex seinem Sohn den Traum vom Gold ein, brachte Perry bei, in den sandigen Betten der Schneewasserflüsse danach zu suchen. Dort lernte er auch, mit einem Gewehr umzugehen, Bären zu häuten, Wölfe und Hochwild zu jagen.

»Herrgott, war es da kalt«, erinnerte sich Perry. »Eingewickelt in Decken und Bärenfelle, schliefen Dad und ich dicht aneinandergedrängt. Am Morgen, noch vor Tagesanbruch, machte ich das Frühstück zurecht, Biskuits und Sirup, gebratenes Fleisch, und dann gingen wir los, um uns für den Tag etwas zum Essen zu suchen, Es wäre alles soweit in Ordnung gewesen, wenn ich nicht inzwischen älter geworden wäre. Je älter ich wurde, um so weniger imponierte mir Dad. In einer Hinsicht wußte er alles, aber in anderer Hinsicht hatte er keine Ahnung. Mich kannte er überhaupt nur teilweise, wußte nicht, was sonst noch so in mir vorging. Hatte auch keine Ahnung von meiner großen musikalischen Begabung. Ihn interessierte es gar nicht, daß ich Mundharmonika und Gitarre sofort beim erstenmal spielen konnte. Das war ihm alles egal. Auch zum Beispiel, daß ich gerne las. Meinen Wortschatz erweiterte. Lieder schrieb. Und daß ich zeichnen konnte. Er hat mich nie zu irgendwas ermutigt – er nicht und andere auch nicht. Nachts lag ich oft wach, teils um mich nicht naß zu machen, teils weil ich einfach nicht aufhören konnte, zu denken. Immer, wenn es so kalt war, daß man kaum atmen konnte, dachte ich an Hawaii. An einen Film, den ich gesehen hatte. Mit Dorothy Lamour. Da wollte ich hin. Wo die Sonne schien. Wo man nur Baströcke und Blumen trug.«

1945, noch vor Kriegsende, mit erheblich mehr bekleidet, fand sich Perry an einem milden Abend in Honolulu im Salon eines Tätowierers, der ihm eine Schlange mit Dolch in den linken Vorderarm geritzt hatte. Die Route, die ihn dorthin geführt hatte, war folgende: ein Streit mit seinem

Vater, eine Anhalterfahrt von Anchorage nach Seattle, Anheuern bei der Handelsmarine. »Aber ich hätte das nie gemacht«, sagte er, »wenn ich gewußt hätte, was mir da bevorstand. Arbeit hat mir nie was ausgemacht, und ich fuhr gern zur See – Hafenstädte und alles das. Aber die Queens an Bord ließen mich nicht in Ruhe. Ich war damals sechzehn, ein kleiner Junge noch. Ich wußte mich schon zu wehren, das schon. Aber viele Tanten sind nicht weibisch, müssen Sie wissen. Ich habe, verdammt noch mal, Queens gekannt, die einen ganzen Billardtisch durchs Fenster geworfen haben und das Klavier hinterher. Die Art Puppen, die können einem die Hölle heißmachen, besonders wenn sie zu zweit sind, sich zusammentun und gemeinsam auf einen losgehen, und man selbst ist noch ein Kind. Die können einen praktisch zum Selbstmord treiben. Jahre später, als ich in die Army ging und nach Korea kommandiert wurde, war es genau dasselbe. Ich hatte ein gutes Führungszeugnis, nicht schlechter als andere; hatte sogar den Bronze Star bekommen. Aber ich wurde nie befördert. Nach vier Jahren, als ich den ganzen verdammten Koreakrieg hinter mir hatte, hätte ich wenigstens Corporal werden müssen. Aber ich wurde es nicht. Weshalb? Weil der Sergeant ein klebriger Kerl war. Weil ich mich nicht umdrehn wollte. Du liebe Zeit, wie ich das hasse. Ich kann das nicht ausstehen. Obwohl – na ja, ich weiß selbst nicht. Manche Schwule mochte ich richtig gern. Solange sie nicht irgendwas mit mir versuchten. Sogar der beste Freund, den ich je hatte, ein Freund, der es wirklich wert war, ein kluger, sensibler Bursche, war, wie sich dann herausstellte, schwul.«

In der Zeit zwischen seiner Entlassung aus der Handelsmarine und seinem Eintritt in die Army hatte Perry sich mit seinem Vater versöhnt, der, nachdem der Sohn ihn verlassen hatte, nach Nevada und dann wieder zurück nach Alaska gegangen war. 1952, als Perry seinen Militärdienst beendet hatte, war der Alte voller Pläne, um sein Wanderleben endgültig aufzugeben. »Dad war Feuer und Flamme«, erinnerte sich Perry. »Er schrieb mir, er hätte ein Stück Land an der Überlandstraße außerhalb von Anchorage gekauft. Sagte, er wollte ein Blockhaus für Touristen und Jäger bauen. ›Trapper's Den Lodge‹ wollte er es nennen. Er bat mich, so rasch wie möglich zu kommen und ihm beim Bauen zu helfen. Wir würden da ein Vermögen machen, meinte er. Ich hatte mir, als ich noch in der Army war und in Fort Lewis, Washington, stationiert, ein Motorrad gekauft (Mordräder sollte man sie besser nennen) und fuhr damit gleich nach der Entlassung los. Richtung Alaska. Ich kam bis Bellingham. Bis zur Grenze. Es regnete. Mein Motorrad kam ins Schleudern.«

Durch das Schleudern wurde das Wiedertreffen mit dem Vater um ein Jahr hinausgeschoben. Chirurgische Behandlung und Krankenhaus stehen für sechs Monate jenes Jahres. Den Rest benutzte er dazu, sich in der Waldhütte eines jungen indianischen Holzfällers und Fischers in der Nähe von Bellingham zu erholen. »Joe James. Mit ihm und seiner Frau freundete ich mich an. Sie waren höchstens zwei oder drei Jahre älter als ich, aber sie nahmen mich bei sich auf und behandelten mich wie eins ihrer Kinder. Und das war in Ordnung. Denn sie liebten ihre Kinder und sorgten gut für sie. Sie hatten damals vier, inzwischen sind es sieben. Sie waren sehr gut zu mir, Joe und seine Familie. Ich ging noch an Krücken und war ziemlich hilflos. Konnte bloß so rumsitzen. Um etwas zu tun zu haben und mich nützlich zu machen, fing ich eine Art Schule an. Die Schüler waren Joes Kinder und einige von ihren Freunden, und der Unterricht fand im Wohnzimmer statt. Ich brachte ihnen Mundharmonika und Gitarre bei. Und Zeichnen. Und Schreiben. Jeder sagt, was ich für eine schöne Handschrift habe. Das stimmt auch, und es kommt daher, daß ich mir einmal ein Buch darüber gekauft und so lange geübt habe, bis ich genauso gut schreiben konnte wie auf den Vorlagen in dem Buch. Wir lasen auch Geschichten – die Kinder lasen immer abwechselnd, und ich verbesserte sie dabei. Es machte viel Spaß. Ich mag Kinder gern. *Kleine* Kinder. Und das war eine schöne Zeit. Aber dann kam das Frühjahr. Ich konnte allmählich wieder gehen, wenn ich auch noch Schmerzen hatte. Und Dad wartete immer noch auf mich.«

Er wartete, aber er war in der Zwischenzeit nicht müßig gewesen. Als Perry schließlich dort ankam, wo die geplante Jagdhütte stehen sollte, hatte der Vater die schwerste Arbeit schon hinter sich – hatte das Land gerodet, die nötigen Baumstämme gefällt, Wagenladungen von Steinen geschlagen und zum Grundstück gefahren. »Aber mit dem Bauen fing er erst an, als ich kam. Wir haben den ganzen Kram selbst gemacht. Nur hin und wieder hat uns ein Indianer geholfen. Dad war wie ein Verrückter. Ganz gleich wie das Wetter war – Schneesturm, Gewitter, Wind, der die Zweige von den Bäumen riß –, wir blieben an der Arbeit. An dem Tag, als wir das Dach fertig hatten, tanzte Dad darauf herum, er schrie und lachte und legte einen richtigen Jig hin. Nun, das Haus war eine Wucht. Zwanzig Leute konnten drin übernachten. Im Eßzimmer war ein großer Kamin. Es hatte auch eine Bar. Die Totem-Pole-Bar. Dort sollte ich die Gäste mit Singen und so weiter unterhalten. Ende 1953 war die Eröffnung.«

Aber die erhofften Jagdgäste blieben aus. Und die wenigen Touristen, die dort in der Gegend vorbeikamen, blieben wohl kurz und fotografierten das unglaublich rustikale Blockhaus, aber selten blieb einer über Nacht. »Eine Zeitlang machten wir uns allerhand vor. Glaubten, irgendwann würde es schon in Schwung kommen. Dad versuchte das Ganze noch herauszuputzen. Er legte einen Souvenir-Garten an, mit einem Wunschbrunnen darin, und stellte bemalte Schilder an der Landstraße auf. Aber auch das brachte nichts. Als Dad allmählich einsah, daß es alles nichts nützte und wir unsere Zeit und all unser Geld sinnlos verschwendet hatten, richtete sich seine Wut gegen mich. Trieb mich dauernd an und schimpfte mit mir herum. Sagte, ich machte meine Arbeit nicht ordentlich. Dabei war die Schuld weder bei ihm zu suchen, noch bei mir. In dieser Situation – ohne Geld und ohne ausreichenden Proviant – begannen wir uns allmählich gegenseitig auf die Nerven zu fallen. Es kam so weit, daß wir kaum noch etwas zu essen hatten. Und da gerieten wir aneinander. Es ging um einen Keks. Dad riß mir einen Keks aus der Hand und sagte, ich äße zuviel, was für ein gieriger, egoistischer Schuft ich sei, und warum ich nicht wegginge, er wolle mich hier nicht mehr sehen. Er hörte nicht auf damit, bis ich es nicht mehr aushalten konnte. Ich ging auf ihn los und packte ihn am Hals. Mit *meinen* Händen – aber ich hatte sie einfach nicht mehr in der Gewalt. Sie wollten ihn erdrosseln. Aber Dad ist kräftig und ein geschickter Ringer. Er riß sich los und rannte nach seinem Gewehr. Kam damit an und richtete es auf mich. ›Sieh mich an, Perry‹, sagte er. ›Ich bin das letzte, was du vor deinem Tod noch siehst. Ich stand da, ohne mich zu regen. Aber dann merkte er, daß das Gewehr nicht mal geladen war, und da fing er an zu weinen. Setzte sich hin und heulte wie ein Kind. Und da, glaube ich, war es mit meiner Wut auf ihn vorbei. Er tat mir leid. Und ich mir selbst eigentlich auch. Aber was nützte es alles – ich wußte nicht, was ich sagen sollte. Ich ging nach draußen. Es war April, aber die Wälder waren noch tief verschneit. Ich machte einen weiten Spaziergang, fast bis zum Anbruch der Nacht. Als ich zurückkam, war das Blockhaus dunkel, und alle Türen waren verschlossen. Und alle meine Sachen lagen draußen im Schnee. Dad hatte sie da hingeschmissen. Bücher. Mein Zeug. Alles. Ich ließ alles da liegen. Bis auf die Gitarre. Ich nahm meine Gitarre auf und ging zurück zur Landstraße. Nicht einen Dollar in der Tasche. Gegen Mitternacht hielt ein

Lastwagen, dem ich gewinkt hatte, und nahm mich mit. Der Fahrer fragte, wohin ich wollte. Ich sagte zu ihm: ›Das ist mir egal. Ich fahre mit, wohin Sie fahren.‹«

Nachdem Perry wiederum einige Wochen bei der Familie James gewohnt hatte, entschloß er sich, nach Worcester, Massachusetts, zu fahren, wo er einen »Kumpel von der Army« aufsuchen wollte, der ihm, wie er hoffte, einen »gutbezahlten Job« besorgen würde. Die Reise nach Osten wurde durch einige Umwege unterbrochen. Er wusch Geschirr in einem Restaurant in Omaha, pumpte Benzin in einer Garage in Oklahoma und arbeitete einen Monat auf einer Farm in Texas. Im Juli 1955 kam er auf seiner Reise nach Worcester nach Phillipsburg, einer kleinen Stadt in Kansas, und dort »ereilte ihn das Schicksal in Gestalt schlechter Gesellschaft«. »Er hieß Smith«, sagte Perry. »Genau wie ich. An seinen Vornamen erinnere ich mich nicht mehr. Ich hatte ihn irgendwo getroffen. Er hatte einen Wagen und sagte, er würde mich nach Chicago mitnehmen. So kamen wir jedenfalls in dies Nest Phillipsburg, wo wir anhielten, um auf die Karte zu sehen. Muß wohl Sonntag gewesen sein, jedenfalls kam es mir so vor. Die Läden waren alle zu. Auf den Straßen war kein Mensch. Mein Freund da, du liebe Güte, sah sich um und machte einen Vorschlag.« Der Vorschlag war, sie sollten in den Laden der Chandler Sales Company einbrechen. Perry war einverstanden, sie verschafften sich Zugang zu dem verlassenen Geschäft und nahmen eine Anzahl Büromaschinen (Schreib- und Addiermaschinen) mit. Das wäre vielleicht soweit gut gegangen, wenn die Diebe nicht einige Tage später in Saint Joseph, Missouri, ein Verkehrsschild übersehen hätten. »Wir hatten den Kram immer noch hinten im Wagen. Der Polyp, der uns anhielt, wollte wissen, woher wir das hatten. Sie fingen an nachzuprüfen, und dann wurden wir, wie man sagt, nach Phillipsburg ›überstellt‹, wo es ein nettes kleines Gefängnis gibt. Sofern man was für Gefängnisse übrig hat.« Binnen achtundvierzig Stunden hatten Perry und sein Partner ein unvergittertes Fenster entdeckt, waren hinausgeklettert, hatten einen Wagen gestohlen und waren in nordwestlicher Richtung nach Mc Cook, Nebraska, davongebraust. »Bald darauf trennten wir uns, Mr. Smith und ich. Ich weiß nicht, was aus ihm geworden ist. Beide standen wir inzwischen auf der Fahndungsliste des F.B.I. Aber soweit ich weiß, haben sie *ihn* nie geschnappt.«

An einem regnerischen Nachmittag im darauffolgenden November setzte ein Greyhoundbus Perry in Worcester ab, einer Fabrikstadt in Massachu setts mit steil ansteigenden und wieder abfallenden Straßen, die selbst beim besten Wetter trostlos und feindselig aussehen. »Ich fand das Haus, in dem mein Freund angeblich wohnte. Mein Kumpel aus Korea. Aber die Leute da sagten, er wäre vor sechs Monaten weggezogen, und sie hätten keine Ahnung, wohin. Das war eine große Enttäuschung, verdammt. Ende und so. Ich ging in einen Spirituosenladen, kaufte mir eine Flasche Rotwein, setzte mich in den Bus-Bahnhof und trank den Wein. So wurde mir schon etwas wärmer. Ich war eigentlich sogar ziemlich vergnügt, bis dann einer kam und mich wegen Herumtreiberei verhaftete.« Bei der Polizei gab er als seinen Namen Bob Turner an, weil er mit seinem richtigen Namen auf der Fahndungsliste des F.B.I. registriert war. Er war zwei Wochen in Arrest und mußte außerdem eine Buße von zehn Dollar zahlen. Danach fuhr er, wiederum an einem regnerischen Novembernachmittag, von Worcester nach New York. »Dort nahm ich mir ein Zimmer in einem Hotel an der Eighth Avenue«, sagte Perry. »Nicht weit von der Zweiundvierzigsten Straße. Da bekam ich schließlich Nachtarbeit. Gelegenheitsarbeit in einer Penny-Arkade direkt in der Zweiundvierzigsten Straße, neben einem Automaten-Restaurant, in dem ich aß – wenn überhaupt. Drei Monate lang kam ich praktisch aus der Gegend um den Broadway nicht heraus. Ein Grund dafür war, daß ich nicht das richtige Zeug hatte. Bloß Western-Zeug – Jeans und Cowboystiefel. Aber da auf der Zweiundvierzigsten Straße kümmert sich keiner darum. Da kann man anziehen, was man will. *Alles*. Mein ganzes Leben habe ich noch nicht so viele Verrückte gesehen wie da.« In dieser häßlichen, von Neonlichtern erhellten Gegend, in der es nach Popcorn, brutzelnden heißen Würstchen und Orangenlimonade roch, verbrachte er den Winter. Aber dann, eines strahlenden Morgens im März, als der Frühling vor der Tür stand, weckten ihn zwei Männer vom F.B.I. »Verhafteten mich im Hotel, diese Bastarde«, sagte Perry. »Verflucht! – Schickten mich zurück nach Kansas. Nach Phillipsburg. Da saß ich wieder in demselben hübschen Gefängnis. Nagelten mich fest und verdonnerten mich für Diebstahl, Ausbruch aus dem Gefängnis, Autodiebstahl. Ich bekam fünf Jahre, bei guter Führung. Sonst zehn. Kam nach Lansing. Nach einer Weile schrieb ich Dad. Erzählte ihm, was passiert war, und schrieb meiner Schwester Barbara. Sonst lebte keiner mehr von der Familie. Jimmy hatte Selbstmord gemacht. Fern war aus dem Fenster gesprungen. Meine Mutter war tot, schon seit acht Jahren. Nur noch Dad und Barbara waren übrig.«

Unter den Papieren, die Perry nicht gern in Mexico City zurücklassen wollte, war auch ein Brief von Barbara. Der Brief, der in einer sauberen, gut leserlichen Schrift geschrieben und vom 28. April 1958 datiert war, zu einer Zeit also, als der Empfänger bereits nahezu zwei Jahre im Gefängnis saß, lautete:

Mein lieber Bruder Perry,
heute erhielten wir Deinen zweiten Brief & entschuldige bitte, wenn ich jetzt erst antworte. Wie bei Euch wird es hier allmählich wärmer, & vielleicht leide ich schon an Frühjahrsmüdigkeit, aber ich versuche darüber hinwegzukommen. Dein erster Brief hat uns ziemlich mitgenommen, wie Du Dir denken kannst. Aber das war nicht der Grund, weshalb ich nicht geschrieben habe. Die Kinder machen ziemlich viel Arbeit & es ist schwer, die Zeit zu finden und sich auf einen Brief zu konzentrieren, wie ich es schon seit einiger Zeit wollte. Donnie macht jetzt selbst die Türen auf & klettert auf Stühle & andere Möbel & ich bin ständig in Sorge, daß er irgendwo herunterfällt.
Ich kann die Kinder ab & zu im Garten spielen lassen – aber ich muß doch immer selbst mit ihnen hinausgehen, weil ihnen leicht etwas zustößt, wenn ich nicht aufpasse. Aber das dauert ja nicht ewig & ich weiß jetzt schon, daß ich in Sorge sein werde, wenn sie erst selbständig auf der Straße herumlaufen & ich nicht weiß, wo sie sind. Hier sind einige Angaben über sie, falls es Dich interessiert –

	Größe	Gewicht	Schuhgröße
Freddie	92,71 cm	24,04 Pfd.	7-1/2 schmal
Baby	95,25 cm	26,76 Pfd.	8 schmal
Donnie	86,36 cm	23,59 Pfd.	6-1/2 breit

Du siehst daraus, daß Donnie für seine fünfzehn Monate ziemlich groß ist, er hat jetzt sechzehn Zähne & ist schon eine richtige kleine Persönlichkeit – die Leute hier mögen ihn alle sehr gern. Er hat dieselben Kleidergrößen wie Baby und Freddie, nur die Hosen sind noch zu lang.
Ich möchte Dir einen langen Brief schreiben, & so werde ich sicher einige Male unterbrochen werden, wie jetzt zum Beispiel, wo ich Donnie baden muß. Baby & Freddie habe ich schon am Morgen gebadet, da es heute ziemlich kalt ist und sie im Haus blieben. Ich schreibe gleich weiter –

Was mein Schreiben mit der Maschine betrifft – ich will Dich da nicht belügen! Ich kann es nicht besonders gut. Ich schreibe mit einem & manchmal fünf Fingern, & obwohl ich dem Großen Fred bei seinen Geschäftsbriefen helfe, ich brauche eine Stunde, wozu wahrscheinlich jemand, der es gelernt hat, fünfzehn Minuten braucht – im Ernst, ich habe einfach nicht die Zeit und auch nicht den *Willen*, es berufsmäßig zu lernen. Aber ich finde es wunderbar, wie Du Dich damit beschäftigt hast und jetzt so gut auf der Maschine schreiben kannst. Ich glaube, wir haben alle ziemlich leicht gelernt (Jimmy, Fern, Du und ich), & wir waren alle mit einem Sinn für das Künstlerische begabt – und noch für manches andere. Auch Mutter & Dad waren künstlerisch veranlagt.

Es ist meine ehrliche Meinung, daß keiner von uns das Recht hat, *irgend jemandem* die Schuld an dem zuzuschieben, was er selbst aus seinem Leben gemacht hat. Es ist bewiesen, daß die meisten von uns mit sieben Jahren das *Alter der Vernunft* erreicht haben –, was bedeutet, daß wir in diesem Alter *wissen*, was Recht & Unrecht ist, es zu unterscheiden wissen. Natürlich – die Umwelt spielt eine schrecklich wichtige Rolle in unserem Leben, wie in meinem Fall das Kloster, & ich bin dankbar für diesen Einfluß. In Jimmys Fall – er war von uns allen der Stärkste. Ich erinnere mich noch, wie er zur Schule ging & arbeitete, ohne daß ihm irgend jemand etwas sagte, es war sein eigener WILLE, etwas aus sich zu machen. Wir werden nie die Gründe erfahren für das, was geschehen ist, warum er das getan hat, was er tat, aber es schmerzt mich heute noch, wenn ich daran denke. Es war so sinnlos. Aber wir haben nur wenig Kontrolle über unsere menschlichen Schwächen, & das gilt auch für Fern & Hunderttausende von anderen Menschen, uns selbst eingeschlossen – denn *wir alle* haben Schwächen. In Deinem Fall – ich weiß nicht, welches *Deine* besondere Schwäche ist, aber ich weiß – ES IST KEINE SCHANDE, EIN SCHMUTZIGES GESICHT ZU HABEN – EINE SCHANDE IST ES ERST, WENN MAN DEN SCHMUTZ NICHT ABWÄSCHT.

Bei aller aufrichtigen Liebe zu Dir, Perry, denn Du bist jetzt mein einziger Bruder & der Onkel meiner Kinder, kann ich doch Deine Einstellung zu unserem Vater und Deiner Bestrafung nicht GERECHT oder gesund finden. Wenn Du Dich jetzt auf die Hinterbeine stellst – Du solltest das lieber nicht tun, wenn ich auch weiß, daß niemand gerne Kritik hinnimmt, & daß ein Gefühl des Ärgers gegen denjenigen, der diese Kritik an uns übt, nur natürlich ist, und so bin ich auch darauf gefaßt, entweder a) nichts wie-

der von Dir zu hören, oder b) einen Brief von Dir zu bekommen, in dem Du mir genau schreibst, was Du über mich denkst.
Ich hoffe, ich habe unrecht, & ich hoffe aufrichtig, daß Du Dir diesen Brief zu Herzen nimmst & zu begreifen *versuchst*, was vielleicht in anderen vorgeht. Bitte, verstehe mich nicht falsch, ich weiß, daß ich keine Autorität bin, & ich behaupte nicht, daß ich besonders intelligent oder gebildet bin, aber ich glaube, daß ich ein normaler, einigermaßen vernünftiger Mensch bin, mit dem Willen, mein Leben nach den Gesetzen Gottes & der Menschheit zu führen. Ich gebe auch zu, daß ich, wie es nur natürlich ist, manchmal »gestrauchelt« bin, denn ich bin, wie gesagt, auch nur ein Mensch & habe daher menschliche Schwächen, aber, ich wiederhole, entscheidend ist doch, daß es keine Schande ist, ein schmutziges Gesicht zu haben – eine Schande ist es erst, wenn man den Schmutz nicht abwäscht. Niemand kennt seine Mängel und Irrtümer besser als ich selbst, und so will ich Dich hiermit auch nicht länger langweilen.
Nun, als erstes & wichtigstes – Dad ist *nicht* verantwortlich für die Fehler, die Du gemacht hast, und *auch nicht* für Deine guten Taten. Was Du getan hast, ob es *falsch* oder *richtig*, war, geht auf *Deine eigene Rechnung*. Nach meinen Erfahrungen mit Dir hast Du Dein Leben immer nur so geführt, wie es Dir gepaßt hat, *ohne Rücksicht* auf die Umstände oder auf Personen, die Dich liebten – und verletzt sein könnten. Ob Du Dir darüber klar bist oder nicht – die Tatsache, daß Du jetzt eine Gefängnisstrafe verbüßt, ist für mich ebenso schmerzlich wie für Dad – nicht wegen der Tat, die Du begangen hast, sondern weil Du offensichtlich kein AUFRICHTIGES Bedauern, keine *Achtung* vor dem Gesetz und auch vor keinem Menschen zeigst. Aus Deinem Brief geht hervor, daß Du die Schuld für Deine Verfehlung bei anderen siehst, nicht bei Dir selbst. Ich gebe gern zu, daß Du intelligent bist, & Dein Wortschatz ist ausgezeichnet, & ich weiß, daß Du alles kannst, was Du wirklich willst & es gut tun kannst, aber was willst Du denn eigentlich & bist Du bereit, zu arbeiten und Dir *ehrlich* Mühe zu geben, das Ziel, das Du vor Dir siehst, auch zu erreichen? Nichts fällt einem in den Schoß, das hast Du sicher schon oft gehört, aber es einmal mehr zu hören wird Dir nicht schaden.
Wenn Du hören willst, wie es jetzt wirklich mit Dad steht – sein Herz ist gebrochen, und zwar Deinetwegen. Er würde alles tun, um Dich herauszubekommen und seinen Sohn wieder bei sich zu haben – aber ich fürchte, Du würdest ihn nur noch tiefer verletzen, wenn Du die Gelegenheit dazu

hast. Es geht ihm nicht gut, er ist schließlich auch älter geworden & kann nicht mehr wie früher seinen Mann stehen, wie man sagt. Er hat in manchem unrecht gehabt, & er weiß das auch, aber immer hat er sein Leben und alles, was er besessen hat, mit Dir geteilt, was er gewiß nicht mit irgendeinem anderen Menschen getan hätte. Ich will nicht sagen, daß Du ihm nun bis ans *Ende Deiner Tage* Dank schuldest, oder gar Dein *Leben*, aber Du schuldest ihm RESPEKT und solltest um seinetwillen ein ANSTÄNDIGES LEBEN führen. Ich persönlich bin stolz auf Dad. Ich liebe ihn & achte ihn als meinen Dad, & ich bin nur traurig, daß er dieses einsame Leben mit seinem Sohn gewählt hat, er hätte in Liebe mit uns leben sollen, statt allein in seinem kleinen Wohnwagen sehnsüchtig & einsam auf Dich, seinen Sohn, zu warten. Ich mache mir Sorgen um ihn, & wenn ich sage *ich*, dann meine ich nicht nur mich, sondern auch meinen Mann, der Dad ebenfalls achtet. Weil er ein MANN ist. Es ist wahr, Dad hat keine besondere Schulbildung, aber in der Schule lernen wir nur die Wörter lesen und sie buchstabieren, sie im *Leben anzuwenden* und nach ihnen *zu leben* ist eine andere Sache, die wir nur im *Leben selbst & durch unser Leben* lernen. Dad hat in diesem Sinne gelebt, & es zeigt nur Deine Einsichtigkeit & Beschränktheit, wenn Du ihn ungebildet nennst und unfähig, »die wissenschaftliche Bedeutung etc.« der Probleme zu verstehen, die das Leben mit sich bringt. Eine Mutter ist immer noch die einzige, die ihrem Kind ein Wehweh wegküssen und alles wiedergutmachen kann – erkläre mir das mal *wissenschaftlich*.
Es fällt mir nicht leicht, so hart mit Dir zu sprechen, aber ich fühle, daß ich Dir einmal meine Meinung sagen muß. Es tut mir auch leid, daß dieser Brief zensiert werden wird (durch die Gefängnisbehörde), & ich hoffe aufrichtig, daß er Dir nicht schadet im Hinblick auf Deine Entlassung, aber Du mußt wissen & erfahren, wie sehr Du die Menschen um Dich verletzt hast. Um Dad geht es hauptsächlich, denn schließlich habe ich meine Familie, der ich mich ganz widme, aber Du bist der einzige, den Dad wirklich liebt – Du bist für ihn »die Familie«. Er weiß natürlich, daß ich ihn liebe, aber so groß ist die Vertrautheit zwischen uns nicht, wie Du weißt.
Deine Strafe ist nicht etwas, worauf Du stolz sein könntest, & Du wirst mit ihr leben & versuchen müssen, Deine Verfehlung gutzumachen, was wohl möglich ist, Dir aber nicht gelingen wird, solange Du Deine Einstellung nicht änderst & glaubst, alle anderen seien dumm & ungebildet & verständnislos. Du bist ein menschliches Wesen mit einem *freien Willen*. Du

stehst dadurch über dem Tier. Aber wenn Du Dein Leben ohne Verständnis und Mitgefühl für Deine Mitmenschen lebst – bist Du wie ein Tier – »Auge um Auge, Zahn um Zahn« – & Glück & Seelenfrieden erreicht man durch ein solches Leben nicht.
Was Verantwortung anbetrifft, niemand reißt sich darum – aber alle sind wir der Gemeinschaft, in der wir leben & ihren Gesetzen gegenüber verantwortlich. Wenn die Zeit kommt, Verantwortung auf sich zu nehmen für ein Heim und Kinder oder im Beruf, dann wird aus dem Jungen der Mann – und sicherlich kannst Du Dir vorstellen, wie diese Welt aussähe, wenn jeder sagen würde: »Ich bin wie ich bin, ich will mit Verantwortung nichts zu tun haben, ich will mich so ausdrücken, wie ich fühle & tun, was *ich* will.« Wir haben alle die Freiheit, zu tun & zu sagen, was wir wollen – *vorausgesetzt*, daß wir in dieser ›Freiheit‹ nicht unseren Mitmenschen schaden.
Denk darüber nach, Perry. Du bist überdurchschnittlich intelligent, aber die Argumente, die Du vorbringst, treffen nicht den Kern. Vielleicht hängt es mit dem schweren Leben zusammen, das Du sicher im Gefängnis hast. Aber wie dem auch sei – denke immer daran, daß Du & nur Du allein die Verantwortung trägst und daß es an Dir liegt, einzig und allein an Dir, mit Deinem Leben in Zukunft zurechtzukommen. Ich hoffe bald wieder von Dir zu hören.

Es beten für Dich, in Liebe
Deine Schwester & Schwager
Barbara & Frederic & Familie

Wenn Perry diesen Brief bei sich behalten und nicht aus der Hand geben wollte, dann war es nicht aus Neigung zu seiner Schwester. Ganz im Gegenteil. Er »haßte« Barbara, und noch am Tag zuvor hatte er zu Dick gesagt: »Das einzige, was ich *wirklich* bedaure – ich hätte was darum gegeben, wenn meine Schwester mit in dem Haus gewesen wäre.« (Dick hatte gelacht und sich zu einer ähnlichen Regung bekannt: »Ich muß auch immer daran denken, was für einen Spaß ich daran gehabt hätte, wenn meine zweite Frau unter ihnen gewesen wäre. Sie und ihre ganze verdammte Familie.«) Nein, dieser Brief war ihm nur deswegen so wertvoll, weil sein Freund aus dem Gefängnis, der »superintelligente« Willie-Jay, eine »sehr einfühlsame Analyse« dieses Briefes verfaßt hatte, und zwar zwei engzeilig beschriebene Schreibmaschinenseiten mit dem Titel »Eindrücke, die ich aus dem Brief gewann«:

Eindrücke, die ich aus dem Brief gewann

1. Als sie diesen Brief begann, wollte sie mitfühlend und verständnisvoll nach den christlichen Prinzipien handeln. Das heißt, in Erwiderung auf Deinen Brief an sie, über den sie sich offensichtlich geärgert hatte, wollte sie die andere Backe hinhalten, um so in Dir ein Bedauern über diesen Brief zu erwecken, und Dich, solltest Du ihr antworten, in die Verteidigung drängen.

Aber nur wenigen Leuten gelingt es, ein ethisches Prinzip zu demonstrieren, wenn ihre Überlegung von unsachlichen Gefühlen zersetzt wird. Wie sehr Deine Schwester versagt, zeigt sich deutlich im weiteren Verlauf des Briefes, in dem nämlich Gefühle an die Stelle ihres klaren Urteils treten – ihre Gedanken sind gut, sie zeugen deutlich von Intelligenz, aber es ist jetzt keine unbefangene sachliche Intelligenz mehr. Es ist ein von Gefühlen beherrschtes Reagieren auf Erinnerung und Enttäuschung; folglich bleiben ihre Ermahnungen, so weise sie sein mögen, ohne Wirkung, es sei denn, sie veranlassen Dich dazu, Dich in Deinem nächsten Brief dadurch an ihr zu rächen, daß Du sie verletzt. Womit dann ein Prozeß begänne, der nur in weiterem Ärger und Kummer gipfeln kann.

2. Es ist ein törichter Brief, aber geschrieben aus dem Gefühl des eigenen menschlichen Versagens.

Dein Brief an sie und diese ihre Antwort an Dich haben beide ihr Ziel verfehlt. Du hast versucht, ihr Deine Lebensauffassung zu erklären, von der Du zwangsläufig beeinflußt bist. Dein Brief mußte mißverstanden oder zu wörtlich genommen werden, weil Deine Ideen jeder Art von Konventionalismus widersprechen. Was könnte *konventioneller* sein als eine Hausfrau mit drei Kindern, deren Leben ihrer Familie »gewidmet« ist??? Es ist nur natürlich, daß sie einen unkonventionellen Menschen ablehnt. Im Konventionalismus steckt viel Scheinheiligkeit. Jeder denkende Mensch ist sich über dies Paradox im klaren; aber wenn man mit konventionellen Leuten zu tun hat, ist es nützlich, sie so zu behandeln, als seien sie keineswegs scheinheilig. Man braucht deshalb nicht sich selbst oder seinen eigenen Auffassungen untreu zu werden; es handelt sich vielmehr um einen Kompromiß, bei dem man durchaus der Mensch bleiben kann, der man ist, ohne sich ständig vom Zwang der Konventionen bedroht fühlen zu müssen. Ihr Brief war deswegen verfehlt, weil sie die ganze Tiefe Deines Problems nicht begreifen kann – sie ahnt gar nicht den unerträglichen Zwang, den Umwelt, geistige Enttäuschung und eine wachsende Tendenz zur Isolierung auf Dich ausüben.

3. Sie ist der Ansicht,

a) daß Du zu sehr zum Selbstmitleid neigst;

b) daß Du zu berechnend bist;

c) daß Du im Grunde genommen einen acht Seiten langen Brief gar nicht verdienst, der zwischen die mütterlichen Pflichten eingeschoben wurde.

4. Auf Seite 3 schreibt sie: »Es ist meine ehrliche Meinung, daß keiner von uns das Recht hat, irgend jemand die Schuld an dem zuzuschieben etc.« Sie sucht auf diese Weise diejenigen zu rechtfertigen, die Einfluß auf ihre jugendliche Entwicklung hatten. Aber ist das die ganze Wahrheit? Sie ist Frau und Mutter. Sie führt ein achtbares und mehr oder weniger gesichertes Leben. Es ist sehr leicht, den Regen zu ignorieren, wenn man einen Regenmantel hat. Aber wie würde sie eingestellt sein, wenn sie gezwungen wäre, ihren Lebensunterhalt auf dem Strich zusammenzukratzen? Würde sie auch dann noch allen verzeihen, die ihre Jugend bestimmten? Ganz gewiß nicht. Nichts ist weniger ungewöhnlich als die Ansicht, daß andere an unserem Versagen beteiligt sind, und ebenso verbreitet ist die Neigung, diejenigen zu vergessen, die Anteil an unseren Erfolgen hatten.

5. Deine Schwester respektiert Euren Vater. Aber sie nimmt es auch übel, daß Du vorgezogen wurdest. Ihre Eifersucht kommt in diesem Brief verhüllt zum Ausdruck. Zwischen den Zeilen steht die Frage: »Ich liebe Dad und habe versucht, so zu leben, daß er auf mich als seine Tochter stolz sein kann. Aber ich habe mich mit den Brosamen seiner Neigungen begnügen müssen. Weil Du es bist, den er liebt. Und warum ist das so?«

Im Laufe der Jahre hat sich Dein Vater offenbar in seinen Briefen die gefühlsbetonte Einstellung Deiner Schwester zunutze gemacht. Er hat ihr ein Bild von sich gemalt, das ihre Meinung über ihn rechtfertigt – ein Geschlagener, beladen mit dem Fluch, einen undankbaren Sohn zu haben, den er mit Liebe und Sorge überschüttet hat, nur um von ihm mißhandelt und getreten zu werden.

Auf Seite 7 schreibt sie, es täte ihr leid, daß ihr Brief zensiert werden würde. Aber in Wirklichkeit ist sie darüber keineswegs traurig. Sie ist froh, daß der Brief den Zensoren unter die Augen kommen wird. Unterbewußt hat sie an die Zensur gedacht, als sie ihn schrieb, um die Vorstellung zu erwecken, daß es sich bei den Smiths um eine ordentliche Familie handelt: »*Bitte, beurteilen Sie uns nicht allesamt nach Perry.*«

Sie schreibt von der Mutter, die ihrem Kind sein Wehweh wegküßt. Das ist eine weibliche Form von Sarkasmus.

6. Du schreibst ihr:
a) Weil Du Dich ihr als Bruder verbunden fühlst;
b) Weil Du diesen Kontakt zur Außenwelt nötig hast;
c) Weil Du sie brauchen kannst.

Zusammenfassung und Rat: Die Korrespondenz zwischen Dir und Deiner Schwester kann nicht mehr als eine allgemein gesellschaftliche Bedeutung haben. Halte Dich mit den Themen, die Du anschneidest, im Rahmen dessen, was sie versteht. Belaste sie nicht mit Deinen persönlichen Schlußfolgerungen. Dränge sie nicht in die Verteidigung und gestatte ihr nicht, Dich in die Verteidigung zu drängen. Denke daran, daß sie die Ziele, die Du hast, nur bis zu einem gewissen Grad begreift, und vergiß nicht, daß sie gegen Kritik an Eurem Vater empfindlich ist. Sei in Deiner Haltung ihr gegenüber konsequent und verstärke nicht ihren Eindruck, daß Du Schwächen hast. Nicht weil Du ihre Gunst brauchst, sondern weil Du sonst weitere Briefe dieser Art bekommen würdest, die nur *dazu dienen können, Deine sowieso schon gefährlichen anti-sozialen Instinkte zu verstärken.*

ENDE

Indem Perry damit fortfuhr, seine Sachen durchzusehen und auszusortieren, wuchs der Stapel der Dinge, die ihm zu kostbar schienen, als daß er sie auch nur zeitweilig aus der Hand hätte geben mögen, zu schwankender Höhe an. Aber was sollte er machen? Er konnte es nicht riskieren, den Bronze-Star zu verlieren, den er sich in Korea verdient hatte, oder das High-School-Diplom (ausgestellt von der Leavenworth-County-Ausbildungsbehörde – Resultat der während seiner Haftzeit absolvierten Lehrgänge, durch die er seine lange unterbrochenen Studien weitergeführt hatte). Auch war da ein dicker Manila-Umschlag mit Fotografien, den er nicht gern verlieren wollte – hauptsächlich von ihm selbst, von der Zeit bei der Handelsmarine – ein Porträt als hübscher kleiner Junge, auf dessen Rückseite er geschrieben hatte: »16 Jahre alt. Jung, unbekümmert & unschuldig« – bis hinauf zu den kürzlich in Acapulco gemachten Fotos. Außerdem waren da an die fünfzig andere Kleinigkeiten, die er mitzunehmen beschlossen hatte, darunter seine Karten mit eingezeichneten versunkenen Schätzen, Ottos Skizzenbuch und zwei dicke Notizhefte; das dickere war sein persönliches Wörterbuch und enthielt eine nicht alphabetisch geordnete Sammlung von Wörtern, die er »schön«, »nützlich«

oder wenigstens »erinnernswert« fand. (Eine Seite als Beispiel: »Thanatoid = totenähnlich; Omnilingual = in Sprachen versiert; Amerce = Bußgeld; Betrag wird vom Gericht festgesetzt; Nescient = Unwissenheit; Facinorous = wild, bösartig; Hagiophobia = eine krankhafte Scheu vor heiligen Stätten und Dingen; Lapidicolous = unter Steinen leben, wie gewisse blinde Käfer; Dyspathy = Mangel an Sympathie, an Kameradschaftssinn; Psilopher = jemand, der kaum als Philosoph durchgehen würde; Omophagia = rohes Fleisch essen, Ritus einiger wilder Stämme; Depredate = plündern, rauben und erbeuten; Aphrodisiac = eine Droge oder dergleichen, die den Geschlechtstrieb erregt; Megalodactylous = anomal lange Finger haben; Myrtophobia = Angst vor Nacht und Dunkelheit.«).

Auf dem Umschlag des zweiten Notizbuches verkündete die Handschrift, auf die er so stolz war, eine Handschrift mit schnörkelhaften, femininen Oberlängen, dies sei »Das private Tagebuch von Perry Edward Smith« – eine Aufschrift, die nicht zutraf, denn es handelte sich keineswegs um ein Tagebuch, sondern um eine Art Anthologie obskurer Fakten (»Alle fünfzehn Jahre kommt der Mars der Erde näher. 1958 ist ein solches Jahr«), Gedichte, Zitate und aus Zeitungen und Büchern abgeschriebener Stellen, zum Beispiel:

Ich habe viele Bekannte und nur wenige Freunde; die Zahl derer, die mich wirklich kennen, ist noch geringer.

Las von einem neuen Rattengift. Außerordentlich wirkungsvoll, geruchlos, geschmacklos, wird nach der Einnahme restlos vom Körper absorbiert, so daß keinerlei Spuren in der Leiche zu finden sind.

Auf die Aufforderung, eine Rede zu halten: »Ich kann mich um alles in der Welt nicht erinnern, was ich sagen wollte – ich glaube, noch niemals in meinem Leben hatte ich es so vielen Menschen zu verdanken, daß ich so sehr, sehr glücklich bin. Es ist ein herrlicher, ein seltener Augenblick, und ich fühle mich zutiefst zu Dank verpflichtet. Ich danke Ihnen!«

Las interessanten Artikel Februarausgabe von *Man to Man:*

»Ich bahnte mir mit dem Messer den Weg zu einer Diamantengrube.«

»Für einen Menschen, der die Freiheit mit all ihren Vorrechten genießt, ist es fast unmöglich, nachzuempfinden, was es heißt, dieser Freiheit beraubt zu sein.« – Erle Stanley Gardner.

»Was ist das Leben? Es ist der Funke eines Glühwürmchens in der Nacht. Es ist der Hauch eines Büffels in der Winterluft. Es ist wie der schmale

Schatten, der über das Gras läuft und sich in der untergehenden Sonne verliert.« – Crowfoot, Häuptling der Schwarzfußindianer.
Die letzte Eintragung war in roter Tinte geschrieben und mit einer Umrandung aus grünen Sternen geschmückt; der Schreiber wollte damit »die persönliche Bedeutung« betonen, die diese Eintragung für ihn hatte. »Der Hauch eines Büffels in der Winterluft« – das war genau die Ansicht vom Leben, die er hatte. Warum sich Sorgen machen? Es gab nichts, worüber man sich den Kopf zu zerbrechen hätte. Der Mensch war nichts, ein Nebel, ein Schatten, verschluckt von anderen Schatten.
Aber verdammt, man hatte eben doch seine Sorgen, zerbrach sich den Kopf und war beunruhigt über den Zustand seiner Fingernägel und die Warnung der Hoteldirektion: SU DIA TERMINA A LAS 2 P. M.
»Dick? Hörst du mich?« sagte Perry. »Es ist schon fast eins.«
Dick war wach, er war sogar noch etwas mehr als das, er und Inez waren damit beschäftigt, sich zu lieben. Als bete er einen Rosenkranz ab, flüsterte Dick unaufhörlich: »Ist es gut, Baby, ist es gut?« Aber Inez, die eine Zigarette rauchte, schwieg. Als Dick sie in der Nacht zuvor mit aufs Zimmer gebracht und zu Perry gesagt hatte, daß sie hier schlafen würde, hatte Perry, obwohl er dagegen war, klein beigegeben; aber wenn sie glaubten, ihr Verhalten regte ihn an oder käme ihm als mehr als eine »bloße Belästigung« vor, dann irrten sie. Nichtsdestoweniger tat Inez ihm leid. Sie war so ein »kleines, dummes Ding« – sie glaubte wirklich, Dick würde sie heiraten, und hatte keine Ahnung, daß er Mexiko noch an diesem Nachmittag verlassen wollte.
»Ist es gut, Baby, ist es gut?«
»Herrgott, Dick, beeil dich«, sagte Perry. »Unser Aufenthalt hier endet um zwei.«

Es war Sonnabend, Weihnachten stand vor der Tür, und der Verkehr schob sich langsam durch die Main Street. Dewey, eingezwängt zwischen anderen Wagen, sah auf zu den Stechpalmengirlanden über der Straße – leuchtendgrüne Gehänge mit roten Pappglocken –, und plötzlich fiel ihm ein, daß er noch kein einziges Geschenk für seine Frau und die Kinder gekauft hatte. Alles, was nichts mit dem Clutter-Fall zu tun hatte, entfiel ihm so rasch, wie er es gehört hatte. Marie und sein Freunde hatten sich oft genug darüber gewundert, wie sehr ihm das Ganze zur fixen Idee geworden war.

Ein guter Freund von ihm, der junge Anwalt Clifford R. Hope jr., hatte ihm offen seine Meinung gesagt: »Weißt du eigentlich, daß du dich inzwischen einigermaßen verändert hast, Al? Weißt du, daß du überhaupt nur noch von dieser Sache redest?« »Mag sein«, hatte Dewey erwidert, »ich denke tatsächlich nur noch an diese Sache. Weil ich dadurch, daß ich immer wieder darüber rede, die Chance habe, auf etwas zu kommen, an das ich vorher nicht gedacht hatte. Irgendein neuer Gesichtspunkt. Oder vielleicht kommst *du* auf irgend etwas. Was glaubst du denn, Cliff, was aus mir werden würde, wenn dieser Fall offenbleibt und die Akten darüber nie abgeschlossen werden? Noch Jahre würde ich dahinter her sein und allen möglichen Hinweisen und Tips nachgehen. Und wenn irgendwo ein Mord geschieht, der auch nur eine entfernte Ähnlichkeit mit dieser Sache hat, dann würde ich alle Hebel in Bewegung setzen, um herauszubekommen, ob es irgendeine Beziehung zwischen den beiden Verbrechen gibt. Aber es ist nicht nur das. Es ist inzwischen doch so weit gekommen, daß ich Herb und seine Familie besser zu kennen meine, als sie sich selbst jemals gekannt haben. Auf Schritt und Tritt geht dieser Fall mir nach. Und ich glaube, das wird so bleiben, bis ich herausbekommen habe, was und wie es passiert ist.«
Durch seine Hingabe an diesen Fall war es bei Dewey zu einer Geistesabwesenheit gekommen, die alles andere als typisch für ihn war. Noch am Morgen hatte Marie ihn gebeten: »Aber bitte, *bitte*, denk dran, vergiß es nicht...« Aber er konnte sich nicht daran erinnern, oder vielmehr entsann sich erst wieder, als er, frei vom Einkaufsverkehr, auf der Überlandstraße 50 nach Holcomb entlangbrauste und an der tierärztlichen Praxis von Dr. J. E. Dale vorbeikam. Ach ja, das war es. Seine Frau hatte ihn gebeten, Pete mitzubringen, den gelb-braun gestreiften, fünfzehn Pfund schweren Kater der Familie. Pete war in Garden City für seine Kampfwut bekannt, die auch der Grund dafür war, daß er sich jetzt in ärztlicher Behandlung befand; er hatte die Schlacht gegen einen Boxer verloren und dabei Wunden davongetragen, die genäht und mit Antibiotika behandelt werden mußten. Von Dr. Dale entlassen, setzte sich Pete neben Dewey auf dem Vordersitz des Wagens zurecht und schnurrte den ganzen Weg bis nach Holcomb.
Der Kriminalbeamte wollte zur River-Valley-Farm, aber da ihm unterwegs nach etwas Warmem war – einer heißen Tasse Kaffee –, hielt er vor Hartman's Café.
»Hallo, Hübscher«, sagte Mrs. Hartman. »Was kann ich für Sie tun?«

»Nur 'ne Tasse Kaffee, Madam.«

Sie schenkte ihm eine Tasse ein. »Hab ich recht? Sie scheinen in letzter Zeit ja enorm abgenommen zu haben.«

»Etwas schon.« Tatsächlich hatte Dewey in den letzten drei Wochen fast zwanzig Pfund abgenommen. Seine Anzüge schlotterten um ihn herum, als hätte er sie von einem beleibteren Bekannten geliehen, und im Gesicht, das seinen Beruf schon normalerweise kaum erraten ließ, sah er jetzt aus, als wäre er ein Asket, der sich mit okkulten Künsten beschäftigte.

»Wie fühlen Sie sich denn?«

»Oh, prächtig.«

»Aber Sie sehen schrecklich aus.«

Dagegen war nichts zu sagen. Aber schlimmer als die anderen Mitglieder seines Teams – die Beamten Duntz, Church und Nye – konnte er auch nicht aussehen. Bestimmt war er in besserer Verfassung als Harold Nye, der trotz der schweren fiebrigen Grippe, die er in den Knochen hatte, Tag für Tag seinen Dienst tat. An die siebenhundert Hinweise waren es, die die vier erschöpften Männer inzwischen bis ins einzelne verfolgt hatten. Dewey selbst hatte zum Beispiel zwei ermüdende und verlorene Tage damit zugebracht, die beiden ominösen Mexikaner aufzuspüren, die nach der entschiedenen Aussage von Paul Helm Mr. Clutter am Nachmittag vor der Mordtat aufgesucht hatten.

»Noch eine Tasse, Alvin?«

»Das reicht, Madam, danke.«

Aber sie kam schon mit dem Topf an. »Geht auf meine Rechnung, Sheriff. Sie können's brauchen, so wie Sie ausschauen.« An einem Ecktisch spielten zwei angetrunkene Farmarbeiter Dame. Einer von ihnen stand auf und ging zur Theke, an der Dewey saß. »Stimmt das, was wir gehört haben?«

»Was meinen Sie?«

»Das von dem Burschen, den Sie gefaßt haben, als er im Clutter-Haus rumschnüffelte? Er soll der Täter sein, haben wir gehört.«

»Nicht daß ich wüßte, mein Lieber. Bestimmt nicht.«

Jonathan Daniel Adrian, der gegenwärtig wegen unerlaubten Waffenbesitzes unter Arrest war, hatte zwar eine ziemlich bewegte Vergangenheit, er war zum Beispiel eine Zeitlang in der Irrenabteilung des Topeka-State-Hospitals gewesen, aber die Untersuchung hatte erbracht, daß er mit dem Clutter-Fall nichts zu tun hatte. Er war vielmehr das Opfer seiner unangebrachten Neugier geworden.

»Aber, wenn das nu der Falsche war, warum findt ihr dann nich endlich den Richtigen? Ich hab das Haus voller Weiber, die sich nich mal mehr traun, allein aufs Klo zu gehn.«
Dewey hatte sich inzwischen an solche und ähnliche Ausfälle gewöhnt, es gehörte zu seinem Beruf. Er trank die zweite Tasse Kaffee, seufzte, lächelte.
»Das ist mein Ernst. Ich mein das nich als Witz. Warum verhaftet ihr nich endlich einen? Dafür werdt ihr doch bezahlt.«
»Hören Sie auf mit Ihrem dummen Gerede«, sagte Mrs. Hartman.
»Wir sitzen alle im selben Boot. Alvin tut, was er kann.«
Dewey blinzelte ihr zu. »Das kann man wohl sagen, Madam. Und vielen Dank für den Kaffee.«
Der Arbeiter wartete, bis sein Wild an der Tür war, und feuerte dann eine letzte Salve ab: »Wenn Se sich je wieder als Kandidat für den Sheriff-Posten aufstellen lassen, dann rechnen Se besser nich auf meine Stimme. Die wernn Se nämlich nich kriegen.«
»Hören Sie auf mit Ihrem dummen Gerede!« sagte Mrs. Hartman.
Von Hartman's Café ist es eineinhalb Kilometer bis zur River-Valley-Farm. Dewey entschloß sich, zu Fuß zu gehen. Er ging gerne über Weizenfelder. Für gewöhnlich unternahm er ein- oder zweimal die Woche weite Spaziergänge über sein eigenes Land, das geliebte Stück Prärie, wo er seit langer Zeit gehofft hatte, eines Tages ein Haus zu bauen, einen Garten anzulegen, Bäume zu pflanzen und vielleicht Urenkel spielen zu sehen. Das war sein Traum, aber seine Frau hatte ihm unlängst gesagt, daß sie ihn nicht mehr teile; sie hatte gesagt, daß sie nie wieder daran denke, einsam und »weit und breit ohne Nachbarn« auf dem Land zu wohnen. Dewey wußte, daß sie auch dann ihre Meinung nicht ändern würde, wenn es ihm gelingen sollte, die Mörder noch heute zu fassen – war es doch so ein einsames Landhaus, in dem ein grauenvolles Geschick die befreundete Familie befallen hatte.
Natürlich, die Clutters waren nicht die ersten, die in Finney County, ja selbst in Holcomb, ermordet worden waren. Ältere Angehörige der kleinen Gemeinde erinnern sich noch an gewisse »wilde Umtriebe« vor mehr als vierzig Jahren – an den Hefner-Mord. Mrs. Sadie Truitt, die siebzigjährige Postbotin des Fleckens und Mutter der Postmeisterin Clare, erinnert sich noch genau an diese legendäre Geschichte: »Im August war es, 1920. Eine Hitze *wie* in der Hölle. Ein Mann mit Namen Tunif arbeitete auf der Finnup-Farm. *Walter* Tunif. Er hatte einen Wagen, stellte sich raus, daß der

gestohlen war. War Soldat, hatte sich ohne Urlaub aus Fort Bliss, drüben in Texas, abgesetzt. Ein Gangster, sag ich Ihnen, dem kaum einer hier traute. Eines Abends also fuhr der Sheriff – war damals Orlie Hefner, ein wunderbarer Sänger, wußten Sie nicht, daß er im Himmelschor mitsingt? – eines Abends fuhr er raus zur Finnup-Farm, um diesem Tunif einige unverblümte Fragen zu stellen. War am dritten August. Eine Hitze *wie* in der Hölle. Und das Ergebnis war, daß Walter Tunif den Sheriff mitten durchs Herz schoß. Der arme Orlie war tot, eh er zu Boden fiel. Der Hund, der das gemacht hatte, haute auf einem von den Finnup-Pferden ab, am Fluß lang, nach Osten. Das ging wie ein Lauffeuer rum, und die Männer aus der ganzen Gegend hier machten eine Treibjagd. Am nächsten Morgen hatten sie ihn, den alten Gauner. Dem ließen sie nicht mal die Chance, ›Wie geht's?‹ zu sagen. So in Rage waren die Burschen. Knallten ihn einfach über den Haufen.«

Dewey selbst erlebte 1947 seinen ersten Mord in Finney County. In den Akten darüber heißt es: »John Carlyle Polk, Creek-Indianer, 32 Jahre alt, wohnhaft in Muskogee, Okla., ermordete Mary Kay Finley, eine Weiße, 40 Jahre alt, Kellnerin, wohnhaft in Garden City. Polk durchbohrte sie am 9. 5. 47 mit einem abgebrochenen Bierflaschenhals in einem Zimmer im Copeland Hotel, Garden City, Kansas.« Der knappe, nüchterne Bericht eines unkomplizierten Falles. Von drei weiteren Morden, mit denen Dewey inzwischen zu tun gehabt hatte, waren zwei ebenso klar und unkompliziert (am 1. 11. 52 hatten zwei Eisenbahnarbeiter einen älteren Farmer beraubt und getötet; am 17. 6. 56 hatte ein betrunkener Ehemann seine Frau zu Tode geprügelt und getreten), der dritte Fall aber, wie Dewey ihn gelegentlich im Gespräch erzählte, konnte für sich eine gewisse Originalität beanspruchen. »Es begann draußen im Stevens Park. Dort ist ein Podium für die Kapelle und darunter eine Männertoilette. Also dieser Mann namens Mooney trieb sich da im Park herum. Er war irgendwo aus North Carolina, ein Fremder, der nur hier durchkam. Er ging jedenfalls in die Toilette, und jemand folgte ihm – ein Junge hier aus der Gegend, Wilmer Lee Stebbins, zwanzig Jahre alt. Wilmer Lee behauptete hinterher immer, Mr. Mooney hätte ihm einen unsittlichen Antrag gemacht. Und deshalb hätte er ihn überfallen, niedergeschlagen und seinen Kopf gegen den Zementfußboden geschlagen und dann, als ihn *das* noch nicht fertigmachte, Mr. Mooneys Kopf in eine Toilettenschüssel gedrückt und so lange nachgespült, bis er ertrunken war. Vielleicht war es so. Aber für das, was

Wilmer Lee dann tat, weiß keiner eine Erklärung. Zunächst mal vergrub er die Leiche drei Kilometer nordöstlich von Garden City. Buddelte sie am nächsten Tag wieder aus und vergrub sie zwanzig Kilometer in entgegengesetzter Richtung. Und so ging das weiter, Ausbuddeln, Vergraben. Er war wie ein Hund mit einem Knochen – wollte Mr. Mooney einfach nicht seine Ruhe lassen. Aber dann grub er ein Grab zuviel: Jemand sah ihn dabei.« Diese vier Fälle waren alles, was Dewey vor der rätselhaften Ermordung der Clutters an Erfahrung in puncto Mord gesammelt hatte, und gemessen an diesem Fall, waren sie wie harmlose Windstöße vor einem Hurrikan.

Als er zum Clutter-Haus kam, holte Dewey den Schlüssel hervor und öffnete die Vordertür. Im Haus war es warm, denn die Heizung war nicht abgestellt worden, und die Zimmer mit ihren blankpolierten, nach einem Bohnerwachs mit Zitronenduft riechenden Fußböden schienen nur zeitweise leerzustehen; als ob Sonntag wäre und die Familie jeden Augenblick vom Kirchgang zurückkommen könnte. Die Erbinnen, Mrs. English und Mrs. Jarchow, hatten einen Lastwagen voll mit Kleidungsstücken und Möbeln abfahren lassen, dennoch hatte das dem Haus nichts von der Atmosphäre des Von-Menschen-Bewohntseins genommen. Im Wohnzimmer stand ein Notenblatt mit dem Lied »Comin' Thro' the Rye« auf dem geöffneten Klavier. Im Flur hing Herbs grauer, verschwitzter Stetson-Hut am Haken. In Kenyons Zimmer, im oberen Stock, lag die Brille des Jungen auf einem Bord über dem Bett, und das Licht spiegelte sich in den Gläsern.

Der Kriminalbeamte ging von Raum zu Raum. Er war das ganze Haus viele Male abgegangen, er war fast jeden Tag dort gewesen und hielt sich dort in gewissem Sinn sogar gerne auf, denn im Gegensatz zu seiner eigenen Wohnung und zum Büro des Sheriffs mit seinem Tumult war es hier friedlich. Die Telefone, deren Kabel immer noch durchgeschnitten waren, schwiegen. Hier umgab ihn die tiefe Stille der Prärie. Hier konnte er sich in Herbs Schaukelstuhl setzen und schaukeln und nachdenken. Einige seiner Schlußfolgerungen waren nicht zu erschüttern: er war überzeugt, daß die Mörder es in erster Linie auf Herb Clutter abgesehen hatten. Ein geradezu psychopathischer Haß mußte das Motiv gewesen sein, oder vielleicht Haß in Verbindung mit der Absicht, Diebstahl zu begehen. Und er glaubte, daß die Mörder sich Zeit gelassen hatten und in aller Gemäch-

lichkeit vorgegangen waren, zwischen ihrem Eindringen in das Haus und dem Verlassen desselben lagen mindestens zwei Stunden. (Der Leichenbeschauer, Dr. Robert Fenton, hatte bei den Opfern eine beträchtliche Verschiedenheit der Körpertemperaturen festgestellt und daraus geschlossen, daß die Familie in der Reihenfolge Mrs. Clutter, Nancy, Kenyon, Mr. Clutter ermordet worden sei.) Aufgrund dieser Hypothesen war Dewey zu der Überzeugung gekommen, daß die Familie die Personen, von denen sie umgebracht wurde, sehr gut gekannt haben mußte.
An einem der Fenster im oberen Stock, blieb Dewey stehen, sein Blick war auf einen nicht allzu weit entfernten Gegenstand gefallen – auf eine Vogelscheuche mitten im Stoppelfeld. Die Vogelscheuche trug eine Jagdmütze und ein verschossenes Hauskleid aus geblümtem Kattun. (Gewiß ein altes Kleid Bonnie Clutters?) Der Wind spielte mit dem Rock und ließ die Vogelscheuche hin und her schwanken, so daß es aussah, als ob dort in der Einsamkeit des kalten Dezemberfeldes eine Figur tanzte. Dewey wurde dadurch an Maries Traum erinnert. Unlängst hatte sie ihm ein verpfuschtes Frühstück serviert, mit Zucker auf den Eiern und Salz im Kaffee, und die Schuld daran diesem »albernen Traum« gegeben – aber der Traum war auch vor der Macht des Tageslichts nicht vergangen. »Es war alles so wirklich, Alvin«, sagte sie. »So wirklich wie die Küche hier. Und hier war ich auch im Traum, hier in der Küche. Ich kochte das Essen, und plötzlich kam Bonnie durch die Tür herein. Sie trug einen blauen Angorapullover und sah so hübsch und adrett aus. Und ich sagte: ›Oh, Bonnie ... Bonnie, Liebe ... Ich habe dich seit diesem furchtbaren Ereignis nicht gesehen.‹ Aber sie antwortete nicht, sie sah mich nur in ihrer scheuen, zurückhaltenden Art an, und ich wußte nicht, was ich weiter sagen sollte. Unter diesen Umständen. Und so sagte ich schließlich: ›Komm, Schätzchen, schau mal, was ich für Alvin koche. Gedämpfte Gumboschoten mit Krebsschwänzen und frischen Krabben. Es ist fast fertig. Komm, probier doch mal.‹ Aber sie wollte nicht. Sie blieb an der Tür stehen und sah mich an. Und dann – ich weiß nicht, wie ich es dir richtig beschreiben soll, dann schloß sie die Augen, schüttelte den Kopf, sehr langsam und rang die Hände, *sehr* langsam, und begann leise zu wimmern oder zu flüstern. Ich konnte nicht verstehen, was sie sagte. Aber es brach mir das Herz. Noch nie hat mir jemand so leid getan, und ich umarmte sie. ›O bitte, Bonnie‹, sagte ich, ›bitte nicht weinen, bitte nicht! Wenn je ein Mensch bereit war, heimzugehen zu Gott, dann warst du es, Bonnie.‹ Aber es gelang mir nicht, sie zu trösten. Sie

schüttelte den Kopf, rang die Hände, und dann verstand ich, was sie sagte. Sie sagte: ›Ermordet werden. Oh, ermordet werden. Nein. Nein. Nichts ist furchtbarer. Nichts ist schlimmer als das. Nichts.‹«

Es war Mittag, tief in der Mojave-Wüste. Perry saß auf einem Strohkoffer und spielte Mundharmonika. Dick stand am Rand der schwarzasphaltierten Überlandstraße 66, er starrte in die weite, unberührte Einsamkeit vor sich, als könnte die Inbrunst seines Blickes Autofahrer herbeizaubern. Aber es erschienen nur wenige, und keiner von ihnen hielt, um die Anhalter mitzunehmen. Ein Lastwagenfahrer, der nach Neddles, Kalifornien, wollte, hatte sie mitnehmen wollen, aber Dick hatte abgelehnt. Das war nicht die Masche, auf die Perry und er aus waren. Sie warteten auf einen Einzelfahrer in einem dicken Wagen und mit Geld in seiner Brieftasche – einen Fremden, den sie ausrauben, erwürgen und in der Wüste abladen konnten.

In der Wüste hört man oft Geräusche, lange bevor man etwas sieht. Dick hörte in der Ferne den Motor eines noch unsichtbaren Wagens summen. Perry hörte es auch; er steckte die Mundharmonika ein, nahm den Strohkoffer (dies war ihr einziges Gespäckstück, zum Bersten voll mit Perrys Souvenirs. Dazu drei Hemden, fünf Paar weiße Socken, eine Schachtel Aspirin-Tabletten, eine Flasche Tequila, Scheren, ein Rasierapparat und eine Nagelfeile. Alles, was sie sonst besaßen, war entweder versetzt, bei dem mexikanischen Barkeeper gelassen oder nach Las Vegas aufgegeben worden) und stellte sich neben Dick an den Straßenrand. Beide warteten sie gespannt. Jetzt erschien der Wagen, wurde größer und entpuppte sich als eine blaue Dodge-Limousine mit einem einzigen Insassen, einem hageren, glatzköpfigen Mann. Das war genau richtig. Dick hob die Hand und winkte. Der Dodge fuhr langsamer, und Dick lächelte dem Mann charmant zu. Der Wagen kam beinahe zum Halten, aber doch nicht ganz, und der Fahrer lehnte sich aus dem Fenster, sah sich die beiden von oben bis unten an. Der Anblick, den sie boten, war offensichtlich beängstigend. (Nach einer Fünfzig-Stunden-Busfahrt von Mexico City nach Barstow, Kalifornien, und einem halbtägigen Fußmarsch durch die Mojave-Wüste waren die beiden Anhalter stoppelbärtig und verdreckt und machten einen ziemlich verlorenen, furchterregenden Eindruck.) Der Wagen machte einen Satz nach vorwärts und schoß davon. Dick legte die Hände trichterförmig an den Mund und rief ihm nach: »Schwein gehabt, mein Lieber!« Dann lachte er und hievte sich den Koffer auf die Schulter. Ihn konnte so leicht nichts erschüttern. Weil er, wie er später sagte, »zu froh darüber war, endlich wieder in den guten alten Staaten zu sein«. Machte ja auch nichts. Irgendwann würde schon der nächste kommen.

Perry holte wieder seine Mundharmonika, hervor (seine seit gestern, wo er sie in einem Kramladen in Barstow gestohlen hatte) und spielte die einleitenden Takte des Liedes, das inzwischen zu ihrer »Marschmusik« geworden war. Es war eins, von Perrys Lieblingsliedern, und er hatte Dick alle fünf Strophen beigebracht. Im Gleichschritt gingen sie nebeneinander die Landstraße entlang und sangen »Meine Augen sahn den Herrn, sahen Ihn im Glorienschein. Er tritt den Wein im Berge, wo die Früchte des Zorns gedeihn.« Laut klangen ihre harten, jungen Stimmen durch die Stille der Wüste: »Gloria! Gloria! Halleluja! Gloria! Gloria! Halleluja!«

III

Antwort

Der Name des jungen Mannes war Floyd Wells, er war klein und hatte so gut wie kein Kinn. Er hatte sich in verschiedenen Berufen versucht, als Soldat, Farmarbeiter, Mechaniker und schließlich als Dieb, worauf er zu drei bis fünf Jahren verurteilt und in die Kansas-State-Strafanstalt gekommen war. Am Abend des 17. November 1959, es war ein Dienstag, lag er mit Radiohörern an den Ohren in seiner Zelle auf der Pritsche. Er hörte Nachrichten, aber die Stimme des Sprechers und die Farblosigkeit der Tagesereignisse machten ihn schläfrig. (»Bundeskanzler Konrad Adenauer ist in London eingetroffen zu Gesprächen mit Premierminister Harold Macmillan ... Präsident Eisenhower führte ein überraschend anberaumtes Siebzig-Minuten-Gespräch mit Dr. T. Keith Glennan über Probleme und Finanzierung der Weltraumforschung«.) Seine Trägheit verflog allerdings sofort, als er hörte: »Die mit der Untersuchung des tragischen Mordes an vier Angehörigen der Familie Herbert W. Clutter beauftragten Beamten haben sich mit der Bitte um Unterstützung an die Öffentlichkeit gewandt. Sie bitten um Informationen, die zur Aufklärung dieses bestürzenden Verbrechens führen können. Clutter, seine Frau und ihre beiden halbwüchsigen Kinder wurden am frühen Sonntag morgen in ihrem Farmhaus in der Nähe von Garden City ermordet aufgefunden. Sie waren gefesselt, geknebelt und mit einem Gewehr Kaliber .12 durch den Kopf geschossen worden. Den Untersuchungsbehörden gelang es bisher nicht, ein Motiv für dieses Verbrechen zu finden, das Logan Sanford, Leiter des Kansas Bureau of Investigation, als das abscheulichste in der Geschichte des Staates Kansas bezeichnet. Clutter, ein angesehener Weizenfarmer und ehemaliges Mitglied der Bundeskommission für landwirtschaftliche Kredite ...«

Wells war wie vor den Kopf geschlagen. Seine erste Reaktion war, wie er sagte: »Ich konnte es kaum glauben.« Und doch hatte er guten Grund, es zu glauben, denn er hatte nicht nur die ermordete Familie gekannt, er wußte auch sehr genau, wer sie ermordet hatte.

Angefangen hatte es alles vor langer Zeit – vor elf Jahren, im Herbst 1948, als Wells neunzehn war. Damals »zog ich ein bißchen durchs Land und nahm Jobs an, wie sie sich gerade boten«, sagte er. »Auf diese Weise kam ich eines Tages auch nach West-Kansas. Nicht weit von der Grenze nach Colorado. Ich suchte Arbeit und fragte überall rum, und dann hörte ich, vielleicht könnte man jemand auf der River-Valley-Farm brauchen – so nannte er seine Farm, Mr. Clutter meine ich. Na ja, und er stellte mich dann auch ein. Ich blieb, glaube ich, ein Jahr, jedenfalls den ganzen Winter durch, und als ich dann wegging, war der Grund dazu, daß ich mich wieder mal verändern wollte. Konnte nicht allzu lange an einem Fleck bleiben. Nicht etwa, weil ich Streit gehabt hätte mit Mr. Clutter. Er behandelte mich sehr gut, genauso wie er alle anderen behandelte, die für ihn arbeiteten. Wenn man zum Beispiel vorm Zahltag ein bißchen knapp war, dann gab er einem immer fünf oder zehn Dollar. Er zahlte gute Löhne, und wenn man's verdiente, gab er einem bereitwillig 'ne Zulage. Ich muß wirklich sagen, ich mochte Mr. Clutter gern. War vielleicht der netteste Mann, den ich kannte. Die ganze Familie mochte ich gern. Mrs. Clutter und die vier Kinder. Als ich dort war, waren die beiden jüngsten, die beiden, die ermordet wurden – Nancy und der kleine Junge mit der Brille –, da waren sie fast noch Babies, vielleicht fünf oder sechs Jahre alt. Die anderen beiden – eine hieß Beverly, von der anderen weiß ich nicht mehr, wie sie hieß – waren schon in der Oberschule. Eine nette Familie, wirklich nette Leute. Ich hab sie nie vergessen. Ich ging da weg – ja, das muß irgendwann 1949 gewesen sein. Ich heiratete, wurde geschieden, kam zur Army, andre Sachen passierten, und so verging die Zeit, könnte man sagen, bis ich 1959 – Juni 1959, zehn Jahre nachdem ich von Mr. Clutter weggegangen war – nach Lansing kam. Weil ich in diesen Laden eingebrochen war. Einen Laden mit Elektrogeräten. Meine Idee war, daß ich mir da ein paar elektrische Rasenmäher besorgen wollte. Nicht um sie zu verkaufen. Ich wollte einen Rasenmäherverleih aufmachen. So hätte ich doch immer ein kleines eigenes Geschäft gehabt. Natürlich wurde nichts draus – nur daß sie mich eben schnappten und zu drei-bis-fünf verknackten. Wäre das nicht passiert, dann hätte ich Dick nie kennengelernt, und vielleicht wäre Mr. Clutter dann noch am Leben. Aber so kam das eben. Was will man machen. Ich lernte Dick kennen.

Er war der erste, mit dem ich zusammen in einer Zelle saß. Einen Monat, glaube ich. Juni und einen Teil vom Juli. Er hatte damals seine Drei-bis-fünf-Strafe so ziemlich abgesessen – sollte im August bedingt entlassen werden. Er redete immer viel davon, was er machen wollte, wenn er rauskäme. Sagte, er wollte vielleicht nach Nevada gehen, zu, einer von diesen Raketenstationen. Sich 'ne Uniform kaufen und sich als Offizier der Air Force ausgeben. Das war die beste Verkleidung, »um eine Wäscheleine mit heißem Papier auszuhängen«, meinte er. Das war so eine von seinen Ideen. (Ich selbst hielt nicht viel davon. Er war bestimmt nicht doof, das will ich damit nicht sagen, aber er sah eben einfach nicht so aus. Den Air-Force-

Offizier hätten sie ihm bestimmt nicht abgenommen.) Und dann erwähnte er auch mal diesen Freund von ihm, Perry. Ein Halbblut, Indianer von Mutterseite, mit dem er vorher in einer Zelle gewesen war. Sprach von den Dingern, die er mit Perry drehen wollte, wenn sie wieder zusammen wären. Ich selbst habe ihn nie kennengelernt. Perry, meine ich. Hab ihn auch nie gesehen. Er war schon weg von Lansing, war bedingt entlassen. Aber Dick sagte immer, wenn ihm mal ein richtiges dickes Ding unterkäme, dann könnte er sich auf Perry Smith verlassen, der würde mitmachen.

Ich weiß nicht mehr genau, wie es kam, daß ich den Namen Clutter erwähnte. Muß gewesen sein, als wir uns über die verschiedenen Jobs unterhielten, die wir gehabt hatten. Dick war gelernter Autoschlosser und hatte meistens auch in der Branche gearbeitet. Er war bloß einmal Fahrer von 'nem Krankenwagen gewesen. Gab damit mächtig an. Mit den Krankenschwestern und so, und was er alles mit denen hinten in dem Krankenwagen angestellt hätte. Jedenfalls hab ich ihm erzählt, daß ich einmal ein Jahr auf 'ner großen Weizenfarm in West-Kansas gearbeitet hatte. Für Mr. Clutter. Er wollte wissen, ob Mr. Clutter reich war. Ja, sagte ich. Ja, ja, ein reicher Mann. Ich erzählte ihm, Mr. Clutter hätte mir mal gesagt, daß er in einer Woche gute zehntausend Dollar los würde. Daß ihn der Betrieb da auf der Farm manchmal pro Woche zehntausend Dollar kostete, meine ich. Und danach hat Dick nicht mehr lockergelassen. Hat mich über die ganze Familie ausgefragt. Wieviel sie wären? Wie alt die Kinder inzwischen wären? Und ganz genau, wie man zu dem Haus hinkommt. Wie es genau aussah? Ob Mr. Clutter 'nen Safe hätte? Und ich will nicht leugnen, daß ich ihm gesagt hab, ja, er hätte einen. Ich erinnerte mich nämlich an so 'ne Art Schrank oder Safe oder *irgend* so was, direkt hinter dem Schreibtisch in dem Zimmer, das Mr. Clutter als Büro benutzte. Und dann fing Dick davon an und sagte, er würde Mr. Clutter umbringen. Sagte, er und Perry würden da hinfahren, das Haus ausplündern und alle Zeugen umlegen – die Clutters und wer ihnen da sonst vor die Flinte käme. Er hat mir wohl 'n dutzendmal erzählt, wie er es machen wollte. Wie er und Perry die Leute fesseln und sie niederknallen wollten. Ich sagte zu ihm: ›Stell dir das nicht so einfach vor, Dick. Das wirst du nicht hinkriegen.‹ Aber ich muß ehrlich zugeben, ich hab nicht versucht, es ihm auszureden. Weil ich keinen Augenblick geglaubt hab, daß er das tatsächlich machen würde. Ich dachte, das wär bloß Gerede. Wie man das so in Lansing zu hören kriegt. Von was *anderem* reden die da doch überhaupt nicht: Was sie machen wollen, wenn sie rauskommen – Überfälle, Einbrüche und so weiter. Aber die meisten geben damit bloß an. Das nimmt da keiner ernst. Das 's der Grund, weshalb ich es, als ich's mit meinen Kopfhörern hörte, einfach kaum glauben konnte. Und doch ist es passiert. Genauso, wie Dick gesagt hatte.«

Das war Floyd Wells' Geschichte, die er allerdings vorläufig für sich behielt und keineswegs erzählen wollte. Er hatte Angst, denn wenn die anderen Gefangenen erfahren würden, daß er dem Gefängnisdirektor Geschichten erzählte, dann wäre sein Leben, wie er sich ausdrückte, »keinen toten Coyoten mehr wert«. Eine Woche verging. Er hing am Radio, er verfolgte die Berichte in den Zeitungen – und in einer von ihnen, den Hutchinson *News*, las er, daß eine Belohnung von tausend Dollar für Informationen ausgesetzt worden war, die zur Festnahme und Verurteilung des oder der Verbrecher führten. Interessant, dachte Wells, und hätte fast geredet. Aber seine Angst war noch zu groß, und zwar nicht nur die Angst vor den anderen Gefangenen. Es konnte ja auch sein, daß er als Helfershelfer angeklagt wurde. Schließlich war er es gewesen, durch den Dick überhaupt auf die Clutters gekommen war; und man konnte ihm auch nachweisen, daß er über Dicks Absichten im Bilde gewesen war. Von welcher Seite man die Sache auch betrachtete, er war in einer schwierigen Situation, seine Rechtfertigungsgründe waren fragwürdig. Und so schwieg er, und weitere zehn Tage vergingen. Es wurde Dezember, und den allmählich kürzer werdenden Zeitungsberichten zufolge (im Radio wurde der Fall nun nicht mehr erwähnt) tappten die mit der Untersuchung beauftragten Beamten nach wie vor im Dunkeln. Sie waren im Grunde genommen nach wie vor ohne jede Spur, so wie sie es bei der Entdeckung der grauenvollen Tat gewesen waren.

Aber *er* wußte Bescheid. Schließlich hielt er es nicht mehr aus, er mußte es einfach »irgend jemand erzählen«, und so vertraute er sich einem Mitgefangenen an. »Ich war mit ihm befreundet. Ein Katholik. Ziemlich fromm. Er fragte mich: ›Und was willst du jetzt tun, Floyd?‹ Ich sagte, ich wüßte nicht recht – was er meine, daß ich tun sollte? Er fand, ich sollte es an der zuständigen Stelle erzählen. Sagte, ich könnte mit so was auf der Seele doch nicht leben. Und er sagte, ich könnte es ja so machen, daß keiner im Gefängnis davon erführe. Ich meine, daß ich es gewesen war, der es erzählt hatte. Er sagte, er würde das schon hinkriegen. Und so ließ er am nächsten Tag den stellvertretenden Direktor wissen, daß ich »aufs Büro bestellt werden« wollte. Er sagte ihm, wenn man mich unter irgendeinem Vorwand ins Büro bestellte, dann könnte ich ihm vielleicht sagen, wer die Clutters ermordet hätte. Natürlich wurde ich dann zum Direktor gerufen. Ich hatte Angst, aber ich dachte an Mr. Clutter und wie freundlich er immer zu mir gewesen war, und wie er mir Weihnachten ein kleines Portemonnaie mit fünfzig Dollar drin geschenkt hatte. Ich erzählte es dem stellvertretenden Direktor. Und dann erzählte ich es dem Direktor selbst. Und noch während ich dasaß, da im Büro von Direktor Hand, griff er zum Telefon –«

Der Mann, mit dem Direktor Hand telefonierte, war Logan Sanford. Sanford hörte zu, legte auf, gab einige Anweisungen und führte dann ein persönliches Gespräch mit Alvin Dewey. Als Dewey an diesem Abend sein Büro im Gericht von Garden City verließ, hatte er einen Manila-Umschlag bei sich.

Als Dewey nach Hause kam, war Marie in der Küche und bereitete das Abendessen. Als er in der Tür erschien, legte sie mit einem Bericht über häusliche Aufregungen los. Ihr Kater hatte den Cocker-Spaniel von gegenüber angegriffen und dabei wahrscheinlich eins seiner Augen ernsthaft verletzt. Und Paul, ihr Neunjähriger, war vom Baum gefallen. Es war ein Wunder, daß er noch lebte. Und dann war ihr Ältester, der zwölfjährige Alvin, in den Hintergarten gegangen, um Müll zu verbrennen, und hatte dabei ein Feuer entfacht, das die Nachbarhäuser bedrohte. Irgend jemand – sie wußte nicht, wer es gewesen war – hatte tatsächlich die Feuerwehr gerufen.

Während seine Frau von diesen unerfreulichen Vorfällen berichtete, trank Dewey zwei Tassen Kaffee. Plötzlich unterbrach sich Marie mitten im Satz und starrte ihn an. Sein Gesicht war gerötet. Er war offenbar bester Stimmung. »Alvin, Liebling«, sagte sie. »Hast du gute Nachrichten?« Ohne Kommentar gab er ihr den gelben Umschlag. Ihre Hände waren naß; sie trocknete sie ab, setzte sich an den Küchentisch, trank einen Schluck Kaffee, öffnete den Umschlag und nahm zwei Fotografien heraus – Polizeifotos, »Verbrecheraufnahmen« von zwei jungen Männern, blond der eine, der andere dunkelhaarig und mit dunkler Haut. Die Fotografien waren von halbverschlüsselten Texten begleitet. Der zu dem Bild des Blonden lautete:

Hickock, Richard Eugene (WM) 28. KBI 97 093; FBI 859 273 A. Adresse: Egerton, Kansas. Geburtsdatum 6. 6. 31. Geburtsort: K. C., Kans. Körpergröße: 1,75. Gewicht: 167. Haar: Blond. Augen: Blau. Körperbau: Kräftig. Teint: Rötlich. Beruf: Autolackierer. Vergehen: Betrug & Unterschlagung & Scheckfälschung. Bedingt entlassen: 13. 8. 59. Von: So.K.C.K.

Die zweite Beschreibung lautete:

Smith, Perry Edward (WM) 27–59. Geburtsort: Nevada. Körpergröße: 1,58. Gewicht: 148. Haar: Dk.braun. Vergehen: Diebstahl und Einbruch. Verhaftet: /. Von /. Verfügung: KSP 13. 3. 56 von Phillips Co. 5–10 J. Reg. 14. 3. 56. Bedingt entlassen: 6. 7. 59.

Marie betrachtete eingehend die En-face- und Profilaufnahmen von Smith: ein arrogantes Gesicht, grob, aber nicht ohne einen gewissen verfeinernden Zug; Mund und Nase schienen wohlgeformt, und die Augen mit ihrem feuchten, verträumten Ausdruck fand sie recht hübsch – beinahe empfindsam wie etwa die eines Schauspielers. Empfindsam, aber auch noch etwas anderes: »bösartig«. Wenn auch nicht so bösartig, so abstoßend »verbrecherisch« wie die Augen von Hickock, Richard Eugene. Marie, die wie gebannt war von Hickocks Augen, mußte an ein Kindheitserlebnis denken – an einen Luchs, der in eine Falle geraten war, und der sie, obwohl sie ihn befreien wollte, mit so viel Haß und Verzweiflung in den Augen angesehen hatte, daß ihr Mitleid von dem Grauen, das sie packte, erstickt wurde. »Wer sind die beiden?« fragte Marie.

Dewey erzählte ihr Floyd Wells' Geschichte und sagte dann: »Komisch. Das ist genau der Punkt, auf den wir uns seit drei Wochen konzentriert haben. Haben alle Leute ausfindig zu machen versucht, die jemals auf der Clutter-Farm gearbeitet haben. Und so wie's jetzt aussieht, war es reines Glück. Aber ein paar Tage noch, und wir hätten diesen Wells selbst gefunden. Hätten herausbekommen, daß er im Gefängnis saß. Dann hätten wir auch die Wahrheit entdeckt. Ganz bestimmt.«

»Aber vielleicht ist das alles gar nicht wahr«, sagte Marie. Dewey und seine achtzehn Assistenten hatten schon Hunderte solcher Spuren verfolgt, die schließlich im Sande verlaufen waren, und sie wollte ihn vor einer weiteren Enttäuschung bewahren. Sie machte sich inzwischen Sorgen um seine Gesundheit. Er war nervös, abgemagert, und er rauchte sechzig Zigaretten pro Tag.

»Kann sein«, sagte Dewey. »Aber ich habe so eine Ahnung.«

Sein zuversichtlicher Ton beeindruckte sie. Sie sah sich die Fotos auf dem Küchentisch noch einmal an. »Stell dir vor«, sagte sie und tippte mit dem Finger auf das Bild des blonden jungen Mannes. »Stell dir diese Augen vor.

Wie sie auf dich zukommen.« Dann schob sie die Fotos zurück in den Umschlag. »Ich wünschte, du hättest sie mir nicht gezeigt.«

Etwas später am selben Abend legte eine andere Frau in einer anderen Küche einen Strumpf beiseite, an dem sie gestopft hatte, nahm ihre Brille mit dem Plastikgestell ab und deutete damit auf den Besucher: »Ich hoffe, Sie werden ihn finden, Mr. Nye. Zu seinem eigenen Besten. Wir haben zwei Söhne, und er ist einer von ihnen, unser Erstgeborener. Wir lieben ihn. Aber... Oh, ich habe es mir schon gedacht. Ich habe es mir schon gedacht, daß er nicht einfach eingepackt hätte. Weggelaufen wäre. Ohne ein Wort zu sagen – weder seinem Vater noch seinem Bruder. Wenn er nicht wieder in der Klemme gesessen hätte. Was treibt ihn dazu? Warum tut er das?« Sie sah durch den kleinen, ofenwarmen Raum zu einer hageren Gestalt, die in einem Schaukelstuhl kauerte – Walter Hickock, ihr Mann und der Vater von Richard Eugene. Ein Mann mit trüben, mutlosen Augen und verarbeiteten Händen. Als er nun zu reden begann, klang seine Stimme, als spräche er nur selten.

»Gab früher nichts an ihm auszusetzen, Mr. Nye«, sagte Mr. Hickock. »Ein ausgezeichneter Sportler – immer in der ersten Schulmannschaft. Basketball! Baseball! Football! Dick war immer der Star. Auch ein recht guter Schüler, mit Einsern in manchen Fächern. Geschichte, technisches Zeichnen. Nach dem Abgang von der Oberschule – Juni 1949 – wollte er aufs College, wollte Ingenieur werden. Aber wir konnten nicht. Hatten einfach nicht das Geld. Haben nie Geld gehabt. Unsre Farm hier, bloß vierundzwanzig Morgen – das reicht kaum zum Leben. Ich glaube, Dick hat das übelgenommen, daß er nicht aufs College konnte. Seinen ersten Job hatte er bei der Santa-Fé-Eisenbahn in Kansas City. Verdiente fünfundsiebzig Dollar die Woche. Meinte, das wäre genug zum Heiraten, und so heirateten er und Carol. Sie war erst sechzehn, er selber erst neunzehn. Habe immer gewußt, daß das nicht gutgehn würde. Und so kam's dann auch.«

Mrs. Hickock, eine behäbige Frau mit einem sanften, runden Gesicht, dem man das Leben unermüdlicher Arbeit von früh bis spät nicht ansah, sagte vorwurfsvoll: »Drei süße kleine Jungs, unsre Enkel – das ist doch schließlich dabei herausgekommen Und Carol ist ein liebes Mädchen. Man kann nichts gegen sie sagen.« Mr. Hickock erzählte weiter: »Er und Carol mieteten sich ein gar nicht so kleines Haus, kauften ein teures Auto – sie hatten die ganze Zeit Schulden, obwohl Dick bald darauf einen besseren Job bekam, als Ambulanzenfahrer. Später wurde er bei der Markl Buick Company angestellt, einem großen Unternehmen in Kansas City. Als Mechaniker und Autolackierer. Aber er und Carol lebten über ihre Verhältnisse, kauften sich lauter Sachen, die sie sich gar nicht leisten konnten, und Dick fing an, Schecks auszuschreiben. Ich glaube immer noch, das hatte mit seinem Autounfall zu tun, daß er jetzt mit solchem Schwindel anfing. Hatte einen Schädelbasisbruch bei einem Autounfall. Danach war er überhaupt nicht wiederzuerkennen. Machte Glücksspiele und fälschte Schecks, Sachen, die er vorher nie gemacht hatte. Und damals fing das auch mit dem anderen Mädchen an. Wegen dem er sich von Carol scheiden ließ. War seine zweite Frau.«

»Dick konnte nichts dafür«, sagte Mrs. Hickock. »Du weißt doch genau, wie Margaret Edna hinter ihm her war.«

»Aber das ist doch kein Grund, daß man sich rumkriegen läßt, wenn 'ne Frau hinter einem her ist«, sagte Mr. Hickock. »Na ja, Mr. Nye, ich nehme an, Sie wissen das alles genauso wie wir. Warum er dann ins Gefängnis kam. Siebzehn Monate eingesperrt, und das bloß, weil er sich ein Jagdgewehr ausgeliehen hatte. Von einem Nachbarn hier. Er wollte es gar nicht stehlen, da können die Leute hier sagen, was sie wollen. Und das hat ihn ruiniert. Als er aus Lansing zurückkam, war er für mich wie ein Fremder. Man konnte überhaupt nicht mehr mit ihm reden. Und alle waren sie gegen Dick Hickock – das glaubte er jedenfalls. Sogar seine zweite Frau, sie verließ ihn – reichte die Scheidung ein, während er noch im Gefängnis war. Dabei sah es zuletzt noch so aus, als würde er alles wieder hinkriegen. Er hatte einen Job in Bob Sands' Body Shop, da drüben in Olathe. Wohnte hier bei uns, ging früh schlafen, hielt sich genau an die Bedingungen, die man ihm bei der Entlassung gestellt hatte. Ich will Ihnen was sagen, Mr. Nye, ich mach nicht mehr lange mit. Ich hab Krebs, und Dick weiß das – jedenfalls weiß er, daß ich krank bin –, und noch vor einem Monat, kurz bevor er wegfuhr, sagte er zu mir: ›Dad, du bist immer verdammt nett zu mir gewesen. Ich versprech dir, ich mach dir jetzt bestimmt auch keinen Kummer mehr.‹ Und das meinte er auch. Der Junge hat einen guten Kern. Wenn Sie ihn jemals auf dem Sportplatz gesehen hätten oder wie er mit seinen Kindern spielt, dann würden Sie mir glauben. Bei Gott, ich wünschte, der liebe Gott selbst würde mir sagen, was passiert ist. Ich weiß es nicht.«

»Ich weiß es«, sagte seine Frau, die den Strumpf wieder in die Hand genommen hatte, aber nicht weiterstopfen konnte, weil ihr die Tränen kamen. »Dieser Freund von ihm. Das ist es, was passiert ist.«

Der Besucher, K.B.I.-Agent Harold Nye, war damit beschäftigt, sich stenografische Notizen zu machen. Sein Buch war schon ziemlich voll – das Ergebnis eines langen Tages, den er damit verbracht hatte, Floyd Wells' Aussagen nachzuprüfen. So weit hatten die ermittelten Tatsachen höchst überzeugend den Bericht von Wells bestätigt. Am 20. November war der verdächtigte Richard Eugene Hickock in Kansas City »auf Einkaufstour« gegangen und hatte dabei mit nicht weniger als sieben »heißen Schecks« operiert. Nye hatte alle bekannten Geschädigten aufgesucht – Foto-, Radio- und Fernsehhändler, einen Juwelier, einen Verkäufer in einem Kleidergeschäft – und ihnen die Fotografien von Hickock und Perry Edward Smith gezeigt. Alle hatten den ersteren als den Scheckfälscher und den anderen als seinen »stillen« Komplizen identifiziert. (Einer der betrogenen Geschäftsleute sagte: »Er [Hickock] machte die Arbeit. Er redete sehr gewandt und überzeugend. Der andere – ich dachte, er wäre vielleicht ein Ausländer, ein Mexikaner vielleicht – tat den Mund nicht auf.«)

Nye war dann zu dem Vorort Olathe gefahren, wo er Hickocks letzten Arbeitgeber, den Besitzer des Bob Sands' Body Shop, interviewte. »Ja, er hat hier gearbeitet«, sagte Mr. Sands. »Von August bis – also, nach dem 19. November, es kann aber auch der 20. gewesen sein, – habe ich ihn nicht wiedergesehen. Er ging weg, ohne zu kündigen. Verschwand einfach – ich weiß nicht, wohin, und sein Vater weiß es auch nicht. Ob ich überrascht war? Doch ja, das war ich eigentlich. Wir kamen ganz gut miteinander aus. Dick hat so eine Art, wissen Sie. Er kann sehr nett sein. Manchmal besuchte er uns sogar in unserem Haus. Eine Woche, bevor er wegging, hatten wir ein paar Leute bei uns, eine kleine Party, und Dick brachte einen Freund mit, der zu Besuch gekommen war. Er war aus Nevada. Perry Smith war sein Name. Er spielte sehr gut Gitarre. Er spielte und sang dazu einige Lieder, und beide unterhielten die ganze Gesellschaft mit einem Gewichthebe-Akt. Perry Smith ist klein, kaum über einssechzig, aber er könnte wohl beinah ein Pferd stemmen. Nein, nervös waren sie nicht. Beide nicht. Ich glaube, sie haben sich ganz gut amüsiert. Wann das genau war? Das kann ich Ihnen sagen. Es war am 13., am Freitag, dem 13. November.« Von dort fuhr Nye nach Norden über holprige Landwege zur Hickock-Farm. Bei einigen Häusern in der näheren Umgebung hielt er an, angeblich um nach dem Weg zu fragen, in Wirklichkeit aber, um Auskünfte über den Verdächtigten einzuholen. Die Frau eines Farmers sagte: »Dick Hickock! Kommen Sie mir bloß nicht mit dem! Das ist ein Teufel, kann ich Ihnen sagen. Stiehlt wie ein Rabe. Der stiehlt noch einem Toten die Decke unterm Hintern weg. Seine Mutter, o ja, Eunice, das ist eine nette Frau. Hat ein Herz so weit wie 'ne Scheune. Sein Vater auch. Beides anständige, nette Leute. Dick wäre schon x-mal ins Gefängnis gewandert, aber die Leute hier wollten ihn nicht verklagen. Wegen seiner Eltern haben sie's immer gelassen.«

Es wurde schon dunkel, als Nye an die Tür von Walter Hickocks verwittertem vierzimmrigem Farmhaus klopfte. Es war fast so, als hätte man einen Besuch dieser Art erwartet. Mr. Hickock führte den Kriminalbeamten in die Küche, und Mrs. Hickock bot ihm Kaffee an. Vielleicht wären sie etwas weniger freundlich, etwas vorsichtiger gewesen, wenn sie den Zweck seines Besuches gekannt hätten. Aber sie kannten ihn nicht, und so fiel auch während der Stunden, die sie zusammensaßen, der Name Clutter nicht, auch von Mord war nicht die Rede. Die Eltern waren überzeugt, daß Nye, wie er durchblicken ließ, ihrem Sohn nur wegen Betrugs auf der Spur war, und weil er gegen die Entlassungsbedingungen verstoßen hatte.

»Dick brachte ihn (Perry) eines Abends mit«, sagte Mrs. Hickock, »und erzählte uns, er wäre ein Freund von ihm, grade mit dem Bus aus Las Vegas gekommen, und er wollte wissen, ob er nicht hier schlafen und vielleicht sogar eine Zeit bei uns wohnen könnte. Aber – ein Blick, und ich wußte, woran ich mit ihm war. Nein, nein, den wollte ich nicht bei uns im Haus haben. Stank nach Parfum, und dann dies ölige Haar. Es war ziemlich klar, wo Dick ihn getroffen hatte. Nach den Entlassungsbedingungen war es ihm verboten, mit irgend jemandem zusammenzukommen, den er da oben (in Lansing) kennengelernt hatte. Ich warnte Dick, aber er wollte nicht auf mich hören. Er fand ein Zimmer für seinen Freund im Hotel Olathe, in Olathe, und von da an war Dick jede freie Minute mit ihm zusammen. Einmal waren sie zusammen übers Wochenende weg. So wahr ich hier sitze, Mr. Nye, wenn jemand ihn dazu gebracht hat, diese Schecks auszuschreiben, dann war es dieser Perry Smith.«

Nye klappte sein Notizbuch zu und steckte den Füller in die Tasche. Auch die Hände steckte er in die Hosentaschen, denn sie zitterten vor Erregung. »Übers Wochenende, sagen Sie? Wo sind sie denn da hingefahren?«

»Nach Fort Scott«, sagte Mr. Hickock und erwähnte damit eine Stadt in

Kansas mit militärischer Vergangenheit. »Soweit ich verstanden habe, hat Perry Smith 'ne Schwester, die in Fort Scott lebt. Angeblich hatte sie Geld, das ihm gehörte. Sie sprachen von fünfzehnhundert Dollar. Das war der Hauptgrund, weswegen er nach Kansas gekommen war, wollte sich das Geld von seiner Schwester abholen. Und so fuhr ihn Dick dorthin, um es zu holen. Sie blieben nur über Nacht. Am Sonntag gegen Mittag war er zurück. Das Essen war gerade fertig.«
»Ah ja«, sagte Nye. »Sie blieben über Nacht. Das heißt also, daß sie am Sonnabend irgendwann wegfuhren. Das war wohl am Sonnabend, dem vierzehnten November?«
Der alte Mann nickte.
»Und kamen Sonntag zurück, Sonntag, den fünfzehnten November?«
»Ja, gegen Mittag.«
Nye überschlug in Gedanken die Zeit, die sie zur Verfügung gehabt hatten, und kam zu dem ihn ermutigenden Ergebnis, daß die beiden in zwanzig oder vierundzwanzig Stunden eine Rundreise von über zwölfhundert Kilometer gemacht und dabei noch Zeit gefunden haben konnten, vier Menschen zu ermorden.
»Sagen Sie, Mr. Hickock«, sagte Nye. »Als Ihr Sohn am Sonntag zurückkam, war er da allein? Oder war Perry Smith dabei?«
»Nein, er war allein. Er sagte, er hätte Perry im Hotel Olathe gelassen.«
Nye, der gewöhnlich mit einer schneidend nasalen und naturgemäß einschüchternd wirkenden Stimme spricht, versuchte sich in einem gemilderten Timbre, er sprach gedämpft und so beiläufig wie möglich.
»Und fiel Ihnen irgend etwas an ihm auf? Ich meine, benahm er sich anders als sonst?«
»Wer?«
»Ihr Sohn.«
»Wann?«
»Als er von Fort Scott zurückkam.«
Mr. Hickock dachte nach. Dann sagte er: »Er war genau wie immer. Als er kam, setzten wir uns gleich zum Essen. Er hatte mächtigen Hunger. Fing schon an, sich den Teller vollzuladen, bevor ich das Gebet beendet hatte. Ich machte 'ne Bemerkung deswegen, sagte: ›Dick, du schaufelst dir den Teller so voll – willst du denn nichts für uns übriglassen? Na ja, er war schon immer ein großer Esser. Saure Gurken mag er für sein Leben gern. Er kann 'ne ganze Kumme davon essen.«

»Und was tat er nach dem Essen?«

»Er schlief ein«, sagte Mr. Hickock und schien von seiner Antwort selbst einigermaßen überrascht. »Ja, schlief glatt ein. Und das war allerdings ungewöhnlich. Wir hatten uns hingesetzt, um uns ein Basketballspiel anzusehen. Im Fernsehen. Ich und Dick und unser anderer Sohn David. Und bald darauf schnarchte Dick wie 'ne Motorsäge. Und ich sagte zu seinem Bruder: ›Himmel, das hätte ich nicht für möglich gehalten, daß Dick jemals bei einem Basketballspiel einschlafen würde!‹ Aber er schlief. Schlief während des ganzen Spiels. Und auch hinterher noch. Wachte nur kurz auf, um ein paar Schnitten zu essen, und ging gleich danach ins Bett.«

Mrs. Hickock fädelte einen Faden ein, ihr Mann lehnte sich im Schaukelstuhl zurück und sog an seiner kalten Pfeife. Der Kriminalbeamte sah sich mit geübtem Blick in dem sauberen, bescheidenen Raum um. In einer Ecke stand gegen die Wand gelehnt, ein Gewehr; es war ihm vorher schon aufgefallen. Er stand auf, nahm das Gewehr und sagte: »Sie gehen öfters auf die Jagd, Mr. Hickock?«

»Das ist sein Gewehr. Dicks. Er und David gehen damit manchmal auf die Jagd. Nach Kaninchen meistens.«

Es war ein Savage-Gewehr, Kaliber 12, Modell 300. In das Holz des Kolbens war eine elegant ausgeführte Jagdszene gebrannt, Fasanen im Flug.

»Wie lange hat Dick das schon?«

Mrs. Hickock geriet in Erregung. »Das Gewehr hat über hundert Dollar gekostet. Dick hat es auf Kredit gekauft, und jetzt will der Laden es nicht zurücknehmen, obwohl er es kaum einen Monat hat und es erst einmal benutzt ist – Anfang November, als er mit David zur Fasanenjagd bei Grinnell war. Er hat es auf unseren Namen gekauft – sein Vater ließ ihn –, und jetzt sitzen wir da, müssen die Raten bezahlen. Und wenn Sie wüßten, wie krank Walter ist, und was uns alles fehlt, was alles wir uns verkneifen ...« Sie hielt den Atem an wie jemand, der versucht, einen Schluckauf zu unterdrücken. »Aber sicher hätten Sie doch gern eine Tasse Kaffee, Mr. Nye. Es macht keine Mühe.«

Der Kriminalbeamte lehnte das Gewehr wieder gegen die Wand, ließ es dort stehen, obwohl er überzeugt war, daß es die Waffe war, mit der die Familie Clutter getötet worden war. »Vielen Dank, aber es ist schon spät, und ich muß noch nach Topeka«, sagte er, und dann, nach einem Blick in sein Notizbuch: »Ich will mal eben sehen, ob ich mir alles richtig notiert habe:

Am Donnerstag, dem zwölften November, kam Perry Smith nach Kansas. Ihr Sohn gab an, daß er hierhergekommen sei, um sich einen Geldbetrag von seiner Schwester, die in Fort Scott wohnt, zu holen. Am Sonnabend fuhren die beiden nach Fort Scott, wo sie über Nacht blieben – ich nehme an, in der Wohnung der Schwester?«

»Nein«, sagte Mr. Hickock. »Sie haben sie nicht gefunden. War wohl weggezogen.«

Nye lächelte. »Trotzdem, sie blieben über Nacht. Und in der Woche darauf – das heißt, vom fünfzehnten bis zum einundzwanzigsten – war Dick weiter mit seinem Freund Perry Smith zusammen, aber sonst führte er, soweit es Ihnen bekannt ist, sein normales Leben, wohnte hier und ging jeden Tag zur Arbeit. Am einundzwanzigsten verschwand er, und Perry Smith desgleichen. Und seitdem haben Sie nichts von ihm gehört? Er hat Ihnen nicht geschrieben?«

»Er hat Angst«, sagte Mrs. Hickock. »Schämt sich und hat Angst.«

»Schämt sich?«

»Weil er das getan und uns wieder Kummer gemacht hat. Und er hat Angst, weil er glaubt, daß wir es ihm nicht verzeihen. Haben wir aber immer getan und würden es diesmal auch tun. Haben Sie Kinder, Mr. Nye?«

Er nickte.

»Dann wissen Sie, wie es ist.«

»Noch eins. Haben Sie eine Ahnung, irgendeine Idee, wohin Ihr Sohn gefahren sein könnte?«

»Schlagen Sie 'ne Karte auf«, sagte Mr. Hickock, »und tippen Sie mit dem Finger irgendwohin – vielleicht ist das der Ort.«

Es war am Spätnachmittag, und der Mann am Steuer, ein Handelsvertreter mittleren Alters, der hier Mr. Bell genannt werden soll, war müde. Er hätte gern angehalten, um sich einen Moment zurückzulehnen und die Augen zu schließen. Aber er war nur noch hundertfünfzig Kilometer von seinem Ziel entfernt – Omaha, Nebraska, wo die Hauptniederlassung der großen Fleischkonservenfabrik war, für die er arbeitete. Es war den Angestellten der Firma untersagt, Anhalter mitzunehmen, aber Mr. Bell tat das häufig doch, besonders wenn er sich auf seinen langen Fahrten langweilte und müde geworden war. Und so bremste er sofort, als er vor sich am Straßenrand zwei junge Männer stehen sah.

Die beiden schienen ihm »in Ordnung«. Der größere von ihnen, ein drahtiger Bursche mit schmutzig-blondem kurzgeschnittenem Haar, hatte Manieren und lächelte gewinnend. Der andere, der »Zwerg«, der eine Mundharmonika in der rechten Hand hielt und einen prallgefüllten Strohkoffer in der linken, schien ihm ein »netter Kerl« zu sein. Etwas scheu, aber liebenswürdig. Mr. Bell war jedenfalls froh, Gesellschaft zu haben, Leute, mit denen er sprechen konnte und die ihn bis zur Ankunft in Omaha wachhalten würden. Daß allerdings die beiden jungen Männer ganz andere Absichten hatten, ihn vielmehr mit einem Gürtel erwürgen und ihn seines Wagens, seines Geldes, seines Lebens beraubt in einem Präriegrab verscharren wollten, konnte er nicht wissen.
Er stellte sich vor und fragte sie nach ihren Namen. Der aufgeschlossene junge Mann, mit dem er den Vordersitz teilte, sagte, er heiße Dick. »Und das ist Perry«, sagte er mit einer Kopfbewegung zu Perry hin, der unmittelbar hinter dem Fahrer auf dem Rücksitz saß.
»Ich kann euch Jungs mitnehmen bis nach Omaha.«
»Danke, Sir«, sagte Dick. »Da wollten wir auch hin. Hoffen da Arbeit zu finden.«
Was für Arbeit sie denn suchten? Vielleicht könnte er ihnen helfen, meinte der Vertreter.
Dick sagte: »Ich bin Autolackierer, außerdem gelernter Autoschlosser. Ich hab immer gut verdient. Mein Kumpel und ich, wir waren gerade in Mexiko. Hatten die Absicht, eine Zeitlang da zu bleiben. Aber weiß der Teufel, mit den Löhnen, die da bezahlt werden, kommt kein Mensch aus. Kein Weißer jedenfalls.«
Ah, Mexiko. Mr. Bell erklärte, daß er seine Flitterwochen in Cuernavaca verbracht hatte. »Wir wollten immer mal wieder hin. Aber man kommt nicht mehr weg, wenn man fünf Kinder hat.«
Perry dachte, wie er sich später entsann: »Fünf Kinder – ah, zu traurig ist das.« Und es ging ihm auch gegen den Strich, wie er Dick jetzt »selbstgefällig und voller Geltungsbedürfnis« mit seinen mexikanischen Liebschaften und »Eroberungen« angeben hörte. Alles doch nur, um einen Mann einzuwickeln, den man umbringen wollte, und der, wenn alles klar ging, was er und Dick in petto hatten, keine zehn Minuten mehr am Leben sein würde. Und warum sollte es nicht klargehen? Die Gelegenheit war ideal – genau das, worauf sie es seit drei Tagen, in denen sie per Anhalter von Kalifornien nach Nevada und quer durch Nevada und Wyoming nach

Nebraska gekommen waren, abgesehen hatten. Bis jetzt war ihnen jedoch kein passendes Opfer über den Weg gekommen. Mr. Bell war der erste wohlhabend wirkende Einzelfahrer, der bereit war, sie mitzunehmen. Die anderen, die sie mitgenommen hatten, waren Lastwagenfahrer oder Soldaten gewesen, und einmal zwei Berufsboxer, Neger, in einem lavendelfarbenen Cadillac. Aber Mr. Bell war genau richtig. Perry steckte die Hand in die Innentasche seiner Lederjacke. Die Tasche war gewölbt voll von einer Flasche mit Bayer-Aspirintabletten und einem faustgroßen, schartigen, in ein gelbes Cowboy-Baumwolltaschentuch gewickelten Stein. Er löste seinen Gürtel, einen Navajo-Gürtel mit Silberschnalle und besetzt mit türkisfarbenen Perlen. Er nahm ihn ab, bog ihn durch und legte ihn sich quer über die Knie. Er wartete. Er sah nach draußen in die Nebraska-Prärie, die an ihnen vor beizog, blies auf seiner Mundharmonika herum, spielte eine improvisierte Melodie und wartete auf das vereinbarte Stichwort: »He, Perry, gib mir mal Feuer.« Worauf Dick das Steuer fassen sollte, während Perry den Schädel des Opfers mit dem eingewickelten Stein zu bearbeiten hatte – »ihn aufzuknacken«. Später dann, etwas abseits von der Hauptstraße, sollte von dem Gürtel mit den himmelblauen Perlen Gebrauch gemacht werden.

Inzwischen erzählten sich Dick und der dem Tod Verfallene unanständige Witze. Ihr Lachen irritierte Perry; insbesondere mißfiel ihm das belfernde Gelächter von Mr. Bell, das ihn lebhaft an das Lachen seines Vaters Tex John Smith erinnerte. Die Erinnerung an das Lachen seines Vaters steigerte noch seine Nervosität; der Kopf tat ihm weh, und seine Knie schmerzten.«Er zerkaute drei Aspirintabletten und schluckte sie trocken hinunter. Herrgott! Er dachte, er müsse sich erbrechen oder ohnmächtig werden; bestimmt würde er das, wenn Dick »die Party« noch lange hinauszögerte. Es dämmerte, die Straße war gerade. Kein Haus und kein Mensch in Sicht – nichts als winterlich kahles Land, düster wie Eisenblech. Jetzt war es soweit, *jetzt*. Er starrte Dick an, als wollte er damit den Anstoß geben, und ein paar kleine Anzeichen – ein zuckendes Augenlid, Schweißtropfen auf der Oberlippe – verrieten ihm, daß Dick zu demselben Schluß gelangt war.

Doch als Dick jetzt wieder redete, tat er es nur, um einen weiteren Witz zum Besten zu geben »Ein Rätsel jetzt. Hören Sie zu: Worin ähneln sich der Gang zur Toilette und der zum Friedhof?« Er grinste. »Geben Sie auf?« »Ja.«

»Wenn man gehn muß, muß man gehn!«
Mr. Bell brüllte los.
»He, Perry, gib mir mal Feuer.«
Aber gerade als Perry den Arm erhoben hatte und mit dem Stein zuschlagen wollte, passierte etwas Außergewöhnliches, das Perry später als »ein gottsverdammtes Wunder« bezeichnete. Das Wunder war das plötzliche Auftauchen eines dritten Anhalters, eines farbigen Soldaten, für den der hilfsbereite Vertreter anhielt. »Das ist 'ne Wucht«, sagte er, als sein Retter auf den Wagen zulief. »Wenn man gehn muß, muß man gehn!«

Der 16. Dezember 1959, Las Vegas, Nevada. Alter und Witterung hatten den ersten und den letzten Buchstaben getilgt – ein Z und ein R – und so das reichlich unpassende Wort IMME daraus gemacht. Dieses Wort, verwaschen auf einem von der Sonne gewellten Schild lesbar, schien an dem Gebäude, das es bezeichnete, wenig angebracht, denn es war, wie Harold Nye in seinem K.B.I.-Bericht schrieb, »die schäbigste und verkommenste Sorte von Hotel oder Pension«. In dem Bericht hieß es weiter: »Noch vor wenigen Jahren war es (nach Auskunft der Polizei in Las Vegas) eines der größten Bordells im Westen. Dann zerstörte Feuer das Hauptgebäude, und aus dem Rest wurde ein Haus mit billigen Zimmern zum Vermieten.« Die »Halle« war unmöbliert, es standen darin nur ein mannshoher Kaktus und ein behelfsmäßiges unbesetztes Empfangspult. Der Kriminalbeamte klatschte in die Hände. Nach einer Weile rief die fast männlich klingende Stimme einer Frau: »Ich komme«, aber es dauerte noch fünf Minuten, bis sie erschien. Sie trug ein schmutziges Hauskleid und hochhackige goldene Ledersandalen. In ihrem dünnen, gelblichen Haar steckten Lockenwickler. Sie hatte ein breites, kantiges Gesicht, war geschminkt und gepudert. In der Hand hatte sie eine Blechbüchse mit Miller-High-Life-Bier; sie roch nach Bier und Tabak und eben erst aufgestrichenem Nagellack. Sie war vierundsiebzig, sah aber nach Nyes Meinung »jünger aus – vielleicht zehn Minuten jünger«. Sie starrte ihn an in seinem gutsitzenden, braunen Anzug, seinem braunen Hut mit der schmalen Krempe. Als er seine Kennmarke vorzeigte, schien sie amüsiert; sie lächelte, so daß ihre falschen Zähne sichtbar wurden ... »Aha. Hab ich mir gedacht«, sagte sie. »Okay. Schießen Sie los.«
Er reichte ihr eine Fotografie von Richard Hickock. »Kennen Sie den?« Sie grunzte verneinend.

»Oder den?«

»Ah ja«, sagte sie. »Hat hier 'n paar Mal gewohnt. Aber ist jetzt nicht hier. Ist vor einem Monat oder so ausgezogen. Wolln Sie die Gästeliste sehn?«

Nye lehnte sich gegen das Pult und sah zu, wie die Vermieterin mit ihren langen, lackierten Fingernägeln eine Seite voll mit Bleistift gekritzelter Namen durchging. Las Vegas war die erste der drei Städte, die er im Auftrag seiner Vorgesetzten aufsuchte. Alle drei waren im Zusammenhang mit Perry Smiths Vergangenheit ausgesucht worden. Die anderen beiden waren Reno, wo, wie, man annahm, Smiths Vater wohnte, und San Francisco, wo Smiths Schwester lebte, die hier Mrs. Frederic Johnson genannt werden soll. Obwohl Nye vorhatte, diese Angehörigen zu vernehmen, wie überhaupt jeden, der etwas über den jetzigen Aufenthaltsort des Verdächtigten wissen mochte, war sein eigentliches Ziel, sich die Unterstützung der örtlichen Polizeiorgane zu sichern. Als er in Las Vegas ankam, hatte er zum Beispiel den Clutter-Fall mit dem Polizeileutnant B. J. Handlon, Chef der Kriminalabteilung der Polizeibehörde Las Vegas, durchgesprochen, der dann eine Fahndungsanzeige Hickock und Smith betreffend an das Polizeipersonal ausgegeben hatte: »Gesucht wegen Verstoßes gegen die Entlassungsbedingungen, sollen einen Chevrolet, Baujahr 1949, mit der Kansas-Nummer JO – 58 269 fahren. Die Männer sind wahrscheinlich bewaffnet und als gefährlich anzusehen.« Außerdem hatte Handlon ihm einen Kriminalbeamten beigegeben, um »die Pfandhäuser abzuklappern«. »Wie in jeder Spielhöllenstadt gibt's auch hier 'ne Menge davon«, sagte er. Gemeinsam hatten Nye und der Beamte von Las Vegas sämtliche im vergangenen Monat ausgegebenen Pfandscheine überprüft. Nye hatte vor allem gehofft, ein Kofferradio Marke Zenith zu finden, das vermutlich in der Mordnacht aus dem Clutter-Haus entwendet worden war, aber er hatte kein Glück damit. Einer der Pfandleiher hatte sich jedoch an Smith erinnert (»Er ist hier in den letzten zehn Jahren ein- und ausgegangen«), und er holte einen Pfandschein für ein Bärenfell hervor, das in der ersten Novemberwoche beliehen worden war. Durch diesen Pfandschein hatte Nye die Adresse des Hotels erfahren.

»Ankunft am 30. Oktober«, sagte die Vermieterin. »Abreise am 11. November.« Nye betrachtete Smiths Unterschrift. Er war überrascht, als er die manierierten Schnörkel und Schriftschwünge sah – die Vermieterin bemerkte das offenbar, denn sie sagte: »Ja, ja. Und Sie hätten ihn erst mal reden hören sollen. Lauter große, ellenlange Wörter, die er mit seiner leisen, etwas lispelnden Stimme über die Lippen brachte. War schon was dran an dem. Was liegt denn gegen ihn vor – war doch ein netter kleiner Affe?«

»Verstoß gegen die Entlassungsbedingungen.«

»Aha. Und wegen so 'ner Kleinigkeit sind Sie ganz von Kansas hergekommen. Na ja, mir können Sie das erzählen, ich bin bloß eine dämliche Blondine. Ich glaub's Ihnen. Aber einer Brünetten würd ich nicht damit kommen.« Sie setzte die Bierbüchse an, trank sie aus und rollte dann die leere Büchse nachdenklich zwischen ihren gefleckten, dickädrigen Händen. »Was immer der verbrochen hat, das war bestimmt keine große Sache. Kann ich mir nicht denken. Mir ist noch kein Mann begegnet, von dem ich nicht die richtige Schuhnummer gewußt hätte. Das da war bloß 'n Anfänger. Der kleine Anfänger hat doch tatsächlich mit allerhand schönen Worten versucht, sich um die Miete für die letzte Woche zu drücken.« Sie kicherte, vermutlich weil sie ein solches Ansinnen für gänzlich absurd hielt.

Der Kriminalbeamte fragte, was Smiths Zimmer gekostet hatte.

»Regulärer Preis. Neun Dollar die Woche plus 50 Cent Schlüsselgeld. Alles nur in bar und im voraus zu zahlen.«

»Was hat er denn gemacht, als er hier war? Hatte er irgendwelche Freunde?« fragte Nye.

»Glauben Sie, ich interessiere mich für das Privatleben all der Nichtstuer, die hier absteigen?« erwiderte die Vermieterin. »Rumtreiber. Taugenichtse. Nee, das interessiert mich nicht. Ich hab 'ne Tochter, die ist ganz groß verheiratet.« Und dann sagte sie: »Nein, er hatte keine Freunde. Jedenfalls hab ich ihn nie mit einem bestimmten rumziehen sehen. Das letzte Mal, als er hier war, hat er bloß immer an seinem Wagen rumgebosselt. Hatte ihn hier vorm Haus geparkt. Ein alter Ford. Wahrscheinlich älter als er selbst. Er hat ihn angemalt. Oben schwarz, alles andere in Silber. Dann malte er ›Zu verkaufen‹ auf die Windschutzscheibe. Eines Tages hörte ich, wie irgendein Schwachkopf anhielt und ihm vierzig Piepen dafür bot, auf den Cent genau vierzig mehr, als er wert war. Aber er wollte ihn nicht unter neunzig weggeben. Sagte, er brauchte das Geld für ein Bus-Ticket. Und dann *hat* ihn kurz vor seiner Abreise ein Farbiger gekauft.«

»Er brauchte das Geld für ein Bus-Ticket, sagte er. Aber wohin er fahren wollte, wissen Sie nicht?«

Sie schob die Lippen vor, hängte sich eine Zigarette dazwischen, ohne dabei die Augen von Nye zu lassen. »Spielen Sie doch mit offenen Karten. Da ist doch was drin. Geld, meine ich. Eine Belohnung?« Sie wartete auf eine

Antwort. Als keine kam, schien sie die Möglichkeiten abzuwägen und sich schließlich zum Weitersprechen zu entschließen: »Ich hab nämlich den Eindruck, daß er nicht vorhatte, da wo er hinwollte, lange zu bleiben. Daß er hier wieder herkommen wollte. Ich hab ihn eigentlich jeden Tag hier erwartet.« Sie machte eine Kopfbewegung zum Hausinnern hin. »Kommen Sie, ich will Ihnen zeigen, warum.«

Treppen, graue Korridore. Gerüche drangen ihm in die Nase, und er versuchte sie voneinander zu trennen: Toilettendesinfektionsmittel, Alkohol, kalte Zigarren. Hinter einer der Türen jammerte und sang ein betrunkener Mieter vor Glück oder aus Verzweiflung. »Halt die Klappe, Kerl! Oder du fliegst hier raus!« schrie die Frau. »Hier«, sagte sie zu Nye und öffnete die Tür zu einem dunklen Abstellraum. Sie knipste das Licht an. »Da drüben. Der Karton da. Er hat mich gebeten, ihn aufzubewahren, bis er zurückkommt.«

Der Karton war nicht in Papier gewickelt, aber mit einer Kordel verschnürt. »*Vorsicht*! Eigentum von Perry E. Smith!«

»*Vorsicht!*« stand wie eine Art Menetekel quer über den Deckel geschrieben. Nye löste die Verschnürung und stellte dabei zu seinem Leidwesen fest, daß sie nicht denselben Knoten aufwies, den die Mörder beim Fesseln der Familie Clutter verwendet hatten. Er klappte den Karton auf. Ein Kakerlak kroch hervor, und die Vermieterin zertrat ihn mit dem Absatz ihrer goldenen Sandale. »He!« sagte sie, als er langsam Perry Smiths Besitztümer herauszog und sie sorgfältig prüfte. »Der Gauner. Das ist *mein* Handtuch.« Außer dem Handtuch notierte der penible Nye: »Ein schmutziges Kissen: ›Souvenir aus Honolulu‹, eine rosa Babydecke, ein Paar Khakihosen, eine Aluminiumpfanne mit Pfannkuchen-Schaufel.« Außerdem waren darin ein dickes Heft mit Fotos, aus Body-Building-Magazinen (schwitzende Gewichtheber), und in einem Schuhkarton Medikamente, Mundwasser, Puder und eine verwirrende Menge von Flaschen mit Aspirintabletten – mindestens ein Dutzend, von denen einige leer waren.

»Plunder«, sagte die Vermieterin, »lauter wertloser Kram.« Es stimmte, das war selbst für den auf kleinste Details erpichten Kriminalbeamten wertloser Kram. Nye war aber doch froh, daß er es gesehen hatte; die einzelnen Dinge – das Mundwasser für entzündetes Zahnfleisch, das schmierige Kissen aus Honolulu – gaben ihm ein klares Bild von ihrem Eigentümer und seinem einsamen, schäbigen Leben.

In Reno notierte Nye am nächsten Tag für seinen offiziellen Bericht: »9.00 Uhr morgens Unterredung mit Mr. Bill Driscoll, Kriminalkommissar im Sheriffbüro, Washoe County, Reno, Nevada. Nach kurzer Information über den Fall wurden Mr. Driscoll Fotografien, Fingerabdrücke und Steckbriefe von Hickock und Smith ausgehändigt. Fahndungsbefehle zur Festnahme der beiden wie zur Sicherstellung ihres Wagens wurden zu den Akten genommen. 10.30 Uhr Unterredung des unterzeichneten Beamten mit Sergeant Abe Feroah, Kriminalabteilung der Polizei Reno, Nevada. Sergeant Feroah und der unterzeichnete Agent überprüften die Polizeiakten. Die Namen von Smith und Hickock waren nicht in den Verbrecheralben registriert. Eine Überprüfung der Pfandhaus-Akten wegen des fehlenden Radiogerätes blieb erfolglos. Für den Fall, daß das Gerät in Reno verpfändet werden sollte, wurde Sachfahndung eingeleitet. Der mit der Überwachung der Pfandhäuser beauftragte Kriminalbeamte brachte Fotografien von Smith und Hickock zu allen Pfandhäusern der Stadt und überprüfte auch einzeln alle Radiogeschäfte Den Pfandleihern war Smith bekannt, aber weitere Auskünfte konnten sie nicht geben.«
Dies war der Morgen. Am Nachmittag machte sich Nye auf die Suche nach Tex John Smith. Aber schon im Postamt, wo er als erstes nachfragte, erzählte ihm der Mann am Schalter für postlagernde Sendungen, er brauche sich hier nicht länger umzusehen – und auch in ganz Nevada nicht –, denn »der Betreffende« sei schon im vorigen August weggezogen und lebe jetzt in der Umgebung von Circle City, Alaska. Dahin jedenfalls werde ihm seine Post nachgeschickt.
»Mein Gott Das ist nicht so einfach«, erwiderte der Mann auf Nyes Bitte, ihm den alten Smith zu beschreiben. »Der ist wie aus einem Bilderbuch. Nennt sich selbst Einsamer Wolf. Mit diesem Namen ist auch die meiste Post adressiert, die er bekommt – Lone Wolf. Briefe bekommt er nicht viele, das nicht, aber ganze Haufen von Katalogen und Reklameprospekten. Man kann sich immer nur wundern, wie viele sich solchen Kram schicken lassen – wahrscheinlich bloß, um überhaupt Post zu bekommen, denke ich mir. Wie alt er ist? Sechzig, würde ich sagen. Kleidet sich im Western-Stil, mit Cowboystiefeln und einem großen Zehn-Gallonen-Hut. Hat mir erzählt, daß er früher Rodeoreiter war. Ich hab mich öfters mit ihm unterhalten, war in den letzten Jahren fast jeden Tag hier. Ab und zu verschwand er, für einen Monat oder so – war dann Gold schürfen, wie er immer behauptete. Eines Tages im vergangenen August kam ein junger Mann hier

an den Schalter. Er sagte, er suche seinen Vater, Tex John Smith, und fragte, ob ich wüßte, wo er wäre. Sah seinem Vater überhaupt nicht ähnlich. Der Wolf hat einen so schmalen Mund und sieht so irisch aus, und dieser junge Mann sah fast wie ein Indianer aus – die Haare schwarz wie Schuhwichse und die Augen genauso schwarz. Aber am nächsten Morgen kam der Alte hier rein und bestätigte mir, daß das sein Sohn war. Er wäre gerade aus der Army entlassen, und sie würden nun zusammen nach Alaska gehen. Er ist ein alter Alaskamann. »Ich glaube, er hatte ein Hotel da oben oder irgendein Jagdhaus. Sagte, er würde wohl zwei Jahre bleiben. Nein, seitdem hab ich ihn nicht wieder gesehen und seinen Sohn auch nicht.«

Die Familie Johnson war erst vor kurzem nach San Francisco gezogen, sie lebte in einer Eigengrundstückssiedlung für Mittelstandsfamilien mit mittlerem Einkommen auf den Hügeln am Nordrand der Stadt. Am Nachmittag des 18. Dezembers 1959 erwartete die junge Mrs. Johnson Gäste; drei Damen aus der Nachbarschaft wollten zu Kaffee und Kuchen kommen und vielleicht auch zu einem Spiel Karten. Die Gastgeberin war einigermaßen aufgeregt, denn es war das erste Mal, daß sie Gäste in ihrem neuen Heim empfing.

Während sie auf das Läuten der Türklingel wartete, ging sie noch einmal durch die Zimmer, entfernte hier und da einen Fussel und zupfte das weihnachtliche Arrangement von Christsternen zurecht. Ihr Haus war wie die anderen hier in der leicht abfallenden Straße ein konventionell gebautes Vorort-Farmhaus, angenehm und keineswegs außergewöhnlich. Mrs. Johnson war begeistert davon; sie war begeistert von der Rotholztäfelung, den Teppichböden, dem Panoramafenster auf der Vorder- wie auf der Rückseite, dem Ausblick, den das hintere Fenster bot – Hügel, ein Tal, weiter fort der Ozean und darüber der Himmel. Und sie war stolz auf ihren kleinen Hintergarten; ihr Mann – von Beruf Versicherungsvertreter, der sich in seiner Freizeit gern mit Schreinerarbeiten beschäftigte, hatte einen weißen Lattenzaun um den Garten gezogen, eine Hundehütte, einen Sandkasten und Schaukeln für die Kinder gebaut. Alle vier – der Hund, zwei kleine Jungen und ein Mädchen – waren gerade im Garten und spielten unter einem milden Himmel; Mrs. Johnson hoffte, sie würden sich dort vergnügen, bis die Gäste gegangen waren. Als es jetzt an der Tür klingelte, ging Mrs. Johnson öffnen; sie trug das Kleid, das ihr nach ihrer Meinung am besten stand, ein gelbes Strickkleid, das ihrer Figur schmeichelte und das blasse Teebraun ihres Cherokesenteints und ihr schwarzes, hochgekämmtes Haar gut zur Wirkung brachte. Sie öffnete die Tür, sah aber zu ihrer Überraschung nicht die drei Nachbarsfrauen vor sich, sondern zwei Fremde, die an ihre Hüte tippten und Brieftaschen mit Kennmarken darin aufklappten. »Mrs. Johnson?« sagte der eine. »Mein Name ist Nye. Dies ist Inspektor Guthrie. Wir kommen von der Polizei von San Francisco. Wir haben gerade aus Kansas eine Nachfrage wegen Ihres Bruders Perry Edward Smith erhalten. Er scheint sich als bedingt Entlassener nicht bei seiner zuständigen Stelle gemeldet zu haben, und vielleicht können Sie uns irgend etwas über seinen gegenwärtigen Aufenthalt sagen«

Mrs. Johnson war nicht beunruhigt – und ganz bestimmt nicht überrascht –, zu hören, daß sich die Polizei wieder einmal für die Umtriebe ihres Bruders interessierte. Was sie aufregte, war die Tatsache, daß ihre Gäste sie in der Gesellschaft von Kriminalbeamten vorfinden würden. »Nein. Nichts«, sagte sie. »Ich habe Perry seit vier Jahren nicht gesehen.«

»Es handelt sich um eine ziemlich ernste Sache, Mrs. Johnson«, sagte Nye. »Wir würden gern mit Ihnen darüber sprechen.«

Es blieb ihr also nichts anderes übrig, als sich mit der Situation abzufinden und die beiden hereinzubitten. Sie bot ihnen Kaffee an, den sie nicht ablehnten, und sagte dann: »Ich habe Perry seit vier Jahren nicht gesehen. Und seit seiner Entlassung nichts von ihm gehört. Als er im Sommer aus dem Gefängnis kam, besuchte er unseren Vater in Reno. Mein Vater schrieb mir, er würde nach Alaska zurückgehen und Perry mitnehmen. Und dann, ich glaube im September, bekam ich wieder einen Brief. Er war sehr böse, er hatte Streit mit Perry gehabt, und sie hatten sich getrennt, noch bevor sie die Grenze erreicht hatten. Perry kehrte um, und mein Vater ging allein nach Alaska.«

»Und seitdem hat er nicht wieder geschrieben?«

»Nein.«

»Dann wäre es möglich, daß Ihr Bruder vor kurzem wieder mit seinem Vater zusammengekommen ist. Im vergangenen Monat.«

»Ich weiß nicht. Es interessiert mich auch nicht.«

»Sie stehen schlecht mit ihm?«

»Mit Perry? Ja. Ich habe Angst vor ihm.«

»Aber als er in Lansing war, haben Sie ihm öfters geschrieben. Jedenfalls hat man uns das aus Kansas mitgeteilt«, sagte Nye. Der zweite Beamte, Inspektor Guthrie, schien mit dem Part des Zuhörers zufrieden.

»Ich wollte ihm helfen. Ich hatte gehofft, ich könnte ihn von einigen seiner Ideen abbringen. Inzwischen bin ich eines Besseren belehrt. Die Rechte anderer Menschen bedeuten Perry nichts. Er hat keine Achtung vor irgendwem.«

»Hat er Freunde? Können Sie uns irgend jemanden nennen, mit dem er vielleicht zusammen sein könnte?«

»Joe James«, sagte sie und erklärte, James sei ein junger indianischer Holzfäller und Fischer, der im Waldgebiet bei Bellingham, Washington, lebe. Nein, sie kannte ihn nicht persönlich, doch wußte sie, daß er und seine Familie großzügige Menschen waren, die in der Vergangenheit mehrfach sehr gut zu Perry gewesen waren. Der einzige Perry befreundete Mensch, dem sie je *begegnet* war, war eine junge Dame, die eines Tages im Juni 1955 bei den Johnsons erschienen war und einen Brief bei sich trug, in dem Perry sie als seine Frau einführte. »Er schrieb, er sei in Schwierigkeiten, und bat, ich möchte mich um seine Frau kümmern, bis er sie zu sich holen könnte. Das Mädchen sah wie zwanzig aus; sie war aber, wie sich herausstellte, vierzehn. Und natürlich unverheiratet. Aber damals ließ ich mich einwickeln. Ich hatte Mitleid mit ihr und nahm sie bei uns auf. Sie blieb nicht lange, nicht mal eine Woche. Und als sie ging, nahm sie in unseren Koffern alles mit, was sie darin unterbringen konnte – fast all meine Kleider, fast alle Anzüge meines Mannes, das Silber und sogar die Küchenuhr.«

»Wo wohnten Sie, als das passierte?«

»In Denver.«

»Haben Sie jemals in Fort Scott, Kansas, gewohnt?«

»Nein. Ich war überhaupt nie in Kansas.«

»Haben Sie eine Schwester in Fort Scott?«

»Meine Schwester ist tot. Ich hatte nur die eine.«

Nye lächelte. »Sie müssen wissen, Mrs Johnson«, sagte er, »wir gehen von der Annahme aus, daß Ihr Bruder in irgendeiner Weise Verbindung mit Ihnen aufnehmen wird. Per Brief oder Telefon. Oder auch Sie aufsuchen wird.«

»Ich hoffe nicht. Er weiß auch gar nicht, daß wir verzogen sind. Er glaubt, wir wohnen noch in Denver. Und bitte, falls Sie ihn finden sollten, bitte geben Sie ihm nicht meine Adresse. Ich habe Angst.«

»Angst? Weil Sie glauben, daß er Ihnen etwas antun wird?« Sie überlegte und sagte dann, sie wüßte es nicht genau. »Aber ich habe Angst vor ihm. Nicht erst heute, schon immer habe ich Angst vor ihm gehabt. Er kann so warmherzig und sympathisch *scheinen*. So sanft. Er weint so leicht. Musik bringt ihn manchmal ganz durcheinander, und als er noch ein Kind war, weinte er oft, weil er den Sonnenuntergang so schön fand. Oder den Mond. Oh, er kann einen täuschen. Er kann einen dazu bringen, daß man solches Mitleid mit ihm hat –«

Die Türklingel ging. Mrs. Johnson zögerte und sah nervös zur Tür; Nye, der ihre Verlegenheit bemerkte, langte nach seinem braunen, kurzkrempigen Hut (er schrieb später über sie: »Sie blieb während des ganzen Gesprächs gelassen und sehr freundlich. Eine ungewöhnlich charaktervolle Person«).

»Es tut uns leid, Sie belästigt zu haben, Mrs. Johnson«, sagte er. »Aber wir hoffen, daß Sie so vernünftig sein werden, uns zu benachrichtigen, wenn Sie von Perry hören. Verlangen Sie Inspektor Guthrie.«

Nachdem die Kriminalbeamten gegangen waren, verließ sie die Gelassenheit, die Nye an ihr bewundert hatte; sie fühlte, wie sich ihrer jene verzweifelte Trostlosigkeit bemächtigte, die sie so gut kannte. Sie kämpfte dagegen an, leistete der vollen Wucht der Depression solange Widerstand, bis die Party vorüber war und die Gäste gegangen waren, bis sie den Kindern ihr Abendbrot gegeben und sie gebadet und ihr Nachtgebet hatte sprechen lassen. Dann überkam sie die trübe Stimmung, senkte sich auf sie herab wie der abendliche Nebel, der vom Ozean aufstieg und die Straßenlaternen verhüllte. Sie hatte gesagt, sie hätte Angst vor Perry, und das stimmte auch, aber war es Perry allein, den sie fürchtete, oder war es das verhängnisvolle Geschick, an dem er teilhatte, in das sie sich als eins der vier Kinder von Florence Buckskin und Tex John Smith verstrickt sah? Der Älteste, der Bruder, den sie geliebt hatte, hatte sich erschossen. Fern war aus dem Fenster gestürzt oder gesprungen, und Perry war gewalttätig geworden, ein Verbrecher. So war sie in gewissem Sinn die einzige Überlebende, und was sie quälte, war der Gedanke, daß sie eines Tages auch von diesem Verhängnis überwältigt werden könnte: den Verstand verlieren, von einer unheilbaren Krankheit befallen oder durch Feuer alles verlieren würde, an dem sie hing – ihr Haus, ihren Mann, die Kinder.

Ihr Mann war auf einer Geschäftsreise, und nie kam sie auf den Gedanken, zu trinken, wenn sie allein war. An diesem Abend aber schenkte sie sich einen kräftigen Whisky ein und legte sich auf die Couch im Wohnzimmer, ein Album mit Familienfotos auf die Knie gestützt.

Die erste Seite wurde von einer Fotografie ihres Vaters beherrscht – eine

Atelieraufnahme aus dem Jahre 1922, als er die junge indianische Rodeoreiterin Miss Florence Buckskin geheiratet hatte. Mrs. Johnson war von dieser Fotografie immer wieder fasziniert. Dieses Bild machte ihr begreiflich, warum ihre Mutter, so wenig sie wesensmäßig zu ihm paßte, diesen Mann geheiratet hatte. Der junge Mann auf dem Foto strömte Kraft und Männlichkeit aus. Alles an ihm wirkte ungemein anziehend – der unternehmungslustig schräggelegte Kopf mit dem rötlichen Haar, das leicht zusammengekniffene linke Auge (als visierte er ein Ziel an), der winzige Cowboyschal, den er um den Hals geknotet trug. Alles in allem war Mrs. Johnsons Haltung ihrem Vater gegenüber keineswegs eindeutig, aber eines hatte sie immer an ihm respektiert – seine innere Kraft. Sie wußte genau, daß er in den Augen anderer, und in ihren eigenen übrigens auch, exzentrisch wirkte. Aber nichtsdestoweniger war er »ein richtiger Mann«. Er kam mit allem zurecht, scheinbar mühelos. Ein Baum fiel unter seiner Axt genau auf die Stelle, auf die er ihn haben wollte. Er konnte einem Bären das Fell abziehen, eine Uhr reparieren, ein Haus bauen, einen Kuchen backen, einen Strumpf stopfen oder eine Forelle mit einer gebogenen Nadel und einem Stück Bindfaden fangen. Einen Winter hatte er einmal ganz allein in der Wildnis von Alaska zugebracht.

Überhaupt sollten nach Mrs. Johnsons Meinung solche Männer allein bleiben. Frauen, Kinder, ein zimperliches Leben sind nichts für sie.

Sie blätterte die Seiten mit Schnappschüssen aus ihrer Kinderzeit durch – Bilder, die in Utah und Nevada, in Idaho und Oregon gemacht waren. Die Rodeokarriere von »Tex & Flo« war beendet, und die Familie zog in einem alten Wagen auf Arbeitssuche durchs Land, Arbeit war 1933 schwer zu finden. »Die Familie Tex John Smith beim Beerenpflücken in Oregon, 1933« war die Unterschrift unter einem Schnappschuß von vier barfüßigen, eins wie das andere kränklich und erschöpft aussehenden Kindern in Overalls. Beeren und altes, in süßer Kondensmilch aufgeweichtes Brot waren oft ihre einzige Nahrung. Barbara Johnson erinnerte sich, daß die Familie einmal tagelang von verfaulten Bananen gelebt hatte, und daß Perry davon Koliken bekommen hatte; er hatte die ganze Nacht geschrien, und Bobo, wie Barbara genannt wurde, weinte aus Angst, er würde sterben.

Bobo war drei Jahre älter als Perry, und sie liebte ihn innig; er war ihr einziges Spielzeug, eine Puppe, die sie schrubbte und kämmte, küßte und manchmal verprügelte. Sie betrachtete ein Bild von ihnen beiden, wie sie nackt in dem kristallklaren Wasser eines Baches in Colorado badeten, der

Bruder, ein dickbäuchiger, von der Sonne tief gebräunter Cupido, packte die Hand seiner Schwester und lachte, als kitzelten ihn geisterhafte Finger in dem schäumenden Wasser. Auf einem anderen Schnappschuß (Mrs. Johnson, wußte es nicht mehr genau, aber wahrscheinlich, meinte sie, war er auf der abgelegenen Ranch in Nevada gemacht worden, wo die Kinder die furchtbaren Kämpfe zwischen ihren Eltern miterlebt hatten, mit Reitpeitschen, kochendem Wasser und Karbidlampen als Waffen, und wo die Ehe zerbrochen war) reiten Perry und sie auf einem Pony, die Köpfe dicht beisammen, die Wangen aneinandergelegt und im Hintergrund flimmernde Berge.

Später, als die Kinder mit ihrer Mutter in San Francisco lebten, war Bobos Liebe für den kleinen Jungen allmählich abgekühlt und endlich ganz geschwunden. Er war nicht mehr ihr Baby, sondern ein wilder Straßenjunge, ein Dieb und ein Räuber. Verhaftet wurde er zum erstenmal am 27. Oktober 1936, seinem achten Geburtstag. Schließlich, nachdem er mehrere Haftstrafen in Jugendgefängnissen und Besserungsanstalten hinter sich hatte, wurde er wieder der Obhut seines Vaters übergeben, und es dauerte viele Jahre, bis Bobo ihn wiedersah – außer auf Fotos, die Tex John hin und wieder den anderen Kindern schickte – Fotos, die, mit Unterschriften in weißer Tinte versehen, in diesem Album klebten. Darunter »Perry, Dad und ihr starker Hund«, »Perry und Dad beim Goldschürfen«, »Perry auf der Bärenjagd in Alaska«. Dies Bild zeigte ihn als Fünfzehnjährigen mit einer Pelzkappe auf Skiern unter schneebedeckten Bäumen, ein Gewehr unter den Arm geklemmt; das Gesicht war verschlossen, die Augen traurig und sehr müde, und Mrs. Johnson wurde beim Betrachten des Fotos an eine »Szene« erinnert, die Perry ihr gemacht hatte, als er einmal in Denver zu Besuch war. Tatsächlich war es das letzte Mal, daß sie sich gesehen hatten – im Frühjahr 1955... Sie sprachen über seine Kindheit und sein Verhältnis zum Vater, und plötzlich hatte Perry, der schon ziemlich betrunken war, sie gegen die Wand gedrückt und da festgehalten. »Ich war immer bloß sein Sklave«, sagte Perry. »Ja, nichts andres. Jemand, den er schuften lassen konnte bis zum Umfallen und dem er nie auch nur einen Penny zahlen mußte. Nein, Bobo, *ich* rede jetzt. Halt den Mund, oder ich schmeiße dich in den Fluß. Wie einmal in Japan. Da kam ich über eine Brücke, und auf der Brücke stand einer, ich hatte ihn nie vorher gesehen, aber ich packte ihn und warf ihn in den Fluß.

Bitte, Bobo, hör zu! Glaubst du, daß ich mit mir selbst *einverstanden* bin?

Oh, was alles aus mir hätte werden können! Aber dieser Hund hat mir ja nie eine Chance gegeben. Er hat mich ja nicht zur Schule gehen *lassen.* O. K., O. K., ich war ein schlimmer Junge, aber es gab eine Zeit als ich regelrecht darum bat, in die Schule gehen zu dürfen. Ich hab nämlich Köpfchen, falls du das nicht wissen solltest. Ich habe Köpfchen, und mehr als das: Talent. Aber keine Ausbildung, weil er mich nichts lernen lassen wollte, ich sollte mich immer nur abrackern für ihn. Unwissend und dumm – so wollte er mich haben. So daß er mich immer unter der Fuchtel hätte. Aber du, Bobo, *du* bist zur Schule gegangen. Du und Jimmy und Fern. Alle wie ihr da seid, habt ihr eure Ausbildung gehabt. Alle, bloß ich nicht. Und ich hasse euch, dich und euch alle und Dad dazu.«
Als wären sie und ihre Geschwister auf Rosen gebettet gewesen! Ja, vielleicht, wenn das hieß, das von ihrer Mutter im Rausch Erbrochene aufzuwischen, wenn es hieß, nie etwas Ordentliches zum Anziehen zu haben, und nie genug zu essen.
Es stimmte allerdings, daß sie alle drei eine vollständige Schulausbildung gehabt hatten. Jimmy hatte sogar das Schlußexamen als Klassenerster bestanden – eine Auszeichnung, die er einzig seiner eigenen Willenskraft verdankte. Das war es ja gerade, meinte Barbara Johnson, was seinen Selbstmord so rätselhaft machte. Charakterstärke, Lebensmut und Fleiß – alle diese Faktoren schienen nicht bestimmend gewesen zu sein im Schicksal der Kinder Tex Johns. Sie standen unter einem Verhängnis, gegen das Tugend und gute Eigenschaften keinen Schutz boten. Perry allerdings war alles andere als tugendhaft, und Fern war es auch nicht gewesen. Als sie vierzehn war, hatte sie ihren Namen in Joy geändert und den Rest ihres kurzen Lebens so gelebt, als wollte sie diesen Namen rechtfertigen. Sie war ein leichtes Ding, »jedermanns Schätzchen« – nur zu sehr jeden Manns, denn sie war anfällig für Männer, obwohl sie mit ihnen irgendwie nicht viel Glück hatte. Gerade die Männer, die sie gern hatte, ließen sie immer irgendwie sitzen. Ihre Mutter war im Delirium gestorben, und sie hatte Angst vor Alkohol – aber sie trank. Noch bevor sie zwanzig war, begann Fern-Joy den Tag mit einer Flasche Bier, und dann, an einem Sommerabend, fiel sie im Hotel aus dem Fenster. Sie stürzte dabei auf die Überdachung eines Theatereingangs, prallte ab und rollte unter die Räder eines Taxis. In ihrem verlassenen Zimmer fand die Polizei ihre Schuhe, ein Portemonnaie ohne Geld, eine leere Whiskyflasche.
Man konnte Fern verstehen und ihr verzeihen, aber mit Jimmy war es eine

andere Sache. Mrs. Johnson betrachtete ein Bild von ihm als Matrose; während des Krieges hatte er bei der Marine gedient. Ein schlanker, blasser junger Seemann mit einem schmalen Gesicht, sah er ein bißchen wie ein verdrießlicher Heiliger aus; er stand da und hatte den Arm um die Hüfte des Mädchens gelegt, das er geheiratet hatte, was er nach Mrs. Johnsons Meinung nicht hätte tun sollen, denn sie hatten nichts miteinander gemein – der ernste Jimmy und dieser Teenager aus San Diego, der sich mit Seeleuten abgab. Auf den Glasperlen ihrer Halskette schimmerte eine längst vergangene Sonne. Und doch war das, was Jimmy für sie empfunden hatte, mehr als normale Liebe; es war Leidenschaft – eine fast pathologische Leidenschaft. Und was das Mädchen betraf, so mußte sie ihn geliebt haben, rückhaltlos geliebt haben, sonst hätte sie nicht so gehandelt, wie sie es tat. Wenn Jimmy ihr nur geglaubt hätte! Oder auch nur imstande gewesen wäre, ihr zu glauben. Aber seine Eifersucht hielt ihn gefangen. Die quälenden Gedanken an die Männer, mit denen sie vor ihrer Ehe geschlafen hatte, ließen ihn nicht los; er war obendrein überzeugt, daß sie sich auch jetzt noch mit anderen Männern abgab – daß sie ihn immer, wenn er auf See war oder sie nur einen einzigen Tag allein ließ, mit allen möglichen Liebhabern betrog, und unaufhörlich quälte er sie damit, das zuzugeben. Und dann richtete sie ein Gewehr auf ihre Stirn und drückte mit dem Zeh ab. Jimmy holte nicht die Polizei, als er sie fand. Er hob sie auf, trug sie zum Bett und legte sich neben sie. Am anderen Morgen, bei Tagesanbruch, lud er das Gewehr neu und erschoß sich.

Auf der Seite gegenüber von dem Bild mit Jimmy und seiner Frau war ein Foto von Perry in Uniform. Es war aus einer Zeitung ausgeschnitten und von dem folgenden Text begleitet: »Hauptquartier der United States Army. Alaska. Private Perry E. Smith, 23, erster Teilnehmer am Koreakrieg, der nach Anchorage, Alaska, zurückkehrte, wird bei seiner Ankunft auf dem Luftstützpunkt Elmendorf von Presseoffizier Captain Mason begrüßt. Smith diente fünfzehn Monate als Pionier bei der 24. Division. Der Flug von Seattle nach Anchorage war ein Geschenk der Pacific Northern Airlines. Lächelnd heißt ihn die Stewardeß Miss Lynn Marquis willkommen (offizielles Foto der U.S. Army).« Captain Mason hat die Hand ausgestreckt und sieht Private Smith an, der jedoch seinerseits in die Kamera blickt. In dem Ausdruck seines Gesichtes vermochte Mrs. Johnson anstelle von Dankbarkeit und Stolz nur Arroganz und ungeheure Eitelkeit zu entdecken. Es war schon denkbar, daß er den Mann, den er seinerzeit auf

der Brücke getroffen hatte, einfach in den Fluß geworfen hatte. Natürlich hatte er es getan. Sie hatte nie daran gezweifelt.
Sie klappte das Album zu und schaltete das Fernsehprogramm ein, aber es lenkte sie nicht ab, sie kam von ihren Gedanken nicht los. Wenn er nun plötzlich käme? Die Kriminalbeamten hatten sie gefunden, warum sollte Perry sie nicht finden? Er brauchte sich nicht einzubilden, daß sie ihm helfen würde; sie würde ihn nicht mal ins Haus lassen. Die Vordertür war verschlossen, nicht aber die Tür zum Garten. Der Garten war weiß vom Nebel, es war wie eine Versammlung von Geistern: Mama und Jimmy und Fern. Als Mrs. Johnson die Tür verriegelte, dachte sie ebensosehr an die Toten wie an die Lebenden.

Ein Wolkenbruch. Der Regen klatschte in Strömen herab. Dick rannte. Auch Perry rannte, aber er kam nicht mit; er hatte kürzere Beine und schleppte den Koffer mit sich. Dick erreichte den Unterschlupf – eine Scheune in der Nähe der Überlandstraße – lange vor ihm. Nach einer im Asyl der Heilsarmee verbrachten Nacht in Omaha hatte sie ein Lastwagen über die Grenze von Nebraska nach Iowa mitgenommen. Seit einigen Stunden waren sie allerdings wieder zu Fuß gegangen. Sie waren noch fünfundzwanzig Kilometer nördlich von Tenville Junction, einem Flecken in Iowa, als der Regen einsetzte.
In der Scheune war es dunkel.
»Dick?« sagte Perry.
»Hier bin ich«, sagte Dick. Er lag ausgestreckt im Heu.
Durchnäßt und zitternd vor Kälte ließ sich Perry neben ihm niederfallen. »Mir ist so kalt«, sagte er und wühlte sich ins Heu, »mir ist so kalt, daß mir's scheißegal wäre, wenn das hier jetzt in Flammen aufginge und ich bei lebendigem Leibe verbrennen würde.« Außerdem war er hungrig. Ausgehungert. Am Abend vorher hatten sie Suppe von der Heilsarmee gegessen, und heute waren ihre einzige Nahrung ein paar Schokoladenriegel gewesen und Kaugummi, den Dick von der Theke eines Drugstore gestohlen hatte. »Hast du noch Hershey?« fragte Perry.
Nein, aber er hatte noch ein Päckchen Kaugummi. Sie teilten es und schoben jeder seine zweieinhalb Doublemint in den Mund, Dicks Lieblingsmarke (Perry bevorzugte Juicy Fruit). Ihr Problem war Geld. Sie waren blank, und so hatte Dick beschlossen, als nächstes nach Kansas City zurückzukehren – was Perry als »glatte Idiotie« bezeichnete. Als Dick ihm

zuerst mit diesem Vorschlag gekommen war, hatte Perry zu ihm gesagt: »Du mußt wohl mal zum Arzt.« Jetzt, wo sie aneinandergedrängt in Kälte und Dunkelheit lagen und den kalten Regen hart auf das Dach schlagen hörten, fing Dick wieder davon an. Perry suchte ihm klarzumachen, wie gefährlich das war, denn bestimmt waren sie inzwischen wegen Verletzung der Entlassungsbedingungen hinter Dick her, und vielleicht auch noch »wegen was anderem«. Aber Dick ließ sich nicht abbringen. Kansas City, versicherte er, war die einzige Stadt, wo er rasch und erfolgreich mit »heißem Papier« operieren konnte. »Mensch, das weiß ich selbst, daß wir verdammt vorsichtig sein müssen. Ich weiß, daß ein Haftbefehl gegen mich vorliegt. Wegen der anderen Schecks. Aber im Handumdrehen ist das gemacht. Ein Tag genügt. Wenn wir genug zusammenhaben, hauen wir ab nach Florida. Feiern Weihnachten in Miami – bleiben vielleicht den Winter, wenn es sich so ergibt.« Aber Perry, vor Kälte zitternd, kaute bloß auf seinem Kaugummi herum und schwieg. »Was ist denn, Kleiner?« sagte Dick. »Immer noch diese andere Sache? Warum zum Teufel schlägst du dir das nicht endlich aus dem Kopf? Die haben bestimmt nichts gefunden, wodurch sie uns was anhängen könnten. Und werden auch nichts finden. Nie.«

»Wer weiß?« sagte Perry. »Du könntest dich ja auch irren. Und wenn das so ist, dann weißt du ja, was das bedeutet – Die Ecke.« Bis jetzt hatte keiner von beiden auf die Höchststrafe im Staate Kansas angespielt – den Galgen, oder Die Ecke, wie die Insassen der Kansas-State-Strafanstalt den entsprechend ausgestatteten Raum nannten, wo Verbrecher gehängt wurden. »Du Witzbold«, sagte Dick. »Ich lach mich tot.« Er riß ein Streichholz an, um sich eine Zigarette anzuzünden, aber etwas, das er im aufflammenden Feuerschein sah, erregte seine Aufmerksamkeit. Er stand auf und ging durch die Scheune zum Kuhstall. Im Stall stand ein Wagen, ein schwarz-weißer zweitüriger Chevrolet, Baujahr 1956. Der Zündschlüssel steckte.

Dewey war entschlossen, die Tatsache, daß es bei der Aufklärung des Clutter-Falles zu einem ersten wesentlichen Ergebnis gekommen war, vor der »Zivilbevölkerung« geheimzuhalten – das schien ihm so wichtig, daß er beschloß, die beiden maßgeblichen Stadtausrufer von Garden City ins Vertrauen zu ziehen: Bill Brown, den Herausgeber des *Telegram*, und Robert Wells, den Leiter der Radio Station KIUL. Dewey schilderte ihnen die Situation und unterstrich seine Gründe für absolute Geheimhaltung: »Vergessen Sie nicht, es besteht durchaus die Möglichkeit, daß die beiden unschuldig sind.«

Diese Möglichkeit war zu stichhaltig, um sie ganz auszuschließen. Es konnte gut sein, daß der Informant Floyd Wells die ganze Geschichte erfunden hatte. So etwas kam oft genug vor, wenn Gefangene sich durch solche Machenschaften einen Vorteil erhofften oder die Aufmerksamkeit der Behörden auf sich lenken wollten. Aber selbst wenn jedes Wort an der Geschichte stimmte, Dewey und seine Assistenten hatten bis jetzt noch nicht den geringsten stichhaltigen Beweis – »gerichtsreifen Beweis«. Was sie bis jetzt herausbekommen hatten, konnte immer noch als eine zwar ungewöhnliche, aber eben doch mögliche Koinzidenz ausgelegt werden. Smith und Hickock brauchten nicht unbedingt mehrfache Mörder zu sein, bloß weil Smith nach Kansas gefahren war, um seinen Freund Hickock zu besuchen, bloß weil Hickock ein Gewehr desselben Kalibers besaß wie das, mit dem das Verbrechen begangen worden war, und bloß weil die Verdächtigen sich ein falsches Alibi für ihren Aufenthalt am 14. November zurechtgelegt hatten. »Wir sind jedoch verdammt sicher, daß es so ist. Wir alle sind davon überzeugt. Wir hätten sonst nicht von Arkansas bis Oregon in siebzehn Staaten Alarm geschlagen. Aber vergessen Sie nicht: Es können noch Jahre vergehen, bis wir sie haben. Vielleicht haben sie sich getrennt oder das Land verlassen. Sie können auch nach Alaska gegangen sein – es ist nicht schwer, sich in Alaska zu verstecken. Je länger sie frei sind, desto fragwürdiger wird der Wert unserer Ermittlungen. Wir haben, ehrlich gesagt, ohnehin bis jetzt noch so gut wie nichts in Händen. Wir könnten die Schweinehunde morgen erwischen und doch nie imstande sein, ihnen ein Zipfelchen nachzuweisen.«

Dewey übertrieb nicht. Außer zwei Fußabdrücken – der eine mit Diamantmuster und der andre mit Katzenpfoten – hatten die Mörder keine einzige Spur hinterlassen. Da sie offensichtlich mit solcher Vorsicht gehandelt hatten, waren die Schuhe inzwischen zweifellos längst über Bord gegangen. Und das Kofferradio auch. Vorausgesetzt, daß überhaupt sie es waren, die es gestohlen hatten, was Dewey weiterhin bezweifelte, denn es erschien ihm »lächerlich unvereinbar« mit der Schwere des Verbrechens und dem geschickten und wohlüberlegten Vorgehen der Verbrecher und »unvorstellbar«, daß diese Männer in der Erwartung, einen vollen Safe vorzufinden, in das Haus eingedrungen waren und es dann, als sie nichts dergleichen fanden, für tunlich gehalten haben sollten, die Familie für ein paar Dollar und ein kleines Kofferradio umzubringen. »Ohne ein Geständnis kommen wir niemals zu einer Verurteilung«, sagte er. »Meiner Ansicht nach jedenfalls. Und das ist der Grund, weshalb wir gar nicht vorsichtig genug sein können, Sie glauben inzwischen wahrscheinlich, sie seien davongekommen. Und es liegt uns nichts daran, sie vom Gegenteil zu überzeugen. Je sicherer sie sich fühlen, um so eher werden wir sie fassen.«

Aber Geheimhaltung ist in einer kleinen Stadt wie Garden City eine schwierige Sache. Jeder, der die drei sparsam eingerichteten, von allen möglichen Leuten wimmelnden Räume des Sheriffs im zweiten Stock des Gerichtsgebäudes besuchte, spürte die seltsame, beinahe unheimliche Atmosphäre, die dort herrschte. Das Durcheinander und der verrückte Betrieb der letzten Wochen hatten aufgehört. Jetzt lag eine vibrierende Stille in der Luft. Mrs. Richardson, die Sekretärin und eine höchst nüchterne Person, hatte sich über Nacht eine Menge zimperlicher Affektiertheiten zugelegt, flüsterte, ging auf Zehenspitzen, und die Männer, für die sie arbeitete, der Sheriff und sein Stab, Dewey und das importierte Team von K.B.I.-Agenten, schlichen allesamt herum und unterhielten sich in gedämpftem Ton. Es war, wie wenn Jäger sich im Wald so vorsichtig und geräuschlos wie möglich verhalten, um nicht durch ein plötzliches Geräusch oder eine unachtsame Bewegung das sich nähernde Wild zu vergrämen.

Die Leute redeten. Gerüchte und alle möglichen Spekulationen gingen um. Besonders im Café-Raum des Warren Hotel, in dem die Geschäftsleute Garden Citys wie in einem Privat-Club zusammenkommen. Die Verhaftung eines angesehenen Bürgers, hieß es, stünde unmittelbar bevor. Oder man wollte wissen, daß die Verbrecher von den Gegnern des Weizenfarmer-Verbandes von Kansas beauftragt worden waren, einer sehr fortschrittlichen Organisation, in der Mr. Clutter eine große Rolle gespielt hatte. Eine der vielen umgehenden Geschichten, die der Wahrheit sogar ziemlich nahe kam, stammte von einem bekannten Autohändler (der sich weigerte, seinen Gewährsmann preiszugeben): »Scheint da einen Mann zu geben, der so um '47 oder '48 herum für Herb gearbeitet hat. Ein einfacher Farmarbeiter. Scheint dann ins Gefängnis gekommen zu sein, ins Staatliche Gefängnis, und während er da saß, fing er an, darüber nachzudenken, wie reich Herb war. Und als er dann vor einem Monat oder so entlassen wurde, ist er schnurstracks hingegangen und hat die Familie ausgeraubt und umgebracht.«

Aber elf Kilometer westwärts, in Holcomb selbst, ahnte man nichts von bevorstehenden Sensationen. Ein Grund dafür war, daß der Clutter-Fall mittlerweile in den beiden Hauptreservoirs für Gerüchte und Klatsch – in der Post und in Hartman's Café – als Gesprächsthema verpönt war. »Ich persönlich will davon kein Wort mehr hören«, sagte Mrs. Hartman. »Und das hab ich ihnen auch gesagt. Das kann doch nicht ewig so weitergehen. Keiner traut dem andern übern Weg, und alle machen sie sich gegenseitig verrückt. Wenn ihr weiter darüber reden wollt, hab ich ihnen gesagt, dann bleibt gefälligst hier weg.« Myrt Clare vertrat einen ähnlich rigorosen Standpunkt. »Kommen hier rein, die Leute, kaufen sich eine oder zwei Briefmarken und glauben, sie könnten die nächsten drei Stunden und dreiunddreißig Minuten damit verbringen, die Clutters total umzustülpen. Andre Leute durchhecheln. Klapperschlangen. Ich hab einfach keine Zeit mir das anzuhören. Ich bin im Dienst – ich stehe hier für die Regierung der Vereinigten Staaten. Und es ist überhaupt krankhaft. Al Dewey und seine Klugscheißer aus Topeka und Kansas City – die haben angeblich das Pulver erfunden. Aber hier glaubt doch schon längst keiner mehr, daß sie die geringste Chance haben, den Kerl jemals zu schnappen. Und deswegen sage ich, das einzig Vernünftige ist, den Mund zu halten. Man lebt, bis man stirbt, und wie man am Ende abschrammt, das ist doch egal. Tot ist tot. Wozu also weiter herumquaken wie ein Tümpel voll Frösche, weil man Herb Clutter die Kehle durchgeschnitten hat? Überhaupt ist es krankhaft. Polly Stringer, von drüben aus der Schule, die war heute morgen hier. Sagte, erst jetzt, erst nach einem Monat werden die Kinder allmählich wieder ruhig. Und da mußte ich denken: Was nun, wenn sie plötzlich einen verhaften? Was wird, wenn sie wirklich jemand verhaften? Wenn es so weit kommt, kann es nur einer sein, den jeder kennt. Das würde das Feuer schön anfachen und den Topf, der gerade anfing, ein bißchen abzukühlen, zum Sieden bringen. Wenn Sie mich fragen, wir haben weiß Gott Aufregung genug gehabt.«

Es war noch früh, noch nicht neun, und Perry war der erste Kunde in der Washateria, einem Waschsalon mit Selbstbedienung. Er öffnete seinen dicken Strohkoffer, zog ein Bündel Unterwäsche, Socken und Hemden heraus (von ihm und von Dick), warf alles in eine der Waschmaschinen und steckte in den Schlitz eines von den Bleistücken, von denen sie sich in Mexiko eine Masse besorgt hatten.

Perry kannte sich mit solchen Betrieben aus. Er war dort schon oft Kunde gewesen und hatte es gewöhnlich »so entspannend« gefunden, still dazusitzen und zuzusehen, wie die Wäsche sauber wurde. Aber heute war das anders. Er war unruhig und nervös. Denn Dick hatte sich über seine Warnungen hinweggesetzt. Da waren sie also wieder, wieder in Kansas City – total pleite und mit einem gestohlenen Wagen! Die ganze Nacht waren sie mit dem Chevrolet aus Iowa durch den heftigen Regen gerast, hatten nur zweimal gehalten, um zu tanken, beide Male von Wagen, die in den Seitenstraßen kleiner schlafender Städte geparkt waren. (Das war Perrys Job, den er »absolut perfekt« beherrschte. »Ein kurzes Stück Gummischlauch, das ist meine Freikarte quer durch die Staaten.«) Als sie bei Sonnenaufgang in Kansas City ankamen, waren sie zuerst zum Flugplatz gefahren, wo sie sich im Waschraum wuschen, rasierten und die Zähne putzten. Nach einem Nickerchen in der Wartehalle waren sie zwei Stunden später zurückgefahren zur Stadt. Und bei dieser Gelegenheit setzte Dick seinen Partner an der Washateria ab und versprach in einer Stunde zurück zu sein.

Als die Wäsche sauber und getrocknet war, packte Perry sie wieder in den Koffer. Es war nach zehn. Dick, der, wie er gesagt hatte, in der Stadt mit »heißem Papier« operierte, schien sich zu verspäten. Er setzte sich auf eine Bank und wartete. Nicht weit von ihm lag die Geldbörse einer Frau und verlockte ihn, die Hand auszustrecken und sich des Inhalts anzunehmen. Aber die Erscheinung der Eigentümerin, sie war von den Kundinnen, die inzwischen den Raum bevölkerten, die stämmigste, wirkte abschreckend auf ihn. Früher einmal, als Straßenjunge in San Francisco, hatte er mit einem kleinen Chinesen (Tommy Chan? Tommy Lee?) »Portemonnaie-Klauen« geübt. In der Erinnerung an einige ihrer Eskapaden lächelte er amüsiert. »Einmal machten wir uns an eine alte Dame ran, ziemlich alt schon, und Tommy packte ihre Handtasche, aber sie ließ nicht los, sie kämpfte wie ein Tiger. Beide rissen sie an dem Ding wie beim Tauziehen. Und dann sah sie mich und sagte: ›Hilf mir, hilf mir doch!‹ Und ich sagte: ›Nee, Madam, ich helfe *ihm*!‹ – und rannte sie um. Da lag sie lang auf dem Pflaster. Ganze neunzig Cent, mehr nicht – ich weiß es noch genau. Wir gingen in ein Chinalokal und aßen uns nudelsatt.«

Es hatte sich inzwischen nicht viel geändert. Perry war einige zwanzig Jahre älter und wog an die hundert Pfund mehr, aber seine finanzielle Situation hatte sich nicht gebessert. Er war nach wie vor (war das zu glauben, ein

Mensch mit seiner Intelligenz und seinen Talenten?) der kleine Macker, abhängig von gestohlenen Cents.
Er ließ die Wanduhr nicht aus den Augen. Um halb elf begann er unruhig zu werden. Um elf fingen die Schmerzen in seinen Beinen wieder an, ein Zeichen der Panik, die sich allmählich seiner bemächtigte, des »großen Bibberns«. Er schluckte eine Aspirintablette und versuchte die trüben Vorstellungen zu verscheuchen, oder zumindest abzuschwächen, die sich mit prägnanter Bildhaftigkeit in seinem Hirn festsetzten: Dick auf der Polizei, vielleicht verhaftet, während er einen falschen Scheck ausgeschrieben, oder weil er eine Straßenverkehrsvorschrift verletzt hatte (und man festgestellt hatte, daß er einen »heißen Wagen« fuhr). Höchstwahrscheinlich befand sich Dick jetzt schon in der Gesellschaft von rotnackigen Kriminalbeamten. Und die kamen ihm nicht etwa mit solchen Kleinigkeiten wie gefälschten Schecks oder gestohlenen Autos. Es ging um Mord, denn, so fest Dick vom Gegenteil überzeugt war, man war ihnen inzwischen auf der Spur. Und sicher war *jetzt* schon ein Überfallwagen auf dem Weg zur Washateria.
Aber nein, seine Phantasie ging mit ihm durch. So weit würden sie Dick nie bekommen, daß er »weich« würde. Wie oft hatte er zu ihm gesagt: »Die können mich halbtot schlagen, ich würde nie etwas sagen.« Natürlich, Dick war ein »Angeber«; seine Härte kam, wie Perry inzwischen wußte, immer nur dann zum Tragen, wenn er eindeutig die Oberhand hatte. Plötzlich kam ihm der etwas tröstlichere Gedanke, Dick könnte sich deshalb verspätet haben, weil er seine Eltern besucht hatte. Eine riskante Sache, aber Dick hatte viel für die Alten übrig oder behauptete das wenigstens, und gestern nacht auf der langen Fahrt durch den Regen hatte er zu Perry gesagt: »Ich würde natürlich gern meine Eltern besuchen. Sie würden den Mund halten. Ich meine, sie würden dem Beamten von der Schutzaufsicht nichts sagen oder etwas unternehmen ... das uns in Schwierigkeiten bringen würde. Nur eben, ich schäme mich. Ich kann mir schon denken, was meine Mutter sagen wird über die Schecks. Und daß wir einfach so weggefahren sind. Aber anrufen möchte ich sie doch, hören, wie es ihnen geht.« Doch das war nicht möglich, denn sie hatten kein Telefon. Sonst hätte Perry ja auch anrufen können, um zu erfahren, ob Dick bei ihnen war.
Und wenige Minuten später wurde er aufs neue von der Vorstellung gequält, Dick wäre verhaftet. Wieder zuckte der Schmerz in seinen Beinen auf, flammte durch seinen Körper. Der Wäschegeruch und der stechende

Dampf verursachten ihm plötzlich Übelkeit und trieben ihn nach draußen. Er stand auf der Straße und würgte wie »ein Betrunkener, dem der Fusel hochkommt«. Kansas City! Hatte er nicht gewußt, daß Kansas City Unglück bedeutete, und Dick geradezu *angefleht*, nicht hierherzufahren? Jetzt tat es Dick vielleicht schon leid, daß er nicht auf ihn gehört hatte. Aber was wird mit mir, fragte er sich. »Mit einem oder zwei Nickeln in der Tasche und diesen Bleistücken.« Wohin sollte er gehen? Wer würde ihm helfen? Bobo? Die auch gerade! Aber vielleicht ihr Mann. Wenn es nach Fred Johnson gegangen wäre, hätte er sich dafür verbürgt, daß Perry nach seiner Entlassung aus dem Gefängnis einen festen Job bekäme, und ihm so zu einer bedingten Haftaussetzung verholfen. Bobo hatte das nicht zugelassen; das gäbe ja doch nur Ärger, hatte sie gesagt, und gefährlich wäre es möglicherweise auch. Und sie hatte ihm genau das geschrieben. Eines schönen Tages würde er ihr das heimzahlen. Sich ein bißchen unterhalten mit ihr, nur so zum Spaß, seine Fähigkeiten ins rechte Licht rücken, würde ihr im einzelnen aufzählen, was er mit Leuten wie ihr alles anstellen könnte, mit achtbaren Leuten, snobistischen und selbstzufriedenen genau wie Bobo. Ja, werde ihr erzählen, wie gefährlich er tatsächlich sein konnte, und sie dabei nicht aus den Augen lassen. Das wäre eine Reise nach Denver schon wert. Ja, genau das wollte er tun – nach Denver fahren und die Johnsons besuchen. Fred Johnson würde alles tun, um ihm einen neuen Anfang zu ermöglichen. Das würde er schon müssen, wenn sie ihn jemals loswerden wollten.

Aber da kam Dick um die Ecke. »He, Perry«, sagte er, »ist dir schlecht?«

Dicks Stimme hatte auf ihn die Wirkung, als wäre ihm ein starkes Narkotikum eingespritzt worden, eine Droge, die ein Delirium wilder, einander widerstreitender Gefühle in ihm hervorrief: Gespanntheit und Erleichterung, Wut und Rührung. Er ging mit geballten Fäusten auf Dick zu. »Du verdammter Schuft, du«, sagte er.

Dick grinste und sagte: »Komm. Wir gehn essen.«

Aber es war eine Erklärung, und eine Entschuldigung auch, die Perry erwartete. Bei einem Teller mit Chili in Dicks Lieblingskneipe, dem Eagle Buffet, brachte er sie vor. »Tut mir leid, Herzchen. Kann mir denken, daß dir das in die Knochen gefahren ist. Dachtest wahrscheinlich, ich hätte 'nem Bullen das rote Tuch hingehalten. Aber ich habe ein solches Schwein gehabt, daß ich mir dachte: jetzt aber ran und nicht lockergelassen.« Er erklärte, daß er zuerst zur Markl Buick Company gegangen war, bei der er mal gearbeitet hatte. Dort hoffte er, ein Nummernschild zu finden, um das gefährliche Iowa-Schild an dem gestohlenen Chevrolet zu ersetzen. »Keiner hatte mich kommen oder gehen sehen. Markl hat immer 'ne Menge beschädigter Autos zu verschrotten. Und hinten fand ich tatsächlich einen zerdepperten De Soto mit einer Kansas-Nummer.« Und wo die jetzt war? »An unserer Kiste, Kleiner.«

Nachdem das geklappt hatte, ließ Dick das Iowa-Schild in einem städtischen Wasser-Reservoir verschwinden. Dann hielt er vor einer Tankstelle, an der Steve, ein ehemaliger Schulfreund von ihm, arbeitete. Er überredete Steve, ihm einen Scheck auf fünfzig Dollar einzulösen. Das war etwas, das er noch nie gemacht hatte – einen »Kumpel anschmieren«. Na ja, sie würden sich nie wiedersehen. Er würde heute abend noch aus Kansas City »verduften«. Diesmal endgültig. Warum also nicht vorher noch ein paar alten Freunden das Fell über die Ohren ziehen? Und so machte er sich noch an einen anderen Schulfreund heran, Verkäufer in einem Drugstore. Diesmal machte er einen höheren Gewinn, fünfundsiebzig Dollar. »Und heute nachmittag runden wir das noch auf ein paar hundert auf. Ich weiß schon wo, hab mir die Läden notiert. Sechs oder sieben, und hier fangen wir gleich an«, sagte er und meinte damit das Eagle Buffet, wo alle – Barmixer und Kellner – ihn kannten und gern hatten und wo er (nach seiner Lieblingsmahlzeit) »Gurke« genannt wurde. »Und dann ab nach Florida. Wie findst du das, Kleiner? Hab ich dir nicht gesagt, wir feiern Weihnachten in Miami? Wie die Millionäre.«

Dewey und sein Kollege, K.B.I.-Agent Clarence Duntz, standen am Eingang zum Kaffee-Raum des Warren Hotel und warteten darauf, daß ein Tisch frei würde. Dewey sah sich unter den zarthäutigen Geschäftsleuten und den wettergebräunten Farmern mit kräftigen Gesichtsfarben um, die wie gewöhnlich den Raum zur Lunchzeit bevölkerten, und bemerkte verschiedene Bekannte: Den Leichenbeschauer Dr. Fenton, den Manager des Warren Hotel Tom Mahar; Harrison Smith, der im vorigen Jahr für den Posten des Anwalts der County kandidiert und die Wahl gegen Duane West verloren hatte; und auch Herbert W. Clutter, den Besitzer der River-Valley-Farm. *Moment mal!* War Herb Clutter nicht tot? Hatte Dewey nicht sogar an seiner Beerdigung teilgenommen? Aber da saß er mit seinen lebhaften braunen Augen und seinem freundlichen Gesicht mit den breiten Kinnbacken, saß da an dem runden Tisch in der Nische des Kaffee-

Raums, ohne daß der Tod ihm etwas angehabt zu haben schien. Doch Herb war nicht allein. Neben ihm am Tisch saßen zwei junge Männer, und Dewey stieß, sie erkennend, Duntz an. »Sieh mal da.«

»Wo?«

»Da in der Ecke.«

»Ich werd verrückt.«

Hickock und Smith! Aber im selben Moment schienen die beiden sie auch erkannt zu haben. Die Burschen rochen Lunte. Die Füße voran, sprangen sie durch die große Glasscheibe des Kaffee-Raums und rannten, von Duntz und Dewey verfolgt, die Main Street hinunter, vorbei an dem Juwelierladen Palmer, an Norris' Drugstore, am Garden Café und dann um die Ecke zum Lagerhaus, hinein und wieder hinaus, ein richtiges Versteckspiel zwischen einer Ansammlung weißer Kornsilotürme. Dewey und Duntz zogen ihre Pistolen und legten an. Aber auf höchst geheimnisvolle Weise (als wäre es ein Traum!) fanden sich plötzlich alle – Verfolgte und Verfolger – auf der beängstigenden Wasserfläche treibend, von der die Handelskammer von Garden City behauptet, es sei »das größte Freibad der Welt«. Aber, als die Kriminalbeamten mit den Flüchtenden gleichzogen, blendete (wie war das möglich? Konnte das nur *geträumt* sein?) die Szene aus, blendete über in eine andere Landschaft. Duntz war verschwunden, und Dewey fand sich allein mit den Verbrechern auf dem Valley-View-Friedhof, dieser grau-grünen Insel aus Grabsteinen, Bäumen und blumengesäumten Wegen, einer stillen, waldigen Oase voll flüsternder Stimmen, die wie kühler Wolkenschatten auf der glitzernden Weizenebene nördlich der Stadt lag. Er konnte die beiden nicht sehen, war aber sicher, daß sie sich zwischen den Toten verbargen, hinter einen der großen Grabsteine geduckt, vielleicht hinter dem seines eigenen Vaters: »Alvin Adams Dewey, 6. September 1879 – 26. Januar 1948.« Mit gezogener Pistole schlich er über die feierlichen Rasenflächen, bis er Gelächter hörte und, dem Klang nachgehend, sah, daß Hickock und Smith sich keineswegs versteckten, sondern breitbeinig, die Hände in die Hüften gestemmt, mit zurückgeworfenen Köpfen lachend auf dem noch unbezeichneten Gemeinschaftsgrab von Herb und Bonnie, Nancy und Kenyon standen. Dewey feuerte ... zweimal ... dreimal ... Aber keiner fiel, obwohl sie beide dreimal mitten ins Herz getroffen waren. Sie wurden vielmehr allmählich durchsichtig, wurden zunehmend unsichtbar, lösten sich auf wie Nebel, wenngleich ihr lautes Gelächter anhielt, so lange bis Dewey sich ihm beugte, vor ihm davonlief, von solch düsterer Verzweiflung erfüllt, daß er davon erwachte.

Er war schweißgebadet, das Hemd klebte ihm an der Haut, er war von Angst geschüttelt wie ein zehnjähriger, fiebernder Junge. Der Raum – eines der Bürozimmer des Sheriffs, in das er sich zurückgezogen und eingeschlossen hatte, ehe er am Schreibtisch eingeschlafen war – war fast dunkel. Er horchte – hatte er nicht nebenan in Mrs. Richardsons Zimmer das Telefon gehört? Aber sie nahm es nicht ab, war wohl schon weggegangen. Er ging hinaus und war schon mit entschlossener Indifferenz an dem klingelnden Telefon vorbei, als er zögerte. Vielleicht war es Marie, die ihn fragen wollte, ob er noch zu tun hätte und sie mit dem Essen auf ihn warten solle.

»Mr. A. A. Dewey, bitte. Er wird aus Kansas City verlangt.«

»Ich bin am Apparat.«

»Bitte sprechen, Kansas City. Der Teilnehmer ist am Apparat.«

»Al? Hier ist Bruder Nye.«

»Ja, was gibt's, Bruder?«

»Halt dich fest. Ich hab eine ganz dicke Sache.«

»Schieß los.«

»Unsere Freunde sind hier. Hier in Kansas City.«

»Woher weißt du das?«

»Sie machen selbst kein großes Geheimnis draus. Hickock war kreuz und quer durch die Stadt unterwegs und hat Schecks ausgeschrieben. Mit seinem eignen Namen unterschrieben.«

»Mit eigenem Namen? Das kann doch nur heißen, daß er nicht lange bleibt – oder er fühlt sich eben verdammt sicher. Und er ist also noch mit Smith zusammen?«

»Ja, sie sind beide hier. Fahren aber einen anderen Wagen. Einen 1956er Chevy – schwarz-weiß das Ding, zweitürig.«

»Kansas-Nummer?«

»Kansas-Nummer. Und hör zu, Al – wir haben Glück! Haben sich hier einen Fernsehapparat gekauft, verstehst du? Hickock gab dem Verkäufer einen Scheck. Und im Moment, wo sie abfuhren, hatte der Mann die grandiose Idee, ihre Nummer aufzuschreiben. Hat sie auf die Rückseite des Schecks notiert. Johnson County – 16212.«

»Hast du die überprüft?«

»Aber klar.«

»Gestohlener Wagen, wie?«

»Natürlich. Aber das Nummernschild ist eindeutig abmontiert. Von einem abgewrackten De Soto in einer Garage hier in der Stadt.«
»Wann denn?«
»Gestern morgen. Der Boss (Logan Sanford) hat sofort ein Blitzfernschreiben mit der neuen Nummer und einer Beschreibung des Wagens losgeschickt.«
»Was ist mit der Hickock-Farm? Wenn sie noch in der Gegend sind, dann werden sie da doch früher oder später aufkreuzen, meine ich.«
»Keine Sorge. Wir passen auf. Al –«
»Ja, ich bin noch da.«
»Weißt du, das ist genau das, was ich mir zu Weihnachten wünsche. Mehr will ich gar nicht. Diese Geschichte zum Platzen bringen und dann durchschlafen bis Silvester. Das wär doch noch mal 'n Geschenk, was?«
»Ich wünsche dir, daß du's bekommst.«
»Ich wünsche es uns beiden.«
Als Dewey danach gedankenvoll durch das trocken raschelnde Laub auf dem dunkelnden Hof ging, wunderte er sich, daß er nicht in Hochstimmung war. Warum spürte er nichts von der Erregung, die er hätte fühlen müssen, wo jetzt doch feststand, daß die beiden nicht unauffindbar in Alaska, Mexiko oder Timbuktu untergetaucht waren; wo jeden Augenblick eine Verhaftung erfolgen konnte? Der Traum von vorhin war schuld daran, lastete noch auf ihm mit jener Stimmung von Mutlosigkeit, so daß er Nyes Angaben in Zweifel zog – ihnen in gewisser Weise sogar nicht glaubte. Er glaubte nicht, daß man Hickock und Smith in Kansas City fassen würde. Sie waren unverwundbar.

Das Somerset Hotel, 335 Ocean Drive, Miami Beach, ist ein kleines, quadratisches Gebäude, mehr oder weniger in Weiß gestrichen, einem von zahlreichen blaßlila Tönen untermischten Weiß, darunter ein blaßlila Schild mit der Aufschrift »ZIMMER FREI – NIEDRIGE PREISE – STRANDANLAGE – IMMER SEEBRISE«. Es ist nur eines aus einer ganzen Reihe von kleinen, mit Zement, Sand und Kalk verputzten Hotels, die eine weiße, melancholische Straße säumen. Im Dezember 1959 bestand die »Strandanlage« aus zwei großen Sonnenschirmen, die auf der Rückseite des Hotels in einen schmalen Streifen Sand gerammt waren. Der eine war rosa und mit einer Reklame »Hier gibt es Valentine-Eiskrem« beschriftet. Darunter und drum herum lagen am Weihnachtstag gegen Mittag vier

Frauen mit einem ständchenbringenden Transistorradio. Der andere Schirm war blau und mit der Aufforderung »Bräune mit Coppertone« beschriftet. Unter ihm räkelten sich Dick und Perry, die seit fünf Tagen im Somerset wohnten, in einem Doppelzimmer für achtzehn Dollar die Woche.

»Du hast mir noch nicht mal Fröhliche Weihnachten gewünscht«, sagte Perry.

»Fröhliche Weihnachten, Kleiner. Und ein glückliches neues Jahr.«

Dick trug eine Badehose, aber Perry nicht, er wollte, wie schon in Acapulco, seine verkrüppelten Beine nicht zeigen. Er befürchtete, der Anblick könnte andere Strandbesucher »beleidigen«, und deswegen saß er völlig angekleidet da, er hatte sogar Schuhe und Strümpfe an. Trotzdem fühlte er sich einigermaßen zufrieden, und als Dick sich nun erhob und mit gymnastischen Übungen anfing – Kopfstand machte, um die Damen unter dem rosa Schirm zu beeindrucken –, beschäftigte er sich mit dem Miami *Herald*. Sehr bald stieß er auf eine Geschichte im Innenteil, die er mit größter Spannung las. Es handelte sich um die Ermordung einer Familie in Florida, eines Mr. Clifford Walker und seiner Frau, ihres vierjährigen Sohnes und ihrer zweijährigen Tochter. Die Täter hatten ihre Opfer zwar nicht gefesselt und geknebelt, sie aber durch Kopfschüsse mit einem Gewehr Kaliber .22 getötet. Die Tat, anscheinend ohne jedes erkennbare Motiv und ohne Anhaltspunkte, war am Sonnabend, dem 19. Dezember, im Haus der Walkers begangen worden, auf einer Rinderfarm nicht weit von Tallahassee.

Perry unterbrach Dick bei seiner Gymnastik, las ihm die Geschichte vor und sagte: »Wo waren wir am letzten Sonnabend?«

»In Tallahassee, meinst du?«

»Das frag ich dich.«

Dick überlegte. Donnerstag nacht hatten sie, einander am Steuer ablösend, Kansas verlassen und waren durch Missouri nach Arkansas und über die Ozarks »hinauf« nach Louisiana gefahren, wo sie wegen einer ausgebrannten Batterie früh am Freitag morgen Station machen mußten. Eine in Shreveport aus zweiter Hand erstandene Ersatzbatterie kostete zweiundzwanzigfünfzig. Diese Nacht hatten sie am Straßenrand in der Nähe der Grenze zwischen Alabama und Florida im Wagen geschlafen. Am Tag darauf hatten sie sich Zeit gelassen, verschiedene touristische Umwege gemacht, hatten eine Alligator-Farm und eine Klapperschlangenzucht besucht, waren in einem Boot mit Glasboden über einen silberklaren Moorsee gefahren und hatten in einem an der Straße gelegenen Fischrestaurant ein spätes und ausgedehntes und kostspieliges Mittagessen mit gegrilltem Hummer verzehrt. Ein herrlicher Tag! Aber beide waren ziemlich erschöpft, als sie nach Tallahassee kamen, und so beschlossen sie, die Nacht dort zu verbringen. »Stimmt«, sagte Dick, »Tallahassee.«

»Erstaunlich!« sagte Perry und überflog den Artikel noch einmal. »Weißt du was? Sollte mich gar nicht wundern, wenn das ein Irrer gemacht hat. Irgend so ein Spinner, der von unserem Ding da in Kansas gelesen hat.«

Dick, der vermeiden wollte, daß Perry »schon wieder davon anfing«, zuckte die Achseln und grinste und lief zum Wasser hinunter, wo er eine lange Weile dahinschlenderte und sich ab und zu bückte, um eine Muschel aufzulesen. Als Junge hatte er den Sohn eines Nachbarn, der in den Ferien an die Golfküste fuhr und mit einer Schachtel voller Muscheln zurückgekommen war, so beneidet – ihn so gehaßt –, daß er die Muscheln gestohlen und sie mit einem Hammer zerschmettert hatte, eine nach der andern. Immer war er von Neid erfüllt. Sein Feind war jeder, der jemand war, der er selbst gern gewesen wäre oder der etwas besaß, das er gern selbst besessen hätte.

Zum Beispiel der Mann, den er am Schwimmbad im Fontainebleau gesehen hatte. Weit in der Ferne, eingehüllt in den fast sommerlichen Dunstschleier und das Gleißen des Meeres, waren von hier die Türme der blaßweißen, teuren Hotels zu sehen – das Fontainebleau, das Eden Roc, das Roney Plaza. Am Tag nach ihrer Ankunft hatte er Perry vorgeschlagen, in diese Vergnügungspaläste einzudringen. »Vielleicht kommen wir da an einige von diesen reichen Weibern ran«, hatte er gesagt. Perry hatte nicht gewollt, weil er meinte, die Leute würden sie in ihren einfachen Khakihosen und Sporthemden anstarren. Tatsächlich aber hatte kein Mensch von ihnen Notiz genommen, als sie sich auf ihrer Tour durch die prunkvollen Räumlichkeiten des Fontainebleau bewegten, zwischen Herren, die in rot- und weißgestreiften rohseidenen Bermudashorts einherstelzten, und Damen, die Badeanzüge und Nerzstolen zur gleichen Zeit trugen. Die Eindringlinge hatten es sich in der Halle bequem gemacht, waren durch den Garten geschlendert und hatten sich am Schwimmbad in die Sonne gelegt. Und da sah Dick diesen Mann, der nicht älter war als er selbst, achtundzwanzig oder dreißig. Er mochte ein »Spieler oder ein Anwalt« sein, »oder vielleicht auch ein Gangster aus Chicago«. Was immer er sein mochte, er sah jedenfalls so aus, als kenne er den Glanz von Geld und Macht. Eine

Blondine, die aussah wie Marilyn Monroe, rieb ihm den Rücken mit Sonnenöl ein, und lässig griff er mit seiner beringten Hand nach einem Glas mit eisgekühltem Orangensaft. All das stand ihm, Dick, zu, und doch würde er es niemals besitzen. Warum sollte dieser Schweinehund alles haben und er nichts? Warum sollte dieser »aufgeblasene Bastard« alles Glück für sich haben? Aber mit einem Messer in der Hand hatte er, Dick, Macht. Solche aufgeblasenen Bastarde sollten sich lieber in acht nehmen, sonst würde er »ihnen ein bißchen die Rippen kitzeln, damit ihnen das Lachen vergeht«. Aber der Tag war für Dick verdorben. Die schöne Blondine mit ihrem Sonnenöl hatte ihm den Tag verdorben. »Komm«, sagte er zu Perry, »laß uns abhauen hier.«

Dick hatte sich inzwischen einem etwa zwölfjährigen Mädchen genähert, das Figuren in den Sand zeichnete, die Umrisse grober Gesichter mit einem Stück Treibholz in den Boden ritzte. Dick, angeblich ihre Kunst bewundernd, bot ihr die Muscheln an, die er gesammelt hatte.

»Die sind gut für die Augen«, sagte er. Das Kind nahm die Gabe an, und Dick lächelte und zwinkerte ihr zu. Das Gefühl, das sie in ihm erregte, war ihm selbst nicht geheuer, denn sein sexuelles Interesse an kleinen Mädchen war eine Veranlagung, deren er sich »aufrichtig schämte«. Es war ein Geheimnis, von dem er bis jetzt niemandem etwas gesagt hatte und hoffte, daß keiner jemals dahinterkäme (auch Perry nicht, obwohl er sich nicht ganz sicher war, ob der nicht was ahnte), weil andere so etwas für »anormal« halten könnten. Denn daß er »normal« war, daran gab es für ihn keinen Zweifel. Daß er in den letzten Jahren »acht- oder neunmal« heranwachsende Mädchen verführt hatte, war noch kein Gegenbeweis, denn in Wirklichkeit hatten die meisten richtigen Männer ähnliche Wünsche wie er. Er nahm die Hand des Mädchens und sagte: »Du bist ein liebes Mädchen, eine kleine Süße.« Aber sie setzte sich zur Wehr. Ihre Hand zuckte in der seinen, wild wie ein Fisch am Haken, und er sah in ihren Augen den erschreckten Blick, den er aus früheren Erfahrungen auf diesem Gebiet kannte. Er ließ sie los, lachte kurz und sagte: »Aber hab dich doch nicht so. Das war doch nur Spaß.«

Perry, der noch unter dem blauen Sonnenschirm saß, hatte die Szene beobachtet und Dick sofort durchschaut. Er verachtete ihn dafür, weil er »Leute nicht ausstehen« konnte, »die sich sexuell nicht beherrschen können«, besonders wenn sich in dieser mangelnden Beherrschung »Perverviertheit« zeigte, wie er es nannte, die Neigung, »kleine Kinder zu belästigen«, »schwule Praktiken« zu treiben, oder zu vergewaltigen. Und er glaubte Dick seinen Standpunkt klargemacht zu haben. War es nicht neulich fast zu einer Schlägerei zwischen ihnen gekommen, als er ihn daran hinderte, ein junges, zu Tode geängstigtes Mädchen zu vergewaltigen? Er legte jedoch keinen Wert darauf, es noch einmal zu einer solchen Kraftprobe mit Dick kommen zu lassen. Deshalb war er erleichtert, als er sah, daß das Mädchen aufstand und weglief.

Aus dem Radio der vier Frauen nebenan erklangen Weihnachtslieder, die sich im Sonnenlicht von Miami und zwischen dem zänkischen, nie ganz verstummenden Geschrei der Möwen seltsam ausnahmen. »Oh, lasset uns anbeten, oh, lasset uns anbeten«: ein Kirchenchor, eine freudig lobpreisende Musik, die Perry zu Tränen rührte – Tränen, die auch dann noch nicht versiegen wollten, als die Musik zu Ende war. Und wie häufig in solcher Stimmung überkam ihn der Gedanke, der für ihn eine »enorme Faszination« hatte, der Gedanke an Selbstmord. Als Kind hatte er oft die Absicht gehabt, sich zu töten, aber das waren sentimentale Träumereien, aus dem Wunsch, seinen Vater, seine Mutter und andere Feinde zu bestrafen. Seit seinen Jünglingsjahren hatte dieser Gedanke jedoch viel von seiner Phantastik verloren. Schließlich war das Jimmys »Lösung« gewesen, und auch Ferns. Und neuerdings erschien ihm der Selbstmord nicht mehr als bloße Möglichkeit, sondern ganz definitiv als die Todesart, die auf ihn zukam.

Er hatte jedenfalls nicht das Gefühl, daß es für ihn noch viel gab, »um das es sich zu leben lohnte«. Sonnige Inseln und vergrabenes Gold, Tiefseetauchen in leuchtend-blauen Meeren nach versunkenen Schätzen – solche Träume waren ihm vergangen. Vergangen war auch »Perry O'Parsons«, der Künstlername, den er für das singende Bühnen- und Filmwunder erfunden hatte, das er eines Tages halb im Ernst zu sein gehofft hatte. Perry O'Parsons war gestorben, ohne je gelebt zu haben. Was erhoffte er sich noch? Er und Dick waren »in einem Rennen ohne Ziellinie« begriffen, so wie er es sah. Und jetzt, nach einer knappen Woche in Miami, mußten sie schon wieder los und weiter. Dick, der für fünfundsechzig Cent die Stunde einen Tag beim ABC-Auto-Kundendienst gearbeitet hatte, hatte zu ihm gesagt: »Miami ist schlimmer als Mexiko. Fünfundsechzig Cent! Ohne mich. Ich bin ein Weißer.« Von dem Geld, das sie in Kansas City »gemacht« hatten, waren nur noch siebenundzwanzig Dollar übrig, und so wollten sie morgen wieder nach Westen, nach Texas, Nevada – »nichts Bestimmtes«.

Dick, der in der Brandung gebadet hatte, kam zurück. Naß und atemlos ließ er sich mit dem Gesicht nach unten in den feuchten Sand fallen.
»Wie war das Wasser?«
»Herrlich.«

Nancys Geburtstag war gleich Anfang Januar, folgte also so dicht auf Weihnachten, daß sich daraus für Bobby Rupp jedesmal gewisse Probleme ergeben hatten. Es war gar nicht so einfach gewesen, zwei passende Geschenke für diese rasch aufeinanderfolgenden Feste zu finden. Aber jedes Jahr war ihm noch etwas eingefallen, das er ihr dann mit dem während des Sommers auf der Zuckerrübenfarm seines Vaters selbstverdienten Geld besorgte. Am Weihnachtsmorgen war er regelmäßig zu den Clutters geeilt in der Hoffnung, daß sein Päckchen, das einzuwickeln seine Schwestern geholfen hatten, Nancy überraschen und erfreuen würde. Im vergangenen Jahr hatte er ihr ein kleines, herzförmiges goldenes Medaillon geschenkt. In diesem Jahr hatte er, zeitig vorausplanend wie stets, zwischen den französischen Parfums, die es bei Norris gab, und einem Paar Reitstiefel geschwankt. Aber dann war Nancy ermordet worden.
Am Weihnachtsmorgen war er, statt zur River-Valley-Farm zu eilen, zu Hause geblieben und hatte später an dem prächtigen Weihnachtsessen teilgenommen, mit dessen Vorbereitung seine Mutter eine Woche lang beschäftigt gewesen war. Die ganze Familie – seine Eltern und seine sieben Geschwister – hatten ihn seit dem furchtbaren Unglück besonders rücksichtsvoll behandelt. Nichtsdestoweniger hatten sie ihm bei den Mahlzeiten immer wieder erklärt, daß er doch bitte essen müsse. Niemand begriff, daß er wirklich krank war. Daß der Kummer ihn krank gemacht, einen engen Kreis um ihn gezogen hatte, aus dem er nicht ausbrechen, und in den auch niemand eindringen konnte – außer vielleicht Sue. Bis zu Nancys Tod hatte er sich nicht viel aus Sue gemacht. Hatte sich nie so recht wohl in ihrer Gegenwart gefühlt. Sie war zu verschieden – nahm Dinge ernst, die selbst Mädchen nicht allzu ernst nehmen sollten: Malen, Gedichte, die Musik, die sie auf ihrem Klavier spielte. Und natürlich war er auch eifersüchtig auf sie. Nahm sie doch, wenn auch auf andere Weise, bei Nancy einen ähnlichen Platz ein wie er. Aber nur deswegen konnte sie als einzige wirklich verstehen, was er an Nancy verloren hatte. Wie hätte er ohne Sue, ohne das ständige Zusammensein mit ihr, all die Schocks ertragen können, die wie eine Lawine über ihn hereinbrachen, das Verbrechen selbst, die Ver-

höre durch Mr. Dewey, die dramatische Ironie der Tatsache, daß der Hauptverdacht eine Zeitlang auf ihn fiel?

Und dann, nach einem Monat etwa, löste sich allmählich ihre Freundschaft. Bobby ging seltener zu den Kidwells, um dort in ihrem winzigen, gemütlichen Wohnzimmer mit ihnen zusammenzusitzen, und wenn er kam, begrüßte Sue ihn auch nicht mehr so mitfühlend und warmherzig wie vorher. Sie hatten es deswegen schwer miteinander, weil sie sich gegenseitig zur Trauer und zum ständigen Erinnern an etwas zwangen, das sie im Grunde vergessen wollten. Manchmal gelang es Bobby. Wenn er Basketball spielte oder mit hundertdreißig Stundenkilometer über die Landstraßen jagte, oder wenn er als Teil seines selbstauferlegten Leichtathletikprogramms (es war sein Ziel, Sportlehrer zu werden) Langstreckenläufe quer über die abgeernteten gelben Felder unternahm. Und dazu entschloß er sich auch jetzt, nachdem er beim Abräumen des festtäglichen Tisches geholfen hatte.

Das Wetter war herrlich. Selbst für West-Kansas, das berühmt ist für das lange Anhalten des Nachsommers, schien es mit seiner trockenen Luft, der klaren Sonne und dem azurblauen Himmel fast unnatürlich. Optimistische Farmer sagten einen milden Winter voraus, in dem das Vieh die ganze Zeit draußen auf der Weide bleiben konnte. Solche Winter sind selten, aber Bobby erinnerte sich an einen – es war das Jahr, als er Nancy den Hof zu machen begann. Sie waren damals beide zwölf, und nach der Schule begleitete er sie immer die eineinhalb Kilometer von der Schule in Holcomb zur Farm ihres Vaters und trug dabei ihre Schultasche. Wenn es sonnig und warm war, setzten sie sich unterwegs an das Ufer des langsam sich dahinwindenden, braunen Arkansas.

Nancy hatte ihm einmal erzählt: »Als wir einen Sommer in Colorado waren, habe ich die Quelle des Arkansas gesehen. Genau die Stelle, wo er entspringt. Man würde wirklich nicht glauben, daß das unser Fluß ist. Er ist dort nicht braun, sondern hell und klar wie Trinkwasser. Und schnell. Und voll von Felsen und Strudeln. Daddy fing eine Forelle.« Ihre Beschreibung war Bobby im Gedächtnis geblieben, und seit ihrem Tod ... Er konnte es sich selbst nicht erklären, aber sooft er in den Fluß sah, verwandelte er sich für einen kurzen Augenblick, und war für ihn nicht mehr der braune, schlammige Strom, der sich durch die Ebenen von Kansas wand, er war plötzlich genauso, wie Nancy ihn beschrieben hatte – ein Colorado-Wildwasser, ein kalter, kristallklarer Fluß mit Forellen, der ein Gebirgstal hinunterschoß. Und so war auch Nancy gewesen: wie Quellwasser – voll Lebenslust und Energie.

Gewöhnlich ist allerdings der Winter in West-Kansas hart, Frost und ein schneidender Wind setzen noch vor Weihnachten ein. Vor einigen Jahren hatte es am Weihnachtsabend anhaltend geschneit, und als sich Bobby am nächsten Morgen auf den fast fünf Kilometer langen Weg zur Clutter-Farm machte, mußte er sich durch tiefe Schneeverwehungen kämpfen. Aber es hatte sich gelohnt, denn als er verfroren und mit klammen Händen und Füßen ankam, war ihm ein Empfang zuteil geworden, der ihn durch und durch erwärmte. Nancy war überrascht und stolz, und ihre Mutter, die oft so schüchtern und zurückhaltend war, hatte ihn umarmt und geküßt, ihm eine Decke gebracht und darauf bestanden, daß er sich darin einwickelte und ans Kaminfeuer setzte. Während die Frauen sich in der Küche zu schaffen machten, hatten er, Kenyon und Mr. Clutter am Feuer gesessen und Walnüsse und Pekannüsse geknackt, und Mr. Clutter hatte von einem Weihnachtsfest erzählt, als er so alt gewesen war wie jetzt Kenyon: »Wir waren sieben. Mutter und Vater, die zwei Mädchen und wir drei Jungen. Wir lebten auf einer Farm ziemlich weit von der Stadt. Um nicht mehrmals fahren zu müssen, machten wir unsere Weihnachtseinkäufe gemeinsam – unternahmen die Fahrt nur einmal und besorgten alles in einem. In diesem Jahr lag an dem Morgen, als wir losfahren wollten, der Schnee ebenso hoch wie heute, höher noch, und ununterbrochen kam er in Flocken so groß wie Untertassen herunter. Es sah ganz so aus, als würden wir richtig einschneien und keine Geschenke unter dem Baum haben. Meine Mutter und die Mädchen waren ganz verzweifelt. Und dann hatte ich eine Idee.« Er wollte ihr kräftigstes Arbeitspferd satteln, in die Stadt reiten und für alle einkaufen. Die Familie war einverstanden. Alle gaben sie ihm ihre Weihnachtsersparnisse und eine Liste mit den Sachen, die er kaufen sollte: Vier Meter Kattun, einen Fußball, ein Nadelkissen, Gewehrpatronen – eine Liste von Aufträgen, deren Erledigung ihn bis zur Dunkelheit in Anspruch nahm. Als er, die Einkäufe wohlgeborgen in einem Segeltuchsack, zurückritt, war er dankbar, daß sein Vater ihn gezwungen hatte, eine Petroleumlampe mitzunehmen, und daß an dem Zaumzeug Glocken waren, denn beides, der schwankende Schein der Petroleumlampe und die lustig klingenden Glocken, war ihm ein Trost.

»Der Ritt zur Stadt war noch einfach gewesen, ein Kinderspiel gegen das, was jetzt kam. Weder der Weg selbst noch die Markierungen waren zu sehen.« Erde und Luft gingen ineinander über – es war alles Schnee. Das Pferd, bis zum Bauch im Schnee, rutschte aus. »Die Lampe fiel mir aus der Hand. Es war Nacht, wir hatten uns verirrt. Es war nur eine Frage der Zeit, daß wir einschlafen und erfrieren würden. Ja, ich hatte Angst. Und ich betete. Ich fühlte, daß Gott mir helfen würde...« Dann hörte er irgendwo das Geheul von Hunden. Er folgte dem Lärm, bis er die erleuchteten Fenster eines benachbarten Farmhauses sah. »Ich hätte dortbleiben sollen. Aber dann dachte ich an die Familie – an meine weinende Mutter, an meinen Vater und meine Brüder, die sich sicher schon auf die Suche nach mir gemacht hatten, und ich setzte meinen Weg fort. Natürlich war ich einigermaßen enttäuscht, als ich nach Hause kam und sah, daß das Haus im Dunkeln lag. Die Türen verschlossen. Alle waren zu Bett gegangen und hatten mich offenbar vergessen. Sie konnten überhaupt nicht begreifen, warum ich so verärgert war. Dad sagte: ›Wir nahmen an, du wärst über Nacht in der Stadt geblieben. Du liebe Zeit, Junge, wie sollten wir auch auf die Idee kommen, daß du in einem regelrechten Blizzard nach Hause reiten würdest?‹«

Der Zidertortenduft faulender Äpfel. Apfelbäume und Birnbäume, Pfirsich und Kirsche: Mr. Clutters Obstgarten, die Obstbäume, die er selbst mit so viel Liebe gepflanzt hatte. Bobby war ohne Ziel losgerannt, hatte nicht die Absicht gehabt, hierher oder überhaupt zur River-Valley-Farm zu laufen. Es war ihm unerklärlich, und er machte kehrt, aber dann drehte er sich wieder um und ging auf das weiße, solid gebaute, geräumige Haus zu. Es hatte ihn immer sehr beeindruckt, und er war froh gewesen bei dem Gedanken, daß sein Mädchen dort wohnte. Aber jetzt, wo dem Grundstück die liebevolle Hand des toten Besitzers fehlte, machten sich die ersten Zeichen des Verfalls bemerkbar. Eine rostige Harke lag auf der Auffahrt; der Rasen war ausgetrocknet und ungepflegt. An jenem schicksalsschweren Sonntag, als der Sheriff die Krankenwagen bestellte, um die ermordete Familie abzuholen, waren die Ambulanzen quer über den Rasen zur Vordertür gefahren, und die Radspuren waren noch zu sehen.
Das Haus des Lohnarbeiters stand auch leer; er hatte für seine Familie eine andere Unterkunft in größerer Nähe von Holcomb gesucht – niemanden hatte das gewundert, denn trotz dem hellen Wetter schien die Clutter-Farm wie unter einem Schatten dazuliegen, schweigend und ohne Leben.

Aber als Bobby an der Scheune vorbei zur Einfriedung kam, hörte er den Schwanz eines Pferdes gegen die Holzplanken schlagen. Es war Nancys Babe, die treue, alte, gescheckte Stute mit der flachsfarbenen Mähne und den dunklen, schwarzroten Augen wie die Blüten von Stiefmütterchen. Bobby faßte ihre Mähne und rieb die Wange an Babes Hals, wie Nancy es gern getan hatte. Und Babe wieherte. Am vergangenen Sonntag, als er zuletzt bei den Kidwells gewesen war, hatte Sues Mutter Babe erwähnt. Mrs. Kidwell, eine phantasievolle Frau, hatte am Fenster gestanden und nach draußen geschaut, wo sich die Dämmerung über die weite Prärie senkte. Und plötzlich hatte sie gesagt: »Susan? Weißt du, was ich immer vor mir sehe? Nancy. Auf Babe. Wie sie auf diesem Weg auf uns zugeritten kommt.«

Perry sah sie zuerst – Anhalter, ein Junge und ein alter Mann, die beide selbstgemachte Rucksäcke trugen und trotz dem böigen Wetter, dem sandwirbelnden scharfen Texaswind nichts weiter als Overalls und ein dünnes Drillichhemd trugen. »Nehmen wir sie mit«, sagte Perry. Dick zögerte. Er hatte nichts dagegen, Anhalter mitzunehmen, vorausgesetzt, sie sahen einigermaßen zahlungskräftig aus und konnten wenigstens »ein paar Liter Benzin« beisteuern. Aber Perry, der gute alte, großzügige kleine Perry, setzte Dick dauernd zu, die ärmsten, trostlosesten Gestalten aufzulesen. Dick gab schließlich nach und stoppte den Wagen.
Der Junge, ein stämmiger, aufgeweckter, gesprächiger Bursche von etwa zwölf Jahren, strömte vor Dankbarkeit über, der alte Mann aber mit seinem gelblichen, tiefgefurchten Gesicht kroch zitterig auf den Rücksitz und sackte dort schweigend zusammen. Der Junge sagte: »Sie glauben nicht, wie dankbar wir Ihnen sind. Johnny war schon am Zusammenbrechen. Seit Galveston hat uns keiner mehr mitgenommen.«
Perry und Dick hatten diese Hafenstadt vor einer Stunde verlassen, nachdem sie den Morgen über bei verschiedenen Schiffsbüros versucht hatten, sich als Vollmatrosen anheuern zu lassen. Eine Reederei bot ihnen sofortige Arbeit auf einem nach Brasilien bestimmten Tanker an, und tatsächlich wären die beiden jetzt schon auf See gewesen, wenn ihr angehender Arbeitgeber nicht entdeckt hätte, daß keiner von ihnen ein Gewerkschaftsbuch oder einen Paß besaß. Seltsamerweise war Dick noch enttäuschter gewesen als Perry: »Brasilien! Da bauen sie doch eine ganz neue Hauptstadt. Stampfen das Ding aus 'm Boden. Stell dir nur vor, wenn wir da einsteigen

könnten, das wär die richtige Plattform für uns! Da kann jeder Schwachkopf ein Vermögen machen.«

»Wo wollt ihr hin?« fragte Perry den Jungen.

»Sweetwater.«

»Wo ist das, Sweetwater?«

»Das muß irgendwo in dieser Richtung sein. Irgendwo in Texas. Johnny ist mein Opa. Eine Schwester von ihm lebt in Sweetwater. Jedenfalls hoffe ich schwer, daß sie da wohnt. Wir dachten zuerst, sie wohnt in Jasper, Texas. Aber als wir nach Jasper kamen, erzählten uns die Leute, sie und ihre Familie wären nach Galveston gezogen. Aber auch in Galveston war sie nicht – die Dame da sagte, sie wäre nach Sweetwater gezogen. Ich hoffe schwer, daß wir sie finden. Johnny«, sagte er und rieb dem alten Mann die Hände, als wollte er sie ihm aufwärmen, »hörst du, Johnny? Wir fahrn in 'nem hübschen warmen 56er Chevrolet.«

Der alte Mann hustete, rollte den Kopf in den Nacken, öffnete und schloß die Augen und hustete wieder.

»He, sag mal. Was ist denn mit ihm?« sagte Dick.

»Es ist das Ungewohnte«, sagte der Junge. »Und das viele Gehen. Wir sind seit vor Weihnachten unterwegs. Haben wohl den größeren Teil von Texas hinter uns gebracht.« Während er weiterhin die Hände des alten Mannes massierte, erzählte er im allersachlichsten Ton, daß er und sein Großvater und eine Tante bis jetzt allein auf einer Farm in der Nähe von Shreveport, Louisiana, gewohnt hatten. Und dann war vor kurzem die Tante gestorben. »Mit Johnny ist es schon seit einem Jahr nicht mehr recht was, und Tantchen mußte die ganze Arbeit allein machen. Sie hatte bloß mich zur Hilfe. Wir waren dabei, Holz zu schlagen. Hackten einen Stubben klein. Und mitten drin sagte Tantchen plötzlich, sie könnte nicht mehr. Haben Sie schon mal gesehn, wie 'n Pferd umfällt und nich mehr hochkommt? Ich ja. Und genauso war das mit Tantchen.« Ein paar Tage vor Weihnachten hatte der Mann, von dem sein Großvater die Farm gepachtet hatte, sie »rausgeschmissen«, fuhr der Junge fort. »Und deswegen gingen wir los nach Texas. Um Mrs. Jackson zu suchen. Ich kenn sie nicht, aber sie ist Johnnys leibliche Schwester. Und irgend jemand muß uns ja aufnehmen. Wenigstens ihn. Er kann nicht mehr viel gehn. Letzte Nacht waren wir die ganze Zeit im Regen unterwegs.«

Der Wagen hielt. Perry fragte Dick, warum er halte.

»Der alte Mann ist sehr krank«, sagte Dick.

»Und? Was hast du vor? Ihn raussetzen?«
»Gebrauch doch mal deinen Verstand. Nur mal zur Abwechslung.«
»Du bist doch ein ganz gemeiner Hund.«
»Angenommen, er stirbt.«
»Er stirbt nicht«, sagte der Junge. »jetzt, wo wir es bis hier geschafft haben, hält er bestimmt durch.«
Aber Dick ließ nicht locker. »Wenn er nun stirbt? Stell dir mal vor, was dann passiert. Die Fragen.«
»Na schön. Mir ist es egal. Du willst sie absetzen? Dann tu's nur, immer zu.« Perry sah zu dem alten Mann, der immer noch im Halbschlaf dasaß, benommen und taub, und er sah den Jungen an, der seinen Blick ruhig erwiderte, nicht bettelnd, »um nichts bittend«, und Perry erinnerte sich daran, wie er selbst so alt gewesen und mit einem alten Mann herumgezogen war. »Mach schon. Setz' sie ab. Aber ich steig dann auch aus.«
»O. K. O. K. O. K.«, sagte Dick. »Aber merk dir – schuld bist du.«
Dick schaltete. Plötzlich, als der Wagen gerade wieder anfuhr, rief der Junge: »Halten Sie!« Er sprang hinaus, rannte am Straßenrand entlang, bückte sich, sammelte eine, zwei, drei, vier leere Coca-Cola-Flaschen auf, rannte zurück zum Wagen, sprang hinein und grinste glücklich. »Mit Flaschen kann man 'ne Menge Geld machen«, sagte er zu Dick. »Wenn Sie 'n bißchen langsam fahrn, Mister, dann garantier ich Ihnen, daß wir ganz schön was an Kleingeld zusammenkriegen. Davon leben wir, Johnny und ich. Vom Pfandgeld.«
Dick war amüsiert, aber zugleich begann die Sache ihn zu interessieren, und als der Junge ihm wieder zu halten gebot, gehorchte er sofort. Die Kommandos kamen so häufig, daß sie eine Stunde für acht Kilometer brauchten, aber es lohnte sich. Der Junge hatte eine »unglaubliche Nase« für die smaragdgrünen Flecken der ehemals mit 7-Up und Canada Dry gefüllten Flaschen, die zwischen Erdhaufen, Steinen und dem Dunkelbraun weggeworfener Bierflaschen versteckt lagen. Auch Perry entdeckte bald seine Begabung, Flaschen auszumachen. Zuerst bezeichnete er dem Jungen bloß seine Fundstellen; er fand es unter seiner Würde, selbst herumzurennen und sie aufzusammeln. Es war alles »ziemlich albern«, richtiger »Kinderkram«. Aber schließlich erregte das Spiel den Schatzsucher-Instinkt in ihm, und er ergab sich dem Jux, dem Eifer der Jagd nach einlösbarem Leergut. Dick auch, aber für ihn war die Sache todernst. So lächerlich es schien, vielleicht war das eine Möglichkeit, etwas Geld zu

machen oder wenigstens ein paar Dollar zusammenzukratzen. Weiß der Himmel, er und Perry konnten ein bißchen was brauchen. Wenn sie ihre Finanzen zusammenlegten, so belief sich die Summe gegenwärtig auf weniger als fünf Dollar.

Und jetzt sprangen jedesmal alle drei – Dick, der Junge und Perry – aus dem Wagen und machten einander schamlos, wenn auch freundschaftlich, Konkurrenz. Als Dick einmal in einem Graben eine Kiste mit Wein- und Whisky-Flaschen entdeckte, mußte er zu seinem Kummer hören, daß sein Fund wertlos war. »Auf Spirituosenflaschen kriegt man kein Pfand«, informierte ihn der Junge. »Auch auf bestimmte Bierflaschen nicht. Mit denen geb ich mich gar nicht erst ab. Am besten, man hält sich an die Dinger, die bestimmt was bringen. Dr. Pepper, Pepsi, Cola, White Rock, Nehi.«

»Wie heißt du eigentlich?« fragte Dick.

»Bill«, sagte der Junge.

»Ich muß schon sagen, Bill, du bist ein prima Bursche.«

Es wurde dunkel, und das zwang sie, die Jagd abzubrechen. Außerdem hatten sie den Wagen inzwischen so mit Flaschen vollgepackt, daß kaum noch Platz war. Der Kofferraum war voll, der Rücksitz glich einem glitzernden Abfallhaufen. Der alte Mann hinten, um den sich niemand weiter kümmerte, selbst sein Enkel nicht, war fast begraben unter der übergehenden, gefährlich klappernden Ladung.

»Viel Vergnügen, wenn wir jetzt mit einer anderen Kiste zusammenkrachen« sagte Dick.

Eine grelle Lichtreklame kündigte das New Motel an, das sich, als die Reisenden näher kamen, als eine imposante Ansammlung von Bungalows, einer Garage, einem Restaurant und einer Cocktailbar entpuppte. »Fahren Sie da rein«, sagte der Junge das Kommando übernehmend zu Dick. »Vielleicht können wir das Zeugs da umsetzen. Aber lassen Sie mich reden. Ich hab Erfahrung damit. Manchmal versuchen sie, einen übers Ohr zu hauen.«

Perry konnte sich nicht vorstellen, daß irgend jemand gewitzt genug wäre, »diesen Jungen reinzulegen«, wie er später sagte. »Es machte ihm überhaupt nichts aus, mit all den Flaschen da reinzugehen. Ich hätte das nicht gekonnt, ich hätte mich zu Tode geschämt. Aber die Leute in dem Motel waren sehr nett; sie lachten bloß. Und es stellte sich raus, daß die Flaschen alles in allem zwölf Dollar und sechzig Cent wert waren.«

Der Junge teilte das Geld ehrlich. Er nahm selbst die Hälfte, gab seinen Partnern den Rest und sagte: »Wißt ihr was? Jetzt lade ich Johnny zu einem prima Essen ein. Habt ihr nicht auch Hunger?«
Natürlich hatte Dick Hunger, wie immer. Und Perry nach all der Jachterei auch. »Wir schleppten den alten Mann ins Restaurant«, erzählte er später, »und stützten ihn gegen einen Tisch. Er sah unverändert aus – thanatoid. Und sagte die ganze Zeit kein Wort. Aber Sie hätten ihn mal zulangen sehn sollen. Der Junge bestellte ihm Pfannkuchen. Er sagte, das wäre Johnnys Leibspeise. Waren ja wohl dreißig von den Dingern, die er verputzte. Dazu an die zwei Pfund Butter und ein ganzes Glas Sirup. Der Junge haute auch ganz schön rein. Kartoffelchips und Eiscreme. Das war alles, was er aß, aber in Mengen. Ich wundere mich, daß ihm nicht schlecht wurde.«
Während des Essens sah Dick auf die Karte und verkündete, Sweetwater läge ungefähr hundertsechzig Kilometer ab von seiner Route durch New Mexico und Arizona nach Nevada – nach Las Vegas. Obwohl das stimmte, war es Perry klar, daß Dick den Jungen und den alten Mann los sein wollte. Auch der Junge begriff Dicks Absicht, aber er ließ sich nichts anmerken und sagte höflich: »Oh, machen Sie sich um uns keine Sorgen. Hier kommen bestimmt 'ne Menge Wagen durch. Einer wird uns schon mitnehmen.«
Während der alte Mann sich über eine neue Portion Pfannkuchen hermachte, begleitete der Junge sie zum Wagen. Er gab Dick und Perry die Hand, wünschte ihnen ein glückliches neues Jahr und winkte ihnen nach, als sie in der Dunkelheit davonfuhren.

Der Abend des 30. Dezember – es war ein Mittwoch – war denkwürdig für die Familie des Kriminalbeamten A. A. Dewey. Seine Frau erzählte später: »Alvin saß in der Badewanne und sang. ›The Yellow Rose of Texas.‹ Die Kinder saßen vor dem Fernsehapparat, und ich war dabei, den Tisch im Eßzimmer für ein kaltes Büfett zu richten. Ich bin aus New Orleans; ich koche für mein Leben gern und habe auch gern Gäste, und meine Mutter hatte uns gerade ein Kistchen mit Avocados, Feuerbohnen und noch vielen anderen schönen Dingen geschickt. Und so hatte ich beschlossen, ein paar Freunde zu einem kalten Büfett einzuladen – die Murrays und Cliff und Dodie Hope. Alvin hatte keine Lust, aber schließlich hatte ich ihn doch überredet. Mein Gott! Dieser Clutter-Fall konnte doch ewig so weitergehen, und er hatte sich praktisch von Anfang an keine freie Minute

mehr gegönnt. Ich deckte also den Tisch, und als ich das Telefon hörte, sagte ich zu einem der Jungen, zu Paul, er sollte rangehen. Paul sagte, es wäre für Daddy, und ich sagte: ›Sag ihnen, er ist im Bad‹, aber Paul meinte, das könnte er wohl schlecht sagen, denn es sei Mr. Sanford, der aus Topeka anriefe. Alvins Chef. Alvin hüllte sich in ein Badetuch und ging zum Telefon. Wie ich das liebe – tropfende Bäche überall in der Wohnung. Aber als ich in die Küche ging, um ein Wischtuch zu holen, sah ich noch Schlimmeres. Der Kater, dieser verrückte Pete, saß auf dem Küchentisch und verschlang den Krabbensalat. Die Füllung für die Avocados.
Und im nächsten Augenblick fühlte ich, wie Alvin mich wie ein Wilder umarmte, und ich sagte: ›Aber Alvin, bist du übergeschnappt?‹ Spaß ist Spaß, aber der Mann war naß wie ein Pudel, er ruinierte mein Kleid, und ich war doch schon für die Party angezogen. Als ich begriff, weshalb er sich so aufführte, da habe ich ihn natürlich auch umarmt. Sie können sich vielleicht vorstellen, was es für Alvin bedeutete, zu erfahren, daß die beiden verhaftet worden waren. In Las Vegas. Er sagte, er müsse sofort nach Las Vegas, und ich fragte ihn, ob er sich nicht lieber erst etwas anziehen wollte, und Alvin, er war so aufgeregt, er sagte: ›Tut mir leid, Liebling, aber ich glaube, ich habe dir damit deine Party verdorben!‹ Doch ich konnte mir nicht vorstellen, wie man sie erfreulicher hätte verderben können – denn das hieß ja, daß wir womöglich bald wieder ein normales Leben führen würden. Alvin lachte, und es machte mir solche Freude, ihn lachen zu hören. Denn gerade die letzten beiden Wochen waren eigentlich am schlimmsten gewesen. In der Woche vor Weihnachten waren die beiden Männer in Kansas City aufgetaucht – aufgetaucht und verschwunden, ohne daß man sie verhaftet hatte –, und ich habe Alvin nie vorher so deprimiert gesehen, ein einziges Mal nur, als unser kleiner Alvin mit Enzephalitis im Krankenhaus lag und wir für sein Leben fürchten mußten. Aber darüber will ich jetzt nicht reden.
Ich machte also Kaffee und ging mit dem Tablett ins Schlafzimmer, wo er sich hatte anziehen wollen. Aber er dachte gar nicht daran. Er saß auf dem Bett und hielt sich den Kopf, als hätte er Kopfschmerzen. Hatte noch nicht mal einen Strumpf angezogen. Und da sagte ich: ›Du willst dir wohl eine Lungenentzündung holen?‹ Und er sah mich an und sagte:
›Marie, hör zu. Die beiden müssen es einfach gewesen sein Es kann gar nicht anders sein, das ist tatsächlich die einzige Möglichkeit.‹ Alvin ist in dieser Beziehung so komisch. Wie damals, als er zum erstenmal Kandidat

für den Sheriff-Posten in Finney County war. In der Wahlnacht, als die Stimmen praktisch schon ausgezählt waren und es sonnenklar war, daß er gewonnen hatte, sagte er wieder und wieder – ich hätte ihn umbringen können –, da sagte er doch: ›Warten wir ab, bis das Ergebnis endgültig feststeht.‹

Und so sagte ich jetzt zu ihm: ›Aber Alvin, fang doch nicht wieder damit an. Natürlich sind die beiden es gewesen.‹ Und er sagte: ›Und der Beweis? Wir haben nichts, um ihnen zu beweisen, daß sie auch nur einen Fuß ins Clutter-Haus gesetzt haben!‹ Aber gerade das, schien mir, war ihnen nachzuweisen: Fußspuren – hatten diese Bestien nicht Fußspuren hinterlassen? ›Ja‹, sagte Alvin, ›die nützen uns grade was – doch nur, wenn die Burschen immer noch dieselben Schuhe tragen. Fußspuren allein sind keinen Dixie-Dollar wert.‹ Ich sagte: ›Also gut, Liebling, trink deinen Kaffee, und ich helf dir beim Packen.‹ Es hat manchmal wirklich keinen Zweck, mit Alvin weiterzureden. Er hatte sich das in den Kopf gesetzt und mich auch schon halbwegs überzeugt, daß Hickock und Smith unschuldig wären und daß sie, sollten sie es nicht sein, niemals ein Geständnis ablegen würden, und wenn sie nicht geständen, könnten sie niemals verurteilt werden – die Beweise reichten einfach nicht aus. Am meisten aber quälte ihn die Befürchtung, daß die beiden vorzeitig Lunte riechen, daß sie die Wahrheit erfahren würden, bevor das K.B.I. sie vernehmen konnte. Vorläufig mußten sie immer noch glauben, man hätte sie wegen Verletzung der Entlassungsbedingungen geschnappt. Wegen Scheckbetruges. Und Alvin hielt es für entscheidend wichtig, daß sie in diesem Glauben gelassen würden. ›Der Name Clutter‹, sagte er, ›muß sie wie ein Hammer treffen. Wie ein Schlag, auf den sie nicht gefaßt sind.‹

Paul – ich hatte ihn rausgeschickt, um für Alvin ein paar Strümpfe von der Wäscheleine zu holen –, Paul kam zurück und sah mich packen. Er wollte wissen, wohin Alvin führe. Alvin nahm ihn in die Arme und sagte: ›Kannst du ein Geheimnis für dich behalten, Paulchen?‹ Das hätte er gar nicht erst zu fragen brauchen. Beide Jungen wissen ganz genau, daß sie nicht über Alvins Arbeit reden dürfen, über nichts, was sie an Details zu Hause zu hören bekommen. ›Du weißt doch, Paul‹, sagte Alvin, ›wir suchen doch schon die ganze Zeit diese beiden Burschen. Denk dir, jetzt wissen wir, wo sie sind, und Daddy fährt hin, sie zu holen und nach Garden City zu bringen.‹ Aber Paul bat ihn: ›Nein, Daddy, tu das nicht, bring sie nicht hierher.‹ Er hatte Angst, wie wahrscheinlich jeder Neunjährige

Angst gehabt hätte. Alvin gab ihm einen Kuß. Er sagte: ›Nein, nein, Paulchen, das ist alles in Ordnung. Wir werden schon dafür sorgen, daß sie keinen Schaden mehr anrichten. Nie wieder werden die irgend jemandem gefährlich werden.‹«

Um fünf Uhr an jenem Nachmittag, etwa zwanzig Minuten, nachdem der gestohlene Chevrolet die Nevada-Wüste verlassen hatte und in Las Vegas eingefahren war, wurde der langen Reise ein Ende gesetzt. Aber vorher noch war Perry bei der Post gewesen und hatte ein Paket abgeholt, das postlagernd an ihn aufgegeben worden war. Es war der große Pappkarton, den er von Mexiko geschickt und auf hundert Dollar versichert hatte, ein Betrag, der den Wert des Inhalts in absurdem Maß überstieg, denn in dem Karton befanden sich Flaschen mit Sonnenöl und Drillichhosen, schmutzige Hemden, Unterzeug und zwei Paar Stiefel mit Stahlschnallen. Dick war, während er vor der Post auf Perry wartete, in bester Stimmung. Er hatte einen Entschluß gefaßt, dessen Verwirklichung ihm über seine gegenwärtigen Schwierigkeiten hinweghelfen und ihm einen neuen Anfang ermöglichen würde. Land war in Sicht, und darüber schimmerte hell ein Regenbogen. Er hatte beschlossen, als Offizier der Air Force aufzutreten. Das war ein Plan, der ihn schon immer fasziniert hatte, und Las Vegas war der ideale Ort für sein Vorhaben. Er hatte sich schon Namen und Dienstgrad des Offiziers zurechtgelegt, und zwar wollte er sich nach dem Direktor der Kansas-State-Strafanstalt Tracy Hand nennen. Als Captain Tracy Hand wollte er in maßgeschneiderter Uniform »den Streifen abklappern« – Las Vegas' Straße der Tag und Nacht geöffneten Kasinos. Kleine und große, the Sands, the Stardust – überall wollte er aufkreuzen und auf seiner Tour »Hände voll von Konfetti« unter die Leute bringen. Indem er den ganzen Tag lang ungedeckte Schecks ausschrieb, hoffte er binnen vierundzwanzig Stunden drei-, wenn nicht viertausend Dollar hereinzuholen. Das war der eine Teil des Planes; der andere war: Goodbye, Perry. Dick hatte genug von ihm – von seiner Mundharmonika, seinem ewigen Weh und Ach, seinem Aberglauben, seinen weibischen, tränenfeuchten Augen und seiner ewig nörgelnden Flüsterstimme. Er war argwöhnisch, selbstgerecht und zänkisch wie eine Frau, von der man sich losmachen mußte. Und das konnte ihm nur auf eine Weise gelingen: Nichts sagen und einfach abhauen.

Dick war so in seine Gedanken vertieft, daß er den Streifenwagen nicht bemerkte, der an ihm vorbeifuhr, das Tempo verlangsamte, rekognoszierte.

Auch Perry bemerkte den Streifenwagen mit den Polizisten nicht, als er jetzt mit dem mexikanischen Paket auf der Schulter aus der Post kam und die Stufen hinunter auf Dick zuging.
Die Polizeioffiziere Ocie Pigford und Francis Macauley hatten Seiten voll auswendig gelernter Angaben im Kopf, darunter die Beschreibung eines schwarz-weißen 1956er Chevrolet mit der Kansas-Nummer JO 16 212. Weder Perry noch Dick bemerkten, daß der Polizeiwagen ihnen folgte, als sie vom Postgebäude wegfuhren und, Dick am Steuer, von Perry dirigiert, fünf Wohnblocks weiter nordwärts fuhren, links einbogen, dann rechts, und dann vierhundert Meter weiter vor einem verwelkten Palmbaum und einem verwitterten Schild, von dessen Beschriftung nur mehr das Wort »IMME« zu lesen war, anhielten.
»Ist es das?« fragte Dick.
Perry nickte, während der Streifenwagen sich heranschob und neben ihnen hielt.

Die Kriminalabteilung des Stadtgefängnisses von Las Vegas hat zwei neonbeleuchtete Vernehmungsräume von je etwa zehn auf zwölf Meter, deren Decken und Wände mit Kunststoffplatten verkleidet sind. Außer einem Ventilator, einem Metalltisch und metallenen Klappsesseln befinden sich in beiden Räumen getarnte Mikrofone und versteckte Bandgeräte und in den Türen nur von außen durchsichtige Spiegelgläser. Beide Räume waren für Samstag, den zweiten Tag des Jahres 1960 auf zwei Uhr nachmittags bestellt; das war der Termin, den vier Kriminalbeamte aus Kansas für ihre erste Gegenüberstellung mit Hickock und Smith festgelegt hatten. Kurz vor der vereinbarten Zeit trafen sich die vier K.B.I.-Agenten – Harold Nye, Roy Church, Alvin Dewey und Clarence Duntz – auf dem Korridor vor den Vernehmungsräumen. Nye hatte Fieber. »Grippe – zum Teil. Aber hauptsächlich wohl die Aufregung«, äußerte er sich später einem Journalisten gegenüber. »Ich hatte zu diesem Zeitpunkt schon zwei Tage in Las Vegas gewartet – nahm sofort nach Eintreffen der Nachricht von der Verhaftung in unserem Hauptquartier in Topeka das nächste Flugzeug. Der Rest des Teams, Al und Roy und Clarence, kam per Auto – hatten eine verdammt unangenehme Fahrt. Lausiges Wetter. Verbrachten Silvester eingeschneit in einem Motel in Albuquerque. Als sie schließlich Vegas erreichten, da brauchten sie erst mal einen Whisky und gute Neuigkeiten. Ich hatte beides parat. Unsere jungen Freunde hatten die Auslieferungs-

scheine unterschrieben. Aber was noch besser war: Wir hatten die Stiefel, beide Paare. Und die Sohlen – das Katzenpfoten- und das Diamantmuster – paßten genau auf die Fotografien in natürlicher Größe von den Fußspuren, die wir im Clutter-Haus gefunden hatten. Die Stiefel waren in einem Paket, das die Burschen von der Post geholt hatten, unmittelbar ehe der Vorhang fiel. Stellen Sie sich vor, wie ich schon zu Al Dewey gesagt habe, wir hätten fünf Minuten früher zugefaßt!
Trotzdem war das eine ziemlich wacklige Geschichte – es war nichts wirklich stichhaltig zu beweisen. Aber ich erinnere mich, wie wir da auf dem Korridor warteten – ich erinnere mich, daß ich ziemlich aufgeregt und nervös war, aber zuversichtlich. Das waren wir alle; wir hatten das Gefühl, der Wahrheit greifbar nahe zu sein. Church und ich hatten die Aufgabe, sie aus Hickock herauszuholen. Smith sollten Al und der alte Duntz in die Zange nehmen. Ich hatte die beiden bis dahin noch nicht gesehen – hatte nur ihre Sachen überprüft und die Auslieferungsscheine fertiggemacht. Ich sah Hickock zum erstenmal, als er in den Vernehmungsraum hinuntergebracht wurde. Ich hatte ihn mir größer vorgestellt. Muskulöser. Nicht so mager und jungenhaft. Er war achtundzwanzig, aber er sah aus wie ein Halbwüchsiger. War offenbar ziemlich ausgehungert. Er trug ein blaues Hemd, weiße Socken und schwarze Schuhe und war wettergebräunt. Wir gaben uns die Hand; seine Hand war trockener als meine. Sauber, höflich, angenehme Stimme, drückte sich geschickt aus, ein recht gutaussehender Bursche mit einem sehr entwaffnenden Lächeln – und am Anfang lächelte er viel.
›Mein Name ist Harold Nye, Mr. Hickock‹, sagte ich, ›und das hier ist Mr. Roy Church. Wir sind Spezialbearbeiter vom Kansas Bureau of Investigation und wollen uns mit Ihnen über Ihre Verletzung der Entlassungsbedingungen unterhalten. Sie sind natürlich nicht verpflichtet, auf unsere Fragen zu antworten. Alles, was Sie sagen, kann als Beweismaterial gegen Sie verwandt werden. Sie haben jederzeit Anspruch auf einen Verteidigungsanwalt. Wir werden keine Gewalt anwenden, Sie nicht bedrohen und Ihnen keine Versprechungen machen.‹ Er hörte sich das alles seelenruhig an.«

»Ich kenne die Formalitäten«, sagte Dick, »ich bin früher schon vernommen worden.«
»Nun, Mr. Hickock –«

»Dick.«
»Dick, wir möchten jetzt über Ihre Unternehmungen seit der Entlassung sprechen. Soweit wir wissen, haben Sie in Kansas City mindestens zweimal in größerem Umfang mit gefälschten Schecks operiert.«
»Hm. Bin 'ne ganze Menge losgeworden.«
»Könnten Sie uns die betreffenden Läden nennen?«
Der Verhaftete, offenbar stolz auf seine einzige wirkliche Begabung, ein glänzendes Gedächtnis, nannte die Namen und Adressen von zwanzig Läden, Cafés und Tankstellen in Kansas City und gab aus der Erinnerung genau die Art des jeweils getätigten »Einkaufs« an, sowie die Höhe des dafür ausgeschriebenen Schecks.
»Aber eins wundert mich, Dick. Wieso nehmen diese Leute alle ohne weiteres Ihre Schecks an? Ich würde gern hinter das Geheimnis kommen.«
»Das Geheimnis ist, daß die Leute dumm sind.«
»Sehr gut, Dick. Sehr komisch«, sagte Roy Church. »Aber lassen wir das mit den Schecks mal einen Moment beiseite.« Obwohl seine Stimme klingt, als wäre seine Kehle mit Schweinsborsten besetzt, und er Fäuste hat, mit denen er Steinmauern einschlagen kann (tatsächlich sein bevorzugtes Bravourstück), halten die Leute Church oft fälschlich für einen freundlichen kleinen Mann, einen glatzköpfigen, rosabäckigen Onkel. »Dick«, sagte er, »erzählen Sie uns doch mal was über Ihre Familie.«
Der Gefangene kramte Erinnerungen aus. Einmal, als er neun oder zehn war, wurde sein Vater ernsthaft krank. »Tularämie war das«, und die Krankheit dauerte monatelang, eine Zeit, in der die Familie von der Unterstützung durch die Kirche und von der Hilfe der Nachbarn abhängig war – »sonst wären wir verhungert«. Aber sonst wäre seine Kindheit im großen und ganzen in Ordnung gewesen. »Wir hatten nie viel Geld, aber wir waren auch nie völlig pleite«, sagte Hickock. »Wir hatten immer sauberes Zeug zum Anziehen und was zu essen. Mein Vater war allerdings ziemlich streng. Er war nicht glücklich, wenn er mich nicht irgendwie anstellen konnte. Aber wir kamen gut miteinander aus, haben uns nie ernsthaft gestritten. Auch meine Eltern hatten nie Streit. Ich kann mich jedenfalls nicht erinnern. Meine Mutter ist eine großartige Person. Und mein Vater ist auch in Ordnung. Sie haben für mich getan, was sie konnten.«
Schule? Nun, er glaubte, daß er mehr als ein durchschnittlicher Schüler gewesen wäre, wenn er einen Bruchteil der Zeit, die er mit Sport »verschwendete«, an die Bücher gewandt hätte. »Baseball, Football. Ich war

immer in der Mannschaft. Nach der Oberschule hätte ich auch mit einem Sportstipendium aufs College gehen können. Ich wollte Ingenieur werden, aber selbst wenn man ein Stipendium hat, kostet das eine Menge. Ich weiß nicht, ich wollte lieber arbeiten, kam mir sicherer vor.«

Ehe er einundzwanzig war, hatte Hickock als Streckenarbeiter, als Ambulanzfahrer, als Autolackierer und Autoschlosser gearbeitet; er hatte auch geheiratet, ein sechzehnjähriges Mädchen. »Carol. Ihr Vater war Geistlicher. Er wollte von mir nichts wissen. Sagte, ich wäre eine totale Niete. Machte mir die größten Schwierigkeiten. Aber ich war ganz verrückt nach Carol. Bin ich immer noch. Sie ist eine richtige kleine Prinzessin. Nur – wissen Sie, wir hatten drei Kinder. Jungens. Und wir waren einfach zu jung, um drei Kinder zu haben. Aber vielleicht wäre das noch gut gegangen, wenn wir nicht so verschuldet gewesen wären. Wenn ich noch nebenbei ein bißchen Geld hätte machen können. Ich hab's versucht.«

Er versuchte es mit Glücksspielen und gefälschten Schecks und probierte es auch mit Diebstählen. 1958 war er wegen Einbruchs von einem Gericht in Johnson County zu fünf Jahren verurteilt worden und kam in die Kansas-State-Strafanstalt. Damals aber hatte sich Carol schon von ihm getrennt, und er ging mit einem anderen sechzehnjährigen Mädchen. »Ein gemeines Stück. Sie und ihre ganze Familie. Sie ließ sich von mir scheiden, während ich saß. Trotzdem will ich mich nicht beklagen. Als ich im vorigen August rauskam, glaubte ich, ich könnte wieder ganz von neuem anfangen. Bekam einen Job in Olathe, wohnte bei meinen Eltern, ging abends nicht aus. Es ging alles prima –«

»Bis zum zwanzigsten November«, sagte Nye, ohne daß Hickock zu verstehen schien, was er meinte. »Bis zu dem Tag, an dem Sie mit den Schecks anfingen. Warum?«

Hickock seufzte und sagte: »Das ist eine lange Geschichte.« Er nahm die Zigarette, die Nye ihm anbot. Höflich gab Church ihm Feuer, und er sagte: »Perry – mein Kumpel Perry Smith – wurde im Frühjahr entlassen. Später, als ich rauskam, schrieb er mir einen Brief, abgestempelt in Idaho. Er erinnerte mich an die Sache, über die wir immer gesprochen hatten. Mexiko. Wir wollten nach Acapulco oder da in die Gegend, ein Boot kaufen und Touristen mitnehmen zum Hochseefischen.«

»Und womit wollten Sie das bezahlen?« fragte Nye. »Das Boot, meine ich.«

»Das erzähl ich gleich«, sagte Hickock. »Sehn Sie, Perry hatte mir geschrieben, er hätte eine Schwester in Fort Scott. Und die hätte noch ein ganz schönes Stück Geld, das ihm gehörte. Einige tausend Dollar. Geld, das ihm sein Vater vom Verkauf eines Grundstücks in Alaska schuldete. Er schrieb, er käme nach Kansas, um sich den Zaster zu holen.«

»Und damit wollten Sie beide dann das Boot kaufen.«

»Genau.«

»Aber da wurde nichts draus.«

»Es war so, daß Perry etwa einen Monat später in Kansas City aufkreuzte. Ich holte ihn am Bus-Bahnhof ab.«

»Wann?« sagte Church. »An was für einem Wochentag?«

»An einem Donnerstag.«

»Und wann sind Sie nach Fort Scott gefahren?«

»Am Sonnabend.«

»Am 14. November.«

In Hickocks Augen zuckte Überraschung auf. Man sah, daß er sich fragte, wieso Nye das Datum so genau wissen konnte; und rasch – denn noch durfte er nicht auf irgendwelchen Verdacht kommen – fragte der Kriminalbeamte: »Wann fuhren Sie los nach Fort Scott?«

»Am Nachmittag. Wir überholten meinen Wagen und aßen eine Portion Chili im West Side Café. Das muß so um drei gewesen sein.«

»So um drei. Und Perry Smiths Schwester erwartete Sie?«

»Nein. Denn sehen Sie, Perry hatte ihre Adresse verlegt, und sie hatte kein Telefon.«

»Wie wollten Sie denn zu ihr hinfinden?«

»Wir wollten bei der Post fragen.«

»Und das haben Sie dann auch gemacht?«

»Perry hat sich erkundigt. Man sagte ihm, sie sei weggezogen nach Oregon, meinten sie. Aber sie hatte keine Adresse hinterlassen.«

»Muß ein ziemlicher Schlag gewesen sein. Denn schließlich hatten Sie doch mit dem vielen Geld gerechnet.«

Hickock nickte. »Weil – na ja, wir hatten endgültig beschlossen, nach Mexiko zu gehen. Sonst hätte ich das mit den Schecks niemals gemacht. Aber ich hoffte ... hören Sie zu, es ist die reine Wahrheit, was ich jetzt sage. Ich dachte, in Mexiko würden wir Geld machen, und dann könnte ich sie abdecken, die Schecks.«

Nye übernahm jetzt wieder das Verhör. »Moment, Dick.«

Nye ist ein untersetzter, temperamentvoller Mann, dem es nicht ganz leichtfällt, seine aggressive Energie zu mäßigen, seine Gabe, sich scharf und deutlich auszudrücken. »Ich würde gern noch etwas über diese Fahrt nach Fort Scott hören«, sagte er, so sanft es ihm möglich war. »Als Sie Smiths Schwester nicht antrafen, was haben Sie da gemacht?«

»Sind ein bißchen rumgegangen. Haben ein Bier getrunken. Und sind dann zurückgefahren.«

»Nach Hause zurück, meinen Sie?«

»Nein. Nach Kansas City. Wir fuhren zum Zesto Drive-In. Aßen Frikadellen. Und dann gingen wir noch nach Cherry Row.«

Weder Nye noch Church kannten Cherry Row.

Hickock sagte »Machen Sie doch keine Witze. Die kennt doch jeder Polyp in Kansas.« Als die Kriminalbeamten noch einmal versicherten, daß sie keine Ahnung hätten, erklärte er ihnen, daß es ein kleiner Park war, wo man »Strichmädchen« trifft, »aber«, fügte er hinzu, »auch viele nicht Berufsmäßige. Krankenschwestern, Sekretärinnen. Ich hab da schon allerhand Glück gehabt.«

»Und an diesem Abend, hatten Sie da auch Glück?«

»Nicht besonders. Gerieten schließlich an zwei richtige Mistbienen.«

»Sie hießen?«

»Mildred. Die andere, Perrys Mädchen, hieß, glaube ich, Joan.«

»Wie sahen sie aus?«

»Waren vielleicht Schwestern. Beide blond und ziemlich dick. Ich weiß nicht mehr so genau. Sehn Sie, wir hatten uns eine Flasche Orange Blossoms gekauft – Orangensaft mit Wodka –, und ich hatte schon ziemlich einen weg. Wir gaben den Mädchen ein bißchen was zu trinken und fuhren dann mit ihnen zum Fun Haven. Ich nehme an, die Herren haben auch davon noch nie gehört.«

Er hatte recht. Hickock grinste und zuckte die Achseln. »Es ist an der Blue Ridge Road. Dreizehn Kilometer südlich von Kansas City. Ein Nachtclub zusammen mit einem Motel. Man zahlt zehn Dollar für den Zimmerschlüssel.«

Und dann beschrieb er das Zimmer, in dem sie angeblich zu viert die Nacht verbracht hatten: zwei Betten, ein alter Kalender mit Coca-Cola-Reklame, ein Radio, das erst spielte, wenn man einen Vierteldollar hineinsteckte. Die Selbstsicherheit, mit der er das vorbrachte, und seine exakte Beschreibung, die nachprüfbaren Einzelheiten beeindruckten Nye – wenn natürlich der Bursche auch log. Oder vielleicht auch nicht. Nye spürte, wie ihm der kalte

Schweiß ausbrach, mochte nun seine fiebrige Grippe die Ursache sein, oder ein abruptes Absinken der ihn erwärmenden Zuversicht.
»Als wir am nächsten Morgen aufwachten, stellten wir fest, daß sie uns beklaut hatten und abgehauen waren«, sagte Hickock. »Na, bei mir haben sie nicht viel gefunden, aber Perry war seine Brieftasche los, mit immerhin vierzig oder fünfzig Dollar.«
»Und was haben Sie da gemacht?«
»Da war nichts weiter zu machen.«
»Sie hätten die Polizei benachrichtigen können.«
»Nee, nee. Das wäre noch schöner gewesen. Die Polizei benachrichtigen. Als bedingt Entlassene durften wir uns so was nicht erlauben, so eine Sauftour und so, falls Sie das nicht wissen sollten. Durften überhaupt nicht zusammen sein als ehemalige Insassen der Strafanstalt.«
»Das ist klar, Dick. Es ist Sonntag, der 15. November. Was haben Sie nach der Nacht in Fun Haven an diesem Tag gemacht?«
»Na ja, wir haben in einer Fernfahrerkneipe in der Nähe von Happy Hill gefrühstückt. Dann fuhren wir nach Olathe, und ich setzte Perry an seinem Hotel ab. Das muß so um elf gewesen sein. Dann fuhr ich zu meinen Eltern und aß da zu Mittag. Wie immer am Sonntag. Hinterher Fernsehen – ein Basketballspiel, oder vielleicht auch Football. Ich war ziemlich müde.«
»Und wann trafen Sie sich wieder mit Perry Smith?«
»Am Montag. Er kam zu der Tankstelle, wo ich arbeitete. Bob Sands' Body Shop.«
»Und worüber haben Sie da geredet? Über Mexiko?«
»Ja, wir hatten immer noch diesen Plan, obwohl uns das Geld dazu fehlte – um da unten ins Geschäft zu kommen. Aber wir wollten noch hin, war ja ein Risiko, aber schien sich zu lohnen.«
»Um noch mal wieder eine Zeit in Lansing abzusitzen?«
»Das kam nicht in Frage. Sehen Sie, wir hatten nicht die Absicht, noch mal in die Staaten zurückzugehen.«
Nye, der sich Notizen gemacht hatte, sagte: »Und am Tag nach der Tour mit den Schecks – war wohl der 21. – verschwanden Sie und Ihr Freund Smith. Und jetzt, Dick, erzählen Sie uns bitte, was Sie von da an bis zu Ihrer Verhaftung hier in Las Vegas gemacht haben. Nur in groben Umrissen.«
Hickock pfiff durch die Zähne und verdrehte die Augen.
»Uff!« sagte er und begann dann, unter Aufbietung seines nahezu totalen

Erinnerungsvermögens, mit einer Schilderung der langen Fahrt, die sie in den vergangenen sechs Wochen hinter sich gebracht hatten – ungefähr sechzehntausend Kilometer. Er brauchte dazu eine Stunde und fünfundzwanzig Minuten – von zehn vor drei bis viertel nach vier – und nannte dabei, während Nye sich die Namen zu notieren versuchte, Straßen und Hotels, Motels, Flüsse, kleinere und größere Städte, ein Zusammenklang sich verflechtender Namen: Apache, El Paso, Corpus Christi,
Santillo, San Luis Potosí, Acapulco, San Diego, Dallas, Omaha, Sweetwater, Stillwater, Tenville Junction, Tallahassee, Needles, Miami, Hotel Nuevo Waldorf, Somerset Hotel, Hotel Simone, Arrowhead Motel, Cherokee Motel und viele, viele mehr. Er nannte ihnen den Namen des Mannes in Mexiko, an den er seinen eigenen alten 49er Chevrolet verkauft hatte, und gestand, daß er ein neueres Modell in Iowa gestohlen hatte.

Er beschrieb die Personen, die er und sein Farmer getroffen hatten: eine mexikanische Witwe, reich und sexy; Otto, einen deutschen »Millionär«; ein paar »warme« Neger-Boxer, die einen »duften« lavendelfarbenen Cadillac fuhren; den blinden Besitzer einer Klapperschlangenfarm in Florida; einen sterbenden alten Mann und seinen Enkel; und andere.

Und als er zu Ende erzählt hatte, saß er wohlgefällig lächelnd und mit verschränkten Armen da, als erwartete er jetzt, für die Komik, die Klarheit und die Offenheit seines Reiseberichts gelobt zu werden.

Aber Nye schrieb noch, um mit rascher Feder die Erzählung zu fixieren, und Church, der träge eine zur Faust geballte Hand in die Fläche der andern schlug, schwieg – bis er plötzlich fragte: »Ich nehme an, Sie wissen, weshalb wir hier sind.«

Hickock preßte die Lippen aufeinander, er setzte sich etwas steif zurecht.

»Es wird Ihnen doch klar sein, daß wir nicht den ganzen Weg nach Nevada gemacht haben, bloß um uns mit einem Paar windiger Scheckbetrüger zu unterhalten.«

Nye hatte sein Notizbuch zugeklappt. Er sah jetzt auch den Gefangenen scharf an und bemerkte, daß die Adern an seiner linken Schläfe angeschwollen waren.

»Oder meinen Sie etwa doch, Dick?«

»Was?«

»Daß wir diese weite Fahrt unternommen haben, um über ein paar Schecks zu reden?«

»Ich wüßte nicht, weshalb sonst.«

Nye zeichne einen Dolch auf den Deckel seines Notizbuches und sagte, während er das tat: »Sagen Sie, Dick, haben Sie je von dem Mordfall Clutter gehört?« Worauf, wie er später in seinem offiziellen Bericht über die Vernehmung schrieb, »der Verdächtige eine heftige Reaktion zeigte. Er wurde grau im Gesicht. Seine Augenlider zuckten.«

»Uha«, sagt Hickock. »Jetzt machen Sie aber mal 'nen Punkt. Ich bin kein gottverdammter Mörder.«

»Die Frage lautete«, erinnerte ihn Church, »ob Sie jemals etwas von dem Mordfall Clutter *gehört* haben.«

»Ich hab vielleicht mal was drüber gelesen«, sagte Hickock. »Ein gemeines, widerliches Verbrechen. Hundsgemein und feige.«

»Und fast vollkommen«, sagte Nye. »Aber Sie haben zwei Fehler gemacht, Dick. Der eine war, daß es einen Zeugen gibt. Einen lebenden Zeugen, der vor Gericht aussagen wird. Der in den Zeugenstand treten und den Geschworenen genau sagen wird, auf welche Weise Richard Hickock und Perry Smith vier hilflose Menschen gefesselt, geknebelt und umgebracht haben.«

»Ein lebender Zeuge!« Hickocks Gesicht rötete sich langsam wieder. »Es kann keinen geben!«

»Weil Sie glaubten, Sie hätten alle aus dem Wege geschafft?«

»Ich habe überhaupt nichts geglaubt! Es gibt keinen, der mich mit irgendeinem gottverdammten Mord in Verbindung bringen kann. Schecks, ja. Ein paar kleine Diebstähle. Aber ein gottverdammter Mörder bin ich nicht.«

»Warum haben Sie uns dann angelogen?« fragte Nye scharf.

»Ich habe Ihnen die gottverdammte Wahrheit gesagt.«

»Hin und wieder. Nicht immer. Was war zum Beispiel an dem Sonnabend nachmittag, am 14. November? Sie sagen, Sie wären nach Fort Scott gefahren.«

»Ja.«

»Und als Sie dort ankamen, fuhren Sie zur Post.«

»Ja.«

»Um sich nach der Adresse von Perry Smiths Schwester zu erkundigen.«

»Stimmt.«

Nye stand auf. Er trat hinter Hickocks Stuhl, faßte die Rückenlehne und beugte sich herab, als wollte er dem Gefangenen etwas ins Ohr flüstern. »Perry Smith hat keine Schwester in Fort Scott«, sagte er. »Hat da nie eine gehabt. Und Sonnabend nachmittags ist die Post in Fort Scott geschlossen.« Und dann sagte er: »Überlegen Sie sich das alles noch mal, Dick. Das wäre es soweit. Wir sprechen uns später wieder.«

Nachdem Hickock abgeführt worden war, gingen Nye und Church auf den Korridor und sahen durch die Spiegelscheibe in den Raum, in dem Perry Smith vernommen wurde. Sie sahen, was dort vor sich ging, ohne zu hören, was geredet wurde. Nye, der Smith zum erstenmal zu Gesicht bekam, war von seinen Füßen fasziniert – von dem Umstand, daß seine Beine so kurz waren, daß die Füße, die so klein waren wie die eines Kindes, den Fußboden nicht ganz erreichten. Smiths Kopf – das strähnige indianische Haar, die irisch-indianische Mischung: dunkler Teint und die freche Verschmitztheit in seinen Zügen – erinnerte ihn an die hübsche Schwester des Verdächtigen, die liebenswürdige Mrs. Johnson. Aber dieser untersetzte, mißgestaltete junge Mann war nicht hübsch; seine rosa Zungenspitze schob sich rasch vor und zurück, zuckte wie die Zunge einer Eidechse. Mit langen, regelmäßigen Zügen rauchte er eine Zigarette, woraus Nye schloß, daß er noch »jungfräulich« war – daß er noch nicht wußte, worauf das Verhör eigentlich hinauslief.

Nye hatte recht. Denn Dewey und Duntz hatten mit fachmännischer Geduld schrittweise die Lebensgeschichte des Gefangenen auf die Ereignisse der letzten sieben Wochen eingeengt und diese dann auf eine konzentrierte Wiederholung des entscheidenden Wochenendes reduziert – auf die Zeit von Sonnabend mittag bis Sonntag mittag des 14. zum 15. November. Nach drei Stunden des Herantastens waren sie nun im Begriff, zum kritischen Punkt zu kommen. »Überdenken wir noch einmal die Situation, Perry«, sagte Dewey. »Als Sie entlassen wurden, hatte man Ihnen zur Bedingung gemacht, nie wieder nach Kansas zu gehen.«

»Der Sonnenblumen-Staat. Ich weinte mir auch gerade die Augen danach aus.«

»Wenn das Ihre Einstellung war, weshalb sind Sie dann doch dahin zurückgegangen? Sie müssen einen ziemlich dringenden Grund gehabt haben.«

»Das habe ich Ihnen ja gesagt. Ich wollte zu meiner Schwester. Um mir das Geld zu holen, das sie für mich hatte.«

»Ich verstehe. Die Schwester, die Sie und Hickock in Fort Scott aufsuchen wollten. Sagen Sie, Perry, wie weit ist denn eigentlich Fort Scott von Kansas City?«

Smith schüttelte den Kopf, er wußte es nicht.
»Na ja, wie lange haben Sie gebraucht, um da hinzukommen?«
Keine Antwort.
»Eine Stunde? Zwei? Drei oder vier?«
Der Gefangene sagte, er könnte sich nicht mehr erinnern.
»Natürlich können Sie das nicht. Weil Sie nie in Ihrem Leben in Fort Scott gewesen sind.«
Bis jetzt hatte noch keiner der beiden Kriminalbeamten Smiths Aussagen in irgendeinem Punkt angezweifelt. Er rückte unruhig auf seinem Stuhl umher, befeuchtete seine Lippen mit der Zunge. »Tatsache ist, Perry, daß nichts von dem, was Sie uns bisher erzählt haben, stimmt. Sie haben nie einen Fuß nach Fort Scott gesetzt. Sie haben nirgendwo zwei Mädchen aufgelesen und mit in ein Motel genommen.«
»Doch, doch, das stimmt alles ganz genau.«
»Wie hießen die beiden denn?«
»Ich hab sie nicht gefragt.«
»Sie und Hickock haben die Nacht mit den beiden Mädchen verbracht und sie nicht nach ihren Namen gefragt?«
»Das waren bloß Nutten.«
»Und wie hieß das Motel?«
»Fragen Sie Dick. Er wird es wissen. Ich kann mich an solchen Kram nie erinnern.«
»Clarence, ich glaube, es ist Zeit, daß wir ihm die Luft abdrehen«, wandte sich Dewey an seinen Kollegen. Duntz beugte sich mit einer schnellen Bewegung vor. Er ist ein Schwergewicht mit der spontanen Beweglichkeit eines Weltergewichts, seine Augen aber sind verschleiert und träge. Er spricht schleppend; jedes Wort, zögernd geformt und mit dem Akzent eines Viehzüchterlandes, steht eine Weile im Raum.
»Ja, Sir«, sagte er. »Is soweit.«
»Hören Sie gut zu, Perry. Mr. Duntz wird Ihnen nämlich jetzt sagen, wo Sie wirklich waren in jener Sonnabendnacht. Wo Sie waren und was Sie da gemacht haben.«
Duntz sagte: »Sie haben die Familie Clutter ermordet.«
Smith schluckte schwer. Er rieb sich die Knie.
»Sie waren in Holcomb, Kansas. Im Haus von Mr. Herbert W. Clutter. Und bevor Sie das Haus verließen, haben Sie alle, die darin waren, umgebracht.«

»Nein, niemals. Ich nicht.«
»Was nicht?«
»Ich kenne niemand mit dem Namen Clutter.«
Dewey nannte ihn einen Lügner und legte dann, wie die vier Beamten es vorher untereinander ausgemacht hatten, die entscheidende Karte auf den Tisch, er sagte: »Wir haben einen lebenden Zeugen, Perry. Einen Mann, den ihr Burschen übersehen habt.«
Eine volle Minute verging. Dewey triumphierte innerlich darüber, daß Smith schwieg, denn ein Unschuldiger hätte gefragt, wer denn dieser Zeuge und wer die Clutters seien, und warum sie annähmen, daß er sie ermordet hätte – er hätte auf jeden Fall *irgend etwas* gesagt. Aber Smith saß schweigend da, rieb sich die Knie.
»Na, Perry?«
»Haben Sie eine Aspirintablette? Man hat mir mein Aspirin abgenommen.«
»Haben Sie Schmerzen?«
»Ja, in den Beinen.«
Es war halb sechs. Ganz bewußt brach Dewey das Verhör unvermittelt ab. »Wir machen morgen weiter«, sagte er. »Nebenbei, wissen Sie, was morgen ist? Nancy Clutters Geburtstag. Sie wäre siebzehn geworden.«

»Sie wäre siebzehn geworden.« Perry, der in den frühen Morgenstunden schlaflos auf seiner Pritsche lag, fragte sich (wie er sich später erinnerte), ob das mit dem Geburtstag des Mädchens tatsächlich stimmte. Nein, sagte er sich, das war auch nur so eine Masche, um ihn fertigzumachen, wie diese windige Geschichte von dem Zeugen, dem »lebenden Zeugen«. Das konnte einfach nicht sein. Oder meinten sie etwa – Wenn er bloß mit Dick sprechen könnte! Aber man hatte sie getrennt; Dick war in eine Zelle auf einem anderen Stock gesperrt worden. »Hören Sie gut zu, Perry. Mr. Duntz wird Ihnen nämlich jetzt sagen, wo Sie wirklich waren ...« Als er im Laufe der Vernehmung merkte, daß immer wieder auf dieses eine Wochenende im November angespielt wurde, hatte er versucht, sich gegen das zu wappnen, was jetzt jeden Augenblick kommen mußte. Aber als es dann soweit war, als der bullige Cowboy mit der schläfrigen Stimme sagte: »Sie haben die Familie Clutter ermordet« – da hatte es ihn umgehauen, und er wäre fast nicht wieder geworden. Er mußte in zwei Sekunden zehn Pfund abgenommen haben. Gott sei Dank hatte er sich nichts anmerken lassen.

Oder er hoffte das doch. Und Dick? Vermutlich waren sie ihm mit demselben Ding gekommen. Dick war clever, konnte sich geschickt verstellen, aber mit seinen Nerven war nicht viel los, er drehte zu leicht durch. Trotzdem war Perry überzeugt, daß Dick, ganz gleich, wie sie ihm zusetzten, dichthalten würde. Schließlich wollte auch er nicht an den Galgen. »Und bevor Sie das Haus verließen, haben Sie alle, die darin waren, umgebracht.« Es sollte ihn nicht wundern, wenn sie damit schon allen »Ehemaligen« gekommen waren. Sicher hatten sie schon Hunderte von Männern verhört und zweifellos ein paar Dutzend beschuldigt; er und Dick waren lediglich zwei weitere. Andererseits – würde Kansas vier Sonderbearbeiter sechzehnhundert Kilometer weit schicken, um ein Paar unbedeutende Kerle aufzugabeln, die gegen die Entlassungsbedingungen verstoßen hatten? Vielleicht waren sie tatsächlich auf irgendwas gestoßen, auf irgendwen – einen »lebenden Zeugen«. Aber das war unmöglich. Es sei denn – Einen Arm, ein Bein würde er darum geben, wenn er nur fünf Minuten mit Dick sprechen könnte.
Und Dick, der einen Stock tiefer in seiner Zelle wach lag, war (wie er sich später erinnerte) ebenso scharf darauf, mit Perry zu reden – um zu erfahren, was der Anfänger denen erzählt hatte. Herrgott, man konnte sich nicht darauf verlassen, daß er sich auch nur in großen Zügen an ihr Fun-Haven-Alibi erinnern würde, wenn sie das auch oft genug durchgesprochen hatten. Und wenn die Schweine ihn mit der Geschichte von dem Zeugen bedroht hatten! Er wettete zehn gegen eins, daß der kleine Scheißer geglaubt hatte, sie meinten einen Augenzeugen. Aber ihm, Dick, war natürlich sofort klar gewesen, wer dieser sogenannte Zeuge sein mußte: Floyd Wells, sein alter Freund und ehemaliger Zellengenosse. Als er die letzten Wochen absaß, hatte Dick geplant, Floyd zu erstechen – mitten ins Herz mit einem Flaschensplitter oder sonst was. Was für ein Idiot er war, daß er das nicht gemacht hatte. Außer Perry war Floyd Wells der einzige Mensch, der die Namen Hickock und Clutter in Zusammenhang bringen konnte. Floyd, mit seinen abfallenden Schultern und dem fliehenden Kinn – Dick hatte gedacht, er würde Schiß haben. Aber der Schuft erwartete wahrscheinlich eine phantastische Belohnung – bedingte Entlassung oder Geld, oder beides. Aber eher würde die Hölle einfrieren. Denn das Geschwätz eines Sträflings war kein Beweis. Fußspuren, Fingerabdrücke, Augenzeugen, ein Geständnis, das sind Beweise. Aber wenn diese Kerls nichts weiter hatten als die Geschichte, die ihnen Floyd Wells aufgebunden hatte, dann

brauchte man sich keine großen Sorgen zu machen. Wenn man sich's genau überlegte, war Floyd halb so gefährlich wie Perry. Wenn Perry durchdrehte und nicht dichthielt, konnte er sie beide an den Galgen bringen. Und plötzlich wurde ihm klar, da es Perry war, den er hätte zum Schweigen bringen sollen. Auf einer Bergstraße in Mexiko. Oder auf dem Weg durch die Mojave-Wüste. Warum war er erst jetzt darauf gekommen? Denn jetzt, jetzt war es viel zu spät.

An jenem Nachmittag, um fünf Minuten nach drei, gab Smith schließlich zu, daß die Geschichte mit Fort Scott erlogen war. »Dick hatte das bloß seinen Eltern erzählt. Um über Nacht wegbleiben zu können. Mal wieder eine Sauftour zu machen. Verstehen Sie, Dicks Vater ließ ihn praktisch nie aus den Augen – hatte Angst, er würde sich nicht an die Entlassungsbedingungen halten. Und so haben wir uns das mit meiner Schwester ausgedacht. Bloß um Mr. Hickock zu beruhigen.« Aber sonst erzählte er immer wieder dieselbe Geschichte, und Duntz und Dewey brachten ihn nicht dazu, davon abzugehen, sooft sie ihn auch widerlegten und der Lüge bezichtigten. Er brachte nur neue Einzelheiten vor. Die Prostituierten hießen, wie er sich heute erinnerte, Mildred und Jane (oder Joan). »Die haben uns ausgenommen«, erinnerte er sich jetzt. »Hauten mit unseren ganzen Piepen ab, als wir noch schliefen.« Und obwohl selbst Duntz inzwischen seine Gelassenheit eingebüßt hatte – mit Jacke und Schlips auch seine rätselhafte, träge Ruhe abgelegt hatte –, wirkte der Verdächtigte ruhig und fast heiter; er gab nicht klein bei. Den Namen Clutter hatte er nie gehört. Holcomb und selbst Garden City waren ihm unbekannt.
In dem verrauchten Zimmer auf der anderen Flurseite, in dem Hickock jetzt zum zweitenmal verhört wurde, wandten Church und Nye eine umständlichere Taktik an. Keiner von ihnen hatte bis jetzt, und immerhin dauerte die Befragung nun schon fast drei Stunden, von Mord gesprochen, und diese Unterlassung versetzte den Gefangenen in eine abwartende, nervöse Gespanntheit. Sie unterhielten sich über alles mögliche: über Hickocks religiöse Ansichten (»Mit der Hölle weiß ich Bescheid. Ich bin selbst schon drin gewesen. Vielleicht gibt's auch einen Himmel. Viele reiche Leute glauben das«), über sein Geschlechtsleben (»Ich war in der Beziehung immer hundertprozentig normal«) und, noch einmal, über seine jüngste rastlose Flucht von einem Staat zum anderen (»Der Grund für das ewige Hin und Her war einfach der, daß wir überall auf der Suche nach einem Job waren.

Konnten nichts anständiges finden. Einen Tag lang war ich Straßenarbeiter, hab einen Graben ausgehoben ...«). Aber ihr Hauptinteresse galt natürlich dem, was sie bewußt aussparten, und diese Taktik war die Ursache für Hickocks steigende Unruhe, davon waren die Kriminalbeamten überzeugt. Jetzt schloß Hickock die Augen und berührte die Lider mit zitternden Fingerspitzen. Und Church fragte: »Haben Sie irgendwas?«

»Kopfschmerzen. Manchmal kaum auszuhalten.«

»Sehen Sie mich an, Dick«, sagte daraufhin Nye. Hickock gehorchte mit einem Ausdruck, als bäte er den Kriminalbeamten, endlich frei weg zu reden, ihn zu beschuldigen und damit dem Gefangenen die Möglichkeit zu geben, seine Zuflucht in striktem Leugnen zu suchen. »Als wir uns gestern darüber unterhielten, sagte ich Ihnen, wie Sie sich erinnern werden, daß die Clutter-Morde ein beinahe vollkommenes Verbrechen wären. Daß die Mörder nur zwei Fehler gemacht haben. Der erste war, daß sie einen Zeugen übersehen hatten. Der zweite – nun ja, ich will es Ihnen zeigen.« Er stand auf. und holte. aus der Ecke einen Karton und eine Aktenmappe, die er zu Beginn des Verhörs dort hingestellt hatte. Aus der Aktenmappe holte er eine große Fotografie hervor. Er legte sie auf, den Tisch und sagte: »Dies ist eine 1:1-Vergrößerung der Fußspuren, die wir in der Nähe von Mr. Clutters Leiche gefunden haben. Und hier –« er öffnete den Karton – »sind die Stiefel, von denen sie stammen. Ihre Stiefel, Dick.« Hickock warf einen Blick darauf und sah dann weg. Er stützte die Ellbogen auf die Knie und barg seinen Kopf in den Händen. »Smith«, sagte Nye, »war sogar noch unvorsichtiger. Wir haben auch seine Stiefel, die genau mit einem anderen Paar Spuren zusammenpassen. Blutspuren.«

Church schaltete sich ein. »Und jetzt hören Sie, Hickock, was weiter mit Ihnen geschehen wird: Man wird Sie nach Kansas bringen. Sie werden in vier Punkten des Mordes angeklagt werden. Punkt eins: Am oder in der Nacht zum 15. November 1959 hat ein gewisser Richard Eugene Hickock gegen das Gesetz verstoßen und vorsätzlich, bei voller Zurechnungsfähigkeit und in verbrecherischer Absicht Herbert W. Clutter getötet. Punkt zwei: Am oder in der Nacht zum 15. November 1959 hat der genannte Richard Eugene Hickock vorsätzlich –«

Hickock sagte: »Perry Smith hat die Clutters ermordet.« Er hob den Kopf und richtete sich langsam im Stuhl auf wie ein Boxer, der vom Boden hochtaumelt. »Perry war es. Ich konnte ihn nicht dran hindern. Er hat sie alle umgebracht.«

Die Postmeisterin Clare, die eine Kaffeepause in Hartman's Café eingelegt hatte, beschwerte sich darüber, daß das Radio zu leise sei. »Dreh es lauter«, verlangte sie.

Der Apparat war auf Garden Citys Radiostation KIUL eingestellt. Sie hörte die Worte: »... nachdem er sein dramatisches Geständnis herausgeschluchzt hatte, wurde Hickock aus dem Vernehmungszimmer geführt und brach auf dem Korridor ohnmächtig zusammen. K.B.I.-Agenten fingen ihn auf, als er zu Boden stürzte. Nach Aussage der Beamten hatte Hickock zugegeben, mit Smith in das Clutter-Haus eingebrochen zu sein, weil sie dort einen Safe mit mindestens zehntausend Dollar vermuteten. Aber es gab keinen Safe, und so fesselten sie die Mitglieder der Familie und erschossen sie, einen nach dem anderen. Smith hat bis jetzt weder zugegeben noch geleugnet, an dem Verbrechen beteiligt gewesen zu sein. Als man ihm sagte, Hickock hätte sein Geständnis unterschrieben, sagte Smith: »Ich möchte die Aussage meines Freundes sehen.« Das wurde jedoch abgelehnt. Die Beamten schweigen vorläufig noch darüber, ob Hickock oder Smith der eigentliche Mörder war. Sie betonten, daß die Aussage lediglich Hickocks Version darstelle. Die Beamten des K.B.I., die die beiden nach Kansas zurückbringen, haben bereits Las Vegas per Auto verlassen. Sie werden voraussichtlich Mittwoch am Spätnachmittag in Garden City eintreffen. Inzwischen hat der County attorney Duane West ...«

»Einen nach dem andern«, sagte Mrs. Hartman. »Ist das die Möglichkeit. Kein Wunder, daß der Halunke ohnmächtig zusammenbrach.«

Die anderen im Café – Mrs. Clare, Mabel Helm und ein stämmiger junger Farmer, der hereingekommen war, um eine Tafel Brown's-Mule-Kautabak zu kaufen – unterhielten sich mit unterdrückter Stimme. Mrs. Helm fuhr sich mit einer Papierserviette über die Augen. »Nein«, sagte sie, »ich will das nicht hören. Ich darf nicht. Ich will nicht.«

»... die Nachricht von dem entscheidenden Erfolg der Untersuchungskommission hat in Holcomb, in dessen unmittelbarer Nähe die Clutter-Farm liegt, keine starke Reaktion ausgelöst – die Einwohner dieser Gemeinde von zweihundertsiebzig Seelen haben im allgemeinen ihrer Erleichterung Ausdruck gegeben ...«

»Erleichterung!« brummte der Farmer. »Gestern abend, als wir's im Fernsehen gehört hatten, wissen Sie, was meine Frau da gemacht hat? Hat geheult wie ein Schloßhund.«

»Pst«, sagte Mrs. Clare. »Jetzt komm ich.«

»... und Mrs. Myrtle Clare, die Postmeisterin von Holcomb, sagte, die Einwohner seien froh, daß der Fall aufgeklärt wäre, aber manche glaubten auch jetzt noch, daß noch andere Personen in den Fall verwickelt sein könnten. Sie sagte, viele hielten ihre Türen weiterhin verschlossen und ihre Gewehre griffbereit ...«

Mrs. Hartman lachte. »Oh, *Myrt!*« sagte sie. »Wem hast du denn das erzählt?«

»Einem Reporter vom *Telegram.*«

Die Männer ihrer Bekanntschaft, oder doch viele von ihnen, behandelten Mrs. Clare wie einen ihresgleichen. Der Farmer schlug ihr auf den Rücken und sagte: »Du lieber Gott, Myrt. Mann, so was! Sie glauben doch wohl nicht noch immer, daß einer von uns – irgend jemand hier in der Gegend – etwas mit der Sache zu tun hatte?« Aber das war es natürlich, was Mrs. Clare glaubte, und obwohl sie gewöhnlich mit ihren Ansichten ziemlich allein dastand, hatte sie diesmal doch viele auf ihrer Seite. Die Mehrzahl der Einwohner von Holcomb, die sieben Wochen lang in der ungesunden Atmosphäre wilder Gerüchte gelebt, sich gegenseitig mißtraut und verdächtigt hatten, schienen fast enttäuscht, als sie hörten, daß der Mörder nicht einer von ihnen gewesen war. Tatsächlich weigerte sich eine beträchtliche Partei, die Tatsache hinzunehmen, daß zwei Unbekannte, zwei auf Raub ausgehende Fremde allein für die Tat verantwortlich sein sollten. Und so meinte Mrs. Clare auch jetzt: »Mag sein, vielleicht haben sie es gemacht, diese Burschen. Aber es steckt noch mehr dahinter. Warten wir ab. Eines Tages werden sie der Sache auf den Grund kommen, und dann werden sie auch den finden, der dahintersteckt. Den, der Clutter aus dem Weg haben wollte. Den *Kopf.*«

Mrs. Hartman seufzte. Sie hoffte, Myrt hätte unrecht. Und Mrs. Helm sagte: »Ich hoffe bloß, sie halten die beiden fest hinter Schloß und Riegel. Mir wird ganz übel, wenn ich denke, daß die hier in unserer Nähe sind.«

»Oh, ich glaube, deswegen brauchen Sie sich keine Gedanken zu machen, Madam«, sagte der junge Farmer. »Die beiden haben jetzt mehr Angst vor uns als wir vor ihnen.«

Zwei Wagen jagen mit hoher Geschwindigkeit hintereinander auf der Überlandstraße durch Arizona, durch eine Landschaft, die von Artanisiastauden beherrscht wird – das flache Land der Falken und Klapperschlangen und der hohen, rötlich aufragenden Felsen. Dewey fährt den vorderen Wagen, Perry Smith sitzt neben ihm, und Duntz sitzt auf dem Rücksitz. Smith ist mit Handschellen gefesselt, die mit einer kurzen Kette an einem Sicherheitsgurt befestigt sind. Er ist dadurch fast bewegungsunfähig, kann nur mit fremder Hilfe rauchen. Wenn er eine Zigarette will, muß Dewey sie für ihn anzünden und sie ihm zwischen die Lippen stecken, eine Aufgabe, die der Kriminalbeamte »widerlich« findet, ist das doch im Grunde eine sehr intime Geste Er hatte das zuletzt mit seiner Frau gemacht, als er um sie warb.

Im großen und ganzen ignoriert der Gefangene seine Bewacher und ihre gelegentlichen Versuche, ihn damit zu reizen, daß sie Teile von Hickocks stundenlangem, auf Band genommenem Geständnis rekapitulieren: »Er sagt, er hätte versucht, Sie zu hindern, Perry. Aber er hatte es nicht gekonnt. Sagt, er hätte Angst gehabt, Sie würden ihn auch erschießen.« Und: »Ja, Sir, Perry. Das geht alles auf Ihre Kappe. Hickock selbst, er sagt, er könne nicht mal einem Hundefloh was antun.«

Aber das alles hat keine Wirkung auf Smith. Jedenfalls läßt er es sich nicht anmerken. Er sieht weiter hinaus in die Landschaft, liest die trivialen Werbesprüche von Burma-Shave und zählt die Kadaver der erschossenen Präriewölfe, die die Zäune der Ranches schmücken.

Ohne eine ungewöhnliche Reaktion zu erwarten, sagt Dewey: »Hickock erzählt, Sie seien ein geborener Mörder. Sagt, Ihnen mache so was überhaupt nichts aus. Eines Tages hätten Sie in Las Vegas draußen einen Neger mit einer Fahrradkette totgeschlagen. Nur so zum Spaß.«

Zu Deweys Überraschung stöhnt der Gefangene auf. Er dreht den Kopf nach hinten, bis er durch das Rückfenster den zweiten Wagen der Kolonne sehen, in ihn hineinsehen kann.

»Der harte Bursche!« Er wendet sich wieder nach vorn, sieht auf den dunklen Streifen der Wüstenstraße. »Ich dachte, das Ganze wäre Bluff. Ich hab Ihnen nicht geglaubt. Daß Dick nicht dichtgehalten hat. Der harte Bursche! Oh, direkt gußeisern. Könnte nicht mal 'nem Hundefloh was antun. Bloß den Hund überfahren.« Er spuckt aus. »Ich habe nie irgend 'nen Nigger umgebracht.« Duntz weiß, daß das stimmt. Er hat die Akten mit unaufgeklärten Mordfällen in Las Vegas eingesehen und festgestellt, daß Smith eine solche Tat nicht begangen hat. »Ich habe nie irgendwelche Nigger umgebracht. Aber er glaubte das. Ich wußte immer, wenn wir jemals geschnappt würden, wenn Dick je wirklich auspacken – seinen ganzen Mumm über den Boden hinkotzen würde, dann, das wußte ich, würde er die Sache mit dein Nigger erzählen.«

Wieder spuckt er aus. »Dick hat also Angst vor mir gehabt? Das ist ja lustig. Sehr lustig. Aber eins weiß er nicht – daß ich ihn tatsächlich, fast niedergeknallt hätte.«

Dewey zündet zwei Zigaretten an, eine für sich selbst, die andere für den Gefangenen. »Erzählen Sie uns das, Perry.«

Smith raucht mit geschlossenen Augen und erklärt: »Ich denke nach. Ich versuche mich zu erinnern, wie die Sache genau gewesen ist.« Er schweigt eine ganze Weile. »Also mit dem Brief fing das alles an. Mit dem Brief, den ich in Buhl, Idaho, bekam. Das war im September oder Oktober. Der Brief war von Dick, und er schrieb, er hätte was vor, ein ganz dickes Ding. Die ideale Masche. Ich habe ihm nicht geantwortet, aber dann schrieb er noch einmal und drängte mich, nach Kansas zurückzukommen und mitzumachen. Worum es sich genau handelte, hatte er mir nicht gesagt. Nur daß es eine ›todsichere Sache‹ wäre. Nun hatte ich noch einen anderen Grund, weshalb ich um die Zeit herum in Kansas sein wollte. Eine persönliche Sache, die ich ebensogut für mich behalten kann – es hat jedenfalls nichts mit dieser Geschichte zu tun. Nur, daß ich sonst nicht noch einmal nach Kansas gefahren wäre. Aber ich tat es. Und Dick holte mich in Kansas City, am Bus-Bahnhof ab. Wir fuhren zur Farm seiner Eltern. Aber die wollten mich da nicht haben. Ich bin ziemlich empfindlich; ich weiß im allgemeinen, was die Leute denken. Wie zum Beispiel Sie.« Er meinte Dewey, aber sieht ihn nicht an. »Ihnen ist das zuwider, mir eine Zigarette zu geben. Das ist Ihre Sache. Ich nehme Ihnen das nicht übel. Ebenso wie ich es Dicks Mutter nicht übelnehme. Sie ist im Grunde sehr nett. Aber sie wußte eben, wer ich war – ein Freund von Lansing her –, und sie wollte mich nicht bei sich im Haus haben. Du liebe Zeit, ich war froh, da weg und in ein Hotel zu kommen. Dick brachte mich zu einem Hotel in Olathe. Wir besorgten uns ein paar Flaschen Bier und nahmen sie mit aufs Zimmer, und da erklärte mir Dick, was er vorhatte. Er sagte, nach meiner Entlassung wäre er in Lansing mit einem in der Zelle zusammen gewesen, der früher mal bei einem reichen Weizenfarmer in West-Kansas gearbeitet hatte. Mr. Clutter. Dick zeichnete mir das Haus auf. Er wußte genau Bescheid – kannte die Lage der Türen, Korridore und Schlafzimmer. Er sagte, eins von den Zimmern im Parterre würde als Büro benutzt, und in dem Büro wäre ein Safe – ein eingebauter Safe. Er sagte, Mr. Clutter brauchte ihn, weil er immer große Geldbeträge im Haus hätte. Nie weniger als zehntausend Dollar. Der Plan war, den Safe auszurauben, und wenn uns jemand dabei entdeckte – na ja, wer immer uns entdeckte, müßte dran glauben. ›Keine Zeugen‹ – das hat Dick millionenmal gesagt.«

Dewey sagt: »Wie viele solcher Zeugen, meinte er, wären da zu vermuten? Ich meine, wie viele Leute glaubte er in dem Clutter-Haus vorzufinden?«

»Das wollte ich auch wissen. Aber er war sich nicht sicher. Mindestens vier. Wahrscheinlich sechs. Vielleicht hätte die Familie auch Gäste. Er meinte, wir sollten uns am besten auf ein Dutzend gefaßt machen.«

Dewey stöhnt auf. Duntz pfeift durch die Zähne, und Smith fährt mit einem gezwungenen Lächeln fort: »Mir ging es auch so. Schien mir ein bißchen viel. Zwölf Leute. Aber Dick sagte, das wäre eine Kleinigkeit. Er sagte: ›Wir gehn da rein und bekleistern die Wände mit Grütze.‹ In der Stimmung, in der ich war, ließ ich mich mitziehen. Aber ich hatte auch Vertrauen in Dick, muß ich zugeben; er kam mir so verdammt praktisch vor und so männlich, und ich brauchte das Geld genauso dringend wie er. Ich wollte das Geld und dann damit nach Mexiko. Aber ich hoffte, wir brauchten keine Gewalt anzuwenden. Deshalb schlug ich vor, wir sollten uns maskieren. Wir haben darüber gestritten. Auf dem Weg nach da draußen, nach Holcomb, wollte ich anhalten und schwarze Seidenstrümpfe kaufen, die wir über den Kopf ziehen könnten. Aber Dick meinte, man würde ihn selbst mit dem Strumpf erkennen. Wegen seines Auges. Jedenfalls, als wir nach Emporia kamen –«

Duntz sagt: »Moment, Perry. Das geht alles ein bißchen schnell. Noch mal zurück nach Olathe. Um welche Zeit sind Sie da weggefahren?«

»Um eins. Ein Uhr dreißig. Wir fuhren gleich nach dem Mittagessen los und dann nach Emporia. Wo wir Gummihandschuhe kauften und ein Seil. Das Messer, das Gewehr und die Patronen – das hatte Dick alles von zu Hause mitgebracht. Aber nach schwarzen Strümpfen wollte er sich nicht umtun. Wir wurden uns darüber nicht einig. Irgendwo am Stadtrand von Emporia kamen wir an einem katholischen Krankenhaus vorbei, und ich überredete ihn, zu halten und hineinzugehen und zu schaun, ob er den Nonnen da drin ein paar schwarze Strümpfe abkaufen könnte. Ich wußte, daß Nonnen schwarze Strümpfe tragen. Aber er hat bloß so getan. Kam zurück und sagte, sie wollten ihm keine verkaufen. Mir war klar, daß er überhaupt nicht gefragt hatte, und das gab er dann auch zu; er sagte, es wäre eine Schnapsidee – die Nonnen hätten bestimmt geglaubt, er sei verrückt. Und so fuhren wir weiter und hielten erst wieder in Great Bend. Da kauften wir das Leukoplast. Haben da auch zu Abend gegessen. Viel gegessen, so daß ich schläfrig wurde. Als ich aufwachte, kamen wir grade nach Garden City. Alles tot und dunkel. Wir fuhren zu einer Tankstelle –« Dewey fragt, ob er sich erinnert, was für eine es war.

»Glaube, es war eine Philipps 66.«

»Und wann war das?«

»Um Mitternacht. Dick sagte, es wären noch elf Kilometer bis Holcomb. Den Rest des Weges murmelte er dauernd vor sich hin, sagte, hier müßte das sein, und da müßte jetzt das sein – genau nach den Anweisungen, die er auswendig gelernt hatte. Ich merkte kaum, daß wir durch Holcomb kamen, es war ein ganz kleiner Ort. Wir fuhren über Eisenbahngleise. Plötzlich sagte Dick: ›Das ist es, das muß es sein.‹ Es war die Einfahrt zu einem mit Bäumen bestandenen Privatweg. Wir fuhren langsam und schalteten die Lichter aus. Brauchten sie auch nicht. Der Mond war hell genug. Keine Wolke am Himmel. Nur der Vollmond. Es war wie am hellichten Tag, und als wir die Auffahrt entlangfuhren, sagte Dick: ›Guck dir das an! Die Scheunen! Das Haus! Der Bursche hat Geld, kannst dich drauf verlassen.‹ Aber mir gefiel es da nicht. Die Atmosphäre, meine ich. Es war ein bißchen zu eindrucksvoll. Wir parkten den Wagen im Schatten unter den Bäumen. Als wir da saßen, ging plötzlich ein Licht an – nicht im Haupthaus, sondern in einem Haus ungefähr hundert Meter links; Dick sagte, das wäre das Haus des Lohnarbeiters; er wußte das von der Skizze her. Aber er sagte, es wäre verdammt viel näher beim Haus der Clutters, als er gedacht hätte. Und dann ging das Licht aus. Sie haben doch von einem Zeugen gesprochen, Mr. Dewey. Meinen Sie den, den Lohnarbeiter?«

»Nein. Der hat überhaupt nichts gehört. Aber seine Frau war auf und kümmerte sich um das kranke Baby. Er sagte, sie wären die ganze Nacht auf den Beinen gewesen.«

»Hm, das Baby war krank. Ich hatte mir schon sonst was gedacht. Während wir da im Wagen saßen, passierte es nämlich noch mal – ein Licht flammte auf und erlosch wieder. Und da kriegte ich es mit der Angst. Ich sagte zu Dick, ich würde nicht mitmachen. Wenn er an dem Plan festhielte, dann sollte er es allein machen. Er ließ den Motor an, und wir fuhren langsam zurück. Gott sei Dank, dachte ich. Ich habe mich immer auf meine Vorahnungen verlassen können; sie haben mir mehr als einmal das Leben gerettet. Aber auf der Hälfte des Weges hielt Dick wieder an. Er hatte eine Mordswut. Ich sah, wie es hinter seiner Stirn arbeitete: Jetzt bin ich endlich soweit mit diesem ganz großen Ding, wir sind den ganzen Weg bis hierher gefahren, und jetzt haut dieser Scheißkerl in 'n Sack. Er sagte: ›Du denkst vielleicht, ich hab nicht den Mumm dazu. Denkst, ich schaff das nicht alleine. Aber ich werde es dir schon zeigen, bei Gott.‹ Wir hatten was Alkoholisches bei uns und tranken beide einen. Und dann sagte ich: ›O. K., Dick. Ich bin dabei.‹ Und so fuhren wir zurück. Parkten an derselben Stelle wie vorher. Im Schatten eines Baumes. Dick zog die Handschuhe an; ich hatte meine schon angezogen. Er hatte das Messer bei sich und eine Taschenlampe. Ich hatte das Gewehr. Das Haus sah im Mondlicht gewaltig aus. Als wäre es leer. Ich weiß noch, ich hoffte, daß keiner daheim wäre –«

Dewey sagt: »Aber Sie haben den Hund doch gesehen?«

»Nein.«

»Die Familie hatte einen alten, gewehrscheuen Hund. Wir haben nie begriffen, warum der nicht bellte. Es sei denn, er hatte das Gewehr gesehen und war abgehauen ...«

»Ich habe jedenfalls nichts und niemanden gesehen. Deswegen habe ich das ja auch nicht geglaubt. Das mit dem Augenzeugen.«

»Nicht *Augenzeuge.* Zeuge. Jemand, dessen Aussage Sie und Hickock mit diesem Verbrechen in Zusammenhang bringt.«

»Oh. Aha, ja, ja. Aha. Der. Und Dick hatte immer gesagt, der hätte Schiß. Ha!«

Duntz, der sich nicht auf Abschweifungen einlassen will, erinnert ihn: »Hickock hatte das Messer. Sie hatten das Gewehr. Wie sind Sie ins Haus reingekommen?«

»Die Tür war nicht verschlossen. Eine Seitentür. Sie führte in Mr. Clutters Büro. Wir blieben im Dunkeln stehn. Horchten. Aber wir hörten nur den Wind. Es war ein bißchen windig draußen, die Bäume bewegten sich, und man hörte die Blätter rascheln. Vor dem Fenster war eine Jalousie, durch die aber etwas von dem Mondlicht hereinkam. Ich schloß die Jalousie, und Dick knipste die Taschenlampe an. Wir sahen den Schreibtisch. Der Safe sollte in der Wand direkt hinter dem Schreibtisch sein, aber wir konnten ihn nicht finden. Die Wand war getäfelt, es waren Bücher da und gerahmte Landkarten, und auf einem Bord sah ich ein enormes Fernglas. Das wollte ich mitnehmen, wenn wir wieder gingen.«

»Und Sie haben es dann auch mitgenommen?« fragt Dewey, denn das Fernglas war nicht vermißt worden.
Smith nickt. »Wir verkauften es in Mexiko.«
»Verzeihung. Erzählen Sie weiter.«
»Wir hatten den Safe also nicht gefunden, Dick knipste die Taschenlampe aus, und wir schlichen uns aus dem Büro und durch einen Salon, ein Wohnzimmer. Dick flüsterte mir zu, ich sollte gefälligst leiser gehen. Aber er war auch nicht leiser. Bei jedem Schritt, den wir taten, gab es einen fürchterlichen Lärm. Wir kamen zu einem Flur und einer Tür, und Dick sagte, das müßte nach der Skizze ein Schlafzimmer sein. Er ließ die Taschenlampe wieder aufleuchten und öffnete die Tür. Wir hörten die Stimme eines Mannes. ›Liebling?‹ sagte. er. Er hatte geschlafen, und er blinzelte in das Licht und sagte: ›Liebling, bist du's?‹ Dick fragte ihn: ›Sind Sie Mr. Clutter?‹ Er war sofort hellwach, setzte sich hoch und fragte: ›Wer sind Sie? Was wollen Sie hier?‹ Sehr höflich, als wären wir Leute, die etwas an der Tür verkaufen wollten, sagte Dick: ›Wir würden gern mit Ihnen sprechen, Sir. In Ihrem Büro, bitte.‹ Und Mr. Clutter ging mit uns ins Büro, er war barfuß und hatte nur einen Pyjama an. Wir knipsten das Licht im Büro an.
Er hatte uns bis jetzt noch nicht deutlich sehen können. Ich glaube, es war ein ziemlicher Schock für ihn, als er uns jetzt im vollen Licht sah. Und Dick sagt: ›Wir wollen weiter nichts von Ihnen, Sir. Bitte, zeigen Sie uns nur den Safe.‹ Aber Mr. Clutter sagt: ›Was für einen Safe?‹ Er sagt, er hat keinen Safe, und ich wußte sofort, daß das stimmte. Man sah ihm das am Gesicht an. Man wußte sofort, daß er einem immer nur die Wahrheit sagen würde. Aber Dick schrie ihn an: ›Lügen Sie doch nicht, Sie Hund! Ich weiß verdammt genau, daß Sie einen Safe haben!‹ Ich hatte das Gefühl, daß noch nie einer so mit Mr. Clutter geredet hätte. Aber er sah Dick offen in die Augen und sagte ziemlich freundlich zu ihm – sagte, es täte ihm leid, aber er hätte wirklich keinen Safe. Dick setzte ihm das Messer auf die Brust, sagte: ›Zeigen Sie uns gefälligst, wo der Safe ist, oder es wird Ihnen noch viel mehr leid tun.‹ Aber Mr. Clutter – o ja, man sah ihm schon an, daß er Angst hatte, aber er blieb freundlich und sprach mit ruhiger Stimme – blieb dabei und sagte, er hätte keinen Safe.
Ich kümmerte mich inzwischen um das Telefon, um das im Büro. Ich riß das Kabel raus. Und ich fragte Mr. Clutter, ob noch mehr Telefone im Haus seien. Er sagte ja, in der Küche wäre noch eins, und so nahm ich die

Taschenlampe und ging zur Küche – sie war ziemlich weit weg vom Büro. Ich fand das Telefon, nahm den Hörer ab und schnitt die Leitung mit einer Drahtzange durch. Als ich zurückgehn wollte, hörte ich ein Geräusch. Ein Knarren einen Stock höher. Ich blieb unten an der Treppe zum ersten Stock stehen. Es war dunkel, und ich wagte nicht, die Taschenlampe anzumachen. Aber ich wußte, daß irgend jemand da oben war. Oben an der Treppe sah ich die Silhouette gegen das Fenster. Aber dann verschwand die Gestalt wieder.«

Dewey vermutet, daß es Nancy gewesen sein muß. Er hatte sich oft darüber Gedanken gemacht, daß sich in einem von Nancys Schuhen im Schrank versteckt ihre goldene Armbanduhr gefunden hatte, und daraus geschlossen, daß Nancy aufgewacht war,. Geräusche im Haus gehört und angenommen hatte, es seien Diebe, und deshalb wohlüberlegt *die Uhr,* ihren wertvollsten Besitz, versteckt hatte.

»Ich dachte, es könnte vielleicht jemand gewesen sein, der eine Waffe bei sich hätte. Aber Dick ging darauf gar nicht ein. Er war voll damit beschäftigt, den harten Mann zu markieren und mit Mr. Clutter umzuspringen, als wäre er der Boss. Er hatte ihn inzwischen wieder zum Schlafzimmer zurückgebracht und war dabei, das Geld in Mr. Clutters Brieftasche zu zählen. Das waren an die dreißig Dollar. Er warf die Brieftasche aufs Bett und sagte zu ihm: ›Sie haben mehr *Geld* in diesem Haus als das. Ein reicher Mann wie Sie. Besitzer von so viel Land.‹ Mr. Clutter sagte, das wäre alles, was er an Bargeld bei sich hätte, und erklärte, daß er immer nur mit Schecks zahlte. Er erbot sich, uns einen Scheck auszuschreiben. Aber Dick geriet bloß in Wut – ›Wofür halten Sie uns eigentlich, für Idioten?‹ – Und ich dachte schon, Dick wollte ihn zusammenschlagen, und so sagte ich: ›Dick. Hör zu. Oben im Haus ist jemand wach.‹ Mr. Clutter sagte zu uns, oben wären nur seine Frau, sein Sohn und eine Tochter. Dick wollte wissen, ob seine Frau Geld hätte, und Mr. Clutter sagte, wenn sie welches hätte, dann könnten das höchstens ein paar Dollar sein, und er bat uns ziemlich niedergeschlagen und verzweifelt, wir möchten sie doch bitte in Ruhe lassen, sie sei nicht gesund, sei schon lange Zeit sehr krank. Aber Dick bestand darauf, nach oben zu gehen. Mr. Clutter mußte uns führen.

Mr. Clutter machte unten an der Treppe das Licht an, das die Diele oben erleuchtete, und während wir hinaufgingen, sagte er: ›Ich weiß nicht, warum ihr Jungs das alles macht. Ich habe euch doch nichts getan. Ich kenne euch überhaupt nicht.‹ Und da sagte Dick zu ihm: ›Halten Sie gefälligst den Mund! Wir werden Ihnen schon sagen, wann Sie zu reden haben.‹ Oben im Flur war niemand, und alle Türen waren zu. Mr. Clutter zeigte uns die Zimmer, in denen der Junge und das Mädchen vermutlich schliefen, dann öffnete er die Tür zum Zimmer seiner Frau. Er machte die Nachttischlampe an und sagte zu ihr: ›Es ist alles in Ordnung, Liebling. Du brauchst keine Angst zu haben. Diese Leute wollen nur etwas Geld.‹ Sie war eine dünne, zarte Person, hatte ein langes, weißes Nachthemd an. Als sie die Augen aufmachte, fing sie sofort an zu weinen. Sie sagt zu ihrem Mann: ›Liebling, ich habe kein Geld.‹ Er nahm ihre Hand und streichelte sie. Er sagte: ›Bitte, nicht weinen, Liebling. Du brauchst wirklich keine Angst zu haben. Ich habe den beiden schon alles Geld gegeben, das ich habe, aber sie wollen noch etwas mehr. Sie glauben, wir hätten irgendwo im Haus einen Safe. Ich habe ihnen gesagt, daß wir keinen haben.‹ Dick hob die Hand, als wollte er ihn ins Gesicht schlagen. Sagte: ›Hab ich Ihnen nicht gesagt, Sie sollen den Mund halten?‹ Mrs. Clutter sagte: ›Aber es ist die reinste Wahrheit, was mein Mann Ihnen gesagt hat. Wir haben keinen Safe.‹ Und Dick fährt sie an: ›Ich weiß ganz genau, daß Sie einen Safe haben. Und Sie können sich darauf verlassen, ich werde ihn auch finden, bevor ich dies Haus verlasse. Keine Sorge.‹ Und dann fragte er sie, wo sie ihr Portemonnaie hätte. Das Portemonnaie war in einer Schreibtischschublade. Dick kippte es aus und durchsuchte es. Fand bloß ein bißchen Kleingeld und einen oder zwei Dollar. Ich machte ihm ein Zeichen, mit mir auf den Flur zu kommen. Ich wollte mit ihm über die Situation reden. Und so gingen wir raus, und ich sagte –«

Duntz unterbricht ihn und fragt, ob Mr. und Mrs. Clutter mithören konnten, was sie miteinander beredeten.

»Nein, wir standen direkt neben der Tür, von wo aus wir sie beobachten konnten. Aber wir sprachen ganz leise. Ich sagte zu Dick: ›Diese Leute sagen die Wahrheit. Und wenn einer gelogen hat, dann war es dein Freund Floyd Wells. Hier gibt's keinen Safe, also laß uns schleunigst abhauen.‹ Aber Dick hatte nicht den Mut, sich das einzugestehen. Er wollte sich nicht damit abfinden. Er sagte, er würde das nicht glauben, bis wir das ganze Haus durchsucht hätten. Und dazu, sagte er, müßten wir sie fesseln, damit wir uns ungestört umsehen könnten. Ich kam nicht gegen ihn an, er war viel zu aufgeregt. Daß diese Leute ihm auf Gnade und Ungnade ausgeliefert waren – das reizte ihn, das war ein Triumph, der ihn wild machte. Neben Mrs. Clutters Zimmer war ein Bad. Dort wollten wir die Eltern einsperren und dann die Kinder wecken und auch dort hinbringen, und dann wollten wir sie einen nach dem anderen wieder herausholen und in verschiedenen Teilen des Hauses fesseln. Und dann, sagt Dick, wenn wir den Safe gefunden haben, dann schneiden wir ihnen die Kehle durch. Können sie nicht abknallen, sagt er – das macht zu viel Krach.«

Perry runzelt die Stirn, reibt sich die Knie mit den gefesselten Händen. »Lassen Sie mich einen Moment überlegen. Denn von jetzt an wird die Sache etwas kompliziert. Ach ja, ich weiß schon. Ja, so war es. Ich nahm einen Stuhl aus der Diele und stellte ihn ins Badezimmer, damit sich Mrs. Clutter setzen konnte. Sie war ja, wie gesagt, krank. Als wir sie einschlossen, weinte Mrs. Clutter und sagte: ›Bitte, tun Sie uns nichts. Bitte, tun Sie den Kindern nichts.‹ Und ihr Mann nahm sie in die Arme und sagte irgendwas, wie: ›Diese jungen Männer wollen uns ja gar nichts tun, Liebling. Sie wollen nur etwas Geld.‹

Wir gingen zum Zimmer des Jungen. Er war wach. Er lag regungslos auf seinem Bett, als könnte er sich vor Angst nicht bewegen. Dick sagte zu ihm, er sollte aufstehen, aber er rührte sich nicht oder doch nicht schnell genug, und so schlug Dick ihn und zerrte ihn aus dem Bett, und ich sagte: ›Aber du brauchst ihn doch nicht zu schlagen, Dick.‹ Und zu dem Jungen sagte ich – er trug nur ein Unterhemd –, er sollte seine Hose anziehen. Er zog Bluejeans an, und gerade als wir ihn im Badezimmer eingesperrt hatten, erschien das Mädchen – kam aus ihrem Zimmer. Sie war völlig angezogen, als wäre sie schon eine Weile wach gewesen. Ich meine, Socken hatte sie an und Hausschuhe und einen Kimono, und ihr Haar war in ein Kopftuch eingebunden. Sie versuchte zu lächeln. Sie sagte: ›Meine Güte, was ist denn hier los? Soll das ein Ulk sein?‹ Ich glaube nicht, daß sie es in Wirklichkeit sehr ulkig fand. Jedenfalls nicht, nachdem Dick die Tür zum Badezimmer geöffnet und sie hineingeschoben hatte...«

Dewey sieht sie vor sich: die gefangene Familie, bleich und zu Tode erschreckt, aber ohne eine Ahnung von dem, was ihnen bevorstand. Herb *konnte* es einfach nicht geahnt haben, er hätte sonst gekämpft. Er war ein friedfertiger Mensch, aber kräftig und kein Feigling. Herb; dessen war sein Freund Alvin Dewey gewiß, hätte bis zum Letzten gekämpft, um Bonnie und seine Kinder vor dem Tod zu bewahren.

»Dick stand vor dem Badezimmer Wache, während ich das Haus auskundschaftete. Ich durchsuchte zuerst das Zimmer des Mädchens und fand eine kleine Geldbörse – wie von einer Puppe. Und darin einen Silberdollar. Der fiel mir irgendwie hin und rollte über den Fußboden. Rollte unter einen Stuhl. Ich mußte mich niederknien. Und in diesem Moment war es, als stünde ich neben mir und sähe mir selbst zu. Als sähe ich mich selbst in irgendeinem verrückten Film. Mir wurde ganz übel. Es kotzte mich an. Dick und all seine Rederei von dem Safe eines reichen Mannes, und hier lag ich auf dem Bauch, um einem Kind einen Silberdollar zu stehlen. Einen Dollar. Und ich krieche da herum, um ihn zu finden.«

Perry reibt sich die Knie, bittet um ein Aspirin, bedankt sich bei Duntz, als der ihm eine Tablette gibt, zerkaut sie und erzählt weiter. »Aber so ist das eben. Man nimmt, was man kriegen kann. Und dann machte ich mich über das Zimmer des Jungen her. Keinen Cent. Aber da war ein kleines Kofferradio, und das wollte ich mitnehmen. Da fiel mir auch wieder das Fernglas ein, das ich in Mr. Clutters Büro gesehen hatte. Ich ging nach unten, um es mir zu holen. Ich brachte das Fernglas und das Radio nach draußen zum Wagen. Es war kalt, und der kalte Wind tat mir gut. Es war durch den Mond so hell, daß man kilometerweit sehen konnte. Und ich dachte: Warum haust du hier nicht ab? Zur Landstraße war es nicht weit, und da würde mich schon einer mitnehmen. Ich wollte wahrhaftigen Gotts nicht zurück in das Haus. Und doch – wie soll ich das erklären? Es war so, als wäre ich selbst überhaupt nicht beteiligt. Als wäre das Ganze eine Story, die ich las. Und wie bei einer Story mußte ich eben wissen, wie es weiterging. Wie es ausging. Und so ging ich wieder ins Haus und die Treppe rauf. Und dann, warten Sie – ach ja, dann fesselten wir sie. Als ersten Mr. Clutter. Wir holten ihn aus dem Badezimmer, und ich band ihm die Hände zusammen. Und dann ließ ich ihn vor mir die Treppe runtergehen und bis in den Keller.« Dewey sagt: »Allein und ohne Waffe?«

»Ich hatte das Messer.«

Dewey sagt: »Und Hickock blieb oben, als Wache?«

»Damit sie still waren. Außerdem brauchte ich auch keine Hilfe. Ich bin mein Leben lang mit Seilen und Stricken umgegangen.«

Dewey sagt: »Leuchteten Sie mit der Taschenlampe, oder haben Sie im Keller Licht gemacht?«

»Hab Licht gemacht. Der Keller war in zwei Räume aufgeteilt. Der eine schien so eine Art Spielzimmer zu sein. Ich brachte ihn in den anderen Raum, in den Heizungskeller. Da stand ein großer Pappkarton an der Wand. Ein Karton für eine Matratze. Na ja, es ging mir irgendwie gegen den Strich, zu verlangen, daß er sich da so auf den kalten Fußboden legen sollte. Und so nahm ich den Karton, drückte ihn zusammen und sagte zu Clutter, er sollte sich drauflegen.«

Der Fahrer wirft seinem Kollegen im Rückspiegel einen Blick zu, und Duntz nickt, wie um seine Hochachtung auszudrücken. Immer hatte Dewey behauptet, der Karton sei dort hingelegt worden, um es Mr. Clutter bequem zu machen, und daraus und aus einigen ähnlichen Hinweisen, anderen bruchstückhaften Anzeichen eines paradoxen, unberechenbaren Mitleids geschlossen, daß zumindest einer der Mörder nicht ganz ohne Erbarmen war.

»Ich band seine Füße zusammen und fesselte dann seine Hände an die Füße. Ich fragte ihn, ob es zu fest wäre, und er sagte nein, aber wir möchten doch bitte seine Frau in Ruhe lassen. Es wäre nicht nötig, sie zu fesseln – sie würde bestimmt nicht schreien und auch nicht versuchen, aus dem Haus zu laufen. Er sagte, sie wäre schon seit Jahren krank und wäre jetzt grade ein wenig auf dem Weg der Besserung und würde bestimmt einen Rückschlag haben, wenn sie so etwas erlebte. Ich weiß, daß das nicht zum Lachen ist, aber ich konnte einfach nicht anders, als ich ihn so über einen ›Rückschlag‹ reden hörte.

Und dann brachte ich den Jungen nach unten, zuerst in den Raum zu seinem Vater. Band ihn mit den Händen an ein Dampfventil oben am Kessel. Und dann dachte ich, das wäre vielleicht nicht sicher genug. Er könnte sich vielleicht losreißen und seinen Vater befreien, oder auch umgekehrt. So schnitt ich ihn ab und brachte ihn in das Spielzimmer, wo eine einigermaßen bequem aussehende Couch stand. Ich band ihn mit den Füßen an das Untergestell der Couch, fesselte seine Hände, führte dann den Strick hoch und legte eine Schlinge um seinen Hals, so daß er sich selbst erdrosseln würde, wenn er versuchte, sich zu befreien. Während ich mit ihm zu tun hatte, legte ich das Messer auf diese – na ja, es war eine frisch lackierte Zedernholztruhe; der ganze Keller roch danach – und er bat mich, das Messer nicht dorthin zu legen. Die Truhe war ein Hochzeitsgeschenk für irgend jemand, er hatte sie selbst gemacht. Für eine Schwester, glaube ich, sagte er. Als ich gerade den Raum verlassen wollte, hatte er einen Hustenanfall, und so stopfte ich ein Kissen hinter seinen Kopf. Dann machte ich das Licht aus –«

Denwey sagt: »Aber Sie hatten ihnen nicht den Mund verklebt?«

»Nein. Das kam später, nachdem ich die beiden Frauen in ihren Schlafzimmern gefesselt hatte. Mrs. Clutter weinte noch immer und fragte mich

nach Dick. Sie traute ihm nicht, sagte sie, aber sie hätte das Gefühl, daß ich ein anständiger junger Mann sei. ›Ich bin *sicher,* daß Sie das sind‹, sagte sie, und ich mußte ihr versprechen, daß ich Dick davon abhalten würde, irgend jemandem was anzutun. Ich glaube, sie dachte dabei hauptsächlich an ihre Tochter. Ich hatte mir selbst schon darüber Gedanken gemacht. Ich hatte den Verdacht, daß er irgend etwas vorhatte, das ich nicht dulden würde. Und als ich mit Mrs. Clutter fertig war, stelle ich fest, daß er tatsächlich mit dem Mädchen in ihrem Schlafzimmer war. Sie lag im Bett, und er saß auf dem Bettrand und sprach mit ihr.
Ich schob da einen Riegel vor und sagte ihm, er sollte nach dem Safe suchen, während ich das Mädchen fesselte. Als er gegangen war, fesselte ich ihre Füße und band ihr die Hände auf dem Rücken zusammen. Dann zog ich die Decke über sie und wickelte sie ein, so daß nur noch der Kopf heraussah. Neben dem Bett stand ein kleiner Sessel, in den ich mich setzte, um mich ein bißchen auszuruhen. Meine Beine brannten wie Feuer nach all dem Treppensteigen und Knien. Ich fragte Nancy, ob sie einen Freund hätte. Sie sagte, ja, sie hätten einen. Sie nahm sich sehr zusammen und versuchte, freundlich zu sein und so zu tun, als ob überhaupt nichts wäre. Sie gefiel mir gut. Wirklich, ein nettes, sehr hübsches Mädchen. Und überhaupt nicht verdorben oder so. Sie erzählte mir allerhand von sich. Von der Schule, und daß sie auf die Universität wollte, um Kunst und Musik zu studieren. Sprach auch über Pferde. Sagte, im Galopp auf einem Pferd dahinzujagen käme bei ihr gleich nach Tanzen. Und so erwähnte ich, daß meine Mutter Meisterin im Rodeoreiten gewesen war.
Und dann sprachen wir über Dick. Verstehen Sie, ich wollte gern wissen, was er zu ihr gesagt hatte. Sie hatte ihn anscheinend gefragt, warum er so was machte. Einbrechen und Leute berauben. Und da muß er ganz schön auf die Tränendrüsen gedrückt haben. Sagte, er wäre in einem Waisenhaus aufgewachsen. Niemand hätte ihn je wirklich geliebt. Und er hätte nur noch eine Schwester, aber die lebte mit Männern zusammen und dächte überhaupt nicht ans Heiraten. Wir hörten während der ganzen Zeit, wie der Verrückte das ganze Haus auf den Kopf stellte und nach dem Safe suchte. Hinter die Bilder schaute. Die Wände abklopfte. Tap, tap, tap. Wie ein verrücktgewordener Specht. Als er zurückkam, fragte ich ihn, bloß um ihn zu ärgern, ob er ihn gefunden hätte. Natürlich hatte er nichts gefunden. Nur in der Küche ein zweites Portemonnaie mit sieben Dollar.«

Duntz sagt: »Wie lange waren Sie um diese Zeit schon im Haus?«
»Eine Stunde, schätze ich.«
Duntz sagt »Und wann haben Sie das mit dem Heftpflaster gemacht?«
»Gleich darauf. Wir fingen bei Mrs. Clutter an. Ich ließ mir von Dick helfen, weil ich ihn nicht mit dem Mädchen allein lassen wollte. Ich zerschnitt das Pflaster in lange Streifen, und Dick wickelte sie um Mrs. Clutters Kopf wie bei einer Mumie. Er fragte sie: ›Warum weinen Sie denn immer noch? Es tut Ihnen doch niemand was‹ und knipste die Nachttischlampe aus und sagte: Gute Nacht, Mrs. Clutter. Schlafen Sie gut.‹ Und dann sagt er zu mir, wie wir über den Flur zu Nancys Zimmer gehn: ›Die Kleine, die lege ich jetzt aufs Kreuz!‹ Und ich sagte: ›So, so. Aber zuerst mußt du mich umbringen.‹ Er sah mich an, als ob er seinen Ohren nicht traute. Er sagt: Was redest du denn da? Mensch, du kannst ihr hinterher doch auch einen verpassen.‹ Also, so was widert mich an. Wenn sich einer sexuell nicht beherrschen kann. Gott, wie ich das hasse. Ich sagte rundheraus zu ihm: ›Du läßt das Mädchen in Ruhe. Sonst kriegst du es mit mir zu tun.‹ Ich merkte, wie ihn das fuchste, aber er wußte auch, daß jetzt nicht gerade die richtige Zeit für eine Rauferei war. Und so sagt er: Okay. Kleiner, wenn du meinst...‹ Und so kam es dazu, daß wir ihr nicht mal den Mund verklebt haben. Wir machten das Licht im Flur aus und gingen nach unten in den Keller.«
Perry zögert. Er hat eine Frage, formuliert sie jedoch als Behauptung: »Ich möchte wetten, daß er kein Wort davon gesagt hat, daß er das Mädchen vergewaltigen wollte.«
Dewey bejaht das, aber er fügt hinzu, daß Hickocks Story, von der offenbar in bezug auf sein eignes Verhalten etwas korrigierten Version abgesehen, Smiths Darstellung entspricht. Die Einzelheiten variieren, der Dialog ist verschieden, doch im großen ganzen – und zumindest so weit – bestätigt eine Aussage die andere.
»Kann sein. Aber ich wußte, daß er das mit dem Mädchen nicht erzählt hat. Ich wäre jede Wette eingegangen.«
Duntz sagt: »Wie war das mit dem Licht, Perry? Als Sie das Licht im oberen Stock ausgemacht hatten, mußte doch das ganze Haus dunkel gewesen sein.«
»War es auch. Und wir haben auch nirgends wieder Licht angemacht. Haben nur noch mit der Taschenlampe gearbeitet. Dick hielt die Taschenlampe, als wir uns mit dem Heftpflaster an Mr. Clutter und den Jungen

machten. Kurz bevor ich damit bei Mr. Clutter anfing, fragte er mich – und das waren seine letzten Worte –, wollte er wissen, wie es seiner Frau ginge, ob mit ihr alles in Ordnung sei, und ich sagte, es ginge ihr gut, sie wäre schon am Einschlafen, und ich sagte ihm, es wäre nicht mehr lange bis zum Morgen, und am Morgen würde sie schon jemand finden, und dann würde das alles, ich und Dick und alles das, ihnen wie ein Traum vorkommen. Und ich meinte das auch ernst. Ich hatte nicht vor, ihm irgendwas anzutun. Ich fand, daß er ein sehr netter und gebildeter Mann war. Ein stiller Mann. Das glaubte ich bis zu dem Moment, wo ich ihm die Kehle durchschnitt.

Warten Sie. Ich erzähle es nicht in der richtigen Reihenfolge.« Perry brütet vor sich hin. Er reibt sich die Schenkel; die Handschellen klirren. »Nachdem wir, verstehen Sie – nachdem wir ihnen den Mund verklebt hatten, zogen Dick und ich uns in die Ecke zurück, um die Sache noch einmal durchzusprechen. Sehn Sie, inzwischen war das Verhältnis zwischen uns ziemlich gespannt. Mir drehte sich der Magen um bei dem Gedanken, daß ich ihn je hatte bewundern können und alle seine Angebereien geschluckt hatte. Ich sagte: ›Na, Dick, hast du Bedenken?‹ Er antwortete nicht. Ich sagte: ›Wenn wir sie am Leben lassen, dann brummen sie uns ganz schön was auf. Zehn Jahre mindestens.‹ Er sagte immer noch nichts. Er hatte das Messer in der Hand. Ich verlangte es von ihm, er gab es mir, und ich sagte: ›Also los jetzt, Dick.‹ Aber ich meinte es nicht so. Ich wollte ihn bloß zwingen, Farbe zu bekennen, wollte ihn dazu bringen, daß er mich davon abhielt, er sollte zugeben, daß er ein Feigling und alles nur Angeberei gewesen war. Verstehen Sie – eine persönliche Auseinandersetzung zwischen mir und Dick, weiter nichts. Ich kniete mich neben Mr. Clutter hin, o.k., und die Schmerzen in den Beinen – ich dachte an diesen verdammten Silberdollar. Die Blamage. Mich widerte das alles an. Und in Lansing hatten sie mir gesagt, ich dürfte nie wieder nach Kansas. Aber ich merkte erst, was ich getan hatte, als ich das Gurgeln hörte. Wie von einem, der am Ertrinken ist. Wie Schreie unter Wasser. Ich gab Dick das Messer. Ich sagte: ›Mach ihn fertig. Dann fühlst du dich wohler.‹ Dick versuchte es – oder tat wenigstens so. Aber der Mann hatte Kraft wie zehn – er war schon halb aus den Fesseln raus. Seine Hände waren frei. Und da drehte Dick durch. Wollte abhauen und raus. Aber ich ließ ihn nicht. Der Mann wäre sowieso draufgegangen, das wußte ich. Aber so konnte ich ihn nicht da liegen lassen. Ich sagte zu Dick, er sollte ihn mit der Taschenlampe anleuchten. Und

dann legte ich das Gewehr auf ihn an. Es war wie eine Explosion. Der ganze Raum war plötzlich blau. Als ginge er in die Luft. Herrgott, ich habe nie begriffen, wieso das kein Mensch gehört hat. Mußte doch dreißig Kilometer weit zu hören sein.«
Dewey dröhnt es in den Ohren – ein Dröhnen, das ihn fast taub macht, so daß er die weiche, flüsternde, jagende Stimme von Smith kaum noch hört. Aber die Stimme hastet weiter, schleudert eine Flut von Lauten und Bildern hervor: Hickock auf der Jagd nach der ausgeworfenen Hülse, hetzt hinter ihr her, sucht herum, und Kenyons Kopf im Lichtkegel, das beschwörende, unterdrückte Gemurmel von Bitten, dann Hickock wieder auf der Suche nach der leeren Hülse. Nancys Zimmer. Nancy horchend auf die Geräusche von Stiefeln auf der Treppe, das Knarren der Stufen, während die Schritte näher kommen, Nancys Augen, Nancy, wie sie den Lichtkegel verfolgt, der sich auf sein Ziel zutastet.
(»Sie sagte: O nein, nein, Oh, bitte. Nein! Nein! Nein! Nein! Bitte nicht! O bitte nicht! Bitte!‹ Ich gab Dick das Gewehr. Ich sagte, ich könnte nicht mehr. Er legte an, und sie drehte das Gesicht zur Wand.«) Der dunkle Flur, die Mörder, die auf die letzte Tür zurannten. Nach allem, was sie gehört hatte, war Bonnie vielleicht froh, daß sie so rasch kamen.
»Die letzte Hülse hatte sich wer weiß wohin verkrümelt. Dick kroch unters Bett, um sie zu kriegen. Dann schlossen wir die Tür von Mrs. Clutters Zimmer und gingen nach unten ins Büro. Wir blieben da eine Weile stehen, wie vorher, als wir gekommen waren. Linsten durch die Jalousien, ob der Lohnarbeiter da vielleicht herumspökerte oder sonst jemand, der vielleicht die Schüsse gehört hatte. Aber es war alles unverändert – kein Laut. Nur der Wind – und Dick, der keuchte, als wäre ein Rudel Wölfe hinter ihm her. Und in diesem Moment, kurz bevor wir zum Wagen rannten und wegfuhren, kam mir der Gedanke, Dick umzulegen. Er hatte es wieder und wieder gesagt und mir eingehämmert: *Keine Zeugen.* Und ich dachte: Er ist Zeuge. Ich weiß nicht, was mich davon abhielt. Weiß Gott, ich hätte das tun sollen. Ihn abknallen. Mich in den Wagen werfen und fahren und fahren, bis ich mich in Mexiko verlor.«
Schweigen. Fünfzehn Kilometer und mehr fahren die drei, ohne ein Wort zu sagen.
Trauer und eine tiefe Müdigkeit sind der eigentliche Grund für Deweys Schweigen. Es war sein Ziel gewesen, herauszubekommen, »was genau in jener Nacht in diesem Haus passierte«. Er hatte es jetzt zweimal gehört,

und beide Versionen stimmten so ziemlich miteinander überein. Nur in einem wesentlichen Punkt nicht. Hickock behauptete, Smith hätte alle vier umgebracht, während Smith beteuerte, Hickock hätte die beiden Frauen getötet. Aber die beiden Geständnisse, wenn sie auch das Wie und Warum erklärten, ließen ihn doch unbefriedigt, weil kein eigentlicher Sinn in dem Ganzen zu erkennen war. Das Verbrechen war ein psychologischer Unfall, es war ein Akt, der im Grunde genommen mit den Personen selbst nichts zu tun hatte; die Opfer hätten ebensogut durch einen Blitzschlag getötet worden sein können. Außer in einer Beziehung: Sie hatten gelitten, sie hatten Entsetzliches durchgemacht; waren einem langanhaltenden Grauen ausgeliefert worden. Und Dewey konnte sich von dieser Vorstellung nicht frei machen. Trotzdem sah er sich imstande, den Mann neben sich ohne Haß zu betrachten – eher sogar mit einer gewissen Sympathie –, denn Perry war in seinem Leben nicht auf Rosen gebettet gewesen, es war eine trostlose, erbärmliche und einsame Wanderung von einer Fata Morgana zur anderen gewesen. Dewey ging in seinem Mitgefühl allerdings nicht so weit, daß er ihm verziehen hätte, oder bereit gewesen wäre, Gnade vor Recht ergehen zu lassen. Er hoffte, Perry und seinen Kumpanen am Galgen zu sehen – Rücken gegen Rücken am Galgen.
Duntz fragt Smith: »Wieviel Geld haben Sie alles in allem bei den Clutters erbeutet?«
»Zwischen vierzig und fünfzig Dollar.«

Unter den Tieren Garden Citys gibt es zwei graue Kater, die immer zusammen stecken – magere, schmutzige Streuner mit sonderbaren und schlauen Gewohnheiten. Die Hauptzeremonie ihres Tagesablaufs vollzieht sich in der Abenddämmerung. Zunächst trotten sie dann die Main Street hinunter und untersuchen genau die Kühlergrills der geparkten Autos, besonders derjenigen, die vor den Hotels Windsor und Warren abgestellt sind, denn an diesen gewöhnlich von weither gekommenen Wagen finden die knochigen, methodisch vorgehenden Tiere meist das, worauf sie aus sind: getötete Vögel – Krähen, Meisen und Spatzen, die töricht genug waren, den herankommenden Autos in den Weg zu fliegen. Mit ihren Krallen klauben sie wie mit chirurgischen Instrumenten das zerfetzte Flügelvieh aus den Kühlergrills. Nachdem sie die Main Street nach Beute abgesucht haben, biegen sie regelmäßig bei Main und Grant um die Ecke und trotten zum Gerichtsplatz, der auch zu ihren Jagdgründen gehört – und sich am Nachmittag des 6. Januar, es war ein Mittwoch, als besonders ergiebig erwies; denn an diesem Tag stand der Platz voll von Wagen aus der Finney County, die einen Teil der den Platz bevölkernden Menge in die Stadt gebracht hatten.

Die Menge hatte sich um vier Uhr zu versammeln begonnen – das war die Zeit, zu der nach der offiziellen Ankündigung Hickock und Smith in der Stadt erwartet wurden. Seit der am Sonntagabend erfolgten Bekanntgabe von Hickocks Geständnis hatten sich Reporter und Journalisten aller Art in Garden City versammelt: Vertreter der größeren Radiostationen, Fotografen, Kameraleute von Film und Fernsehen, Berichterstatter aus Missouri, Nebraska, Oklahoma, Texas und natürlich auch Reporter aller führenden Kansaner Zeitungen – zwanzig oder fünfundzwanzig Mann im ganzen. Viele warteten schon seit drei Tagen, ohne daß sie bislang viel zu tun gehabt hätten. Sie hatten lediglich den Tankstellen-Angestellten James Spor interviewt, der, nachdem er Fotografien der des Mordes Beschuldigten gesehen hatte, sie als die Kunden identifiziert hatte, denen er in der Mordnacht für drei Dollar und sechs Cent Benzin verkauft hatte.

Es war die Rückkehr von Hickock und Smith, über die diese professionellen Zuschauer berichten wollten, und Captain Gerald Murray von der Straßenpolizei hatte ihnen auf dem Bürgersteig neben der Treppe zum Gerichtsgebäude reichlich Platz reserviert. Diese Treppe mußten die Gefangenen auf ihrem Weg zum Gefängnis der County hinaufgehen, das sich im obersten Geschoß des dreistöckigen Kalksteinbaus befindet. Richard Parr, Reporter des Kansas City *Star*, hatte ein Exemplar der Montagausgabe der Las Vegas Sun bei sich. Die Schlagzeile erregte allgemeines Gelächter: Lynchjustiz bei Ankunft DER MÖRDER BEFÜRCHTET.

Captain Murray bemerkte: »Sieht mir gar nicht nach einer Gesellschaft von Lynchwütigen aus.«

Tatsächlich sah es eher so aus, als wollte die Menge einer Parade oder einer politischen Versammlung beiwohnen. Oberschüler, darunter frühere Klassenkameraden von Nancy und Kenyon Clutter, intonierten Anfeuerungssprechchöre, kauten Kaugummi, verschlangen Würstchen und tranken Sodawasser. Mütter beruhigten weinende Babies. Männer mit kleinen Kindern auf der Schulter gingen umher. Auch Boy Scouts waren vertreten – ein ganzer Zug. Auch die in mittleren Jahren stehenden Damen eines Bridge-Clubs marschierten en masse auf. Mr. J. P. (Jap) Adams, Vorsitzender des örtlichen Veteranen-Verbandes, erschien in einem so merkwürdig geschneiderten Tweedgewand, daß ein Freund ihm zurief: »He, Jap! Seit wann trägst du denn Damenkleider?« – Denn Mr. Adams hatte in der Eile, rechtzeitig auf dem Schauplatz zu sein, den Mantel seiner Sekretärin übergezogen. Ein umherwandernder Rundfunkreporter interviewte verschiedene Einwohner und fragte sie, was ihrer Meinung nach die angemessene Strafe für die »Täter eines derart heimtückischen Verbrechens« wäre. Die meisten kamen überein »Ich weiß nicht« und »Na ja« nicht hinaus. Ein Schüler aber sagte: »Ich finde, sie sollten ihr Leben lang in ein und dieselbe Zelle gesperrt werden. Besuche dürften sie nicht empfangen. Bloß da sitzen und sich gegenseitig anstarren, bis sie sterben.« Und ein forscher kleiner Mann mit gespreiztem Gang sagte: »Ich bin für die Todesstrafe. Wie es in der Bibel heißt – Auge um Auge. Und da haben wir immer noch zwei Paar zu wenig!«

Solange die Sonne schien, war es trocken und warm – Oktoberwetter im Januar. Aber als die Sonne allmählich verschwand und die Schatten der mächtigen Bäume sich verdichteten, dämpften Kälte und Dunkelheit die Lebhaftigkeit der Menge. Dämpften und reduzierten sie; gegen sechs waren nur noch etwa hundert Menschen auf dem Platz versammelt. Die Journalisten, über die ungebührliche Verspätung schimpfend, trampelten auf der Stelle und schlugen ihre frostkalten Ohren mit den unbehandschuhten klammen Händen. Plötzlich wurde an der Südseite des Platzes ein Murmeln hörbar. Die Wagen kamen.

Wenn die Journalisten auch nicht mit Gewalttätigkeiten gerechnet hatten, so waren doch einige von ihnen überzeugt gewesen, daß die Menge sich erregen und die Gefangenen beschimpfen würde. Aber als sie, von blau uniformierten Beamten der Straßenpolizei eskortiert, sichtbar wurden, verstummten die Anwesenden, als staunten sie darüber, daß die Verbrecher überhaupt menschliche Gestalt hatten. Die beiden mit Handschellen gefesselten Männer waren blaß und blinzelten geblendet in die aufflammenden Blitzlichter und Scheinwerfer. Die Kameramänner folgten Gefangenen und Polizisten ins Gerichtsgebäude und die drei Treppen hinauf, wo sie schließlich die ins Schloß fallende Gefängnistür fotografierten.

Danach blieb keiner mehr lange. Weder die Leute von der Presse noch die Einwohner der Stadt. Den kalten Platz den beiden grauen Katern überlassend, eilten sie zu ihren warmen Zimmern, in denen sie ein warmes Abendbrot erwartete, und mit ihnen verzog sich auch das erstaunliche Herbstwetter; der erste Schnee fiel.

IV

Die Ecke

Behördliche Nüchternheit und freundliche Häuslichkeit bestimmen die Atmosphäre im dritten Stock des Finney-County-Gerichtsgebäudes. Denn nebeneinander sind hier das Gefängnis der County und der sogenannte Sitz des Sheriffs untergebracht, eine hübsche Wohnung, die durch Stahltüren und einen kurzen Korridor vom eigentlichen Gefängnis abgetrennt ist.

Im Januar 1960 war der Sitz des Sheriffs allerdings nicht von Sheriff Earl Robinson selbst bewohnt, sondern vom Untersheriff Wendle Meier und seiner Frau Josephine, genannt Josie. Die Meiers, seit mehr als zwanzig Jahren verheiratet, waren sich ziemlich ähnlich: beide groß, mit einem Überschuß an Gewicht und Kraft, mit großen Händen und breiten, ruhigen, freundlichen Gesichtern – besonders Mrs. Meier, eine offenherzige, praktisch denkende Frau, die nichtsdestoweniger eine mystische heitere Gelassenheit ausstrahlt. Als Helferin ihres Mannes hat sie einen langen Tag, den sie um fünf Uhr morgens damit beginnt, daß sie ein Kapitel der Bibel liest. Sie geht gewöhnlich um zehn Uhr abends zu Bett und verbringt den Tag damit, für die Gefangenen zu kochen, ihre Wäsche zu waschen und auszubessern, ganz hervorragend für ihren Mann zu sorgen und ihre Fünf-Zimmer-Wohnung in Ordnung zu halten, die mit ihren dicken Fußkissen und weichen Stühlen, ihren cremefarbenen Spitzengardinen ausgesprochen gemütlich ist. Die Meiers haben als einziges Kind eine in Kansas verheiratete Tochter, so daß sie allein leben – oder, wie Mrs. Meier zutreffender sagt: »allein bis auf diejenige, die gerade in der Frauenzelle sitzt«.

Das Gefängnis hat sechs Zellen, von denen die sechste, die für weibliche Gefangene reservierte, sich etwas abseits von den anderen Zellen und praktisch schon im Bereich der Sheriffswohnung befindet – tatsächlich liegt sie unmittelbar neben der Küche. »Aber das macht mir nichts aus«, sagt Josie Meier. »Ich freue mich immer, wenn ich etwas Gesellschaft habe. Jemand, mit dem ich mich bei meiner Küchenarbeit unterhalten kann. Mit den meisten Frauen, die hierherkommen, kann man ja nur Mitleid haben. Es sind immer dieselben Geschichten. Irgendeine Misere, aus der sie keinen Ausweg fanden. Natürlich, mit Hickock und Smith war das eine andere Sache. Soweit ich weiß, war Perry Smith der erste männliche Gefangene, der jemals in der Frauenzelle untergebracht wurde. Es kam daher, daß der Sheriff die beiden bis nach dem Prozeß getrennt voneinander unterbringen wollte. An dem Nachmittag, als man sie zu uns brachte, war ich dabei, Apfelkuchen für sechs zu backen, und Brot, wobei ich durchs Fenster sah und genau verfolgte, was auf dem Platz vorging. Man kann von da den ganzen Platz überblicken. Ich kann nicht besonders gut schätzen, aber ich glaube, es waren einige hundert Leute, die auf die Mörder der Clutter-Familie warteten und sie sich ansehen wollten. Ich habe die Clutters nicht gekannt, aber nach allem, was ich über sie gehört habe; muß das eine vorbildliche Familie gewesen sein. Was die beiden mit den Clutters gemacht haben, war jedenfalls unverzeihlich, und ich weiß noch, Wendle machte sich große Sorgen darüber, wie die Menge beim Anblick von Hickock und Smith reagieren würde. Er befürchtete, irgendwelche Leute würden sich über die beiden hermachen. Und so war ich auch ziemlich aufgeregt, als ich die Wagen kommen sah, all die Reporter und Zeitungsleute, die auf sie zurannten und sich um die Wagen drängten. Aber es war schon ziemlich dunkel, nach sechs, und bitterkalt, so daß viele schon nach Hause gegangen waren. Die Leute, die noch da waren, sagten keinen Pieps. Sie starrten bloß. Als sie die Burschen dann raufbrachten, sah ich zuerst Hickock. Er hatte bloß eine leichte Sommerhose an und ein altes Leinenhemd. Hätte sich bei der Kälte eigentlich eine Lungenentzündung holen müssen. Und er sah auch verdammt krank aus. Wie ein Gespenst. Es muß ja auch furchtbar sein – von einem Haufen Fremder angeglotzt zu werden, zwischen ihnen hindurch zu müssen, wenn alle wissen, wer man ist und was man getan hat. Und dann brachten sie Smith herauf. Ich hatte ein kleines Abendessen für sie fertig, eine heiße Suppe, einige Sandwiches und Kaffee und Apfelkuchen. Gewöhnlich geben wir den Gefangenen nur zweimal am Tag zu essen. Frühstück um halb acht und die Hauptmahlzeit um halb fünf. Aber ich wollte nicht, daß die beiden mit leerem Magen schlafengingen. Wahrscheinlich war ihnen auch so schlimm genug zumute. Aber als ich Smith das Essen brachte, auf einem Tablett hereintrug, sagte er, er hätte keinen Hunger. Er stand mit dem Rücken zu mir und sah aus dem Fenster der Frauenzelle. Von dort sieht man dasselbe wie von meinem Küchenfenster aus: den Platz mit den Bäumen und die Dächer der Häuser. ›Aber essen Sie doch wenigstens die Suppe‹, sagte ich zu ihm, ›sie ist aus frischem Gemüse. Keine Konserven. Ich habe sie selbst gemacht. Und den Kuchen auch.‹ Nach einer Stunde oder so kam ich wieder, um das Tablett zu holen, und er hatte keinen Bissen angerührt. Er stand immer noch am Fenster, als hätte er sich in der Zwischenzeit nicht vom Fleck gerührt. Es schneite, und ich weiß noch, ich sagte zu ihm, es wäre der erste Schnee in diesem Jahr, und was für einen schönen, langen Herbst wir bis zu dem Tag gehabt hät-

ten. Und nun wäre der Schnee da. Und dann fragte ich ihn, ob er irgendeine Leibspeise hätte, ich wollte dann versuchen, sie ihm am nächsten Tag zu machen. Er drehte sich um und sah mich mißtrauisch an, als ob ich mich vielleicht über ihn lustig machte. Dann sagte er irgend etwas über einen Film – er hatte so eine Art, ganz leise zu sprechen, fast zu flüstern. Wollte wissen, ob ich den Film gesehen hätte. Ich weiß nicht mehr, was das für ein Film war, ich hatte ihn jedenfalls nicht gesehen: Habe nie viel fürs Kino übrig gehabt. Er sagte, es wäre ein Film über die Bibel, und darin wäre eine Szene, in der ein Mann von einem Balkon in die Menge – Männer und Frauen – geworfen und von ihr in Stücke gerissen wird. Und daran, sagte er, hätte er denken müssen, als er die Menge auf dem Platz sah. An den Mann, den sie in Stücke rissen. Und er hätte gedacht, das würde vielleicht jetzt mit ihm passieren. Sagte, das hätte ihm solchen Schrecken eingejagt, daß er jetzt noch Magenschmerzen hätte. Deshalb könnte er nicht essen. Natürlich war das Unsinn, und das sagte ich ihm auch – hier würde ihm keiner was tun, ganz gleich, was er gemacht hatte; so sind die Leute hier nicht.
Wir unterhielten uns noch ein bißchen, er war sehr scheu, aber nach einer Weile sagte er: ›Was ich sehr gern mag, ist Spanischer Reis.‹ Und so versprach ich, ihm den zu machen, und er lächelte ein bißchen, na ja, alles in allem hatte ich den Eindruck – daß er nicht der schlechteste Bursche war, der mir begegnet war. Und das sagte ich auch abends zu meinem Mann, als wir im Bett lagen. Aber Wendle wurde richtig böse. Wendle war einer der ersten am Tatort, nachdem das Verbrechen entdeckt wurde. Er sagte, ich hätte bloß mal dabeigewesen sein sollen, draußen bei den Clutters, als man die Leichen fand. Dann hätte ich mir selbst ein Urteil bilden können, was für ein *freundlicher* Mensch dieser Mr. Smith war. Er und sein Freund Hickock. Er sagte, die würden uns das Herz aus der Brust schneiden und dabei nicht mit der Wimper zucken. Und da hatte er natürlich recht – vier Menschen hatten die schließlich auf dem Gewissen. Und ich konnte nicht einschlafen und dachte immer, ob die beiden sich jetzt wohl mit dem Gedanken an die vier Gräber quälten.«

Ein Monat verging, dann noch einer, und es schneite jetzt fast Tag für Tag. Schnee bedeckte mit seinem Weis das Gelbbraun der Weizenfelder, häufte sich auf den Straßen der Stadt und schluckte die Geräusche.
Die obersten Zweige einer schneebedeckten Ulme streiften das Fenster der

Frauenzelle. Eichhörnchen lebten in dem Baum, und nachdem Perry wochenlang versucht hatte, sie mit Brotkrumen anzulocken, gelang es ihm, eins davon auf den Fenstersims und durchs Gitter zu locken. Es war ein Männchen mit kastanienbraunem Fell, und Perry nannte es Red. Red schien sich bald wohl zu fühlen und teilte offenbar gern die Gefangenschaft seines Freundes. Perry brachte ihm ein paar Kunststücke bei: Mit einem Papierball zu spielen, hübsch zu machen, sich auf seine Schulter zu setzen. Damit vertrieb er sich einen Teil seiner Zeit, wenn auch noch viele Stunden blieben, in denen er nichts hatte, womit er sich hätte beschäftigen können. Er durfte keine Zeitungen lesen, und die Magazine, die Mrs. Meier ihm lieh – alte Nummern von *Good Housekeeping* und *Mc Call's* – langweilten ihn. Er suchte seine Zeit damit auszufüllen, daß er sich die Fingernägel mit einem Stück Schmirgelpappe feilte, sie zu seidigem rosa Glanz polierte, sich das haarwassergetränkte, duftende Haar wieder und wieder kämmte, die Zähne drei- oder viermal am Tag putzte und sich beinah ebensooft rasierte und duschte. Und er hielt die Zelle, in der sich eine Toilette, eine Duschkabine, eine Pritsche, ein Stuhl und ein Tisch befanden, ebenso sauber wie sich selbst. Er war stolz auf das Kompliment, das Mrs. Meier ihm gemacht hatte. »Sieh mal«einer an!« hatte sie gesagt und auf seine Pritsche gezeigt. »Wie glatt Sie die Decke gestrichen haben! Da könnte man Groschen drauf hüpfen lassen.« Aber den größten Teil des Tages verbrachte er an dem Tisch. Dort aß er seine Mahlzeiten, machte Zeichnungen von Red, zeichnete Blumen, Christusgesichter und die Gesichter und Körper erträumter Frauen. Und dort machte er sich auf billigem, liniertem Papier regelmäßig tagebuchartige Notizen.

Donnerstag, den 7. Januar. Dewey war hier. Brachte Stange Zigaretten. Auch getippte Fassung mit Durchschlägen von meiner Aussage, die ich unterschreiben sollte. Ich lehnte das ab.

Die »Aussage«, ein achtundsiebzig Seiten umfassendes Manuskript, das er dem Gerichtsstenografen der Finney County diktiert hatte, enthielt alle Eingeständnisse, die er Alvin Dewey und Clarence Duntz gegenüber gemacht hatte. Dewey war sehr erstaunt gewesen, wie er in der Erinnerung an seinen Besuch bei Perry Smith an jenem Tag erzählte, daß Perry Smith das Schriftstück nicht unterschreiben wollte. »Es war nicht so wichtig: Ich konnte jederzeit das mündliche Geständnis, das er mir und Duntz gegenüber gemacht hatte, vor Gericht bezeugen. Und dann hatten wir ja auch Hickocks Geständnis, das er noch in Las Vegas unterzeichnet hatte – in dem er Smith beschuldigte, alle vier Morde begangen zu haben. Aber ich war neugierig. Ich fragte Perry, warum er sich das anders überlegt hätte. Und er sagte: ›Alles in meiner Aussage stimmt, mit Ausnahme von zwei Punkten. Wenn ich die korrigieren darf, dann werde ich unterschreiben.‹ Ich konnte mir schon denken, was er meinte. Denn der einzige wesentliche Unterschied zwischen seiner und Hickocks Story bestand darin, daß er leugnete, die Clutters allein umgebracht zu haben. Er hatte bisher immer beteuert, Hickock hätte Nancy und ihre Mutter ermordet.

Und ich hatte recht! – genau das wollte er: zugeben, daß Hickock die Wahrheit gesagt hatte, und daß er, Perry Smith, es gewesen war, der alle vier umgebracht hatte. Er sagte, er hätte gelogen, weil er es Dick heimzahlen wollte, daß er ein solcher Feigling gewesen war. Daß er, wie er sagte, ›seinen ganzen Mumm über den Boden hingekotzt‹ hatte. Aber nicht weil er jetzt freundlicher über Hickock dachte, wollte er die Aussage berichtigen, er wollte das, erklärte er, aus Rücksicht auf Hickocks Eltern tun – sagte, Dicks Mutter täte ihm leid. Sagte: ›Sie ist eine herzensgute Person. Vielleicht ist es für sie ein Trost, zu wissen, daß Dick nicht geschossen hat. Alles das wäre ohne ihn nicht passiert, und in gewisser Weise ist es fast allein seine Schuld. Aber Tatsache bleibt, daß ich es war, der sie getötet hat.‹ Aber ich glaubte ihm nicht recht. Jedenfalls nicht so weit, daß ich eine Korrektur der Aussage zugelassen hätte. Wir waren, wie gesagt, von Smiths formellem Geständnis nicht abhängig, brauchten es nicht als Beweis. Wir hatten ohnedies genug, um sie zehnmal an den Galgen zu bringen.«

Dewey konnte besonders deswegen zuversichtlich sein, weil man inzwischen das Kofferradio und das Fernglas sichergestellt hatte, die die Mörder aus dem Clutter-Haus entwendet und anschließend in Mexico City verkauft hatten (wo K.B.I.-Agent Harold Nye, der zu diesem Zweck dorthin geflogen war, sie in einem Pfandhaus ausfindig machte). Außerdem hatte Smith beim Diktieren seiner Aussage noch andere wesentliche Hinweise gegeben. »Wir fuhren zur Überlandstraße und dann nach Osten«, sagte er bei der Schilderung ihrer Flucht vom Schauplatz des Verbrechens. »Fuhren wie der Teufel, Dick am Steuer. Ich glaube, wir waren beide mächtig in Stimmung. Ich bestimmt. Mächtig in Stimmung und gleichzeitig mächtig erleichtert. Lachten in einer Tour, konnten überhaupt nicht aufhören damit; kam uns alles plötzlich so furchtbar komisch vor – ich weiß nicht, warum, aber es war so. Aber das Gewehr war ganz blutig, und mein Zeug auch; ich hatte sogar Blut im Haar. Und so bogen wir ab und fuhren ungefähr dreizehn Kilometer in die Prärie, bis wir weit genug weg von der Hauptstraße waren. Wir hörten die Präriewölfe heulen. Wir rauchten eine Zigarette, und Dick machte weiter seine Witze über das, was wir hinter uns hatten. Ich stieg aus, zapfte Wasser aus dem Tank und wusch damit das Blut vom Gewehrlauf. Mit Dicks Messer, mit dem ich Mr. Clutter bearbeitet hatte, machte ich ein Loch und vergrub darin die leeren Hülsen, den Rest von dem Nylonseil und das Leukoplast. Danach fuhren wir zur Straße 83 und in östlicher Richtung nach Kansas City und Olathe. Bei Tagesanbruch hielt Dick bei einem von den sogenannten Rastplätzen, wo es offene Feuerstellen gibt, und wir machten ein Feuer und verbrannten den restlichen Kram. Die Handschuhe, die wir getragen hatten, und mein Hemd. Dick sagte, lieber würde er jetzt einen Ochsen braten, er wäre noch nie so hungrig gewesen. Es war fast Mittag, als wir nach Olathe kamen. Dick setzte mich an meinem Hotel ab und fuhr zu seinen Eltern zum sonntäglichen Mittagessen. Ja, er hatte das Messer bei sich. Das Gewehr auch.«

K.B.I.-Agenten, die zum Haus der Hickocks geschickt worden waren, hatten das Messer in einem Kasten mit Angelzeug gefunden und das Gewehr in der Küche, wo es immer noch achtlos an die Wand gelehnt war. (Hickocks Vater, der nicht glauben wollte, daß sein »Junge« ein so »grauenhaftes Verbrechen« begangen haben sollte, versicherte, das Gewehr stünde seit Anfang November dort in der Küche und könne deswegen nicht die Mordwaffe sein.) Die Geschoßhülsen, das Seil und das Heftpflaster wurden mit Hilfe des Straßenarbeiters Virgil Pietz gefunden, der an der von Perry Smith haargenau bezeichneten Stelle mit einem Straßenhobel Zentimeter um Zentimeter die Erde abtrug, bis die vergrabenen Gegenstande zum Vorschein kamen. Und so hatte sich der Kreis geschlossen. Die vom K.B.I. zusammengebrachten Indizien reichten zur beweiskräftigen Klärung des Falles völlig aus. Denn die Untersuchung hatte ergeben, daß die Geschoßhülsen aus Hickocks Gewehr abgefeuert worden waren und daß die Reste an Nylonseil und Leukoplast mit dem Material übereinstimmten, das zur Fesselung und Knebelung der Opfer verwendet worden war.

Montag, 11. Januar. Habe einen Anwalt. Mr. Fleming. Alter Mann mit rotem Schlips.

Da die Angeklagten erklärt hatten, nicht über die Mittel zu verfügen, sich Anwälte zu nehmen, hatte der Vorsitzende des Gerichts, Richter Roland H. Tate, zwei in Garden City ansässige Anwälte mit ihrer Verteidigung beauftragt, Mr. Arthur Fleming und Mr. Harrison Smith. Fleming, einundsiebzigjährig und ehemaliger Bürgermeister von Garden City, ein kleiner Mann, der seiner alles andere als sensationellen Erscheinung mit ziemlich auffälligen Schlipsen aufzuhelfen sucht, hatte den Auftrag nur zögernd angenommen. »Ich würde am liebsten ablehnen«, sagte er zu dem Richter. »Aber wenn das Gericht meint, mich beauftragen zu müssen, dann bleibt mir natürlich keine andere Wahl.« Auch Hickocks Anwalt, der fünfundvierzigjährige Harrison Smith, ein Meter achtzig groß und Golfspieler, aktives Mitglied einer mildtätigen Bruderschaft, war nicht gerade begeistert. »Irgend jemand muß es schließlich machen«, sagte er. »Ich werde mein Bestes tun. Wenn ich auch bezweifle, daß ich mich hier mit dieser Sache besonders beliebt machen werde.«

Freitag, 15. Januar. Mrs. Meier hatte das Radio in ihrer Küche an, und ich hörte jemand sagen, daß der County attorney Todesstrafe beantragen wird. »Die Reichen werden nicht gehängt. Nur die Armen, die keine Freunde haben.«

Als Duane West, der Country attorney, ein etwas beleibter, ehrgeiziger, junger Mann von achtundzwanzig Jahren, der wie vierzig und manchmal wie fünfzig aussieht, das bekanntgab, sagte er zu den anwesenden Journalisten: »Wenn der Fall vor die Geschworenen kommt, werde ich sie auffordern, auf Schuldig zu erkennen und die Todesstrafe zu verhängen. Wenn die Angeklagten auf Verhandlung vor einer Jury verzichten und sich vor dem Richter schuldig bekennen, werde ich den Richter bitten, auf Todesstrafe zu erkennen. Ich hatte in dieser Sache eine Entscheidung zu fällen, und ich habe mir diese Entscheidung nicht leichtgemacht. Angesichts der Brutalität und absoluten Kaltherzigkeit, mit der das Verbrechen begangen wurde, sehe ich in der Todesstrafe die einzige Möglichkeit, die Öffentlichkeit vor diesen Mördern zu schützen. Das trifft ganz besonders auf Kansas zu, weil die Verurteilung zu lebenslänglichem Zuchthaus hier immer noch die Möglichkeit einer bedingten Entlassung einschließt. Zu lebenslänglichem Zuchthaus Verurteilte verbüßen hier im allgemeinen eine Strafzeit von weniger als fünfzehn Jahren.«

Mittwoch, 20. Januar. Aufgefordert, wegen des Walker-Falles mit dem Lügendetektor getestet zu werden.

Ein Fall wie der Clutter-Mord, Verbrechen von dieser Größenordnung, erregen naturgemäß das Interesse von allen Leuten im Lande, die mit der Gerichtsbarkeit zu tun haben, besonders von solchen, die mit der Untersuchung ähnlicher, bislang ungelöster Fälle beauftragt sind und darauf hoffen, daß die Lösung eines Falles bei der Aufdeckung eines anderen helfen könnte. Unter den vielen Polizeibeamten, die sich für die Ereignisse in Garden City interessierten, war auch der Sheriff von Sarasota County, Florida, zu dessen Bereich Osprey gehört, eine Fischersiedlung in der Nähe von Tampa, und, einen Monat nach der Clutter-Tragödie, Schauplatz eines vierfachen Mordes auf einer abgelegenen Viehfarm, von dem Smith am Weihnachtstag in einer Miami-Zeitung gelesen hatte. Opfer waren ebenfalls vier Angehörige einer Familie: ein junges Ehepaar, Mr. und Mrs. Clifford Walker, und ihre beiden Kinder, ein Junge und ein Mädchen, die alle durch Kopfschüsse aus einem Gewehr getötet worden waren. Da die Mörder der Clutters am 19. Dezember, dem Datum dieser Mordtat, in einem Hotel in Tallahassee übernachtet hatten, war der Sheriff von Osprey, der keinerlei Indizien gefunden hatte, verständlicherweise daran interessiert, daß die beiden verhört und einem Polygraphen-Test unterworfen würden. Hickock war einverstanden, und Smith auch, der vor der Kansaner Behörde aussagte: »Ich weiß noch, ich sagte damals zu Dick, ich könnte wetten, derjenige, der das getan hat, hat bestimmt von der Geschichte hier in Kansas gelesen. Ein Irrer.« Zur Enttäuschung des Sheriffs von Osprey und auch Alvin Deweys, der nicht an ungewöhnliche Koinzidenzen glaubt, war das Testergebnis absolut negativ. Der Mörder der Familie Walker blieb. bis heute unentdeckt.

Sonntag, 31. Januar. Dicks Vater war hier, um Dick zu besuchen. Begrüßte ihn, als er vorbeikam (an der Zellentür), er ging aber vorbei. Könnte mich auch nicht gehört haben. Hörte von Mrs. M(eier), daß Mrs. H(ickck) nicht käme, weil sie sich zu schlecht fühlte. Es schneit wie verrückt. Träumte letzte Nacht, ich wäre mit Dad in Alaska – wachte in einer Lache von kaltem Urin auf!!!

Mr. Hickock blieb drei Stunden bei seinem Sohn. Danach ging er, ein abgearbeiteter alter Mann, gebeugt und ausgezehrt vom Krebs, der ihn nur noch wenige Monate am Leben lassen sollte, durch den Schnee zum Bahnhof von Garden City. Dort erzählte er, während er auf den Zug nach Hause wartete, einem Reporter: »Ja, ja, ich hab ihn besucht, Dick. Wir haben uns lange unterhalten. Und ich kann Ihnen nur sagen, es ist alles ganz anders. Anders als das, was die Leute reden. Oder was in den Zeitungen steht. Die Jungs sind da nicht hingefahren mit der Absicht, zu morden. Mein Junge jedenfalls nicht. Er ist kein Engel, ich weiß, aber er hat keinen schlechten Kein. Anders Smitty. Dick sagte zu mir, er hätte von nichts gewußt und das auch gar nicht mitgekriegt, als sich Smitty plötzlich über den Mann

(Mr. Clutter) hermachte und ihm die Kehle durchschnitt. Dick war nicht mal in demselben Raum. Er kam erst angerannt, als er den Lärm da hörte. Dick hatte das Gewehr, und nach dem, was er mir erzählt hat, war das so: ›Smitty nahm mein Gewehr und schoß den Mann direk.t. in den Kopf.‹ Und er sagt: ›Ja, ich hätte ihm das Gewehr abnehmen und Smitty niederknallen sollen. Hätte ihn umlegen sollen, bevor er den Rest der Familie umbrachte. Hätte ich das getan, dann würde ich jetzt besser dastehn. Und das glaub ich auch. So, wie es jetzt steht, bei der Einstellung der Leute hier, hat er keine Chance mehr. Man wird sie beide aufhängen. Und das können Sie mir glauben«, fügte er hinzu, die Augen von Erschöpfung und Hoffnungslosigkeit getrübt, »zu wissen, daß der eigene Sohn aufgehängt wird – das ist das Schlimmste, was einem als Vater passieren kann.«

Weder Perry Smiths Vater noch seine Schwester schrieben ihm oder kamen, ihn zu besuchen. Tex John Smith war angeblich als Goldschürfer irgendwo in Alaska, wo ihn die Behörden trotz eingehenden Nachforschungen nicht ausfindig machen konnten. Die Schwester hatte den Polizeibeamten gesagt, sie hätte Angst vor ihrem Bruder, und darum gebeten, ihm ihre gegenwärtige Adresse nicht mitzuteilen. (Als man ihm das sagte, lächelte Smith und meinte: »Ich wünschte, sie wäre in der Nacht mit in dem Haus gewesen. Wäre das ein Spaß gewesen!«)

Abgesehen von dem Eichhörnchen, abgesehen von den Meiers und gelegentlichen Unterredungen mit seinem Anwalt Mr. Fleming war Perry sehr allein. Er entbehrte Dick. *Habe viel an Dick gedacht*, schrieb er eines Tages in sein behelfsmäßiges Tagebuch. Seit ihrer Festnahme hatten sie nicht mehr miteinander reden dürfen, und gerade das war es, was er sich neben der Freiheit am meisten wünschte – mit Dick zu sprechen, wieder mit ihm zusammen zu sein. Dick war nicht der »harte Bursche«, der »Draufgänger« und »männliche Typ«, der »eisenharte Junge«, für den er ihn gehalten hatte. Er hatte sich als »ziemlich schwach und oberflächlich« erwiesen, als ein »Feigling«. Trotzdem war er von allen der Mensch, dem er sich in diesem Augenblick am nächsten fühlte, denn sie hatten wenigstens eines gemein: sie waren Brüder unter dem Zeichen Kains. Getrennt von ihm, fühlte sich Perry »allein mit mir selbst. Wie einer, der eine ansteckende Krankheit hat. Einer, mit dem nur ein Irrer etwas zu tun haben möchte«.

Aber dann, eines Morgens Mitte Februar, erhielt Perry einen Brief. Er war in Reading, Mass., abgestempelt und lautete:

Lieber Perry, es tat mir aufrichtig leid, als ich von der Situation hörte, in der Du Dich jetzt befindest, und so beschloß ich, Dir zu schreiben und Dich wissen zu lassen, daß ich mich sehr gut an Dich erinnere und Dir gern helfen würde, soweit es in meiner Macht steht. Für den Fall, daß Du Dich an meinen Namen Don Cullivan nicht erinnern solltest, lege ich Dir ein Bild aus der Zeit bei, in der wir uns kennengelernt. haben Als ich kürzlich über Dich in der Zeitung las, bekam ich zuerst einen Schreck, und dann mußte ich an die Zeit zurückdenken, in der wir zusammen waren. Obwohl wir nie eng befreundet waren, erinnere ich mich viel deutlicher an Dich als an die meisten anderen, die ich in der Army kennenlernte. Es muß im Herbst 1951 gewesen sein, als Du zur 761sten Leichten Pionierkompanie in Fort Lewis, Washington, kommandiert warst. Du warst klein (ich bin nicht viel größer), kräftig gebaut, hattest dichtes schwarzes Haar und grinstest eigentlich immer. Da Du eine Zeitlang in Alaska gewesen warst, nannten Dich manche von den Jungs den »Eskimo«. Ich erinnere mich noch an eine Musterung, bei der alle Spinde geöffnet werden mußten. Sie waren, wenn ich mich recht entsinne, alle in Ordnung, sogar Deiner, nur daß der innen ganz mit Bildern von Pin-up-Girls beklebt war. Wir glaubten alle, daß Du deswegen bestraft werden würdest, aber der inspizierende Offizier ging nur rasch durch. Und als es vorbei war und er keinen Anstoß genommen hatte, da bewunderten wir Dich alle wegen der Nerven, die Du gehabt hattest. Ich erinnere mich auch, daß Du ein ziemlich guter Billardspieler warst, und ich sehe Dich noch vor mir am Billardtisch im Kompanietagesraum. Du warst einer der besten Lastwagenfahrer in der Truppe. Erinnerst Du Dich noch an die Geländeübungen, die wir gemacht haben? Bei einer dieser Übungen im Winter hatten wir beide jeder einen Lastwagen zu fahren. Die Wagen unserer Einheit hatten keine Heizung, und es war ziemlich kalt vorne in der Führerkabine. Und ich erinnere mich noch, wie Du da ein Loch in den Boden geschnitten hast, um die Wärme vom Motor in die Kabine zu leiten. Es machte großen Eindruck auf mich, weil Beschädigung von Army-Eigentum ein Vergehen war, für das man ziemlich hart bestraft werden konnte. Natürlich, ich war noch ein ziemlicher Neuling und hielt mich wahrscheinlich allzu genau an die Vorschriften. Aber ich weiß noch, daß Du darüber bloß lachtest (und es schön warm hattest), während ich mir darüber Gedanken machte (und fror). Ich weiß auch noch, daß Du Dir ein Motorrad kauftest, mit dem Du, glaube ich, irgendwelche Schwierigkeiten hattest – von der Polizei verfolgt? – ein

Zusammenstoß? Mir war jedenfalls zum erstenmal aufgefallen, daß Du ziemlich wild sein konntest. Vielleicht stimmt manches auch nicht so ganz; es ist immerhin über acht Jahre her, und ich war nur acht Monate mit Dir zusammen, aber soweit ich weiß, kam ich sehr gut mit dir aus und mochte Dich gern. Du schienst immer lustig und gut aufgelegt, Du machtest Deine Sache in der Army gut, und ich kann mich nicht erinnern, daß Du Dich viel beschwert hast. Natürlich, Du warst wohl ziemlich wild, aber ich merkte nicht allzuviel davon. Aber jetzt bist Du richtig in Schwierigkeiten. Ich versuche mir vorzustellen, wie Du heute wohl bist. Was Du so denkst. Als ich das über Dich zuerst las, war ich wie vor den Kopf geschlagen. Tatsächlich. Aber dann legte ich die Zeitung weg und wollte mich mit was anderem beschäftigen. Aber ich mußte ständig an Dich denken. Es half mir nichts, ich konnte das einfach nicht vergessen. Ich bin, oder versuche es wenigstens zu sein, ziemlich religiös (katholisch). Ich war es nicht immer. Ich ließ mich einfach so treiben und dachte nicht an die einzig wichtigen Dinge, die es gibt. Ich dachte nicht an den Tod oder an ein Leben danach. Ich lebte drauflos: Auto, College, Verabredungen etc. Aber mein jüngerer Bruder starb mit 17 an Leukämie. Er wußte, daß er sterben würde, und später fragte ich mich, was er da wohl gedacht haben mochte. Und jetzt denke ich an Dich und frage mich, was Du wohl so denkst. In den letzten Wochen, bevor er starb, wußte ich nicht, was ich zu meinem Bruder sagen sollte. Aber jetzt weiß ich, was ich zu ihm sagen würde. Und deswegen schreibe ich Dir: weil Gott Dich ebenso gemacht hat wie mich und er Dich ebenso liebt wie mich, und da wir Gottes Willen nicht kennen, hätte das, was mit Dir geschehen ist, auch mir geschehen können. Dein Freund Don Cullivan.

Der Name sagte Perry nichts, aber das Gesicht auf dem Foto erkannte er sofort, den jungen Soldaten mit dem kurzgeschnittenen Haar und den runden, sehr ernsten Augen. Er las den Brief wieder und wieder. Die religiösen Anspielungen überzeugten ihn nicht (»Ich habe versucht, zu glauben, aber ich tu es nicht, ich kann es nicht, und es hat keinen Zweck, sich etwas vorzumachen«), aber der Brief regte ihn sehr auf. Hier war jemand, der ihm Hilfe anbot, ein anständiger, rechtschaffener Mann, der ihn gekannt und gern gehabt hatte, ein Mann, der sich als seinen *Freund* bezeichnete. Sofort setzte er sich hin und antwortete ihm, voller Dankbarkeit: »Lieber Don, ja, verdammt, ich erinnere mich genau an Don Cullivan …«

Hickocks Zelle hatte kein Fenster. Er konnte nur auf den Korridor hinaussehen und zu den Zellen gegenüber. Aber er war nicht isoliert, er hatte Leute um sich, mit denen er reden konnte, eine bunte Gesellschaft von Trinkern, Geldfälschern, Männern, die ihre Frau prügelten, und mexikanischen Herumtreibern. Und Dick mit seinem fröhlichen »Gauner«-Jargon, seinen Sex-Geschichten und gewagten Witzen war bei den Mitgefangenen beliebt. (Wenn darunter auch einer war, der nichts von ihm wissen wollte, ein alter Mann, der ihm »Mörder! Mörder!« zuzischte und ihm einmal einen Eimer mit dreckigem Wasser überschüttete.)

Äußerlich erschien Hickock aller Welt als ein ungewöhnlich sorgloser junger Mann. Wenn er nicht in Gesellschaft machte oder schlief, lag er auf seiner Pritsche, rauchte, kaute Kaugummi oder las Sportzeitschriften oder Krimis. Manchmal lag er bloß da und pfiff seine Lieblingslieder (»You must have been a beautiful baby«,. »Shuffle off to Buffalo«) und starrte zu der schirmlosen Glühbirne, die Tag und Nacht an der Decke seiner Zelle brannte. Er haßte dieses ewig wachsame Licht; es störte ihn beim Schlafen und, was noch unangenehmer war, es gefährdete den Erfolg eines geheimen Plans – seiner Flucht. Denn der Gefangene war keineswegs so gleichgültig und unbesorgt, wie er nach außen wirkte, er hatte noch nicht aufgegeben. Er beabsichtigte, alles irgend Mögliche zu unternehmen, um den »Ritt auf der Großen Schaukel« zu umgehen. Er war überzeugt, daß dies das Ergebnis des Prozesses sein würde – jedenfalls eines Prozesses im Staate Kansas –, und so hatte er beschlossen, »auszubrechen, einen Wagen zu schnappen und abzuhauen«. Aber dazu brauchte er eine Waffe, und wochenlang hatte er schon daran gearbeitet – eine »Klinge«, einem Eispfriem sehr ähnlich – ein Instrument, das mit tödlicher Sicherheit zwischen die Schulterblätter des Untersheriffs Meier passen würde. Es bestand aus einem Stuck Holz und einem dicken Draht, ursprünglich Teile einer Toilettenbürste, die er vereinnahmt, auseinandergenommen und unter seiner Matratze versteckt hatte. Tief in der Nacht, wenn nur noch das Geschnarche, das Husten und das klagende Pfeifen der durch die dunkle Stadt rumpelnden Santa-Fé-Züge zu hören waren, schliff er den Draht am Zementfußboden der Zelle. Und bei der Arbeit schmiedete er Pläne.

Einmal, im ersten Winter nach seiner Schulentlassung, war Hickock per Anhalter durch Kansas und Colorado gefahren: »Ich war damals auf der Suche nach einem Job. Ein Lastwagenfahrer hatte mich mitgenommen, aber nach einer Weile bekamen wir Streit, ohne eigentlichen Anlaß, aber er verprügelte mich. Schmiß mich raus. Ließ mich da einfach stehn. Irgendwo auf einer Bergstraße in den Rocky Mountains. Es schneite wie verrückt, dazwischen Hagel, und ich ging kilometerweit zu Fuß. Ich blutete wie ein angestochenes Schwein aus der Nase. Und dann kam ich zu ein paar Hütten an einem bewaldeten Abhang. Kleine Sommerhäuser, alle verschlossen und leer um diese Jahreszeit. Und in eine davon brach ich ein. Ich fand Feuerholz, Konserven und sogar etwas Whisky. Da verbrachte ich eine ganze Woche, und es war mit die schönste Zeit, die ich jemals erlebt habe. Obwohl mir die Nase so weh tat und meine Augen grün und blau waren. Und dann hörte es auf zu schneien, und die Sonne kam durch. Ich habe noch nie solchen Himmel gesehen. Es war wie in Mexiko. Wenn man sich Mexiko unter einem kalten Klima vorstellt. Ich durchsuchte auch die anderen Sommerhäuser und fand ein paar geräucherte Schinken und ein Radio und ein Gewehr. Es war phantastisch. Ich war den ganzen Tag mit dem Gewehr unterwegs. Und immer Sonne. Mensch, war das schön. Ich kam mir vor wie Tarzan. Und abends aß ich immer Bohnen und gebratenen Schinken, legte mich in einer Decke ans Feuer und hörte Radio, bis ich einschlief. Kein Mensch hat mich da gestört. Ich hätte bis zum Frühling bleiben können.« Und das war es, was Dick nach seiner Flucht vorhatte – er wollte in die Colorado Mountains und sich da in einer Hütte bis zum Frühjahr verstecken. (Allein natürlich; was aus Perry wurde, war ihm egal.) Die Aussicht auf ein solches idyllisches Zwischenspiel bestärkte ihn in der begeisterten Heimlichkeit, mit der er seinen Draht schliff, ihn zur Geschmeidigkeit eines dünnen Stiletts feilte.

Donnerstag, 10. März. Sheriff unternahm eine Razzia. Durchsuchte alle Zellen und fand unter Ds Matratze eine Klinge. Frage mich, was er vorhatte, mußte lächeln.

Aber tatsächlich war ihm keineswegs zum Lächeln zumute, denn Dick, im Besitz einer gefährlichen Waffe, hätte eine entscheidende Rolle bei dem Vorhaben spielen können, das er selbst plante. Er hatte sich im Laufe der Wochen mit dem Betrieb auf dem Platz vorm Gericht vertraut gemacht, er wußte genau, wer dort regelmäßig aufkreuzte, und was er trieb. Die Katzen, zum Beispiel: die beiden mageren grauen Kater, die immer bei Anbruch der Dämmerung auf dem Platz erschienen und sich an die Wagen heranmachten, die dort parkten. Er zerbrach sich den Kopf darüber, was sie da vorhatten, bis Mrs. Meier ihm erklärte, daß die Katzen sich die toten Vögel griffen, die sich in den Kühlergrills der Autos verfangen hatten. Von

da an hatte dieser Anblick für ihn etwas Quälendes: »Weil ich im Grunde mein Leben lang genau das getan habe, was sie tun. Genau das gleiche.«
Und dann gab es da einen Mann, der Perry besonders auffiel, ein robuster Mann mit einem aufrechten Gang und silbergrauem Haar, das ihm wie eine Kappe auf dem Schädel saß; sein fleischiges Gesicht mit den kräftigen Kinnbacken und den herabgezogenen Mundwinkeln wirkte in seiner Unbewegtheit irgendwie mürrisch, die Augen hielt er gesenkt, als sei er in einem wenig erfreulichen Traum befangen – ein Bild der rücksichtslosen Strenge. Und doch stimmte dieser Eindruck nur zum Teil, denn hin und wieder merkte der Gefangene, wie er sich anderen zuwandte, Witze mit ihnen machte und lachte, und dann schien er aufgeräumt, jovial, großzügig: »Ein Mann, der vielleicht einen Blick für die menschliche Seite des Problems hatte« – eine wichtige Eigenschaft, denn dieser Mann war Roland H. Tate, Richter des 32. Gerichtsdistrikts, der Justizbeamte, dem der Vorsitz in dem Prozeß des Staates Kansas gegen Smith und Hickock anvertraut war. Die Tates waren, wie Perry erfuhr, eine der alten, angesehenen Familien von West-Kansas. Der Richter war ein vermögender Mann, er hatte eine Pferdezucht, war Großgrundbesitzer, und seine Frau, hieß es, war sehr schön. Er war Vater von zwei Söhnen, aber der jüngere war zum großen Schmerz der Eltern gestorben, so daß sie einen kleinen Jungen adoptierten, der eines Tages als heimatloses Waisenkind vor Gericht erschienen war. »Er scheint ein weiches Herz zu haben«, sagte Perry einmal zu Mrs. Meier. »Vielleicht gibt er uns eine Chance.«
Aber daran glaubte Perry in Wirklichkeit nicht; er war, wie er auch Don Cullivan, mit dem er jetzt regelmäßig korrespondierte, geschrieben hatte, der Ansicht, daß das Verbrechen, das er begangen hatte, »unverzeihlich« war, und er war ganz darauf eingestellt, daß er »die dreizehn Stufen hinaufgehen« müßte. Trotzdem war er nicht ganz ohne Hoffnung, denn auch er hatte sich einen Fluchtplan zurechtgelegt. Er rechnete dabei auf die Hilfe von zwei jungen Leuten, die oft unten vor seinem Fenster gestanden und zu ihm hinaufgeschaut hatten. Der eine war rothaarig, der andere dunkel. Manchmal, wenn sie da auf dem Platz unter dem Baum standen, der an das Zellenfenster streifte, lächelten sie zu ihm herauf und machten ihm Zeichen – jedenfalls kam es ihm so vor. Kein Wort wurde je gesprochen; sie standen dort jeweils nur einen Augenblick lang und gingen dann wieder. Der Gefangene aber war der Überzeugung, daß die jungen Männer ihm, vielleicht aus reiner Abenteuerlust, zur Flucht verhelfen wollten. Er machte

also eine Skizze von dem Platz und zeichnete die Stelle ein, wo ein »Fluchtwagen« am günstigsten geparkt werden könnte. Darunter schrieb er: *Ich brauche ein Sägeblatt Nr. 5. Weiter nichts. Aber sind Sie sich auch über die Folgen klar, falls Sie erwischt werden sollten (bitte nicken Sie dann mit dem Kopf)? Könnte eine lange Gefängnisstrafe geben. Oder vielleicht werden Sie dabei erschossen. Und alles für jemand, den Sie nicht kennen.* ÜBERLEGEN SIE ES SICH GENAU! *Wirklich! Aber woher soll ich wissen, ob ich Ihnen trauen kann? Vielleicht wollen Sie mich nur herauslocken, um mich niederzuknallen? Was ist mit Hickock? Er muß bei allen Plänen einbezogen werden.*

Perry versteckte die Skizze unter seinen Papieren, er wollte sie ihnen zusammengeknüllt zuwerfen, wenn sie das nächste Mal erschienen. Aber sie kamen nicht mehr; er ah sie nie wieder. Schließlich fragte er sich, ob er sich das Ganze vielleicht eingebildet hätte. (Der Gedanke, daß er vielleicht »anormal sei oder seinen Verstand verloren habe«, hatte ihn schon früher gequält, »schon als Kind, wenn meine Schwestern über mich lachten, weil ich das Mondlicht liebte. Mich gern im Schatten versteckte und den Mond betrachtete«.) Aber ob er nun Gespenster gesehen hatte oder nicht, er schlug sich die beiden jungen Leute aus dem Kopf. Es gab noch eine andere Fluchtmöglichkeit, mit der sich nun seine Träumereien beschäftigten: Selbstmord. Der Gefängniswärter hatte zwar alle möglichen Vorsichtsmaßnahmen getroffen (kein Spiegel, kein Gürtel, keine Krawatte, keine Schuhbänder), aber er hatte sich doch eine Möglichkeit ausgedacht. Denn auch in seiner Zelle brannte Tag und Nacht eine schirmlose Glühbirne. Aber im Gegensatz zu Hickock hatte er einen Besen in der Zelle, und wenn er die Besenhaare gegen die Glühbirne drückte, dann konnte er sie herausdrehen. Eines Nachts träumte er, er hätte sie herausgeschraubt, sie zerschlagen und sich mit den Splittern die Adern an Handgelenk und Knöcheln durchschnitten. »Ich, fühlte, wie mich der Atem und die Sehkraft verließen«, beschrieb er später seine Empfindungen. »Die Zellenwände stürzten ein, der Himmel kam herunter, ich sah den großen gelben Vogel.«

Sein Leben lang – als armes, mißhandeltes Kind, als ungebundener Junge, als eingekerkerter Mann – hatte Perry durch seine Träume immer wieder diesen mächtigen gelben Vogel mit dem Kopf eines Papageien schweben sehen, es war für ihn der rächende Engel, der seine Feinde vernichtete oder ihn aus Todesgefahr errettete: »Er packte mich und hob mich hoch, als wäre ich nicht schwerer als eine Maus, und wir stiegen höher und immer höher, tief unter mir sah ich den Platz, sah die Menschen da herumrennen und schreien, und der Sheriff schoß auf uns, alle waren wütend, weil ich frei war, ich flog, ich war besser als sie *alle*.«

Der Prozeßbeginn war auf den 22. März 1960 festgesetzt. In den Wochen davor hatten sich die Verteidiger wiederholt mit den Angeklagten unterhalten, und es war dabei auch erwogen worden, ob es vielleicht ratsam wäre, die Verlegung der Verhandlung an einen anderen Ort zu beantragen. Aber der ältliche Mr. Fleming hatte seinen Klienten gewarnt: »Es ist ziemlich gleichgültig, wo in Kansas die Verhandlung stattfindet. Überall im Staat haben die Leute in dieser Sache dieselbe Einstellung. Wir sind wahrscheinlich in Garden City am besten dran. Die Leute sind hier ziemlich religiös. Elftausend Einwohner und zweiundzwanzig Kirchen. Und die meisten Geistlichen sind gegen die Todesstrafe, sie halten sie für unmoralisch und unchristlich; selbst Reverend Cowan, der Pfarrer der Clutters und ein guter Freund der Familie, predigt gerade in diesem Fall gegen die Verhängung der Todesstrafe. Und vergessen Sie nicht – mehr als Ihnen die Todesstrafe zu ersparen, können wir nicht erreichen. Und diese Chance ist hier ebenso gegeben wie in anderen Teilen des Staates.«

Kurz nach der Erhebung der Anklage gegen Smith und Hickock waren die Anwälte vor Richter Tate erschienen und hatten eine psychiatrische Untersuchung der Angeklagten beantragt. Insbesondere wurde das Gericht ersucht, die Gefangenen vom Staatlichen Krankenhaus in Larned, Kansas, das über eine technisch einwandfrei ausgestattete psychiatrische Abteilung verfügte, untersuchen zu lassen, um festzustellen, ob einer von ihnen oder beide, »unzurechnungsfähig waren, schwachsinnig oder blödsinnig, unfähig, ihre Situation zu begreifen und zu ihrer eigenen Verteidigung beizutragen«.

Hickocks Anwalt Harrison Smith teilte dem Gericht mit, daß er am Tage zuvor nach Larned, hundertsechzig Kilometer von Garden City, gefahren war und mit verschiedenen Ärzten im dortigen Krankenhaus eine Besprechung gehabt hatte: »Wir haben in unserer Stadt keine qualifizierten Psychiater. Larned ist in der Tat die einzige Stadt im Umkreis von vierhundert Kilometer, wo es Ärzte gibt, die eine ernsthafte psychiatrische Untersuchung durchführen können. Das braucht Zeit. Vier bis acht Wochen. Aber die Ärzte, mit denen ich die Sache durchging, waren bereit, sofort mit der Arbeit zu beginnen. Und da es eine staatliche Institution ist, würde natürlich die Untersuchung die County keinen Cent kosten.«

Diesem Plan opponierte Logan Green, Beigeordneter der Anklage, weil er befürchtete, daß seine Gegner bei der bevorstehenden Verhandlung mit »zeitweiser Unzurechnungsfähigkeit« operieren und durch ihren Antrag erreichen würden, daß, wie er in einem privaten Gespräch voraussagte, schließlich eine mit den Angeklagten sympathisierende »Bande von Irrenärzten« im Zeugenstand erscheinen würde (»Diese Burschen, die immer die armen Mörder bemitleiden. An die Opfer denken sie nicht.«). Und so führte Green, geborener Kentuckianer, klein und von Natur kämpferisch, dem Gericht gegenüber aus, daß sich das Gesetz in Kansas, was den Geisteszustand betrifft, nach der seit altersher gültigen, von England übernommenen M'Naghten-Regel richtet, wonach der Beschuldigte, wenn er sich über das Wesen seiner Tat im klaren war und wußte, daß sie gesetzwidrig war, als geistig zurechnungsfähig und für seine Handlungen verantwortlich zu betrachten ist. Außerdem, betonte Green, gebe es in Kansas keine Bestimmung, nach der die mit der Untersuchung des Geisteszustandes von Angeklagten betrauten Ärzte besonders qualifiziert sein müßten: »Keine Fachärzte. Einfach Ärzte mit einer allgemeinen Praxis. Mehr wird vom Gesetz nicht verlangt. Wir führen in dieser County jedes Jahr solche Untersuchungen auf Prozeßfähigkeit durch. Wir ziehen dabei niemals Ärzte aus Larned oder anderen psychiatrischen Institutionen zu. Das machen unsere hiesigen Ärzte. Es ist nicht schwer, herauszufinden, ob einer geisteskrank, schwachsinnig oder blödsinnig ist... Es ist absolut unnötig und die reine Zeitverschwendung, die Angeklagten nach Larned zu schicken.«
Der Anwalt Smith suchte den Standpunkt zu widerlegen, indem er vorbrachte, die gegenwärtige Situation sei »weit ernster, als daß eine gewöhnliche Untersuchung auf den Geisteszustand wie beispielsweise vor einem Erbschaftsgericht ausreichen könnte. Es geht hier um das Leben von zwei Menschen. Was immer diese beiden jungen Männer verbrochen haben mögen, sie haben Anspruch auf Untersuchung durch fachlich geschulte und erfahrene Ärzte. Die psychiatrische Wissenschaft«, wandte er sich direkt an den Richter, »hat in den letzten zwanzig Jahren große Fortschritte gemacht. In zunehmendem Maße sucht die Bundesgerichtsbarkeit mit den Erkenntnissen dieser Wissenschaft Schritt zu halten und sie auf eines Verbrechens Angeklagte anzuwenden. Mir scheint, wir haben hier eine glänzende Gelegenheit, uns die neuen Errungenschaften auf diesem Gebiet zunutze zu machen.«

Es war eine Gelegenheit, die der Richter selbst eher auszulassen geneigt schien, denn wie ein Kollege von ihm einmal bemerkte: »Tate ist ein Richter, der sich genau an das Gesetzbuch hält, er macht keine Experimente, er verfährt strikt nach dem Wortlaut der Paragraphen.« Aber eben dieser Kollege hatte hinzugefügt: »Wäre ich unschuldig, dann würde ich als Richter keinen lieber haben als ihn; wäre ich schuldig, dann wäre er der letzte, den ich mir als Richter wünschen würde.« Tate lehnte den Antrag nicht rigoros ab; er tat vielmehr genau das, was gesetzlich vorgeschrieben war, indem er drei Ärzte aus Garden City damit beauftragte, die Gefangenen zu untersuchen und ein Urteil über ihren Geisteszustand abzugeben. (Die drei Ärzte hatten sich demzufolge mit den Angeklagten zusammengesetzt, sich etwa eine Stunde mit ihnen unterhalten und dann verkündet, daß weder der eine noch der andere geistig gestört sei. Als ihm diese Diagnose mitgeteilt wurde, sagte Perry Smith: »Wie wollen sie das festgestellt haben? Sie haben sich ja bloß ein bißchen mit uns unterhalten. Es schien für sie eine Art Sensation zu sein, all die grausigen Einzelheiten aus dem Mund der Mörder selbst zu hören. Und ihre Augen glänzten dabei.« Hickocks Anwalt war gleichfalls verärgert. Er fuhr noch einmal nach Larned, wo er einen der Ärzte dafür gewinnen wollte, nach Garden City zu kommen und sich ohne Bezahlung mit den Angeklagten zu befassen. Tatsächlich erbot sich der noch nicht dreißigjährige Dr. W. Mitchell Jones, eine Untersuchung von Smith und Hickock durchzuführen und, falls seine Untersuchungsergebnisse es rechtfertigten, zu ihren Gunsten auszusagen. Als Spezialist für Kriminalpsychologie und Kriminalpsychiatrie war Jones, der in Europa und in den Vereinigten Staaten studiert und praktiziert hatte, für diese Aufgabe besonders geeignet.)
Am Morgen des 14. März erschienen die Verteidiger erneut vor Richter Tate, um für eine Verschiebung der Verhandlung zu plädieren, die in acht Tagen stattfinden sollte. Sie gaben zwei Gründe dafür an. Erstens sei einer der Hauptzeugen, Hickocks Vater nämlich, im Augenblick zu krank, um vor Gericht erscheinen und aussagen zu können. Der zweite Grund war von delikaterer Art. Denn ausgerechnet in dieser Woche waren in den Läden der Stadt, in Banken, Restaurants und im Bahnhof Ankündigungen mit folgendem fettgedruckten Text ausgehängt worden: DIE VERSTEIGERUNG DES NACHLASSES VON H. W. CLUTTER FINDET AM 21. MÄRZ 1960 AUF DER RIVER-VALLEY-FARM STATT. »Ich bin mir zwar darüber klar«, wandte sich Harrison Smith an das Gericht, »daß

es fast unmöglich ist, Befangenheit zu beweisen. Aber immerhin findet diese Auktion, eine Versteigerung des Nachlasses des Opfers, heute in einer Woche statt – mit anderen Worten, genau einen Tag vor Verhandlungsbeginn. Ob sich daraus Nachteile für die Angeklagten – Befangenheit der Geschworenen, Beeinflussung der öffentlichen Meinung – ergeben werden, kann ich nicht sagen. Aber diese Ankündigungen, verbunden mit Zeitungsanzeigen und Radiodurchsagen, werden allen Bürgern der Gemeinde im Bewußtsein bleiben, und von ihnen stehen hundertfünfzig als Geschworene zur Wahl.«

Aber Richter Tate zeigte sich nicht beeindruckt. Er lehnte den Antrag ohne Kommentar ab.

Zu Anfang des Jahres hatte Mr. Clutters japanischer Nachbar Hideo Ashida die Geräte und sonstige Ausrüstung seiner Farm versteigert und war nach Nebraska gezogen. Bei dieser Auktion, die allgemein als Erfolg bewertet wurde, fanden sich knapp hundert Kaufwillige ein. An der Versteigerung des Clutter-Nachlasses nahmen etwas über fünftausend Personen teil. Die Bürgerschaft von Holcomb erwartete offenbar ein ungewöhnliches Ergebnis – die Mitglieder des Damenzirkels der Gemeindekirche von Holcomb hatten eine der Clutterschen Scheunen in ein Selbstbedienungsrestaurant verwandelt und mit zweihundert selbstgebackenen Kuchen, zweieinhalb Zentnern Hackfleisch und sechzig Pfund aufgeschnittenem Schinken bestückt – aber niemand hatte damit gerechnet, daß dieses Ereignis sich zur größten Auktion in der Geschichte von West-Kansas auswachsen würde. Aus der Hälfte aller Counties des Staates und aus Oklahoma, Colorado, Texas und Nebraska kamen Wagen. Stoßstange an Stoßstange standen sie an der Auffahrt zur River-Valley-Farm.

Zum erstenmal seit Entdeckung der Mordtat war die Clutter-Farm öffentlich zugänglich, ein Umstand, der etwa ein Drittel der versammelten Menge angezogen haben mochte – Leute, die aus bloßer Neugier gekommen waren. Außerdem war das Wetter dem Besuch günstig, denn Mitte März ist der hohe Schnee verschwunden und die Erde darunter, gründlich aufgetaut, kommt Hektar um Hektar weit als knöcheltiefer Schlamm zum Vorschein; die Farmer können nicht viel tun, bevor die Erde sich nicht wieder einigermaßen gefestigt hat. »Das Land ist so weich und naß«, sagte Mrs. Bill Ramsey, die Frau eines Farmers. »Können rein gar nichts arbeiten. Und da haben wir uns überlegt, wir könnten ebensogut zur Versteigerung fahren.« Es war ein schöner Tag. Ein richtiger Frühlingstag. Die Füße versanken zwar im Schlamm, aber die Sonne, so lange von Schnee und Wolken verdeckt, wirkte ungewohnt neu und frisch, und die Bäume – Mr. Clutters Obstgarten mit den Apfel- und Birnbäumen, die Ulmen an der Auffahrt – zeigten bereits einen Schleier ersten, zarten Grüns. Auch der prächtige Rasen vor dem Haus hatte sich erholt, und Frauen, die sich das verlassene Heim aus der Nähe ansehen wollten, bewegten sich durch das frische Gras und lugten durch die Fenster, als hofften sie und fürchteten doch zugleich, in der Dämmerung hinter den freundlichen geblümten Vorhängen finstere Geistererscheinungen zu sehen.

Der Auktionator pries mit lauter Stimme die Gegenstände und Geräte an – Traktoren, Lastwagen, Schubkarren, Nägel, Vorschlaghämmer und ungebrauchtes Holz, Milcheimer, Brandeisen, Pferde, Hufeisen – alles, was man zum Betrieb einer Farm benötigt, von Seilen und Geschirren bis zu Desinfektionsbädern für Schafe und zinnernen Waschtrögen. Die Aussicht, diese Gegenstände zu besonders günstigen Preisen erwerben zu können, hatte die Mehrzahl der Besucher angelockt. Aber wenn die verarbeiteten Hände der Bietenden auch zögerten, sich zuerst ungern von dem hart verdienten Bargeld zu trennen schienen, es wurde alles verkauft; jemand erstand sogar ein Bund rostiger Schlüssel, und ein junger Cowboy, der mit blaßgelben Stiefeln prunkte, kaufte Kenyon Clutters »Präriewolf«, den schepperigen Wagen, mit dem der ermordete Junge in mondhellen Nächten Präriewölfe gejagt hatte.

Unterstützt wurde der Auktionator beim Heranholen und Aushändigen der kleineren Gegenstände von Paul Helm, Vic Irsik und Albert Stoecklein, Herbert W. Clutters ehemaligen und ihm immer noch treu ergebenen Arbeitern. Es war ihr letzter Dienst und zugleich ihr letzter Tag auf der River-Valley-Farm, denn das Grundstück war an einen Farmer aus Oklahoma verpachtet worden, und so waren es Fremde, die hier in Zukunft leben und arbeiten würden. Während die Auktion abgewickelt wurde und Mr. Clutters Hab und Gut zusammenschmolz, allmählich dahinschwand, sagte Paul Helm in Erinnerung an das Begräbnis der ermordeten Familie: »Es ist wie ein zweites Begräbnis.«

Als letztes wurde der Viehbestand der Farm versteigert, hauptsächlich Pferde, darunter Nancys Pferd, die große, fette Babe, die über ihre besten Jahre lange hinaus war. Es war Spätnachmittag, die Schule war zu Ende, und unter den Zuschauern waren auch einige von Nancys Schulfreundinnen, als das Pferd ausgeboten wurde; auch Susan Kidwell war da. Sue, die bereits einen andern von Nancys verwaisten Lieblingen, eine Katze übernommen hatte, hätte am liebsten auch Babe mit sich genommen, denn sie liebte das alte Pferd und wußte, wie sehr Nancy an ihm gehangen hatte. Die beiden Mädchen waren oft auf Babes breitem Rücken durch die Weizenfelder geritten und an warmen Sommerabenden hinunter zum Fluß und ins Wasser, wo die Stute gegen den Strom watete, bis, wie Sue sagte, »wir alle drei kalt waren wie Fische«. Aber Sue hatte keinen Platz, wo sie das Pferd hätte unterbringen können.

»Fünfzig zum ersten ... fünfundsechzig ... siebzig ...« Die Käufer zögerten, niemand schien Babe wirklich haben zu wollen, und der Mann, der sie schließlich bekam, ein Farmer und Mennonit, der sagte, er könne das Pferd zum Pflügen gebrauchen, zahlte fünfundsiebzig Dollar. Als er das Tier aus der Einfriedigung führte, lief Sue Kidwell hinterher. Sie hob die Hand, als wollte sie ihm zum Abschied winken, bedeckte aber statt dessen ihren Mund.

Das Garden City *Telegram* brachte am Vorabend der Verhandlung folgenden Leitartikel: »Manche mögen denken, die Augen der ganzen Nation seien während dieser sensationellen Verhandlung auf Garden City gerichtet. Aber das ist nicht der Fall. Schon hundertfünfzig Kilometer westlich von hier, in Colorado, wissen nur wenige überhaupt von dieser Sache – sie erinnern sich höchstens daran, daß die Angehörigen einer angesehenen Familie ermordet wurden. Das ist ein trauriger Kommentar zum Thema Verbrechen in unserem Land. Seit dem vergangenen Herbst, als vier Mitglieder der Familie Clutter ermordet wurden, hat sich eine ganze Reihe solcher Mordtaten in verschiedenen Teilen unseres Landes ereignet. Gerade in den letzten Tagen vor Beginn dieser Verhandlung haben mindestens drei solcher Fälle von mehrfachem Mord Schlagzeilen gemacht. Dieses Verbrechen und diese Verhandlung sind also nur einer von vielen Fällen, von denen die Leute lesen, um sie dann zu vergessen ...«

Obwohl die Augen der Nation nicht auf sie gerichtet waren, war das Verhalten der Hauptbeteiligten, vom Gerichtsstenografen bis zum Richter selbst, am Morgen des ersten Verhandlungstages auffällig selbstbewußt. Alle vier Anwälte glänzten in neuen Anzügen; die neuen Schuhe an den großen Füßen des Anwalts der County knarrten und quietschten bei jedem Schritt. Auch Hickock war sehr sorgfältig gekleidet, dafür hatten seine Eltern gesorgt: eine gutsitzende Hose aus blauem Serge, ein weißes Hemd, ein schmaler, dunkelblauer Schlips. Nur Perry Smith, der weder eine Jacke noch einen Schlips besaß, wirkte modisch einigermaßen deplaciert. Er trug ein von Mr. Meier geliehenes, am Hals offenes Hemd und aufgerollte Bluejeans, er sah einsam aus und schien hier so wenig hinzupassen wie eine Möwe in ein Weizenfeld.

Der Gerichtssaal, ein wenig ansprechender Raum im zweiten Stock des Gerichtsgebäudes der Finney County, hat langweilige weiße Wände und dunkelgebeiztes hölzernes Mobiliar. Auf den Bänken des Zuschauerraumes haben etwa hundertsechzig Personen Platz. Am Dienstag, dem 22. März, morgens, waren die Bänke von ausschließlich männlichen Einwohnern der County besetzt, den einberufenen Geschworenen, aus denen die Jury gebildet werden sollte. Kaum einer der einberufenen Bürger schien besonders begierig, dieses Amt zu übernehmen (einer von ihnen sagte im Gespräch mit seinem Nebenmann: »Mich können sie nicht brauchen, ich höre schlecht.« Worauf sein Freund nach einigem schlauen Überlegen erwiderte: »Ehrlich gesagt, ich höre auch nicht besonders.«), und es wurde allgemein angenommen, daß die Wahl der Geschworenen einige Tage in Anspruch nehmen würde. Es ergab sich jedoch, daß man dazu nicht mehr als vier Stunden benötigte; ja, die erforderliche Zahl an Geschworenen, zwei Hilfsgeschworene eingerechnet, rekrutierte sich bereits aus den ersten vierundvierzig Kandidaten. Sieben wurden auf Einspruch der Verteidigung abgelehnt, drei auf Verlangen der Anklage von der Dienstleistung entbunden; weitere zwanzig erlangten die Ausschließung, entweder weil sie gegen die Todesstrafe waren, oder weil sie erklärten, im vorhinein von der Schuld der Angeklagten überzeugt zu sein.

Die vierzehn, die schließlich gewählt wurden, setzten sich zusammen aus einem halben Dutzend Farmern, einem Drogisten, dem Leiter eines Kinderheims, einem Flughafenangestellten, einem Brunnenbauer, zwei Handelsvertretern, einem Maschinisten und dem Manager von Rays Kegelbahn. Sie waren alle verheiratet (einige hatten fünf Kinder und mehr) und aktive Mitglieder der verschiedenen Kirchengemeinden der Stadt. Während der Befragung nach der Eidesfähigkeit hatten vier dem Gericht mitgeteilt, daß sie persönlich, wenn auch nicht näher, mit Mr. Clutter bekannt gewesen seien, meinten aber bei näherer Befragung, deswegen nicht parteiisch oder voreingenommen zu sein. Der Flughafenangestellte, ein Mann mittleren Alters namens N. L. Dunnan, erwiderte, als er über seine Einstellung zur Todesstrafe befragt wurde: »Normalerweise bin ich dagegen. In diesem Fall aber nicht« – eine Erklärung, die von manchen, die sie mit anhörten, als Befangenheit ausgelegt wurde. Trotzdem wurde Dunnan als Geschworener zugelassen.

Während der Wahl der Geschworenen saßen die Angeklagten, die an dem Vorgang wenig interessiert schienen, am anderen Ende des Tisches, an dem ihre Verteidiger Platz genommen hatten. Am Tag zuvor hatte der Psychiater Dr. Jones, der sich erboten hatte, sie zu untersuchen, sie sich getrennt vorgenommen und mit jedem von ihnen etwa zwei Stunden gesprochen. Zum Schluß hatte er beide gebeten, einen Lebenslauf zu schreiben, und damit waren sie während der Stunden, die die Bildung der Jury in Anspruch nahm, beschäftigt. Hickock schrieb mit einem Federhalter, Smith mit einem Bleistift.

Smith schrieb:

Ich, Perry Edward Smith, wurde am 27. Oktober 1928 in Huntington, Elko County, Nevada, geboren, einem ziemlich gottverlassenen Nest sozusagen. Ich erinnere mich, daß es die Familie 1929 mit Juneau, Alaska versuchte. Zur Familie gehörte mein Bruder, Tex jr. (er änderte seinen Namen später in James, weil »Tex« ihm lächerlich vorkam & auch, glaube ich, weil er meinen Vater in seiner Kindheit haßte – meine Mutter hatte ihn beeinflußt). Eine Schwester, Fern (sie änderte auch ihren Namen – in Joy). Eine Schwester Barbara. Und dann ich... In Juneau betrieb mein Vater Alkoholschmuggel. Ich glaube in dieser Zeit fing meine Mutter mit dem Trinken an. Mom & Dad bekamen Streit miteinander. Ich erinnere mich, daß sich meine Mutter mit einigen Seeleuten »abgab«, während mein Vater weg war. Als er nach Hause kam, gab es eine Schlägerei, und mein Vater warf nach einem heftigen Kampf die Seeleute raus & schlug dann weiter auf meine Mutter ein. Ich hatte furchtbare, Angst, meine Geschwister auch. Weinte. Ich hatte Angst, weil ich glaubte, mein Vater würde mir etwas antun, auch weil er meine Mutter schlug. Ich begriff nicht, warum er sie schlug, aber ich hatte das Gefühl, daß sie etwas Furchtbares gemacht hatte... Als nächstes erinnere ich mich dunkel, daß wir in Fort Bragg, Kalifornien, lebten. Mein Bruder hatte ein Luftgewehr geschenkt bekommen. Damit schoß er einen Kolibri tot, und nachdem er ihn totgeschossen hatte, tat es ihm leid. Ich bat ihn, auch mit dem Luftgewehr schießen zu dürfen. Er stieß mich weg und sagte, ich wäre noch zu klein. Ich wurde so wütend, daß ich anfing zu weinen. Als ich zu Ende geweint hatte, überkam mich wieder die Wut, und am Abend griff ich mir das Luftgewehr, das am Stuhl meines Bruders lehnte, hielt es ihm an die Schläfe & brüllte: »PENG!« Mein Vater (oder meine Mutter) schlug mich, und ich mußte mich entschuldigen. Mein Bruder schoß öfters auf ein großes weißes Pferd, auf dem ein Nachbar ritt und immer auf seinem Weg zur Stadt an unserem Haus vorbeikam. Der Nachbar faßte meinen Bruder und mich, ich hatte mich hinter einem Busch versteckt, und brachte uns zu Dad & wir bekamen Prügel, & meinem Bruder wurde das Luftgewehr weggenommen & ich war froh, daß es ihm weggenommen worden war!... Das ist so ziemlich alles, was ich aus der Zeit in Fort Bragg weiß. (Doch ja! Wir Kinder sprangen immer mit einem offenen Regenschirm von einem Heuboden herunter auf einen Heuhaufen.) ...Und dann erinnere ich mich erst wieder an die Zeit in Kalifornien, oder war es in Nevada? An eine sehr häßliche Geschichte zwischen meiner Mutter und einem Neger. Wir Kinder schliefen im Sommer auf einer Veranda. Eins von unseren Betten war direkt unter dem Fenster vom Zimmer meiner Eltern. Einer nach dem anderen guckten wir durch den halboffenen Vorhang und sahen, was da drin vorging. Dad hatte einen Neger (Sam) angestellt, für die Arbeiten auf dem Hof, oder der Farm, während er irgendwo an der Straße arbeitete. Er kam meistens erst spät abends mit seinem Ford vom Typ A nach Haus. Ich weiß nicht mehr genau, wie es sich abgespielt hat, aber ich nahm an, daß Dad Bescheid wußte oder doch ahnte, was da vor sich ging. Es endete damit, daß Mom & Dad sich trennten & Mom uns Kinder mit nach San Francisco nahm. Sie fuhr mit Dads Laster & all den Souvenirs weg, die er von Alaska mitgebracht hatte. Ich glaube, das war 1935 (?)... In Frisco war ich dauernd in Schwierigkeiten. Ich zog mit einer Bande los, von der alle älter waren als ich. Meine Mutter war immer betrunken und nicht in der Lage, für uns zu sorgen. Ich rannte herum so frei & wild wie ein Präriewolf. Es gab keine Regeln und keine Disziplin und niemand, der mir beibrachte, was Recht und was Unrecht war. Ich kam & ging, wie es mir paßte – bis ich zum erstenmal in der Tinte saß. Ich kam immer wieder in Besserungsanstalten, weil ich von zu Hause weggelaufen war & gestohlen hatte. Ich erinnere mich noch an ein Heim, in das ich geschickt wurde. Ich war nierenkrank & machte jede Nacht das Bett naß. Ich schämte mich deswegen sehr, aber ich hatte mich nicht in der Gewalt. Ich wurde von der Heimleiterin heftig verprügelt, sie beschimpfte mich und machte mich vor den anderen Jungs lächerlich. Sie kam mitten in der Nacht an, um nachzusehen, ob ich das

Bett naßgemacht hatte. Sie riß die Decken zurück & schlug mich furchtbar mit einem breiten schwarzen Ledergürtel – zog mich an den Haaren aus dem Bett und schleppte mich ins Badezimmer & drehte das kalte Wasser an & sagte, ich sollte mich waschen und die Bettücher auch. Jede Nacht war ein Albtraum. Später fand sie es wohl sehr komisch, mir irgendwelche Salbe auf mein Glied zu schmieren. Das war fast unerträglich. Es brannte wie Feuer. Sie wurde später entlassen. Aber das hat meine Einstellung ihr gegenüber nicht geändert & meinen Wunsch, ihr was anzutun & allen Leuten, die sich über mich lustig machten ...

Und dann, weil Dr. Jones ihm sagte, er müsse den Lebenslauf schon an diesem Nachmittag haben, überging Smith seine spätere Kindheit und berichtete von den Jahren, in denen er mit seinem Vater zusammengelebt hatte. Sie zogen durch den ganzen Westen, suchten Gold, fingen Pelztiere und übernahmen alle möglichen Jobs:

Ich liebte meinen Vater, aber es gab Zeiten, in denen diese Neigung zu ihm mir aus dem Herzen floß wie abgeleitetes Wasser. Das war immer, wenn er keinen Versuch machte, meine Probleme zu verstehen. Sich nicht um mich kümmerte, mir keinen Rat gab & sich nicht für mich verantwortlich fühlte. Ich mußte von ihm weg. Als ich sechzehn war, ging ich zur Handelsmarine. 1948 trat ich in die Army ein – der Einstellungsoffizier gab mir eine Chance, indem er mir bei dem Test bessere Noten gab. Von dieser Zeit an wußte ich, wie wichtig eine Ausbildung ist. Dadurch wurden mein Haß und meine Bitterkeit anderen gegenüber nur verstärkt. Ich wurde in Schlägereien verwickelt. Ich warf einen japanischen Polizisten von einer Brücke ins Wasser. Ich wurde vors Kriegsgericht gestellt, weil ich ein japanisches Café demoliert hatte. In Kyoto wurde ich wieder vor ein Kriegsgericht gestellt, weil ich ein japanisches Taxi gestohlen hatte. Ich war fast vier Jahre in der Army. Während ich in Japan & Korea diente, hatte ich oft heftige Wutanfälle. Ich war fünfzehn Monate in Korea, wurde abkommandiert und in die Staaten zurückgeschickt. Da wurde ich gefeiert, weil ich der erste Soldat war, der aus dem Koreakrieg nach Alaska zurückkam. Großer Artikel, Bild in der Zeitung, Freiflug nach Alaska und all das Drum und Dran ... Ich beendete meinen Dienst in der Army in Fort Lewis, Washington.

Smith schrieb hastig und fast unleserlich, als er jetzt zu den späteren Ereignissen kam: zu dem Motorradunfall, durch den er zum Krüppel wurde, zum Einbruch in Phillipsburg, Kansas, der ihm die erste Gefängnisstrafe eingetragen hatte:

... Ich wurde zu fünf bis zehn Jahren verurteilt für Einbruch, Diebstahl und Ausbruch aus dem Gefängnis. Ich hatte das Gefühl, daß ich sehr ungerecht behandelt worden war. Ich wurde im Gefängnis immer verbitterter. Nach der Entlassung sollte ich mit meinem Vater nach Alaska gehen – aber das tat ich nicht – ich arbeitete eine Zeitlang in Nevada und Idaho – ging nach Las Vegas und von da nach Kansas, wo ich in die Situation geriet, in der ich jetzt bin. Kann nicht mehr schreiben, die Zeit ist um.
Er schrieb seinen Namen darunter und fügte ein Postskriptum hinzu:

Würde gern wieder mit Ihnen sprechen. Ich habe vieles ausgelassen, das Sie vielleicht interessiert. Es hat mir immer außerordentlichen Auftrieb gegeben mit Leuten zusammen zu sein, die ein Ziel haben, dem sie sich mit aller Kraft widmen. So ging es mir in Ihrer Gegenwart.

Hickock war nicht so intensiv bei der Sache wie sein Mitgefangener. Wiederholt unterbrach er die Niederschrift und hörte sich die Fragen an, die den zur Wahl stehenden Geschworenen gestellt wurden, oder er starrte in die Gesichter der Leute um ihn herum, besonders, und zwar mit sichtlichem Unbehagen, in das energische Gesicht des County attorney Duane West, der ebenso alt war wie er, achtundzwanzig. Aber sein Lebenslauf, in einer stilisierten Schrift geschrieben, die aussah wie schrägfallender Regen, war fertig, als sich das Gericht vertagte:

Ich will versuchen, Ihnen alles über mich aufzuschreiben, wenn meine frühe Kindheit mir auch nur noch sehr vage in Erinnerung ist – jedenfalls bis etwa zu meinem zehnten Geburtstag. Meine Schulzeit verlief genauso wie bei den meisten Jungen meines Alters. Ich habe mich mit anderen herumgeschlagen, hatte Mädchen, und auch alles andere war so, wie es bei einem heranwachsenden Jungen ist. Mein Leben zu Hause war auch normal, aber, wie ich schon gesagt habe, ich bekam kaum je die Erlaubnis, unser Grundstück zu verlassen und mit anderen zu spielen. Mein Vater, war in der Beziehung immer sehr streng mit uns Jungen. Ich mußte ihm auch viel im Haus helfen ... Ich kann mich nur an einen einzigen nennenswerten Streit erinnern, den mein Vater und meine Mutter miteinander gehabt haben. Ich weiß nicht, worum es ging ... Mein Vater kaufte mir einmal ein Fahrrad, und ich glaube, ich war der stolzeste Junge in der ganzen Stadt. Es war ein Mädchenfahrrad, und er tauschte es um gegen ein Jungensfahrrad. Er malte es an, so daß es wie neu aussah. Aber als ich klein war, hatte ich viel Spielzeug, jedenfalls für die finanzielle Situation, in der meine Eltern waren. Wir waren immer ziemlich arm. Nie ganz blank, aber oft nahe dran. Mein Vater arbeitete schwer und tat alles, um gut für uns zu sorgen. Meine Mutter war auch immer sehr fleißig, das Haus war immer sauber, und wir hatten immer genug sauberes Zeug. Ich weiß noch, mein Vater trug immer diese altmodischen flachen Kappen, und ich mußte sie auch tragen, und ich mochte sie nicht ... In der Oberschule war ich gut, in den ersten beiden Jahren war ich jedenfalls immer über dem Durchschnitt. Aber dann fiel ich ein bißchen zurück. Ich hatte eine Freundin, das war ein nettes Mädchen, und ich habe sie nie berührt. Bloß geküßt. Es ging anständig zwischen uns zu ... Während der Schulzeit machte ich bei allen Sportarten mit, und ich bekam insgesamt neun Leistungsabzeichen. Basketball, Football, Langstreckenlauf und Baseball. Das letzte Schuljahr war das beste. Ich ging nie fest mit einem Mädchen, plänkelte nur immer so herum. Damals hatte ich zum erstenmal richtig was mit einem Mädchen. Den Jungs hab ich natürlich immer erzählt, daß ich schon 'ne Menge Mädchen gehabt hätte ... ich bekam von zwei Colleges das Angebot, in der Basketball-Mannschaft zu spielen, aber ich habe das nicht angenommen. Nach der Entlassung aus der Schule arbeitete ich für die Santa-Fé-Eisenbahn bis zum Winter darauf, als ich abgeschoben wurde. Im Frühjahr darauf bekam ich einen Job bei der Roark Motor Company. Ich hatte da ungefähr vier Monate gearbeitet, als ich einen Unfall mit einem Wagen der Company hatte. Ich war mehrere Tage mit ziemlichen Kopfverletzungen im Krankenhaus. In dem Zustand, in dem ich war, konnte ich keinen neuen Job finden, und so war ich fast den ganzen Winter arbeitslos. Inzwischen hatte ich ein Mädchen kennengelernt und mich verliebt. Ihr Vater war Baptistenprediger und wollte von mir nichts wissen. Im Juli heirateten wir. Ihr Vater regte sich furchtbar auf, bis er erfuhr, daß sie schwanger war. Aber er hat mich nie beglückwünscht und das hat mich immer gewurmt. Nachdem wir geheiratet hatten, arbeitete ich in einer Tankstelle in der Nähe von Kansas City. Ich arbeitete von 8 Uhr abends bis 8 am Morgen. Manchmal blieb meine Frau die ganze Nacht bei mir. Sie hatte Angst, ich würde einschlafen und so half sie mir. Dann bekam ich ein Angebot, bei Perry Pontiac zu arbeiten, das ich mit

Freuden annahm. Ich bin da sehr gern gewesen, obwohl ich nicht viel verdiente – $ 75 die Woche. Ich kam mit den anderen Angestellten gut zurecht, und der Boß hatte mich gern. Ich blieb dort fünf Jahre … Und in dieser Zeit begannen einige der scheußlichsten Sachen, die ich in meinem Leben gemacht habe.

Hier enthüllte Hickock seine Neigung, sich an minderjährigen Mädchen zu vergehen, führte einige Beispiele an und schrieb dann:

Ich weiß, daß es unrecht ist. Aber wenn es soweit ist, mache ich mir keine Gedanken darüber, ob etwas recht oder unrecht ist. Dasselbe gilt fürs Stehlen. Es ist wie ein Zwang, der mich dazu treibt. Da war noch eine Sache im Zusammenhang mit dem Clutter-Fall, die ich Ihnen nicht erzählt habe. Ich wußte, bevor ich hinfuhr, daß ein Mädchen in dem Haus sein würde. Und ich glaube, ich hatte in erster Linie gar nicht die Absicht, das Geld zu stehlen, sondern das Mädchen zu vergewaltigen. Das war es, woran ich hauptsächlich dachte. Das ist auch einer der Gründe, warum ich nicht aufhören und weggehen wollte, selbst als ich feststellte, daß kein Safe im Haus war. Ich machte mich an das Mädchen heran, als wir da waren. Aber Perry ließ mir keine Chance. Ich hoffe, das wird außer Ihnen nie jemand erfahren, ich habe es selbst meinem Anwalt nicht erzählt. Es gibt noch einiges andere, was ich Ihnen hätte erzählen sollen, aber ich möchte nicht, daß meine Eltern es erfahren. Weil ich mich ihretwegen (der Sachen, die ich gemacht habe) mehr schäme als wegen des Gehängtwerdens … Ich war immer wieder krank. Ich glaube, das kam von dem Autounfall, den ich gehabt habe. Ich wurde manchmal ohnmächtig und hatte Nasenbluten und blutete auch aus dem linken Ohr. Einen dieser Anfälle hatte ich mal bei Leuten, die in der Nähe von meinen Eltern wohnen, Crist heißen sie. Es ist noch gar nicht lange her, da kam ein Glassplitter zum Vorschein, seitlich an meinem linken Auge. Mein Vater half mir, ihn rauszuziehen … Ich sollte Ihnen vielleicht auch erzählen, wie es zu meiner Scheidung kam und weshalb ich ins Gefängnis kam. Es fing Anfang 1957 an. Wir, meine Frau und ich, lebten in einer Wohnung in Kansas City. Ich hatte meinen Job bei der Autofirma aufgegeben und hatte selbst eine Autowerkstatt aufgemacht. Die Garage hatte ich von einer Frau gemietet, die eine Schwiegertochter namens Margaret hatte. Ich lernte das Mädchen eines Tages kennen, als ich in der Werkstatt war, und wir gingen eine Tasse Kaffee trinken. Ihr Mann war bei der Marine. Um es kurz zu machen – ich ging dann auch mit ihr aus. Meine Frau reichte die Scheidung ein. Ich begann zu glauben, daß ich meine Frau nie richtig geliebt hätte. Denn wenn ich das getan hätte, dann hätte ich das alles nicht gemacht. Darum focht ich die Scheidung nicht an. Ich fing an zu trinken und war fast einen ganzen Monat betrunken. Ich vernachlässigte meine Arbeit, gab mehr Geld aus, als ich verdiente, schrieb ungedeckte Schecks aus, und dann machte ich einen Einbruch ... Und dadurch kam ich ins Gefängnis. Mein Anwalt sagte, ich sollte Ihnen gegenüber ehrlich sein, da Sie mir helfen können. Und ich brauche Hilfe, wie Sie wissen.

Am nächsten Tag, am Mittwoch, begann die Hauptverhandlung. An diesem Tag war auch zum erstenmal die Öffentlichkeit zugelassen, wobei sich herausstellte, daß der Gerichtssaal bei weitem nicht für die Menge ausreichte, die gekommen war, um der Verhandlung beizuwohnen. Die besten Plätze waren für zwanzig Presseleute und für besondere Zeugen wie Hickocks Eltern und Donald Cullivan reserviert (der auf Antrag von Perry Smiths Anwalt von Massachusetts gekommen war, um für seinen ehemaligen Freund aus der Army auszusagen). Es ging das Gerücht, daß auch die beiden noch lebenden Töchter der Clutter-Familie anwesend sein würden. Aber das war ein Irrtum. Sie nahmen auch an keiner der folgenden Verhandlungen teil. Die Familie war durch Mr. Clutters jüngeren Bruder Arthur vertreten, der hundertsechzig Kilometer gefahren war, um dabeizusein. Zu Journalisten sagte er: »Ich möchte mir die beiden nur mal richtig ansehen. Ich möchte sehen, was für eine Sorte von wilden Tieren sie sind. Ich könnte sie glatt in Stücke reißen.« Er nahm unmittelbar hinter den Angeklagten Platz und starrte so beharrlich zu ihnen hin, als wollte er sich ihre Köpfe einprägen, um sie aus dem Gedächtnis zu porträtieren. Schließlich, als hätte Arthur Clutter ihn durch die Intensität seiner Blicke dazu gebracht, drehte Perry Smith sich um und sah ihn an und bemerkte seine große Ähnlichkeit mit dem Mann, den er ermordet hatte. Es waren dieselben milden Augen, die schmalen Lippen und das feste Kinn. Perry, der Kaugummi kaute, hörte einen Moment damit auf. Er senkte die Augen und begann erst nach einer Weile wieder langsam zu kauen. Diese Episode ausgenommen, gaben sich Smith und auch Hickock im Gerichtssaal gleichgültig und uninteressiert. Kaugummi kauend saßen sie da, gelangweilt und mit einer gewissen Ungeduld, als der Anklagevertreter die erste Zeugin aufrief.

Nancy Ewalt. Und danach Susan Kidwell. Die jungen Mädchen schilderten, was sie gesehen hatten, als sie am Sonntag, dem 15. November, das Haus der Clutters betraten: die stillen Räume, eine leere Geldbörse auf dem Fußboden in der Küche, ein sonnendurchflutetes Schlafzimmer und darin blutüberströmt ihre Schulfreundin Nancy Clutter. Die Verteidiger verzichteten auf das Kreuzverhör, eine Taktik, die sie auch bei den nächsten drei Zeugen verfolgten (Nancy Ewalts Vater Clarence, Sheriff Earl Robinson und dem Leichenbeschauer Dr. Robert Fenton), die jeder Einzelheiten zu dem Bericht über die Ereignisse jenes Novembermorgens beisteuerten: wie man schließlich die vier Ermordeten fand und in welchem Zustand sie waren, dazu das Ergebnis von Dr. Fentons ärztlicher Untersuchung der Todesursache – »schwere Hirnverletzungen und tödliche Zersplitterung der Schädelknochen, verursacht durch Gewehrschüsse.«

Als nächster trat Richard G. Rohleder in den Zeugenstand. Rohleder ist Oberinspektor der Polizei von Garden City. Sein Hobby ist Fotografieren, und er ist auf diesem Gebiet Experte. Rohleder hatte die Aufnahmen gemacht, die Hickocks staubige Fußspuren im Keller der Clutters sichtbar werden ließen, Fußspuren, die nur für die Kamera zu erkennen waren, nicht jedoch für das menschliche Auge. Er hatte auch die Ermordeten fotografiert, jene Aufnahmen vom Schauplatz der Mordtaten gemacht, mit denen sich Alvin Dewey ständig beschäftigt hatte, als der Fall noch unaufgeklärt war. Der wesentliche Punkt in Rohleders Zeugenaussage war die Erwähnung der Fotografien, für die die Anklage Beweisantrag stellte. Aber Hickocks Anwalt erhob Einspruch: »Die Bilder werden einzig mit der Absicht herangezogen, die Geschworenen befangen zu machen und sie gegen die Angeklagten aufzubringen.« Richter Tate aber wies den Einspruch ab und ließ die Fotografien als Beweismittel zu, so daß sie den Geschworenen vorgelegt werden mußten.

Während das geschah, sagte Hickocks Vater zu einem neben ihm sitzenden Journalisten: »Der Richter da oben! Ich habe noch nie erlebt, daß einer so voreingenommen war wie der. Das ist doch sinnlos, die Verhandlung von einem solchen Mann führen zu lassen. Der war ja auch einer der Sargträger bei dem Begräbnis!« (Tatsächlich kannte Tate die Opfer kaum und hatte der Beerdigung überhaupt nicht beigewohnt.) Aber Mr. Hickocks Stimme war der einzige Laut in dem jetzt völlig stillen Gerichtssaal. Es waren im ganzen siebzehn Abzüge, und als sie von Hand zu Hand gingen, drückte sich in den Gesichtern der Geschworenen das Entsetzen aus, das sie beim Anblick der Bilder erfaßte: bei einem rötete sich das Gesicht, als wäre er geohrfeigt worden, und einige warfen nur einen flüchtigen Blick darauf, sie hatten offenbar nicht den Mut, die Bilder länger zu betrachten; es war, als öffneten ihnen die Fotografien erst die Augen, als bekämen sie jetzt erst mit voller Wucht das Furchtbare zu Gesicht, das einem ihrer Nachbarn, seiner Frau und seinen Kindern geschehen war. Sie waren bestürzt, waren erbittert, und einige von ihnen – der Drogist, der Manager der Kegelbahn – sahen voller Verachtung zu den Angeklagten hin.

Mr. Hickock der Ältere schüttelte müde den Kopf und murmelte wieder und wieder: »Das ist doch Unsinn. Diese ganze Verhandlung ist Unsinn.«

Als letzten Zeugen dieses Tages hatte die Anklage einen »geheimnisvollen Mann« aufzurufen versprochen. Es war der Mann, dessen Aussage schließlich zur Verhaftung der beiden Angeschuldigten geführt hatte: Floyd Wells, ehemaliger Zellengenosse von Hickock. Weil er noch eine Strafe in der Kansas-City-Strafanstalt absaß und daher die Gefahr bestand, daß die Mitgefangenen Racheakte an ihm verüben würden, hatte man bisher den Namen des Informanten nicht öffentlich bekanntgegeben. Um vor Gericht aussagen zu können, war er nunmehr von der Strafanstalt in das Gefängnis einer benachbarten County übergeführt worden. Wells bewegte sich nichtsdestoweniger scheu und ängstlich quer durch den Gerichtssaal auf den Zeugenstand zu, als befürchte er, hier vor aller Augen überfallen und niedergemacht zu werden. Hickocks Lippen zuckten, als er an ihm vorbeikam. Wells tat so, als hätte er die gar nicht gehört. Doch wie ein Pferd, das das Zischen einer Klapperschlange gehört hat, scheute er zurück vor der giftigen Nähe des verratenen Mannes. Regungslos stand er da, als er den Zeugenstand betreten hatte, und sah starr geradeaus. Ein kleiner, schmächtiger Bursche, der mit seinem fliehenden Kinn etwas linkisch wie ein Bauernjunge wirkte. Er trug einen sehr ordentlichen dunkelblauen Anzug, der ihm für diese Gelegenheit aus staatlichen Mitteln zur Verfügung gestellt worden war – die Anklage legte Wert darauf, daß der wichtigste Zeuge anständig und damit vertrauenswürdig aussah.

Wells' Aussage, im Verhör vor der Verhandlung gewissermaßen bis zur Vollendung geprobt, war so sauber und ordentlich wie seine äußere Erscheinung. Durch Logan Greens freundliches Zureden ermutigt, begann der Zeuge zu erzählen, daß er einmal fast ein Jahr auf der River-Valley-Farm

gearbeitet hatte, daß er etwa zehn Jahre später wegen eines Einbruchs verurteilt worden war und dann im Gefängnis einen anderen Einbrecher, Richard Hickock, kennengelernt und ihm die Farm und die Familie Clutter beschrieben hatte.
»Sagen Sie«, fragte Green, »in welcher Weise haben Sie beide denn von Mr. Clutter gesprochen?«
»Na ja, wir haben ausführlich über Mr. Clutter gesprochen. Hickock sagte, er würde bald bedingt entlassen werden und wollte in den Westen, um sich einen Job zu suchen. Vielleicht könnte er es ja bei Mr. Clutter versuchen. Ich hatte ihm erzählt, daß Mr. Clutter ziemlich wohlhabend war.«
»Dafür schien sich Mr. Hickock besonders zu interessieren?«
»Na ja, er wollte wissen, ob Mr. Clutter da im Haus einen Safe hätte.«
»Mr. Wells, glaubten Sie damals, daß ein Safe im Haus wäre?«
»Das war mittlerweile ziemlich lange her, daß ich da gearbeitet hatte. Ich war der Ansicht, da wäre ein Safe. Es gab da so eine Art Schrank... Und eh ich mich's versah, sprach er (Hickock) davon, daß er bei Mr. Clutter einbrechen wollte.«
»Hat er Ihnen irgendwas darüber gesagt, wie er diesen Einbruch bewerkstelligen wollte?«
»Er sagte, wenn es dazu käme, dann würde er dafür sorgen, daß keine Zeugen übrigblieben.«
»Hat er Ihnen gesagt, was genau er mit diesen Zeugen machen wollte?«
»Ja. Er sagte, er würde sie wahrscheinlich fesseln, dann ausrauben und dann umbringen.«
Damit schien die Vorsätzlichkeit der Tat hinreichend erwiesen, und so überließ Green den Zeugen jetzt den Verteidigern.
Der alte Mr. Fleming, ein typischer Landanwalt, dem beim Umgang mit Grundstücken wohler in seiner Haut war als bei der Beschäftigung mit Straftaten, eröffnete das Kreuzverhör, wobei es ihm, wie er eingangs betonte, darauf ankam, einen Punkt zu klären, den die Anklage bisher gewissentlich umgangen hatte: die Frage, was für eine Rolle Wells selbst bei dem Mordplan gespielt hatte und inwieweit er moralisch verantwortlich zu machen war.
Fleming kam sofort auf den Kern der Sache, er fragte: »Sie haben nichts gesagt oder unternommen, um Mr. Hickock davon abzubringen, hierherzufahren und die Familie Clutter zu berauben und umzubringen?«
»Nein. Alle da oben (in der Kansas-City-Strafanstalt) erzählen einem dau-

ernd alles mögliche, und man nimmt das einfach nicht ernst, man hält es für Gerede.«

»Sie meinen, Sie redeten da nur so, *meinten* damit aber weiter nichts? Oder wollten Sie vielleicht ihm (Hickock) die Idee suggerieren, daß Mr. Clutter einen Safe im Haus hätte? Das wollten Sie ihn doch glauben machen, nicht wahr?«

Fleming in seiner ruhigen Art setzte dem Zeugen hart zu. Wells zerrte an seinem Schlips, als wäre er ihm plötzlich zu eng.

»Und Sie wollten Mr. Hickock glauben machen, daß Mr. Clutter viel Geld hatte, nicht wahr?«

»Ich habe ihm gesagt, daß Mr. Clutter viel Geld hatte, ja.«

Fleming brachte ihn dazu, noch einmal einzugestehen, daß Hickock ihn im Detail in seine brutalen Pläne eingeweiht hatte. Und dann fragte er leise und gedankenvoll, als bedrückte ihn irgendein privater Kummer: »Und auch dann haben Sie ihm noch nicht abgeraten, nicht versucht, ihn daran zu hindern?«

»Ich glaubte nicht, daß er es tatsächlich tun würde.«

»Sie glaubten ihm nicht. Und warum hielten Sie ihn dann für den Täter, als Sie erfuhren, was da geschehen war?«

»Weil es genauso geschehen war, wie er mir gesagt hatte, daß er's machen würde!« erwiderte Wells frech.

Harrison Smith, der jüngere der beiden Verteidiger, übernahm jetzt das Verhör. Mit scharfer, spöttischer, etwas forciert wirkender Stimme, denn in Wirklichkeit ist er ein milder, nachsichtiger Mann, fragte Smith den Zeugen, ob er irgendeinen Spitznamen hätte.

»Nein, ich werde immer nur Floyd genannt.«

Der Anwalt schnaubte. »Werden Sie nicht jetzt ›Angeber‹ genannt, oder ›Petzer‹?«

»Nein, ich werde immer nur Floyd genannt«, wiederholte Wells ziemlich kleinlaut.

»Wie oft sind Sie im Gefängnis gewesen?«

»Dreimal.«

»Unter anderem auch, weil Sie die Unwahrheit gesagt, weil Sie gelogen hatten?«

Der Zeuge leugnete das und sagte, einmal sei er zu Gefängnis verurteilt worden, weil er ohne Führerschein Auto gefahren war, einmal wegen Einbruchs und dann ein drittes Mal zu neunzig Tagen Arrest in einem

Armee-Staket wegen einer Sache, die er als Soldat gemacht hatte: »Wir waren auf Streife in der Eisenbahn. Dabei haben wir etwas getrunken und dann ein bißchen auf Fenster und Lampen geschossen.«
Alles lachte; alles, bis auf die Angeklagten (Hickock spuckte auf den Boden) und Harrison Smith, der Wells jetzt fragte, warum er, nachdem ihm der Mordfall bekanntgeworden war, noch mehrere Wochen gezögert hatte, bevor er das, was er wußte, den Behörden mitteilte. »Sie warteten doch wohl ab«, sagte er, »bis eine Belohnung ausgesetzt würde?«
»Nein.«
»Sie haben nie etwas von einer Belohnung gehört?« Der Anwalt spielte damit auf die Belohnung von eintausend Dollar an, die von der Hutchinson *News* für Informationen ausgesetzt worden war, die zur Verhaftung und Verurteilung der Mörder führen würde.
»Ich hab das in der Zeitung gelesen.«
»Und zwar bevor Sie zur Gefängnisleitung gingen, nicht wahr?« Und als der Zeuge das zugab, fuhr Smith triumphierend fort: »In welcher Form ist Ihnen Straflosigkeit von seiten des Anklägers zugesichert worden für den Fall, daß Sie hierherkommen und aussagen?«
Aber Logan Green protestierte: »Wir erheben Einspruch gegen die Formulierung dieser Frage. Niemandem ist in irgendeiner Form Straflosigkeit zugesichert worden.« Dem Einspruch wurde stattgegeben, und der Zeuge wurde entlassen. Als er an Hickock vorbeikam, zischte der, und zwar so laut, daß die Umsitzenden es hören konnten: »Das Schwein. Wenn hier irgend jemand gehängt werden sollte, dann der. Seht ihn euch an. Da geht er und kriegt das Geld und obendrein seine Entlassung.«
Er hatte recht mit dieser Voraussage, denn nicht lange danach bekam Wells die Belohnung und wurde außerdem bedingt entlassen. Aber sein Glück war von kurzer Dauer. Er geriet bald wieder in Schwierigkeiten und erlebte im Laufe der Jahre ein wechselvolles Schicksal. Gegenwärtig befindet er sich im Staatsgefängnis von Mississippi in Parchman, wo er wegen eines bewaffneten Raubüberfalls eine Strafe von dreißig Jahren verbüßt.

Am Freitag, als sich das Gericht über das Wochenende vertagte, war die Beweisaufnahme soweit abgeschlossen; man hatte auch die Aussage von vier Kriminalbeamten des Federal Bureau of Investigation in Washington, D.C., gehört. Diese Männer, geschulte Techniker und versiert auf den verschiedensten Gebieten der wissenschaftlichen Verbrechensaufklärung, hat-

ten die Beweisgegenstände, die die Angeklagten mit den Morden in Verbindung brachten (Blutspuren, Fußabdrücke, Geschoßhülsen, Seil und Heftpflaster) untersucht und die Stichhaltigkeit dieser Beweisstücke bestätigt. Schließlich hatten auch die vier K.B.I.-Agenten von den Interviews mit den Gefangenen und deren Geständnissen berichtet. Bei dem Kreuzverhör des K.B.I.-Personals hatten die Verteidiger, ein arg in die Enge getriebenes Paar, behauptet, das Eingeständnis der Schuld sei mit unzulässigen Mitteln erzwungen worden – brutale Verhöre in überheizten, hell ausgeleuchteten, winzigen Räumen. Diese Unterstellung, unzutreffend wie sie war, hatte die Kriminalbeamten zu einer sehr überzeugenden Widerlegung provoziert. (Auf die Frage eines Reporters, warum er sich so ausgiebig auf ein solches Scheinmanöver eingelassen habe, entgegnete Hickocks Anwalt ziemlich giftig: »Was bleibt mir denn anderes übrig? Ich habe, verdammt noch mal, in meinen Karten keinen einzigen Stich. Aber ich kann doch nicht hier rumsitzen wie ein Taubstummer. Ab und zu muß ich auch mal etwas von mir geben.«)
Als vernichtendster Zeuge der Anklage erwies sich Alvin Dewey. Seine Aussage war die erste öffentliche Bekanntgabe des genauen Ablaufs der Ereignisse, wie ihn Perry Smith in seinem Geständnis geschildert hatte, und sie machte denn auch in der gesamten Presse Schlagzeilen (ENTHÜLLUNGEN ÜBER BRUTALE MORDTAT – ERSTMALS AUTHENTISCHE FAKTEN) und schockierte die Zuhörer, nicht am wenigsten Richard Hickock selbst, der schmerzlich entrüstet aus seiner Lethargie aufschreckte, als er den Beamten im Laufe seines Berichts sagen hörte: »Einen Vorfall, den Smith mir erzählt hat, habe ich noch nicht erwähnt. Als sie nämlich die Familie Clutter gefesselt hatten, sagte Hickock zu ihm, wie gut gebaut Nancy Clutter sei, und daß er sie jetzt vergewaltigen würde. Smith sagte mir, er habe Hickock erklärt, das werde er nicht zulassen, er selbst werde ihn daran hindern. Smith sagte zu mir, er hätte keine Achtung vor jemandem, der sich sexuell nicht beherrschen könnte, und daß es zwischen ihm und Hickock zu einer Schlägerei gekommen wäre, wenn er sich an das Mädchen herangemacht hätte.« Hickock hatte bis jetzt nicht gewußt, daß sein Kumpan die Polizei über sein Vorhaben unterrichtet hatte. Auch wußte er noch nicht, daß Perry in einer freundlicheren Anwandlung seine ursprüngliche Aussage korrigiert und erklärt hatte, er allein habe alle vier Opfer erschossen. »Perry Smith sagte zu mir«, enthüllte Dewey am Ende seiner Aussage, »er möchte in seinem Geständnis zwei Punkte ändern.

Alles andere, sagte er, sei korrekt und entspräche der Wahrheit. Nur diese beiden Punkte nicht. Und das wäre die Tatsache, daß nicht Hickock, sondern er selbst Mrs. Clutter und Nancy Clutter umgebracht hätte. Er sagte mir, daß Hickock nicht mit der Vorstellung sterben wolle, daß seine Mutter glaubte, er hätte auch nur einen von der Familie getötet. Und er sagte, die Hickocks wären gute, anständige Menschen. Und deswegen wollte er es so haben.«

Als sie das hörte, begann Mrs. Hickock zu weinen. Ein zerknülltes Taschentuch in der Hand, hatte sie während des ganzen Prozesses still neben ihrem Mann gesessen, hatte immer wieder zu ihrem Sohn hingesehen, und ihm, sooft es ihr gelang, seinem Blick zu begegnen, zugenickt und versucht, ihm mit einem mühsam auf ihre Lippen gezwungenen Lächeln Mut zu machen. Aber jetzt war es mit ihrer Fassung zu Ende; sie begann zu weinen. Einige Zuschauer sahen zu ihr hin und wandten sich verlegen wieder ab; die übrigen hörten Dewey, der in seinem Bericht fortfuhr, zu und schienen das traurige Zwischenspiel nicht bemerkt zu haben. Selbst Hickocks Vater, der es vielleicht unmännlich fand, auf den Gefühlsausbruch seiner Frau einzugehen, zeigte sich ungerührt. Schließlich führte die einzige anwesende weibliche Journalistin Mrs. Hickock aus dem Gerichtssaal und in die Zurückgezogenheit eines Waschraums.

Als Mrs. Hickock sich etwas gefaßt hatte, vertraute sie sich ihrer Begleiterin an: »Es gibt überhaupt keinen Menschen, mit dem ich über alles das reden kann. Ich will damit nicht sagen, daß die Leute unfreundlich waren, die Nachbarn und so. Auch Fremde, ja – sogar Fremde haben uns geschrieben, um uns zu sagen, wie leid wir ihnen täten, und wie schwer es sein müßte, das alles zu ertragen. Wir haben nie ein böses Wort zu hören bekommen, weder Walter noch ich. Nicht einmal hier, wo man doch damit hätte rechnen können. Aber alle hier haben sich bemüht, freundlich zu uns zu sein. Die Kellnerin in dem Restaurant drüben, wo wir immer essen, tut uns Eiscreme auf den Kuchen, ohne das auf die Rechnung zu setzen. Ich sagte ihr, sie sollte es nicht tun, ich kann's gar nicht essen. Früher, ja da konnte ich alles essen, was überhaupt eßbar war. Aber sie tut es weiterhin. Bloß aus Nettigkeit zu uns. Sheila, so heißt sie, sagt, daß das alles nicht unsere Schuld ist. Trotzdem kommt es mir immer so vor, als dächten die Leute, wenn sie mich ansehen: Irgendwie hat sie ja doch Schuld. Sie geben meiner Erziehung die Schuld. Vielleicht hab ich irgendwas mit Dick falsch gemacht. Aber ich weiß wirklich nicht, was es gewesen sein könnte. Ich rätsele immer daran herum und habe schon Kopfschmerzen davon. Wir sind einfache Leute, waren nie in der Stadt und leben genau wie die meinten auch. Wir haben auch gute Zeiten erlebt. Ich habe Dick den Foxtrott beigebracht. Tanzen hat mir immer mächtig Spaß gemacht, als junges Ding hatte ich überhaupt nichts anderes im Kopf; und es gab da einen Jungen, der tanzte einfach himmlisch, kann ich Ihnen sagen! Wir haben sogar mal einen Silberpokal gewonnen für den Walzer, den wir zusammen tanzten. Lange Zeit hatten wir sogar die Absicht, zusammen durchzubrennen und zur Bühne zu gehn. Vaudeville. Aber das war natürlich nur so ein kindlicher Traum. Er ging in eine andere Stadt, und eines Tages heiratete ich Walter, und Walter Hickock konnte nicht tanzen. Er sagte, wenn ich einen Berufstänzer wollte, dann hätte ich einen vom Varieté heiraten sollen. Und dann hat niemand mehr mit mir getanzt, bis ich es Dick beibrachte, und natürlich war er nicht gerade begeistert davon, aber er war ganz süß, Dick war das gutartigste Kind von der Welt.«

Mrs. Hickock nahm ihre Brille ab, putzte die verschmierten Gläser und brachte sie wieder an ihren Platz in ihrem schwammigen, freundlichen Gesicht. »Sie dürfen Dick nicht nur nach dem beurteilen, was Sie da im Gerichtssaal hören. All das Gerede der Anwälte, was für ein schrecklicher Kerl er ist, ganz verworfen. Natürlich gibt es keine Entschuldigung für das, was er da gemacht hat. Ich denke immer nur an diese Familie und bete jeden Abend für sie. Aber ich bete auch für Dick. Und auch für diesen Perry. Es war unrecht von mir, ihn zu hassen. jetzt habe ich nur noch Mitleid mit ihm. Und wissen Sie – ich glaube, Mrs. Clutter würde auch Mitleid mit ihm haben. Nach allem, was ich so über sie gehört habe.«

Das Gericht hatte sich vertagt. Vom Gang herein drangen die Geräusche der aufbrechenden Zuhörerschaft in den Waschraum. Mrs. Hickock sagte, sie müsse jetzt gehen und wieder zu ihrem Mann. »Er wird bald sterben, und ich glaube, es macht ihm jetzt gar nichts mehr aus.«

Viele, die den Prozeß verfolgten, waren verblüfft über das Erscheinen Donald Cullivans aus Boston. Sie konnten nicht recht verstehen, wieso dieser aufrechte junge Katholik, ein erfolgreicher Ingenieur, der an der Harvard-Universität studiert hatte, verheiratet und Vater von drei Kindern, mit einem ungebildeten verbrecherischen Mischling befreundet sein konnte, den er nur oberflächlich kannte und seit neun Jahren nicht gesehen hatte. Cullivan selbst sagte: »Meine Frau versteht es auch nicht. Im Grunde konnte ich es mir gar nicht leisten, herzukommen – ich mußte dazu eine

Woche von meinem Urlaub nehmen, und das Geld, na ja, das brauchen wir eigentlich dringender für andere Sachen. Auf der anderen Seite hätte ich es aber auch nicht über mich gebracht, abzulehnen. Perrys Anwalt hatte mir geschrieben, ob ich als Zeuge zur Person von Smith aussagen wollte. Als ich den Brief gelesen hatte, wußte ich, daß ich es tun mußte. Denn ich hatte diesem Mann meine Freundschaft angeboten. Und außerdem – nun ja, ich glaube an das ewige Leben. Alle Menschen können durch die Gnade Gottes gerettet werden.«

Die Rettung einer Seele, Perry Smiths nämlich, war eine Aufgabe, der sich auch der streng katholische Untersheriff und seine Frau mit Eifer widmeten – obwohl Perry Mrs. Meier ziemlich unsanft vor den Kopf gestoßen hatte, als sie ihm vorschlug, sich dem Pater Goubeaux, einem ortsansässigen Geistlichen, anzuvertrauen. (Perry sagte: »Priester und Nonnen haben ihre Chance mit mir gehabt. Die Narben davon hab ich heute noch.«) Und so luden die Meiers Cullivan ein, am Sonntag während der Wochenendunterbrechung mit dem Gefangenen in seiner Zelle zu essen.

Perry war über die Aussicht, sich mit seinem Freund unterhalten und dabei sozusagen den Gastgeber spielen zu können, begeistert, und die Zusammenstellung des Menüs – gebratene Wildgans mit Füllung, Soße und Rahmkartoffeln, grüne Bohnen, Salat, heiße Biskuits, kalte Milch, frischgebackene Kirschtörtchen, Käse und Kaffee – schien ihn mehr zu interessieren als der Ausgang des Prozesses (über den er sich allerdings keine Illusionen machte: »Diese Präriebillys, die sind so rasch mit der Schlinge bei der Hand wie beim Pferdefang. Sehen Sie sich doch ihre Gesichter an. Ich will verdammt sein, wenn ich der einzige Mörder in diesem Gerichtssaal bin«). Den ganzen Sonntagvormittag benutzte er dazu, die Zelle für den Besuch zurechtzumachen. Es war ein warmer Tag, etwas windig, und die bizarren Schatten von den Zweigen draußen, die durch das vergitterte Zellenfenster hereinfielen, versetzten Perrys gezähmtes Eichhörnchen in Erregung. Big Red jagte die sich bewegenden Muster, während sein Herr fegte und Staub wischte, den Fußboden schrubbte, die Toilette säuberte und seine Papierstapel vom Tisch räumte. An diesem Tisch sollte gegessen werden, und als Perry ihn gedeckt hatte, sah er sehr einladend aus, denn Mrs. Meier hatte ein Leinentischtuch, gestärkte Servietten, Silberbestecke und ihr bestes Geschirr beigesteuert.

Cullivan war beeindruckt – er pfiff durch die Zähne, als das festliche Mahl auf Tabletts hereingebracht und auf den Tisch gestellt wurde –, und bevor er sich setzte, bat er den Gastgeber, ein Tischgebet sprechen zu dürfen. Ohne den Kopf zu beugen, stand dieser am Tisch und ließ seine Fingerknöchel knacken, während Cullivan mit gefalteten Händen und geneigtem Kopf das Gebet sprach: »Gesegnet seist du, o Herr, und diese deine Gaben, die wir durch deine Güte und die Gnade Christi, unseres Herrn, empfangen haben. Amen.«

Perry murmelte, seiner Ansicht nach gebühre der Dank allein Mrs. Meier. »Sie hat die ganze Arbeit gemacht. Na gut«, sagte er, während er seinem Gast den Teller vollhäufte, »es ist schön, dich mal wiederzusehen, Don. Du siehst immer noch genauso aus. Hast dich nicht ein bißchen verändert.«

Cullivan, der mit seinem schütteren Haar und seinem wenig markanten Gesicht wie ein beflissener Bankangestellter aussieht, räumte ein, daß er sich äußerlich vielleicht nicht sehr verändert habe. Aber innerlich sei er doch ein anderer Mensch geworden. »Ich ließ mich so dahintreiben. Ich wußte nicht, daß es nur eine Wirklichkeit in dieser Welt gibt: Gott. Hat man das einmal begriffen, dann findet alles seine Ordnung. Das Leben hat einen Sinn – und der Tod auch. Junge, Junge, ißt du immer so?«

Perry lachte: »Sie ist eine tolle Köchin, Mrs. Meier. Du solltest mal ihren Spanischen Reis essen. Ich habe fünfzehn Pfund zugenommen, seit ich hier bin. Allerdings hatte ich auch kaum noch was auf den Knochen. Hatte verdammt abgenommen, als Dick und ich wie die Irren durch die Gegend gurkten – haben kaum jemals richtig gegessen, die meiste Zeit Kohldampf geschoben. Wir haben größtenteils gelebt wie die Tiere. Dick klaute immer Konserven beim Krämer. Bohnen und Spaghetti. Die machten wir im Wagen auf und fraßen das Zeug kalt. Wie die Tiere. Dick stiehlt mit Wonne. Es sitzt ihm in den Knochen – wie eine Sucht. Ich habe auch immer mal gestohlen, aber doch nur, wenn ich kein Geld hatte. Dick klaut noch ein Päckchen Kaugummi, wenn er hundert Dollar in der Tasche hat.«

Später, bei Kaffee und Zigaretten, kam Perry noch einmal auf das Thema Stehlen zurück. »Mein Freund Willie-Jay hat oft darüber gesprochen. Er sagte immer, alle Verbrechen wären nur ›verschiedene Formen von Diebstahl‹. Mord eingeschlossen. Wenn man jemand umbringt, dann stiehlt man ihm das Leben. Und danach bin ich vermutlich ein ziemlich schlimmer Dieb. Denn siehst du, Don – ich habe sie tatsächlich umgebracht. Der alte Dewey hat das da vor dem Gericht so hingestellt, als wäre es eine Verdrehung der Tatsachen – wegen Dicks Mutter. Das stimmt aber nicht.

Dick hat mir geholfen. Er hielt die Taschenlampe und las die Hülsen auf. Und natürlich war das Ganze sein Plan. Aber Dick hat sie nicht erschossen, er hätte das gar nicht fertiggebracht – wenn er auch verdammt fix bei der Hand ist, wenn es darum geht, einen alten Hund totzufahren. Ich weiß selbst nicht, warum ich es gemacht habe.« Er sah düster vor sich hin, als wäre das ein völlig neues, unbegreifliches Problem für ihn, wie ein neuerdings aufgefundener Stein von überraschender, bislang nicht registrierter Farbe. »Ich weiß es wirklich nicht«, sagte er, als hielte er den Stein gegen das Licht und drehte ihn einmal hierhin, einmal dorthin. »Ich hatte eine Wut auf Dick. Weil er immer den harten Mann markierte. Aber es war nicht wegen Dick. Auch nicht aus Angst, daß sie als Zeugen auftreten könnten. Das hätte ich schon riskiert. Und es hatte mit den Clutters eigentlich überhaupt nichts zu tun. Sie haben mir nie was zuleide getan. Wie die andern. All die andern, die mich mein Leben lang getriezt haben. Und vielleicht waren es eben die Clutters, die dafür büßen mußten.«

Cullivan drang in ihn, er suchte herauszubekommen, ob er bereue, und wie tief diese vermeintliche Reue sei. Sicher hatte er doch schwere Gewissensbisse, die den Wunsch in ihm erweckten, daß Gott sich seiner erbarme und ihm vergebe? Perry sagte: »Ob es mir leid tut? Wenn du das damit meinst – nein, nicht ein bißchen. Ich mache mir überhaupt keine Gedanken darüber. Mir wäre vielleicht wohler, wenn ich das doch täte Aber ich hab das Ganze schon fast vergessen. Eine halbe Stunde danach machte Dick schon seine dreckigen Witze, und ich lachte darüber. Vielleicht sind wir beide überhaupt keine Menschen. Immerhin bin ich Mensch genug, um mir selbst leid zu tun. Daß ich hier nicht raus und mit dir gehen kann, wenn du gehst. Aber das ist auch alles.« Cullivan schien eine so gleichgültige Einstellung kaum glaublich; Perry müsse verwirrt sein, vielleicht auch verbohrt, es sei doch niemandem möglich, so gänzlich ohne Gewissen und Mitgefühl zu sein. Perry sagte: »Warum? Soldaten haben keine schlaflosen Nächte. Sie morden und bekommen dafür Orden. All die guten Leute von Kansas wollen mich ermorden – und der Henker freut sich schon auf die Arbeit, die ich ihm bringe. Es ist leicht, zu töten – verdammt viel leichter, als einen gefälschten Scheck an den Mann zu bringen. überleg doch mal: Ich kannte die Clutters vielleicht gerade eine Stunde. Vielleicht hätte ich eine andere Einstellung, wenn ich sie richtig gekannt hätte. Ich glaube, ich wäre dann mit der Sache nie fertiggeworden. Aber so wie das gewesen ist, war es wie auf einem Schießstand, wo man auf Scheiben schießt.«

Cullivan schwieg, und dieses Schweigen regte Perry auf, der es anscheinend als Zeichen der Mißbilligung auslegte: »Mensch, Don, du willst doch nicht, daß ich vor *dir* den Scheinheiligen spiele. 'ne Menge Stuß verzapfe – wie leid es mir tut, wie ich nur noch den einen Wunsch habe, auf den Knien herumzurutschen und zu beten. Das ist nicht bei mir. Ich kann mich nicht über Nacht umkrempeln und plötzlich etwas glauben, das ich immer abgelehnt habe. Es ist doch so, Don – du hast für mich mehr getan, als das, was du Gott nennst, jemals für mich getan hat. Oder je tun wird. Indem du mir geschrieben hast. Und den Brief mit ›Freund‹ unterschrieben hast, wo ich doch keine Freunde hab außer Joe James.« Joe James, erklärte er Cullivan, war ein junger Indianer, ein Holzfäller, bei dem er einmal gewohnt hatte; im Wald, in der Nähe von Bellingham, Washington. »Das ist verdammt weit weg von Garden City. Gute dreitausend Kilometer. Ich hab ihm geschrieben, in was für 'ner Tinte ich sitze. Joe ist ein armer Teufel, er hat sieben Kinder, aber er hat mir versprochen zu kommen und wenn er den ganzen Weg zu Fuß gehen muß. Er ist bis jetzt noch nicht aufgekreuzt, und vielleicht kommt er auch nicht. Aber ich glaube doch. Joe mochte mich immer gern. Und du, Don?«
»Ich mag dich auch, Perry.«
Cullivan sagte das mit sanftem Nachdruck; Perry schien sich darüber zu freuen, es schien ihn zu erregen. Er lächelte und sagte: »Dann mußt du schon ein ziemlicher Idiot sein.« Er stand plötzlich auf, ging durch die Zelle und faßte einen Besen. »Ich weiß nicht, warum ich unter lauter Fremden sterben soll, einer Horde von Präriebillys, die um mich rumstehen und zusehn, wie mir langsam die Luft wegbleibt. Verdammt, da bring ich mich lieber vorher um.« Er hob den Besen und drückte die Borsten gegen die Glühbirne an der Decke. »Einfach rausschrauben das Ding, es zerschlagen und mir mit den Splittern die Pulsadern aufschneiden. Das sollte ich tun. Solange du noch hier bist. Jemand, dem ein bißchen an mir gelegen ist.«

Die Verhandlung wurde am Montagmorgen um zehn Uhr wieder aufgenommen. Neunzig Minuten später vertagte sich das Gericht, da die Beweisaufnahme von seiten der Verteidigung in dieser kurzen Zeit abgeschlossen war. Die Angeklagten verzichteten darauf, in eigener Sache auszusagen, und so kam die Frage, ob Hickock oder Smith der eigentliche Mörder der Familie Clutter war, nicht zur Sprache.
Der hohläugige Mr. Hickock war der erste der fünf auftretenden Zeugen.

Er sprach mit würdevoller, klarer, wenn auch trauriger Stimme, aber hatte, was die mögliche zeitweilige Unzurechnungsfähigkeit seines Sohnes anging, nur ein wesentliches Faktum beizutragen. Sein Sohn, sagte er, hätte bei einem Autounfall im Juli 1950 Kopfverletzungen erlitten. Vor diesem Unfall sei Dick ein »lustiger, unbekümmerter Bursche« gewesen, wäre gut in der Schule, bei seinen Kamraden beliebt und seinen Eltern gegenüber rücksichtsvoll gewesen. »Er stand mit allen gut und hat uns keinen Kummer gemacht.«

»Und nach diesem Juli 1950«, sagte Harrison Smith, den Zeugen behutsam führend, »haben Sie bemerkt, daß Ihr Sohn Richard sich in seinen Gewohnheiten und in seinem Benehmen verändert hat?«

»Er war nicht mehr der Alte.«

»Und in welcher Beziehung hatte er sich verändert?«

Mr. Hickock zählte, immer wieder nachdenklich pausierend, einige Beobachtungen auf: Dick brütete immer vor sich hin, war ruhelos. Er geriet in Gesellschaft Älterer, trank und spielte. »Ich erkannte ihn gar nicht wieder.«

Logan Green griff diese letzte Feststellung sofort auf und fragte, das Kreuzverhör eröffnend: »Mr. Hickock, Sie sagen, Sie hätten erst nach 1950 Ärger mit Ihrem Sohn gehabt?«

»... das heißt, ich glaube, er wurde schon 1949 verhaftet.«

Green lächelte zitronensauer. »Und weshalb wurde er verhaftet?«

»Er wurde beschuldigt, in ein Drugstore eingebrochen zu sein.«

»Beschuldigt? Hat er nicht gestanden, diesen Einbruch verübt zu haben?«

»Doch, doch das stimmt.«

»Und das war 1949. Sie haben aber eben gesagt, Ihr Sohn hätte sich nach 1950 verändert?«

»Ja, das würde ich sagen.«

»Sie meinen, daß er nach 1950 ein *anständiger* Junge wurde?«

Der alte Mann hatte einen heftigen Hustenanfall; er spuckte ins Taschentuch. »Nein«, sagte er, während er den Auswurf betrachtete. »Das würde ich nicht sagen.«

»Was für eine Veränderung war es denn, die Sie an ihm bemerkten?«

»Na ja, das ist nicht ganz einfach zu erklären. Er war einfach nicht mehr derselbe.«

»Sie meinen, er gab seine kriminellen Neigungen *auf?*«

Die Schlagfertigkeit des Anwalts rief schallendes Gelächter im Saal hervor, es brandete auf, wurde jedoch alsbald von Richter Tate mit einem harten

Blick zum Schweigen gebracht. Mr. Hickock wurde aus dem Zeugenstand entlassen. Es folgte als nächster Zeuge der Psychiater Dr. W. Mitchell Jones. Dr. Jones stellte sich dem Gericht als »Facharzt für Psychiatrie« vor und fügte als weitere Qualifikation hinzu, daß er seit 1956, als er zur Psychiatrischen Abteilung des Staatlichen Krankenhauses in Topeka, Kansas, gekommen war, rund fünfzehnhundert Patienten in Behandlung gehabt habe. Seit zwei Jahren sei er im Staatlichen Krankenhaus Larned, wo er das Dillon Building leite, eine Abteilung für kriminell Schwachsinnige.

Harrison Smith fragte den Zeugen: »Mit wie vielen Mördern haben Sie in Ihrer psychiatrischen Praxis bisher zu tun gehabt?«

»Mit fünfundzwanzig etwa.«

»Doktor, ich möchte Sie fragen, ob Sie meinen Mandanten Richard Eugene Hickock kennen?«

»Ja.«

»Haben Sie Gelegenheit zu einer ärztlichen Untersuchung gehabt?«

»Ja, Sir ... ich habe Mr. Hickock psychiatrisch untersucht.«

»Und sind Sie auf Grund Ihrer Untersuchung zu einem Ergebnis gekommen, ob Richard Eugene Hickock zum Zeitpunkt des Verbrechens zwischen Recht und Unrecht unterscheiden konnte oder nicht?«

Der Zeuge, ein kräftiger Mann von achtundzwanzig Jahren mit einem runden, aber intelligenten, feinnervigen Gesicht, holte tief Luft, als wollte er zu einer ausführlichen Erklärung ansetzen – worauf ihn der Richter ermahnte: »Sie können diese Frage mit Ja oder Nein beantworten, Doktor. Beschränken Sie sich bitte darauf.«

»Ja.«

»Und zu welchem Ergebnis sind Sie gekommen?«

»Ich glaube, daß Mr. Hickock nach den Maßstäben, die man in solchen Fällen üblicherweise anlegt, durchaus imstande war, zwischen Recht und Unrecht zu unterscheiden.«

Eingeengt durch die vor Gericht geltende M'Naghten-Regel, die lediglich ein Ja oder Nein und keine Abstufungen oder nähere Begründungen zuläßt, konnte Dr. Jones nicht anders antworten. Aber natürlich bedeutete diese Antwort eine Niederlage für Hickocks Anwalt, der formell, aber ohne jede Hoffnung die Frage stellte: »Können Sie diese Antwort näher begründen?«

Es war hoffnungslos, nicht weil Dr. Jones eine Begründung seines Standpunktes abgelehnt hätte, sondern weil die Anklage das Recht hatte, Einspruch zu erheben – und das auch tat und darauf hinwies, daß das in Kansas gültige Gesetz lediglich ein Ja oder Nein als Antwort auf die einschlägige Frage zuläßt. Dem Einspruch wurde stattgegeben und der Zeuge entlassen. Hätte Dr. Jones seinen Standpunkt begründen dürfen, dann hätte er gesagt: »Richard Hickock ist überdurchschnittlich intelligent, er hat eine rasche Auffassungsgabe und ein gutes Allgemeinwissen. Er reagiert lebhaft auf das, was um ihn herum vorgeht, und er ist in keiner Weise geistig verwirrt oder desorientiert. Er denkt klar und logisch und hat guten Kontakt zur realen Umwelt. Obwohl ich keines der üblichen Anzeichen einer organischen Hirnverletzung – Gedächtnisschwund, Verminderung oder Deformation des Begriffsvermögens – gefunden habe, kann eine solche Möglichkeit nicht ausgeschlossen werden. 1950 erlitt er eine schwere Kopfverletzung mit Gehirnerschütterung und mehrstündiger Bewußtlosigkeit – wie es mir der Krankenbericht bestätigt hat. Er sagt, daß er seit jener Zeit an Ohnmachtsanfällen, zeitweisem Gedächtnisverlust und Kopfschmerzen leidet, und sein asoziales Verhalten fällt zum überwiegenden Teil in die Zeit nach diesem Unfall. Er ist nie einer medizinischen Untersuchung auf das tatsächliche Vorhandensein einer zurückgebliebenen Hirnverletzung unterzogen worden. Eine solche Untersuchung ist angezeigt, bevor von einem definitiven Ergebnis gesprochen werden kann ... Es gibt bei Hickock Anzeichen einer abnormen Effektivität. Bewiesen wird das vor allem durch die Tatsache, daß er sich über sein Tun im klaren war und es dennoch zu Ende führte.

Er ist in seinen Handlungen impulsiv und neigt dazu, ohne Gedanken an die Folgen für sich selbst noch für andere zu handeln. Er scheint aus Erfahrungen nicht zu lernen und zeigt gelegentliche Perioden produktiver Aktivität, denen dann eine offenkundig verantwortungslose Handlungsweise folgt. Schwerer als anderen, normaleren Personen fällt es ihm, ein Gefühl des Versagens zu ertragen, und er ist kaum imstande, sich davon anders als durch eine asoziale Verhaltensweise zu befreien ... Seine Selbstachtung ist sehr gering, insgeheim fühlt er sich anderen unterlegen, auch in sexueller Beziehung Er sucht diese Gefühle durch traumhafte Vorstellungen von Reichtum und Macht zu kompensieren, durch eine Neigung, mit seinen Leistungen zu prahlen, Zechgelage zu veranstalten, wenn er Geld hat, und durch Unzufriedenheit mit dem normalen langsamen Vorankommen im Beruf, selbst wenn nichts anderes zu erwarten war ... Er ist in seinen Beziehungen zu anderen Menschen unsicher und in pathologischer Weise

außerstande, menschliche Bindungen einzugehen und aufrechtzuerhalten. Obwohl er sich zu den üblichen moralischen Maßstäben bekennt, läßt er sich offensichtlich in seinem Verhalten nicht von ihnen beeinflussen. Alles in allem lassen sich bei ihm die typischen Anzeichen für das feststellen, was der Psychiater eine schwere charakterliche Störung nennt. Es sollten unter allen Umständen Schritte unternommen werden, um die Möglichkeit einer organischen Hirnverletzung auszuschließen, weil durch das Vorhandensein einer solchen Verletzung sein Verhalten in den vergangenen Jahren und zum Zeitpunkt des Verbrechens wesentlich beeinflußt worden sein könnte.
Abgesehen von einem formellen Plädoyer vor den Geschworenen, das aber erst am nächsten Tag vorgebracht werden konnte, war mit der Aussage des Psychiaters Hickocks Verteidigung beendet. Als nächster war Arthur Fleming, Smiths ältlicher Anwalt, an der Reihe. Er präsentierte vier Zeugen: den Reverend James E. Post, protestantischer Kaplan der Kansas-State-Strafanstalt; Perrys Freund, den Indianer Joe James, der nach einer Busfahrt von einem Tag und zwei Nächten aus seiner Wildnis im fernen Nordwesten an diesem Morgen doch noch nach Garden City gekommen war; Donald Cullivan; und wiederum Dr. Jones. Dr. Jones ausgenommen, wurden sie als »Leumundszeugen« eingeführt – Zeugen, von denen man erwartete, daß sie das Charakterbild des Angeklagten wenigstens um ein paar Züge menschlicher Tugend bereichern würden. Es erging ihnen nicht sonderlich gut; kaum gelang es jedem von ihnen, eine dürftige vorteilhafte Äußerung vorzubringen, ehe ihn die Einspruch erhebende Anklage mit dem Argument, persönliche Bemerkungen dieser Art seien »unzulässig, nicht zur Sache gehörig, belanglos« zum Schweigen brachte und aus dem Zeugenstand vertrieb.
Joe James zum Beispiel, dunkelhaarig, noch dunkelhäutiger als Perry, und geschmeidig in seinen Bewegungen, der in seinem verschossenen Jägerhemd und mit Mokassins an den Füßen aussah, als wäre er gerade in diesem Augenblick geheimnisvoll aus dem Schatten eines Waldes hervorgetreten, erzählte dem Gericht, daß der Angeklagte in einer Zeitspanne von über zwei Jahren wiederholt bei ihm gewohnt hätte. »Perry war ein liebenswerter junger Mann und allgemein in der Nachbarschaft beliebt – er hat sich soweit ich weiß, nie etwas zuschulden kommen lassen.« An diesem Punkt unterbrach ihn der Staatsanwalt, ebenso wie er Cullivan stoppte, nachdem der gesagt hatte: »In der Zeit, in der ich mit Perry in der Army zusammen war, war er ein sehr liebenswerter junger Mann.«

Der Reverend Post hielt sich etwas länger, denn er machte nicht den direkten Versuch, die Person des Gefangenen in freundlichen Farben zu schildern, sondern beschrieb nur wohlwollend eine Begegnung, die er in Lansing mit ihm gehabt hatte. »Ich lernte Perry Smith kennen, als er eines Tages bei mir im Büro der Gefängniszelle mit dem Bild erschien, das er selbst gemalt hatte – ein Christusporträt in Pastellfarben. Er wollte es mir für die Kapelle geben. Ich habe es dann bei mir im Büro behalten, wo es heute noch hängt.«

»Haben Sie eine Fotografie von dem Bild?« fragte Fleming.

Der Geistliche hatte einen ganzen Umschlag voller Fotos, aber als er sie hervorholte, anscheinend um sie den Geschworenen zeigen zu lassen, sprang Logan Green erbittert auf: »Das geht zu weit, Euer Gnaden ...« Seine Gnaden sorgten dafür, daß es nicht weiterging.

Jetzt wurde zum zweitenmal Dr. Jones aufgerufen, und nach den einleitenden Formalitäten, die schon sein erstes Auftreten begleitet hatten, stellte ihm Fleming die entscheidende Frage: »Haben Sie sich im Laufe Ihrer Unterhaltungen mit Perry Smith und während seiner Untersuchung eine Meinung darüber bilden können, ob er zur Zeit der Mordtat zwischen Recht und Unrecht zu unterscheiden wußte?« Und wieder ermahnte der Richter den Zeugen: »Antworten Sie mit Ja oder Nein, haben Sie sich eine Meinung bilden können?«

»Nein.«

Unter erstauntem Murmeln der Zuhörer fragte der gleichfalls erstaunte Fleming: »Können Sie den Geschworenen gegenüber begründen, wieso Sie zu keiner Meinung gekommen sind?«

Aber Green erhob Einspruch: »Der Mann *hat* keine Meinung, das genügt.« Womit er, juristisch betrachtet, recht hatte.

Aber hätte Dr. Jones sich darüber auslassen können, weshalb er zu keiner Entscheidung gekommen war, dann hätte er ausgesagt: »Bei Perry Smith sind deutliche Anzeichen einer schweren geistigen Störung feststellbar. Seine Kindheit, wie er sie mir schilderte, und wie sie durch Auszüge aus den Gefängnisakten bestätigt wurde, war belastet von Brutalität und Mangel an Fürsorge von seiten der Eltern. Er scheint ohne jede Anleitung aufgewachsen zu sein, ohne Liebe, und ohne daß jemals ein Sinn für moralische Werte in ihm geweckt wurde ... Er ist charakterlich durchaus nicht richtungslos, er reagiert übersensibel auf das, was um ihn her vorgeht, ich habe bei ihm keine Anzeichen von Verwirrtheit festgestellt. Er ist überdurchschnittlich intelligent und verfügt angesichts seiner geringen Schulbildung über ein gutes Allgemeinwissen ... Gewisse Charakterzüge sind ausgesprochen pathologisch. Da ist einmal seine ›paranoide‹ Einstellung zur Umwelt. Er neigt zu Verdächtigungen und ist mißtrauisch anderen gegenüber, er fühlt sich von anderen ungerecht behandelt und glaubt, daß sie ihn nicht verstehen. Er ist überempfindlich gegen Kritik und kann es nicht ertragen, wenn andere sich über ihn lustig machen. Er faßt das, was andere sagen, leicht als Beleidigung oder Verächtlichmachung auf und neigt dazu, gutgemeinte Ratschläge zu mißdeuten. Er hat ein starkes Bedürfnis nach Freundschaft und Verständnis, aber er vertraut sich anderen nur zögernd an, und wenn er es tut, dann meint er mißverstanden oder sogar betrogen zu werden. Bei der Beurteilung von Empfindungen und Absichten anderer zeigt er sich kaum imstande, zwischen der tatsächlichen Situation und seinen eigenen Vorstellungen zu unterscheiden. Häufig verurteilt er alle Menschen in Bausch und Bogen als scheinheilig und feindselig und meint, sie verdienten, was immer er ihnen anzutun imstande ist. Eng verwandt mit diesem ersten Zug ist seine ständige, kaum kontrollierbare Neigung zu Wutanfällen – er wird sofort wütend, wenn er sich von anderen getäuscht, verhöhnt oder als unterlegen betrachtet glaubt. Seine Wutanfälle richteten sich in der Vergangenheit meistens gegen Autoritätspersonen – den Vater, den Bruder, den Sergeanten aus der Army, den Beamten der staatlichen Schutzaufsichtskommission – und haben ihn wiederholt zu Gewalttätigkeiten hingerissen. Ebensowenig wie seine Mitmenschen ist er selbst sich über seine Wutausbrüche im klaren, die ihn, wie er sagt, ›überkommen‹, und er weiß, wie wenig er sie zu beherrschen vermag. Richtet sich diese Wut gegen ihn selbst, dann erzeugt sie Selbstmordideen. In seinen übertrieben heftigen Wutanfällen und seiner Unfähigkeit, sie unter Kontrolle zu bringen oder abzuleiten, zeigt sich ein grundlegender Mangel an Charakterstärke ... Außerdem zeigt er Frühsymptome einer gewissen Störung des Gedankengangs. Es ist ihm kaum gegeben, Ordnung in seine Gedanken zu bringen, sie logisch aneinanderzureihen oder zusammenzufassen. Sie geraten ihm durcheinander, und er verliert sich dann im Detail, wobei er zu ›mystischer‹ Verschwommenheit neigt und die Tatsachen außer acht läßt ... Enge gefühlsmäßige Bindungen zu anderen hat er kaum gehabt, und wenn, dann haben sie auch geringfügige Krisen nicht überstanden. Er hat keine wirklichen Beziehungen zu anderen, vielleicht nur zu ganz wenigen Freunden, und nur wenig Achtung vor dem mensch-

lichen Leben. Dies emotionelle Unbeteiligtsein, das sich in anderer Beziehung als ungewöhnliche Sanftmut äußern kann, ist ein weiterer Beweis für seine geistig-seelische Abnormalität. Eine weitere eingehende Untersuchung wäre notwendig, um zu einer exakten psychiatrischen Diagnose zu kommen, aber auch so kann man sagen, daß sein derzeitiges Persönlichkeitsverhalten einer paranoid schizophrenen Reaktion sehr nahe kommt.«
Bedeutsam ist, daß sich ein allgemein angesehener Fachmann auf dem Gebiet der Gerichtspsychiatrie, Dr. Joseph Satten von der Menninger-Klinik in Topeka, Kansas, mit Dr. Jones in Verbindung setzte und die Ergebnisse seiner Untersuchungen von Hickock und Smith bestätigte. Dr. Satten, der sich später eingehend mit dem Fall befaßte, meint, daß das Verbrechen, obwohl es nur infolge einer gegensätzlichen Wechselwirkung der Täter begangen wurde, im wesentlichen die Tat von Perry Smith sei, in dem er den Typ von Mörder sieht, den er in einem Artikel »Mord ohne offenkundiges Motiv – eine Untersuchung zur Persönlichkeitsspaltung« beschrieben hat. In dem Artikel, erschienen in *The American Journal of Psychiatry* (Juli 1960) und geschrieben in Zusammenarbeit mit den Kollegen Karl Menninger, Irwin Rosen und Martin Mayman, erklären die Verfasser gleich zu Anfang: »Um den Grad der Verantwortung von Mördern wie auch anderen Verbrechern festzustellen, teilt das Gesetz sie in zwei Gruppen, in ›zurechnungsfähige‹ und unzurechnungsfähige‹. Der ›zurechnungsfähige‹ Mörder handelt, meint man, auf Grund von rationalen Motiven, die zu verstehen, wenn auch verdammenswert sind, während der ›unzurechnungsfähige‹ von irrationalen, sinnlosen Motiven zur Tat getrieben wird. Wenn die rationalen Motive offenkundig sind (ein Mann wird zum Beispiel aus Gewinnsucht zum Mörder), oder wenn die irrationalen Motive auf Täuschungen oder halluzinatorischen Vorstellungen beruhen (ein paranoider Patient ist zum Beispiel aus Verfolgungswahn zum Mörder geworden), dann ist die Sachlage für den Psychiater kaum problematisch. Aber Mörder, die vernünftig, beherrscht zu sein und logisch zu denken scheinen, in deren Tat aber bizarre und offensichtlich sinnlose Motive hineinspielen, stellen ein schwieriges Problem dar, sofern man Meinungsverschiedenheiten vor Gericht und widersprüchliche Berichte über ein und denselben Verbrecher als Hinweis ansieht. Nach unserer Auffassung bildet die Psychopathologie eines solchen Mörders zumindest ein spezifisches Syndrom aus, das wir beschreiben wollen. Ihrer Anlage nach neigen solche Personen im allgemeinen zu weitgehendem Abbau der Selbstbeherr-

schung, der den offenen Ausbruch primitiver Gewalttätigkeit bewirkt, einer Gewalttätigkeit, die früheren, dann ins Unterbewußte verdrängten traumatischen Erlebnissen entspringt.«
Die Verfasser hatten anläßlich eines Berufungsprozesses vier Männer untersucht, die wegen anscheinend motivloser Morde verurteilt waren. Alle vier Männer waren vor den Prozeßeröffnungen untersucht und »frei von Psychose« und »zurechnungsfähig« befunden worden. Drei von ihnen waren zum Tode, der vierte zu einer langjährigen Gefängnisstrafe verurteilt worden. In allen vier Fällen war eine weitere psychiatrische Untersuchung gefordert worden, weil irgend jemand – ein Anwalt, ein Verwandter oder ein Freund – sich mit den zuvor abgegebenen psychiatrischen Erklärungen nicht zufriedengegeben und praktisch gefragt hatte: »Wie kann ein anscheinend so normaler Mensch eine so irrsinnige Tat vollbringen wie die, für die er verurteilt wurde?« Nach der Beschreibung der vier Täter und ihrer Verbrechen (ein farbiger Soldat, der eine Prostituierte verstümmelte und zerstückelte, ein Arbeiter, der einen vierzehnjährigen Jungen erwürgte, als der sich von ihm geschlechtlich nicht mißbrauchen lassen wollte, ein Corporal der Army, der einen Jungen mit einem Knüppel totschlug, weil er meinte, der Junge hätte sich über ihn lustig gemacht, und ein Krankenhausangestellter, der ein neunjähriges Mädchen ertränkte, indem er ihren Kopf unter Wasser hielt), untersuchten die Verfasser Ähnlichkeiten und Entsprechungen der Handlungsweisen. Den Männern, schrieben sie, war es selbst ein Rätsel, warum sie ihre Opfer töteten, die ihnen so gut wie unbekannt waren, und in allen Fällen schien der Mörder in einen traumähnlichen Trancezustand verfallen zu sein, aus dem er erwachte, um »plötzlich zu entdecken«, daß er sein Opfer anfiel. »Das übereinstimmendste und vielleicht wichtigste Ergebnis war die Tatsache, daß sie lange Jahre ihres Lebens, teilweise sogar ihr ganzes Leben lang, mit einem plötzlichen Aussetzen ihrer Kontrollfähigkeit über gewisse zwanghafte Impulse zur Aggressivität zu kämpfen hatten. So waren zum Beispiel drei von ihnen ihr Leben lang immer wieder in schwere Schlägereien verwickelt worden, die zu Totschlag geführt hätten, wenn sie nicht von anderen zurückgehalten worden wären.«
Hier auszugsweise einige weitere Feststellungen, die der Artikel enthält: »Bei aller Neigung zur Gewalttätigkeit hatten alle vier ein stark lädiertes Selbstbewußtsein, hielten sich für körperlich unterlegen, schwach und unzulänglich. Ihre Lebensgeschichte verriet in jedem Fall einen hohen Grad

an sexueller Verhemmtheit. Für alle waren erwachsene Frauen Wesen, von denen sie sich bedroht fühlten, und in zwei Fällen waren offene sexuelle Perversionen feststellbar. Alle hatten sie sich in ihrer Kindheit mit den Vorwürfen gequält, ›weibisch‹ und ›Schwächlinge‹ zu sein, körperlich unterentwickelt oder kränklich ... In allen vier Fällen waren, häufig in Verbindung mit gewalttätigen Ausbrüchen, nachweisbare Bewußtseinsstörungen aufgetreten. Zwei von ihnen berichteten von schweren tranceähnlichen Zuständen, in denen sie sich wild und gewalttätig aufgeführt hatten, während die beiden anderen berichteten, sie hätten zeitweise unter Gedächtnisverlust gelitten. Während ihrer Gewalttätigkeiten fühlten sie sich oft wie abgetrennt von sich selbst und isoliert, als stünden sie neben sich und beobachteten sich ... Alle waren sie in ihrer Kindheit von ihren Eltern mit äußerster Brutalität behandelt worden ... Einer sagte, er wäre jedesmal mit der Peitsche geschlagen worden ... wenn er ›sich umdrehte‹ ... Ein anderer wurde immer wieder heftig geschlagen, um ihm sein Stottern, seine ›Anfälle und sein angeblich schlechtes‹ Benehmen abzugewöhnen ... Die Lebensberichte bestätigten, was *extreme* Gewalttätigkeiten, ob eingebildet, miterlebt oder vom Kind am eigenen Leibe erfahren, angeht, die psychoanalytische Hypothese, daß die Einwirkung überstarker Reize auf das Kind, das sie noch nicht verarbeiten kann, eng verbunden ist mit Defekten der Persönlichkeitsentwicklung und späteren schweren Störungen der Affektkontrolle. In allen vier Fällen war emotionelle Vernachlässigung im Kindesalter festzustellen, Vernachlässigung durch andauernde oder zeitweilige Abwesenheit eines oder beider Elternteile, durch ein chaotisches Familienleben, in dem die Eltern nicht bekannt waren, oder offene Ablehnung des Kindes von seiten eines der Elternteile oder beider Eltern und Aufwachsen des Kindes bei anderen ... Auch Störungen im Gefühlsleben waren nachweisbar. Sehr typisch war, daß die Männer im Moment aggressiver Gewalttätigkeit keinerlei Ärger oder Wut empfanden. Alle berichteten sie, daß sie bei der Mordtat keine Wutgefühle gehabt hatten. Sie neigten offenbar überhaupt nicht zu extremen Wutausbrüchen, obwohl sie zu ungeheurer und brutaler Aggression fähig waren ... Ihre Beziehungen zu anderen waren oberflächlich und kühl, sie standen abseits und waren von ihrer Umwelt isoliert. Ihre Mitmenschen waren für sie kaum reale, lebendige Wesen, an die man mit Wärme und Zustimmung denkt (oder auch mit Ärger) ... Die drei zum Tode Verurteilten hatten nur oberflächliche Gefühle ihrem eigenen Schicksal und dem ihrer Opfer gegenüber. Schuldgefühle, Niedergeschlagenheit und Gewissensbisse waren ihnen erstaunlich fremd... Solche Personen können als mordanfällig bezeichnet werden, indem sie entweder von einem Übermaß an aggressiver Energie erfüllt sind oder labile Kontrollfunktionen besitzen, die plötzliche Durchbrüche dieser archaischen Energien und Affekte ermöglichen. Die latente Mordbereitschaft kann aktiviert werden, besonders wenn eine Gleichgewichtsstörung bereits vorliegt, wenn etwa das angehende Opfer unterbewußt als Schlüsselfigur in irgendeiner traumatischen Zwangsvorstellung aus der Vergangenheit begriffen wird. Das Verhalten oder auch nur die Anwesenheit dieser Figur verstärkt den durch das labile innere Gleichgewicht erzeugten Druck, der dann eine plötzliche Entladung von Gewalttätigkeit bewirkt, ähnlich der durch den Zündfunken ausgelösten Explosion einer Dynamitladung... Die These von der unterbewußten Motivation erklärt, warum der Mörder sich von harmlosen und ihm kaum bekannten Opfern provoziert fühlt und sie demzufolge als passende Objekte der Aggression betrachtet. Aber warum Mord? Die meisten Menschen reagieren, glücklicherweise, selbst wenn sie aufs äußerste provoziert werden, nicht mit Mordabsichten. Bei den beschriebenen Fällen lag andererseits ein erheblicher Mangel an Kontakten zur Umwelt vor und eine extrem schwache Fähigkeit zur Affektkontrolle in einer Zeit erhöhter Spannung und innerer Verwirrung. In solchen Zeiten konnte ein zufälliger Bekannter oder sogar ein Fremder unversehens seine ›eigentliche‹ Identität verlieren und zu einer Figur im Bereich jener unterbewußten traumatischen Vorstellungen werden. Der ›alte‹ Konflikt lebte wieder auf, und die aggressive Energie steigerte sich rasch zu mörderischem Ausmaß... Solche sinnlosen Morde sind dann das Endergebnis einer Periode wachsender Spannung und innerer Verwirrung, die einsetzten, bevor der Täter mit dem Opfer in Kontakt kam, das, da es in das unterbewußte Konfliktschema des Mörders paßt, ungewollt seine Mordbereitschaft zur Auslösung bringt.«

Wegen der vielen Parallelen zwischen Perry Smith, seiner Vergangenheit und seiner Person, und den Objekten seiner Untersuchung glaubt Dr. Satten, Smith unbedenklich in eine Reihe mit ihnen stellen zu können. Außerdem scheinen ihm die Umstände, unter denen das Verbrechen geschah, genau in das Konzept vom »Mord ohne offenkundiges Motiv« zu passen. Offensichtlich *waren* drei der Morde, die Smith beging, logisch motiviert – Nancy, Kenyon und ihre Mutter mußten getötet werden, weil Mr. Clutter getötet worden war. Aber psychologisch relevant ist nach Dr.

Sattens Ansicht nur der erste Mord, der Mord an Mr. Clutter, bei dem sich Smith, laut Dr. Satten, schizophren verfinstert, tief in einer geistigen Umnachtung befand. Denn es war nicht bloß ein Mensch aus Fleisch und Blut, den er da umbrachte, wie er »plötzlich entdeckte«, sondern »eine Schlüsselfigur in einer traumatischen Konfiguration von früher her«: sein Vater? die Nonnen im Waisenhaus, die ihn lächerlich gemacht und geschlagen hatten? der verhaßte Sergeant aus der Army? der Beamte der Schutzaufsicht, der ihm verboten hatte, »Kansas je wieder zu betreten«? Einer von ihnen, oder auch alle zusammen.

Bei seinem Geständnis sagte Smith: »Ich hatte nicht vor, ihm irgendwas anzutun. Ich fand, daß er ein sehr netter und gebildeter Mann war. Ein stiller Mann. Das glaubte ich, bis zu dem Moment, wo ich ihm die Kehle durchschnitt.« Und zu Donald Cullivan hatte Smith gesagt: »Sie (die Clutters) haben mir nie was zuleide getan. Wie die andern. All die andern, die mich mein Leben lang getriezt haben. Und vielleicht waren es einfach die Clutters, die dafür büßen mußten.«

So scheinen unabhängig voneinander Fachmann und Laie in der Analyse zu ähnlichen Resultaten gekommen zu sein.

Die Aristokratie von Finney County hatte sich von den Verhandlungen ferngehalten. »Es ist einfach unter unserer Würde«, hatte die Frau eines wohlhabenden Ranchers gesagt, »sich für so was zu interessieren.« Trotzdem fand sich am letzten Tag des Prozesses neben den einfacheren Bürgern eine ganze Reihe von ihnen ein. Ihre Anwesenheit war eine höfliche Geste dem Richter Tate und Logan Green gegenüber, die ihrem Range und ihrem zivilen Status nach zu ihnen gehörten. Auch füllten zahlreiche Juristen und Anwälte aus anderen Städten die Zuhörerbänke; sie waren zum Teil von weither angereist, vor allem, um Greens Schlußvortrag zu hören. Green, ein verbindlich-unnachgiebiger Siebziger von kleiner Statur, genießt einen bedeutenden Ruf unter seinen Kollegen, die seine Bühnentechnik bewundern – ein Repertoire schauspielerischer Fähigkeiten, zu dem ein Sinn für Temporegulierung gehört, der nicht minder scharf ist als der eines Conferenciers in einem Nachtclub. Als erfahrener Strafrechtler übernimmt er im allgemeinen die Rolle des Verteidigers. In diesem Fall aber war er von der Regierung Duane West als Assistent beigegeben worden, weil man meinte, der junge Anwalt der County sei noch zu unerfahren, um eine solche Verhandlung ohne den Beistand eines Älteren zu führen.

Aber wie den meisten Stars war Green der letzte Auftritt vorbehalten. Voran gingen Richter Tates nüchterne Instruktionen an die Geschworenen und die zusammenfassende Erklärung des Anwalts der County: »Kann es bei Ihnen irgendwelche Zweifel über die Schuld der Angeklagten geben? Nein! Gleichgültig, wer von beiden mit Richard Eugene Hickocks Gewehr geschossen hat, beide Männer sind gleich schuldig. Es gibt nur eine Möglichkeit, diese Männer daran zu hindern, noch einmal ihr Unwesen in den Dörfern und Städten unseres Landes zu treiben. Wir fordern die Höchststrafe – Tod durch den Strang. Wir fordern das nicht aus Rache, sondern in aller Demut...«

Dann hielten die Anwälte der Verteidigung ihre Plädoyers. Flemings Rede, die ein Journalist als »Gesäusel« bezeichnete, gipfelte in einer milden priesterlichen Ermahnung: »Der Mensch ist kein Tier. Er lebt im Fleisch, aber er hat eine Seele, die unsterblich ist. Ich glaube, daß kein Mensch das Recht hat, den Körper zu vernichten, in dem die Seele lebt...« Harrison Smith, der ebenfalls an das vermutete christliche Empfinden der Geschworenen appellierte, sprach vor allem von der Sündhaftigkeit der Todesstrafe: »Sie ist ein Relikt aus barbarischer Vorzeit. Das Gesetz sagt uns, daß die Vernichtung menschlichen Lebens ein Unrecht ist. Und dann tut es genau das, was es verbietet. Das ist fast ebenso bösartig wie das Verbrechen, das es verurteilt. Der Staat hat kein Recht, diese Strafe zu verhängen. Sie ist wirkungslos. Sie schreckt nicht ab, sondern setzt nur den Wert des menschlichen Lebens herab und leistet weiteren Morden Vorschub. Wir bitten einzig um Milde. Und gewiß ist lebenslängliche Einsperrung ein Minimum an Milde...« Die Geschworenen schienen nicht besonders aufmerksam zuzuhören. Einer von ihnen, wie betäubt von der in der Luft liegenden bleiernen Frühjahrsmüdigkeit und fortwährendem Gähnen, saß mit schweren Augenlidern und weit offenem Mund da, in dem Bienen hätten ein- und ausfliegen können.

Green rüttelte sie aus ihrer Lethargie auf. »Meine Herren«, sagte er, ohne Konzept sprechend, »Sie haben soeben zwei überzeugende Plädoyers gehört, Plädoyers um Gnade für die Angeklagten. Es scheint mir ein besonderer Glücksumstand zu sein, daß diese bewundernswerten Anwälte Mr. Fleming und Mr. Smith in der verhängnisvollen Nacht nicht in dem Haus der Clutters waren – ein Glücksumstand für *sie*, daß sie nicht anwesend waren, um Gnade für die unglückliche Familie zu erbitten. Denn wenn sie dort gewesen wären – nun, dann hätten wir es am folgenden Morgen mit mehr als vier Leichen zu tun gehabt.«

Als Junge im heimischen Kentucky war Green wegen seines rosig gefleckten, sommersprossigen Teints Pinky genannt worden; als er jetzt vor die Geschworenen hintrat, zeigten sich, unter der Anspannung seiner Aufgabe, in seinem Gesicht solche rötlichen Flecken: »Ich habe nicht die Absicht, mich hier auf eine theologische Debatte einzulassen. Aber ich habe vorausgesehen, daß die Verteidigung die Bibel als Argument gegen die Todesstrafe ins Feld führen würde. Sie haben Worte aus der Bibel gehört. Aber ich kann auch lesen« Er nahm eine Bibel und schlug das Alte Testament auf: »Hier ist einiges von dem, was die Heilige Schrift zum Thema zu sagen hat. In 2. Mose, Kapitel 20, Vers dreizehn lesen wir eines der Zehn Gebote: ›Du sollst nicht töten.‹ Das bezieht sich auf *ungesetzliches* Töten, denn im *nächsten* Kapitel, Vers zwölf heißt es ganz klar über die Strafe, die denjenigen erwartet, der gegen das Gebot verstößt: ›Wer einen Menschen schlägt, daß er stirbt, der soll des Todes sterben.‹ Nun möchte Ihnen Mr. Fleming vielleicht einreden, das alles habe sich mit der Ankunft Christi geändert. Das ist nicht der Fall. Denn Christus sagt: ›Glaubt nicht, ich sei gekommen, das Gesetz oder die Propheten zu zerstören: Ich bin nicht gekommen zu zerstören, sondern zu erfüllen.‹ Und schließlich –« Green blätterte ungeschickt in der Bibel herum, wobei er sie versehentlich zuzuklappen schien, worauf die von auswärts herbeigekommenen juristischen Würdenträger lächelten und sich gegenseitig anstießen, denn das war ein althergebrachter Trick im Gerichtssaal – der Anwalt, der beim Bibelzitieren vorgibt, die gesuchte Stelle nicht zu finden, und dann, wie Green es jetzt tat, bemerkt: »Keine Sorge. Ich, glaube, ich kann aus dem Gedächtnis zitieren. 1. Mose, Kapitel 9, Vers sechs: ›Wer Menschenblut vergießt, des Blut soll auch durch Menschen vergossen werden.‹

Aber«, fuhr Green fort, »ich sehe keinen Gewinn darin, mit der Bibel zu argumentieren. Die Gesetze unseres Staates sehen als Strafe für Mord ersten Grades lebenslängliches Zuchthaus oder Tod durch den Strang vor. Und Sie, meine Herren, sind hier, dieses Gesetz zu erfüllen Und wenn es jemals ein Verbrechen gegeben hat, das die Anwendung der Höchststrafe rechtfertigte, dann ist es dieses. Es handelt sich hier um brutale, kaltblütige Morde. Vier Ihrer Mitbürger wurden wie Schweine in einem Schlachthaus niedergemetzelt. Und aus welchem Grund? Nicht aus Rache oder Haß. Sondern aus Geldgier. Um *Geld* ging es. Es handelte sich um ein kaltes, wohlüberlegtes Abwägen von soundso viel Gramm Silber gegen soundso viel Gramm Blut. Und zu was für einem geringen Preis wurde das Leben der vier eingehandelt! Für vierzig Dollar Beute! Zehn Dollar für jedes einzelne Leben!« Er wirbelte herum und zeigte mit dem Finger erst auf Hickock und dann auf Smith. »Sie kamen bewaffnet mit einem Gewehr und einem *Dolch*. Sie kamen, zu rauben und zu morden –« seine Stimme zitterte, überschlug sich und blieb weg, als erstickte er an dem Haß auf die gleichgültigen, kaugummikauenden Angeklagten. Er wandte sich aufs neue den Geschworenen zu und fragte sie mit heiserer Stimme: »Was werden Sie tun? Was haben Sie mit diesen Männern vor, die hingehen, einen Mann an Händen und Füßen fesseln, ihm die Kehle durchschneiden und sein Gehirn verspritzen? Werden Sie auf die *niedrigstmögliche* Strafe erkennen? Und das ist nur einer der vier Anklagepunkte. Was ist mit Kenyon Clutter, ein junger Mensch, der sein ganzes Leben noch vor sich hat, und der gefesselt und hilflos dem Todeskampf seines Vaters zusehen muß? Oder Nancy Clutter, das junge Mädchen, das die Schüsse hört und weiß, daß sie als nächste drankommt. Nancy, um ihr Leben flehend: ›Nein, oh, bitte nicht. O bitte, bitte nicht.‹ Was für eine Qual! Welch unaussprechliche Marter! Und dann noch die Mutter, gefesselt und geknebelt, die mitanhören muß, wie ihr Mann und ihre geliebten Kinder einer nach dem anderen sterben. All das hören muß, bis schließlich die Mörder, die Angeklagten da vor Ihnen, ihr Zimmer betreten, den Lichtkegel der Taschenlampe auf ihre Augen richten, und dann der Schuß, der das letzte Leben in diesem Haus auslöscht.«

Green machte eine Pause und fuhr tastend über ein tiefrotes entzündetes Geschwür in seinem Nacken, das von dem ihn erfüllenden Zorn aufzubrechen schien. »Was also werden Sie tun, meine Herren? Auf das geringstmögliche Strafmaß erkennen? Sie zurückschicken in die Strafanstalt und das Risiko auf sich nehmen, daß sie ausbrechen oder eines Tages bedingt entlassen werden? Wenn sie das nächste Mal auf Mord ausgehen, dann könnte *Ihre eigene* Familie das Opfer sein. Und ich sage Ihnen –« sagte er feierlich und starrte zur Geschworenenbank hinüber, so daß sie alle sich herausgefordert und betroffen fühlen mußten, »einige der furchtbarsten Verbrechen in unserem Lande geschehen nur deshalb, weil irgendwann einmal eine Gesellschaft von weichherzigen Geschworenen ihre Pflicht nicht getan hat. Nun, meine Herren, ich überlasse es Ihnen und Ihrem Gewissen.«

Er setzte sich. West flüsterte ihm zu: »Das war meisterhaft, Sir.«

Aber nicht alle Zuhörer waren so begeistert wie er, und nachdem sich die

Geschworenen zurückgezogen hatten, um über das Urteil zu beraten, wechselte ein junger Reporter aus Oklahoma scharfe Worte mit einem anderen Zeitungsmann, mit Richard Parr vom Kansas City *Star.* Der Mann aus Oklahoma bezeichnete Greens Rede als »brutal, an die niedrigsten Instinkte appellierend«.

»Er hat nur die Wahrheit gesagt«, sagte Parr. »Die Wahrheit kann manchmal brutal sein, meinen Sie nicht?«

»Aber er brauchte doch nicht so hart zuzuschlagen. Das ist unfair.«

»Was ist unfair?«

»Der ganze Prozeß. Die Burschen haben doch nicht die geringste Chance.«

»Und Nancy Clutter? Eine feine Chance haben sie der gegeben!«

»Perry Smith. Mein Gott. Er hat so ein armseliges Leben hinter sich –«

»Manch einer könnte von sich genau solche rührseligen Geschichten erzählen«, sagte Parr. »Ich auch. Ich trinke vielleicht zu viel, aber deswegen hab ich doch, verdammt noch mal, keine vier Leute kaltblütig umgebracht.«

»Und wie ist das, wenn sie jetzt die Burschen hängen? Ist das nicht genauso kaltblütig?«

Reverend Post, der das Gespräch mitangehört hatte, schaltete sich ein. »Sehen Sie hier«, sagte er und zeigte ihnen ein Foto von Perry Smiths Christusporträt. »Ein Mann, der so was gemalt hat, kann nicht hundertprozentig schlecht sein. Trotzdem ist es schwer, in diesem Fall zu entscheiden. Die Todesstrafe ist bestimmt keine Lösung: sie läßt dem Sünder keine Chance, zu Gott zu finden. Manchmal könnte man wirklich verzweifeln.« Ein jovialer Mann mit einem Mund voller Goldzähne und silbrigem, in der Mitte der Stirn in spitzem Ansatz zulaufendem Haar, wiederholte er jovial: »Ja, manchmal könnte man wirklich verzweifeln. Manchmal denke ich, der alte Doc Savage hatte mit seiner Idee recht.« Doc Savage, den er meinte, war ein bei den jugendlichen Lesern der voraufgegangenen Generation populärer Held aus gewissen Schundromanheften. »War eine Art Supermann, dieser Doc Savage, falls der eine oder andere von Ihnen sich noch erinnert. War ein Experte auf allen möglichen Gebieten – Medizin, Kunst, Wissenschaft, Philosophie. Es gab nichts, was der alte Doc nicht kannte und nicht selbst fertigbrachte. Und so hatte er auch den Plan, die Welt von Verbrechern zu befreien. Er kaufte zu diesem Zweck zunächst eine große Insel im Ozean. Dann entführten er und seine Helfer – er hatte eine ganze Armee von geschulten Assistenten – alle Ver-

brecher dieser Welt und brachten sie auf die Insel. Und an ihnen führte Doc Savage Gehirnoperationen durch. Er entfernte den Teil des Gehirns, in dem die Kriminalität sitzt. Und als sie die Operation überstanden hatten, waren sie alle ordentliche Bürger. Sie *konnten* einfach keine Verbrechen mehr begehen, weil dieser Teil ihres Gehirns entfernt war. Heute scheint es mir, als könnten solche chirurgischen Eingriffe alle Probleme –«
Eine Klingel, das Zeichen, daß die Geschworenen zurückkamen, unterbrach ihn. Die Beratung der Geschworenen hatte vierzig Minuten gedauert. Viele Zuhörer hatten mit einer schnellen Entscheidung gerechnet und gar nicht erst ihre Plätze verlassen. Richter Tate allerdings mußte von seiner Farm geholt werden, wohin er gefahren war, um seine Pferde zu füttern. Schließlich erschien er in hastig übergeworfener, flatternder Robe, doch stellte er mit eindrucksvoller Gelassenheit und Würde die Frage: »Meine Herren Geschworenen, sind Sie zu einer Entscheidung gelangt?« Der Sprecher der Geschworenen erwiderte: »Ja, Euer Gnaden.« Der Gerichtsdiener trug die schriftlich fixierten Wahrsprüche zur Richterbank hinüber.
In der Ferne hörte man den Zug pfeifen, es war der Santa-Fé-Expreß, der sich der Stadt näherte. Tate erhob seine tiefe Stimme und las, hin und wieder von den Pfiffen der Lokomotive unterbrochen, vor: »Grund Nr. 1. Wir, die Geschworenen, erkennen den Angeklagten Richard Eugene Hickock für schuldig des Mordes ersten Grades und entscheiden auf Todesstrafe.« Dann sah er, als interessierte ihn ihre Reaktion, auf die Gefangenen hinunter, die mit Handschellen an Polizeibeamte gefesselt vor ihm standen. Sie starrten teilnahmslos zurück, bis er mit der Verlesung der folgenden Urteilsgründe fortfuhr: drei weitere Male Verurteilung zum Tode für Hickock und viermal für Smith.
»-und entscheiden auf Todesstrafe«; jedesmal wenn er zu diesem Satz kam, sprach Tate mit dunkler, hohlklingender Stimme, die wie ein Echo auf das klagende, sich jetzt entfernende Pfeifen des Zuges war. Dann entließ er die Geschworenen (»Sie haben eine mutige Entscheidung gefällt«), und die Verurteilten wurden abgeführt. An der Tür sagte Smith zu Hickock: »Keine weichherzigen Geschworenen, was?« Sie lachten beide, und ein Reporter fotografierte sie dabei. Das Bild erschien in einer Kansaner Zeitung mit der Unterschrift »Ihr letztes Lachen?«

Eine Woche danach erzählte Mrs. Meier einer Freundin, die bei ihr im Wohnzimmer saß: »Ja, es ist hier inzwischen still geworden. Wir sollten eigentlich dankbar sein, daß sich alles wieder einigermaßen beruhigt hat. Aber ich bin doch nicht ganz glücklich. Mit Dick hab ich nie viel Kontakt gehabt, aber Perry habe ich recht gut kennengelernt. An dem Nachmittag, als das Urteil verkündet worden war und sie ihn hier heraufbrachten, da hab ich mich in der Küche eingeschlossen, damit er mich nicht zu sehen kriegte. Ich saß am Küchenfenster und sah, wie die Leute das Gericht verließen. Mr. Cullivan drehte sich um, er sah hoch und winkte mir zu. Dann die Hickocks. Alle gingen sie. Gerade heute morgen hatte ich von Mrs. Hickock einen lieben Brief. Sie hat mich während der Verhandlung öfters besucht. Ich hätte ihr gern geholfen, nur was soll man in solcher Situation zu jemandem sagen? Aber als alle weg waren und ich den Abwasch machte, da hörte ich ihn weinen. Ich drehte das Radio an, um das nicht zu hören. Aber ich hörte es doch. Er weinte wie ein Kind. Er hatte nie irgendeinen Zusammenbruch gehabt, hat sich nie was anmerken lassen. Und da ging ich zu ihm. Stand an der Tür zu seiner Zelle. Er steckte die Hand durchs Gitter. Er wollte, ich sollte seine Hand halten, und das tat ich auch. Ich hielt seine Hand, und er sagte nur: »Ich schäme mich. Ich kann gar nicht sagen, wie.« Ich wollte Pater Goubeaux holen – ich sagte, ich würde ihm gleich morgen Spanischen Reis machen – aber er hielt nur meine Hand und drückte sie fester.

Und ausgerechnet an diesem Abend mußten wir ihn allein lassen. Wendle und ich gehen fast nie aus, aber wir waren schon seit Wochen verabredet, und Wendle meinte, wir könnten nicht absagen. Aber es wird mir ewig leid tun, daß wir ihn allein ließen. Am nächsten Tag machte ich ihm den Reis. Aber er rührte ihn nicht an. Er sprach auch kaum ein Wort mit mir. Er haßte die ganze Welt. Aber an dem Morgen, als sie dann kamen, um ihn in die Strafanstalt zu bringen, da bedankte er sich bei mir und gab mir ein Bild von sich. Ein kleines Foto von ihm als sechzehnjährigem Jungen. Er sagte, er möchte gerne, daß ich ihn so in Erinnerung behielte, wie er als Junge gewesen war.

Am schlimmsten war es dann, als wir uns verabschieden mußten. Schließlich wußte ich ja, wohin er ging und was mit ihm passieren würde. Sein Eichhörnchen vermißt ihn jetzt bestimmt. Kommt immer noch in die Zelle und wundert sich wohl, daß er nicht da ist. Ich habe versucht, es zu füttern, aber es will mit mir nichts zu tun haben. Es mochte eben nur Perry.«

Die Gefängnisse in der Leavenworth County, Kansas, sind ein bedeutender wirtschaftlicher Faktor dieses Distrikts. Hier befinden sich die beiden staatlichen Strafanstalten, eine für männliche, die andere für weibliche Gefangene; außerdem Leavenworth, das größte Bundesgefängnis, und in Fort Leavenworth das wichtigste Militärgefängnis des Landes, die finsteren Militär-Strafanstalten der US Army und Air Force. Wenn alle diese Gefängnisinsassen entlassen würden, könnte man damit eine kleine Stadt bevölkern.

Das älteste dieser Gefängnisse ist die Kansas-State-Strafanstalt für Männer, ein schwarzweißes Palastgebäude mit Türmen, das der sonst ziemlich unauffälligen Landstadt Lansing eine gewisse Ansehnlichkeit verleiht. Sie wurde während des Bürgerkrieges gebaut und 1864 zum erstenmal mit Gefangenen belegt. Heutzutage beherbergt sie durchschnittlich ungefähr zweitausend Gefangene, über die der gegenwärtige Gefängnisdirektor Sherman H. Crouse eine nach Rassen unterteilte Tagesliste führt (zum Beispiel – Weiße: 1405, Farbige: 360, Mexikaner: 12, Indianer: 6). Ganz gleich welcher Hautfarbe sie sind, alle Gefangene sind in Blocks von kleinen, aus Stein gebauten Häusern untergebracht, die von einer hohen, mit Maschinengewehrposten besetzten Mauer umgeben sind – ein Gelände von zwölf grauen Morgen mit solchen Blocks und Werkstättern, das von grauen Betonstraßen durchzogen ist.

Im südlichen Sektor des Gefängnisgeländes steht ein kleines, merkwürdiges Gebäude: dunkel und zweistöckig, sieht es aus wie ein Sarg. Dies Gebäude, offiziell Absonderungs- und Isolier-Block genannt, ist ein besonderes Gefängnis innerhalb des Gefängnisses. Der untere Stock wird von den Gefängnisinsassen das »Loch« genannt – dort werden widersetzliche Gefangene, Unruhestifter und Schläger zeitweise isoliert. In den oberen Stock gelangt man über eine eiserne Wendeltreppe; dort oben ist der Todesgang.

Es war an einem regnerischen Nachmittag im April, als die Mörder der Clutter-Familie zum erstenmal diese Treppe erstiegen. Nach einer achtstündigen Fahrt von dem sechshundertvierzig Kilometer entfernten Garden City nach Lansing gelangt, hatten sich die Neuankömmlinge entkleiden und duschen müssen, das Haar wurde ihnen kurz geschnitten, und sie wurden mit groben Drillichuniformen und den in fast allen amerikanischen Gefängnissen für Verurteilte üblichen weichen Schuhen ausgerüstet. Dann wurden sie von bewaffneten Wachen durch die regenfeuchte Dämmerung zu dem sargähnlichen Gebäude und über die Wendeltreppe in zwei der zwölf nebeneinanderliegenden Zellen geführt, die von dem Todesgang abgehen.

Die Zellen unterscheiden sich nicht voneinander. Sie sind sechs Quadratmeter groß und unmöbliert bis auf eine Pritsche, eine Toilette, ein Waschbecken und eine Glühbirne an der Decke, die Tag und Nacht brennt. Die Zellenfenster sind sehr klein und nicht nur vergittert, sondern außerdem noch mit einem Maschendraht versehen, der so schwarz ist wie ein Witwenschleier, so daß Passanten die Gesichter der zum Tode Verurteilten nur undeutlich erkennen können. Die Verurteilten selbst können sehr wohl nach draußen sehen; was sie sehen, ist ein schmutzig grauer Platz, auf dem im Sommer Baseball gespielt wird, jenseits davon ein Stück Gefängnismauer und darüber ein Stück Himmel.

Die Mauer ist grob aus Backstein gebaut, Tauben nisten in den Höhlen zwischen den Steinen. Eine in die Mauer eingelassene rostige Eisentür, die von den Zellen aus zu sehen ist, scheucht die Tauben auf, sooft sie geöffnet wird, weil sie so laut in den Angeln quietscht, ja kreischt. Die Tür führt in einen höhlenartigen Raum, in dem es selbst an warmen Sommertagen feucht und frostig ist. Es ist eine Art Abstellraum mit Metallplatten, aus denen die Gefangenen Nummernschilder für Autos herstellen, einem Holzstapel, alten Maschinenteilen, Baseball-Zubehör – und auch einem rohen Holzgalgen, der schwach nach Fichtenholz riecht. Denn dies ist die staatliche Hinrichtungskammer. Wenn einer hier hineingeführt wird, um gehängt zu werden, sagen die Gefangenen, er ist »in die Ecke gegangen«, oder er hat »dem Laden einen Besuch abgestattet«.

Dem Urteilsspruch des Gerichts entsprechend hatten Smith und Hickock dem Laden in sechs Wochen ihren Besuch abzustatten: am Freitag, dem 13. Mai 1960, eine Minute nach Mitternacht.

Kansas schaffte die Todesstrafe 1907 ab; auf Grund der plötzlich im Mittelwesten verstärkten Tätigkeit einiger wütender Berufsverbrecher (Alvin »Old Creepy« Karpis, Charles »Pretty Boy« Floyd, Clyde Barrow, und seine mordlustige Geliebte Bonnie Parker) beschlossen die staatlichen Legislatoren 1935 ihre Wiedereinführung. Aber erst 1944 bekam der Henker Gelegenheit, sein Handwerk auszuüben; in den darauffolgenden zehn Jahren dann allerdings gleich neunmal. Von 1954 an brauchten jedoch wiederum in Kansas sechs Jahre lang keine Gebühren an den Henker gezahlt zu werden (nur in den beiden Militär-Strafanstalten, die ihrerseits über Galgen verfügen). Verantwortlich für diese Unterbrechung war der verstorbene George Docking, von 1957 bis 1960 Gouverneur von Kansas, der ein kompromißloser Gegner der Todesstrafe war (»Es liegt mir einfach nicht, Leute umzubringen«).

Im April 1960 nun befanden sich in den Gefängnissen der Vereinigten Staaten einhundertneunzig Menschen, denen die Hinrichtung bevorstand; fünf von ihnen, darunter die Mörder der Clutters, saßen in Lansing. Gelegentlich werden prominente Besucher eingeladen, »einen kurzen Blick in den Todesgang zu werfen«. Wer diese Einladung annimmt, wird von einem Wachposten begleitet und vor den Zellentüren mit einer dem Beamten vermutlich komisch erscheinenden Formalität über die einzelnen Insassen informiert. »Und dies«, erzählte 1960 die begleitende Wache einem Besucher, »dies ist Mr. Perry Edward Smith. Und hier, hinter der nächsten Tür sitzt Mr. Smiths Kumpel, Mr. Richard Eugene Hickock. Und da drüben haben wir Mr. Earl Wilson. Und hinter Mr. Wilson darf ich Ihnen Mr. Bobby Joe Spencer vorstellen. Und in dem letzten Herrn hier erkennen Sie sicher den berühmten Mr. Lowell Lee Andrews.«

Earl Wilson, ein kräftiger, Hymnen singender Neger, war wegen Entführung, Vergewaltigung und Folterung einer jungen Weißen zum Tode verurteilt worden. Das Opfer hatte die Mißhandlung zwar überlebt, war aber auf Lebenszeit verkrüppelt. Bobby Joe Spencer, ein junger, feminin wirkender Weißer, hatte gestanden, eine ältliche Kansaner Bürgerin, seine Hauswirtin, ermordet zu haben. Kurz bevor er im Januar 1961 aus dem Amt schied, wandelte Gouverneur Docking, der nicht wiedergewählt worden war, hauptsächlich wegen seiner Einstellung zur Todesstrafe, noch die Urteilssprüche gegen die beiden in lebenslängliche Zuchthausstrafe um, was praktisch bedeutete, daß sie in sieben Jahren ihre bedingte Entlassung beantragen konnten. Bobby Joe Spencer aber wurde bald darauf wieder zum Mörder: mit einem behelfsmäßig als Dolch hergerichteten Instrument erstach er einen jungen Mitgefangenen, der mit ihm um die Zuneigung eines älteren Insassen rivalisierte. (»Nichts weiter als zwei Strichjungen im Streit um eine Tante«, wie ein Gefängnisbeamter es formulierte.) Daraufhin wurde Spencer zum zweitenmal zum Tode verurteilt. Aber weder von Wilson noch von Spencer hatte die Öffentlichkeit groß Notiz genommen; im Vergleich zu Smith und Hickock oder dem fünften Mann

auf dem Todesgang, Lowell Lee Andrews, hatte die Presse kaum über sie berichtet.
Noch vor zwei Jahren war Lowell Lee Andrews, ein Riese von achtzehn Jahren mit einer großen Hornbrille, der fast zweihundertneunzig Pfund wog, Student an der Universität von Kansas gewesen, der sich in seinen Studien – sein Hauptfach war Biologie – auszeichnete. Er war ein Einzelgänger und wenig gesellig, aber obwohl er zurückgezogen lebte und am liebsten mit sich allein war, hielten seine Bekannten an der Universität wie in seiner Heimatstadt Wolcott, Kansas, ihn für außergewöhnlich freundlich und »gutherzig« (später erschien in einer Kansaner Zeitung ein Artikel über ihn mit der Überschrift: »Der netteste Junge von Wolcott«). Aber nur nach außen war Andrews der ruhige junge Student, für den man ihn hielt; innerlich war er ein anderer, in seinem Gefühlsleben gestört und heimgesucht von grausamen, brutalen Gedanken. Seine Angehörigen – Eltern und eine wenig ältere Schwester Jennie Marie – wären überrascht gewesen, wenn sie gewußt hätten, welche Wunschträume Lowell Lee im Sommer und Herbst des Jahres 1958 beschäftigten; der begabte Sohn, der geliebte Bruder ging mit dem Plan um, sie alle zu vergiften.
Der alte Andrews war ein wohlhabender Farmer. Er hatte nicht viel Geld auf der Bank, aber er besaß Land im Werte von annähernd zweihunderttausend Dollar. Der Wunsch, sich zum Alleinerben dieses Grundstücks zu machen, war offenbar das Motiv für Lowell Lees Plan, seine Familie auszulöschen. Denn der heimliche Lowell Lee, der sich hinter dem scheuen, kirchenfrommen Biologiestudenten verbarg, hielt sich insgeheim für einen kaltblütigen Meisterverbrecher: Es reizte ihn, seidene Gangsterhemden zu tragen und knallrote Sportwagen zu fahren; er hatte es satt, für nichts weiter als einen harmlosen Bücherwurm gehalten und wegen seiner Brille, seinem Übergewicht und seiner Kindlichkeit belächelt zu werden; und obwohl er keinen der Angehörigen haßte, wenigstens nicht bewußt, schien der Mord an ihnen der schnellste Weg, die Phantasien, von denen er besessen war, zu verwirklichen. Arsen war die Waffe, für die er sich entschied; nachdem er die Opfer vergiftet hatte, wollte er sie in ihre Betten legen und das Haus anzünden und so den Anschein erwecken, als wären sie durch den Brand umgekommen. Doch ein Detail störte ihn dabei: angenommen, eine Obduktion der Leichen ergäbe, daß sie mit Arsen umgebracht worden waren? Und angenommen, man könnte ihm den Kauf des Giftes nachweisen? Und so entwickelte er gegen Ende des Sommers einen neuen Plan. Drei

Monate setzte er daran, ihn zu vervollkommnen. Und schließlich, eines Abends Ende November, war er bereit, zu handeln.

Der Thanksgiving-Tag stand bevor, und Lowell Lee war auf Ferien zu Hause, wie Jennie Marie auch, ein intelligentes, aber unkompliziertes Mädchen, das ein College in Oklahoma besuchte. Am Abend des 28. November gegen sieben Uhr saß Jennie Marie mit ihren Eltern im Wohnzimmer vor dem Fernsehapparat; Lowell Lee hatte sich in seinem Schlafzimmer eingeschlossen und las das letzte Kapitel der *Brüder Karamasoff*. Nachdem er damit fertig war, rasierte er sich, zog seinen besten Anzug an und lud sodann ein halbautomatisches Gewehr, Kaliber .22, und einen Ruger-Revolver vom selben Kaliber. Er steckte den Revolver in die Gesäßtasche, schulterte das Gewehr und schlenderte den Gang entlang zum Wohnzimmer, das abgedunkelt und nur von dem flimmernden Licht des Bildschirms erhellt war. Er machte Licht, legte das Gewehr an und feuerte und traf seine Schwester zwischen die Augen; sie war sofort tot. Dann schoß er dreimal auf seine Mutter und zweimal auf seinen Vater. Die Mutter wankte mit weit aufgerissenen Augen und ausgestreckten Armen auf ihn zu; sie versuchte zu sprechen, aber sie öffnete vergebens den Mund, und Lowell Lee sagte zu ihr: »Halt den Mund!« Um sie endgültig zum Schweigen zu bringen, schoß er noch dreimal auf sie. Mr. Andrews aber lebte noch; schluchzend und röchelnd arbeitete er sich mit letzter Kraft über den Boden vor, um die Küche zu erreichen, an der Schwelle der Küchentür aber zog der Sohn den Revolver, legte auf seinen Vater an und schoß das Magazin leer, lud dann nach und schoß es wiederum leer; insgesamt wurde sein Vater von siebzehn Kugeln getroffen.

Andrews hatte, wie er sich geäußert haben soll, »bei der Sache nichts weiter empfunden. Die Zeit war gekommen, und ich habe bloß getan, was ich tun mußte. Das ist alles.« Nach der Tat schob er ein Fenster in seinem Schlafzimmer hoch und hängte das Fliegenfenster aus; dann riß er überall im Haus die Schubladen auf und streute den Inhalt umher: er wollte einen Einbruchdiebstahl vortäuschen. Dann fuhr er im Wagen seines Vaters vierundsechzig Kilometer auf schneeglatten Straßen nach Lawrence, wo sich die Universität von Kansas befindet. Unterwegs hielt er auf einer Brücke an, nahm seine tödlichen Waffen auseinander und warf die Teile in den Kansas River. Aber natürlich war der Hauptzweck dieser Fahrt, sich ein Alibi zu beschaffen. Als erstes fuhr er zum Campus-Haus, wo er ein Zimmer hatte, sprach mit der Wirtin und erzählte ihr, daß er gekommen sei, um seine Schreibmaschine zu holen, und daß er für die Fahrt von Wolcott nach Lawrence wegen des schlechten Wetters zwei Stunden gebraucht hätte. Danach ging er in ein Kino, wo er sich, was sonst nicht seine Art war, mit einem Platzanweiser und einem Süßwarenverkäufer unterhielt. Um elf, als der Film zu Ende war, fuhr er nach Wolcott zurück. Auf der Veranda wartete der verhaßte Hund der Familie; er jaulte vor Hunger, und so ging Lowell Lee ins Haus, stieg über die Leiche seines Vaters und machte dem Hund eine Schüssel mit warmer Milch und Maisbrei zurecht; während der Hund es aufschlappte, telefonierte er mit dem Sheriff und sagte: »Hier ist Lowell Lee Andrews, 6040 Wolcott Drive. Hier im Haus ist eingebrochen worden –«

Bald darauf kam eine vierköpfige Polizeistreife der Wyandott County. Einer der Beamten, der Polizist Meyers, gab folgende Beschreibung der Szene: »Es war gegen ein Uhr früh, als wir dorthin kamen. In allen Zimmern war Licht. Und Lowell Lee, dieser dunkelhaarige, mächtige Bursche, saß auf der Veranda und streichelte seinen Hund. Tätschelte ihm den Kopf. Leutnant Athey fragte den Burschen, was passiert sei, und er zeigte ziemlich beiläufig auf die Tür und sagte: ›Sehen Sie sich's an.‹« Die Polizisten waren bestürzt über das, was sie sahen; sie riefen den Leichenbeschauer der County herbei, der ebenso wie sie über die Nonchalance und Teilnahmslosigkeit des jungen Mannes überrascht war, denn als er ihn nach seinen Wünschen in bezug auf die Bestattungszeremonie fragte, zuckte Andrews die Achseln und sagte: »Mir ist es egal, was Sie mit ihnen machen.«

Bald darauf erschienen zwei ranghöhere Kriminalbeamte und begannen den einzigen Überlebenden der Familie zu verhören. Obwohl sie überzeugt waren, daß er die Unwahrheit sagte, hörten sie sich geduldig seine Erzählung darüber an, wie er nach Lawrence gefahren war, um seine Schreibmaschine zu holen, ins Kino gegangen war und dann, als er nach Mitternacht zurückkam, das Haus geplündert und die Familie ermordet vorgefunden hatte. Er blieb bei dieser Geschichte und wäre wahrscheinlich nie von ihr abgegangen, wenn nicht, nachdem er verhaftet und ins County-Gefängnis gebracht worden war, die Behörden Unterstützung von seiten des Reverend Mr. Virto C. Dameron erhalten hätten.

Der Reverend Dameron, eine dickenssche Romanfigur, der salbungsvoll und mit Humor von Hölle und Verdammnis zu predigen wußte, war Geistlicher an der Grandview-Baptistenkirche in Kansas City, Kansas, in die die Familie Andrews jeden Sonntag ging. Vom Leichenbeschauer über die Dringlichkeit der Sache unterrichtet, war Dameron um drei Uhr früh im Gefängnis erschienen, worauf die Kriminalbeamten, die den Verdächtigten ebenso eingehend wie erfolglos verhört hatten, sich in einen anderen Raum zurückzogen und den Geistlichen mit seinem Schützling allein ließen. Es war ein für den jungen Andrews verhängnisvolles Gespräch, über das er Monate später einem Freund berichtete: »Mr. Dameron sagte: ›Nun, Lee, ich kenne dich von deiner Geburt an. Als du ein ganz kleiner Wurm warst. Und deinen Daddy habe ich auch von Kindheit an gekannt. Wir waren schon als Kinder befreundet, wir wuchsen zusammen auf. Und deshalb bin ich hier – nicht nur weil ich dein Pfarrer bin, sondern weil du für mich so gut wie zu meiner eigenen Familie gehörst. Und weil du einen Freund brauchst, mit dem du dich aussprechen und dem du vertrauen kannst. Und ich bin entsetzt über dieses furchtbare Ereignis. Und genauso wie dir liegt es mir am Herzen, die Schuldigen zu finden und sie bestraft zu sehen.‹

Er fragte mich, ob ich Durst hätte, ich sagte ja, und so holte er mir ein Cola, und danach sprach er über die Thanksgiving-Ferien, fragte mich, wie es mir im College gefiele, und plötzlich sagte er: ›Nun, Lee, die Leute hier scheinen einige Zweifel zu haben, was deine Unschuld angeht. Sicher wirst du nichts dagegen haben, wenn sie dich mit einem Lügendetektor testen, um sich von deiner Unschuld überzeugen und weiter nach den Schuldigen suchen zu können.‹ Und dann sagte er: ›Lee, du hast doch diese furchtbare Sache nicht gemacht, nicht wahr? Wenn du es getan haben solltest, dann hast du jetzt Gelegenheit, deine Seele von dieser Last zu befreien.‹ Und da dachte ich, was macht das schon aus, und erzählte ihm die Wahrheit, von Anfang bis Ende. Er schüttelte immerzu den Kopf und verdrehte die Augen und rieb sich die Hände und sagte, das sei ja furchtbar, und ich hätte mich vor dem Allmächtigen zu verantworten und mein Gewissen zu befreien, indem ich der Polizei erzählte, was ich ihm gesagt hatte, und ob ich das wohl tun würde?« Nachdem er ein bestätigendes Nicken als Antwort erhalten hatte, ging der Geistliche in den angrenzenden Raum, in dem sich die Polizisten erwartungsvoll drängten, und lud sie ein: »Kommen Sie. Der Junge ist bereit, ein Geständnis abzulegen.«

Der Fall Andrews wurde die Ausgangsbasis für ungewöhnlich eingehende gerichtliche und medizinische Untersuchungen. Vor der Verhandlung, bei der Andrews auf Freispruch wegen Unzurechnungsfähigkeit plädierte, hatten die Psychiater der Menninger-Klinik den Beschuldigten gründlich untersucht; es ergab sich die Diagnose eines »einfachen Falles von Schizophrenie«. Mit »einfach« meinten die Ärzte, daß Andrews weder unter falschen Vorstellungen, Fehlschlüssen oder Halluzinationen litt, sondern unter der primären Krankheit einer Spaltung von Denken und Fühlen. Er war sich über das Wesen und die Gesetzwidrigkeit seiner Tat im klaren, und auch darüber, daß ihn eine Strafe erwartete. »Aber«, meinte Dr. Joseph Satten, einer der untersuchenden Ärzte, »Lowell Lee Andrews zeigte keinerlei gefühlsmäßige Regungen. Für ihn war er selbst der einzig bedeutende, der einzig wichtige Mensch auf dieser Welt. Und in der Abgeschlossenheit seiner eigenen Welt schien es ihm ebensowenig Unrecht, seine Mutter zu töten, wie er bedenkenlos ein Tier oder eine Fliege getötet hätte.«

Nach der Meinung von Dr. Satten und seinen Kollegen war Andrews Verbrechen ein solch unwiderlegbares Beispiel von verminderter Zurechnungsfähigkeit, daß der Fall eine ideale Chance bot, die vor den Kansaner Gerichten geltende M'Naghten-Regel anzufechten. Diese Regel erkennt, wie schon erwähnt, keinerlei Unzurechnungsfähigkeit an, sofern der Angeklagte imstande ist, zwischen Recht und Unrecht zu unterscheiden – und zwar in gesetzlicher, nicht in moralischer Hinsicht. Zum großen Leidwesen der Psychiater und aller liberalen Juristen behauptet sich diese Regel an den Gerichtshöfen des Britischen Commonwealth und der Vereinigten Staaten von Amerika, ein halbes Dutzend Staaten etwa ausgenommen und den Distrikt von Columbia, wo man an der milderen, aber von manchen als unpraktisch empfundenen Durham-Regel festhält, nach der ein Angeklagter dann nicht für seine gesetzwidrigen Taten verantwortlich gemacht werden kann, wenn diese Taten durch Geisteskrankheit oder Schwachsinn begründet sind.

Was, kurz gesagt, Andrews' Verteidiger, eine Gruppe von Psychiatern der Menninger-Klinik und zwei erstklassige Anwälte, zu erreichen hofften, war ein Sieg von überregionaler gesetzgeberischer Bedeutung. Es kam darauf an, das Gericht dazu zu bewegen, die M'Naghten-Regel durch die Durham-Regel zu ersetzen. Sollte dies gelingen, so würde Andrews wegen seines eindeutig bewiesenen schizophrenen Zustandes gewiß nicht zum Tode durch den Strang verurteilt werden, ja nicht einmal zu Gefängnis, sondern zu Sicherheitsverwahrung im Staatlichen Hospital für geisteskranke Verbrecher.

Aber die Verteidigung hatte nicht mit dem geistlichen Berater des Angeklagten gerechnet, mit dem unermüdlichen Reverend Dameron, der als Hauptzeuge der Anklage vor Gericht erschien und im übertriebenen, verschnörkelten Stil eines sektiererischen Wanderpredigers aussagte, er hätte diesen seinen ehemaligen Sonntagsschulzögling oft genug vor dem drohenden Zorn Gottes gewarnt: »In dieser Welt, habe ich gesagt, gibt es nichts Wertvolleres als deine Seele, und du hast mir oft in unseren Unterhaltungen zugegeben, daß dein Glaube schwach ist, daß du nicht an Gott glaubst. Du weißt, daß sich jede sündige Tat gegen Gott richtet, und daß Gott der Richter ist, vor dem du dich zu verantworten hast. Das habe ich zu ihm gesagt, damit er das Furchtbare seiner Tat einsähe und begriffe, daß er sich für sein Verbrechen vor dem Allmächtigen zu verantworten hat.«

Offenbar war Reverend Dameron entschlossen, daß sich der junge Andrews nicht nur vor dem Allmächtigen, sondern auch vor den weltlichen Mächten verantworten solle, denn neben dem Geständnis des Angeklagten war es seine Zeugenaussage, die den Fall entschied. Der vorsitzführende Richter hielt die M'Naghten-Regel aufrecht, und die Geschworenen erkannten auf die von der Anklage geforderte Todesstrafe.

Die Hinrichtung von Smith und Hickock war auf Freitag, den 13. Mai, festgesetzt, aber der Tag verlief wie jeder andere auch. Das Oberste Gericht von Kansas hatte eine Aussetzung der Vollstreckung verfügt, um das Ergebnis der Berufung abzuwarten, die von ihren Anwälten eingelegt worden war. Zur gleichen Zeit lag auch das Urteil gegen Andrews bei demselben Gericht zur Überprüfung vor.

Perrys Zelle lag neben der von Dick. Sie konnten einander zwar nicht sehen, aber doch ungehindert miteinander sprechen. Aber Perry unterhielt sich nur selten mit Dick – nicht weil sie inzwischen miteinander verfeindet waren (nachdem sie sich anfangs gegenseitig gewisse lauwarme Vorwürfe gemacht hatten, duldeten sie einander jetzt, wie hilflos zusammengewachsene siamesische Zwillinge). Wenn Perry nur selten mit Dick sprach, dann war es, weil er, wie immer, mißtrauisch und übervorsichtig war und nicht wollte, daß die Wachen und auch die anderen Zelleninsassen – besonders Andrews oder Andy, wie er von den anderen im Todesgang genannt wurde – an ihren »Privatgeschichten« teilnahmen. Andrews' gebildete Redeweise und überhaupt seine College-Bildung waren ihm ein Dorn im Auge, hatte Perry sich doch, obwohl er nicht über die dritte Schulklasse hinausgekommen war, immer für gebildeter als seine meisten Bekannten gehalten und sich ein Vergnügen daraus gemacht, sie zu korrigieren, insbesondere ihre Aussprache und grammatischen Fehler. Aber hier war plötzlich einer – noch dazu »ein halbes Kind!« –, der dauernd *ihn* korrigierte. War es also ein Wunder, daß er den Mund überhaupt nicht mehr auftat? Besser, man hielt den Mund, statt eine der rotzigen Bemerkungen von dem College-Boy zu riskieren, wie zum Beispiel: »Sag doch nicht immer *anscheinend*, wenn du *scheinbar* meinst.« Andrews meinte es im Grunde nicht böse, aber Perry hätte ihn vor Wut umbringen können. Er gab das jedoch nicht zu, ließ sich auch nichts anmerken, aber nach einem dieser demütigenden Zwischenfälle zog er sich gänzlich zurück, saß da, brütete vor sich hin und rührte die Mahlzeiten nicht an, die ihnen dreimal am Tag gebracht wurden. Ab Anfang Juni nahm er überhaupt nichts mehr zu sich. Er sagte zu Dick: »Mach du man so weiter und friß, bis sie dir die Schlinge um den Hals legen. Ich mach nicht mehr mit« – und von diesem Augenblick an nahm er weder Nahrung noch Wasser zu sich und redete auch nicht mehr.

Erst als er fünf Tage nichts gegessen hatte, wurde sein Fasten von der Gefängnisleitung ernst genommen. Am sechsten Tag ordnete sie die Einlieferung von Smith in das Gefängnishospital an, ohne daß diese Maßnahme irgend etwas an Perrys Entschluß änderte. Als man ihn mit Gewalt füttern wollte, schlug er um sich, drehte das Gesicht weg und biß die Zähne so fest aufeinander, daß man seinen Mund nicht mehr aufbekam. Schließlich mußte er festgebunden und durch intravenöse Spritzen oder einen Schlauch, den man in eines der Nasenlöcher einführte; ernährt werden. Trotzdem nahm er in den neun Wochen darauf fünfundvierzig Pfund ab, er wog nur noch etwas über hundert Pfund, und der Gefängnisleitung wurde mitgeteilt, daß der Patient so auf die Dauer nicht am Leben zu halten war.

Dick war zwar von Perrys Standhaftigkeit beeindruckt, aber er bezweifelte, ob er auf diese Weise wirklich Selbstmord begehen wollte. Und selbst als er erfuhr, daß Perry im Koma lag, sagte er zu Andrews, mit dem er sich inzwischen angefreundet hatte, sein ehemaliger Kumpan verstelle sich bloß. »Er will nur, daß sie ihn für verrückt halten.«

»Vielleicht ist er tatsächlich verrückt, wenn er sich auf diese Weise zu Tode fastet«, sagte Andrews, der ein großer Esser war (er hatte ein ganzes Skizzenbuch mit eßbaren Dingen vollgezeichnet, von Erdbeertorte bis zu gegrilltem Schweinebraten).

»Der will hier bloß raus. Die reine Schauspielerei. Die sollen ihn für verrückt erklären und in die Klapsmühle bringen.«
Dick zitierte später gern, was Andrews darauf erwiderte, denn es schien ihm ein gutes Beispiel für den »Sinn für Humor« des jungen Mannes und seine »durch nichts zu erschütternde Gelassenheit«. »Nun«, hatte Andrews angeblich gesagt, »das scheint mir eine ziemlich unangenehme Methode zu sein. Sich selbst aushungern. Denn früher oder später kommen wir ja doch alle hier raus. Entweder wir gehen – oder man trägt uns in einem Sarg hinaus. Mir persönlich ist es ziemlich egal, ob ich gehe oder getragen werde. Es kommt schließlich auf eins heraus.«
»Das Schlimme an dir ist eben, Andy«, sagte Dick, »daß du keine Achtung vor dem Leben eines Menschen hast, und vor deinem eigenen auch nicht.«
Andrews stimmte ihm zu. »Und ich will dir noch was sagen, Dick. Wenn ich hier jemals lebend rauskomme, ich meine, über die Mauer und weg – wo Andy hin ist, das wird dann vielleicht keiner wissen, aber wo Andy gewesen ist, das werden sie verdammt gut wissen.«
Den ganzen Sommer trieb Perry zwischen halbwacher Betäubung und ungesundem, schweißtreibendem Schlaf dahin. – Stimmen dröhnten in seinem Kopf, und eine von ihnen fragte ihn wieder und wieder: »Wo ist Jesus? Wo?« Und einmal schrie er erwachend: »Der Vogel ist Jesus! Der Vogel ist Jesus!« Seine alte Lieblingsphantasie vom Theater, in der er sich als »Perry O'Parsons, das Ein-Mann-Orchester« sah, kehrte im Gewand eines sich ständig wiederholenden Traums zurück. Geographisch kreiste der Traum um einen Nachtclub in Las Vegas, wo er in weißem Zylinder und weißem Smoking im Scheinwerferlicht auf der Bühne auf und ab ging und abwechselnd Mundharmonika, Gitarre, Banjo und Trommel spielte, »You are my sunshine« sang und eine kurze Theatertreppe mit goldenen Stufen hinaufsteppte zu einer Plattform, wo er sich verbeugte. Aber er bekam keinen Beifall, obwohl das luxuriöse Lokal von Tausenden von Gästen besetzt war – ein seltsames Publikum, hauptsächlich Männer und hauptsächlich Neger. Der schwitzende Entertainer starrte sie an und begriff schließlich, warum sie schwiegen. Plötzlich wußte er, daß es die Geister von gesetzmäßig Getöteten waren, von Gehängten, von Vergasten, von auf dem elektrischen Stuhl Geendeten – und in diesem Moment wurde ihm klar, daß er zu ihnen gehörte, daß die goldbemalten Stufen zu einem Galgen führten, und daß die Plattform unter ihm eine Falltür war. Der Zylinder fiel ihm vom Kopf, Wasser lassend und seinen Darm entleerend, ging Perry O'Parsons in die Ewigkeit ein.

Eines Nachmittags, als er aus einem Traum aufschreckte, stand der Gefängnisdirektor neben seinem Bett. »Sie scheinen so was wie einen Albtraum gehabt zu haben«, sagte er. Aber Perry antwortete nicht, und der Gefängnisdirektor, der bei wiederholten Besuchen im Hospital versucht hatte, ihn von seinem Fasten abzubringen, sagte: »Ich habe hier etwas für Sie. Von Ihrem Vater. Ich dachte, das würde Sie vielleicht interessieren.« Perry, in dessen durchscheinend weißem, abgezehrtem Gesicht die Augen übergroß glänzten, sah zur Decke, und der Besucher, derart vor den Kopf gestoßen, verließ den Raum, nachdem er eine Ansichtskarte auf den Nachttisch gelegt hatte.

In der Nacht nahm Perry die Karte und betrachtete sie. Sie war an die Gefängnisleitung adressiert und in Blue Lake, Kalifornien, abgestempelt. Er erkannte die borstige Schrift: »Sehr geehrte Herren, ich erfuhr, daß Sie meinen Jungen Perry wieder unter Aufsicht haben. Bitte, schreiben Sie mir, was er getan hat, und ob ich kommen kann, um ihn zu besuchen. Mir geht es gut und das gleiche hoffe ich von Ihnen. Tex J. Smith.« Perry zerriß die Karte, aber die wenigen, ungelenken Worte blieben ihm im Gedächtnis, denn wiederum hatten sie Liebe und Haß in ihm geweckt und ihn daran erinnert, daß er, was er zu vergessen versucht hatte, noch am Leben war. »Und so habe ich es mir anders überlegt«, erzählte er später einem Freund. »Ich war noch am Leben und wollte es jetzt auch bleiben. Allen, die mir das Leben nehmen wollten, wollte ich es von jetzt an schwermachen. Ich wollte wieder kämpfen.«

Am nächsten Morgen bat er um ein Glas Milch, die erste Nahrung, die er seit vierzehn Wochen freiwillig zu sich nahm. Er wurde auf eine Diät von Eigelb und Orangensaft gesetzt und nahm allmählich wieder zu. Im Oktober entschied der Gefängnisarzt Dr. Robert Moore, daß er genügend gekräftigt sei und wieder in den Todesgang gebracht werden könne. Als er dort ankam, lachte Dick und sagte: »Willkommen daheim, Kleiner.«

Zwei Jahre vergingen.

Durch die Hinrichtung von Wilson und Spencer blieben Smith, Hickock und Andrews allein unter den ewig brennenden Glühbirnen und hinter Gittern und Maschendraht zurück. Die Vergünstigungen, die man gewöhnlichen Gefangenen zugestand, waren ihnen versagt worden, kein Radio, kein Kartenspiel, ja sogar keinerlei körperliche Betätigung. Sie durften tatsächlich ihre Zellen nicht verlassen, außer samstags, wo sie zum

Duschraum geführt wurden und frische Wäsche erhielten. Eine Abwechslung brachten ihnen nur die seltenen Besuche ihrer Anwälte oder Verwandten. Mrs. Hickock kam einmal im Monat, ihr Mann war gestorben. Sie hatte die Farm aufgeben müssen und lebte jetzt, wie sie Dick erzählte, abwechselnd bei Verwandten.

Perry kam es vor, als lebte er »tief unter Wasser« vielleicht weil es im Todesgang für gewöhnlich so grau und still war wie am Grunde des Ozeans; nur das Schnarchen und Husten, das Huschen von Pantoffeln auf dem Beton, das Gurren und Flügelschlagen der Tauben, die in der Mauer nisteten, unterbrachen die Stille; Aber es war nicht immer so. »Manchmal«, schrieb Dick in einem Brief an seine Mutter, »kann man sich selbst nicht denken hören. Gefangene werden in die Zellen im unteren Stock, in »das Loch«, wie wir sagen, geworfen, und viele von ihnen schlagen wild um sich und brüllen wie die Irren. Fluchen und schreien die ganze Zeit. Es ist unerträglich, und so fangen alle andern an, ›Halts Maul!‹ zu brüllen. Wenn du mir nur Ohrenwatte schicktest. Aber die würde man mir abnehmen. Keine Ruhe für die Verdammten, scheint die Devise zu sein.«

Das kleine Gebäude war bereits mehr als hundert Jahre alt, und der Wechsel der Jahreszeiten machte sich in dem verrotteten Gemäuer empfindlich bemerkbar: Im Winter setzte sich die Kälte in Stein und Eisen fest, und im Sommer, wenn das Thermometer häufig auf 35 Grad schnellte, glichen die Zellen stinkenden Hexenkesseln. »Mir ist so heiß, daß meine Haut brennt«, schrieb Dick in einem Brief vom 5. Juli 1961. »Ich versuche mich möglichst wenig zu bewegen. Ich sitze die ganze Zeit auf dem Fußboden. Mein Bett ist so verschwitzt, daß ich nicht drauf liegen kann. Und vom Gestank ist mir übel, weil wir nur einmal die Woche baden und immer dasselbe Zeug tragen. Keinerlei Ventilation, und die Glühbirne macht alles noch heißer. Wanzen kriechen an den Wänden herum.«

Die zum Tode Verurteilten werden nicht wie die anderen Gefangenen zu Arbeiten herangezogen. Sie können mit ihrer Zeit machen, was sie wollen: den ganzen Tag schlafen, was Perry häufig tat (»Ich stelle mir vor, ich bin ein winziges Baby, das seine Augen nicht offenhalten kann«), oder, wie es Andrews meistens machte, die ganze Nacht lesen. Andrews verschlang durchschnittlich fünfzehn bis zwanzig Bücher die Woche; er las sowohl Schundromane wie schöne Literatur und besonders gern auch Gedichte – von Robert Frost vor allem, aber er schätzte auch Whitman, Emily Dickinson und die komischen Gedichte von Ogden Nash. Nachdem er mit seinem unstillbaren Lesehunger die Regale der Gefängnisbibliothek bald durchhatte, versorgten ihn der Gefängniskaplan und andere Wohlmeinende mit Bücherpaketen aus der öffentlichen Bibliothek von Kansas City. Dick war auch ein ziemlicher Bücherwurm, aber er interessierte sich nur für zwei Themen – Sex, wie er in den Romanen von Harold Robbins und Irving Wallace zu finden war (Perry, dem Dick einmal eins dieser Bücher geliehen hatte, gab es ihm mit einem entrüsteten Zettel zurück: »Degenerierter Dreck für dreckige degenerierte Typen!«), und juristische Literatur. Stundenlang suchte und blätterte er täglich in solchen Büchern, weil er aus ihnen Material zu gewinnen hoffte, das für die Anfechtung des gegen ihn ergangenen Urteils nützlich sein konnte. Er feuerte zu dem gleichen Zweck eine ganze Breitseite von Briefen an Organisationen wie die Union für Bürgerrechte und den Kansas-State-Juristenverband ab – Briefe, in denen er seinen Prozeß, diese »Karikatur von einem Prozeß«, attackierte und die Empfänger bedrängte, ihm bei seinem Versuch, eine Wiederaufnahme des Verfahrens zu erwirken, behilflich zu sein. Er überredete Perry, ähnliche Bittbriefe zu verfassen, aber als Dick Andy vorschlug, ihrem Beispiel zu folgen, indem er Proteste in seiner Sache losließe, erwiderte Andrews: »Kümmert ihr euch um euren eigenen Hals. Ich kümmere mich schon um meinen.« (Tatsächlich war sein Hals nicht der Körperteil, um den Dick sich die größten Sorgen machte. »Mein Haar fällt in ganzen Büscheln aus«, vertraute er in einem weiteren Brief seiner Mutter an. »Das macht mich ganz verrückt. Keiner in unserer Familie hat doch soviel ich weiß eine Glatze. Der Gedanke, einmal ein häßlicher alter Glatzkopf zu sein, macht mich ganz verrückt.«)

An einem Abend im Herbst 1961 hatten die beiden Wachen, als sie ihren Nachtdienst antraten, eine Neuigkeit für die Insassen der Todeszellen. »Scheint so, als ob ihr Jungs Gesellschaft bekommt«, sagte einer von ihnen. Seinen Zuhörern war die Bedeutung dieser Bemerkung klar, sie besagte, daß im Prozeß gegen zwei junge Soldaten wegen Mordes an einem Eisenbahnarbeiter aus Kansas die Höchststrafe verhängt worden war. »Ja, Herrschaften«, sagte der Wachmann bestätigend, »Todesstrafe haben sie gekriegt.« Dick sagte: »Natürlich. Die ist in Kansas sehr beliebt. Die Geschworenen gehen damit um, als ob sie Bonbons an Kinder verteilen.«

Die beiden Soldaten George Ronald York und James Douglas Latham waren achtzehn und neunzehn Jahre alt. Sie sahen beide ungewöhnlich gut aus, was vermutlich der Grund dafür war, daß ganze Horden von jungen

Mädchen zu der Verhandlung erschienen waren. Sie wurden zwar nur für eine von ihnen begangene Mordtat verurteilt, behaupteten aber, auf einem Mord-Streifzug quer durchs Land sieben Menschen umgebracht zu haben. Ronnie York, blond und blauäugig, war in Florida geboren und aufgewachsen, wo sein Vater ein bekannter und gut bezahlter Tiefseetaucher war. Die Yorks führten ein sehr gutes Familienleben, und Ronnie, von seinen Eltern und seiner bewundernden jüngeren Schwester übermäßig geliebt und übermäßig mit Lob bedacht, war der Mittelpunkt der Familie. Ganz im Gegensatz dazu war Lathams Familienleben haargenau so trostlos gewesen wie das von Perry Smith. Er war in Texas geboren und das jüngste Kind von kinderreichen, mittellosen, sich ständig streitenden Eltern, die, als sie sich schließlich trennten, ihre Nachkommenschaft sich selbst überließen, so daß die Kinder sich, herumgestoßen, wild und von niemandem gewollt, herumtrieben wie Büschel von Steppenhexe im Wind. Um eine Zuflucht zu finden, war Latham mit siebzehn zur Army gegangen; zwei Jahre darauf wurde er wegen unerlaubter Entfernung von der Truppe verurteilt und kam zur Verbüßung einer Arreststrafe in das Armee-Staket nach Fort Hood, Texas. Dort lernte er Ronnie York kennen, der ebenfalls wegen unerlaubter Entfernung von der Truppe in Arrest war. Sie waren sich zwar sehr unähnlich – auch körperlich, York war groß und phlegmatisch, während der Texaner klein war, mit fuchsbraunen Augen, die munter aus einem kräftigen, kompakten hübschen kleinen Gesicht hervorschauten – aber in einem Punkt waren sie sich doch einig: Sie haßten die Welt, und die Menschen, meinten sie, wären besser alle tot. »Diese dreckige Welt«, sagte Latham, »man kann ihr ebenfalls nur mit Dreck und Gemeinheit kommen. Das ist das einzige, was die Leute verstehen – Gemeinheit. Wenn man einem Mann die Scheune niederbrennt – das versteht er. Seinen Hund vergiftet. Oder ihn selbst umbringt.« Ronnie sagte, Latham hätte »hundertprozentig recht« und fügte hinzu: »Letzten Endes tut man den Leuten doch bloß einen Gefallen, wenn man sie umbringt.«
Die ersten beiden Personen, denen sie diesen Gefallen tun sollten, waren zwei Frauen aus Georgia, respektable Hausfrauen, die das Unglück hatten, York und Latham zu begegnen, kurz nachdem das mörderische Paar aus dem Staket in Fort Hood ausgebrochen war, einen Lastwagen gestohlen hatte und damit nach Jacksonville, Florida, gefahren war, wo York wohnte. Schauplatz der Begegnung war eine Esso-Tankstelle in den dunklen Stadtrandbezirken von Jacksonville; es war der Abend des 29. Mai 1961. Ur-

sprünglich waren die beiden Ausbrecher nach Florida gefahren, um Yorks Familie zu besuchen; aber als sie dort ankamen, meinte York, es wäre vielleicht unklug, mit seinen Eltern zusammenzukommen, da sein Vater sich manchmal ziemlich aufregen konnte. Sie besprachen die Sache und beschlossen dann, nach New Orleans zu fahren, hielten aber vorher noch an der Esso-Tankstelle, um zu tanken. Neben ihnen stand ein anderer Wagen, der gerade aufgetankt wurde; in ihm saßen die beiden nicht mehr ganz jungen Frauen, die ihre Opfer werden sollten; sie waren zum Einkaufen und auch zum Vergnügen nach Jacksonville gefahren und wollten jetzt zu der kleinen Stadt an der Grenze zwischen Florida und Georgia zurückkehren, wo sie wohnten. Unglücklicherweise hatten sie sich verfahren. York, den sie nach dem Weg fragten, war sehr höflich zu ihnen: »Fahren Sie nur hinter uns her. Wir zeigen Ihnen den richtigen Weg.« Aber der Weg, zu dem er sie lotste, war in Wahrheit ganz der falsche: ein schmaler Seitenpfad, der sich in einem Sumpf verlor. Gleichwohl folgten ihnen die beiden Damen vertrauensvoll, bis der Wagen vor ihnen hielt und sie im Licht der Scheinwerfer sahen, wie die beiden hilfsbereiten jungen Leute auf sie zukamen, und sahen, aber zu spät, daß beide mit langen schwarzen Rindlederpeitschen bewaffnet waren. Die Peitschen waren das Eigentum eines Viehzüchters, des rechtmäßigen Besitzers des gestohlenen Lastwagens. Es war Lathams Idee gewesen, die Peitschen zum Erdrosseln der Frauen zu benutzen – was sie, nachdem sie die beiden ausgeraubt hatten, dann auch taten. In New Orleans kauften sich die Burschen eine Pistole und schnitten zwei Kerben in den Griff.

Im Laufe der darauffolgenden zehn Tage kam zunächst in Tullahoma, Tennessee, eine Kerbe hinzu, wo sie sich dadurch in den Besitz eines flotten roten Dodge-Kabrioletts setzten, daß sie den Eigentümer, einen Reisevertreter, erschossen; zwei weitere Kerben brachte die Ermordung von zwei Männern in einer Vorstadt von St. Louis, Illinois. Der Kansaner, den sie sich als sechstes Opfer aussuchten, war Großvater; ein Mann namens Otto Ziegler, zweiundsechzig Jahre alt, robust und freundlich und jener Typ von Autofahrer, der anderen, die mit ihren Wagen Kummer haben, seine Hilfe anzubieten pflegt. Als Mr. Ziegler an einem schönen Junimorgen auf einer Landstraße in Kansas dahinfuhr, sah er ein am Straßenrand geparktes rotes Kabriolett mit hochgeklappter Kühlerhaube und daneben zwei nett aussehende junge Männer, die sich am Motor zu schaffen machten. Wie hätte der freundliche Mr. Ziegler ahnen sollen, daß der Motor gar nicht defekt war – daß es eine Falle war, um etwaige Samariter zu berauben und zu töten? Seine letzten Worte waren: »Kann ich Ihnen helfen?« York jagte dem alten Mann aus einer Entfernung von zwölf Meter eine Kugel durch den Kopf, wandte sich dann Latham zu und sagte: »Prima Schuß, was?«

Ihr letztes Opfer war das ergreifendste. Es war ein achtzehnjähriges Mädchen; sie war als Zimmermädchen in einem Motel in Colorado angestellt, wo das wütende Paar über Nacht blieb und dabei mit dem Mädchen schlief. Sie erzählten ihr, sie wären auf der Durchfahrt nach Kalifornien, und luden sie ein, mitzukommen. »Komm doch«, drängte Latham sie, »vielleicht landen wir alle noch beim Film.« Das Mädchen mitsamt seinem hastig gepackten Pappkoffer landete als blutgetränktes Bündel auf dem Grund einer Schlucht bei Craig, Colorado. Aber schon wenige Stunden, nachdem sie erschossen und dort hinabgeworfen worden war, agierten ihre Mörder tatsächlich vor Filmkameras.

Denn in der Gegend, in der Otto Zieglers Leiche gefunden worden war, hatten Zeugen die beiden Fahrer des roten Wagens gesehen, und so wurden in den Staaten des Mittelwestens und Westens Personenbeschreibungen veröffentlicht. Straßensperren wurden errichtet, und Hubschrauber flogen die Überlandstraßen ab; an einer Straßensperre in Utah wurden York und Latham gefaßt. Kurze Zeit danach bekam die Fernsehstation in Salt Lake City die Erlaubnis, ein Interview mit den beiden im Polizeigebäude der Stadt zu drehen. Sähe man den Film ohne Ton, dann könnte man glauben, zwei fröhliche Sportler, die nur Milch trinken, über Hockey oder Baseball diskutieren zu sehen – über alles andere jedenfalls als Mord und über die Rolle, die sie, wie sie prahlend zugaben, beim Tod von sieben Menschen gespielt. hatten. »Und warum haben Sie das getan?« fragte der Interviewer. Und York, selbstzufrieden grinsend, antwortete: »Wir hassen die Welt.«

Alle fünf Staaten, die sich darum bewarben, York und Latham unter Anklage stellen zu dürfen, sanktionieren die gesetzliche Tötung: Florida (elektrischer Stuhl), Tennessee (elektrischer Stuhl), Illinois (elektrischer Stuhl), Kansas (Erhängen) und Colorado (Gas). Da Kansas über das stichhaltig ste Beweismaterial verfügte, ging es als Sieger aus diesem Wettstreit hervor. Die Männer im Todesgang bekamen die Neuankömmlinge am 2. November 1961 zum erstenmal zu Gesicht. Der Wärter, von dem sie zu ihren Zellen geführt wurden, stellte sie vor: »Mr. York, Mr. Latham, darf ich

Ihnen hier Mr. Smith vorstellen. Und das hier ist Mr. Hickock. Und dann Mr. Lowell Lee Andrews – ›der netteste Junge von Wolcott!‹«

Als sich die Türen hinter ihnen geschlossen hatten, hörte Hickock, wie Andrews vor sich hinkicherte, und fragte: »Was ist denn so komisch an dem Hund?«

»Nichts«, sagte Andrews. »Aber ich überlege gerade: Wenn wir meine drei, eure vier und ihre sieben zusammenrechnen, dann macht das vierzehn von denen, und wir sind fünf. Und vierzehn durch fünf, da kommen auf jeden –«

»Vierzehn durch *vier*«, korrigierte ihn Hickock barsch. »Auf dem Gang hier sind vier Mörder und einer, den man fälschlich hierhin abgeschoben hat. Ich bin kein gottverdammter Mörder. Ich habe keinem Menschen je auch nur ein Haar gekrümmt.«

Hickock schrieb weiterhin Briefe, in denen er gegen das über ihn verhängte Urteil protestierte, und einer davon hatte schließlich Erfolg. Der Empfänger, Everett Steerman, Vorsitzender des. Komitees für Rechtsbeistand des Kansas-State-Juristenverbandes, war über die nachdrückliche Behauptung des Angeklagten beunruhigt, der Prozeß, den man ihm und seinem Mitangeklagten gemacht hätte, sei nicht fair gewesen. Nach Hickocks Meinung wäre es in der »feindseligen Atmosphäre« von Garden City unmöglich gewesen, unvoreingenommene Geschworene zu berufen, und deswegen hätte die Verhandlung an einen anderen Ort verlegt werden sollen. Die Befragung der Geschworenen hätte gezeigt, daß zumindest zwei von ihnen eine vorgefaßte Meinung über die Schuld der Angeklagten gehabt hätten (»Über seine Einstellung zur Todesstrafe befragt, sagte einer von ihnen, normalerweise wäre er dagegen, in diesem Fall aber nicht«); leider wäre die Befragung der Beschworenen nicht auf Band genommen worden, weil das nach dem in Kansas gültigen Gesetz nur dann gemacht würde, wenn jemand es ausdrücklich beantragte. Viele der Geschworenen wären überdies »mit den Verstorbenen gut bekannt gewesen. Der Richter ebenfalls. Richter Tate war mit Mr. Clutter eng befreundet«.

Aber Hickocks heftigste Anwürfe waren gegen die beiden Verteidigungsanwälte Arthur Fleming und Harrison Smith gerichtet, deren »Unzulänglichkeit und Inkompetenz« die Hauptursachen für die gegenwärtige Situation des Briefschreibers wären. Sie hätten sich weder gründlich vorbereitet noch die Verteidigung mit der notwendigen Energie durchgeführt, und

dieser mangelnde Einsatz, unterstellte Hickock, sei wohlüberlegt und zwischen Verteidigung und Anklage verabredet gewesen.
Das waren schwere Vorwürfe, die Glaubwürdigkeit und Unbestechlichkeit zweier angesehener Anwälte und eines hochgeachteten Distriktrichters in Frage stellten, aber wenn sie auch nur zum Teil zutrafen, dann hatte man sich über die verfassungsmäßigen Rechte der Angeklagten hinweggesetzt. Von Mr. Steerman veranlaßt, traf der Juristenverband Maßnahmen, die in der Rechtsgeschichte von Kansas einmalig waren: er beauftragte Russel Shultz, einen jungen Anwalt aus Wichita, die Anschuldigungen zu überprüfen und, sollte Anlaß dazu gefunden werden, die Rechtsgültigkeit des Urteils vor dem Obersten Gericht von Kansas, das dieses Urteil kürzlich bestätigt hatte, anzufechten und ein Habeas-corpus-Verfahren einzuleiten. Was Shultz in der Angelegenheit unternahm, war offenbar ziemlich einseitig, denn er tat wenig mehr, als sich einmal mit Smith und Hickock zu einem Interview zusammenzusetzen, um sich anschließend vor der Presse in kampflustigen Redensarten zu ergehen: »Die Frage ist: Haben mittellose Angeklagte, deren Schuld eindeutig erwiesen ist, das Recht auf eine alle Möglichkeiten ausschöpfende Verteidigung? Ich glaube nicht, daß der Staat Kansas durch den Tod dieser beiden großen oder dauernden Schaden erleiden wird. Aber ich glaube, daß er sich von einer als unrechtmäßig erkannten Prozeßführung nie ganz erholen wird.«
Shultz stellte Wiederaufnahmeantrag auf Grund der Habeas-corpus-Akte, und das Oberste Gericht von Kansas beauftragte den pensionierten Richter Walter G. Thiele mit der Durchführung einer umfassenden Revisionsverhandlung. Und so kam es dazu, daß sich ungefähr zwei Jahre nach der ursprünglichen Verhandlung alle ehemals Beteiligten im Gericht von Garden City wieder zusammenfanden. Von wichtigen Teilnehmern fehlten nur die ursprünglich Angeklagten; an ihrer Stelle standen jetzt gewissermaßen Richter Tate, der alte Mr. Fleming und Harrison Smith. Ihre Karriere war gefährdet – nicht wegen der gegen sie erhobenen Verdächtigungen an sich, sondern weil der Juristenverband diese Verdächtigungen aufgegriffen und ihnen offenbar einen gewissen Wahrheitsgehalt zugestanden hatte.
Die Verhandlung, die zeitweilig in Lansing abgehalten wurde, wo Richter Thiele Smiths und Hickocks Aussagen hörte, nahm sechs Tage in Anspruch, bis jeder Punkt geklärt war. Acht Geschworene hatten unter Eid versichert, daß sie mit keinem Angehörigen der Familie Clutter bekannt

gewesen waren; vier gaben zu, daß sie Mr. Clutter oberflächlich gekannt hatten, aber alle, einschließlich dem Flugplatzangestellten N. L. Dunnan, der sich bei der Befragung einigermaßen strittig ausgedrückt hatte, sagten aus, daß sie ohne Befangenheit in die Verhandlung gegangen seien. Shultz wandte sich mit der herausfordernden Frage an Dunnan: »Würden Sie als Angeklagter nichts dagegen haben, vor einen Geschworenen zu treten, der eine ähnliche Einstellung hätte wie Sie?« Dunnan sagte nein, er würde nichts dagegen haben; und dann fragte Shultz: »Erinnern Sie sich, gefragt worden zu sein, ob Sie für oder gegen die Todesstrafe seien?« Der Gefragte nickte und antwortete: »Ich sagte, unter normalen Umständen wäre ich dagegen. Aber angesichts der Schwere dieses Verbrechens könnte ich wahrscheinlich dafür stimmen.«

Schwieriger war es, mit Tate fertigzuwerden: Shultz merkte bald, daß er einen Tiger am Schwanz gepackt hatte. Über seine angebliche Freundschaft mit Mr. Clutter sagte der Richter: »Er (Clutter) hatte hier einmal einen Prozeß, bei dem ich Vorsitzender war, es handelte sich um einen Schadensfall, verursacht durch ein Flugzeug, das auf seinem Grundstück abgestürzt war; er klagte auf Schadenersatz – für einige beschädigte Obstbäume, glaube ich. Das war die einzige Gelegenheit, bei der ich näher mit ihm zu tun hatte. *Die absolut einzige.* Ich sah ihn vielleicht ein- oder zweimal im Jahr ...« Shultz wechselte, unsicher geworden, das Thema. »Ist Ihnen bekannt«, fragte er, »wie die Leute hier im allgemeinen nach der Verhaftung der beiden eingestellt waren?« »Ich glaube schon«, sagte der Richter mit schneidender Selbstsicherheit. »Meiner Meinung nach war die Einstellung hier im allgemeinen die gleiche wie gegenüber jedem anderen, der eines Verbrechens angeklagt ist – daß sie nach dem Gesetz unter Anklage zu stellen seien; daß sie, wenn ihre Schuld erwiesen sei, verurteilt werden sollten; daß man gegen sie wie gegen jeden anderen gerecht vorgehen solle. Es herrschte gegen sie kein Vorurteil, weil sie als die mutmaßlichen Täter unter Anklage gestellt worden waren.« »Sie meinen«, sagte Shultz lauernd, »Sie sahen keinen Grund dafür, daß das Gericht von sich aus eine Verlegung des Verhandlungsortes hätte verfügen sollen?« Tates Lippen krümmten sich abwärts, seine Augen flammten. »Mr. Shultz«, zischte er ihn an, »das Gericht kann eine Verlegung des Verhandlungsortes *nicht von sich aus* verfügen. Das widerspräche dem in Kansas gültigen Gesetz. Ich hätte einer Verlegung nur dann stattgeben können, wenn sie rechtmäßig beantragt worden wäre.«

Aber warum war ein solcher Antrag nicht von den Verteidigungsanwälten gestellt worden? Diese Frage stellte Shultz jetzt den Verteidigern selbst, denn sie zu diskreditieren und zu beweisen, daß sie ihren Klienten nicht einmal ein Minimum an Schutz hatten zukommen lassen, war nach Ansicht des Anwalts aus Wichita der Hauptzweck der Verhandlung. Fleming und Smith parierten den Angriff in guter Haltung, besonders Fleming, mit kühner roter Krawatte und unbeirrbarem Lächeln, der Shultz mit höflicher Resignation ertrug. Auf die Frage, warum er keinen Antrag auf Verlegung gestellt habe, erklärte er: »Da der Reverend Cowan, Geistlicher an der hiesigen Methodistenkirche und ein hochgebildeter, angesehener Mann, ebenso wie viele andere Geistliche hier, sich gegen die Todesstrafe ausgesprochen hatte, war ich der Ansicht, daß der Boden hier gut vorbereitet sei und vermutlich mehr Leute hier zu dieser Einstellung neigten als in anderen Teilen des Staates. Und dann, glaube ich, war es Mrs. Clutters Bruder, der in einer von der Presse veröffentlichten Erklärung die Ansicht vertrat, die Angeklagten sollten nicht zum Tode verurteilt werden.«
Shultz hatte eine ganze Liste von Anschuldigungen, ihnen allen aber lag die gleiche Unterstellung zugrunde, Fleming und Smith hätten auf Grund des Drucks, den die Öffentlichkeit auf sie ausübte, ihre Pflicht bewußt vernachlässigt. Beide hätten, behauptete Shultz, ihre Klienten im Stich gelassen, indem sie sich nicht ausführlich genug mit ihnen besprochen hätten (Mr. Fleming erwiderte: »Ich habe mich mit dem Fall so gründlich wie möglich beschäftigt und mehr Zeit daran gewandt als an die meisten anderen Fälle«); indem sie auf eine Voruntersuchung verzichtet hätten (Smith entgegnete: »Aber Sir, weder Fleming noch ich waren bereits mit der Verteidigung beauftragt, als über diesen Verzicht auf Voruntersuchung entschieden wurde«); indem sie sich der Presse gegenüber nachteilig über die Angeklagten geäußert hätten (Shultz zu Smith: »Ist Ihnen erinnerlich, daß Ron Kull, ein Reporter des Topeka *Daily Capital*, berichtete, Sie hätten am zweiten Verhandlungstag gesagt, an Mr. Hickocks Schuld bestünde kein Zweifel, Ihnen könne es nur darauf ankommen, statt der Verurteilung zum Tode eine lebenslängliche Gefängnisstrafe zu erreichen?« Smith zu Shultz: »Nein, Sir, wenn behauptet wurde, ich hätte das gesagt, dann war diese Behauptung unrichtig«); und indem sie es versäumt hätten, sich auf eine stichhaltige Verteidigung vorzubereiten.
Auf dem letzten Vorwurf ritt Shultz am heftigsten herum; es ist deswegen

von Wichtigkeit, die Meinung von drei Bundesrichtern zu hören, die sie auf Grund der anschließend beim Appellationsgerichtshof der Vereinigten Staaten eingelegten Berufung schriftlich fixierten: »Wir sind der Meinung, daß diejenigen, die den Fall rückblickend erörtern, die Probleme aus den Augen verloren haben, denen sich die Anwälte Smith und Fleming gegenübersahen, als sie die Verteidigung der Beschwerdeführer übernahmen. Als sie beauftragt wurden, hatten die Beschwerdeführer ein volles Geständnis abgelegt, und beide haben sie zu keiner Zeit und vor keinem Gericht bestritten, daß diese Geständnisse freiwillig abgelegt worden waren. Ein Radiogerät, aus dem Haus der Clutters entwendet und von den Beschwerdeführern in Mexico City verkauft, war sichergestellt worden, und die Anwälte kannten noch weiteres, im Besitz der Anklage befindliches Beweismaterial. Als sie aufgefordert wurden, zu der Anklage gegen sie Stellung zu nehmen, schwiegen die Angeklagten, und das Gericht sah sich gezwungen, ein Plädoyer auf Nichtschuldig für sie zu erwirken. Es lagen keine Beweise vor, und es haben seitdem auch keine erbracht werden können, die eine Verteidigung auf Grund von Unzurechnungsfähigkeit gerechtfertigt hätten. Der Versuch der Verteidigung, mit Unzurechnungsfähigkeit auf Grund von vor Jahren erlittenen Unfallverletzungen, von Kopfschmerzen und Ohnmachtsanfällen Hickocks zu argumentieren, war wie der sprichwörtliche Strohhalm, nach dem man greift. Die Anwälte sahen sich vor die Tatsache gestellt, daß ein schändliches Verbrechen, begangen an unschuldigen Menschen, eingestanden worden war. Unter diesen Umständen hätten sie den Beschwerdeführern zu Recht raten können, ein Schuldbekenntnis abzulegen und sich der Gnade des Gerichts zu unterwerfen. Ihre einzige Hoffnung war, daß das Leben dieser irregeleiteten Individuen durch irgendeine Schicksalswendung gerettet werden könnte.«
In dem Bericht, den er dem Obersten Gericht von Kansas vorlegte, stellte Richter Thiele fest, daß der Prozeß, den man den Beschwerdeführern gemacht hatte, verfassungsmäßig gerecht gewesen war; das Gericht verwarf daraufhin die Berufung und setzte als neuen Hinrichtungstermin den 2. Oktober 1962 fest. Zufällig wurde die Exekution von Lowell Lee Andrews, dessen Fall inzwischen den Instanzenweg bis zum Obersten Bundesgericht zweimal durchlaufen hatte, auf einen Monat später anberaumt.
Die Mörder der Familie Clutter, denen von einem Bundesrichter ein weiterer Vollstreckungsaufschub gewährt wurde, überlebten dieses Datum; Andrews das seine nicht.

Zwischen dem Verhängen des Urteils auf Todesstrafe und dessen Vollstreckung vergehen in den Vereinigten Staaten im allgemeinen etwa siebzehn Monate. Unlängst kam in Texas ein Mann, der einen bewaffneten Raubüberfall ausgeführt hatte, schon einen Monat nach der Verurteilung auf den elektrischen Stuhl, während in Louisiana zum gegenwärtigen Zeitpunkt zwei Sexualverbrecher die Rekordwartezeit von zwölf Jahren erreicht haben. Die Variabilität hängt etwas vom Glück und zum größeren Teil von der Dauer des Rechtsstreits ab. Die Mehrheit der Anwälte, die solche Fälle bearbeiten, werden vom Gericht bestellt und erhalten für ihre Arbeit kein Honorar; wobei allerdings die Gerichte, um künftige Wiederaufnahmeanträge auf Grund von Beschwerden über unzulängliche Vertretung zu vermeiden, meistenteils erstklassige Anwälte bestellen, die sich ihrer Aufgabe mit Energie und Gründlichkeit widmen. Dennoch kann es auch einem mittelmäßigen Anwalt gelingen, die Urteilsvollstreckung Jahr um Jahr hinauszuschieben, denn das in der amerikanischen Jurisprudenz übliche Berufungssystem ähnelt einem im Gesetz verankerten Glücksrad, es ist ein in gewissem Sinn zugunsten des Verbrechers angelegtes Glücksspiel, das die Beteiligten endlos weiterführen können, zuerst vor den Gerichten der Staaten, dann über die Bundesgerichte bis hin zur letzten Instanz – dem Obersten Gericht der Vereinigten Staaten. Aber selbst eine Niederlage an dieser höchsten Stelle zählt nicht, wenn der Anwalt des Beschwerdeführers weitere Gründe für einen Wiederaufnahmeantrag entdeckt oder erfindet; für gewöhnlich gelingt ihm das, und so beginnt sich das Rad von neuem zu drehen, dreht sich so lange, bis der Fall dann, vielleicht nach Jahren, wieder an die höchste Stelle gelangt, wo unter Umständen das grausame Spiel noch einmal von vorne beginnt. Aber gelegentlich bleibt das Rad doch stehen, um einen Spieler zum Gewinner zu erklären – oder, in zunehmend selteneren Fällen, zum Verlierer: Andrews' Anwälte kämpften bis zuletzt, aber am Freitag, dem 30. November 1962, mußte ihr Klient die Stufen zum Galgen hinaufgehen.

»Das war eine kalte Nacht«, erzählte Hickock einem Journalisten, mit dem er in Korrespondenz stand und der ihn hin und wieder besuchen durfte. »Kalt und naß. Es hatte den ganzen Tag gegossen, und der Schlamm auf dem Baseball-Feld ging den Leuten bis an die *cojones*. Und so mußten sie, als sie Andy zu dem Laden führten, mit ihm den Weg entlanggehen. Wir standen alle am Fenster und sahen zu – Perry und ich, Ronnie York, Jimmy

Latham. Es war kurz nach Mitternacht, und der Laden war hell erleuchtet wie ein Halloween-Kürbis. Die Türen standen weit auf. Wir konnten die Zeugen sehen, eine Menge Wachen, den Arzt und den Gefängnisdirektor – alles ganz genau, bloß den verdammten Galgen nicht. Er stand um die Ecke, aber wir sahen den Schatten, den er warf. Ein Schatten an der Wand wie der Schatten eines Boxrings.

Andy wurde vom Kaplan und von vier Wachen begleitet, und als sie an die Tür kamen, blieben sie einen Moment stehen. Andy sah zum Galgen – jedenfalls kam mir das so vor. Die Arme waren ihm vor dem Körper gefesselt. Plötzlich streckte der Kaplan die Hand vor und nahm Andys Brille ab. Das war ein ziemlich jämmerlicher Anblick, Andy ohne seine Brille. Sie führten ihn hinein, und ich fragte mich, ob er die Stufen überhaupt sehen könnte. Es war ganz still, man hörte in der Ferne bloß immer diesen Hund bellen. Irgendwo in der Stadt. Und dann hörten wir es, das Geräusch, und Jimmy Latham fragte: (Was war das? und ich erzählte ihm, was es gewesen war – die Falltür.

Dann war es wieder ganz still. Bis auf den Hund. Der alte Andy tanzte ganz schön lange herum. Muß 'ne ganz hübsche Schweinerei gewesen sein, die sie da drin wegzuputzen hatten. Alle paar Minuten kam der Arzt aus der Tür und stand mit seinem Stethoskop in der Hand da. Man hatte nicht den Eindruck, daß ihm der Kram Spaß machte – keuchte immerzu, als kriegte er keine Luft, und weinen tat er auch. Jimmy sagte: ›Hat die Nase voll.‹ Ich glaube, er ist bloß nach draußen gegangen, damit die anderen nicht sähen, daß er weinte. Dann ging er wieder rein und horchte Andy ab, ob sein Herz noch schlug: Hörte überhaupt nicht auf zu schlagen. Tatsächlich war er noch neunzehn Minuten am Leben.

Andy war ein komischer Junge«, sagte Hickock und lächelte asymmetrisch, während er sich eine Zigarette zwischen die Lippen steckte. »Es war, wie ich ihm gesagt hatte: er hatte keinen Respekt vor dem Leben eines Menschen, auch vor seinem eigenen nicht. Kurz bevor sie ihn aufhängten, setzte er sich hin und aß zwei gebratene Hühner. Und noch am Nachmittag rauchte er Zigarren, trank Cola und schrieb Verse. Als sie ihn holen kamen und wir uns verabschiedeten, sagte ich: ›Bis bald, Andy. Bin sicher, daß wir da auch landen. Guck dich also um und sieh zu, ob du Da Unten ein kühles, schattiges Fleckchen für uns findest.‹ Er lachte und sagte, er glaube nicht an Himmel und Hölle, bloß an Erde zu Erde. Und er sagte, ein Onkel und eine Tante hätten ihn besucht und gesagt, sie hätten einen

Sarg mit, um ihn darin zu einem kleinen Friedhof in Nordmissouri zu bringen. Derselbe Friedhof, auf dem auch die drei begraben wären, die er umgebracht hätte. Sie wollten Andy genau neben ihnen beerdigen. Er sagte, er hätte sich kaum das Lachen verbeißen können, als sie ihm das erzählten. Ich sagte: ›Mensch, du hast es gut. Kriegst wenigstens ein Grab. Perry, und mich geben sie höchstwahrscheinlich zur Vivisektion.‹ So rissen wir Witze, bis es Zeit war, und als er ging, gab er mir einen Zettel mit einem Gedicht drauf. Ich weiß nicht, ob er es selbst geschrieben hat. Oder es abgeschrieben hat aus einem Buch. Ich hatte den Eindruck, daß er es selbst geschrieben hat. Wenn es Sie interessiert, schick ich's Ihnen.«
Das tat er später auch, und es stellte sich heraus, daß Andrews' Abschiedsbotschaft die neunte Strophe von Grays »Elegie, auf einem ländlichen Friedhof geschrieben« war:

Der Glanz der Helden, der Pomp der Macht
Und alle Schönheit, die das Leben gab,
Sie alle haben ihre letzte Stunde:
Der Weg des Ruhms führt nur zum Grab.

»Ich mochte Andy richtig gern. Er war ein Verrückter – kein richtig Verrückter, wie sie sie brüllend einbuchteten; einfach naiv, wissen Sie. Er redete dauernd davon, daß er hier ausbrechen und als »Gangster im Auftrag« Geld machen wollte. Er stellte sich immer vor, wie er in Chicago oder Los Angeles herumstreifen würde mit 'ner Maschinenpistole im Geigenkasten. Leute kaltmachen. Sagte, er würde tausend Dollar pro Leiche nehmen.«
Hickock lachte, wohl über diesen absurden Plan seines Freundes, seufzte und schüttelte den Kopf. »Aber für sein Alter war er verdammt clever, hatte richtig was los. War 'ne wandelnde Bibliothek. Wenn der ein Buch gelesen hatte, dann kannte er das Ganze gleich auswendig. Natürlich, vom Leben hatte der nicht die blasseste Ahnung. Ich persönlich bin ein ziemlicher Ignorant, aber vom Leben versteh ich was. Ich hab allerhand harte Sachen zu sehen gekriegt. Ich hab gesehen, wie sie einen Weißen ausgepeitscht haben. Ich hab zugesehn, wie Babies geboren wurden. Ich hab ein Mädchen gesehn, sie war knapp vierzehn» die sich gleichzeitig mit drei Kerlen abgab, und alle kriegten sie plenty für ihr Geld. Fiel einmal fünf Meilen draußen auf See über Bord. Bin fünf Meilen weit geschwommen, und mit jedem Schlag rollte mein ganzes Leben vor mir ab. Ich hab einmal

in der Halle vom Hotel Muehlebach Präsident Truman die Hand gegeben. Harry S. Truman. Als ich im Krankenhaus arbeitete, ich fuhr einen Krankenwagen, da hab ich das Leben so richtig kennengelernt. Von allen Seiten – Dinger, kann ich Ihnen sagen, daß einem die Kotze hochkommt. Aber *Andy.* Er hatte nicht die blasseste Ahnung., Er wußte nur, was er in Büchern gelesen hatte.

Er war unschuldig wie ein kleines Kind, ein Kind mit 'ner Schachtel Knallbonbons. Hat nie was mit 'ner Frau zu tun gehabt. Ein Einzelgänger, wie er von sich selbst sagte. Und das war es vielleicht, was ich am liebsten an ihm mochte. Daß er das nie verheimlichte. Wir andern hier oben auf dem Gang sind doch alle bloß Angeber. Und ich bin noch der Schlimmste. über irgendwas muß man ja reden. Angeben. Sonst ist man 'ne Flasche, ein Haufen Nullen ohne Eins davor, kann in seiner Sechs-Quadratmeter-Zelle verschimmeln. Aber Andy hat das nie mitgemacht Er sagte, was hat das für'n Sinn, lauter Sachen zu erzählen, die nie passiert sind.

Der gute Perry allerdings, *der* war, glaub ich, ganz froh, daß Andy abhaute. Andy war genau das, was Perry immer sein wollte – gebildet. Und das konnte Perry ihm nicht verzeihen. Sie wissen doch, wie Perry immer solche Hundert-Dollar-Worte im Mund führt, von denen er nur zur Hälfte weiß, was sie bedeuten? Hört sich an wie so'n College-Nigger. Junge, hat ihn das gegiftet, daß Andy ihn von seinem Podest runterholte. Dabei wollte Andy ihm bloß zu dem verhelfen, was er sich wünschte – Bildung. Nein, wirklich, mit Perry kommt keiner klar. Hat keinen einzigen Freund hier. Was glaubt er eigentlich, wer er ist? Macht sich über alle lustig. Nennt die Leute pervers oder degeneriert. Meckert an ihnen herum, was für schlechte Noten sie beim Intelligenztest bekommen haben. Zu traurig, daß wir nicht alle solche empfindsamen Seelen sind wie der kleine Perry. Lauter Heilige. Aber ich kenne einige, die würden ganz gern hier in Die Ecke gehn, bloß um einmal eine Minute allein mit ihm im Duschraum zu sein. Wenn ich bloß daran denke, wie der mit York und Latham von oben herab tut. Ronnie sagt, er würde verdammt was drum geben, wenn er hier irgendwo eine Rindlederpeitsche auftreiben könnte. Sagt, damit würde er Perry gern ein bißchen die Luft abstellen. Ich kann ihm das nicht verdenken. Schließlich sitzen wir hier alle im selben Boot, und die beiden sind verdammt anständige Burschen.«

Hickock lachte entschuldigend, zuckte die Achseln und sagte: »Sie wissen, wie ich das meine, *anständig* – als Kumpels. Ronnie Yorks Mutter war ein

paarmal hier, um ihn zu besuchen. Einmal traf sie meine Mutter im Warteraum, und jetzt sind die beiden ein Herz und eine Seele. Mrs. York hat meine Mutter eingeladen, sie in Florida zu besuchen. Vielleicht sogar bei ihr wohnen zu bleiben. Mein Gott, würd ich mich freuen, wenn es dazu käme. Dann brauchte sie das hier doch nicht immer wieder auf sich zu nehmen. Einmal im Monat im Bus hierherfahren, um mich zu besuchen, zu lächeln und nach irgendwelchen Worten zu suchen, mit denen sie mir Mut machen könnte. Sie tut mir leid. Ich weiß nicht, wie sie das aushält. Ich wundere mich, daß sie nicht schon verrückt ist.«
Hickocks ungleiche Augen wanderten zum Fenster des Sprechzimmers; das schwache, winterliche Sonnenlicht, das durch das vergitterte Fenster hereinkam, fiel auf sein gedunsenes Gesicht, das so bleich war wie eine Totenblume.
»Sie tut mir leid. Sie hat dem Gefängnisdirektor geschrieben und gefragt, ob sie beim nächstenmal, wenn sie herkommt, mit Perry sprechen dürfte. Sie wollte von ihm selbst hören, wie er sie alle selbst getötet und ich keinen einzigen Schuß abgegeben habe. Ich habe nur die eine Hoffnung, daß das Verfahren eines Tages wiederaufgenommen wird und Perry dann die Wahrheit vor Gericht sagt. Aber ich bezweifle das. Er hat sich in den Kopf gesetzt – wenn er geht, dann soll ich auch gehen. Rücken an Rücken. Das ist nicht recht. Manch einer hat Leute getötet und nie eine Todeszelle von innen gesehen. Und ich habe nie *irgendwen* getötet. Wenn man fünfzigtausend Dollar als Schmiergeld hat, dann könnte man halb Kansas City umlegen und sich hinterher ins Fäustchen lachen.« Ein plötzliches Grinsen verscheuchte seine kummervolle Entrüstung. »Oha, da bin ich wieder mittendrin in dem alten Gejammer. Das sollte ich mir inzwischen doch abgewöhnt haben. Aber weiß Gott, ich hab alles versucht, mit Perry klarzukommen. Aber er meckert an allem herum. Hat zwei Gesichter. Ist auf jeden Dreck eifersüchtig. Auf jeden Brief, den ich bekomme, auf jeden Besuch. Außer Ihnen besucht ihn nie einer«, sagte er und nickte dem Journalisten zu, der mit Smith ebenso gut bekannt war wie mit Hickock. »Oder mal sein Anwalt. Erinnern Sie sich noch, wie er im Hospital war? Mit dieser großkotzigen Fastentour? Und die Postkarte, die er da von seinem Vater bekam? Der Direktor hat jedenfalls Perrys Vater geschrieben, er wäre hier jederzeit willkommen. Aber er hat sich nie sehen lassen. Ich weiß nicht recht. Manchmal muß man mit Perry direkt Mitleid haben. Er muß so einsam sein wie nur selten jemand auf

der Welt. Aber. Ach, zum Teufel mit ihm. Es ist fast ausschließlich seine eigene Schuld.«

Hickock nahm sich noch eine Zigarette aus der Pall-Mall-Packung, krauste die Nase und sagte: »Ich habe versucht, mir das Rauchen abzugewöhnen. Und dann hab ich mir gesagt, was hat das hier für einen Sinn. Wenn ich Schwein hab, hol ich mir vielleicht Krebs und schlage dem Staat ein Schnippchen. Eine Zeitlang hab ich Zigarren geraucht. Andys Zigarren. Am Morgen, nachdem sie ihn aufgehängt hatten, da rief ich ›Andy?‹ – wie immer, wenn ich aufwachte. Und dann fiel mir ein, daß er ja schon auf dem Weg nach Missouri war. Mit Onkel und Tante. Ich sah nach draußen auf den Korridor. Seine Zelle hatten sie schon saubergemacht und all seinen Krempel aufeinandergetürmt. Die Matratze hatten sie von der Pritsche genommen, seine Schuhe standen da, und oben drauf lag das Skizzenbuch mit all den Eßwaren-Zeichnungen – er nannte es immer seinen Eisschrank. Und dann die Kiste mit den Zigarren, Marke Macbeth. Ich sagte zu dem Wärter, Andy hätte gewollt, daß ich sie bekomme, hätte sie mir vermacht. Aber ich hab sie gar nicht alle geraucht. Vielleicht war es der Gedanke an Andy, aber irgendwie habe ich mir damit den Magen verdorben.

Ja, was gibt's zu sagen zur Todesstrafe? Ich bin nicht dagegen. Es ist reine Rache, aber was ist gegen Rache einzuwenden? ich finde das sehr wichtig. Wenn ich mit den Clutters oder irgendeinem von den Leuten verwandt wäre, die York und Latham umgelegt haben, dann fände ich keine Ruhe, bis die Schuldigen den Ritt auf der Großen Schaukel gemacht hätten. Diese Leute da, die immer an die Zeitungen schreiben. Waren neulich gleich zwei solche Leserzuschriften in einer Topekaer Zeitung – eine von 'nem Geistlichen. Schrieb praktisch, was diese ganze juristische Farce denn solle, warum man diese Schweinehunde Smith und Hickock nicht längst aufgehängt hätte. Wieso diese mordenden Schweinehunde immer noch mit Steuergeldern ernährt würden? Ich kann ihren Standpunkt verstehen. Sie sind wütend, weil sie immer noch nicht haben, was sie haben wollen – Rache. Aber ich werde alles tun, um ihnen das zu versalzen. Ich bin für den Galgen. So lange jedenfalls, wie sie mich selbst nicht aufhängen.«

Aber dann wurde er doch gehängt.

Drei weitere Jahre vergingen, in denen sich Joseph P. Jenkins und Robert Bingham, zwei außergewöhnlich geschickte Anwälte aus Kansas City, des Falles annahmen, nachdem Shultz sich zurückgezogen hatte. Sie waren von einem Bundesrichter bestellt worden und arbeiteten ohne Entgelt (aber in der festen Überzeugung, daß die Angeklagten Opfer eines »katastrophal unfairen Prozesses« geworden seien), stellten im Rahmen des amerikanischen Justizsystems zahlreiche Anträge auf Wiederaufnahme und erreichten dadurch, daß der Termin der Hinrichtung dreimal verstrich, ohne daß etwas geschah: 25. Oktober 1962, 8. August 1963 und 18. Februar 1965. Die Anwälte behaupteten, daß die Verurteilung der Angeklagten insofern ungesetzlich gewesen sei, als sie Rechtsbeistand erst erhalten hätten, nachdem sie bereits gestanden und auf eine Voruntersuchung verzichtet hatten; daß sie, weil vor Gericht unzulänglich vertreten, auf Grund von Beweismaterial verurteilt worden seien, das man ohne Haussuchungsbefehl an sich genommen hatte (Gewehr und Messer aus dem Hickockschen Haus), und daß ihnen eine Verlegung des Verhandlungsortes nicht zugestanden worden war, obwohl die Umgebung, in der die Verhandlung geführt wurde, von allgemeiner Voreingenommenheit gegen die Angeschuldigten »getränkt« gewesen sei.

Auf diese Weise gelang es Jenkins und Bingham, den Fall dreimal bis vor das Oberste Gericht der Vereinigten Staaten zu bringen – vor den Big Boy, wie er von manchen prozessierenden Gefangenen genannt wird –, das aber den Anträgen in keinem Fall stattgab und es – kommentarlos, wie bei Entscheidungen in dieser Instanz üblich – ablehnte, die Vorlage der Prozeßakten anzuordnen, wodurch die Beschwerdeführer den Anspruch auf eine Verhandlung vor dem Obersten Bundesgericht erlangt hätten. Im März 1965, als Smith und Hickock im ganzen fast zweitausend Tage in ihren Todeszenen gewesen waren, verfügte das Oberste Gericht von Kansas, daß sie am Mittwoch, dem 14. April 1965, zwischen Mitternacht und zwei Uhr morgens hingerichtet werden sollen. Daraufhin wurde ein Gnadengesuch an William Avery, den neugewählten Gouverneur von Kansas, gerichtet, aber Avery, ein wohlhabender Farmer, wies das Gesuch mit Rücksicht auf die öffentliche Meinung ab – eine Entscheidung, die er, wie er meinte, »im Interesse und zum Schutze der Bevölkerung von Kansas« fällte. (Zwei Monate später lehnte Avery auch ein Gnadengesuch für York und Latham ab, die am 22. Juni 1965 gehängt wurden.)

Und so kam es, daß Alvin Dewey in den frühen Morgenstunden dieses Mittwochs beim Frühstück in einem Hotel in Topeka auf der ersten Seite des Kansas City *Star* eine Schlagzeile las, auf die er lange gewartet hatte: TOD DURCH DEN STRANG FÜR BRUTALE MORDTAT. Der Bericht, von einem Reporter der Associated Press geschrieben, begann: »Das Verbrecherpaar Richard Eugene Hickock und Perry Edward Smith wurde heute in den frühen Morgenstunden für eine der blutigsten Mordtaten in der Geschichte von Kansas im Staatlichen Gefängnis durch den Strang hingerichtet. Hickock, 33 Jahre alt, starb als erster, um 0.41 Uhr, Smith, 36, starb um 1.19 Uhr ...«

Dewey hatte sie sterben sehen, denn er gehörte zu den etwas über zwanzig Zeugen, die zur Teilnahme an der Zeremonie geladen waren. Er hatte noch nie einer Exekution beigewohnt und war von der Szenerie überrascht gewesen, als er gegen Mitternacht den kalten Abstellraum betreten hatte: er hatte geglaubt, in einen Raum zu kommen, der den Umständen entsprechend einigermaßen würdig ausgestattet war – statt dessen nun diese von trübem Licht erhellte Höhle mit Holzabfällen und sonstigem unbrauchbaren Kram. Der Galgen selbst mit den beiden vom Querbalken herabhängenden fahlen Schlingen war freilich eindrucksvoll genug, und desgleichen der Henker in seinem ungewöhnlichen Aufzug; hoch oben auf der Plattform des hölzernen Instruments postiert, zu der dreizehn Stufen hinaufführten, warf er einen langen Schatten. Bekleidet war dieses anonyme, ledrige Individuum, das man zu diesem Zweck und für ein Entgelt von sechshundert Dollar aus Missouri importiert hatte, mit einem abgetragenen, nadelgestreiften Zweireiher, der, viel zu weit für ihn, seine Glieder umschlotterte – das Jackett reichte ihm fast bis zu den Knien; und auf dem Kopf trug er ein verwittertes, verschwitztes Überbleibsel von Cowboyhut, das ursprünglich einmal leuchtend grün gewesen sein mochte.
Außerdem war Dewey verstört durch das verlegen schnoddrige Gerede der anderen Augenzeugen, die, wie sich einer ausdrückte, hier auf die »Festvorstellung« warteten.
»Wie ich gehört habe, ziehen sie Streichhölzer, um zu sehen, wer zuerst drankommt. Kann auch sein, daß sie ein Geldstück werfen. Smith aber soll gesagt haben, warum nicht alphabetisch. Natürlich – H kommt vor S – haha!«
»Haben Sie heute in der Nachmittagsausgabe gelesen, was sie sich als letzte Mahlzeit bestellt haben? Beide dasselbe. Garnelen, Pommes frites, Maisbrot mit Knoblauch, Eiskrem mit Erdbeeren und Schlagsahne. Smith soll kaum was davon gegessen haben.«
»Der Hickock hat doch Humor. Als der Wärter vor einer Stunde zu ihm

sagte, ›dies muß doch die längste Nacht Ihres Lebens sein‹, lachte er und sagte: »Nein, die kürzeste.«
»Haben Sie das über Hickocks Augen gehört? Er hat sie einem Augenarzt vermacht. Sobald sie ihn runterschneiden, reißt ihm der Doktor die Augen aus dem Kopf und setzt sie bei einem andern ein. Ich möchte nicht gerade der Betreffende sein. Würde mir doch ein bißchen komisch vorkommen mit den Augen von dem.«
»Meine Güte! Ist das *Regen?* Und alle Fenster runtergedreht! Mein neuer Chevy. Du meine Güte!«
Das Pladdern auf dem hohen Dach des Gebäudes klang ähnlich wie der Trommelschlag bei einer Parade, es kündete Hickocks Auftritt an. Begleitet von sechs Wachen und einem Gebete murmelnden Kaplan, betrat er mit Handschellen gefesselt den Todesraum. Seine Arme waren mit breiten Lederriemen fest an den Körper gebunden. Am Fuße des Galgens verlas der Gefängnisdirektor den zwei Seiten umfassenden offiziellen Hinrichtungsbefehl. Während er las, suchte Hickock mit Augen, die durch den fünfjährigen Zellenaufenthalt geschwächt waren, den kleinen Kreis von Zuschauern ab und fragte dann flüsternd die neben ihm stehende Wache, ob irgend jemand von der Familie Clutter anwesend sei. Als das verneint wurde, schien er enttäuscht, als ob er meinte, an dem Protokoll zu diesem Racheakt etwas aussetzen zu müssen.
Als der Gefängnisdirektor zu Ende gelesen hatte, fragte er, wie es üblich ist, den Verurteilten, ob er noch ein letztes Wort zu sagen wünsche. Hickock nickte. »Ich möchte nur sagen, daß ich gegen niemanden irgendwelche bösen Gefühle habe. Die Welt, in die ihr mich schickt, ist besser als diese hier.« Daraufhin schüttelte er, als wollte er das bekräftigen, den vier Männern die Hand, denen er seine Verhaftung und Verurteilung in erster Linie zu verdanken hatte, und die alle darum gebeten hatten, an der Exekution teilnehmen zu dürfen: die K.B.I.-Agenten Roy Church, Clarence Duntz, Harold Nye und Dewey selbst. »Ich freue mich, Sie hier zu sehen«, sagte Hickock mit seinem charmantesten Lächeln; es war ganz so, als begrüße er Trauergäste bei seiner eigenen Beerdigung.
Der Henker hustete – lüftete ungeduldig seinen Hut, setzte ihn wieder auf, eine Geste, die irgendwie an einen sich plusternden Truthahn erinnerte, dessen Halsfedern sich dann wieder glätten – und Hickock, von einem Begleiter angestoßen, ging die Stufen des Gerüsts hinauf. »Der Herr gibt, und der Herr nimmt. Gesegnet sei der Name des Herrn«, murmelte der

Kaplan, während der Regen schneller auf das Dach pladderte, die Schlinge umgelegt und dem Gefangenen eine leichte schwarze Maske vor die Augen gebunden wurde. »Der Herr erbarme sich deiner Seele.« Die Falltür öffnete sich, und Hickock hing volle zwanzig Minuten vor aller Augen, bis der Gefängnisarzt endlich sagte: »Ich erkläre diesen Mann für tot.« Ein Leichenwagen, in dessen grellem Scheinwerferlicht Regentropfen glänzten, fuhr vor, und die Leiche wurde, mit einer Decke bedeckt, auf einer Bahre in den Wagen geschoben, der in der Dunkelheit verschwand.

Roy Church schüttelte, während er dem Wagen nachsah, den Kopf: »Ich hätte dem nie so viel Mumm zugetraut. Hätte nicht gedacht, daß er das so durchstehen würde. Hatte ihn für einen Feigling gehalten.«

Der Mann neben ihm, ebenfalls Kriminalbeamter, sagte: »Ach, Roy. Der Bursche war ein Schuft. Ein hundsgemeiner Kerl. Er hat es nicht anders verdient.«

Aber Church schüttelte immer noch nachdenklich den Kopf.

Während sie auf die zweite Exekution warteten, unterhielt sich ein Reporter mit einer der Wachen. Der Reporter sagte: »Sie erleben, das zum erstenmal?«

»Ich war auch schon bei Lee Andrews dabei.«

»Hm. Ich habe so was noch nie gesehn.«

»Und wie fanden Sie es?«

Der Reporter kräuselte die Lippen. »Keiner bei uns in der Redaktion wollte hingehen. Ich auch nicht. Aber es war nicht so schlimm, wie ich es mir vorgestellt hatte. Wie wenn einer vom Sprungbrett springt. Nur daß er eben die Schlinge um den Hals hat.«

»Die merken überhaupt nichts. Fallen, dann ein Knacken, und aus ist es. Die merken nichts.«

»Meinen Sie wirklich? Ich stand ziemlich in der Nähe. Ich hörte, wie er nach Luft schnappte.«

»Ach was, die merken nichts. Das wäre ja auch sonst unmenschlich.«

»Ich nehme an, man gibt ihnen vorher Sedative.«

»Neenee, das ist verboten. Da kommt Smith.«

»Mann, ich hätte nicht gedacht, daß das so ein Knirps ist.«

»Ja, er ist klein. Aber Taranteln sind auch klein.«

Als Smith hereingebracht wurde, erkannte er sofort seinen alten Feind Dewey. Er hörte auf, an seinem Doublemint-Kaugummi herumzukauen, grinste und blinzelte Dewey keck und mutwillig zu. Aber als der Gefängnisdirektor ihn fragte, ob er noch etwas zu sagen hätte, wurde er ernst. Seine sensiblen Augen wanderten mit tiefernstem Blick über die Gesichter ringsum, glitten hinauf zu dem schattenhaften Henker und dann über seine gefesselten Hände. Er betrachtete seine Finger, die von Tinte und Farbe verschmiert waren, denn er hatte seine letzten drei Jahre im Todesgang damit verbracht, Selbstporträts zu malen und Bilder von Kindern, gewöhnlich von Kindern der Mitgefangenen, die ihn mit Fotografien ihres selten gesehenen Nachwuchses versorgten. »Ich glaube«, sagte er, »es ist eine verdammte Sache, jemandem auf diese Weise das Leben zu nehmen. Ich bin gegen die Todesstrafe, in moralischer und rechtlicher Hinsicht. Vielleicht hätte ich etwas beitragen können, etwas –« Seine Sicherheit verließ ihn; Scheu machte seine Stimme undeutlich, dämpfte sie fast bis zur Unhörbarkeit. »Es wäre sinnlos, um Verzeihung zu bitten für das, was ich getan habe. Und auch unangebracht. Aber ich tue es. Ich bitte um Verzeihung.«

Stufen, Schlinge, Augenmaske, aber bevor ihm die Maske vor die Augen gebunden wurde, spuckte der Gefangene seinen Kaugummi in die ausgestreckte Hand des Kaplans. Dewey schloß die Augen; er öffnete sie erst wieder, als er das dumpfe Knacken des unter dem Seil brechenden Halswirbels gehört hatte. Wie die meisten amerikanischen Rechtsvollzugsbeamten ist Dewey überzeugt, daß die Todesstrafe im Hinblick auf Gewaltverbrechen abschreckend wirkt, und er war der Ansicht, daß sie in diesem Fall mehr als gerechtfertigt war. Die vorangegangene Exekution hatte ihn nicht sonderlich bewegt, er hatte nie viel übrig gehabt für Hickock, den er für einen »kleinen, nichtsnutzigen, elenden Gauner« hielt, der »den Boden unter den Füßen verloren« hatte. Aber Smith, obwohl er der eigentliche Mörder war, hatte etwas in ihm angesprochen, denn Perry hatte etwas von einem Ausgestoßenen an sich, von einem verwundeten Tier, das sich vor seinen Verfolgern ins Dickicht schleppte. Dewey hatte die Verlorenheit dieses Menschen empfunden. Ihm fiel ein, wie er Perry zum erstenmal im Vernehmungszimmer in der Polizeizentrale in Las Vegas begegnet war – der zwergenhaft verkrüppelte junge Mann, der da auf dem Metallstuhl saß, ohne daß seine kleinen, in Stiefeln steckenden Füße den Boden erreichten. Und als Dewey jetzt die Augen öffnete, sah er wieder dasselbe: die kindlich kleinen Füße, die dort in der Luft baumelten.

Dewey hatte geglaubt, der Tod von Smith und Hickock würde für ihn ein Höhepunkt sein, eine Erleichterung, die Erfüllung eines lange verfolgten

Plans. Aber dann wurde ihm klar, daß rückblickend betrachtet ein anderes Ereignis den Fall Clutter gewissermaßen endgültig für ihn abgeschlossen hatte, eine zufällige Begegnung auf dem Valley-View-Friedhof vor ungefähr einem Jahr, an die er sich jetzt erinnerte.

Die Pioniere, die Garden City gründeten, hatten notwendigerweise ein spartanisches Leben geführt, aber als es an der Zeit war, einen Friedhof anzulegen, beschlossen sie, ihn dem kargen Boden und der schwierigen Wasserversorgung zum Trotz so zu gestalten, daß er einen wirkungsvollen Kontrast bildete zu den staubigen Straßen, den herben Ebenen. Sie legten ihn auf einem Plateau in mäßiger Höhe über der Stadt an und nannten ihn Valley View. Heutzutage wirkt er wie eine dunkle Insel, die von der weichen Brandung der angrenzenden Weizenfelder umspült wird – eine angenehme Zuflucht an heißen Tagen, mit vielen kühlen Pfaden, von Bäumen beschattet, die vor Generationen gepflanzt wurden.

Eines Nachmittags im vergangenen Mai, als die Felder vom grüngoldenen Feuer des noch nicht ausgereiften Weizens glühten, hatte Dewey einige Stunden damit verbracht, das Grab seines Vaters in Ordnung zu bringen, eine Pflicht, die er allzu lange vernachlässigt hatte. Dewey war einundfünfzig, vier Jahre älter als zu der Zeit, da er der Clutter-Fall übernommen hatte; aber er war immer noch schlank und sportlich und auch immer noch der wichtigste Agent des K. B. I. in West-Kansas; vor einer Woche erst hätte er zwei Rinderdiebe gefaßt. Sein Wunschtraum, sich eine eigene Farm zu gründen, hatte sich nicht erfüllt, denn immer noch hatte seine Frau Angst davor, in der Einsamkeit außerhalb der Stadt zu wohnen. So hatten sich die Deweys ein neues Haus in der Stadt gebaut, auf das sie stolz waren; und stolz waren sie auch auf ihre beiden Söhne, die jetzt herangewachsen und ebenso groß wie ihr Vater waren. Der Ältere sollte im Herbst das College besuchen.

Als er mit dem Unkrautjäten fertig war, schlenderte Dewey über die stillen Pfade zwischen den Grabsteinen. Bei einem blieb er stehen und betrachtete den erst kürzlich eingemeißelten Namen: Tate. Richter Tate war im vergangenen November an Lungenentzündung gestorben; Kränze, verwelkte Rosen und vom Regen vergilbte Seidenschleifen lagen noch auf der schwärzlichen Erde. Nicht weit davon war ein erst jüngst aufgeworfener Grabhügel noch von frischen Blumen bedeckt – das Grab von Bonnie Jean Ashida, der ältesten Tochter der Ashidas, die während eines Besuchs in Garden City bei einem Autounfall umgekommen war. Tod, Geburt,

Heirat – nun ja, kürzlich hatte er gehört, daß Nancy Clutters Freund, der junge Bobby Rupp, geheiratet hatte.
Das Grab der Familie Clutter, vier Gräber unter einem einzelnen grauen Stein, liegt in einem entfernten Winkel des Friedhofs – jenseits der Bäume, in der Sonne, fast schon am leuchtenden Rand eines Weizenfeldes. Als Dewey näher kam, bemerkte er, daß sich dort schon jemand eingefunden hatte: ein gertenschlankes Mädchen mit vollem, honigblondem Haar und langen, geraden Beinen, das weiße Handschuhe trug. Sie lächelte ihm zu, aber er erkannte sie nicht sofort.
»Wissen Sie gar nicht mehr, wer ich bin, Mr. Dewey? Susan Kidwell.«
Er lachte, und sie stimmte mit ein. »Sue Kidwell. Wer hätte das gedacht!« Er hatte sie seit dem Prozeß nicht mehr gesehen. Damals war sie noch ein Kind gewesen. »Wie geht es Ihnen? Wie geht's Ihrer Mutter?«
»Sehr gut, danke. Sie ist immer noch Musiklehrerin an der Holcomb-Schule.«
»Bin lange nicht in der Gegend gewesen. Hat sich inzwischen irgendwas verändert?«
»Oh, man redet davon, daß die Straßen gepflastert werden sollen. Aber Sie kennen ja die Leute da. Ich bin inzwischen im ersten Jahr an der K. U.«, sagte sie und meinte damit die Universität von Kansas. »Ich bin gerade für ein paar Tage daheim zu Besuch.«
»Das ist ja schön, Sue. Was studieren Sie denn?«
»Alles mögliche. Kunst, hauptsächlich. Es macht mir große Freude. Ich bin richtig glücklich.« Sie sah über das weite Feld. »Nancy und ich wollten zusammen aufs College gehen. Wir wollten zusammen wohnen. Manchmal denke ich daran. Plötzlich, wenn ich so glücklich bin, fallen mir all die Pläne ein, die wir zusammen hatten.«
Dewey betrachtete die vier Namen auf dem grauen Grabstein und das Datum ihres Todestages: 15. November 1959. »Kommen Sie öfters hierher?«
»Ab und zu, ja. Gott, ist die Sonne heiß.« Sie setzte eine Sonnenbrille auf. »Erinnern Sie sich noch an Bobby Rupp? Er hat inzwischen geheiratet, ein sehr hübsches Mädchen.«
»Das habe ich gehört.«
»Colleen Whitehurst. Ein ungewöhnlich hübsches Mädchen. Und wirklich sehr nett.«
»Das gönne ich ihm«, sagte Dewey, und um sie zu necken, fügte er hinzu:

»Und wie steht's mit ihnen? Sie haben doch sicher viele Verehrer.«
»Es geht. Nichts Ernstes. Aber da fällt mir ein – wie spät ist es eigentlich? Oh«, rief sie, als er ihr sagte, daß es eben nach vier sei, »dann muß ich aber laufen! Aber ich habe mich gefreut, daß wir uns mal wiedergesehen haben, Mr. Dewey.«
»Ich auch, Sue. Und alles Gute«, rief er ihr nach, als sie jetzt mit flatterndem, hell schimmerndem Haar den Pfad hinunterlief – eine junge Frau, wie Nancy es jetzt auch gewesen wäre. Dann wandte er sich, um nach Hause zu gehen, tauchte in den Schatten der Bäume ein und ließ hinter sich den weiten Himmel und das Gewisper des Windes im windbewegten Weizen.